1

Inknbeans Press

Il Rinnegato

di

Adriana Comaschi

Pubblicato da *Inknbeans Press*
Editor dell'opera Solange Mela

Il Rinnegato
I° edizione Dicembre 2014
© 2014 – Adriana Comaschi & Inknbeans Press

Inknbeans Press
Los Angeles , California
USA
www.inknbeans.com

Illustrazione di copertina:
Fronte: © Solange Mela
Retro: © Alessandro Alemanno

"Empia una mano disciolse i sigilli,
Sacrilega mente infranse gli editti,
Blasfemo un canto i Dormienti destò
E fu dischiuso alle Tenebre il varco.

Chi le parole conosce del canto?
Qual man rinchiude il varco violato?
L'Oscura Potenza chi con il sangue
Nel Caos ricaccia, e pone il suggello?

Quegli che già fu Scudo e Flagello
E tramite e varco alle Tenebre è;
Quegli che doppia corona ricinge,
Sacro alla Luce e all' Ombra votato,

La già percorsa tenebrosa strada
Ripercorrere deve, e con l'antica
Di Potere parola ricacciare
Nel Nulla eterno l'Ombra che evocò".

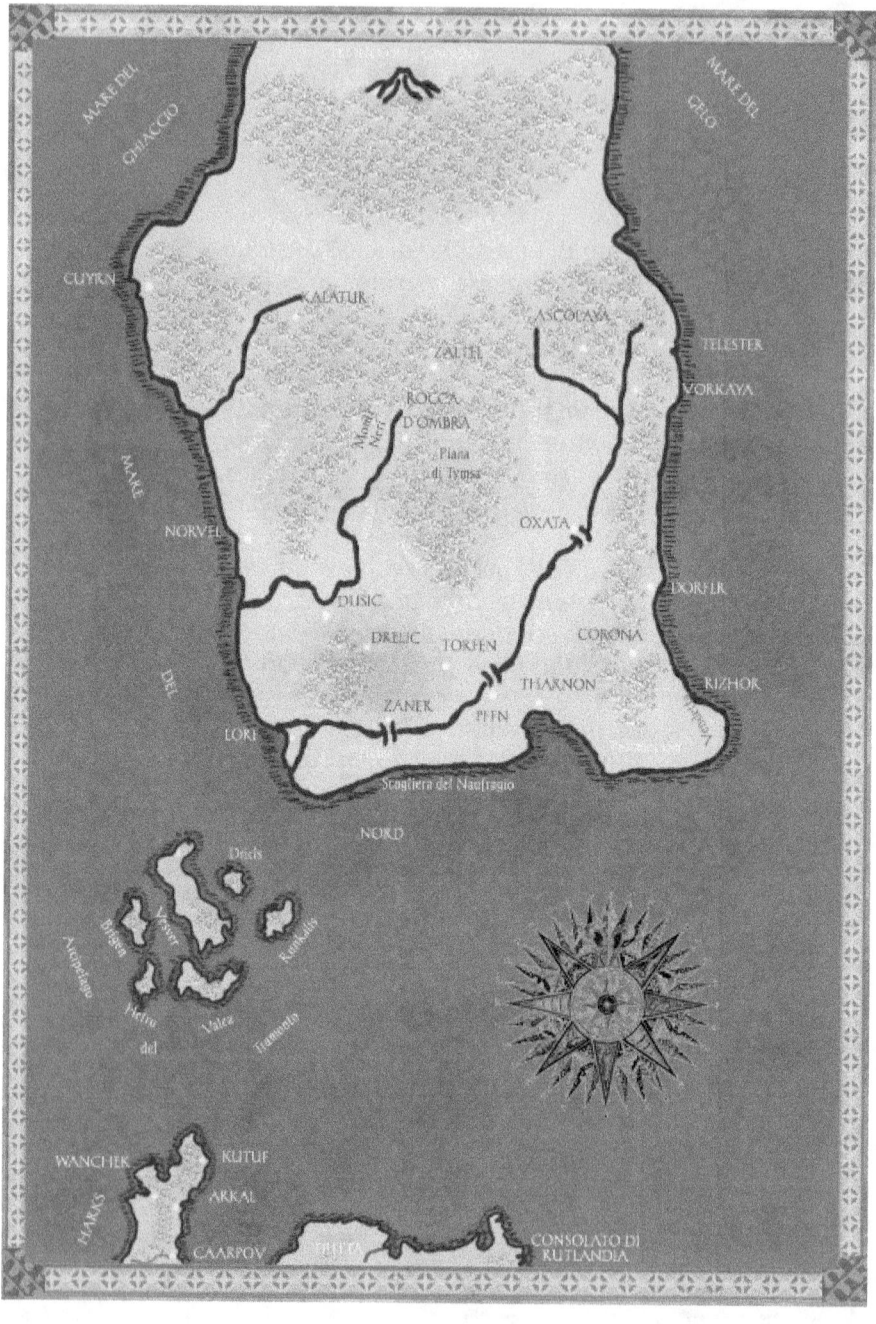

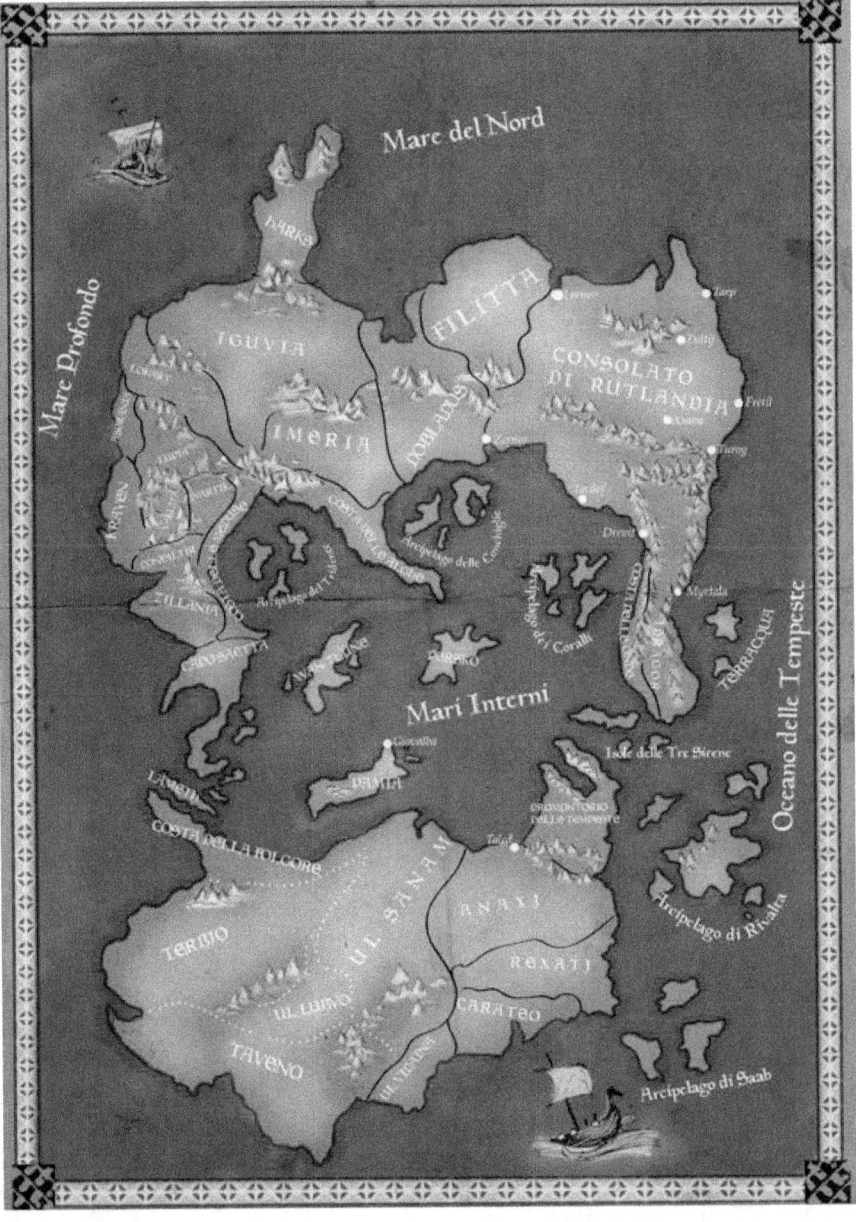

PROLOGO

Gennaio/febbraio, anno 3252

Inginocchiato accanto all'ampio letto in cui Dathmara stava agonizzando, nella grande stanza appena rischiarata dai tizzoni del braciere e da un fioco lume appeso vicino al letto, Lord Irkor, il viso nascosto tra le mani, riviveva i lunghi anni trascorsi al fianco della morente. Il loro amore, i figli, la lieta vita passata assieme a Torralta... e la follia che aveva travolto la donna, portandola a uccidere la loro piccola Lanween e a consegnare Persko al suo nemico, il feroce Sighart. La mente ottenebrata, aveva poi scordato tutto, ed era vissuta in un mondo che era solo il riflesso, quasi la parodia, della loro passata felicità. E ora stava per morire, morire in terra straniera, come in terra straniera era vissuta negli ultimi anni.

Un singulto scosse l'agonizzante e subito due persone, fino a quel momento fermi presso un massiccio tavolo, furono al suo fianco.

Una era la Guaritrice del Tridente, una donna ormai anziana, dai pesanti capelli grigi e il viso quieto e serio, che senza parlare si chinò subito sull'ammalata, l'altro era il Reggente dell'Arcipelago, Lord Hildavis da Nicomer, alto e bruno, ma con limpidi occhi azzurri.

"Coraggio, amico mio" mormorò, posando una mano sulla spalla di Irkor. "Vi sia di consolazione il pensiero che l'*Onda Marina*, la nave che Ferenike di Esserant ha messo a disposizione dei vostri figli perché potessero raggiungervi, è già stata avvistata. Tra poco li vedrete arrivare, in tempo..." si fermò bruscamente, mordendosi le labbra, ma Irkor scosse il capo rassegnato.

"La Dea benedica lady Ferenike per la sua generosità! E benedica anche voi, che ci avete aperto la vostra casa. Se non ci aveste ospitati, la mia infelice moglie starebbe agonizzando in mare aperto, in una cabina della *Fratellanza*".

Lord Irkor di Torralta, era in viaggio per Costa delle Alghe su incarico del Console dell'Intesa per studiare la difficile situazione che vi si era creata dopo la morte del suo Primo Signore, il giovane Wineri, quando le condizioni di Dathmara erano peggiorate; per la prima volta frammenti del suo orribile passato si erano affacciati alla sua memoria e di nuovo vaghe profezie le uscivano dalle labbra, mentre un'altissima febbre prosciugava ogni sua forza,

Stavano facendo allora tappa a Hieronis, la capitale del Tridente, e Lord Hildavis, resosi conto della situazione, aveva subito messo a loro disposizione la sua casa, dove la donna s'era tanto aggravata da far prevedere prossima la sua fine.

Mentre Irkor rifletteva, cercando di capire il groviglio di sentimenti contrastanti che quell'agonia destava in lui, nel corridoio risuonò un rumore di passi affrettati; subito dopo la porta si spalancò bruscamente e nella stanza, ancora stretti nei mantelli fradici di pioggia, i capelli ricci incollati sul collo e sulla fronte entrarono i suoi due figli, che si precipitarono ad abbracciarlo.

Il discreto Hildavis si ritrasse subito, ed Ettayn corse al capezzale della madre, tempestando a bassa voce la Maga con le sue domande, mentre Allemayr rimase a fianco del padre, un braccio attorno alle sue spalle. Intanto la morente si destò, girò attorno quegli strani occhi gialli che avevano affascinato il marito e prima ancora il fatale Sighart, e proferì con voce incredibilmente chiara e forte.

"Siete venuti, siete qui, finalmente! Ma è tardi ormai, è tardi! Lanween mi aspetta..." Si agitò, nel suo delirio, rigettando coperte e cuscini. "Ascoltatemi, poco mi resta!" S'interrupe tossendo e quando riprese a parlare la sua voce era debole, soffocata, come venisse da lontano. "Cercano, chiamano, strisciano su di noi, affamati di vita... Là, sulla soglia delle Tenebre, di là protendono i tentacoli, di là l'Ombra che ritorna si gonfia oscura, indistinta, avida..." Tacque ansando, poi afferrò la mano di Ettayn e proruppe, rauca "Tu! Tu che... che puoi vedere, dillo! Lui solo... Lui, forse pot..." la voce si smarrì in un sussurro indistinto, ma Allemayr aveva allontanato con un gesto brusco il fratello e obbligato la donna a stendersi di nuovo.

"Calmati, madre. La tua malattia ti confonde, ma non c'è nessun pericolo, nessuna minaccia. Siamo tutti vicino a te, non vedi?"

Con le ultime forze Dathamra scosse disperatamente la testa scarmigliata, senza riuscire a sollevarsi.

"No, no!" ansimò "Lanween me l'ha detto! Deve fermare... Lui, colui che ha schiuso... Ah! Scendono... le Tenebre... da là, da là strisciano, vengono... Vengono!"

Le ultime parole morirono in un rantolo, e la donna chiuse gli occhi.

"Madre!" gridò Ettayn, gettandosi sul suo corpo, mentre Allemayr chinava la testa e Irkor mormorava piano il suo nome.

"Dathmara... Dathmara, amor mio".

A quelle parole un fremito passò sul viso della morente; ancora i suoi occhi giallastri scintillarono mentre un'insolita calma le rendeva l'antica bellezza.

"Irkor! Figli miei... Un incubo, sì, un incubo. Ma ora è passato: vi vedo, vi riconosco. Sono in pace" mormorò. E poi, mentre il marito la stringeva a sé sussurrò ancora con voce dolce, lieta "Lanween! Cara, piccina mia, finalmente! Eccomi!"

Lord Irkor si sollevò piangendo, serrando a sé il corpo della moglie morta, mentre Allemayr abbracciava il fratello singhiozzante e Lord Hildavis piegava il ginocchio a fianco della Maga che recitava piano le antiche parole dell'Addio.

"Sotto chiari cieli,
Su limpidi mari,
In floride terre
Un giorno, sorella,
Ci ritroveremo,
Ma di lasciarci
Adesso è l'ora...

Pochi giorni dopo, preso congedo dal suo ospite, Lord Irkor s'imbarcò sull'*Onda Marina*, che Ferenike D'Esserant gli aveva messo a disposizione perché potesse tornare a Persko, dove voleva seppellire le ceneri della moglie.

•••

La figlia del marchese di Esserant non era mai stata bella. Alta, ma ossuta, aveva un viso magro ed energico, sul quale si leggevano il coraggio e l'intelligenza, appena ingentilito dai vivaci occhi azzurri e dai bei capelli castani; ma la sua innata eleganza, scevra da fronzoli e da civetterie, il bel parlare, il suo ingegno pronto, la rendevano, ora che non era più giovanissima, affascinante. Non si era mai sposata e, poiché era figlia unica, questo rendeva problematica la successione al trono del Promontorio, dove le donne non potevano regnare.

Pensando così e riflettendo che era proprio un peccato perché Ferenike non solo era intelligente e colta, ma aveva ricevuto l'educazione di un sovrano ed era amatissima dal suo popolo, Lord Irkor, appena a bordo, si chinò sulla mano ben curata della dama, assicurandola della sua gratitudine.

"Non ringraziatemi, Milord! Noi che abbiamo provato il morso delle Tenebre siamo uniti da un vincolo forte come un legame di sangue. Il vostro lutto è il mio e sono lieta che abbiate accettato il poco aiuto che vi ho potuto offrire".

Parlando così, la donna l'osservò attentamente, notando commossa come i suoi capelli ricciuti fossero ormai striati di grigio, gonfi e tristi gli occhi nocciola che ricordava allegri, pieni di vita, e segnato il viso smagrito.

Scosse il capo, ma subito si compose un sorriso cordiale perché erano saliti a bordo anche Allemayr e il giovanissimo Ettayn, che aveva sul viso la traccia delle molte lacrime sparse durante le esequie della madre e si teneva stretto al braccio del fratello come fosse l'unica cosa che gli restasse al mondo. Mentre la dama accoglieva cordialmente i nuovi venuti, la bella nave si staccò dalla banchina e prese il largo, spinta dai vigorosi rematori e dal lieve vento favorevole che s'era levato.

Sul ponte, Allemayr parlava sottovoce con Lady Ferenike, Ettayn, seduto ai suoi piedi, sonnecchiava, cullato dal moto delle onde, la bionda testa ricciuta appoggiata alle ginocchia del fratello e Lord Irkor li guardava con affetto, sentendo che le sue speranze continuavano a vivere in loro.

Di Lady Dathmara, della sua vita sventurata, delle sue ultime parole non restava che un pugno di polvere grigia, chiuso in un cofano dorato.

Capitolo primo

INFAUSTI PRESAGI

Quasi trent'anni aveva lavorato al suo progetto di un'alleanza tra tutte le terre dei Mari Interni e, ora che il suo sogno era diventato realtà, qualche volta si chiedeva sconsolato chi gliel'o aveva fatto fare!

Il Console Tumish gettò un'occhiata esausta sui fogli che mastro Cordiera, capo della segreteria, gli aveva portato con quella sua particolare espressione tra il sussiego e il cordoglio che voleva dire "guai".

E guai erano.

Scorse rapidamente le pagine piene di richieste, interpellanze, proposte, proteste... soprattutto proteste, e sospirò.

"Mastro Bertrado, avete parlato personalmente con i rappresentanti di Saetta e con quelli dell'Arcipelago del Corallo?"

"Secondo gli ordini di vostra Eccellenza, sì, Milord".

"E sono queste le risposte che mi mandano?! In un momento come questo, quando bisognerebbe pensare tutti assieme alla ricostruzione dei nostri Paesi non hanno niente di meglio da fare che..." Scartabellò tra le carte. "...dissentire... respingere... esigere... deprecare..." lesse a voce alta, allontanandosele un po' dagli occhi per vedere meglio.

Le parole finirono in un gemito e l'uomo lanciò un'occhiata sconsolata a Bertrado Cordiera, ma per tutta risposta l'uomo alzò gli occhi al cielo, cioè al soffitto affrescato del lussuoso studio del Console.

"Santa Luce, Eccellenza, cosa volete che vi dica!" gemette. "Ci sono quindici stati in quest'alleanza e ben pochi sono contenti della loro posizione".

Il vecchio storico scosse la testa con aria afflitta, cercando di mostrarsi solidale, un occhio a Tumish e uno alla clessidra, ansioso di tornarsene allo spuntino che l'aspettava nel suo comodo ufficio.

"Faccio entrare i membri del Governo e gli onorevoli ospiti, Milord?" chiese speranzoso e al fiacco cenno d'assenso del Console scattò sui magri stinchi, per rientrare pochi minuti dopo, precedendo un nutrito gruppetto di persone, che stavano già parlando animatamente tra loro e che non si sognarono nemmeno di smettere rispettosamente quando si trovarono davanti al Capo del Governo dell'Intesa.

Guardando le facce lunghe, le fronti aggrottate e le occhiate irritate e sdegnose che i suoi colleghi si scambiavano, Tumish, per l'ennesima volta, provò il desiderio di scappare, o di farli uscire di nuovo tutti, a calci, o di mettersi ad urlare...

Sorrise invece a trentadue denti e li invitò ad accomodarsi, assicurandoli che era felice, proprio felice di vederli...

"Tumish, guarda che Tuius Larane è da escludere assolutamente come Primo Consigliere di Saetta!" sbottò subito il principe Xamir Ul Quoi con l'abituale irruenza, prima ancora che tutti si fossero seduti, e continuò, alzando il vocione perché gli era parso che uno degli ospiti, ser Tolano Tarvis, stesse per aprire bocca "Non sa neanche come è fatta una spada o un arco e se gli dai una mazza l'adopera per pestare i suoi intrugli! Quando parla nessuno riesce a sentirlo..."

"...Cosa che non si può certo dire di voi, principe!" Approfittando del fatto che, per quanto potenti fossero i suoi polmoni, anche Xamir doveva prender fiato ogni tanto, Tarvis, capo della Confraternita degli Speziali cui anche Larane apparteneva, era intervenuto in fretta in difesa del suo candidato. "Ser Larane non è un guerriero, certo, ma non è di guerrieri che ora abbiamo bisogno..."

Mentre qualcuno, a voce bassissima, notava che di guerrieri ce ne erano sempre anche troppi, il principe Ul Quoi chiuse la bocca allo speziale con un ruggito.

"Zitto voi, ser... ser *Coso*, ché non ho finito! Quel semolino del vostro Larane per tutta la guerra se ne è stato a rimestare polveri e a contare i suoi soldi a Zilliana! Ora, se pensate che un Ul Quoi possa sopportare..."

La sopportazione degli Ul Quoi non era particolarmente famosa nelle Isole Dorate, ma in ogni modo, prima che il principe rivaltino riuscisse a finire, intervenne con voce sottile, ma molto acuta, messer Naucel, il Borgomastro delle Isole del Corallo.

"Si può sapere chi è stato l'imbecille che ha stilato l'ordine del giorno?! È mai possibile che, con la situazione che c'è ai Coralli, debba star qui a perder il mio tempo a sentir sciocchezze sulle elezioni di Capo Saetta?! Scelgano chi vogliono! L'importante è che, una volta scelto un capo, se lo tengano. E così vengo ad esporre la mia situazione..."

"Egregio collega, abbiate la cortesia di attendere il vostro turno!"

"Al tempo!" gridarono insieme Tarvis e Xamir, improvvisamente d'accordo, ma prima che la cosa degenerasse ulteriormente, s'interpose rapido il generale Takab.

"Scusate, ma credo che abbiamo cominciato col piede sbagliato questa riunione. Ho sentito parlare di un ordine del giorno... che però nessuno ha letto. Forse, se lasciamo la parola al Console, potremo poi affrontare più tranquillamente tutti gli argomenti previsti per oggi".

Il generale era molto invecchiato in quegli ultimi mesi: era ormai tutto grigio e sul suo volto smagrito erano apparse rughe profonde, ma per quanto un poco rauca, la sua voce era sempre tanto potente da riuscire a farsi sentire tra i contendenti. Tumish lanciò uno sguardo di gratitudine al suo vecchio collaboratore, poi afferrò i suoi fogli e cominciò rapidamente ad elencare i punti all'ordine del giorno.

Ma, data la sua nota verbosità e magniloquenza, non era andato oltre al generico saluto e alla ancora più generica constatazione che, dopo la gloriosa vittoria e la generosa volontà espressa da tutte le Isole Dorate di riconoscersi nell'Unione, restavano sul tappeto molti problemi, che un ringhio del principe Ul Quoi, seguito da una serie di squittii da parte del grasso Hilrion Piobs, tesoriere del Governo, lo bloccò.

"Sarà bene che chiariate subito cosa avete voluto insinuare dicendo che di guerrieri ce ne sono anche troppi!"

L'udito dell'antico signore di Rivalta era potente come la sua voce e Lord Piobs, sovrastato dalla robusta figura del principe, cercò di sparire nel suo scranno, cosa alquanto difficile, se non altro per la sua mole.

"Milord, c'è un equivoco, uno sfortunato equivoco..." pigolò il disgraziato e Tumish alzò gli occhi al cielo, in cerca di aiuto. L'aiuto gli venne invece dal vicino di Takab, un giovane di media statura con corti capelli color sabbia e intelligenti occhi grigi, che mostrava poco più di vent'anni, ma che nonostante questo portava le insegne di Ammiraglio Capo dell'Intesa e che quindi era membro del Governo per diritto.

"Un equivoco, sì, mio Signore!" gridò sorridendo, guardando l'infuriato Xamir; e quando l'uomo si girò verso di lui, cambiando espressione e abbozzando un improvviso sorriso, aggiunse ridendo "Perdonate, mio principe... è colpa mia, Lord Piobs ce l'aveva con me, per uno stupido scherzo..."

"Uno scherzo, eh?! Doveva immaginarmelo... tra te e Zelmir non si sa chi sia il peggiore, Hezjià!"

Placato, il principe rivaltino lasciò andare il tesoriere, si aggiustò la treccia nera e tornò al suo posto, allungando un amichevole scappellotto al suo collega di governo, nonché amico per la pelle di suo figlio e suo protetto.

Con un sospiro di sollievo il povero tesoriere si accasciò sulla sua seggiola, lanciando uno sguardo di gratitudine ad Hezjià, col quale in tutta la sua esistenza aveva scambiato al massimo trenta parole, sempre per rifiutargli dei fondi... ma si guardò bene dal dirlo... anzi, si guardò bene dall'aprire più bocca.

Approfittando dell'improvvisa calma ritrovata, il Console riprese a parlare.

In realtà sia il problema delle elezioni a Saetta che la difficile situazione creatasi al Corallo, dove i cittadini rifiutavano di riconoscere il Borgomastro eletto, messer Hieronis Naucel, erano all'ordine del giorno, ma Tumish avrebbe preferito non aprire la riunione proprio con questi spinosi argomenti; ormai, però, non gli restava che rassegnarsi e cominciare a esporre la delicata questione di Saetta, cercando di non sentire i brontolii di disaccordo di messer Naucel,che aveva premura di spiegare invece il caso del suo arcipelago.

Da più di un anno, il Consiglio di Saetta stava cercando di trovare un accordo per nominare il successore di Awel Kalani e di Guain di Scledum, entrambi caduti eroicamente combattendo contro le armate del Nord.

Il Console non si era mai illuso che fosse un affare facile, ma aveva sperato che fosse possibile trovare un accordo tra i rappresentanti delle Confraternite e quelli dei Signori della Terra, legati all'esercito, che più di tutti avevano animato la resistenza.

Invano: con metodica precisione, ogni mese una delle due fazioni bocciava il candidato dell'altra, che ricambiava la cortesia il mese dopo.

E il fatto che i Liberi Naviganti avessero la loro sede principale, l'isola di Periss, a poche ore di navigazione da Saetta non faceva che complicare le cose, come anche peggioravano la situazione le continue ingerenze di quel furioso sobillatore del principe Ul Quoi che, non avendo più una sua terra, continuava a ficcare il naso in quella degli altri... Intanto il paese, uno dei più provati dall'invasione, s'immiseriva sempre di più e l'inverno rigidissimo che stavano attraversando, uno dei più freddi a memoria d'uomo, faceva temere per i raccolti futuri, indispensabili alle Isole già provate dalla lunga guerra.

L'Arcipelago del Corallo era una questione diversa. Il suo Borgomastro, eletto alla morte del popolare Tavenio Prekis, non solo non era mai riuscito a conquistare i suoi cittadini, ma per di più, durante le guerre con la Norlandia, aveva preferito la relativa sicurezza di Wan Tunhe al ritorno nella sua patria invasa. Così, al momento di riprendere il suo posto, s'era sentito dire che, giacché si era trovato tanto bene a Wan Tunhe, poteva restarci anche per sempre, ché i Coralli avrebbero continuato a fare a meno di lui. Il guaio era che ser Naucel da quell'orecchio non ci sentiva e che per di più la carica di Borgomastro era a vita...

Come aveva cupamente previsto, la discussione su Saetta e sui Coralli non soltanto monopolizzò tutta la riunione, senza peraltro giungere a nessuna conclusione, ma anche infiammò a tal punto gli animi dei partecipanti che, sonato da un pezzo mezzogiorno, il Console cominciò a prendere in considerazione l'idea di aggiornare la seduta.

Restavano però sul tappeto le incognite connesse alla difficile successione di Wineri, il giovane Primo Signore delle Alghe, e l'annoso nodo della successione di Arthel del Tridente che, con alterne vicende, si trascinava da oltre vent'anni.

"Dopo tanto tempo, che importanza volete che abbia una dilazione di qualche ora... o di qualche giorno?!" disse ridendo Rachilde Hadranos, cercando di sdrammatizzare, ma ebbe in cambio solo uno sguardo astioso da parte di Tumish, che non la poteva soffrire solo perché aveva preso il posto della sua amata Solea nel governo.

E come sempre quando ci ripensava, sentì l'amaro rimpianto per quella bellissima donna che aveva adorato inutilmente per tanti anni e che aveva perso, quando ormai stava per essere sua; ci aveva pensato e ripensato mille volte, e sempre si era trovato senza colpa; eppure permaneva in lui la molesta sensazione di aver sbagliato...

Alle dimissioni dal Governo di Dama Min, seguite dalla sua improvvisa partenza per T'Ahai, ser Illert aveva manovrato con successo perché al posto suo fosse nominata sua cugina, la giovane Rachilde, che aveva coraggiosamente retto le Isole delle Tre Sirene durante la guerra. Ora, tutte le volte che Lord Nevir vedeva il suo impertinente naso all'insù, i suoi vivaci occhi nocciola e i suoi indisciplinati capelli castani, nel posto che era stato occupato dalla sua bellissima Solea, sentiva in gola un amaro rigurgito di bile.

"È proprio evidente che non siete ancora ben addentro negli affari delle Isole, Milady!" la rintuzzò acidamente, quasi con piacere. "Altrimenti sapreste che negli ultimi mesi la situazione si è aggravata e che Lady Nartia ha ufficialmente chiesto il trono per il suo secondogenito, Rodger... si rischia un conflitto tra il Tridente e l'Arcipelago delle Conchiglie!"

"Eh via, Milord, correte troppo! Bisogna tener conto anche degli altri due pretendenti, Lord Ruinigis e Lord Tismis!"

Hezjià Yets si era intromesso cavallerescamente in aiuto di Rachilde, che alla reprimenda del Console era diventata tutta rossa, ma fu subito azzittito dall'ambasciatore di Zilliana, che nessuno aveva invitato e che non aveva alcun diritto di partecipare alla riunione, e meno ancora di parlare, ma c'era e parlava lo stesso.

"Io ormai farei riferimento solo a Lord Ruinigis, ammiraglio Yets!"

Tutti gli occhi conversero su di lui e l'uomo, molto soddisfatto di poter dimostrare una volta di più l'efficienza dei servizi segreti del suo Paese, si alzò in piedi.

"Non lo sapevate?" continuò con aria di sufficienza. "Strano... Lord Tismis non tornerà più per chiedere il trono del Tridente; fonti sicure lo danno ormai moribondo a Imeria, dove si era rifugiato durante la guerra".

Esibì un compiaciuto sorrisetto di deprecazione e si risedette, lasciando tutti spiazzati.

"Al Tridente per il momento, su decisione dell'Intesa, governa Lord Hildavis, come reggente provvisorio, e..." ricordò Takab, dopo un attimo di silenzio.

"Hildavis!" proruppe il principe Ul Quoi. "Quello è un uomo! Se qualcuno qui dentro avesse un po' di testa, lo convincerebbe a farsi avanti e a chiedere il trono per sé!" Diede un'occhiata peculiare al Console e insistette "I suoi diritti sono inequivocabili..."

"Perché allora non gli parlate voi, Altezza Reale?" esplose Tumish, esasperato dalle continue critiche e ancora di più dall'occhiataccia. "E, già che ci siete e siete tanto bravo, provate anche a parlare con i vostri nobili parenti delle Alghe... Da quando Lord Wineri è caduto a Lameth, pare che tutti abbiano perso la testa!"

"Che cosa osate insinuare sui miei nipote, sui miei cognati e..."

Prima che Xamir esplodesse, Hezjià intervenne rapidamente, posandogli una mano sul braccio. "Nessuna insinuazione maligna, ne sono certo, mio principe! Lady Morana è l'unica erede di Wineri, ma, finché non si sarà sposata, per legge può esercitare il suo diritto soltanto attraverso un tutore, cioè suo zio Melhwir, con il quale non è mai stata in buoni rapporti. Certo, è un grosso problema..."

"Ma non avevamo inviato là Lord Irkor da Torrarsa per dirimere la questione?" tentò di nuovo Rachilde, ma le andò male anche questa volta perché l'ambasciatore di Terracqua, che aveva più o meno gli stessi diritti ad essere presente di quello di Zilliana, la interruppe subito.

"Ah, non sapete neanche questo? Il Lord ha dovuto interrompere il viaggio perché sua moglie si è aggravata. Ora sono al Tridente, ospiti appunto di Hildavis da Nicomer. Sembra che la Dama stia per morire..."

Rimase ancora qualche secondo in piedi a godersi il brusio interessato che le sue parole avevano scatenato, poi si sedette, scambiando uno sguardo compiaciuto con il suo collega di Zilliana.

Ci vollero parecchi minuti perché Lord Tumish riuscisse a riavere il silenzio, perché tutti erano a conoscenza della tragica storia di Dathmara e il nobile riserbo in cui i due coniugi erano vissuti negli ultimi anni non aveva fatto che rinfocolare la curiosità. Si udì mormorare il nome della fanciulla uccisa, Lanween, e ricordare il feroce Sighart che il giovane Gofrid che aveva abbattuto, prima ancora di diventare un Guerriero Consacrato. Qualcuno sussurrò che da allora il piccolo Ettayn, il figlio minore di Irkor e della sua sciagurata sposa, aveva mostrato strani poteri, ma che il padre e il fratello maggiore lo ostacolavano sulla via della Consacrazione, e subito Yets balzò in piedi a difendere i suoi amici...

Ma quei ricordi ne suscitarono altri e su tutti parve d'improvviso incombere ancora la tragica figura di Lord W'Unker, alto e fiero, vestito di nero, i lunghi capelli bianchi a contornare il volto coperto dalla maschera, la sinistra splendente di un potere infernale... Lord W'Unker, che le Isole avevano condannato al rogo e poi graziato a fatica... Lord W'Unker spodestato, mutilato, umiliato... Lord W'Unker, che era stato Valmar D'Aurel, cacciato per sempre dalle Isole di cui era stato lo Scudo e il Flagello.

Ora tacevano tutti e Lord Tumish si schiarì la gola, riprendendo subito la parola.

"Le notizie che ci portate, Milord, aggravano le nostre preoccupazioni, tanto che ritengo opportuno inserire le Alghe al terzo punto dell'ordine del giorno per domani".

"C'era da prendere in esame anche la richiesta che Dama Solea Min da Montaldo ci ha inviato da T'Ahai, perché sia riconosciuta ufficialmente l'indipendenza di quell'isola", propose vivacemente Rachilde, piena di buona volontà, ma ancora una volta ricevette in cambio un'occhiata insofferente... e questa volta non era perché aveva nominato Solea, riaprendo la ferita del Console, o almeno non era solo per quello... Lo capì immediatamente, quando la voce sdegnata di Xamir Ul Quoi riempì la sala. "T'Ahai indipendente?! Ah! Ci sarà da discuterne... Quell'isola storicamente fa parte della mia Rivalta e il fatto che il mio disgraziato regno sia stato inabissato da quel maledetto W'Unker, verso il quale avete mostrato tanta pietà, non toglie che..."

"Anche il marchese di Esserant la rivendica come sua!" obiettò Lord Reghibald di Karegi, che in seno al Governo dell'Intesa aveva il poco invidiabile compito di tenere le relazioni tra i singoli stati, ma mal gliene incolse.

In meno di un secondo si trovò ad ascoltare la voce tonante di Xamir che gli elencava tutti i motivi, veri o immaginati, per i quali T'Ahai apparteneva agli Ul Quoi; e il fatto che quella rumorosa lezione di storia dovette ascoltarla con i piedi a venti centimetri dal suolo, visto che il principe l'aveva sollevato senza fatica per il colletto e lo teneva per aria, sotto il suo naso, non lo consolò di certo...

Al fianco dell'affranto Console, Takab, con voce rauca e paziente, rammentò per l'ennesima volta che anche a Lameth e a Persko dovevano essere eletti i Capi del Consiglio, mentre in fondo alla sala anche Lady Diothenda de Cenzis alzava la voce nasale per far presente i problemi dati dalla presenza incontrollata dei Senzaterra, cosa che procurò un altro sussulto di rabbia a Xamir, con conseguente scossa al povero Reghibald.

Quando poi l'improvvida Rachilde ricordò che anche il Promontorio delle Tempeste aveva dei problemi di successione, visto che l'anziano Lord Esserant aveva un'unica figlia e nubile per di più, prima che il principe Ul Quoi decidesse di dire la sua anche su questi argomenti, con uno scatto di energia Lord Tumish aggiornò decisamente la riunione.

***

Nonostante fosse gennaio, in quell'ora di tarda mattina la grande sala rotonda della Torre del Risanamento era talmente piena di luce che i marmi chiari che l'adornavano parevano riflettere e moltiplicare.

Lady Aleja sedeva nel vano del suo balcone preferito su un largo cuscino bianco adorno di delicati pizzi argentei, volgendo il viso pallido e quieto alla finestra per osservare il paesaggio invernale, la cima del Monte Guardiano imbiancata, gli alti alberi spogli, l'affrettarsi dei pochi passanti pesantemente intabarrati e, in fondo, le onde del mare che s'infrangevano sulla riva, spinte da un freddo vento di tramontana.

La Prima Consacrata aveva una pesante pelliccia candida sulle ginocchia, a coprire parzialmente l'abituale veste grigia, appena ravvivata dalla sciarpa verde pallido che la diceva appartenere al Terzo Ordine dei Magi, quello dei Guaritori. Sul suo petto però brillava la *Luce della Dea*, una fulgida gemma di un bianco latteo lucente, abbagliante, che improvvisamente si accendeva di colorati lampi luminosi.

Su quella preziosa pietra, unica in tutta Thelene e simbolo della sua carica, le mani affusolate della Maga continuavano a stringersi, ma il suo viso restò sereno e solo chi la conosceva bene avrebbe potuto indovinare l'inquietudine nei suoi chiarissimi occhi.

Aleja era turbata: da quasi due anni quell'Oscura Entità che si faceva chiamare il Negromante era stata distrutta e lei era una delle poche persone che conosceva la verità sulla sua dissoluzione; con lui era crollata anche la potenza del Duca di Rocca d'Ombra e da oltre sette mesi anche i suoi generali traditori erano stati sconfitti e i Norlesi, in rotta, avevano abbandonato le Isole invase. Anche Lord W'Unker, bandito, le aveva lasciate per sempre, portando via con sé Gofrid, l'ultimo dei Magi Guerrieri, suo figlio... Una perdita che i Magi tutti continuavano a rimpiangere.

Lei aveva aspettato e creduto e sperato che le terre sconvolte dalle guerre, e più ancora dall'empia magia dei due stregoni, ritrovassero il loro equilibrio naturale, ma ora cominciava a dubitarne.

Certo, era ancora troppo presto per giudicare e forse solo la primavera avrebbe sciolto o confermato i suoi dubbi, ma da molte, da troppe parti le venivano segnalati strani fenomeni, come se la natura stentasse a ritrovare il suo corso normale, come se l'equilibrio dell'Uno non fosse stato ripristinato...

E neppure tra gli uomini era tornata la pace, la serenità. Le Isole Dorate erano sempre inquiete e, se le loro difficoltà potevano essere spiegate con le lunghe guerre che le avevano travagliate e avevano lasciato vuoti spesso incolmabili, era molto più difficile spiegare logicamente i moti, le turbolenze degli altri stati che alla guerra non avevano partecipato o che vi avevano avuto un breve ruolo del tutto marginale.

Eppure il Negromante aveva cessato di esistere nel mondo reale, era stato rigettato al caos del non-mondo, i lugubri Perduti erano scomparsi e Lord W'Unker...

Un lieve sospiro involontario sollevò il petto della donna, e gli fece eco una voce giovanile, dolce e piena.

"Tu sei inquieta, madre e sorella..."

Si riscosse e alzò gli occhi sulla fanciulla che da qualche momento era in piedi al suo fianco.

"Lyri! Persa nei miei pensieri, non ti avevo sentito arrivare, figlia mia".

"Mi hai mandato a chiamare ed eccomi qui".

Aleja guardò sorridendo la giovinetta, dimenticando per il momento i suoi timori.

Era cresciuta, ormai, la bambina che aveva visto correre e giocare nella Torre, la sua allieva preferita... Sotto la corona delle trecce color miele il viso, che aveva perso le rotondità dell'infanzia, era serio e deciso e i luminosi occhi grigi spiccavano sulla pelle leggermente dorata, tesa sugli alti zigomi appena rosati. Era alta e snella, ma con fianchi e petto ben delineati, braccia rotonde e flessuose e agili mani forti, abilissime nel curare.

Vestiva ancora la semplice tunica degli allievi, serrata sotto il petto e sciolta poi in morbide pieghe, ma per quanto quella veste le andasse alla perfezione, si intuiva che non era più la sua. Infatti tra pochi giorni la fanciulla avrebbe pronunciato i suoi voti per diventare una Maga Guaritrice, una Consacrata alla Dea della Luce.

Ripensandoci, il sorriso di Aleja si fece più ampio, più tenero e commosso.

"Siedi vicino a me, piccola sorella, e dimmi... Alla tua Consacrazione non mancano che pochi giorni e ancora non mi hai confidato quale nome invocherai a tuo testimone, difesa e guida, tra tutti i Magi Consacrati, vivi o morti".

Gli zigomi della fanciulla si accesero di più, mentre la ragazza chinava gli occhi titubando, e Aleja rise piano, certa di aver indovinato.

"Or via, cara, credo di saperlo... Non c'è bisogno che tu arrossisca! Il nome di Gofrid D'Aurel".

"No, madre e sorella".

La negazione suonò netta e Lyri alzò due occhi ora fermi sulla Prima Consacrata, che la guardò un po' perplessa.

"No, divina Aleja", ripeté la ragazza, scuotendo la testa. "Io gli voglio bene, e l'ammiro... ma sarà il nome di suo padre che invocherò il giorno della mia Consacrazione. Il nome di Valmar D'Aurel".

La Maga si trasse un poco indietro, sentendo che anche le sue guance si coloravano.

"Tua è la scelta e io la rispetterò in ogni modo" obiettò con voce misurata. "Tuttavia rifletti bene. Certo, grande fu il suo sapere e la sua potenza, ma ancora più spaventosa la sua colpa e la sua caduta..."

"E più terribile ancora il suo tormento e il suo rimorso. Io l'ho curato assieme a te, quando era ricoverato qui, e poi sulla nave, dopo l'orribile mutilazione che si era inferto. L'ho visto costretto a inginocchiarsi davanti ai Signori delle Isole... Madre e sorella, è mai possibile che tanto Potere, tanta sapienza, tanto dolore siano vani? No, io ho la sensazione che il suo compito non sia finito e che la misericordia della Dea gli offrirà una possibilità di riscatto; in quel momento, forse, il legame che formerò chiamandolo a testimone dei miei voti mi darà modo di essergli vicino e di aiutarlo nell'aspra via della penitenza e del perdono".

La Sacerdotessa, che durante l'appassionato discorso della sua allieva era impallidita e arrossita, annuì e chinò un poco il viso quasi a nasconderlo dietro la serica cortina dei capelli biondo argentei.

"Sia come tu vuoi, figlia e sorella; possa la Dea ascoltarti e infondere in quel duro cuore il pentimento e la speranza! Questo pregava anche suo figlio, Gofrid..."

"È quello il nome che chiamerò, quando pronuncerò anch'io i miei voti!" gridò una voce argentina e dal fondo del salone l'agile figuretta di Hillia corse verso di loro. Rideva allegramente, correndo verso di loro e scuotendo la testa fitta di pesanti riccioli scuri che scendevano ad incorniciare il visino rotondo, illuminato da due chiari occhi azzurri e caratterizzato dal piccolo naso e dalle fossette sulle guance rosate. Era più piccola e sottile dell'amica, e aggraziata e armoniosa nei movimenti, con piedi minuscoli e mani delicate; anche lei vestiva la tunica degli allievi che la faceva sembrare più bambina di quello che in realtà era, e come una bambina sgranò gli occhioni in viso ad Aleja.

"Posso farlo, vero?" insistette. "Potrò invocare il nome di..." S'imporporò e rise per celare il suo imbarazzo. "L'ho sempre desiderato... invocare il suo nome il giorno della mia Consacrazione, voglio dire!"

Paonazza, nascose il viso sulla spalla dell'amica: l'infatuazione della ragazzina per il bel Guerriero era nota da tempo a tutti i Magi, salvo che all'interessato, e Aleja sorrise.

"Puoi scegliere il nome che vuoi, purché sia quello di un Magio, vivo o morto, lo sai!" rispose. "E comunque, io sono ben lieta della tua scelta" e lanciò un'occhiata a Lyri, che serrò le labbra e chinò gli occhi con espressione ostinata, senza parlare, mentre Hillia sollevava il viso ridente.

"Dopo la Consacrazione, Lyri, il tuo nome e la tua stirpe saranno rese pubbliche, com'è l'uso" continuò Aleja." E io poi ti consegnerò le carte che tua madre Arwenna aveva lasciato per te alla Torre quando partì per Persko".

S'interruppe e posò in silenzio la mano sulla spalla della fanciulla... Arwenna e suo marito, Wuitigi, erano rimasti uccisi nella strage di Persko, lasciando la figlia sola al mondo.

"La Dea li copra con il manto della sua misericordia, finché l'Uno non intonerà l'ultimo canto e il mondo non sarà mutato!" la tranquillizzò la voce dolce e pacata di Lyri. "Nella mia sventura, madre e sorella, sono stata fortunata, perché qui alla Torre ho ritrovato una famiglia e in Hillia la più tenera delle sorelle".

"Parli bene, mia saggia Lyri!" riprese la Prima Consacrata, lieta in cuore per quelle parole. "Libera la tua mente da ogni pensiero funesto e pensa solo alla tua Consacrazione, che finalmente, dopo i lunghi anni di guerra, si svolgerà a Bosco Sacro. Non potrei immaginare presagio più lieto!"

Ma Hillia, con tutto il rispetto per i presagi della Prima Consacrata, su quella cerimonia aveva avuto anche altre aspettative e non riuscì a trattenersi.

"Bosco Sacro? Ma... Io credevo... Voglio dire... Avevo parlato già con Morana..."

Si azzittì, mordendosi le labbra, di nuovo tutta rossa, e Aleja rise francamente.

"...e tu pensavi a una festa, a degli invitati, e pensavi bene, piccola mia! Dopo la cerimonia torneremo a Wan Tunhe e la Torre sarà aperta a quanti vorranno render grazie alla Dea assieme a noi, e saranno in molti". Sorrise alle due fanciulle continuò enumerando nobili e guerrieri di tutte le Isole. Anche Hillia sorrise, rasserenata, ma il viso di Lyri tradì il suo imbarazzo.

"Madre e sorella" osservò alla fine "tutti costoro che nomini sono persone d'alto rango, e io sono la figlia di un'ancella e di un mastro costruttore! Non so..."

"Pronunciati i voti, tu sarai una Consacrata e in tutta Thelene un Consacrato non è inferiore a nessuno, neppure ad un re".

Con la faccia non molto convinta, tuttavia Lyri annuì, obbediente, ma Hillia saltò su subito, cercando di ignorare che stava arrossendo di nuovo.

"Ma lui non ci sarà? Lui, il giovane Guerriero... Potrei, cioè, Lyri

potrebbe invitarlo..."
"Gofrid D'Aurel non ha bisogno d' inviti: questa è la sua casa, come è la vostra".
"Ma non quella di suo padre..." mormorò pensierosa Lyri.
"No. Non più".
La voce di Aleja era un sospiro, e abbassò la testa, celando il viso tra i capelli chiarissimi.
"Non verrà, dunque!" concluse Hillia con voce delusa.

***

Quel giorno Gofrid D'Aurel non era con i suoi confratelli nella grande sala rotonda della Torre, illuminata dalla luce che entrava dagli ampi balconi e dal fuoco della Dea che ardeva al centro e ornata con corone di sempreverdi e con i preziosi fiori delle serre.

Il viso grazioso di Hillia, che si era allungato di un palmo nel veder svanire la sua ultima speranza, si rischiarò un pochino accorgendosi che veramente il fiore della gioventù delle Isole Dorate pareva essersi data appuntamento alla Torre, per onorare la Dea che aveva concesso il suo Dono a Lyri: agli abiti grigi dei Consacrati si mescolavano le lussuose vesti degli ospiti, spesso di vivaci colori, e sempre ornati di gioielli, di trine, di ricami e, visto il freddo, anche di preziose pellicce.

In realtà non era solo il desiderio di rendere grazie alla Dea che aveva portato là i Signori dei Mari Interni e i loro figli: per la prima volta dalla fine delle guerre c'era la possibilità di vedersi, di incontrarsi in un'atmosfera festosa, ma informale, proprio quello che ci voleva perché i giovani facessero conoscenza, si piacessero e perché i loro genitori potessero combinare dei saggi matrimoni che fossero utili per le loro terre, ma non disgustassero troppo i loro eredi.

Molto attiva in proposito era Lady Nartia, che di figli in età di matrimonio ne aveva tre, due maschi, Aghart e Rodger, e una femmina appena diciassettenne, Rodelint. Spingendoseli avanti, non mancava di riversare in tutte le orecchie che avevano la sventura di trovarsi nel suo cammino il valore del suo primogenito, che con lei e la cognata aveva resistito per anni all'invasione norlesi, i diritti al trono del Tridente di Rodger e la bellezza e le doti femminili di Rodelint.

E se nessuno poteva obiettare niente sul valoroso Aghart, per gli altri due c'era molto da dire, a cominciare dai dubbi diritti del secondogenito per finire con la somiglianza di Rodelint al nonno materno...

"Infilate la puledra che mi avete regalato in una veste di broccato rosso e avrete il ritratto di Lady Rodelint, padre mio!" commentò ridendo Zelmir, appoggiato alla balaustra di marmo del loggiato che correva in alto, lungo tutta la parete della sala, mentre il principe Ul Quoi lottava tra il riso e l'irritazione.

Erano mesi che cercava una moglie per quel suo scriteriato rampollo e tutti i suoi sforzi cozzavano contro l'assoluta, irragionevole volontà del suo unico figlio di restare scapolo.

Quando poi la fanciulla in questione scoppiò a ridere, gettando indietro la testa, con una risata indiscutibilmente simile a un nitrito, i due principi si guardarono in faccia ridendo a loro volta.

Ma Xamir tornò subito serio.

Il matrimonio del figlio era importante non solo per la continuità della sua stirpe, cosa che con l'abituale modestia considerava di grandissimo valore, ma anche perché avrebbe potuto contribuire a risolvere il problema dei Senza terra. Al pensiero dei suoi uomini senza più una patria, ridotti a vivere della carità delle altre Isole e appena tollerati, ora che non c'era più bisogno delle loro armi e del loro coraggio, Xamir digrignò i denti... e si sporse di più dalla balaustra, cercando con gli occhi veli verginali e lunghe gonne fiorite, possibilmente, corredate da terre e titoli, di preferenza regali...

"Ecco, guarda Morana! Non dirai che non è carina..."

"Certamente no! Mia cugina è proprio graziosa, anche così malinconica com'è adesso, ma, appunto, è mia cugina, mio Signore, e sono cresciuto con lei e con suo fratello, il mio povero Wineri. È come una sorella per me, e non mi sento portato all'incesto".

Il principe Ul Quoi si girò verso il suo disobbediente figlio che trasformò rapidamente il suo sorrisetto in una smorfia compunta.

"Giovanotto, mi sa che stai prendendomi in giro! La terza figlia di Lord Caledur, Tamiri, è troppo magra e seria; l'unica nipote di Lord Ruinigis, invece, ha i denti storti..."

"E la posizione di suo zio al Tridente è tutt'altro che sicura!" incalzò il giovane con voce allegra e faccia contrita.

"Già; e Lady Rodelint non è abbastanza bella per te, mentre per Morana provi sentimenti fraterni: di questo passo la sposa dovrò andartela a cercare nei domini delle Tenebre!"

Un'ombra passò improvvisamente negli occhi verdi del giovane principe, che rimbeccò subito il padre con eccessiva vivacità "Anche in questo caso, e soprattutto in questo caso, ti sarei grato se lasciassi a me l'incombenza! Dopo tutto, sono io che dovrò... ehm... mmh..."

Fortunatamente Zelmir riuscì a mordersi la lingua prima di finire la frase, evitando l'abituale scoppio d'ira del padre, che intanto, girato di nuovo alla sala, sbirciava ancora tra gli invitati.

Il brusio della conversazione si mescolava alla musica, che alcuni arpisti suonavano piano, come a fare da sottofondo; nei lunghi calici di vetro istoriato scintillavano i famosi vini delle Isole e nei vassoi di pesante argento e di porcellana facevano bella mostra di sé le appetitose vivande che tra poco sarebbero state servite assieme alla frutta fresca, che le serre della Torre producevano anche in inverno e che traboccava dai larghi bacili di cristallo.

Dappertutto si udiva ridere e scherzare; nomi altisonanti venivano annunciati e Lady Aleja, regale nonostante la voluta semplicità della veste grigia,continuava ad andare e venire per la sala, accogliendo e salutando i suoi ospiti, poi d'improvviso le risate cessarono ed il brusio calò di tono.

Incuriosito, Xamir si sporse dalla balconata... e subito allungò una mano per afferrare l'indisciplinato figlio che stava approfittandone per filarsela via, visto che aveva finalmente scorto Hezjià in fondo alla sala, seduto vicino al vecchio Todar.

"Fermo, cattivo soggetto!" tuonò il vecchio Signore di Rivalta. "Guarda là, e dimmi che obiezioni puoi fare!"

Zelmir si morse le labbra: inaspettatamente, la regina Elear di Terracqua aveva deciso di accompagnare il suo Primo Ciambellano a Wan Tunhe. Appoggiata mollemente al suo braccio, aveva fatto il suo ingresso nella sala, splendente in un abito d'un azzurro chiarissimo, costellato da centinaia e centinaia di piccoli cristalli che riflettevano la luce, rendendo la bella regina simile a una visione luminosa.

Tra i lunghi capelli biondi erano brillavano ancora l'argento e il cristallo, ma il cerchio sottile che le cingeva la fronte splendeva per i diamanti, e diamanti luccicavano alle piccole orecchie e sulle belle mani morbide; sul petto poi, generosamente esposto come il solito, sfolgorava il famoso "*sole di Taveno*", il brillante che Solea aveva venduto assieme al resto della sua collezione di gioielli per armare i Senzaterra durante l'ultima guerra.

Nel vederlo, il sorriso di ammirazione di Xamir si congelò in una smorfia e l'uomo si trasse bruscamente indietro.

"Non è proprio il colmo del buon gusto, vero?" osservò pensieroso Zelmir, ricevendo una doverosa occhiataccia.

"Va' a raggiungere il tuo amico, ragazzaccio!" sospirò il padre, con improvvisa decisione. "Vedo che non ne puoi più di stare con me... e stanno entrando anche Allemayr ed Ettayn, assieme al padre e Lady Ferenike. Vai pure, ci vedremo più tardi".

Il giovane non se lo fece dire due volte e si precipitò in sala, sbracciandosi allegramente e chiamando a gran voce i suoi amici.

Solo dopo averli raggiunti, abbracciati e aver doverosamente accennato alla morte di Lady Dathmara, mentre stava riprendendo con Allemayr la vecchia diatriba sui vini, appoggiando le sue parole con numerosi assaggi, fu colpito dalla stranezza dell'improvvisa condiscendenza paterna. Girò gli occhi per la sala e, nel vedere il fiero viso di Xamir chinato con espressione interessata su quello, aguzzo e astuto, di Lord Freth, sentì un brivido premonitore giù per la schiena...

Gli ospiti stavano già per prendere posto al tavolo, quando fu annunciato il Console dell'Intesa e Lord Tumish, affannato e in ritardo, fece il suo ingresso, precipitandosi subito a baciare la mano ad Aleja e a rendere omaggio alla bella Elear, che lo guardò con occhi vacui.

"*E a questo qua cosa dovrò dire?*" pensò stizzosamente la regina di Terracqua. "*E chi è, esattamente? Non mi ricordo niente... Ma perché quel noioso di Lord Freth non c'è mai, quando servirebbe?*"

Lanciò un'occhiata astiosa al suo Primo Ciambellano, sempre assorto nella sua conversazione con il principe Ul Quoi, poi, pensando che lei era una regina e che una regina non doveva inchinarsi a nessuno, ma che un sorriso poteva anche concederlo, fece un sorrisetto al povero Console, che andò al suo posto rompendosi la testa per capire in che cosa aveva offeso la potente Terracqua...

Sedutosi alla destra di Aleja, ne approfittò per riversare nelle pazienti orecchie della Prima Consacrata le ultime difficoltà che, a suo dire, avevano causato il ritardo per cui continuava a scusarsi.

"La Regina Tomha, vedete, Lady Aleja... Aveva deciso di partire oggi, ma niente! Sapete anche voi com'è fatta... Bene, alla fine è partita, ma prima ha voluto parlarmi ancora".

Afferrò un grosso pezzo di pasticcio di selvaggina e se lo cacciò in bocca, accorgendosi di avere fame... niente d'insolito né di strano, perché erano più i pasti che era costretto a lasciare a congelare sul suo tavolo di quelli che riusciva a finire.

"Credevo che si fosse già congedata ieri", osservò intanto la Maga.

Con la bocca ancor piena, Lord Tumish annuì.

"Ufficialmente, sì, ma oggi mi ha inflitto un colloquio privato. Sapete, è molto preoccupata". Abbassò la voce e chinò il viso verso la sua ospite. "Ha ormai ottantacinque anni, è sorda o almeno si è così abituata a fingere di esserlo che ora fa fatica a sentire, e ha un unico figlio, Lord Narvel, che anni fa si è chiuso una specie di monastero, dopo quello strano affare del suo matrimonio con Dama Solea Min"

S'interruppe speranzoso, ma Aleja, benché a conoscenza di tutta la storia, mantenne un viso impassibile e una bocca ben chiusa.

"Lady Tomha teme ormai per il futuro del suo Paese" concluse allora il Console, rassegnato a non saperne di più.

"Ha paura che alla sua morte gli altri due stati di Tork..."

"Appunto. La regina non ci dorme la notte e anch'io sono

preoccupato. Ci mancherebbe altro, adesso, che una nuova guerra civile a Tork!"

La Prima Consacrata posò la punta delle dita sul braccio del suo commensale, cercando di rassicurarlo.

"Anche quel Paese è sfinito dalle lunghe guerre, e non credo che qualcuno desideri riprendere le armi" gli ricordò. "Lord Skalej è molto diverso da re Sighart, e il Console della Libera Unione si è sempre dimostrato un uomo di pace".

"È vero, mia signora! Ma non sono tranquillo. Speravo che, dopo la definitiva sconfitta dei Norlesi e... ehm... la fine della disgraziata faccenda di Lord W'Unker, le cose cominciassero ad andare nel verso giusto! Invece i problemi si moltiplicano, a cominciare dai Senzaterra per i quali non si riesce a trovare una sistemazione, e alla loro testa c'è il principe Xamir, che è tutto dire! Poi ci sono i lamenti dei contadini che, dopo le piogge torrenziali di questi mesi, temono per i loro raccolti e per di più continuano a segnalarmi strani fenomeni..."

Aleja sobbalzò leggermente e volse gli occhi acquamarina, improvvisamente intenti, su di lui.

"Che cosa volete dire, Milord?"

"Ecco..." cominciò il Console, ma non riuscì a finire, perché dalla porta principale entrò di buon passo Bertrado Cordiera, con i baffi grigi tutti arruffati, come sempre quando era nervoso, incespicando nella toga e tirando qua e là il magro collo per cercare il suo Signore.

"Mastro Cordiera! Cosa succede? Perdonatelo, miei Signori, sono certo che solo una grave notizia..."

Il pomo d'Adamo di Bertrado andò su e giù, mentre l'uomo annuiva.

"È così, Milord, è così! Santa Luce, chiedo mille perdoni, ma l'ambasciatore del Consolato di Rutlandia deve tornare immediatamente in Patria, d'improvviso, e prima vuole parlarvi. Lord Rubelio da Mevroi è stato assassinato da un gruppo di congiurati, e il suo paese è nel caos!"

Capitolo secondo

T'AHAI

Febbraio/marzo, anno 3252

Comodamente allungata sulle stuoie e sui cuscini che aveva fatto portare nell'altana per approfittare del pallido sole di quella mattina di metà inverno, Dama Min rifletteva sul messaggio che le era appena stato consegnato, una ruga verticale di malumore sulla fronte altrimenti intatta.

Erano mesi che aveva abbandonato Wan Tunhe, il governo dell'Intesa e il suo Console per rinchiudersi nella piccola isola di T'Ahai e, tutto sommato, non aveva rimpianti. O, se rimpianti aveva, non erano per i fasti e i giochi di potere della capitale, né tanto meno per l'innamorato Tumish, ma per Giselda, la fanciulla che era stata per lei come una figlia o una giovane sorella, ma che aveva scelto di seguire il tragico W'Unker nell'esilio.

Erano partiti tutti e tre con la *Procellaria*, la nave di Iulo Lant, da poco sposo della giovane e da allora non l'aveva più rivista; solo qualche breve e sporadico messaggio aveva tenuto in piedi quel filo di affetto, di tenera complicità, di protezione reciproca che per tanti anni le aveva unite.

Si aggiustò con un gesto meccanico i lucidi capelli neri che aveva acconciato con una delle variopinte sciarpe dell'isola e che incoronavano il suo bel viso come un serto regale e ricacciò con forza malinconie e rimpianti.

"La mia bambina ha sposato l'uomo che amava e vive la vita che si è scelta. Dovrei essere felice per lei, invece che stare qui a rimuginare su passato! Certo che, se..."

Ma con i "se" non si risolveva niente e Solea respinse la tentazione di compiangersi, poi chinò di nuovo i lunghi occhi verdi sul foglio che stringeva tra le mani.

Nel novembre dell'anno precedente, il vecchio Borgomastro di T'Ahai era morto e il Consiglio delle Famiglie, memore del valore, della saggezza e della generosità di cui la Dama aveva dato prova nella guerra contro il Negromante, aveva offerto a lei quella carica.

Aveva accettato, considerando quasi uno scherzo del destino il trovarsi a capo di quell'isoletta, lei che tante volte aveva avuto tra le mani la sorte di potenti nazioni, ma poi, come le succedeva sempre, si era appassionata a quel compito.

Aveva studiato la configurazione e le caratteristiche dell'isola, l'aveva visitata tutta, aveva parlato con la gente... aveva posto rimedio alle ferite della guerra e stava riorganizzandone i cantieri e la produzione e il commercio di olio e di vino... E proprio adesso, quando cominciava a intravedere dove i loro sforzi avrebbero potuto finire, le era arrivato quel maledetto messaggio!

Xamir Ul Quoi annunciava la sua intenzione di rivendicare l'isolotto come una parte del suo scomparso regno...

Solea accartocciò il foglio e lo gettò a terra con un gesto di rabbia.

In realtà la posizione di T'Ahai era dubbia: quando, oltre due secoli prima, il Promontorio delle Tempeste aveva ottenuto l'indipendenza da Rivalta, nessun cenno era stato fatto sulla sorte della piccola isola che da quel momento aveva goduto di una invidiabile libertà, rotta sola da qualche sporadica pretesa da parte di uno dei due Paesi, subito rintuzzata dall'altro; ma ora il principe sembrava ben deciso... e lei capiva perché.

Improvvisamente calma la Dama sospirò, si chinò, raccolse il messaggio, lo lisciò e lo rilesse, soppesandone ogni parola e riflettendo.

Il principe Ul Quoi era ora un sovrano senza più terra, a capo di un'orda di esuli disperati dei quali l'Intesa, ora che la guerra era finita, non sapeva più cosa fare e ai Rivaltini si erano uniti anche i Pamiensi, affratellati dalla sciagura a una gente che per secoli era stata loro rivale... Giselda, l'erede dei Signori di Pamia, se ne era andata e Xamir ora portava il peso di ambedue quei popoli sventurati. Rileggendo con attenzione la sua ambasciata, sotto gli abituali toni arroganti e superbi scoprì anche l'angoscia del principe per non essere riuscito a trovare una soluzione a quella tragedia.

Solea sapeva che tutto quello che Ul Quoi aveva salvato dalla rovina era stato profuso per la loro guerra di vendetta prima, e poi per rendere in qualche modo più accettabile la sorte di quegli sventurati, ma sapeva anche che la piccola T'Ahai non poteva essere la soluzione.

Un colpo discreto battuto alla porta la distrasse dai suoi pensieri e subito dopo sull'uscio si profilò la robusta figura di Ryned, il suo primo Consigliere.

Si accomodò meglio sui cuscini, gli sorrise e gli fece cenno di avvicinarsi.

"Siedi, amico mio, e raccontami!" l'invitò. "Cosa pensa il Consiglio delle richieste del principe Ul Quoi?"

"Le respinge, Milady, ma non vi nascondo che ci sono molte preoccupazioni, conoscendo il carattere del principe! Anzi, una parte di noi pensava di rivolgersi al Marchese di Esserant..."

Dama Min scosse la testa.

"Lessi o arrosti, allora! L'aiuto che il Signore delle Tempeste ci darebbe, posto che accettasse, sarebbe tutt'altro che disinteressato... T'Ahai finirebbe lo stesso con il perdere la sua libertà".

Ryned annuì, chinando il viso abbronzato, contornato da una corta barba scura.

"È quel che ho detto anch'io... Non vedo via d'uscita, a meno che..." esitò, guardando la donna.

"A meno che ?"

"A meno che voi non riusciate a muovere in nostro favore il Console, Lord Tumish".

Aveva detto questa frase tutta d'un fiato, con gli occhi bassi, perché sapeva, come tutti a T'Ahai, che Lady Min non aveva buoni rapporti con il capo dell'Intesa, o meglio non li aveva più, dopo averli avuti così buoni da far credere imminente un matrimonio tra i due. E pensandoci, sentì il sangue che gli saliva alle guance e strinse i pugni... Solea, anche se non più giovane, continuava a mietere vittime!

Con la guancia rotonda appoggiata sulla bella mano, la donna rifletteva, mordendosi le labbra piene.

"Non so se sia possibile e se sia una buona mossa" concluse a voce alta. "Ho già chiesto ufficialmente che sia riconosciuta l'indipendenza di T'Ahai, ma non ho ancora avuto risposta. Ci penserò, e intanto..."

La porta dell'altana si spalancò e una donna tarchiata, di mezza età, con i capelli grigi intrecciati e riuniti in una stretta crocchia, entrò di buon passo, fermandosi davanti ai due.

"Perdonate, Milady e anche voi, messer Ryned! Una nave ha gettato le ancore appena fuori del porto. Batte la bandiera dei Liberi Naviganti... e il vessillo dell'Artiglio di Fuoco..."

"La *Procellaria!*"

Con un grido Solea balzò in piedi, stringendosi convulsamente le mani, il messaggio dimenticato a terra, il bel viso improvvisamente infuocato e gli occhi verdi lucenti.

Ryned le dette un'occhiata e abbassò la testa: così, dunque, appariva la sua Dama quando era felice!

"Giselda, Giselda, la mia bambina!" continuò la donna, affannata. "Preparate... oh!... preparate, non so... tutto, tutto... Torna! La mia Giselda torna, la rivedrò... Dea di misericordia, ti ringrazio!"

Improvvisamente di cattivo umore, il Consigliere, che aveva già aveva pregustato un tranquillo pomeriggio di savi ragionamenti con la bella Straniera, intervenne con una certa durezza "Milady, vi ricordo che a bordo di quella nave c'è anche il Flagello delle Isole, non per niente espone anche la sua bandiera! Quel... quell'Essere è bandito da tutte le Isole Dorate e non mi sembra proprio il momento di correre il rischio di irritare l'Intesa".

Interdetta, Solea volse distrattamente gli occhi su di lui, poi alzò le spalle formose.

"Che lui resti a bordo allora!" stabilì. "Ma io voglio rivedere la mia bambina, Gofrid, gli amici della *Procellaria,* e non c'è barba di Console che possa impedirmelo!" Poi, tutta sorridente, rivolta alla governante: "Nuela, fa preparare due, no, tre stanze... quattro, magari, e fa allestire dei letti anche nella sala d'angolo. Non so in quanti vorranno venire a terra, tutti, spero! Poi, il pranzo. Quel che c'è di meglio, naturalmente! Carne, penso, di pesce saranno stufi! E focacce appena sfornate e la verdura della mia serra e tutta la frutta fresca che si può trovare. Per il vino non ci sono problemi, sono sicura che anche i Lant apprezzeranno la mia cantina!"

Rise e batté le mani, camminando allegra per l'altana, aggiustandosi intanto il vivace vestito giallo e crema che indossava.

"Chissà se questa foggia si usa ancora... Ma non importa, non importa!" osservò, guardandolo come se lo vedesse per la prima volta. "Arrivano, forse hanno già messo le scialuppe in acqua... Sù, presto!"

Sussultò e si diresse veloce alla porta, spingendo davanti a sé la frastornata governante e tirandosi dietro il dimenticato Consigliere.

"Sono nelle tue mani, Nuela, fammi fare bella figura! Arrivederci, Consigliere, ve n'andate già?"

E dicendo così, lo spinse cortesemente verso la porta.

"Io... io non posso stare qui ad aspettare, proprio non posso!" continuò nervosamente. "Voglio andare al molo, vedere la barca che si avvicina, scorgerla da lontano!"

"Dimenticate il mantello, Dama. Fa freddo ancora" mugugnò Ryned e Solea volse verso di lui il viso animato, i denti bianchi scintillanti tra le labbra rosse dischiuse in un sorriso, gli occhi che sprizzavano gioia.

"Il mantello! Avete ragione, ma ho dimenticato anche la testa!"

Afferrò la cappa che Nuela le porgeva e corse fuori, corse sull'erba umida, giù per la strada che portava al mare, gli occhi fissi alla banchina, le braccia già aperte per accogliere gli insperati ospiti, il viso ridente, il cuore gonfio di gioia.

Ma l'unica scialuppa che si era staccata dalla nave e che si avvicinava lentamente alla riva portava il vessillo del Duca di Norlandia, l'Artiglio di Fuoco, e sulla prua una cupa e possente figura si stagliava contro il cielo che andava scurendosi: Lord W'Unker, nerovestito, i lunghi capelli bianchi che gli si arricciavano sulle larghe spalle e sulla schiena, mossi appena dalla leggera brezza, il mantello nero che si agitava attorno a lui, come una volta. E, come una volta, la mano sinistra era ricoperta da un guanto nero.

Involontariamente Solea diede addietro di un passo, stringendosi nella cappa, mentre sul suo viso si spegnevano l'animazione e la gioia, e chinò gli occhi.

Vedendola, e vedendola arretrare, l'alta figura nerovestita alzò un poco la mano destra, in quel gesto di rifiuto, di supplica e di difesa che la Dama rammentava così bene e che era tipico di Lord W'Unker, e prima ancora lo era stato di Valmar D'Aurel.

Quel ricordo la colpì come una pugnalata e dietro a esso mille altri si affollarono, come se si fosse spalancata una porta; e quando Solea rialzò il viso, aveva gli occhi lucidi. Si fece di nuovo avanti, decisa, e fece segno alle Guardie di Mare, che si stavano affrettando verso la scialuppa, di lasciarla avvicinare.

Pochi minuti dopo la piccola barca entrò nella rada e il Duca si eresse in tutta la sua statura e gettò indietro i lunghi capelli ricciuti.

"Sono W'Unker di Rocca D'Ombra" disse pacatamente. "Sono stato bandito da tutti i Mari Interni, ma chiedo ugualmente la tua ospitalità per qualche ora, Dama Min. Concedimela, te ne prego, per amore dei miei figli".

Nell'udire quella voce profonda, che senza sforzo sovrastava il rumore della risacca e lo sciabordio dei remi e che ricordava tanto bene con dolore e terrore, Solea sentì un nodo alla gola e riuscì a rispondere solo a fatica. "Milord, la mia casa è a vostra disposizione".

Pochi minuti dopo la scialuppa era ormeggiata in banchina e il Duca, balzato a terra con un agile salto, stava in piedi davanti a Solea, sovrastandola della testa e delle spalle, nonostante che la Pamiense fosse alta, per una donna.

Si guardarono per qualche attimo e Solea si morse le labbra.

Quando lo aveva visto arrivare, in piedi sulla scialuppa, alto e diritto, aveva pensato, quasi involontariamente, "come prima", ma ora che lo vedeva bene si accorgeva di quanto invece fosse cambiato.

Vestiva sempre di nero, ma l'abito era semplicissimo, senza alcun ornamento e di lana grezza, tinta alla meglio; il mantello era solo un tabarro dei Liberi Naviganti e... abbassò gli occhi e comprese che il guanto nero sulla sinistra dell'uomo non serviva più a controllare l'Artiglio di Fuoco, l'infernale potere che le Tenebre gli avevano donato o imposto, bensì a celare le mutilazioni che si era inferto per rinnegare il patto che lo legava a loro.

E non portava più la maschera.

Tra i capelli bianchi, il magro viso sfregiato appariva stranamente nudo, privo di difese, anche se sempre lontano, immoto, ma nel volto pallidissimo gli occhi d'un profondo blu brillavano come zaffiri oscuri. Erano gli occhi di Valmar D'Aurel, dolenti, angosciati, tormentati, tuttavia erano quegli occhi che lei ricordava così bene. Tenendo lo sguardo fisso su di essi, Solea tese impulsivamente le mani.

"Venite, dunque", esclamò. "Sarete mio ospite per tutto il tempo che vorrete".

W'Unker la sogguardò, poi chinò la testa bianca forse annuendo, forse abbozzando un inchino e risalirono insieme la strada polverosa.

***

Sulla soglia della piccola sala quadrata il Duca d'Ombra girò lo sguardo intorno, osservando le pareti rivestite di allegri arazzi di lana colorata, il basso soffitto percorso da travi dipinte che riprendevano il colore degli arazzi, il pavimento ricoperto di stuoie e di vivaci tappeti.

Proprio i colori, brillanti e accesi, erano la caratteristica della stanza che Solea aveva ricavato dal lungo e spoglio salone della casa ereditata dal vecchio Borgomastro assieme con il titolo, restaurato secondo il suo gusto, temperato però dagli usi di T'Ahai.

La tavola quadrata circondata da comodi sedili, le panche armonicamente disposte attorno al grande caminetto, dove scoppiettava allegro il fuoco, e le lunghe cassapanche erano di legno scuro e lucido e nell'accurata lavorazione rivelavano la mano degli esperti artigiani della perduta Pamia. Si intonavano tuttavia perfettamente con i vivaci cuscini e le coperte gaiamente ricamate tipiche del luogo, gettati sopra con una casualità solo apparente, che ricreava quel tutto armonico, unico e personale che aveva sempre caratterizzato le abitazioni di Dama Min.

In mezzo alla saletta, i capelli neri lucenti al riflesso delle fiamme, l'abito giallo-crema che si allargava attorno a lei, scoprendo appena l'attaccatura del collo rotondo e le belle mani, la donna sorrise al suo ospite con consumata grazia, accennandogli a venire avanti.

"Sedete, mio Signore. Le mie donne ci porteranno qualcosa di caldo e potremo parlare in pace. Si fa buio, e con la notte viene il freddo. Accomodatevi su quella panca, vicino al camino. Su, datemi il mantello e..."

Dicendo così, fece il gesto di togliergli il mantello dalle spalle e subito fece un passo indietro.

Piano, il Duca chinò gli occhi su di lei e annuì.

"Sì, sono armato. Contro il decreto del Console, sono armato. Questa è la Spada Nera, la spada di W'Unker".

La guardò di nuovo e rise basso, senza allegria.

"Oh, intendimi! Ho rispettato la sentenza che sanciva la mia condanna: non ho gioielli, denaro, non ho più nulla... e non portavo armi. Ma m'hanno ferito il figlio..."

La grande voce si ruppe, rauca e subito Solea sobbalzò, spaventata.

"Gofrid?!" gridò quasi "Dea di misericordia! E... Come sta... Voglio dire... Non... non è mica..."

Non riuscì a finire, e si ritrasse tremando, una mano sulle labbra.

"Vive, non temere" riprese quieta la voce oscura del Duca. "Non sarei qui, altrimenti. Ma per curarlo ho bisogno di un'erba abbastanza comune in Arso, che dovrebbe crescere anche a T'Ahai. Per questo sono sbarcato, per chiederti il permesso di addentrarmi nella tua isola a cercarla. Arso è a parecchi giorni di navigazione e poi non so..."

"Mio Signore, l'isola, io, la mia gente, siamo tutti a vostra disposizione!" gridò Solea colpita dal suo tono volutamente controllato, smentito dal gesto convulso con cui la mano destra serrava la sinistra inguantata.

"Ti ringrazio. Se ti piace, allora potrei far sbarcare dalla nave..."

"Ah sì! Sì, sì, ve ne prego... Giselda, Gofrid, Iulo e Dano... E poi Clorinda, Tam, tutta la gente della *Procellaria*..." l'interruppe con fervore Dama Min, tendendogli di nuovo le mani.

L'uomo la guardò alzando un sopracciglio e scostandosi leggermente, come per evitare di essere toccato, ma c'era una nota di divertimento nella sua voce quando le rispose. "Dama, qualcuno dovrà pure restare a bordo! Ma coloro che ti sono più cari verranno, certo".

"Prima che faccia notte... Avvisateli perché scendano prima! Mangeremo qui, le loro stanze sono già preparate. Io... io non vedo l'ora di riabbracciarli, di sentire di nuovo la voce della mia Giselda, di sapere cosa è successo in questi lunghi mesi di separazione! Oh, rivedrò finalmente i miei amici, la mia gente!"

Come una bambina in attesa di un dono desiderato, la donna non riusciva a dominare la sua emozione e, quasi dimentica del suo ospite, andava qua e là per la stanza, raccogliendo uno scialle, sprimacciando un cuscino, aggiustando nelle grandi anfore i fiori, già perfettamente disposti.

W'Unker l'osservò immobile e c'era tristezza e disagio nei suoi occhi, ma poi si riscosse e acconsentì. "Manderò subito la mia scialuppa alla *Procellaria* e in breve saranno qui" concluse con voce fredda e inespressiva. "Quando saranno arrivati, io me ne andrò immediatamente per iniziare le mie ricerche".

Solea si fermò di botto e l'osservò, arrossendo, poi gli si avvicinò e gli pose con decisione la mano sul braccio, cercando di ignorare che l'uomo si era irrigidito, come a rifiutare quel lieve contatto.

"No, parente... cugino, non subito. Domani mattina sarò lieta di darvi tutto l'aiuto possibile, ma stasera resterete qui, con i vostri figli e i vostri compagni. Fa freddo, è buio e..." Gli lanciò un'occhiata imbarazzata e concluse rapidamente "...e potreste incontrare dei malintenzionati..."

Sul viso sfregiato passò un amaro sorriso.

"La fama di W'Unker non è al massimo neanche qui" osservò l'uomo, indifferente. "Giusto".

"Milord, vi prego! Dimentichiamo tutto... tutto questo. Ora siete mio ospite, sedete qui: aspetteremo assieme i nostri amici".

Parlando, aveva rassettato cuscini e scialli su una panca presso il fuoco, invitandolo con il gesto e il sorriso a sedersi, poi chiamò Nuela, che, a giudicare dalla velocità con cui si presentò, doveva trovarsi con l'orecchio incollato alla porta.

Pochi minuti dopo, erano seduti entrambi sulla lunga panca, un vassoio ben rifornito vicino a loro su un basso tavolino, e la Dama si dette da fare per mettere a suo agio il suo silenzioso ospite, raccontandogli di T'Ahai, dei lavori degli Isolani, dell'incarico che le era stato dato, sempre in tono lieve, quasi scherzando e sempre lasciandogli ampi spazi per intervenire, per prendere le redini della conversazione.

Ma poiché l'uomo continuava a tacere, gli occhi sulla tazza che rigirava tra le mani, si protese verso di lui e cambiò bruscamente argomento.

"Sto parlando troppo, come al solito, e solo di me e di cose che mi riguardano! Grazie per avermi permesso di sfogarmi un po', ma ora ditemi di vostro figlio! Dal poco che avete raccontato mi pare di aver capito che non si è trattato di un incidente".

"È così".

Il tono era brusco e scontroso, ma non la rapida occhiata che le lanciò; e infatti l'uomo continuò sordamente, alzandosi in piedi per andare ad appoggiarsi con le larghe spalle alla cornice del camino, dominando tutta la sala con la sua figura.

"Ero già stato aggredito due volte, a T'Un e a Egeri. Disarmato, la prima volta riuscii lo stesso a mettere in fuga i miei aggressori, e la seconda volta fui salvato dall'intervento del capitano Lant e di suo fratello, che erano scesi dalla nave con me. La terza volta, ad Ul Taj, ero ancora solo e fui colto di sorpresa. Stavo per essere sopraffatto e trascinato via, quando mio figlio percepì il mio pericolo e volò in mio soccorso. Contro di lui dieci uomini, tutta gente abile e forte, esperta d'armi, e io non potei far nulla per aiutarlo, nulla! Ero legato, e le mie corde erano intessute con il talese. Nella lotta, il mio ragazzo fu ferito". La grande destra si serrò a pugno.

Solea abbozzò un gesto di stupore. "Ma se hanno adoperato il talese, allora sapevano che..."

"Che la loro preda era un Magio, l'Artiglio di Fuoco. Sì. E infatti..." si interruppe bruscamente. Sulla soglia era apparso un isolano che, lanciata un'occhiata di straforo a quell'indesiderato visitatore, si rivolse poi a Dama Min. "Milady," avvisò "stanno per arrivare gli altri ospiti dalla *Procellaria*. La scialuppa..."

"Giselda!" senza lasciarlo finire la Dama si alzò di scatto, il viso colorato di rosa per la gioia e l'emozione; raccolse il mantello, la sciarpa, i guanti e, facendo segno al Duca di venire con lei, si precipitò alla porta.

"Finalmente! Dopo quasi cinque mesi, non mi pare vero di poterla rivedere! Sta... sta bene, vero? Voglio dire, me lo avreste già detto se..."

Una strana espressione quasi dolce, grata, passò per un attimo sul viso sfregiato del Duca e fu con voce sommessa che la rassicurò, chinando la grande testa bianca.

"Sì".

Insieme scesero nuovamente all'approdo, senza più parlare perché la commozione chiudeva la bocca a Solea e W'Unker, la fronte aggrottata, sembrava preoccupato e teso, insieme cercarono con lo sguardo sul mare appena mosso, grigio nella luce incerta dell'imminente crepuscolo, la piccola barca e sulla barca i visi ansiosamente attesi.

Una torcia, tenuta accesa sulla prua, rivelò la sagoma snella dell'imbarcazione, e alcune teste che sbucavano dalla murata; ma fra tutte una calamitò l'interesse di Solea, una testa fitta di disordinati riccioli rossi, un viso un poco appuntito illuminato da due ridenti occhi azzurro fiordaliso.

"Giselda!"

"Madrina! Eccomi, eccomi!"

Erano già l'una tra le braccia dell'altra, mentre ancora Iulo stava ormeggiando la scialuppa e Dano sistemava i remi. Ridevano entrambi, felici della gioia delle due donne; ma W'Unker, con un brusco cenno del capo a mo' di saluto ai due Lant, saltò leggero e deciso a bordo, chinandosi subito sul quarto occupante, disteso sul fondo della scialuppa.

"Sto bene!"

La voce di Gofrid si levò, in tono difensivo, seguita da un basso brontolio di malumore del Duca, e Giselda si sciolse dalle braccia della commossa Solea.

"Oh, la mia testa!" esclamò. "Gofrid, scusami, fratellino! Ero così contenta all'idea di rivedere la mia zietta che sono saltata a terra senza pensare che potevi aver bisogno di aiuto".

"Per quello ci sono io!"

"Tranquilla, l'aiuto io a scendere", assicurarono contemporaneamente i due Lant, volgendosi volenterosi verso poppa e scontrandosi assieme con la larga schiena del Duca.

"Gofrid, caro ragazzo!" si scusò intanto Solea, in bilico sull'orlo della banchina. "Che sciocca, dovevo far venire qualcuno, dei servi! Adesso mando a chiamare una lettiga e..."

"Ma no, non c'è bisogno! Se soltanto mi lasciaste..." si difese il giovane Guerriero, ma su tutti si fece udire, bassa e corrucciata, la profonda voce di W'Unker.

"Zitti e a terra, tutti. A mio figlio penso io. Scostatevi!"

I due gemelli saltarono sul molo, poi, mentre Dano baciava galantemente la mano di Dama Min e Iulo il naso della moglie, che gli era stata lontana per quasi tre minuti, il Duca si chinò un po' di più, sollevò tra le braccia il figlio, che si schermiva ridendo, e riguadagnò con due grandi passi la banchina.

"Ecco fatto. Andiamo, ora" decretò, dando un'occhiata circolare agli altri.

La testa bionda sulla spalla di W'Unker, un braccio attorno al collo poderoso, Gofrid cercò ancora di protestare. "Padre, posso camminare!"

Il Duca lo sogguardò un attimo, la testa leggermente inclinata, come soppesando le sue parole.

"Può darsi" concesse. "Ma sicuramente io posso portarti".

E, considerando con quello chiusa ogni discussione, si incamminò verso la piazza dove sorgeva la casa di Dama Min.

Gli altri quattro, che avevano intanto finito di salutarsi, si guardarono, poi Dano rise, Iulo alzò gli occhi al cielo e Giselda sbuffò.

"Non è che sia molto cambiato, vero?"osservò Solea, compunta.

Si avviarono dietro di lui, accelerando il passo.

***

Erano solo in sei, oltre a Nuela e a un suo nipote che avevano servito il pranzo, eppure a Solea pareva che la sua saletta fosse piena di gente, di colori, di calore e di felicità.

Il fuoco scoppiettava allegramente, illuminando il piccolo gruppo seduto attorno al grande camino e sul fondo della sala il tavolo, ricoperto di un drappo bianco ricamato sull'orlo a grandi tulipani colorati, mostrava ancora gli avanzi del pranzo e le eleganti stoviglie d'argento, di cristallo, di porcellana che la Dama si era portata da Wan Tunhe.

I due Isolani stavano finendo di sparecchiare, muti e veloci, gettando a tratti occhiate curiose e incerte agli ospiti della loro Signora, con particolare riguardo al terribile W'Unker... di cui peraltro riuscivano a scorgere solo la nuca ricciuta, perché il viso era costantemente chino sul giovane biondo disteso su una panca, che gli teneva la testa sulle ginocchia.

"Quando avete finito, portateci una caraffa di xupi, dei biscotti, delle confetture e andate pure" ordinò Dama Min, cogliendo l'ultima di quelle indiscrete occhiate, e, non appena i due ebbero obbedito e furono usciti, si volse sorridendo agli amici.

"Eccoci qua, ancora tutti assieme dopo tanto tempo! Raccontatemi di voi, ora... di me avete già sentito durante il pranzo; meglio, avete visto..."

E allargò le braccia, quasi a mostrare con quel gesto la sala comoda e elegante, la grande casa robusta e l'isola che sotto la sua guida rifioriva e arricchiva, osservando intanto sotto le lunghe ciglia nere gli inaspettati ospiti.

Giselda non era cambiata, ma le efelidi sembravano aver preso possesso stabile della sua pelle delicata sulla punta del naso e sugli zigomi rosei. I bei capelli ricci e rossi erano disordinati come il solito e mostravano qualche ciocca un po' scolorita dal sole. In cambio, continuavano a fare la loro apparizione le incantevoli fossette sulle guance. Indossava una sua particolare interpretazione del costume dei Liberi Naviganti, e già il costume vero e proprio non era particolarmente noto e apprezzato per l'eleganza e la raffinatezza!

Solea sospirò e il suo sospiro divenne un gemito, quando si accorse che, sempre come il solito, un pezzetto dell'orlo della gonna era scucito e l'amata nipote si era fatta già due macchie, una di vino e l'altra di frutta.

Decise che l'indomani mattina le avrebbe parlato a lungo e seriamente, facendola anche riflettere sulla sua nuova dignità di donna sposata e, pensando così, girò gli occhi quasi senza avvedersene sul marito della fanciulla e sospirò di nuovo.

Il primo torto di Iulo era quello di non essere né nobile, né ricco... e di aver sposato Giselda; ma ormai questa era cosa fatta e la Dama l'avrebbe anche accantonata, se almeno quel benedetto uomo avesse fatto qualche sforzo per rendersi presentabile!

Ma anche quella sera si era seduto a tavola insaccato in un paio di calzonacci che avevano conosciuto giorni migliori e nella sua famosa camicia da lavoro, troppo grande e larga, che gli aveva visto addosso almeno un centinaio di volte! Il corto farsetto azzurro, per la verità, era bello e gli stava bene, mettendo in rilievo le spalle larghe, la vita sottile e il bel castano chiaro dei capelli, portati come al solito corti, ma con un ciuffo ricciuto sulla fronte. Era abbronzato, anche più del solito... infatti, Solea ricordò che il Duca aveva accennato a città di Arso, e ancora più abbronzato di lui era suo fratello...

Per la centesima volta la Dama si chiese perché Iulo non poteva imparare a vestirsi dal gemello! Dano indossava abiti semplici, ma di un'eleganza pratica e discreta.

Le sue gambe muscolose erano strette in un paio di calzoni attillati che finivano in morbidi stivali; il farsetto rosso, sul quale spiccava un piccolo stemma dei Liberi Naviganti, lasciava intravedere una raffinata camicia ricamata e i capelli, lisci e più scuri di quelli del fratello, tagliati sotto le orecchie e a metà fronte, erano all'ultima moda, come i lunghi baffi scuri che gli contornavano la bocca.

Poi c'era Gofrid. La Dama sospirò per la terza volta.

Gofrid era bello, bellissimo. Alto e sottile, con lunghe gambe snelle, ma largo di spalle e di petto, aveva soffici capelli biondi leggermente inanellati, pelle chiara che il sole dorava appena, mani affusolate e dita agili e forti... mani da musico, più che da guerriero! E due incredibili occhi di un intenso blu-violetto che avevano lo splendore oltre che il colore dello zaffiro. Era bello, bello quasi come lo era stato il padre da giovane e tanto simile a lui, nell'abito grigio serrato dalla fascia rossa di Guerriero Consacrato, che al solo vederlo la donna si sentì un nodo in gola, mentre le ritornava alla mente tutto il suo passato... La dolce Lunja, i signori da Montaldo e la sua patria perduta, dove aveva vissuto le speranze e le illusioni dell'infanzia e della giovinezza: tutto finito, tutto travolto...

Quasi involontariamente il suo sguardo si posò sulla testa bianca del Duca e chiuse gli occhi scuotendo la testa, persa per un momento in un passato che tuttavia non era sempre stato facile o felice, ma ancora una volta ricacciò rimpianti e malinconie, riaprì gli occhi e sorrise ai suoi amici, rallegrandosi della loro presenza, e ripromettendosi di incontrare l'indomani anche il resto dell'equipaggio della *Procellaria*: Clorinda, prima di tutto, e Pyvor e Tam e anche quella sfacciatella di Nira. Il suo sorriso divenne sempre più ampio.

"Avanti, raccontatemi di voi, della vita che fate in mare " ripeté con voce allegra. "Io vi ho annoiato abbastanza con le mie chiacchiere e ormai sono rauca!"

Ci fu un attimo d'imbarazzo, e i due Lant guardarono fuggevolmente il Duca, scambiandosi poi una delle loro peculiari occhiate, poi Dano cominciò a parlare, ridendo.

Raccontò scherzosamente dei problemi di spazio, ormai ben noti anche alla Dama, e delle furie di Clorinda in proposito.

"Come sapete, prima di lasciare Wan Tunhe, Iulo aveva fatto spostare dei tramezzi in plancia, in modo di avere due cabine, i soliti due sgabuzzini e il quadrato degli ufficiali e, per far questo, è stato costretto rimpicciolire non solo la sua cabina, ma anche la cambusa. Clorinda, che pure da anni pretendeva una nuova divisione degli spazi, non ha approvato questa scelta, così ora, quando siamo a pieno carico, il

nostromo, col muso duro, accumula roba sotto il letto del suo capitano...
e più è in collera, più sceglie derrate particolarmente puzzolenti..."

"Al momento attuale, io divido la mia camera nuziale con un coniuge
e un certo numero di provviste. Siamo tornati da Arso con del baccalà
essiccato... Meno male che fa ancora freddo!" intervenne Giselda, il
nasino arricciato e le fossette sulle guance, guardando il marito con uno
sguardo che diceva che trovava comunque conveniente questa
sistemazione.

"E sì che gliel'ho detto e ripetuto, a quella benedetta donna!" fece
notare allora Iulo, la voce seria e gli occhi nocciola che ridevano. "Se
devi riempirmi la cabina di generi alimentari, scegline di inodori,
oppure, se questo è impossibile, cerca della roba ben chiusa, come per
esempio... non so... bottiglie di Dorato o di Rubino, possibilmente di
una buona annata!"

Il tono volutamente innocente del giovane fece andare per traverso lo
xupi a Giselda, con disastrosi risultati per lo scialle colorato che teneva
sulle ginocchia, mentre Dano continuava le sue considerazioni con aria
melanconica e i baffi che ridevano.

"Macché! Da quell'orecchio è sorda! Glielo avevo detto anch'io, ma
invece nella mensola sopra la mia testa ha sistemato della carne
essiccata! Poi si lamenta se io ci metto vicino le mie scarpe, ma, tanto,
l'aspetto e l'odore sono simili!"

"E anche il sapore" concluse Iulo, con una buffa smorfia sulla faccia
espressiva.

Subito dopo si fece sentire la voce armoniosa di Gofrid.

"Io credo che sia irritata perché hai deciso di testa tua, senza
consultarla".

"Freschi, stavamo allora! Staremmo ancora discutendone, e Lui..." il
capitano della Procellaria s'interruppe bruscamente, e gli occhi di tutti
si volsero a W'Unker, che non aveva detto una sillaba né aveva fatto un
gesto per tutto quel tempo.

La nave infatti era stata allestita nei pochi giorni che erano stati
concessi al Proscritto prima dell'esilio perpetuo che gli era stato
comminato.

Il silenzio divenne ingombrante e Gofrid si mosse inquieto sulla
panca su cui stava disteso, rammentando, con la vivida memoria di
Consacrato, quei drammatici momenti; allora il Duca diede il suo primo
e unico contributo alla conversazione.

"Ti sta crescendo la febbre. Starai meglio a letto, e anch'io perché
domani voglio mettermi alla ricerca dell'ifinia prima dell'alba. Sono
quelle le ore buone per raccoglierla".

Il ragazzo abbozzò un'incerta difesa, che W'Unker non prese

nemmeno in considerazione, sollevandolo invece di peso, senza sforzo apparente; si volse poi agli altri, verso i quali chinò impercettibilmente la testa, ma diede una lunga occhiata a Giselda.

"Vi faccio subito accompagnare nella vostra stanza" si offrì Solea, suonando il gong per chiamare Nuela, e, con il figlio che brontolava blandamente tra le braccia, il Duca si avviò all'uscita.

Mentre erano già nel largo corridoio che portava alle stanze superiori, si udì Gofrid protestare ancora.

"E non voglio che tu te ne vada da solo, domani all'alba! Può essere pericoloso" e la profonda voce di suo padre che ribatteva, beffarda: "Non mi risulta di averti nominato mio custode, giovanotto!"

Immediata la risposta del ragazzo, piccato "No, perché non hai un minimo di buon senso. Ti ricordo..."

Disputando, le due belle voci sonanti si affievolirono e sparirono.

Nella saletta gli ospiti rimasti si guardarono fuggevolmente e si rilassarono, e la stanza d'improvviso sembrò più grande più ariosa.

Iulo tese le gambe verso il fuoco e sorrise, stringendo a sé la moglie, che gli appoggiò la testa sulla spalla, Dano depose la sua tazza ed elargì a Solea il suo miglior sorriso da seduttore.

"Milady, il vostro xupi è eccellente!" cominciò, subdolo. "Veramente eccellente, il migliore che io abbia mai bevuto, credo. Tuttavia, se ne avessi il coraggio..."

"Sfacciato! Ti porto a far visita a una Dama, e tu mi fai fare una figuraccia!" lo interruppe allegramente Iulo, mentre Giselda centrava il cognato con un cuscino e Dama Min rideva di cuore, avendo capito l'antifona.

"Forse non vi dispiacerebbe qualcosa di più forte, visto che fa freddo?!" propose e, senza aspettare l'inevitabile "sì" dei due gemelli festanti, suonò per farsi portare vino, liquori e qualche pasticcino piccante in crosta dolce, una specialità della zona.

Il naso sopra il bicchiere ad annusare l'aroma forte e secco del Distillato di Rubino, la bocca piena degli squisiti pasticcini, i due gemelli sorrisero, Giselda bevve un sorso dal bicchiere di suo marito, che iniziò una veemente protesta, mentre la fanciulla tossiva, tutta rossa, con le lacrime agli occhi e Dano ne approfittava per riempirsi di nuovo il bicchiere.

Solea si stiracchiò davanti al fuoco, sentendosi improvvisamente appagata e in pace.

La conversazione riprese, più animata, più sciolta, più libera, punteggiata da risate e scherzi fino a che, fatalmente, il discorso non cadde sulle aggressioni subite dal Duca.

A questo punto Giselda si drizzò sulle ginocchia di Iulo, dove si era seduta, e ricapitolò brevemente i fatti, il bel viso improvvisamente serio.

"È una brutta storia, zietta, e non riusciamo a venirne a capo", concluse. "Lord W'Unker è stato attaccato tre volte, in posti diversi..."

"Perdonami, cara, ma non avete mai pensato che il suo... ehm... Il suo passato può aver armato contro di lui ben più che tre persone..."

Giselda arrossì e chinò gli occhi, mordendosi le labbra, ma subito Iulo intervenne a toglierla dall'imbarazzo.

"Che il Duca non possa contare sulla calorosa simpatia del suo prossimo, lo sappiamo benissimo" ammise. "Tuttavia ci sono alcuni particolari che non ci convincono".

Tacque un attimo, dette un'occhiata all'interessata Solea che lo ascoltava muta, le belle mani in grembo, a Giselda che si soffiava il nasetto in modo sospetto e infine al suo gemello, che gli fece un cenno d'assenso.

"Settembre, ottobre, novembre" proseguì, enumerando sulle dita. "Tre mesi in cui non è successo niente e poi, dalla metà di dicembre a oggi, Lord W'Unker è stato aggredito tre volte".

"E sempre in Arso" sottolineò Giselda, cacciando a forza il fazzoletto in una manica con il risultato di strapparne il merletto, mentre Dano insorgeva, scuotendo la testa.

"Questo, secondo me, non c'entra" dichiarò. "Gli Arsiani sono tra i pochi popoli di Thelene che non sono stati fatto oggetto delle *pressanti* attenzioni di Lord W'Unker!"

"...ma non di quelle di Valmar D'Aurel!" obiettò vivacemente la ragazza, e Dama Min intervenne a sua volta, dandole man forte con i suoi ricordi.

"È vero! D'Aurel si scontrò più volte con gli Arsiani, e vinse la guerra proprio contro Anaxj, il paese dove è stato aggredito!" Arrestò la protesta dei due Lant con un gesto. "Lo so, è stato più di vent'anni fa, ma in questi vent'anni tutti lo hanno creduto morto" continuò. "E poi, ci fu qualcosa di poco chiaro nella conclusione di quella guerra, qualcosa che potrebbe spiegare un odio così lungo. Il figlio del sultano di Anaxj fu ucciso da Lord Valmar, contro il quale si era gettato per difendere il padre. Era molto giovane, solo un ragazzino, ma il Condottiero se ne accorse troppo tardi. Il sultano, Alateo, sconfitto, si uccise sul corpo del figlio... Si parlò anche di una maledizione...".

Guardò Giselda e si morse le labbra, pentita. "Scusami, cara, è una gran brutta storia! Non la conosco neanche bene perché Lord D'Aurel non ne parlò mai; tutto quello che so mi viene dai ricordi di Takab e di Parvit. Dissero anche che il Condottiero era sconvolto e..." si fermò di nuovo e abbassò la testa, confusa.

Subito, Dano prese la parola. "Questa storia, o questa favola, è brutta senz'altro, ma non vedo cosa abbia a che fare con ciò che è avvenuto in questi mesi..."

"Qualcuno potrebbe aver voluto vendicare..."

"E chi? Alateo morì senza eredi, se non sbaglio, tanto che Anaxj passò anni di guerre civili e di effimeri governi prima che si affermasse la nuova dinastia che regna tutt'ora, gli Ul Willstel. E poi noi abbiamo altri riscontri".

Guardò Iulo, che annuì con enfasi e continuò al posto suo, stringendo tra le sue le piccole mani di Giselda.

"Proprio così. Avevamo già intuito dai due primi agguati che gli assalitori volevano impadronirsi del Duca, non ucciderlo, e la terza volta la cosa è stata anche più evidente. Se fosse stata la vita di W'Unker che volevano, avrebbero potuto tagliargli la gola in un secondo, invece che perdere preziosi minuti per immobilizzarlo con il talese, dando così modo a Gofrid di arrivare!"

"Avete ragione" ammise, meditabonda, la Dama.

"Via, Iulo, dacci un taglio!" intervenne di nuovo Dano. "Abbiamo di meglio che le tue preziose deduzioni! Dama, noi arrivammo qualche minuto dopo Gofrid, a combattimento concluso. Per quanto ferito, il ragazzo era riuscito a liberare il padre e il Duca aveva impugnato di nuovo la sua Spada Nera. Non aggiungerò altro, se non che era furioso, furioso per l'agguato, furioso per essere costretto a girare disarmato e soprattutto furioso perché gli avevano colpito il figlio. Dei dieci assalitori, sei erano a terra, morti, quattro, mal ridotti, erano fuggiti da quella furia a tutta velocità, ed erano vivi soltanto perché Lord W'Unker li aveva lasciati andare per occuparsi di Gofrid, che perdeva molto sangue. Li inseguimmo noi, senza fortuna, e stavamo tornando indietro, quando incespicammo letteralmente su un ferito. Era uno di quei banditi e neppure cercò di difendersi dalle nostre accuse, perché sapeva di avere ormai le ore contate".

Tacque un attimo per finire il suo bicchiere e Iulo prese il suo posto.

"Si accorse che eravamo Liberi Naviganti, vedendo lo stemma che quel damerino di mio fratello si è fatto ricamare sui vestiti, poi mi riconobbe, mi chiamò per nome e ammise di esser appartenuto anche lui alla nostra Confraternita. A questo punto lo riconobbi anch'io e l'interrogai nel nome della nostra antica fratellanza, senza nascondergli che era in punto di morte. Allora ci confessò che sulla testa del Duca, vivo, era stata posta una taglia, ma di più non poté dire, perché l'unico a conoscere tutta la storia era il pirata che li aveva ingaggiati e che era riuscito a fuggire. Morì pochi minuti dopo e noi andammo a soccorrere Lord W'Unker e Gofrid".

Solea tacque, meditabonda, ma Giselda scosse testarda la testa.

"E questo cosa dimostra? Solo che il suo nemico è un uomo tanto potente da potersi permettere dei sicari" disse, polemica. Tacque un attimo e poi puntualizzò, dando un calcio a un innocente cuscino. "Tanto potente e tanto vigliacco. Oh! Scoprirò chi è, e quel giorno mi renderà conto di tutto, sul filo della mia spada!"

S'interruppe di nuovo, il viso infiammato tra i riccioli rossi, e girò lo sguardo sui suoi amici, pronta infuriarsi al primo sorriso. Ma tutti e tre la conoscevano abbastanza bene per sapere che non parlava a vuoto e che quel nemico sconosciuto avrebbe passato un brutto quarto d'ora, se veramente fosse venuto a tiro della sua lama.

"Il punto non è questo, cognata" riprese però Dano, continuando quella che evidentemente era una vecchia disputa. "Il punto è che nulla ci dice che il mandante sia un Arsiano".

"Gli agguati sono avvenuti sempre ad Arso, questo è incontrovertibile!"

"Sì, ma lo stesso fatto che gli aggressori fossero dei sicari toglie valore a questo fatto, l'unico che..."

"Basta, tanto vale parlare chiaro!" sbottò Iulo, alzandosi in piedi, la mobile faccia improvvisamente seria. "Mia moglie non ne è convinta, ma Dano e io pensiamo che è inutile andare a rimestare in storie vecchie di vent'anni e più, quando le Isole Dorate sono piene di gente che volentieri torcerebbe il collo al nostro Duca, con rispetto parlando!"

Giselda strinse le labbra, mentre sulla faccia apparivano delle pericolose macchie rosse, segno che l'esplosione era prossima e Solea si mise una mano sulle labbra, fissando i due Lant.

"Voi... voi pensate dunque a..."

"Noi non abbiamo pensato, né fatto nomi, Milady! Ma ci pare logico cercare tra coloro, tra i molti, scusa Giselda, che hanno oggi motivi di odio verso l'Artiglio di Fuoco!"

"E questo è anche il parere di tuo fratello, lo sai!" concluse Dano.

La fanciulla scosse violentemente la testa rossa e balzò in piedi, le mani strette a pugno.

"Perché gli avete fatto il lavaggio del cervello! Ma..." poi guardò Solea, che, pallida in viso, annuiva e s'azzittì di botto, diventando pallida anche lei. "Allora... allora, credi anche tu, zietta, che uno dei nostri compagni, dei nostri amici possa... possa aver fatto questo...?! Avevamo strappato loro la sua grazia, avevano giurato... È mio padre, il padre di Gofrid..."

La donna alzò due occhi tristi e compassionevoli su di lei e le parole morirono sulle labbra di Giselda.

Finirono di bere e andarono a letto senza scambiarsi altro che una pensosa buona notte.

43

***

Mentre, stretta nella sua veste da notte, si spazzolava la sontuosa chioma nera, pesante e morbida come un velluto e appena screziata da qualche filo bianco, Solea decise che l'indomani mattina si sarebbe alzata presto e avrebbe cercato un colloquio con il Duca, prima che arrivassero tutti gli altri. Dopo tutto, rifletté sistemandosi sotto le coperte nella sua alcova rallegrata da tendaggi di seta ricamata, tutti avevano detto la loro, salvo il diretto interessato.

Il che, concluse ridacchiando, già mezza addormentata, era proprio tipico di Lord W'Unker... e anche di Valmar D'Aurel!

Si addormentò di colpo, pesantemente, e riaprì gli occhi solo perché disturbata dalla luce che filtrava dalle tende. Contrariata, si rese conto che non era poi così presto e che probabilmente il suo ospite se ne era già andato. Glielo confermò Nuela con il muso lungo, disturbata nelle sue abitudini da tutti quei risvegli antelucani. Quando lei si era alzata, e si alzava *sempre molto presto, lei* sottolineò acida, il Lord non c'era più: era svanito dalla casa senza che nessuno lo sentisse, senza chiedere nulla, quando era ancora buio. Se n'era accorta solo perché mancava il suo mantello, e anche quella lunga Spada Nera.

"Occasione perduta" ammise tra sé e sé la Dama e si sedette a tavola, ordinando una colazione più ricca del solito a mo' di consolazione.

"E per questa volta, al diavolo la dieta e i chili di troppo!" stabilì, aggredendo i biscotti e la confettura, ma fu subito interrotta da un lieve scalpiccio che ricordava bene.

"Giselda! Già alzata anche tu? Ma non raccogli i capelli in una treccia, quando vai a dormire? E dovresti portare una tunica più pesante per la notte e invece di quello scialle..."

"Basta, madrina, per carità! Sei sempre la stessa chioccia! Sono comoda così".

Ridendo e scuotendo la testa arruffata la ragazza, con una tunica sbracciata che non le arrivava alle caviglie e un variopinto scialle a fiori e strisce sulle spalle, si sedette a tavola e dette un valido aiuto alla zia nel demolire viveri, latte e xupi, poi respinse il piatto vuoto e si appoggiò allo schienale della seggiola con un sospiro di soddisfazione.

"Ah, ho sempre sostenuto che non c'è nulla al mondo come le tue confetture!"

"Hai ampiamente dimostrato il tuo gradimento, cara! Te ne darò una bella scorta, quando andrai via. Ma..." la sua voce si abbassò e insinuò, speranzosa, "...hai sempre tanta fame, tesoro?" Giselda si girò ridendo verso di lei, e le scoccò un bacio sulla guancia.

"Nessuna speranza, zietta! Non c'è nessun piccolo Lant in viaggio, ne sono sicurissima".

"Pensavo... Sono quasi sei mesi che sei sposata e ..."

Versandosi un'altra tazza di xupi e afferrando un paio di biscotti, la fanciulla rise allegramente.

"...e non sono ancora incinta" assicurò. "E forse... forse è meglio così".

Si interruppe di botto, mordendosi le labbra, poi vide lo sguardo attonito della cugina e riprese in fretta, per cancellare ogni impressione sbagliata "Non fraintendermi, madrina! Sono felice di aver sposato Iulo e lui lo è quanto me. Non c'è nessun problema tra noi... Cioè... uno ce n'è. Lord W'Unker".

"Cara! Vuoi dire che tuo padre e tuo marito non vanno d'accordo? Beh, era prevedibile, ma ora..."

"No. Non è questo".

Pensierosa, Giselda si passò le mani nei i lunghi capelli fiammeggianti, cacciandoli indietro, nel gesto tipico di tutti i D'Aurel.

"Iulo e Dano" continuò, lo sguardo assorto "hanno accettato il Duca con una facilità che avrebbe dell'incredibile, se non si pensa che sono Liberi Naviganti, con un codice morale diverso da quello degli altri Isolani. E poi, l'aver condiviso con lui i pericoli e le fatiche della fuga dalla Norlandia ha creato un legame tra di loro, che la lotta per la sua vita ha reso più stretto. Adeguandosi ai suoi comandanti, anche tutto l'equipaggio ha cercato di dimenticare chi è stato e cosa ha fatto. Talvolta mi pare perfino che Clorinda addirittura abbia la tentazione di viziarlo! No. Il problema è Lui, non il suo rapporto con gli altri".

"Vuoi dire che è scortese, collerico?" chiese Dama Min, con la scomoda sensazione di recitare un vecchio copione, ma ancora Giselda scosse la testa,

"Ancora, no. È gentile, a suo modo. Non chiede niente, non si lamenta mai, presta il suo aiuto se glielo chiedi, ma... E' silenzioso, assente. Talvolta ci guarda come se non si ricordasse più di noi, come si stupisse di trovarsi a bordo della *Procellaria*... Come non sapesse più chi è..."

La scomoda sensazione si trasformò in un brivido, mentre Solea ricordava le parole dette, più di vent'anni prima, da Lunja, tuttavia cercò di sdrammatizzare.

"Amor mio, ne ha passate tante!" ricordò. "Certo non sarà facile neanche per lui! Forse Gofrid potrebbe..."

"Parlate di me?"

La voce del giovane riscosse le due donne che girarono contemporaneamente la testa e scorsero il menestrello sul pianerottolo, già vestito e in ordine, anche se pallido, pronto a scendere in sala.

"Gofrid! Aspetta, vengo ad aiutarti!" gridò Giselda, dando prova di un certo ottimismo, data la loro notevole differenza di statura, ma subito le due porte vicine si spalancarono e fecero capolino le facce dei Lant, inquiete e sollecite.

"Lascia, Giselda, ci penso io!" gridò Iulo

"E anch'io !" gli fece eco Dano.

Il ragazzo rise nervosamente.

"Non ce n'è bisogno, sul serio! Mi reggo alla ringhiera... Al massimo una mano... grazie, Dano. È solo un taglio, netto, a un fianco e..."

"Era, volevi dire. Ma si è infettato, o la lama che ti ha colpito era avvelenata e..."

"Clorinda!"

La porta era stata aperta bruscamente e, travolgendo senza neanche accorgersene il vecchio Kual, il portiere-factotum di Dama Min, il nostromo della *Procellaria* fece il suo ingresso, gli ispidi capelli grigi raccolti alla bell'e meglio in una crocchia dietro la nuca, la faccia larga, dai lineamenti energici, abbronzata dal sole, le braccia muscolose che uscivano dal costume dei Liberi Naviganti.

Sorrideva allegramente, anche se continuava ad ammonire Gofrid agitando nell'aria la mano, grossa come una spatola, e alle sue spalle sbucarono, allegri e pieni di aspettativa, il volto di Pyvor, la simpatica faccia lentigginosa di Tam, la larga bocca già in movimento, e il visetto tondo e capriccioso di Nira.

Quest'ultima, piccola e curiosa com'era, continuava a spiccare dei saltelli per poter vedere immediatamente, sopra le spalle del fratello e dell'innamorato, la nuova casa di Dama Solea. Non si sa come, riuscì a sgusciare dentro per prima e si esibì subito in bell'inchino, mettendo in mostra l'elegante costume locale, che a forza di moine e piagnucolii era riuscita a farsi regalare dal fratello, e il vezzo di coralli che le adornava la scollatura, estorto a Tam.

"Nira, non spingere così! Lascia passare prima il nostromo! Dovete scusarla, è ancora così bambina!" la redarguì con un tenero sorriso Pyvor, mentre Solea invitava tutti ad entrare e Tam si gettava in difesa dell'amata, con l'abituale velocità di parola, senza mai prendere fiato. "È così spontanea! E poi vi vuol bene, Dama Solea, e desiderava tanto rivedervi! Non voleva certo mancare di rispetto a Clorinda o dimostrarsi invadente perché anzi ha una sensibilità, una delicatezza che... ahi!"

Il nostromo era entrato e le nocche callose della sua destra avevano ricavato un bel suono dal cranio del giovane gabbiere.

"Chiudi quella bocca, Tam," sentenziò la donna "o ci faranno il nido le mosche; e tu, Smorfietta, scostati e lasciami salutare Dama Solea. Gofrid! Non ti arrischiare a scendere quelle scale senza un aiuto! Se tuo padre..."

"Mio padre se n'è andato questa mattina all'alba, da solo, in cerca di quella maledetta erba! Non so neanche dove, né per quanto tempo starà via" ribatté acidamente il giovane Magio che intanto, aiutato da Dano, era arrivato al piano terra.

Un coro di deprecazioni fece eco alle sue parole e su tutte si sentì la secca osservazione di Clorinda. "Testa Dura, tale e quale te! Ma il capitano non poteva fargli presente..."

"Miracoli non ne so fare, nostromo! E meno che meno prima di colazione. Scusate la sfacciataggine, Lady Solea!"

"Non è sfacciataggine, fratello, è fame!"

"Oh, ma certo! Sedete tutti, vi prego. Nuela! Nuela, la colazione per i miei ospiti. Ho già dato ordine di preparare tutto ..."

"*Già, ma non per un reggimento!*" pensò cupamente la governante, andando a portare il panico in cucina, e intanto Pyvor ringraziò Solea, Dano tentò di cacciare dal caminetto Nira, che se ne lamentò ad alta voce, Tam cominciò a riferire qualcosa sulla vela di maestra a Iulo, che non lo voleva sentire, Giselda protestò a voce alta perché nessuno era ancora venuto a salutarla e Gofrid, alzando la voce sonante, raccontò a tutto il mondo che, quanto a testardaggine, nessuno vinceva suo padre.

"Avrei qualche obiezione in proposito, ragazzo. E qualcosa da ridire anche sul fatto che sei in piedi".

Grande, intabarrato nel mantello scuro, i capelli bianchi più ricci del solito per la rugiada mattutina, il Duca d'Ombra era entrato silenziosamente nella sala e stava girando uno sguardo corrucciato su tutta quell'allegra confusione.

"Sei tornato, grazie alla Dea! E sei sano e salvo. Ero preoccupato..." cominciò Gofrid, subito interrotto da Iulo.

"Milord, stavamo parlando di..."

"Ah, sì? Non me ne ero accorto". Nella piccola stanza improvvisamente silenziosa, Lord W'Unker depose sul tavolo una modesta bisaccia, poi si tolse il mantello umido. "Credevo che fossero le prove generali per un'insurrezione" concluse, alzando un sopracciglio.

Nuela servì la colazione a dieci persone silenziose e tranquillissime, sedute a tavola tutte compunte, come gli allievi di una scuola militare durante l'ispezione.

***

Fu solo nel tardo pomeriggio, quando tutti s'erano dispersi per cercare vecchi amici, o per far ritorno alla nave oppure semplicemente per girare l'isola, che Lord W'Unker uscì dalla sua camera, dove si era arroccato fin dalla mattina in compagnia delle erbe raccolte e del contenuto di una borsa che Clorinda gli aveva portato dalla *Procellaria*.

Scivolò silenziosamente nella sala, dove Solea stava succhiando pensierosa la cannuccia della sua penna, fissando una pergamena ancora bianca davanti a le, e alcuni altri fogli scritti e fatti a pezzi.

La dama si accorse della presenza del suo scomodo ospite solo quando la grande ombra cadde sulla carta sulla quale stava invano meditando, oscurando la luce della candela. Sobbalzò, si volse e lo vide immobile, le braccia conserte sul petto, la mano destra a stringere con forza il braccio sinistro, così alto che il suo soffitto parve diventare improvvisamente basso e la stanza piccola. Qualcosa nel suo atteggiamento, in quella stretta, in quella posizione rigida, in quelle spalle tenute troppo dritte disse alla donna che W'Unker era a disagio e cercò di rimediare, interrogandolo cortesemente. "Sedete, Milord e ditemi, avete finito il vostro lavoro? O forse l'*ifinia*..."

"Nessun problema. La pozione è pronta e tra dodici ore potrà essere usata".

"Dunque Gofrid..."

"Starà bene in pochi giorni".

"*Allora non è questo... sia maledetta la sua laconicità!*" pensò la Dama, a sua volta a disagio, anche perché il Duca non s'era ancora seduto e incombeva su di lei.

"Non è questo. No" riprese finalmente l'uomo, abbassando la voce profonda. "Sono venuto, sapendovi sola, perché volevo un... Un parere da voi. Ecco, guardate".

Dicendo così, si tolse dal collo un sacchetto di morbida pelle e lo rovesciò sul tavolo con una mossa decisa.

Solea trattenne a stento un grido, vedendo rotolare sul suo foglio ancora intonso un grande anello di oro brunito, dove, nel fosco sfolgorio dei rubini neri, brillava lo stemma del Duca, circondato di opali neri e perle scure.

"Oh, Milord! Ma questo è...E'..."

"Il sigillo del Duca di Rocca d'Ombra. Il sigillo del Ducato di Norlandia in effetti, sì. Ed è... Ed è... tutto ciò che mi resta, oltre alla Spada Nera. Ma quella ormai è di Gofrid. Ebbene?"

La voce oscura suonava fredda, distante, indifferente, ma Solea sentì ugualmente la commozione stringerle la gola.

"È un gioiello meraviglioso, Milord! La lavorazione è impagabile e le pietre, per quello che posso giudicare a prima vista, sono perfette".

"Giusto. W'Unker le scelse personalmente, una alla volta" assentì il Duca, poi tacque ancora. "Credete sia possibile trovare un compratore?" riprese con un certo sforzo dopo qualche secondo.

"Una volta, ve lo avrei comprato io stessa, senza esitare. Ma ora, ahimè, non posso più permettermi certi lussi!"

Solea si mordicchiò le labbra, un poco incerta, poi alzò gli occhi sul suo ospite e si accorse, con orrore, che W'Unker stava arrossendo, dall'ampia fronte al collo robusto, proprio come suo figlio.

Terribilmente a disagio parlò in fretta. "Potrebbe non essere facilissimo trovare un acquirente sia per il valore dell'oggetto, sia per il suo... ehm... significato, però..."

"Lo supponevo".

La grande destra si strinse convulsamente sull'anello, ma la voce cupa restò indifferente. "Tuttavia potrebbe essere smontato. Vendere le singole gemme dovrebbe essere molto più facile".

Dama Min rabbrividì all'idea.

"Sì, certamente. Ma, se volete il mio parere, compireste un delitto".

"Non sarà certo il primo, e neppure il più efferato".

Dicendo così, il Duca ebbe un amaro sorriso e riaprì la mano, posando sul tavolo il gioiello, quasi con dolcezza. Ne sfiorò il castone con un dito, poi lo spinse verso Solea.

"Potreste... Vorreste trovare un artigiano in grado di eseguire questo lavoro?"

"Lo farò, se proprio lo desiderate, e non appena avrò delle proposte concrete ne riparleremo. D'accordo?"

W'Unker annuì due volte, rimise rapidamente il suo gioiello nella custodia e la spinse verso la Dama.

"Vi ringrazio" aggiunse "e vi sarò anche più grato se nessuno saprà di questa nostra conversazione".

"Avete la mia parola, Milord".

"Sta bene".

Scivolò via rapido e silenzioso come era entrato, chiudendosi la porta alle spalle e lasciando Solea in un amaro mare di confusione, di dubbi, di ricordi.

***

"Andrò a Wan Tunhe e ne chiederò ragione ai Signori dei Mari Interni".

Come il Duca aveva previsto, la nuova cura aveva fatto miracoli e, neppure sei giorni dopo la prima medicazione, Gofrid era di nuovo in piedi, in via di guarigione e più battagliero che mai.

Se ne erano accorti subito i suoi amici, che quel pomeriggio, saliti sull'altana a godersi i tepori del primo sole, da qualche minuto si stavano scontrando con la sua testarda decisione di accusare pubblicamente, nell'Assemblea, i capi dell'Intesa per le aggressioni subite da W'Unker.

"È un atto quanto meno intempestivo..." cominciò Solea, subito appoggiata da Giselda.

"Intempestivo? Avventato, direi! Cosa hai in mano contro l'Intesa, fratello? Sospetti, solo sospetti!"

"Non sospetti, deduzioni. Chi altri potrebbe..."

"Quel porco di Raint, per esempio, con il suo compare, Lord Selter".

La fanciulla pronunciò i due nomi come se dicesse una parolaccia.

"È vero!" si affrettò a concordare Iulo. "Non ci avevamo pensato, ma nessuno dei due arde d'amore per il Duca, e la sua morte darebbe loro una possibilità in più di impadronirsi della Norlandia".

"La sua morte, appunto, non la sua cattura. No. Non vedo che interesse abbiano a volerlo nella terra che gli hanno rubato! La notizia della sua prigionia non farebbe che rinfocolare i suoi partigiani" intervenne Dano, pensieroso, ma Solea scosse la testa.

"Lord W'Unker non è solo il Sovrano di Norlandia, è anche il depositario di segreti che potrebbero far gola a quei due miserabili", osservò, sollevata. "Giselda, dopo tutto penso che tu possa avere ragione".

"Ecco! Allora è inutile che Gofrid vada a far imbestialire tutta l'Intesa con le sue accuse, procurandoci altri nemici e altri problemi, come se non ne avessimo già abbastanza!"

La voce della ragazza, alta e sottile come sempre quando era turbata, si spezzò, mentre il viso le si contraeva in una smorfia di pianto. Soffocando una bestemmia, Iulo fece per intervenire, ma il giovane Magio lo precedette.

"Sorella, perdonami! Ma ascoltami, anche. So bene che il generoso impulso di dividere l'esilio con mio padre e con me è fonte di continue difficoltà e pericoli, ma proprio per questo, cara, bisogna metter fine almeno a quest'ultimo incubo".

Mise a tacere con un gesto e un sorriso Iulo e Dano che stavano già per protestare e continuò appassionatamente. "Lasciatemi andare. Se mi sbaglio, se il mandante non è tra i Signori delle Isole, almeno non dovremo più sospettare coloro che furono... che sono nostri amici. Non credi che anch'io mi senta diviso tra l'amore e il timore per mio padre e l'amicizia per i nostri vecchi compagni? Una loro parola potrebbe toglierci dalla tortura del dubbio e permetterci almeno di ricordarli con immutato affetto".

Subitamente rasserenata da quelle parole, Giselda serrò tra le sue piccole mani quelle lunghe e affusolate del musico e annuì, ancora incerta. Solea osservò ragionevolmente che in ogni caso un viaggio a Wan Tunhe era più breve e infinitamente meno pericoloso che un viaggio in Norlandia e i due Lant si scambiarono un'occhiata, poi Iulo prese la parola.

"E va bene, Testa Dura! Tanto, discutere con te è come aprire un tavolo di trattative con un uragano. Andrai a Wan Tunhe e speriamo bene! Ma se poi non ne caverai un ragno dal buco...”

“Ci ripenseremo allora, intanto, grazie, Iulo! E grazie a tutti, ci tenevo molto ad avere il vostro appoggio. Vedete...” Improvvisamente sul viso del ragazzo apparvero due fossette in un sorriso divertito. “Mio padre non sa ancora nulla di questa mia idea. Conto su di voi. Mi sa che non sarà d’accordo...”

***

Non lo fu.

Un’ora dopo i due D’Aurel, ambedue con le facce arrossate e con lo stesso sguardo ostinato negli occhi di zaffiro si stavano fissando. Un’ora di discussioni, ed erano ancora al punto di partenza.

“Tu non capisci perché non vuoi capire” accusò Gofrid, con voce esasperata.

“Non capisco perché non voglio capire? E perché non vorrei capire?” lo rimbeccò immediatamente il Duca.

“Non lo so!”

Questa volta il ragazzo alzò la voce e W’Unker un sopracciglio.

“Non lo sai perché non c’è nulla da sapere” decretò. “Ti ho già detto come considero questa tua idea di andare a Wan Tunhe assurda e irrazionale. Cosa speri di ottenere da un colloquio con i Signori delle Isole?”

“La verità”.

“Perché, certamente, se il colpevole degli agguati è fra di loro, te lo verrà a raccontare subito! Gofrid, ragazzo, cresci!”

Il giovane avvampò, poi si sedette pesantemente su un gradino della scala davanti alla quale stavano litigando, si passò le mani tra i capelli e guardò il Duca, in piedi davanti a lui.

“Padre, basta: non ne posso più” si arrese. “Sono uno stupido, va bene, ma non posso starmene con le mani in mano, in attesa che il nostro ignoto persecutore ci riprovi di nuovo, magari con successo! Non riesco più a vivere sapendo che ogni giorno, ogni ora può portarci un'altra aggressione, che tu sei sempre in pericolo, che...”

“Quieto. Basta”.

W’Unker si sedette vicino a lui, e gli sfiorò appena una spalla, mentre il suo viso si raddolciva.

“Padre, io non...”

“Zitto”.

Per un lungo momento i due tacquero, poi sul viso sfregiato passò il ricordo di un sorriso e la voce profonda risuonò ancora, morbida. "Sia come vuoi, figlio. Vai dunque, se ti pare opportuno".

"Mi aspetterai a T'Ahai? La *Procellaria* può fare un buon carico al Promontorio delle Tempeste, ma..."

W'Unker chinò il viso celandolo tra i lunghi capelli ricciuti, assentendo.

"Ti aspetterò qui" confermò "se Lady Solea mi concederà ancora asilo".

C'era una nota amara nella sua voce, e Gofrid s'affrettò a rassicurarlo.

"È d'accordo. Ma tu, promettimi che sarai prudente".

"Sarò prudente".

"E non ti muoverai dall'isola?"

"E non mi muoverò dall'isola... Ma ora, figlio, basta! La mia pazienza si sta esaurendo".

Nella voce scura suonò una nota divertita ed esasperata assieme, e Gofrid improvvisamente rise.

"Per dire la verità, l'Uno non te ne ha data troppa!"

E senza badare al gesto istintivo con cui l'uomo aveva cercato di scansarsi, gli buttò le braccia al collo, sempre ridendo.

***

Pochi giorni dopo il giovane Guerriero era pronto per partire.

Iulo gli aveva trovato un passaggio su una piccola e veloce nave dei Liberi Naviganti, con l'accordo che il ragazzo avrebbe dato una mano sul ponte e come navigatore.

Il Duca avrebbe senza dubbio dato volentieri il suo parere contrario in proposito, ma nessuno glielo chiese e, quando fece le sue rimostranze, finsero di non sentirlo.

La mattina della partenza Solea riuscì a intercettare Gofrid prima dei saluti e se lo prese da parte.

"Vorrei chiederti un favore, Consacrato, un grosso favore" gli confidò con una graziosa aria incerta e supplichevole.

"Ne sono lieto, Dama; vi debbo molto e sarò felice di sdebitarmi, anche se in minima parte".

"Tu conosci la situazione di T'Ahai: ve ne ho parlato anche troppo, in questi giorni! Potresti esporla in Assemblea, o con il Console, come ti parrà più opportuno, cercando di ottenere che Lord Tumish prenda posizione in difesa dell'autonomia dell'isola contro le pretese sia del Marchese di Esserant che del Principe Ul Quoi?"

"Contate su di me, lo farò volentieri".

Solea sorrise grata, ma ebbe un momento di ravvedimento e l'avvertì.

"Il Console non ama prendere decisioni, sopratutto contro qualcuno. Non si rallegrerà certo della tua ambasciata!"

Gofrid ricordò in un lampo il comportamento dell'uomo durante il processo a W'Unker e fece una smorfia.

"Bene!" proruppe.

Dama Min lo fissò, interdetta.

"Lord Esserant starà zitto, ma il principe Ul Quoi si irriterà, temo" insistette. "Tu sai che carattere ha!"

Se lo sapeva?! Lo vedeva ancora guidare il linciaggio, imprecare il rogo contro suo padre!

"Tanto meglio!" esclamo, astioso, digrignando i denti.

Capitolo terzo

LADY LHAMAR.

La prima cosa che Gofrid notò, tornando a Wan Tunhe dopo tanti mesi, fu che il cenotafio, fatto erigere con tanta pompa da Lord Tumish in onore del Condottiero delle Isole più di vent'anni prima, era scomparso. Tuttavia, incongruentemente, restava ancora a fare bella mostra di sé il piedistallo di granito. Soffocò a stento una risata e il capitano, seguendo la direzione del suo sguardo, si unì a lui.

"Quel monumento minacciava di diventare una tomba vera e propria... stava seppellendo nel ridicolo il Console" raccontò. "Così, circa tre mesi fa, ha dato ordine di rimuoverlo nottetempo. Ma non è stato possibile portar via anche il piedistallo, che da allora è diventato in pratica lo scrittoio di tutti coloro che hanno qualcosa da ridire su Lord Tumish!"

E dovevano essere proprio parecchia gente a giudicare dai versi, dai disegni, dalle frasi che costellavano il marmo, dove si vedevano inoltre pile di pergamene.

"Il nostro amato Console è stato costretto a istituire un servizio per rimuovere tutta quella carta e ripulire il piedistallo. Ogni tanto fa qualche altro tentativo di spostarlo, sempre senza successo e sempre scatenando una valanga di scherzi e di canzonature".

Gofrid ridacchiò e dette un'altra occhiata a quel tetro basamento.

"Suppongo" insinuò "che pulizia e rimozione siano state doverosamente pagate dalla popolazione, sotto forma di qualche balzello straordinario..."

La risata si strangolò in gola al capitano, che annuì, dando un'amichevole pacca sul braccio del ragazzo.

"Potete giurarlo, Consacrato! Si vede che lo conoscete bene... Basta, vado per l'appunto ad accogliere i gabellieri... è il benvenuto di Wan Tunhe!"

***

Qualche ora dopo Gofrid si stava dirigendo di buon passo alla Torre; camminava svelto, stretto nel suo manto grigio, il cappuccio calato fin quasi sugli occhi a difendersi dal freddo e da eventuali occhiate curiose, e, percorrendo quella strada, ritrovava a ogni passo i ricordi del suo recente passato.

Riconobbe le case, gli alberi, le insegne dei negozi e delle officine... persino il grido di richiamo degli straccivendoli e dell'arrotino e si rallegrò nel ritrovarli, ma non sentì nostalgia o dolore per averli lasciati, perché anche Wan Tunhe, come tutti gli altri paesi in cui era vissuto, non era stata che una tappa del suo cammino.

Giunse alla sede dei Magi che il sole era già alto, anche se scaldava ben poco, pallido e coperto di nuvole com'era.

"Pare proprio che la primavera non voglia tornare, quest'anno!" commentò, entrando nella sala rotonda, dove Aleja, avvisata, lo stava già attendendo con un sorriso sul viso, che tuttavia svanì sentendo le sue parole.

"Che cosa vuoi dire, giovane Magio?"

Stupito dalla sua reazione, il ragazzo smise di alitare sulle dita per scaldarle e accostò una mano a quella della Maga.

"Senti! Sono gelate. È vero che sono senza guanti, però..."

"Fa freddo ancora come se fossimo in pieno inverno, e quest'inverno è stato uno dei più rigidi che io ricordi. E non è la sola stranezza... Ma via, lasciamo stare tutto questo per ora! Vieni, siedi con me vicino al fuoco: ci porteranno qualcosa e tu mi racconterai tutto della tua nuova vita, e di... Sì, di Giselda e dei tuoi amici, prima che arrivino tutti i nostri confratelli a festeggiarti".

Dicendo così la Maga mosse verso il grande camino di marmo bianco, sollevando appena la lunga gonna grigia e si sedette con grazia su un mucchio di cuscini là predisposto, facendo segno al giovane di accomodarsi vicino a lei. E Gofrid le narrò dei loro lunghi viaggi, del cielo e del mare che accompagnavano i loro giorni e le loro notti, ma anche della difficoltà di trovare una terra disposta ad accettare suo padre.

"Madre e sorella, le Isole Dorate hanno cacciato Lord W'Unker, per sempre" si accalorò "e ad Arso è viva ancora la memoria delle guerre vinte dal Condottiero, sicché spesso anche quei porti ci sono serrati, né certo il Duca può contare sull'ospitalità di Tork, o di Harks o delle Isole del Tramonto e neppure della stessa Norlandia, dove Selter e Raint hanno preso il potere. Terracqua e Zilliana si sono allineate alla decisione dell'Intesa e le coste rutlane sono malsicure, dopo l'assassinio del console Rubelio. Non c'è una terra disposta a dargli asilo..." S'ammutolì di botto e abbassò gli occhi.

"Ne avete parlato?" chiese dolcemente Aleja.

"Sì, Prima Consacrata. Una volta, esasperato da una serie di rifiuti, ho detto davanti a lui che non riuscivo a immaginare dove avrebbe potuto stare in pace ..."

"E lui? Cosa ti ha risposto?"

Un amaro sorriso passò sul bel viso del giovane.

"Con tre parole: "Nella mia tomba" " rispose con voce sorda.

La Sacerdotessa chinò il volto tra le bande di capelli e i due tacquero alquanto, ciascuno rivedendo mentalmente quel tragico uomo, così come ognuno di loro lo aveva conosciuto. Poi, con un sospiro, il ragazzo finì il racconto, riepilogando brevemente le aggressioni contro il padre, e concluse dicendo che ora la *Procellaria* era ancorata a T'Ahai, attendendo il suo ritorno.

"E poi?" chiese la Maga, con uno sguardo indagatore.

Il musico allargò le braccia.

"Ci rimetteremo in mare, penso, a meno che l'incontro con l'Assemblea delle Isole non mi riserbi qualche sorpresa".

C'era timore e speranza nella sua voce, ma la Prima Consacrata scosse la testa.

"Non farti illusioni! Io credo che da questo colloquio non scaturirà niente di nuovo, né il nome dell'attentatore di tuo padre, né una parola di perdono".

Gofrid abbassò lo sguardo sulle mani, che teneva strettamente allacciate sulle ginocchia.

"Il perdono!" mormorò, senza guardare la sua interlocutrice. "Sì, gli sarebbe necessario per ricominciare a vivere, ma non quello degli uomini! È il perdono della Dea che ha rinnegato il solo che gli permetterebbe di ritrovare pace e onore, e potrebbe forse cancellargli dal cuore l'odio e il disprezzo per se stesso!" Di colpo alzò il viso e piantò in faccia alla Sacerdotessa due supplichevoli occhi blu. "Mi capisci, Madre e Sorella?!"

"Sì." La voce di Aleja era bassa, dolce e il volto triste, ma i suoi chiari occhi brillavano fermi, decisi. "Sì, figlio mio, ti capisco anche più di quanto tu possa credere, ma questo non è in potere dei Magi e neppure della Prima Consacrata. Solo la Luce Divina, solo la misericordia della Dea potrebbe perdonare l'apostata, ma non ne abbiamo mai avuto un segno".

Il ragazzo stava già per ribattere, quando una giovinetta alta, dalle lunghe trecce color miele e l'abito dei Magi Guaritori fece il suo ingresso con un sorriso di benvenuto nei calmi occhi grigi, le mani tese verso il giovane Magio.

"Gofrid! Sia benedetta la Dea che ti ha riportato qui da noi, nella tua casa!"

Il musico si girò verso di lei, si alzò fissandola interdetto, e poi scoppiò a ridere.

"Lyri! Sei tu, piccola sorella... No, ora devo chiamarti sorella senz'altro! Ma lo sai che per un momento non ti avevo riconosciuta?

Quando penso a te, ti rivedo sempre come una bimbetta, con la piccola Hillia per mano, e ora invece vesti l'abito dei Magi!"

Dicendo così, aveva preso e stretto tra le sue le mani della fanciulla, che rise a sua volta, svincolandosi con garbo.

"L'importante è che in qualche modo ti ricordi ancora di me... di noi, Consacrato!"

"Oh, mi ricordo! Ma non immaginavo che la mia piccola amica fosse diventata in pochi mesi una bella fanciulla!"

"Bella!" si schermì Lyri, arrossendo. Alzò gli occhi su di lui e fu come se lo vedesse per la prima volta. Arrossì anche di più, mentre Gofrid confermava solennemente.

"Bella, sì".

Ma mentre parlavano, sotto gli occhi sorridenti di Aleja, dalla porta sbucò anche Hillia, e con lei Lenart e Ruel e Torval, l'uno già vestito con il grigio dei Consacrati, l'altro ancora in abito di allievo e dietro a loro altri si affollarono, Guaritori e adepti, allievi e postulanti, servitori e ospiti.

Lasciata Lyri, Gofrid si volse sorridendo verso di loro, abbracciandoli, serrando mani, interrogando e rispondendo. Ma fra tutti, uno mancava e non scorgendolo il giovane Guerriero volse ad Aleja il viso, subitamente serio.

"Prima Consacrata, la gioia di ritrovare i miei compagni è turbata per l'assenza di uno! Qui non vedo il venerabile Todar..."

La voce gli morì in un sussurro incerto, ma rapida la Maga scosse la testa.

"Non temere. È vecchio assai, colui che fu il tuo maestro, e il mio e prima ancora..." si morse le labbra e continuò. "...più di molti altri, ma la Dea lo mantiene tuttora tra di noi. Oggi ha voluto salire sull'altana per sentire il calore del primo sole sul viso. Va', raggiungilo e guidalo tra di noi".

Il giovane non se lo fece ripetere e con due balzi fu alla scala e sparì in quel vano, facendo tre gradini per volta, mentre tutti gli altri prendevano posto nella grande sala rotonda; Aleja fece cenno a Lyri e a Hillia di sedersi vicino a lei, un'ombra negli occhi acquamarina

"*È vivo, sì. Non può morire*" pensò. "*Aspetta Colui che ci tradì...*"

***

In piedi nel mezzo della vastissima Aula dell'Assemblea che Tumish aveva fatto edificare con il massimo splendore, quasi a sottolineare la grandezza e la solidità del suo trionfo, Gofrid sostenne con fermezza gli sguardi curiosi, beffardi, compassionevoli o perplessi di tutti i membri del Governo e del Parlamento delle Isole che, contro ogni sua aspettativa, aveva trovato là riuniti ad aspettarlo.

A loro si erano aggiunti parecchi ambasciatori di paesi stranieri e, nella loggia alla destra di quella del Governo, aveva fatto la sua apparizione anche la testa calva e il viso malevolo di Lord Propeanus Gaulter, il Primo Giudice dell'Alta Corte di Giustizia, colui che aveva sentenziato la morte sul rogo per Lord W'Unker. Dietro di lui, si intuivano le sagome degli altri due Giudici, che allungavano il collo per vedere meglio.

Benché si fosse aspettato un ben diverso tipo di colloquio, il giovane Magio aveva esposto, chiaro e breve, il motivo per cui si trovava là, e, mentre parlava, i suoi occhi di zaffiro avevano scrutato, duri e attenti, i volti, i gesti, le occhiate dei suoi interlocutori, senza cogliere nulla che potesse confermare i suoi sospetti.

Ora taceva, e già cominciava a cogliere sussurri e mormorii di incredulità o forse di scherno. Il sangue gli salì alla testa e con un atto pieno di alterigia fece un passo avanti, gettandosi alle spalle il mantello a mostrare la Spada Nera, alzò fieramente il capo e girò lo sguardo sui membri del Governo, che parlottavano tra loro.

"Non sono venuto fin qui per offrirvi uno spettacolo divertente, ma per cercare la verità!" proruppe. "Chi di voi ha osato porre una taglia sulla testa di mio padre?"

Questa volta l'accusa era netta, precisa, inequivocabile e tutti tacquero di botto.

"Mio padre ha rispettato la vostra sentenza, per dura che fosse. Non ha più rivisto le Isole Dorate, la sua spada è al mio fianco ed egli non ha più trono, ricchezze o armate..." riprese Gofrid, incollerito. "La vita, solo la vita, gli avete concesso e per quello ancora vi ero grato. Ma ora anche la sua vita è minacciata. E mio padre..."

"Mio padre... mio padre..." lo sbeffeggiò d'improvviso il principe Xamir, alzandosi dal suo posto e avvicinandosi alla balaustra della loggia. "Ha un nome questo padre, credo, giovanotto!"

Gofrid volse verso di lui la testa, perplesso, imponendosi di tenere a mente che quell'uomo era il padre di Zelmir e il Signore di un popolo sventurato, poi tentò. "Non è più un segreto per nessuno, mio Signore! Mio padre..."

Ma Xamir lo interruppe con violenza, drizzandosi in tutta la sua statura, il volto duro e gli occhi incolleriti.

"W'Unker! È questo il suo nome ormai, non altro! Ed è un nome esecrato e maledetto in tutta Thelene! Perché dunque porti proprio qui i tuoi oltraggiosi sospetti?"

Il giovane sentì il sangue ribollirgli nelle vene, ma si contenne e rispose con voce volutamente calma, appena consapevole che la sua mano si era stretta sull'elsa della Spada Nera. "La furia delle tue parole è già risposta sufficiente, principe. Tu lo detesti e forse proprio tu..."

Con un grido di rabbia il Rivaltino saltò giù, in mezzo alla sala, fronteggiandolo.

"Ho firmato la sua grazia, ho giurato sull'onore mio e della mia terra! Gli Ul Quoi tengono fede alla loro parola! Ma se mai avessi pensato di violarla, lo avrei fatto apertamente e avrei affrontato il carnefice della mia patria con la spada, in campo aperto, non pagando dei sicari!"

Dietro di lui si era precipitato Zelmir, che ora teneva una mano sul braccio del padre e l'altra sulla spalla di Gofrid, guardandoli supplichevole.

"Gofrid, dice il vero, te lo giuro! Qui nessuno ha teso trappole a... A Lord W'Unker! Se così non fosse, io per primo ti avrei messo in guardia per il giuramento che ci lega e per l'amore che ti porto".

A quelle parole, a quello sguardo il musico si calmò immediatamente; diede addietro di un passo, mentre la mano lasciava l'elsa della spada, e s'inchinò leggermente al principe Ul Quoi.

"Quand'è così, vi chiedo perdono, mio Signore. Per amore di Zelmir, scusate l'angoscia di un figlio per un padre amato".

"Troppo amato, ragazzo! Troppo amato!" brontolò Xamir, riprendendo il suo posto, ma fu la sua unica protesta e Gofrid preferì tacere.

Cadde di nuovo il silenzio e tutti si guardarono l'un l'altro, chiedendosi se era il loro vicino colui che aveva osato mettere a prezzo la testa di quel terribile uomo; poi piano gli occhi di tutti conversero su quegli altri due che fino all'ultimo minuto s'erano ostinati a negare la grazia, Lord Tumish e Lord Takab.

Il Console se ne accorse e si alzò subito, mostrando una sollecitudine che non provava affatto.

"Ti giuro solennemente, Consacrato, davanti a tutti i Signori e ai nobili rappresentanti delle mie amate Isole" affermò con voce volutamente commossa "che io sono innocente, che non ho mai tentato nulla contro Lord W'Unker da quando costui ha lasciato i Mari Interni e che per lui e per il suo terribile destino provo solo..." Parlando girò gli occhi intorno, cercando di capire cosa l'Assemblea desiderava sentire da lui, ma, avendo colto segnali contradditori, preferì lasciar morire la sua frase in un vago mormorio che poteva essere variamente interpretato.

Poi, soddisfatto, tornò al suo seggio.

Tutti allora rivolsero lo sguardo a Takab, che non aveva aperto bocca, né fatto un cenno dall'inizio della riunione e che, sul fondo della loggia del Governo, accasciato sul suo sedile, la testa tra le mani, sembrava il ritratto della colpa.

Sentendo gli sguardi di tutti su di lui, il generale sussultò e si alzò lentamente in piedi, guardando Gofrid.

Passò un intero minuto, due, poi il vecchio soldato parlò con voce rauca, affannata, mentre i suoi occhi continuavano a fissare quelli luminosi del giovane.

"Ragazzo... Consacrato... No! Non puoi sospettare di me! È vero, sono stato il suo accusatore e uno di quelli che si sono opposti fino all'ultimo alla grazia. Ma allora non sapevo che... chi... che Lui..." Le parole non volevano venir fuori dalle sue labbra tremanti, ma le lacrime gli riempirono gli occhi.

"No, no, mio Signore!" gridò subito Gofrid, pieno di compassione. "Perdonate se ho dato l'impressione di volervi accusare, se per un attimo ho potuto supporre..."

"Non l'ho riconosciuto, te lo giuro come l'ho giurato a Lui! Non l'ho riconosciuto... E ora darei la vita per poterlo rivedere un attimo, per potergli finalmente chiedere perdono!"

S'interruppe bruscamente, mordendosi le labbra, ma ormai le parole che da oltre vent'anni taceva erano state dette e tutti lo guardarono stupiti, interdetti, mentre il figlio di Valmar con un brivido capiva che ora avrebbe conosciuto l'intera verità.

Quasi senza accorgersene si avvicinò maggiormente alla loggia e gli occhi che levò sul generale erano quelli del bambino che per anni aveva aspettato, cercato, chiesto di sapere...

"Generale!" si interpose però Tumish, rapido e accorto. "State attento a quel che dite! Le vostre parole, pur generose, certo vanno oltre al vostro pensiero! State chiedendo perdono a W'Unker? Al Flagello delle Isole?"

La sua voce educata, ben impostata era un appello alla calma, alla razionalità, ma di contro si levò quella rauca, soffocata di Takab in un grido ch'era rimorso e disperazione. "Al mio Signore! Al Condottiero delle Isole, che tradii!"

Non si sentiva volare una mosca, né alcuno azzardò un movimento; pallido e composto, ma con gli occhi brucianti Gofrid s'avanzò ancora, fino a toccare il loggiato.

"Ora parlate!" implorò. "Ve ne supplico... nel suo nome. Parlate!"

Dalla ringhiera, alla quale si teneva disperatamente aggrappato, il generale cercò il viso, gli occhi del figlio di Valmar e parlò, parlò guardando soltanto lui, come immemore di tutti i presenti, cercando in quel viso, in quegli occhi il nobile volto e i fieri sguardi di chi, tanti anni prima, aveva abbandonato.

"Tutto questo tempo! Tutto questo tempo, fingendo prima con gli altri e poi anche con me stesso di essere stato ligio, fedele alla mia parola e al mio Signore! Lasciando credere che solo la fatalità, la potenza delle Tenebre mi avessero impedito di essere al suo fianco quella notte, a Idragor! E invece fu la mia viltà, la viltà di tutti noi... Gli avevamo giurato di non lasciarlo e l'abbandonammo, lo sentimmo chiamare, invocarci, e fuggimmo. Fuggimmo da un orrore senza nome, e lo lasciammo ad affrontarlo da solo. Sono morti, tutti. Io solo resto, e non c'è notte che non risenta quel grido disperato, e non c'è giorno che non sappia che anche per causa nostra, per causa mia Lord D'Aurel è caduto, e che le colpe di W'Unker pesano anche sulle mie spalle".

Ammutolì, e nessuno osò rompere quel silenzio.

Gli occhi a terra, i Signori delle Isole sfuggivano gli sguardi l'uno dell'altro; Tumish frugava tra le sue carte, al colmo dell'imbarazzo, chiedendosi stizzosamente fino a quando il Condottiero o il suo fantasma avrebbero continuato a pestargli i piedi, ma Xamir Ul Quoi, la mano macchinalmente stretta sull'elsa della spada, si morse le labbra, il viso sconcertato e confuso, conscio delle occhiate che il figlio gli stava dando.

Toccò a Gofrid, che in quei momenti aveva risentito, rivissuto e compreso le frasi sconnesse di W'Unker sulla sua caduta e i rimorsi di Lyrs, rompere quel silenzio.

"Pace, Milord! Vi fu chiesto di giurare, e giuraste qualcosa che andava oltre, forse, alle capacità di un uomo. Pace. Non vi rinfaccio nulla e neppure dalle sue labbra è mai uscita una parola contro di voi, o contro i vostri sventurati compagni".

S'interruppe, chiedendosi se era vero: il Duca non aveva mai esplicitamente accusato i suoi uomini, ma le rare volte che il giovane era riuscito a strappargli qualche frase su quella tragica notte, aveva sempre intuito che la solitudine, l'abbandono in cui era stato lasciato avevano pesato sul destino del Condottiero, e che quel ricordo lo ossessionava ancora.

Ma Takab si aggrappò alle sue parole, come un naufrago a una gomena lanciata per salvarlo. "Allora Valmar D'Aurel vive ancora, lo riconosco dalla sua generosità!" esclamò con voce rotta. "Ma se gli sono venuto meno in quella maledetta notte, non l'ho tradito di nuovo. Né io, né alcuno di noi, che io sappia, ha osato porre a prezzo quella testa! Non lo avrei mai tollerato. Non pretendo che tu presti fede a me, ma credi almeno al tuo amico, al principe Zelmir".

Allora si alzò Hezjià Yets, che per tutto quel tempo aveva scambiato occhiate con il giovane Ul Quoi e brevi parole sottovoce con i suoi colleghi, e si rivolse in tono calmo e sicuro al musico.

"Consacrato, per i nostri giuramenti, per l'amicizia che ci ha unito, ti giuro che non solo io, ma nessuno di noi ha teso trappole al Duca di Norlandia. E a riprova della loro buonafede, di questo ti daranno tutti parola, qui e subito".

Nel sentire quella voce, tranquilla ma distaccata, Gofrid arrossì e aprì supplichevole le mani all'amico.

"Hezjià, mai ho dubitato di te, di Zelmir, di Allemayr, di Ettayn, ma..."

"Basta così, Gofrid. Giureremo subito, tutti, e io per primo, e poi..." si interruppe; improvvisamente un sorriso rischiarò il suo volto e con voce, con sguardo diverso concluse: "E poi chiuderemo questa brutta parentesi e torneremo ad abbracciarci come amici, senza che l'ombra del dubbio intorbidi la nostra fratellanza, se è questo che vuoi".

Il sorriso del giovane ammiraglio si fece più aperto e rapidamente giurò sul suo onore di non aver nulla a che fare con gli agguati tesi a W'Unker; poi, senza aspettare che i suoi colleghi seguissero il suo esempio, scavalcò la balaustra della loggia e si precipitò giù dalla scalinata, tra le braccia del Magio, subito seguito da Zelmir.

Così, un braccio attorno alle spalle del Rivaltino e uno al collo di Yets, Gofrid udì i giuramenti di innocenza di tutta l'Assemblea delle Isole, le blande proteste di chi si sentiva offeso per i suoi sospetti e le assicurazioni di amicizia, di riconoscenza e di rispetto per lui e per sua sorella.

Ma Gama Toreg dei Liberi Naviganti, dopo aver giurato, disse anche francamente, fissando Gofrid. "Colui che ha confessato il delitto da tempo non era più un nostro affiliato. Noi abbiamo combattuto contro W'Unker per difendere la libertà dei nostri mari, ma non permetterei mai a nessuno dei miei di continuare a perseguitarlo, ora che non è più un pericolo. Perché né io, né alcuno dei Liberi Naviganti dimenticherà mai che fu Lord Valmar D'Aurel che per primo ci riconobbe dignità pari a quella di qualsiasi altra Confraternita, quando costoro che ora siedono al mio fianco ci disprezzavano. Va' sicuro di noi, Consacrato; e quando rivedrai tuo padre, digli che Gama Toreg non ha mai scordato il Condottiero delle Isole".

Commosso, Gofrid volse gli occhi luminosi al vecchio corsaro e intanto anche Rachilde, ed era l'ultima, giurò per sé e per le Isole delle Tre Sirene.

Suo malgrado sollevato, il ragazzo s'inchinò all'Assemblea e chiese perdono per i suoi sospetti. Subito tutti, abbandonati i loro posti nonostante gli inutili richiami del Console, si strinsero attorno a lui, tempestandolo di domande, di offerte, di proposte, di consigli, ma, pur rispondendo con gentilezza a tutti, il viso di Gofrid rimase chiuso e preoccupato.

"Le Isole Dorate sono innocenti, dunque: nessuno dei loro Signori ha

messo una taglia sul capo di mio padre" pensò. *"Ne sono profondamente lieto e sollevato, ma chi è dunque il colpevole?"*

***

"Non accetto un rifiuto, Gofrid! Ci sono anche Allemayr ed Ettayn, oltre a Zelmir che è più spesso a casa mia che nel palazzo di suo padre: accogli il mio invito e saremo di nuovo tutti assieme, salvo... Salvo coloro che sono caduti."

Il Magio chinò la testa, ricordando l'allegro Signore delle Alghe e il suo inseparabile compagno, morti assieme a Lameth.

"Li ricordo sempre, sai, Hezjià," aggiunse con gli occhi lucidi "e spesso mi domando se veramente abbiamo fatto tutto il possibile per loro".

Il giovane ammiraglio lo guardò senza capire.

"Noi? Eravamo tutti in guerra, ciascuno con il suo compito e..."

"No, non parlavo della... della loro morte. E sono certo che tutti noi li ricordiamo sempre, ma..." Quasi senza accorgersene, Gofrid si avviò al fianco di Hezjià, lasciandosi guidare da lui attraverso i vicoli del porto verso la stretta strada dove il giovane ammiraglio aveva preso casa, anziché dirigersi alla Torre, come in un primo tempo aveva deciso. "... ma credo" continuò, accalorandosi "che il miglior modo per onorarne la memoria, per dimostrare che il nostro affetto ci lega anche oltre la morte sarebbe trovare la maniera di aiutare la fanciulla che ambedue amavano..."

"Morana!" Hezjià si fermò di botto guardando il musico, con un'espressione di deplorazione sul viso spigoloso. "Hai ragione, amico mio. Ci abbiamo pensato qualche volta, io e Zelmir, e ne abbiamo parlato anche con i due Torrarsa, ma senza mai concludere niente. Sai com'è! Zelmir ha i suoi problemi con il padre e i suoi doveri di Comandante dei Senzaterra, io mi sono lasciato prendere al laccio da Tumish, e Allemayr ed Ettayn hanno appena perso la madre..."

"Lady Dathmara! Morta?"

"Sì, mentre assieme al marito era in viaggio, proprio per dirimere la questione della successione di Wineri".

"Ma è Morana, l'erede! Non ci può essere nessun dubbio..."

"Già, ma al Tridente le donne regnano soltanto attraverso un marito o un tutore, e quest'ultimo dovrebbe essere per forza...

"...suo zio, Lord Melhwir, il secondo Signore delle Alghe!" lo interruppe Gofrid, battendosi la fronte con la destra. "Capisco. Un bel problema".

Erano intanto giunti a una larga scalinata, che portava a uno slargo limitato da case vivacemente affrescate, tra le quali spiccava un palazzetto a due piani, con l'insegna di una taverna al piano terra e una elegante balaustra di ferro battuto a incorniciare le finestre del secondo.

"Io abito qui" sorrise Hezjà, e picchiò con forza il portone massiccio.

***

"Eccoli! Te l'avevo detto, Allemayr, che Hezjià l'avrebbe persuaso a venire!"

Ettayn, tutto sporto dalla loggetta, additò l'alta figura del Guerriero al fratello, che sorridendo gli fece segno di tornar dentro.

"Avevi ragione, ma non è un buon motivo per cadere dalla finestra! Sù, andiamogli incontro!"

Così Gofrid, prima ancora di esser riuscito a salire la larga scala che portava direttamente dall'atrio al secondo piano, occupato dall'ammiraglio, si trovò Ettayn al collo, mentre Allemayr gli stringeva ambedue le mani.

"Ti stavamo aspettando con ansia, Consacrato!" l'assicurò con affetto. "Fidavamo che Hezjià ti portasse qui e abbiamo preferito non farci vedere all'Assemblea per sfuggire alle domande. Tu sai..."

"Oh, amici! L'ho saputo solo ora. In questi mesi sono vissuto lontano dalle Isole, da voi, da tutto..." C'era una nota dolente nella voce musicale del Magio, e Hezjà gli chiese facendogli strada.

"È stata tanto dura, Gofrid?"

"Quando è stata emessa la pena dell'esilio perpetuo contro Lord W'Unker, non ho immaginato neppure per un attimo che tu lo avresti seguito!" inteloquì subito Allemayr.

"No?" Il Magio si fermò bruscamente sulle scale e chinò gli occhi sui suoi antichi compagni. "Pensavi che l'avrei abbandonato? Mai, e non è stato un sacrificio. Abbiamo trascorso dei mesi non sempre facili, ma li abbiamo passati assieme, e questo mi è bastato, e mi basta".

"Bella lezione di amor filiale per me, Consacrato! Ma c'è un po' di vino per questo reprobo?"

Da una porta laterale della sala in cui erano entrati era sbucato Zelmir, il farsetto di velluto arancione sbottonato sul petto robusto a mostrare la camicia candida ricamata in oro, le gambe inguainate in stretti pantaloni scuri e in alti stivali morbidi, riccamente decorati; i lunghi capelli neri erano, però, malamente stretti dietro la nuca nell'abituale treccia dei guerrieri rivaltini, la sciarpa con i colori della sua terra penzolava sciolta dalla spalla e non portava al fianco la spada, né ai polsi gli alti bracciali d'oro e di rame o la grossa collana d'oro massiccio con lo stemma degli Ul Quoi, e neppure anelli alle dita.

"Zelmir!" Hezjià lasciò Gofrid e corse subito ad abbracciare l'amico.

"Ma da dove sei sbucato?" chiese Allemayr, avvicinandosi a sua volta.

"Dalla taverna al piano di sotto e poi dalla terrazza, su per quell'albero, sperando di seminare i miei balii asciutti. Ho tagliato la corda per evitare di essere soffocato da Xamir... o di strangolarlo! Gofrid, devi spiegarmi come fai a sopravvivere con... ehm... il Duca! Mi sa che non deve essere molto meno irascibile e caparbio di mio padre, di più è impossibile!"

Il Magio ridacchiò, una fossetta su una guancia, facendo qualche riserva mentale sulla diagnosi del Rivaltino, ma la tenne per sé.

"Oh, abbiamo anche noi i nostri scontri!" ribatté. "Ma poi la collera passa e l'affetto resta, e credo che sia così anche per te!" concluse, ricordando le smanie del giovane quando aveva temuto per la vita del principe.

Si erano intanto liberati dei mantelli e delle armi e si erano seduti tutti vicino ai due grandi balconi che davano accesso alla loggetta, che erano la cosa più notevole di tutta la stanza, altrimenti molto semplice, quasi spoglia, visto che le uniche decorazioni delle pareti chiare erano costituite da una panoplia sormontata da alcune bandiere. Ma le bandiere erano quelle delle navi nemiche che il giovane ammiraglio aveva catturato o inabissato e parlavano del giusto orgoglio e della fierezza del giovane per quelle vittorie che lo avevano portato da orfano abbandonato alla carità pubblica all'alta carica che ora rivestiva.

Quella casa era la prima che Hezjià aveva, da quando i suoi genitori l'avevano ripudiato. Gettò uno sguardo pieno di compiacimento alle cassepanche decorate con motivi marinareschi, ai comodi seggioloni, al tavolo quadrato di legno massiccio e con un sorriso soddisfatto ordinò al servo che era venuto a prendere armi e mantelli di portare del vino, in attesa della cena, e di far preparare un letto in più, per Gofrid.

"Dì pure due, Hezjià! Io a casa non ci torno" sbottò deciso Zelmir, assestando un calcio a un innocente cuscino.

"Il tuo letto è sempre pronto, amico mio! Ma si può sapere che cosa è successo, questa volta?" chiese Yets, battendo un colpetto sul ginocchio del giovane principe, mentre Allemayr si prendeva molto volentieri l'incarico di occuparsi del vino e dei bicchieri ed Ettayn iniziava una manovra per avvicinarsi a Gofrid.

"Fatemi prima bere un sorso, ché ho tanto urlato da non aver più voce! Grazie, Allemayr. Per farla breve, l'ultima ossessione del mio Signore e padre è quella di darmi moglie. Oh, intendiamoci bene! Aveva avuto un altro attacco di questo genere qualche tempo fa, ma poi fortunatamente era intervenuta la guerra a distrarlo; ora però che siamo in pace è tornato alla carica!"

"E chi sarebbe la fortunata, o la sfortunata, secondo i punti di vista?" rise Gofrid, non molto compreso dal dramma del suo amico.

Ne ebbe in cambio un'occhiataccia e una secca risposta.

"Chiunque! Chiunque porti le gonne e abbia una ricca terra da governare, almeno in prospettiva. Cosa ne pensi io non conta..."

"Perdonami, Zelmir, ma posso anche capirlo, da un certo punto di vista!" intervenne Allemayr

"Ah, sì? Io no" Imbronciato, il giovane principe si alzò di scatto e andò alla finestra, dando le spalle agli amici.

I quattro si guardarono imbarazzati, poi Allemayr cercò di scusarsi, spiegando meglio la sua posizione.

"Volevo dire che non è insolito trattare le nozze di un principe reale come un affare di stato! E, nella situazione in cui ora sono i Senzaterra, è comprensibile che il principe cerchi per il figlio un matrimonio che possa in qualche modo anche assicurare un futuro per la sua gente".

"Che lo faccia lui, allora, questo matrimonio! Che se la sposi lui la prima cretina sul trono o la prima racchia con corona che gli passa sotto il naso! Io, no".

"A me risulta che te ne ha proposte un bel numero, non ultima Morana, che non è né brutta, né stupida!" ribatté Allemayr, piccato e, con un brontolio, Zelmir tornò a sedersi tra di loro, agitando pericolosamente il vino nel calice.

"No... questo no, ma è mia cugina e poi... E poi non la voglio, punto e basta!"

Gofrid era paziente e, se non lo fosse stato di natura, lo avrebbe imparato durante i lunghi e difficili anni della sua prima adolescenza e poi per gli insegnamenti dei Magi, quindi cercò di intervenire con calma per placare gli animi.

"Perché tanta durezza?" chiese. "È nostra amica, era la sorella di Wineri, la fidanzata di Valtari! La sua vita non è mai stata né felice, né fortunata e non lo è neanche ora. Pensaci, parlale: forse, il matrimonio con te potrebbe essere una soluzione accettabile per tutti e due".

"Consacrato, ho detto no. E non voglio prediche".

La voce era brusca, il viso duro.

Gofrid serrò le mascelle e tacque, mentre Allemayr si stringeva nelle spalle ed Ettayn guardava con sospetto interesse l'intaglio sul bracciolo del suo seggiolone, ma Hezjià conosceva meglio di tutti il giovane principe rivaltino e scosse la testa, mettendogli una mano sulla spalla.

"Zelmir, amico mio, tu non ce la racconti giusta!" insinuò. "Cosa c'è, oltre al tuo caratteraccio, che ti rende così ostile alla sola parola "matrimonio", tanto che te la pigli anche con noi, i tuoi compagni, se solo osiamo discuterne?"

Sul viso altero del giovane si disegnò ancora per un attimo un'espressione incollerita, poi, improvvisamente Zelmir si volse all'amico e gli gettò le braccia al collo.

"Ah, sì!" esclamò con impeto. "Hai ragione, Hezjià, e voi tutti, scusatemi! Ma io... Io penso a... Ad un'altra!"

Il giovane era improvvisamente arrossito e, mentre nascondeva la sua confusione versandosi di nuovo da bere, l'ammiraglio lo fissò con rimprovero.

"Un'altra! E chi? Non mi hai mai detto niente!" chiese, mentre gli altri, curiosi ed interessati, lo tempestavano di domande.

"Chi è?" cominciò Allemayr e suo fratello gli fece eco.

"La conosciamo?"

"Le hai già parlato?" chiese Gofrid, mentre gli altri due tornavano contemporaneamente alla carica.

"È bella?"

"E lei ti ama?"

"Basta, ragazzi, lasciatelo parlare. Ora ci racconterai tutto, vero, Zelmir?"

Il Magio si era interposto di nuovo, ridendo, e il Rivaltino sorrise a sua volta.

"Sì. Non so neanche perché non l'ho fatto prima" acconsentì. "Noi siamo fratelli! Ascoltate".

Depose il bicchiere, si sistemò meglio sulla seggiola e subito gli altri si fecero più vicini, con visi attenti e sguardi partecipi, mentre il giovane incominciava a raccontare, conscio che attorno a loro si stava riformando quell'atmosfera magica, di amicizia e di complicità che aveva sempre caratterizzato i loro incontri.

"Poco dopo la tua partenza, Gofrid, sono andato in Iguvia, su ordine del principe, per liquidare tutto ciò che gli Ul Quoi avevano di terre e castelli sul mare del Nord".

Il musico depose bruscamente il suo bicchiere.

"Avete venduto tutto?!"

"Tutto. Grandi sono le necessità dei Senzaterra, ma non altrettanto grande è la riconoscenza delle Isole Dorate per chi li ha difesi, e meno ancora quella del loro Console! Ma lasciamo perdere, o altrimenti..."

Vedendo il suo sguardo incattivirsi, Gofrid intervenne subito, invitandolo a cambiar discorso. "Sì, sì, scusa se ti ho interrotto! Continua la tua storia, ti prego" esclamò, ma dentro di sé si sentiva scosso e rattristato.

"Giravo per il paese con una piccola scorta, esaminando le nostre proprietà, quando, proprio sulle montagne di confine con Harks, fummo colti da un violento temporale e, cercando un rifugio, persi prima i miei compagni e poi la strada. Come finì di piovere girovagai qua e là, senza riuscire a capire dove ero e dove erano gli altri, e intanto stava calando la notte, il mio cavallo era stanco e io affamato. Non sapevo dove sbattere la testa, quando d'improvviso, in una radura, sotto l'arcobaleno che s'era aperto in cielo, vicino a un grande albero vidi una fanciulla vestita di bianco che mi guardava".

"Era lei?" chiese Ettayn, ansioso, e Zelmir sorrise.

"Sì, certo, anche se in un primo momento l'ho creduta uno spirito del bosco! Era così sottile, diafana... aveva i capelli chiari sciolti per le spalle come un manto lucente, ed era sola. Questo mi stupì perché le vesti, il contegno, l'aspetto erano quelli di una dama. Fermai il cavallo a qualche distanza per evitare di spaventarla, o perché non svanisse, se veramente era uno spirito, e con la massima cortesia le chiesi di aiutarmi a ritrovare la strada. Il mio rutlano non è proprio ottimo, ma mi capì e, tenendosi lontana, mi spiegò dove dovevo andare".

"E sei andato via?" il giovane Ettayn, affascinato dalla storia, era palesemente deluso all'idea che fosse già finita, ma Zelmir rise e scosse il capo.

"No, ragazzino, altrimenti non sarei qui a tormentarvi! Il suo aspetto, il modo dolce e timido di parlarmi, la sua cortesia e forse anche le circostanze in cui l'avevo vista mi spinsero a parlarle ancora, a cercare di sapere qualcosa di lei. Le dissi il mio nome, l'assicurai che non aveva nulla da temere da me e smontai da cavallo. Fu lì lì per fuggire, ma poi le mie parole la rassicurarono; si fermò, mi venne più vicina... parlammo.

Amici, ero incantato! Allemayr, lo sai, volevo bene a tua sorella, da ragazzo, ma questa... questa è un'altra cosa. Sarei rimasto là, in quella radura brulla, sotto quell'albero a sentirla parlare e a parlarle per tutta la vita! Invece, non appena il cielo si fece scuro, disse che doveva lasciarmi. Mi offrii di scortarla, le feci presente i possibili pericoli... niente da fare. Fuggì via da sola, con un gesto di scusa e un sorriso".

"E l'hai lasciata andare?! Tu!" esclamò Allemayr, incredulo.

"Ma non l'hai più rivista?"incalzò Hezjià.

"L'ho rivista, sì. Tornai in quel posto tutte le volte che mi fu possibile, e anche quando non lo era, finché non l'incontrai nuovamente. Da quel giorno ci ritrovammo là molto spesso, e ogni volta che la vedevo desideravo rivederla ancora; quando poi giunse la lettera di mio padre, con l'ordine di partire, di ritornare nelle Isole mi parve di impazzire! Tergiversai ancora un poco, ma avevo già rimandato fin troppo quel momento; dovetti dirglielo e..."

Un sorriso memore passò fugacemente sul viso di Zelmir, addolcendo i suoi lineamenti belli, ma duri, ed Ettayn, molto compreso, insistette per sapere il resto

"E allora? È venuta con te?"

Subitamente serio, Hezjià strinse un braccio al principe. "L'hai portata con te? È qui, nascosta da qualche parte..." domandò, ma, con un'imprecazione, Zelmir scrollò via la sua mano.

"No, mille volte no!" rispose a denti stretti. "Non mi avete capito! Selj non è quel tipo di donna. Io... Sì, io la pregai di venire con me, ma come mia moglie, come principessa Ul Quoi. Non abbiamo più un regno, non siamo più ricchi, ma il principe non ha mai voluto toccare la dote di mia madre, che ha sempre conservato per me. Le chiesi di sposarmi, subito. Non sapevo niente di lei e non mi importava".

Tacque tormentandosi la treccia, mentre gli altri quattro lo fissavano attenti, con la curiosità e l'aspettativa negli occhi, poi li guardò e scosse la testa.

"Niente, ragazzi. Mi ha rifiutato".

"Forse... hai detto che è timida... può darsi che..."

"No, Gofrid, ma grazie lo stesso per il tentativo di addolcirmi la pillola! Era un rifiuto netto, se mai ce n'è stato uno!"

Svuotò con un sorso il bicchiere ancora mezzo pieno di Hezjià, si alzò in piedi e andò alla finestra.

"Disse... Disse che mai, mai si sarebbe sposata, e meno che mai con me" concluse con voce sorda. "E fuggì. In un momento, era scomparsa. Certo, avrei potuto rincorrerla, fermarla, chiederle spiegazioni, ma..." allargò le braccia in segno di impotenza "...ma mi sentivo come se mi fosse crollato sulla testa il cielo con tutto il firmamento. Ero senza fiato. E lo sono tuttora".

"Non hai pensato a chiedere informazioni in giro?"

"Ma non l'hai cercata più?" esclamarono all'unisono i due Torrarsa e Hezjià, chiaramente delusi per quel brusco finale. "Potevi informarti sulla sua famiglia, per capire se ci sono degli ostacoli, magari una promessa precedente".

"Ragazzi, ho fatto tutto, tutto! Mio padre poi si è inferocito perché ho obbedito al suo richiamo con grande ritardo, ma io quei giorni li ho occupati per cercare la mia Selj! Inutile: la montagna è poco abitata e nessuno sapeva niente, o almeno così mi dissero tutti, e mi accorsi che di lei in realtà non sapevo nulla, neppure il nome intero... Eppure, la conoscevo così bene!"

Gofrid, che era stato zitto fino a quel momento, prese allora la parola.

"Ti amava, Zelmir?" gli chiese con dolcezza.

Di nuovo, la faccia abbronzata del principe si colorò e, diventando sempre più rosso, il giovane annuì, poi esitando, quasi con timidezza, si tolse dal petto, dove lo teneva celato sotto il farsetto, un mucchietto di seta morbida e sottile che poggiò sul tavolo, lisciandone le pieghe con un gesto pieno di tenerezza.

Era una lieve sciarpa bianca, punteggiata d'argento, tenue e lucente come una ragnatela coperta di rugiada, e su di essa era puntato un biglietto ormai sgualcito e scolorito.

"È scritto in rutlano, ma tu lo conosci... guarda, Consacrato".

Gofrid si curvò sul foglio, senza toccare la seta, e lesse a mezza voce:

"*Porta con te questo velo, mio principe, in memoria di Selj, che non ti dimenticherà mai. Addio.*" poi fissò interrogativo Zelmir.

"Quando ormai stavo per partire, un servo consegnò al mio scudiero un piccolo scrigno per me e se ne andò prima ancora che io lo avessi tra le mani" aggiunse allora il giovane principe. "Dentro c'era questo velo e questo biglietto. Se non fosse per loro, crederei di aver sognato, o che veramente la mia Selj sia uno spirito dei boschi".

Dicendo così, riprese il lieve tessuto e lo ripiegò, ma prima che lo riponesse, Gofrid si tese verso di lui e con un "Permetti?" posò le dita affusolate sulla sciarpa.

Rimase così per un lungo momento, mentre gli occhi blu parevano diventare più scuri e vedere qualcosa che nessun altro poteva scorgere, poi lasciò cadere lentamente la mano e guardò Zelmir, ma tacque.

L'arrivo del valletto con l'annuncio che il pranzo era servito troncò il discorso.

***

Ma quella sera, quando già Zelmir stava per addormentarsi, la porta della sua stanza si socchiuse e, con una sommessa frase di scusa, Gofrid scivolò dentro, scalzo, con il mantello gettato sulla tunica con la quale dormiva.

"Zelmir... dormi?"

"Dormivo, prima che tu facessi irruzione qua dentro" precisò, acido, il giovane principe. Poi si alzò su un gomito, rovesciò con un colpo solo l'acqua e il vino che teneva vicino al letto, imprecò e finalmente riuscì ad accendere un lume.

"Accidenti, Consacrato! Non potevi chiamare una delle tue piccole sfere luminose prima che io combinassi questo disastro? Ti bastava una paroletta!" chiese, fissando la pozza d'acqua rosata che si allargava ai piedi del suo giaciglio, ma Gofrid scosse la testa sorridendo e chinandosi a terra.

"Non funziona così, e non è così semplice. Mi costa sicuramente meno fatica e meno energia rimediare al tuo malanno in maniera... normale. Ecco fatto".

Si rialzò sorridendo, gettando in un angolo la salvietta con cui aveva asciugato la pozza, colse l'occhiata dell'amico e rise apertamente.

"Pratica, caro, anni e anni di pratica in taverne e cantine. Ma parliamo piano, o sveglieremo Hezjià".

Ambedue d'istinto allungarono il collo per sbirciare il loro ospite che dormiva tranquillamente nella sua alcova, nel lato opposto della stanza; poi Zelmir si sedette sul suo letto improvvisato e fece posto a Gofrid vicino a lui.

"Volevi dirmi qualcosa di lei, vero?" gli chiese, ansioso. "Di Selj. L'ho capito dal modo in cui mi hai guardato, dopo aver toccato il suo velo. Ora siamo soli, parla, Magio!"

Il giovane Guerriero esitò ancora un attimo, poi cominciò a dire soppesando le parole, fermandosi a tratti come per cercare le più adatte.

"Non lo so, ma sento che la tua storia è un filo in un arazzo, e che deve andare a comporre un disegno unendosi agli altri..."

"Non capisco un accidente!" brontolò Zelmir con un gesto di stizza, sforzandosi di tener bassa la voce. "Sii più chiaro! Ci ritroveremo? Sarà mia sposa?"

Gofrid sospirò rassegnato, si passò le mani tra i capelli, ricacciandoli indietro e tentò di nuovo di spiegare la sua sensazione.

"Non posso saperlo. Tutto dipende da quale forma prenderà il disegno quando sarà finito. Allora, anche i vostri fili troveranno il loro posto e si intrecceranno, o saranno separati per sempre, secondo l'immagine che sarà stata tessuta".

La voce del ragazzo aveva preso quel tono musicale, cantante, che gli era tipica quando usava il suo Dono, ma Zelmir scosse la testa, scontento e impaziente.

"Fili, disegni e tessuti... Ma io sono di carne e d'ossa e non capisco!"

"Ascolta. Né tu né lei potete mutare l'arazzo: la trama è stato gettata tanti anni fa e poi lacerata da una forza che non è umana; ora molte mani, mani diverse tessono l'ordito... voi potete solo attendere. Ma..."

Gofrid s'interruppe, mentre il suo respiro accelerava impercettibilmente, gli occhi sgranati nella penombra quasi a vedesse l'arazzo prendere forma davanti a lui.

"Ascolta ancora" continuò con affanno, stringendo con forza il polso al Rivaltino.

"Il destino di mio padre tesse quel disegno, ma s'intreccia con quello di Xamir. A Idragor! La spola va, e viene... Idragor ancora incombe... Là il fato impone una scelta, una scelta suprema che coinvolge tutta Thelene. La rocca tesse, instancabile... l'arazzo muta, i colori si trasformano... tu, io, la tua Selj... tutti... ah!"

Con un gemito Gofrid piegò la testa e Zelmir, spaventato da quel delirio profetico cui non era abituato, lo afferrò per le braccia, lo scosse con energia chiamandolo per nome, del tutto dimentico di Hezjià che dormiva a pochi metri di distanza.

E mentre l'ammiraglio si tirava su dal letto, protestando per il chiasso e il Magio ritornava alla realtà con un debole grido e si guardava intorno stupito, come destandosi da un sogno, con un sinistro scricchiolio il letto di fortuna cedette infine al peso non indifferente dei due giovani e crollò, seppellendo in uno, il lume, Zelmir, Gofrid e le sue profezie.

***

L'indomani mattina i due furono accolti dagli scherzi e dai lazzi del resto della combriccola, che solo l'arrivo di una sostanziosa colazione mise a tacere, e Gofrid approfittò della tregua per chiedere ai suoi amici di raccontargli cosa avevano fatto nei mesi in cui era stato lontano dalle isole.

"C'è poco da dire, parente..." gli rispose subito Allemayr, con uno sguardo un poco annoiato, poi s'interruppe e riprese, con più vivacità. "Le nostre madri erano cugine, lo sai?"

Gofrid annuì, sorridendo, e Allemayr gli restituì il sorriso.

"Allora posso chiamarti così. Non è successo proprio niente, in confronto a quello che abbiamo passato insieme! Abbiamo trascorso alcuni mesi a Persko, dove Ettayn ha fatto pratica d'armi e io ho dato una mano per riportare l'ordine nell'Isola. C'eravamo poi imbarcati con Lady Ferenike d'Esserant, diretti al Promontorio delle Tempeste, quando ci è giunta la notizia dell'aggravarsi di nostra madre. Lady Ferenike ha messo la nave a nostra disposizione e insieme siamo giunti al Tridente, appena in tempo per vedere la nostra infelice madre morire".

"Modesto come sempre, Allemayr!" gridò Ettayn. "Non hai detto che il Consiglio dei Savi ti aveva offerto la carica che già fu di nostro padre, quella di Primo Consigliere, e che tu hai rifiutato. E che Lord Tumish poi ti ha nominato capitano dell'esercito dell'Intesa".

Il giovane distolse gli occhi, imbarazzato.

"Già, non me la sono sentita di accettare; non me ne riconosco le capacità e non lo desidero neppure. Così, sono capitano dell'Intesa, per ora. Poi vedremo".

Il tono era tutt'altro che entusiasta, ma Gofrid non riuscì neppure ad aprire bocca perché subito il piccolo Ettayn intervenne di nuovo.

"E io gli faccio da scudiero, ma il Console ha già detto che presto potrei diventare l'alfiere della compagnia di mio fratello! Ne sarei orgoglioso, però..." La parola gli fu tolta bruscamente dal fratello maggiore, scuro in faccia.

"Ragazzino," minacciò "se stai ricominciando con quelle sciocchezze delle tue premonizioni, ti spedisco subito da mastro Cordiera per la lezione di geografia storica".

Ettayn ammutolì e lanciò uno sguardo supplichevole a Gofrid, che lo difese scherzosamente, mettendogli un braccio attorno alle spalle. "No davvero, tiranno!" esclamò. " Oggi faccio vacanza io, e lui con me, per festeggiare così la nostra ritrovata parentela. Più tardi, se vorrà, potrà esercitarsi con la spada duellando con me".

"Grazia accordata!" rise Allemayr, mentre suo fratello lanciava un'occhiata riconoscente al suo difensore, che si volse subito al loro ospite per chiudere definitivamente il piccolo incidente.

"E tu, Hezjià? Sei soddisfatto, m'immagino".

"Sarei un ingrato se mi lamentassi della mia sorte, Gofrid! Non avrei mai neppure potuto sognare di arrivare a questo punto alla mia età. Tuttavia talvolta mi sento... Non so, come in trappola. È accaduto tutto troppo presto! Quando mi ricordo delle nostre avventure, delle battaglie, dei pericoli che abbiamo affrontato assieme..."

Gofrid girò lo sguardo sul sorriso annoiato di Allemayr, su quello incerto di Ettayn, sull'espressione piena di rimpianto di Hezjià e su Zelmir che, pur continuando a demolire le riserve alimentari del suo ospite, aveva alzato su di loro un viso incupito.

Lentamente i pensieri vaghi, imprecisi, che l'avevano tentato in quei lunghi mesi presero una forma, la forma della speranza, ma fu con voce controllata e calma che riprese a parlare

"Amici miei, non mi sembrate entusiasti della vita che state facendo".

"Puoi dirlo forte! Guarda me, per esempio!" Zelmir aveva finito l'ultima briciola di focaccia e inghiottito d'un colpo il suo xupi. "Sono l'erede di una terra che non esiste più. Sono stato educato per regnare e per difendere il mio regno e ora debbo starmene a vedere mio padre che briga per assicurarmene uno tramite matrimonio, quando ci sarebbe modo di fare una fortuna soltanto menando un po' le mani!" esclamò deciso.

Guardò Allemayr, che annuì con enfasi, cominciando a enumerare sulle dita. "C'è tutto Tork, tanto per cominciare e poi Filitta, dove è scoppiata una faida tra la casa regnante e la Corte dei Nobili..."

"E c'è il Consolato di Rutlandia, che dopo l'assassinio di Rubelio da Mevroi è in preda alle guerre civili" ricordò Hezjià con gli occhi brillanti.

"A Ul Sanam, in Arso, ha preso il potere una casta di sacerdoti fanatici che minaccia una guerra religiosa contro gli stati confinanti" aggiunse Ettayn, agitando il cucchiaio della marmellata per aria.

"E anche nelle Isole Dorate abbiamo qualche problema" riprese

Hezjià puntando un dito contro il naso del musico, che glielo afferrò ridendo, perché aveva capito che il sogno, vago, indistinto, che aveva cullato durante le lunghe ore di navigazione al fianco del padre, muto e chiuso in se stesso, in qualche modo tentava anche i suoi amici.

Ricostruire il loro gruppo.

Ma come? E mentre si interrogava, intravide frammenti di risposta. A loro avrebbero potuto unirsi Iulo, Dano e la *Procellaria* , e Giselda, ma anche...

Smise di ridere e scrollò la testa, dandosi del pazzo; intanto, stupiti dal suo improvviso silenzio, i quattro giovani cominciarono a stuzzicarlo.

"Gofrid, hai preso sonno?" chiese Hezjià.

"Tocca a te parlare adesso!" "Giusto, raccontaci di te, di come vivi" gridarono assieme i due Torrarsa.

"...di come vivete... tutti" corresse Zelmir.

"Navighiamo" cominciò il musico, stringendosi nelle spalle. "Credo che questa parola riassuma tutto quello che abbiamo fatto in questi mesi. Ci fermiamo raramente, e solo quando è strettamente necessario; e sono più le volte che ci viene rifiutato l'approdo di quelle in cui ci permettono di scendere a terra. Iulo e Dano sono due angeli, e due angeli molto scaltri, perché in qualche modo riescono lo stesso a portare avanti i loro traffici, senza i quali saremmo già morti di fame. Tutto quello che il Duca era riuscito a portare con sé dalla Norlandia è andato perso o rubato o speso. Io do una mano a bordo e qualche volta suono l'arpa o canto quando scendiamo a terra, per aiutare a sbarcare il lunario... Come al solito, insomma!"

Rise e chinò il viso sulla tazza che aveva ripreso in mano per celare la sua confusione, perché per quei giovani lui era sempre stato il Magio Guerriero, il comandante, non il menestrello errante della sua prima adolescenza; infatti, le sue parole furono accolte da sguardi perplessi e imbarazzati.

"E tua sorella? Non ha rimpianti, nostalgie?" riprese Hezjià,con voce incerta, e

Gofrid sospirò, ma mantenne il viso sorridente.

"Giselda ha fatto la sua scelta, e ogni scelta comporta delle rinunce. Certo, fa una vita molto differente da quella per la quale era stata cresciuta, e molto differente anche da quella della fanciulla guerriero che è stata! Ma ama Iulo e credo che non le dispiaccia la vita libera del mare". S'interruppe bruscamente, pensando all'Unico che non era stato nominato, e si alzò in piedi con un movimento deciso. "Su, andiamo! Tra pochi giorni riprenderò il mare, ma prima desidero parlare con Morana, per amore di Valtari e Wineri. Devo anche presentare al

Console una richiesta di Dama Min, e poi voglio tornare alla Torre".

"Uh, quanto zelo! Non sarà che una qualche Maga ti ha fatto una malia...", insinuò Hezjià, togliendo i mantelli di tutti dalla cassapanca dove erano stati riposti e consegnandoli ai proprietari.

Gofrid rimase un attimo interdetto, mentre alla mente gli si affacciavano due seri occhi grigi in un chiaro viso contornato da trecce color miele, ma scosse la testa, la faccia grave e gli occhi che ridevano.

"No, amici miei.Se il duro cuore di Clorinda non si commuoverà alle mie suppliche, sono condannato a restare scapolo!"

Uscirono dalla casa ridendo a crepapelle.

***

Strada facendo Gofrid cominciò a illustrare agli amici la richiesta di Dama Min, non nascondendo le sue perplessità.

"Temo che in questo momento ogni mia pressione presso il Console perché appoggi l'indipendenza di T'Ahai possa avere l'effetto opposto" concluse, imbarazzato.

"Effettivamente, non credo che la tua popolarità presso l'Intesa sia al massimo in questo momento!" ammise Allemayr.

"Come diplomatico, non hai dato una gran prova di te!" ribadì Hezjià.

E intanto Zelmir, a disagio, cercò di spiegare le pretese del padre su quell'isolotto dimenticato fino a pochi mesi prima.

"Glielo avevo detto a quella Testa di Rapa Coronata che avrebbe scatenato un putiferio! Come se il possesso di T'Ahai potesse risolvere qualcosa, poi... Ma è fatto così, fatto male, naturalmente, però a questo non c'è rimedio. E poi, non per difenderlo, ma in realtà non ha torto: l'isolotto era degli Ul Quoi e il fatto che al Promontorio sia stata concessa l'indipendenza non comporta..."

Senza neanche accorgersene, si infervorò, si impuntò e, per evitare inutili discussioni, Gofrid tagliò corto, proponendo di andare subito all'Ufficio di Segreteria del Console e di consegnare il dispaccio di Lady Solea, con le opportune indicazioni, a Bertrado Cordiera perché lo presentasse a Lord Tumish nel momento più favorevole.

"Sono certo di potermi fidare di lui, per la fedeltà che lo lega alla casa dei Montaldo" concluse.

Infatti, l'antico precettore di Giselda li accolse tutto sorrisi e salamelecchi, si informò gentilmente dei suoi vecchi compagni, dimenticando con l'abituale abilità l'esistenza del Duca a bordo della *Procellaria*, si commosse parlando di Solea e di Giselda e accettò di buon grado la richiesta di Gofrid, offrendosi anche di procurargli un colloquio con il Console.

"Fidatevi di me Lord... signorino... ehm, Consacrato! Soltanto, non subito, perché è meglio lasciare che si plachino le acque. E, se non vi offendete, vi suggerirei anche di chiedere esplicitamente un colloquio privato". E tra sé e sé pensò. *"E anche di bere una camomilla prima di andarci"* mentre a voce alta si giustificava. "Tante teste, tanta confusione! In due sarà più facile intendersi..."

"Certo, Bertrado, hai ragione, di queste cose tu te ne intendi certo più di me!" concordò distrattamente il ragazzo e lo storico gonfiò subito lo scarno petto.

"Per questo," proclamò "non per vantarmi, ma sono quasi trent'anni che rivesto incarichi delicati e importanti. Ricordo ancora che nel 3226...- o è stato nel 3227?... sì, nel 3227 - organizzai la Dieta di Pamia per Lord Alfwine da Montaldo , la Dea lo copra con la sua misericordia, e anche allora..."

"Certo, certo, sappiamo tutti che siete in gamba, messer Cordiera!"

"Sono nelle tue mani allora e aspetto notizie da te".

"Fate voi per il meglio, perché noi adesso dobbiamo filare!" dissero contemporaneamente Hezjià, Gofrid e Zelmir e, con un ultimo saluto e un complimento, corsero a raggiungere i due Torrarsa che li aspettavano nel corridoio, lasciando Bertrado alle sue reminiscenze, puntualmente travasate nelle rassegnate orecchie di due scrivani e di un valletto.

Non riuscirono invece a incontrare Morana, né il colloquio con Lord Lehir aprì loro qualche prospettiva sul futuro della fanciulla.

Il Terzo Signore delle Alghe, che aveva sempre appoggiato le scelte della nipote, a questo punto era incerto e non vedeva più di malocchio il matrimonio tra Morana e il cugino Imrhis, che avrebbe prima o poi riunito ogni diritto al trono delle Alghe in un'unica coppia e nei loro discendenti, visto che lui non aveva figli.

Ammise con dispiacere che per la giovane, tutta presa dal ricordo di Valtari, quel matrimonio, e qualsiasi altro, era violenza, ma aggiunse anche che non vedeva altra via d'uscita perché, per legge, la fanciulla sarebbe stata soggetta alla tutela di Mehlwir fino alle nozze.

Tornarono scornati alla casa di Hezjià, con Gofrid che insisteva per cercare un'altra soluzione.

"Se abbiamo voluto bene a Valtari e a Wineri, se onoriamo la loro memoria non possiamo permettere che Morana sia sacrificata in nome della ragion di stato".

"Sfondi una porta aperta, Consacrato! Conta pure su di me" approvò subito Zelmir, digrignando i denti, ma Allemayr gettò acqua sul suo entusiasmo.

"Su noi tutti... Ma per fare che cosa?" chiese, polemico.

"Non lo so ancora. Prima, bisognerebbe parlarle..."

"Perché non approfittiamo della festa che Lord Ruinigis dà in onore della principessa Lhamar Ul Klail? Siamo tutti invitati, Morana inclusa".

"Io no!" protestò Gofrid, ma fu subito azzittito dal coro degli amici.

"Tu sì, invece, visto che vieni con noi!"

"E poi Lady Lhamar ti conosce già, perché le abbiamo tanto parlato di te".

"Era rimasta proprio male, quando aveva sentito che avevi lasciato le Isole e che non sapevamo più niente di te" gridarono contemporaneamente e il musico, ridendo, si tappò le orecchie, alzando poi a sua volta la voce per dichiarare la sua resa.

"Mi arrendo!" proclamò.

"Scriverò un biglietto per avvisarla. Sarà felicissima" concluse Zelmir, soddisfatto. "È l'occasione giusta per parlare con Morana".

"Benissimo. Ma ditemi qualcosa della nostra ospite. In tre giorni alle Isole Dorate ho collezionato solo figuracce, e non vorrei che questa fosse la prossima".

"Non c'è rischio. I ricevimenti di Lady Lhamar sono splendidi, ma informali" lo rassicurò subito Hezjià.

"Non c'è molto da sapere di lei" cominciò a dire rapidamente Allemayr "è una principessa di Terbio, molto ricca..."

"Una giovane principessa di Terbio!"

"Sì. Deve avere pressappoco l'età di Zelmir..."

"Però, benché sia giovane, pare che sia destinata a sposare Lord Ruinigis, che giovane certo non è più".

"Ma in cambio ha molte possibilità di diventare il Signore del Tridente, ora che Lord Tismis è morto".

"È la solita storia, Consacrato!"

Nella voce di Zelmir vibrò una nota irritata, e Gofrid subito scherzò, a stornare il suo scoppio di collera. "Se oltre che giovane, nobile, ricca e perseguitata da un pretendente vecchio e mal gradito è anche bella, sono caduto nel bel mezzo di una delle mie ballate!"

"Ben detto!"

"È bella, è bella!"

"È anche un poco misteriosa!"

"Ti toccherà fare la parte del suo salvatore!" schiamazzarono insieme i quattro e poi, trascinando con sé il musico che protestava blandamente, sparirono in velocità nel guardaroba per prepararsi alla festa.

***

Quella sera il tempo pareva essersi ricordato che era già primavera e, per la prima volta da molti giorni, il cielo era sereno e punteggiato da pallide stelle, mentre la luna si nascondeva ancora dietro una nube leggera; il vento era quasi cessato e la lieve brezza muoveva appena le criniere dei cavalli degli invitati e le fiamme delle torce che illuminavano la strada verso il palazzo dove si teneva la festa.

L'edificio non sorgeva in città, ma appena fuori, alle pendici del Monte Guardiano e originariamente doveva esser stato adibito a fortezza perché era costituito da una robusta struttura rotonda, con poche e strette finestre e mura spoglie e massicce.

Attorno vi fioriva un giardino, che durante l'estate doveva essere splendido, ma che anche in quei mesi freddi aveva il suo fascino, ricco com'era di grandi alberi perenni, di limpide fontane e di una serie di viottoli, delimitati da alte siepi sempreverdi, che si snodavano in maniera apparentemente casuale per tutta la sua ampiezza.

All'interno, poi, l'antico fortilizio era stato completamente trasformato. Dal pianoterra era stato ricavato un ampio salone, ornato di raffinate sculture e preziosi arazzi, collegato da una larga scala di marmo con il primo piano, dove si svolgeva la festa vera e propria.

Lasciati mantelli e armi ai servi, i cinque amici salirono la scalinata e si trovarono in una sala immensa, dalle pareti ricoperte di preziosa seta pieghettata d'un caldo avorio, arredata con bassi divani rivestiti di broccati e pieni di cuscini, intervallati da tavolinetti di marmo pamiense e da torcere di legno pregiato e argento, che spandevano un chiarore morbido e sui quali doveva anche bruciare l'essenza, dolce e avvolgente che stagnava nell'aria.

Sul fondo si vedevano un altro scalone e tre lunghi tavoli elegantemente preparati, pronti per accogliere gli invitati; quattro grandi camini accesi spiegavano il calore quasi molesto che regnava nella sala.

Vicino ai camini, vestito con un'eleganza che non riusciva a mascherare né l'età né l'incipiente pinguedine, Lord Ruinigis stava salutando gli ospiti; i quattro si affrettarono verso di lui, sempre tenendo tra di loro il riluttante Gofrid, al quale il nobile fece buona accoglienza, chiedendogli anche con tatto notizie della sorella e dei suoi compagni di viaggio – così chiamò l'esilio che si erano imposti – e guardandosi bene dal menzionare il Duca. Scambiò qualche parola gentile anche con gli altri quattro e poi, scusandosi, prese congedo da loro per andare a salutare l'ambasciatore di Zilliana.

In quel momento, il brusio della sala si smorzò, dei musici nascosti cominciarono a suonare una musica sottile e dallo scalone scese quasi fluttuando una giovane donna con il volto luminoso, circondato da una nuvola lieve di capelli oscuri, dai profondi riflessi violetti, e illuminato da due occhi che avevano il colore della notte e lo splendore delle stelle.

I lunghi capelli, appena trattenuti sulla fronte da un cerchietto gemmato, danzavano liberi sulle spalle e sulla schiena, disfacendosi in molli ricci e risaltando sull'abito di pesante velluto rosso cupo, di una foggia che anche all'ignorante Gofrid apparve un poco strana, ma che metteva in rilievo l'eleganza di quel corpo snello eppure ben tornito. Gli occhi neri, sottolineati da lunghe ciglia folte, brillavano magnetici nel bel viso, roseo e dorato, facendo quasi passare inosservata la perfezione del piccolo naso delicato e delle labbra rosse e piene.

In piedi, al fianco della scala, Gofrid la guardò immobile, intimidito e incantato.

"La principessa Lhamar Ul Klail. Altezza, il mio amico è quel giovane Magio Guerriero di cui vi abbiamo parlato" disse in fretta Zelmir, dando uno spintone al ragazzo perché si muovesse.

"Lord Gofrid D'Aurel? Siete il benvenuto!"

Il bell'ovale soffuso di un leggero rossore levato verso di lui, i grandi, lunghi occhi appena velati dalle fitte ciglia, la fanciulla gli sorrise, schiudendo le labbra rosse su una chiostra di dentini perlacei e tendendogli una mano piccola, ma con lunghe dita sottili.

Gofrid sentiva la testa che gli girava ed era spiacevolmente conscio che le sue orecchie stavano diventando paonazze, ma tentò ugualmente di mettere assieme una frase gentile... invano, e si ritrovò muto, impacciato, alto e ingombrante nel mezzo del salone, tra gli amici che ridacchiavano.

Zelmir gli diede un'altra spinta, cui Hezjià aggiunse un energico pizzicotto e Allemayr una gomitata, ma senza successo. Il giovane Magio non riusciva a staccare lo sguardo dalla bella Lhamar e continuava a tenere tra le sue la piccola mano che gli era stata offerta.

"Meno male che la ragazza non sembra prendersela!" borbottò Hezjià, e Zelmir rise.

"Prendersela?!" esclamò. "Mi pare deliziata! Ma guardateli un po'!"

I due giovani erano fermi e si guardavano come se non ci fosse nessun altro intorno.

Il rossore di Gofrid pareva aver contagiato la fanciulla, sul cui bel viso si stava spandendo un lieve color di rosa, mentre le lunghe ciglia palpitavano e le labbra accennavano un sorriso, al quale subito rispose, splendente, quello del giovane.

"Per la Dea, sono belli come un quadro!" esclamò Allemayr, ridendo. "Lui così biondo e lei bruna... sembrano creati apposta l'uno per l'altra! Tutti e due giovani..."

"Veramente, credo che lei abbia qualche annetto in più" puntualizzò Hezjià, ma Allemayr alzò le spalle.

"Che cosa vuoi che importi! È bellissima e stanno bene assieme. Sei geloso?"

"Io? No, ma c'è qualcosa che non mi convince: è tutto troppo perfetto, come preparato".

"È geloso. E lo sono anch'io! Vediamo di riportare in terra i nostri due colombi" decretò ridendo Zelmir e si avvicinò deciso ai due.

"Abbiamo tanto parlato di te, Consacrato, che Dama Lhamar voleva proprio fare la tua conoscenza" iniziò e subito rise, accorgendosi dello sguardo smarrito che i due gli avevano dato, come se li avesse svegliati da un sogno.

Poi la fanciulla si scosse, si ricordò che era la padrona di casa e gli sorrise con garbo.

"È vero, e ve ne ringrazio, principe Zelmir!" rispose. "Sopratutto ora che Lord Gofrid..." si interruppe di nuovo, confusa, e il musico ritrovò la parola, che di solito non gli mancava.

"Soltanto Gofrid, Milady, Gofrid D'Aurel. Non ho alcun titolo, e per la prima volta me ne dolgo perché vorrei averne uno per poter essere degno di starvi davanti".

"Davvero non ne avete bisogno, mio Signore! Se solo la metà di ciò che narrano di voi è vero, certo non siete secondo a nessuno, e tanto meno a me, ignota principessa di un barbaro paese".

Rise, dicendo così, allargando un po' le braccia flessuose e arrovesciando la bella testa in una cascata di leggeri riccioli neri, e dalla chioma oscura si levò un profumo denso, sontuoso, poi fece alcuni passi indietro, come per ritrarsi, mentre il giovane Magio la seguiva con uno sguardo implorante.

"Ogni cosa che vi abbiamo raccontato di lui è vera, Altezza, anzi, non sapete neppure tutto!" assicurò allora Allemayr. "Per esempio, non vi abbiamo mai detto che è anche un bardo, un menestrello, valente con l'arpa e il canto quanto con la spada!"

Nuovamente interessata, Lhamar si girò ancora verso Gofrid con un movimento svelto e agile, mentre la lunga gonna si allargava attorno a lei.

"Davvero? Oh, questo mi piace anche più dei racconti sul vostro valore. Sono donna e preferisco il suono dell'arpa a quello della spada! E sapreste, vorreste cantare per me?" l'invitò. "Adesso? Solo una strofa!"

Ettayn, che fino a quel momento aveva gironzolato attorno al tavolo dei rinfreschi, sprezzando tutte quelle stupide smancerie, e stava tornando verso il fratello con un sorriso soddisfatto sulla faccia e un bicchiere e un piatto in mano, s'immobilizzò di scatto, evitando per un pelo di versare il vino sullo strascico di Lady Diothenda, e fissò la giovane principessa con aria oltraggiata.

Sapeva che per Gofrid la musica e il canto erano ben altro che una mera esibizione fatta per compiacere una fanciulla, per quanto affascinante fosse, e guardò il fratello, come per chiedergli di intervenire.

Allemayr allora si avvicinò a Lhamar e, chinata la testa verso di lei, accennò a un diniego, con un sorriso impacciato sulle labbra.

Ma Gofrid con un solo passo delle lunghe gambe li raggiunse e si tolse la piccola arpa dalla spalla ridendo, le guance rosse e gli occhi di zaffiro luminosi.

"Soltanto un pazzo potrebbe rifiutare quest'onore, dama! Voi siete così bella che anche le pietre, se potessero, loderebbero la vostra bellezza... e il mio cuore non è di pietra!"

Dicendo così aveva preso l'arpa tra le mani e già ne accarezzava le corde.

Si fece silenzio e lentamente gli invitati si strinsero a cerchio attorno ai giovani, sedendosi sui bassi sgabelli pieni di cuscini, mentre anche Lhamar, gli occhi seri e intenti e le labbra socchiuse in un sorriso appena accennato, si accomodava su un sofà imbottito, protendendo il bel viso verso il musico.

Gofrid preludiò piano, cercando nelle corde del suo strumento musica e parole per esprimere il canto che aveva nel cuore, poi guardò la fanciulla e cominciò dolcemente.

> " Canto il bel viso del color del giglio
> Tra ricci oscuri come violacciocche
> E le labbra sì simili alle rose
> E ardenti gl'occhi come 'l sol di maggio.
> Sorride nel suo viso Primavera
> E nel bel viso sfolgoreggia Amore!
> Canzon, degna non sei ch' Ella t'ascolti,
> Ma a mia discolpa invocherò l'ardore
> Che mi ferì al vedere il suo splendore."

Alla fine, i presenti scoppiarono in applausi e complimenti, ma il ragazzo non diede segno di averli sentiti; guardò fissamente soltanto la fanciulla per la quale aveva cantato, che taceva e teneva gli occhi nei suoi.

"Se vi ho offeso, mia Signora, o se troppo misera è stata la mia canzone..." mormorò piano, come timoroso di quel silenzio.

Con un lieve gesto della piccola mano, Lhamar lo fece tacere, poi si alzò, senza togliergli di dosso gli occhi ardenti, e spiccò un'orchidea purpurea dalle ricche decorazioni floreali che ingentilivano la sala, vi posò le labbra e gliela porse, chinando lo sguardo.

Gofrid, che era arrossito, a quell'offerta diventò pallidissimo. Prese il fiore con mani incerte e lo fece sparire nel suo farsetto, inchinandosi alla donatrice, poi corse a rifugiarsi tra Zelmir, Allemayr ed Hezjià, mentre Ettayn, scuotendo la testa, si consolava con due pasticcini.

"Ragazzi, che scuffia!" commentò ridendo Zelmir, che di scuffie se ne intendeva.

***

Erano passati ormai quindici giorni dall'incontro con Lhamar, ma Gofrid quasi non se ne era accorto; aveva ricercato ogni occasione per rivedere la fanciulla e, con la divertita complicità degli amici, era riuscito a incontrarla più volte, sempre in allegra compagnia, e con lei aveva partecipato a banchetti, passeggiate, spettacoli, balli.

Di quella girandola di feste e divertimenti ricordava solo i begli occhi, l'avvenenza, la grazia della bella Straniera; e di tutte le musiche soltanto il suono, morbido e carezzevole, della sua voce, con quella sua molle cadenza esotica.

La sera, quando finalmente andava a letto, continuava a rivederla, a risentirla e, se gli pareva che l'avesse guardato o ascoltato con interesse o addirittura che gli avesse mostrato delle preferenze, sorrideva tra sé e sé e s'addormentava contento, ma se invece aveva avuto l'impressione che non si fosse curata di lui o che avesse sorriso a qualcun altro, allora si rivoltava nelle coperte senza trovar pace. Si ripeteva continuamente che poco o nulla sapeva di lei e che quel poco non incoraggiava certo le sue speranze, perché molti, troppi, davano per imminente il suo matrimonio con Lord Ruinigis, e s'indignava all'idea che tanta gioventù e bellezza venisse sacrificata a chi bello non era mai stato e giovane non era più.

L'alba lo trovava ancora sveglio, mentre si tormentava senza intravedere una soluzione, ma tuttavia era il primo a balzare dal letto e a prepararsi per rivederla ancora una volta.

"Ancora pochi giorni, poi partirò e sarà tutto finito" continuava a ripetersi, ma quando se la trovava davanti, dolce ridente, a proporgli un nuovo divertimento, una gita, un concerto non riusciva a trovare le parole per spiegarle che presto, molto presto avrebbe dovuto lasciarla.

Così i giorni si succedevano ai giorni, sempre uguali eppure diversi, come sospesi in un mondo senza tempo, senza un passato e senza un futuro; e, se qualche pensiero veniva a turbare quell'estatica pausa, il giovane si ripeteva che il padre era al sicuro a T'Ahai, sotto la protezione di Lady Solea, in compagnia della figlia e della gente della Procellaria, che certamente Bertrado avrebbe meglio di lui pungolato il Console perché desse una risposta soddisfacente a Dama Min, che prima di partire sarebbe riuscito a parlare con Morana, che invano aveva sperato di incontrare in quelle allegre compagnie, che avrebbe rivisto Lord Takab... e che alla Torre, dove era tornato una sola volta, sarebbe andato magari il giorno dopo.

Ma l'indomani, con un grazioso biglietto e un fiore, Lhamar l'invitava ad andare a cantare a casa sua, assieme ai suoi amici...

***

Lady Aleja era un po' divertita e un po' preoccupata per tutta quella storia, sulla quale l'informava puntualmente un'imbronciata Hillia, che spesso si univa a quell'allegra brigata, ma sorrideva, facendo finta di non vedere il malumore della sua pupilla.

"È giovane, ed è forse la prima volta che se ne accorge. Lasciamolo a godere della giovinezza... dura così poco! Il suo Dono stesso lo riporterà ai suoi doveri anche troppo presto" diceva, scusandolo con Hillia, gelosa, e con Lyri, stupita e sconcertata per la scarsa assiduità del giovane alle riunioni e alle preghiere dei Magi. "Tutti passiamo un momento in cui desideriamo solo abbandonarci alla gioia, alla vita, ai primi sogni d'amore..."

"Anche tu, madre e sorella?" si stupirono le due giovinette e la Maga tacque a lungo, il viso sottile e pallido appoggiato sulle lunghe mani congiunte, guardando le fiamme del camino.

"Forse... Sì" mormorò poi, piano.

La voce, solo un soffio, morì in un sospiro e tra le fiamme bruciò il ricordo di una capigliatura ricciuta del color del sole e di due imperiosi occhi di zaffiro.

***

Quella sera il festoso gruppo che Lady Lhamar aveva saputo riunire attorno a sé aveva approfittato della giornata relativamente mite per una passeggiata tra gli alti alberi del parco e poi per una giocosa sfida a rincorrersi per i vialetti contornati dalle fitte siepi, perdendosi e ritrovandosi in quell'intricato labirinto.

Per un caso, che Gofrid attribuiva alla fortuna, ma sul quale i suoi amici avrebbero dato un diverso parere, il giovane musico, cercando di arrivare all'uscita, si trovò a incrociare la sua bella ospite, sola, che arrivava correndo dal lato opposto, lo strascico del vestito argenteo su un braccio a svelare i piedini e le caviglie sottili, i capelli un poco scomposti come una nuvola oscura attorno al viso ridente.

"Lord, no... Gofrid! Di qui non si passa, bisogna cercare un'altra strada!" gli disse subito sorridendo e, poiché il ragazzo restava immobile, senza parlare, guardandola con adorazione, il suo sorriso si mutò in un riso cristallino, mentre poggiava la piccola mano sul petto del Magio, come a spingerlo a tornare indietro.

Quasi senza sapere cosa faceva, Gofrid coprì con le sue mani quella manina.

"Lady Lhamar... io... Io porto sempre con me l'orchidea che mi avete dato la prima volta che vi ho vista" balbettò, la bella voce incrinata. "Se... se diversa fosse la mia situazione, il mio destino... Se potessi, se osassi... Allora vi direi..."

Si fermò: la sua abituale facilità di parola l'aveva abbandonato, aveva la gola secca, la testa vuota e il cuore pareva aver raddoppiato i suoi battiti. Vedeva solo quella bellissima fanciulla con il viso ridente alzato verso di lui, sentiva solo quella manina abbandonata tra le sue.

E mentre annaspava senza sapere cosa fare, cosa dire, spiacevolmente conscio che stava arrossendo, Lhamar gli si fece più vicina, la testa arrovesciata in un profluvio di capelli neri sottili e morbidi come la seta.

"Sì, Gofrid. Qualsiasi cosa tu voglia, sì" sussurrarono le labbra rosee. Stordito, il ragazzo si piegò su di lei, cingendole le spalle senza neanche accorgersene, ma in quel momento, con un deciso scricchiolio, la delicata parete di foglie e rami fu squarciata e sul varco apparve una figura segaligna, un viso duro dai lineamenti marcati e dai lunghi baffi folti.

D'istinto, i due giovani indietreggiarono e il nuovo venuto si fece avanti. "Eccoti qui, Consacrato!" rumoreggiò. "Ho perso un bel po' di tempo per rintracciarti qua dentro, che siano maledette queste trappole!"

"Gama Toreg!" esclamò Gofrid, riconoscendolo, mentre Lhamar si allontanava di un altro passo, mordendosi le labbra.

"In persona. Vieni con me, ragazzo! Tuo padre è scomparso, me lo ha appena comunicato uno dei miei uomini, di ritorno dalle Isole delle Tre Sirene!"

Un'ora dopo, senza prendere congedo da nessuno e dopo aver lasciato un biglietto per i suoi amici, il Magio partì per T'Ahai a bordo di una nave dei Liberi Naviganti, sulla quale Gama Toreg gli aveva trovato un passaggio.

Capitolo quarto

LA SPARIZIONE DEL DUCA

Maggio/giugno/luglio, anno 3252
"Non erano questi i patti, Milord!"

Dicendo così, il capitano Herdaz, un Arsiano bruno, barbuto, atticciato, dotato di larghe spalle e di lunghe braccia muscolose, posò con forza il boccale sul tavolo, fissando il suo interlocutore, che invece era rossiccio di capelli, lungo e secco.

Nonostante che una zuffa tra loro lo avrebbe visto certamente sconfitto, s'intuiva che era quest'ultimo a dominare la situazione; lo dimostravano non solo gli abiti, senza dubbio più ricchi dei larghi calzoni e della giubba di lana dell'altro, ma anche la tranquillità con cui accolse la sua protesta.

"A te non deve interessare in quale nave sarà trasbordato, e dove! Quando ti viene pagato ciò che è stato pattuito, puoi solo tacere e ringraziare, visto che te ne libererai qualche giorno prima del previsto. O ti dispiace privarti della sua compagnia?"

L'omone rabbrividì visibilmente e scosse la testa irsuta.

"Questo no! Non ne vedo l'ora... Mi fa venire la pelle d'oca! Non ha mai aperto bocca, e ha quegli occhi terribili! Era disarmato, ma mi ci è voluta metà ciurma per riuscire a catturarlo, e ci ho rimesso tre uomini! Ma ho paura che ci siano poi dei pasticci... I primi ordini erano di fingere di dirigersi ad Arso, verso Ul Teo, e poi invertire la rotta e portarlo fino a Turol, dove la *Rondine di Mare* l'avrebbe prelevato, adesso invece..."

"Adesso invece ti fermerai vicino all'isola di Kerfer, a Terracqua, dove il *Pescecane* prenderà a bordo lui e me, e sarai pagato, profumatamente pagato. Dov'è il problema, capitano?"

Incerto, Herdaz girò gli occhi scuri per la strettissima cabina dove a stento trovavano posto un'amaca, uno sgabello e una cassa che fungeva anche da tavolino e tacque, anche se con la faccia scontenta.

Il monotono sciabordio delle onde diceva che la nave stava avanzando solo a forza di remi, data l'assenza di vento, ma a una velocità abbastanza considerevole, nonostante fosse notte e la sua rotta la portasse a rasentare ciò che una volta era stato l'Arcipelago di Rivalta, zona ancora ingombra da relitti e macerie spesso pericolosi per la navigazione.

"Allora, tutto a posto", disse in tono conclusivo l'uomo più magro, facendo atto di andarsene, ma l'altro scosse ancora la testa, testardo.

"No. Cosa succederà se poi chi per primo si era accordato..."

"Io ho detto che sono cambiati gli ordini, non il mandante, e non sta a te sapere il perché. Anzi, visto che sei tanto timoroso, ricordati che meno sai, meglio è".

La testa irsuta del pirata accennò a un sì incerto.

"È un affare pericoloso! Si tratta di Magi..." insistette tuttavia.

"Per questo abbiamo accettato di pagarti il prezzo esorbitante che hai chiesto. E con questo considero chiusa la nostra conversazione".

Ma l'altro uomo non era convinto. "Inizialmente" incalzò "mi avevate detto che gli avreste parlato non appena saremmo stati lontani dalla Costa, e che da quel momento non avrebbe più avuto obiezioni a continuare il viaggio con noi. Non intendete farlo?"

Questa volta fu il suo interlocutore ad avere un piccolo brivido, ma tuttavia mantenne la voce ferma.

"Sono cambiati gli ordini, te l'ho detto. Non sono io quello che comanda! E ora parlargli non sarebbe più opportuno". Ci pensò un attimo e il suo brivido divenne più evidente. "Tra pochi giorni saremo a Kerfer" concluse "e là, prima di quando pensavi, ti sbarazzerai di lui, di me e di tutte le tue paure, e incasserai una bella somma".

Questi pensieri consolarono il capitano che allargò le braccia in segno di resa.

"Sta bene" accettò. "Finché pagate, il padrone siete voi e noi faremo come volete. Vado a dare gli ordini per cambiare la rotta".

Uscì, sempre più dubbioso.

Non me la racconti giusta, pensò *"ma appena a Kerfer vi scarico tutti e due sul Pescecane, faccio vela per T'Un senza neanche fermarmi a far acqua e chi se visto s'è visto. Se ci saranno delle grane, te le gratterai da solo!"*

***

"Milady, in nome della Dea, ditemi cosa è accaduto!"

Solea sobbalzò e il ricamo che aveva tra le mani finì a terra, mentre si voltava verso il giovane Magio, apparso all'improvviso nel suo giardino in uno stazzonato abito grigio, i capelli spettinati e il viso tirato e stanco di chi da giorni non conosce un tranquillo riposo.

"Ragazzo mio, perdonami! Ho vergogna di starti davanti. Lord W'Unker era mio ospite e non ho saputo vigilare sulla sua sicurezza! E ora, ora è scomparso e forse..."

"Non ditelo neanche per scherzo, mio Signora! È vivo, lo so, e lo ritroverò, dovessi morire cercandolo! Ma come, come è successo?! Qui, a T'Ahai? E quando? Avete sospetti, dubbi? E perché la *Procellaria* non è qui? Credevo di trovarla ancorata nel porto, contavo sui miei compagni, su mia sorella! Forse... forse... è successo qualcosa anche a loro..."

Lady Min si mise le mani sulle orecchie: in pochi secondi Gofrid aveva dato voce a tutti i timori, a tutte le angosciose domande che lo avevano perseguitato per i lunghi giorni del viaggio, che avevano cancellato nei rimorsi e nel pentimento anche il ricordo delle liete giornate passate a Wan Tunhe.

Ora, se un volto vedeva, era quello sfregiato e tormentato del padre e se udiva una voce, era quella oscura e profonda del Duca d'Ombra. Non voleva, non poteva pensare che non l'avrebbe più rivisto e risentito e lo sosteneva in questa speranza il sottile legame mentale che tuttora, a tratti, sentiva con lui.

Era vivo ancora, e lui lo avrebbe cercato, trovato; l'avrebbe riabbracciato e con una sola occhiata avrebbe avuto il suo perdono per essergli stato lontano, per averlo quasi dimenticato, nell'allegria di una facile vita che non aveva mai conosciuto prima.

Intanto Solea, che aveva raccolto il ricamo dal pavimento e vi si era asciugata gli occhi senza neanche accorgersi di quel che faceva, scosse il capo, affrettandosi a rassicurarlo se non altro su un punto.

"No, Gofrid, tranquillizzati! Almeno per la *Procellaria* e la sua gente, puoi star sicuro. Stanno inseguendo i rapitori del Duca".

"Dunque non è la vostra gente che..."

"No, no! Non tutti, forse, avevano accettato di buon animo la presenza di Lord W'Unker sulla loro terra, ma nessuno ha alzato la mano contro di lui. Sono stati degli stranieri..."

"Chi?! E da dove sono venuti? Chi li ha mandati, dove sono..."

"Senti, ragazzo mio, se non ti calmi un momento, se non mi lasci parlare, difficilmente riuscirò a raccontarti tutta la storia".

La voce di Solea, sempre cortese e pacata, era però decisa; la Dama fece segno al giovane di sedersi vicino a lei e ricominciò a parlare solo quando Gofrid le obbedì.

"I primi giorni passarono tranquilli, tanto che sia il capitano Lant che io cominciammo a trascurare la larvata sorveglianza con cui fino a quel momento avevamo circondato il Duca". Si interruppe e chinò la testa. "Sono stata una sventata, lo so" proseguì "ma T'Ahai sembrava sicura, i suoi abitanti, magari brontolando sottovoce, non avevano mai avuto né un gesto né una parola contro di lui e le navi straniere che approdavano qui ignoravano la sua presenza , o almeno così credevamo. E Lui, lo sai anche tu, è insofferente a ogni restrizione, a ogni sorveglianza! Era ormai diventato normale che ci lasciasse lunghe ore, giorni interi per raccogliere erbe o fare ricerche, rilievi... Non so.

"Per questo motivo, quella mattina non ci turbammo quando non ritornò all'ora di pranzo, né era insolito che una nave arsiana, giunta il giorno prima, riprendesse il mare. Fu solo a sera, quando non lo vedemmo comparire che cominciammo a sentirci inquieti, anche se ancora nessuno volle dar voce ai propri sospetti. Ma quando, a notte alta ancora non era tornato, tua sorella, senza dire una parola balzò in piedi, prese un mantello a caso e una spada e uscì a precipizio. Dietro di lei, di corsa, Iulo, e poi Dano e subito dopo io, con i servi e le torce".

Aveva parlato tutto di un fiato, con affanno, e si fermò bruscamente, torcendosi le mani.

"E... ?!" chiese Gofrid, rauco.

"Cercammo a lungo" riprese la donna "era piovuto, le impronte erano pestate, la gente era già chiusa nelle sue case, ma alla fine giungemmo in una radura dove il terreno mostrava segni di lotta. Oh, questo lo capirono i Lant, io vidi solo fango e rami spezzati! Il capitano osservò a lungo il terreno, confabulò con suo fratello e con Giselda e alla fine convennero che il Duca era stato assalito là, sopraffatto e trascinato via".

"Sopraffatto!"

"Era disarmato. Doveva aver lottato lo stesso, ma..." spiegò Solea con voce sommessa.

"Disarmato!" proruppe Gofrid. "Certo, grazie alla generosità dell'Intesa e alla mia idiozia che l'ha sempre spinto a osservare il bando! E chi, chi..."

"La nave arsiana che ha improvvisamente lasciato T'Ahai il giorno stesso in cui Lord W'Unker fu rapito, è stata vista dirigersi a sud, verso Arso. È l'unica a bordo della quale può essere stato portato, perché al porto non ce ne erano altre e neppure nelle vicinanze, me l'hanno assicurato i pescatori della zona. Oh, lo cercammo anche nell'isola, ma invano".

"Dunque Giselda aveva ragione!" esclamò con furia il giovane Guerriero, serrando i pugni. "Ed io, stupido, non le ho badato! Ero a divertimi nelle Isole mentre lui... Dove l'avranno portato!? E perché? Cosa... cosa gli faranno, cosa vorranno da lui?!"

Dama Min chinò la testa, perché non c'era una risposta a quelle domande che erano solo uno sfogo rabbioso, e anche Gofrid tacque bruscamente e abbassò gli occhi, cercando dentro di sé quella calma che sola gli avrebbe permesso di ragionare e di prendere la decisione giusta.

E intanto che tentava di riprendere il controllo delle sue emozioni, potente, provò quella sensazione che già conosceva: gli parve di essere avvolto, imprigionato in una coltre di nero velluto, in una morbida onda nera, mentre nella sua mente risuonava un grido basso, vigoroso "*A*

Nord!"

Allora ricordò che già sulla nave che lo aveva riportato a T'Ahai, in quei giorni di impotente agonia, s'era spesso svegliato col cuore in gola e in testa quelle due parole: *"A Nord!"*.

Chiuse gli occhi e vi premette i pugni chiusi, cercando di distaccarsi completamente dal mondo reale che gli stava intorno, per immergersi sempre più profondamente in quella coltre nera, per lasciarsi avviluppare, isolare. E d'improvviso un lampo di luce squarciò la soffice oscurità in cui ormai si sentiva avvolto e in quel lampo vide per un attimo un paese innevato, dagli alti monti impervi e sempre coperti di neve: la Norlandia.

La visione era così vivida e reale che il ragazzo quasi credette che quelle nere ali che lo circondavano l'avessero trasportato per magia nell'antico regno del padre, ma bruscamente la scena sparì, le nere ali si aprirono e si trovò, con la mente svuotata e senza più forze, a terra, sul tappeto dove era scivolato, mentre la Dama, in piedi davanti a lui lo guardava con ansia e preoccupazione.

"Gofrid! Consacrato, cosa succede? Stai male?"

Si rimise in piedi a fatica, con la testa che pulsava dolorosamente.

"No, non temete" cercò di tranquillizzarla. "Una... una visione... No! Era lui, dama Solea, era lui! Conosco ormai il suo tocco mentale, era lui, vi dico! E..."

Si fermò bruscamente, mentre intanto la Dama, intimorita, cercava di aiutarlo.

"Vuoi qualcosa?" propose. "Non so... xupi, vino... Ci vorrebbe del xirker, lo so, ma la riserva che avevate è rimasta a bordo della *Procellaria*".

Piano, il giovane Magio si sedette di nuovo e si prese la testa tra le mani.

"Già, la *Procellaria*" rifletté a voce alta. "È partita, diretta ad Arso, mi avete detto".

"Lo stesso giorno in cui Lord W'Unker è scomparso, dopo aver sentito i capitani di due pescherecci" confermò Dama Min.

"La nave era arsiana, e l'hanno vista sulla rotta per Arso" continuò a rimuginare Gofrid, passandosi le mani tra i capelli. "Verso Sud. Ma io continuo a sentire la sua voce gridarmi *A Nord!* E vedo la Norlandia".

"L'ho detto io che quello era Norlese!" gridò una vocetta acuta, e sulla porta si stagliò la figura della piccola Nira, in costume isolano, coralli e treccine arrotolate sulle orecchie.

"Nira! Cosa vuoi dire?!" gridò Gofrid, afferrandola per il grembiale e Solea gli fece eco.

"Nira! Cosa ci fai qua?!"

"Io non so niente!..." pigolò la ragazzina, tutta timidezza, rossori e occhi bassi. "Passavo per caso, ma non so niente! Milady, Consacrato, con il vostro permesso..."

Cercò di svicolare via, ma il musico conosceva troppo bene lei e le sue arie di innocentina e mantenne la sua stretta, guardando interrogativo Lady Min.

"Quando la *Procellaria* è partita Nira si sentiva male" spiegò la Dama, con la fronte aggrottata. "Disse che le dolevano lo stomaco e la testa e per questo è rimasta qui, anche se per la verità si è rimessa in maniera fulminea: due giorni dopo stava abbastanza bene per partecipare al primo ballo di primavera".

"Un ballo, eh?! Non mi meraviglia" decretò Gofrid, lanciando un'occhiataccia alla sua preda. "Ma cosa hai detto della Norlandia?" continuò.

"Niente! Niente, milord, io non so niente, e se non so niente, non posso neanche aver detto niente, non vi pare? E quindi, con vostra licenza..."

Con una smorfietta e un inchino si liberò, lasciando il grembiale nelle mani del giovane e si volse per scappar via, ma Gofrid l'afferrò per un polso, cosa che in circostanze diverse non le avrebbe fatto che piacere.

"Nira, non sono sordo e neanche stupido del tutto" insistette. "Hai parlato della Norlandia in rapporto alla sparizione del Duca, come se tu ne sapessi qualcosa".

"Gofrid, l'ho sentita anch'io dire qualcosa sulla Norlandia, ma non può sapere nulla," intervenne Dama Min, mentre la ragazza si dimenava, inquieta. "Quel giorno doveva finire un lavoro all'arcolaio e non si è mai mossa dalla sua camera".

Il ragazzo lanciò un'occhiata compassionevole alla dama e una feroce a Nira che aveva ricominciato a sorridere, annuendo con entusiasmo alle parole della donna.

"Basta così, ragazzina!" le disse. "Se parli subito con me e Dama Solea la cosa finirà qui, altrimenti riprenderemo il discorso quando sarà tornata la *Procellaria*, ma con Pyvor e magari anche Tam presenti".

"No!" strillò Nira. "Io... Io non ho fatto nulla di male, anzi non ho fatto nulla".

Colse a volo l'occhiata di Gofrid e, nascondendosi il viso nel grembiale recuperato, ammise. "Cioè... Ecco... Forse ho udito due uomini che parlavano in norlese. Non è un delitto, credo! Ho sentito delle parole, ecco tutto".

"Quali parole, quando e dove".

Ora Gofrid torreggiava su di lei e non dette cenno di volersi commuovere neppure alla vista delle due lacrimette che la ragazza riuscì a spremersi dagli occhi, né dalla sua aria di innocenza offesa, ragion per cui Nira si decise a parlare.

"Quello che parlava il Norlese disse che, ora che il colpo era stato fatto, bisognava far rotta al più presto per il nord e l'altro, che parlava male la mia lingua, gli ha risposto che la nave era pronta a salpare anche subito, non appena la loro preda fosse a bordo".

Immaginando chi fosse la preda, il giovane Guerriero serrò la mascella. "Nient'altro?" insistette.

"No, me ne sono andata subito, tanto con quella gente là non..."si morse le labbra, ma ormai aveva ammesso che non era nella sua camera.

"Si può sapere dove eri?" chiese infatti Solea, con la faccia dell'armi. "E perché?"

"Ecco, in realtà..." girò gli occhi intorno, in cerca di un'impossibile via di scampo, poi capitolò. "Nel capannino delle vele, vicino alla rada. Avevo bisogno di un po' d'aria".

La frase morì in un lamentoso pigolio mentre anche lei si rendeva conto dell'assurdità della sua scusa.

Gli altri due si scambiarono un'occhiata.

"Ho capito" disse Dama Min, rassegnata. "Il nipote di Nuela, è chiaro. È lui che quel giorno aveva del lavoro da fare nel capannino. Si sono dati appuntamento là. Mi ero già accorta che si scambiavano certe occhiate, ma non avrei mai creduto che questa scimmietta avesse tanta faccia tosta!"

"Potete crederlo tranquillamente, Dama! Povero Pyvor, e povero Tam!" brontolò Gofrid, scuro in faccia, già lontano col pensiero da Nira e dalle sue tresche, ma la ragazzina richiamò subito la sua attenzione con una serie di strilli lacrimosi.

"Ecco! Ecco perché non ho detto niente, perché sapevo che avreste pensato male di me! E invece sono innocente. Sì, avevo accettato un appuntamento da Igrew, ma solo perché... Perché..." fece una pausa e guardò il soffitto, in cerca di ispirazione, poi d'improvviso s'illuminò. "Tam, appunto!" concluse con la voce della virtù offesa. "Volevo dirgli che mi lasciasse in pace, perché sono una ragazza onesta e per di più fidanzata... beh, quasi fidanzata... Ma poi non siamo riusciti a vederci per via di quei due scocciatori e io sono tornata a casa e mi sono rimessa a letto. Ma ero malata sul serio, non ho fatto finta per andare al ballo! Ci sono poi andata solo perché stavo meglio e il figlio dell'oste mi aveva invitata. È proprio un bel ragazzo, vero, e non deve star male neanche a soldi con quella grande taverna e i filari di viti, senza contare..."

"Basta così. Ma perché non hai parlato, neppure quando hai saputo che mio padre era stato rapito? Questo può costargli la vita, lo sai?"

Nira alzò gli occhi sul viso pallido e cupo di Gofrid e d'improvviso la sua faccetta diventò seria.

"Non mi è neppure passato per la testa che quelle due parole avessero tanta importanza!" garantì. "Solo quando vi ho sentito... per caso!... parlare della Norlandia, mi sono immaginata che c'era un collegamento. Mi dispiace tanto, sul serio! Per Sua Altezza Serenissima, certo, ma soprattutto per voi. Si vede che ci patite e non ve lo meritate. Perdonatemi. Se solo avessi saputo!"

"Già. Ho capito. Va pure, Nira".

Sconsolato, il ragazzo si sedette di nuovo, ricacciandosi indietro i capelli con le mani, e Solea, minacciata con un gesto Nira, che sgusciò via con la massima velocità, gli si avvicinò, senza sapere cosa fare e cosa dire.

"Mia sorella," meditò tristemente a voce alta Gofrid "che avrebbe potuto inseguirli con la *Procellaria*, non conosce la direzione giusta e naviga nel senso opposto; io, che so dove sono diretti, non ho una nave e sono bloccato qui. Due figli, e tutti e due inutili".

***

"Ti dico che io non sono d'accordo!"

"Non devi essere d'accordo, devi obbedire e basta!"

Nello studio privato di Xamir, in piedi, l'uno davanti e l'altro dietro alla massiccia scrivania, i due UI Quoi si fronteggiavano, ambedue scuri in faccia, ambedue con i pugni chiusi poggiati sul ripiano, ambedue lanciando occhiate furiose.

"È più vecchia di me e..."

"Piantala, Zelmir! Più vecchia di te, proprio! E Lady Lhamar, allora? Lord Ruinigis ha circa trent'anni più di lei, eppure si stanno trattando le loro nozze. Questo ti sia di lezione! Un anno in più o in meno non ha alcun peso di fronte alla ragion di stato!"

Un discreto colpo di tosse li interruppe: sulla soglia, molto imbarazzato, stava Lord Freth.

"Altezza Reale, Milord perdonatemi" si scusò subito. "Un valletto mi ha detto di venire avanti perché stavate aspettandomi".

Xamir lanciò al figlio uno sguardo che avrebbe incenerito chiunque non avesse avuto la faccia tosta di Zelmir, poi si volse all'ospite, cercando di mettere assieme un accettabile sorriso di benvenuto.

"Ma certo! Stavamo appunto..." diede un'altra occhiata al suo imbronciato e disobbediente figliolo e corresse rapidamente quanto stava per dire "...salutandoci. Va', Zelmir, e attendimi nei tuoi appartamenti. Ti raggiungerò non appena possibile".

Il giovane guardò il padre, poi fissò con astio la faccia giallognola del Primo Ciambellano di Terracqua, valutò con desiderio la possibilità di fare una scenata là e subito, ma poi diede un altro sguardo al padre e decise che no, non era il caso.

Si esibì quindi in un esagerato inchino.

"Come vuole il mio Signore e Padre!" declamò, sarcastico, rivolto al Principe. Poi regalò a Lord Freth un sorriso che sembrava uno sberleffo e prese congedo anche da lui. "Milord, i miei omaggi".

Uscì in fretta facendo sbattere la porta dietro di sé, un attimo prima che il valletto riuscisse a fermarla, e si allontanò, furioso.

Nello studio, il principe Ul Quoi e la Volpe delle Isole si studiarono per un attimo, poi, mentre il principe, magnanimo, faceva cenno al suo ospite di sedersi, Lord Freth si fregò le mani e gli elargì un sorriso a trentadue denti.

***

Secondo una teoria di Dano Lant, più il nome di una taverna era pieno di promesse, peggiore era il locale.

Se ne ricordarono tutti, non appena misero piede nel "*Paradiso del marinaio*", una lurida locanda costituita da un unico stanzone sporco, basso di soffitto e senza finestre. Un oste sudicio e due servi più sudici di lui si davano fiaccamente da fare attorno a una trentina di tavoli malconci, sui quali si assiepavano un centinaio di figuri con facce poco raccomandabili. Sul fondo, davanti a un grande camino che dava più fumo e puzza che fuoco, una megera rimestava un calderone, che non avrebbe sfigurato in una riunione di streghe, e vicino a lei un essere di sesso incerto, scalzo e sudato, rigirava uno spiedo.

"Proprio un posto carino per portarci la propria moglie!" brontolò Iulo, guardando Giselda che, vestita da marinaio e con i capelli in qualche modo cacciati dentro a un berrettaccio, si fece intanto spavaldamente largo tra i clienti, fino a raggiungere un tavolo vuoto abbastanza lontano dal camino.

"Qui forse riusciremo a resistere senza andare arrosto!" esclamò la ragazza, lasciandosi cadere sull'unico sgabello, mentre Iulo, Dano e Clorinda prendevano posto sulla panca zoppa.

"Uffa! Fuori ci dovevano essere più di quaranta gradi, ma qui con il camino acceso e senza finestre..." Clorinda, che era nata a Tork, si fece fresco con la tovaglia bisunta che un servo immusonito aveva buttato sul tavolo.

"Sarei contenta" l'interruppe Giselda "anche se ce ne fossero cento, purché l'idea di Dano fosse giusta!"

"Fidati! È l'unica taverna di tutto T'Un: dove altro vuoi che vada un equipaggio assetato, dopo una pericolosa missione?" l'assicurò il cognato.

"Soprattutto se, come non stento a credere, hanno le tasche appesantite da tanti bei gialletti, ai quali vedremo di far cambiare proprietario!" gli fece eco Iulo e i due gemelli si dettero una scambievole occhiata, si trovarono di reciproca soddisfazione e si sorrisero contemporaneamente, ma subito la ragazza insorse, mentre Clorinda batteva le manone sul tavolo per attirare l'attenzione dell'oste.

"Fermi là! Cos'è questa storia dei... mmm... gialletti? Non siamo mica qui per giocare d'azzardo! Sono notizie di mio padre che cerco e..."

"Quieta, dolce fanciulla!" Iulo si chinò a baciarle la mano e ricevette subito uno scappellotto sul ciuffo, sicché fu suo fratello che finì.

"Niente paura! Prima il dovere e poi il piacere, questo è il motto dei Lant. Se poi, per fare il nostro dovere, dovessimo anche sobbarcarci qualche divertimento, ebbene, pazienza! Sapremo sopportare".

Iulo annuì solennemente, ma Giselda non era dell'umore adatto per scherzare.

"Spiegatemi subito cosa pensate di fare..." sibilò, ma un rumore orribile al suo fianco la azzittì. Si voltò e vide Clorinda che, tutta rossa in faccia, cercava di inghiottire il sorso di vino che aveva trangugiato. Ci riuscì e volse ai due Lant una faccia oltraggiata. "Navigo da quasi trent'anni, e da altrettanti frequento tutte le peggiori bettole dei porti," stabilì "ma vi giuro che un vino così non l'ho mai dovuto buttar giù! L'aceto del capitano è miele al suo confronto!"

Gli altri tre, che avevano già preso in mano i loro boccali, li deposero con precauzione sul tavolo e li guardarono con sospetto, perché l'aceto che Iulo preparava secondo una sua ricetta segreta era famoso sulla *Procellaria* e tra i Liberi Naviganti per il sapore aspro e pungente e l'effetto devastante che aveva sulle mucose di chi lo adoperava senza esserci abituato.

"Beh, dopo tutto non siamo qui per bere" disse Dano, conciliante.

Ma i discorsi sibillini dei gemelli, la taverna sporca e puzzolente, il vino imbevibile e, buon ultimo, la constatazione che lo sgabello su cui era seduta era impregnato di un grasso che si era prontamente trasferito sui suoi abiti, avevano fatto salire la mosca al naso a Giselda.

"Piantatela tutti e tre e parlate chiaro!" esplose. "Siamo finiti in questa bettola infame seguendo le tracce della nave arsiana che ha lasciato T'Ahai il giorno che è scomparso il Duca. Aveva un certo vantaggio su di noi, e tutto faceva pensare che fosse diretta ad Arso; ci siamo gettati all'inseguimento, senza mai riuscire neppure a vederla, nonostante che fosse più piccola e molto meno veloce della *Procellaria*.

Abbiamo visitato tutti i porti – e tutte le taverne – della costa di Anaxy e dell'Arcipelago di Saab, fino ad arrivare nel golfo di Ul Teo, e poi d'improvviso, senza dare spiegazioni, mi avete portata in questa specie di fogna maleodorante! Se vi foste degnati di chiedere il mio parere, vi avrei detto che, già che c'eravamo, avremmo potuto cercare anche a Renaxj e..."

"Per questo non te l'ho chiesto, cuor mio! Per evitare una discussione, che sarebbe finita in una sfuriata".

"Ah, sì?! Te ne faccio una subito, Iulo Lant! E non te la dimenticherai tanto presto!"

"Calma, ragazza! E tu, capitano, smetti di giocare con lei come il gatto con il topo! La piccola è nervosa e a ragione. Giselda, guardami, ti spiegherò io".

Clorinda, ammutoliti i due Lant con la sua migliore occhiataccia da nostromo, si volse verso la giovane.

"Quando abbiamo lasciato il Golfo di Ul Teo" cominciò "sapevamo con ragionevole certezza che la *Falmira* era una nave pirata e avevamo ormai fondati sospetti che in qualche modo fosse riuscita a seminarci. L'unica speranza di ritrovarla, o di avere notizie, era aspettarla a T'Un, che è il covo dei pirati arsiani. E qui siamo venuti".

"Fine della storia. Come vedi, non c'è nessun mistero" ribadì Dano.

"E nessun motivo per arricciare quell'adorabile nasino" aggiunse subito Iulo.

Reprimendo un sorriso, Giselda si rivolse al marito.

"E allora, perché non me lo avete detto?" gli chiese ancora. "Mi sono svegliata la mattina e ho visto che la rotta era improvvisamente cambiata e che stavamo puntando su T'Un".

Il mobile viso di Iulo si addolcì improvvisamente e l'uomo si protese sul tavolo, afferrando le mani della moglie.

"Non te ne abbiamo parlato prima perché non ho voluto svegliarti" spiegò, con gli occhi pieni di tenerezza. "Abbiamo preso questa decisione quando ti eri già addormentata e dormivi tranquilla, per la prima volta da quando avevamo lasciato T'Ahai. Ho preferito lasciarti dormire e decidere senza di te. Ora, per quella famosa sfuriata..."

"Iulo Lant, sei uno stupido, ma uno stupido irresistibile! Ecco, e facciamo conto di essere pari".

Dicendo così, la giovane, con le guance rosee e gli occhi lucenti, si protese verso il marito e si esibì in un bacio focoso, che attirò sul gruppetto gli sguardi irridenti e gli apprezzamenti sguaiati di buona parte dei presenti.

"Tombola!" gemette Dano, trattenendo il fratello infuriato, mentre Clorinda teneva ferma Giselda.

"Ragazza, ti sei dimenticata che sei vestita da uomo!" sospirò.

Infatti, in quel momento dal gruppo di marinai che era appena entrato si levò un commento piuttosto salace sulle grazie del supposto mozzo e l'uso che si poteva farne, ma l'omaccione che l'aveva gridato non era ancora riuscito a chiudere la bocca, che gliela chiuse Iulo con un pugno ben assestato.

Fu l'inizio di una delle più violente scazzottate di cui i due Lant si fossero mai resi protagonisti: l'omone cadde a terra, ma non prima di aver afferrato per il farsetto il capitano della *Procellaria*, che finì su pavimento con lui, assieme a otto boccali pieni di vino acido, due piatti contenenti qualcosa di sconosciuto, che secondo l'oste era commestibile, otto pani grigiastri e la tovaglia bisunta a cui il giovane s'era aggrappato.

Su quel viluppo, che si dimenava tirando calci, incespicarono due dei compagni dell'offensore, corsi in suo aiuto, e la stessa Giselda, che tuttavia riuscì a piantare i denti, piccoli ma forti, sulla spalla di uno di essi.

Alle urla del disgraziato seguì un grido d'incoraggiamento da parte degli ultimi cinque componenti del gruppo, che lasciarono di corsa il bancone per precipitarsi verso i contendenti.

"Forza, capitano Herdaz, facciamogliela vedere noi a questi debosciati!"

Mal gliene incolse, perché sulla loro strada trovarono Dano, che brandiva uno sgabello, e Clorinda, i cui energici pugni non avevano bisogno di nessun supporto; e, mentre se le davano di santa ragione, Iulo riuscì finalmente a districarsi dalla tovaglia e, tirata in piedi Giselda, prima si assicurò che Herdaz fosse definitivamente fuori combattimento spaccandogli in testa l'unica zuppiera rimasta intatta, poi si gettò contro due dei primi soccorritori, che nel frattempo si erano rialzati. Sua moglie, invece, si dette da fare per recuperare gli zoccoli persi nella caduta, che si affrettò poi a pestare con energia sulla testa dei nemici a terra, tanto per esser certa che non si rialzassero tanto presto.

Il rumore della zuffa, e più ancora quello delle stoviglie infrante e dei mobili schiantati, operò il miracolo di togliere l'oste alla sua abituale apatia e, con un minaccioso bramito, l'uomo si precipitò verso i litiganti, deciso a metter fine a quel disastro.

Mal interpretando le sue intenzioni, tutti si volsero contro di lui, sicuri che stesse per venire in aiuto degli avversari, e in breve l'uomo si trovò a terra, al centro della mischia, con la grassa pancia che si protendeva da sotto le braccia e i pugni dei contendenti.

In suo aiuto si precipitò allora la megera, brandendo un mestolone unto e appiccicoso, mentre i due servitori e l'essere di sesso incerto cominciavano a darsi da fare tra gli avventori per prenderne le scommesse.

Con gli animi vieppiù accesi dal denaro in gioco e da qualche pugno o schiaffo che accidentalmente li colpiva, in breve anche questi ultimi decisero di entrare nell'arena, nella speranza di volgere la zuffa in favore della parte su cui avevano puntato. Ben presto in tutta la lunga sala non restò un tavolo o una panca o uno sgabello che fosse in piedi e al suo posto, né una persona che non fosse intenta a dare e ricevere pugni e calci, eccettuati il bancone e l'essere di sesso incerto che, sputando su un pezzetto di legno carbonizzato, cercava laboriosamente di tener conto delle scommesse. I due servitori, infatti, si erano prudentemente ritirati in cantina, forse per vedere se in tutta la taverna c'era un vino decente. Il fuoco intanto, abbandonato a se stesso, finì di spegnersi sul didietro lardoso dell'oste, che una pedata di Dano aveva scaraventato nel camino.

Fu in quel momento che la porta della taverna si aprì, vi fece capolino una testa spettinata e si udì una voce piuttosto alta e acuta.

"Capitan Iulo! Ehi, capitano, dove siete?" urlò il nuovo venuto, senza mai fermarsi per prendere fiato. "Dove siete tutti?! Volevo avvertirvi che la *Falmira* è ancorata al porto e che quasi tutto l'equipaggio è già sceso a terra e che sono venuti proprio qui dove non capisco cosa stia succedendo, ma certo c'entrate voi e Lady Giselda, parlando con rispetto, e che... ah, vedo che l'avete già incontrato!"

Riconoscendo la voce del suo gabbiere, dal groviglio era emerso Iulo, che teneva sotto un braccio, per il collo, Herdaz e, al vederlo, la larga bocca di Tam minacciò di arrivare alle orecchie, mentre il giovane gettava la giubba e si arrotolava le maniche.

"Il capitano della *Falmira* è quello che state cercando di soffocare signore e adesso vengo a darvi una mano. Arrivo!" Dicendo così, prese la rincorsa e finì nel mezzo della zuffa, menando pugni e schiaffi.

Dopo qualche secondo si vide il mestolo della megera, che aveva fatto più di una vittima, sparire tra i contendenti e poi volare contro la testa del taverniere che si era rialzato dal camino e stava valutando i danni riportati dal suo lardo e dalle brache... con un gemito, il grassone ricadde tra le braci.

Venti minuti dopo, Iulo sedeva di fronte al capitano della *Falmira* che tentennava la testa, accasciato su una panca quasi intatta, dove Dano l'aveva premurosamente sistemato non appena avevano capito chi era.

Clorinda gli aveva già gettato una caraffa d'acqua in testa, mentre Tam dirimeva le ultime questioni con l'equipaggio della *Falmira* assestando ancora qualche pugno e qualche calcio e Giselda fronteggiava il taverniere, la megera e gli infedeli servitori. L'essere di sesso incerto, che si era rivelato come il figlio adolescente dei tavernieri, faceva intanto la conta degli avventori e dei clienti a terra, per calcolare le scommesse.

"M'avete sfasciato il locale! E ora chi mi ripagherà?!" ululò l'oste, che emanava puzzo di bruciato.

"Una serata di guadagni buttata via! La cena bruciata, il vino versato!" rincarò la donna, il mestolo spezzato in due in mano.

"Calma, calma! Perché non cominciate a fare il conto dei danni, così che poi possiamo metterci d'accordo? Ma certo che sarete rimborsati!" li tranquillizzò Giselda, i capelli rossi giù per la schiena e un vistoso livido su una guancia, pensando intanto "E da chi? Io non ho più un soldo!"

Però le sue parole, pronunciate con il tono autorevole e rassicurante dell'Erede dei Montaldo, riuscirono a calmare i due, che, richiamati con un urlo e qualche parolaccia servi e figlio, cominciarono a fare il giro della sala, cercando di rassettare, di rimuovere gli avventori ancora a terra e calcolando intanto una cifra spropositata da chiedere come indennizzo.

Liberatasi così dei padroni di casa, la ragazza si assicurò con un'occhiata che Tam, cui si era aggiunta l'energica Clorinda, non avesse bisogno di aiuto per finire di calmare gli animi con i pugni oppure con pacche sulle spalle e risate, a seconda dei casi, e si avvicinò a Iulo e a Dano, che erano riusciti finalmente a risvegliare Herdaz.

Si fermò un attimo a guardare l'espressione compresa e avvilita con cui il marito ascoltava le rimostranze dell'Arsiano e quella, sincera e appassionata, del cognato e suo malgrado ridacchiò... I due stavano per iniziare una delle loro rappresentazioni.

"Ma anche voi dovete capire, amico mio! Mio fratello è un tipo impulsivo, geloso, e sentirvi rivolgere certe parole a sua moglie..."

"A me era sembrato un ragazzino..." bofonchiò il capitano della *Falmira*, con un labbro gonfio e un occhio blu.

"Sì" concesse subito Iulo, la faccia contrita. "L'avevo fatta vestire così proprio per evitare osservazioni e non m'immaginavo..." e poi, cambiando voce ed espressione e allungando una gomitata all'omone, "Certo che con i pugni voi non scherzate, eh?! Vedo ancora le stelle..."

"Cosa dovrei vedere io, allora!" brontolò l'altro di rimando, chiaramente lusingato; e ancora di più lo rallegrò l'osservazione che Dano rivolse a Clorinda, con aria casuale e a voce abbastanza alta da esser sentito da tutta la sala.

"Muscoli così non ne vedevo dagli ultimi giochi triennali dei Mari Interni! Dovrebbe partecipare ai prossimi, non lo vincerebbe nessuno!"

"Capitan Iulo è stato fortunato a prenderlo di sorpresa, altrimenti..."

gli rispose, serissima, la donna e l'omone, così adulato, si sforzò a rialzarsi, brontolò ancora un poco, ma finì con l'accettare le scuse di due contriti gemelli.

In breve i due avventurieri, seduti sui rottami di un paio di sgabelli, si misero ad ascoltare con aria rapita le storie delle sue vittoriose scazzottature passate, con Giselda, Clorinda e Tam alle spalle.

Poco dopo, tutti stavano chiacchierando e bevendo il vino offerto dai due Lant come nulla fosse successo, mentre l'oste, un poco rassicurato, finiva di fare la lista dei danni. Sua moglie aveva rimesso sul fuoco qualche orrendo miscuglio dall'odore nauseabondo, un servitore cominciò a passare di malavoglia uno straccio per terra, mentre l'altro, assieme al ragazzo, litigava a voce bassa per i soldi delle scommesse.

"E non è che con gli anni mi sia indebolito, anzi!" continuò intanto a vantarsi Herdaz. "Se vi raccontassi che tipo era l'ultimo con cui mi sono scontrato, e mica tanto tempo fa, no! Non sarà passato neanche un mese... Pensate, un pezzo d'uomo alto più di due metri!".

"A... ahi!" Giselda stava per esclamare qualcosa, ma una vigorosa pedata di Clorinda aveva tramutato la sua esclamazione in un lamento; ci fu attimo di silenzio, poi la ragazza, subito ripresasi interrogò con voce mielata.

"E l'avete battuto ?"

Il capitano della *Falmira* gonfiò i muscoli.

"Potete giurarci! L'ho steso con due pugni su quella sua faccia sfregiata".

"Ma che bravo!" il viso della giovane, che aveva già le guance molto rosse, segno di prossima tempesta, virò pericolosamente verso il viola, mentre gli occhi azzurri scintillavano feroci e le piccole mani si chiudevano sulla pesante caraffa piena di vino, ma Iulo la bloccò in tempo.

"No, amor mio, il vino me lo verso da solo. Questa brocca è troppo pesante per le tue fragili manine!" E intanto che gliela toglieva deciso dalle mani, suo fratello continuò il discorso in tono affabile.

"Un tipo pericoloso, sicuramente! Ma come mai vi siete battuti?"

Herdaz svuotò d'un sorso il suo boccale e si pulì la bocca gonfia e la barba spelacchiata con il dorso della mano.

"Se sapeste..." confidò ai suoi ex avversari. "È stato uno dei migliori affari della mia vita! Con un paio di pugni ben assestati ho avuto la soddisfazione di mettere fuori combattimento quel gigante e ho anche guadagnato un mucchio di denaro. Un bel mucchio".

I suoi uomini, in piedi presso il bancone, sembravano aver qualcosa da ridire in proposito, ma, intercettando l'occhiata di Iulo, Clorinda e Tam si avvicinarono loro offrendo da bere, intanto che i due gemelli, dopo essersi guardati, ricominciavano la loro recita a soggetto.

"Un affare?! Ma allora voi dovete essere... " cominciò Iulo, ma qua si fermò perché non sapeva come continuare, e lasciò quell'incombenza a Dano.

"Quell'uomo coraggioso che ha fatto il colpo a T'Ahai..." finì il suo gemello, con voce rapita. "Eh! Si parla di voi per tutta la Costa!"

"Di già?!" Herdaz gonfiò il petto e gettò un'occhiata di fuoco a Giselda, il cui rossore – pensava – era un chiaro segno dell'interesse che la fanciulla provava per lui e per la sua forza. "Non sapete ancora tutto!" insistette. "Quando poi conoscerete il resto..."

"Dite, dite!"

"Continuate, mia cognata sta morendo dalla curiosità... ahi!"

Pensando che a tutto c'è un limite, Iulo aveva allungato un pugno sulla schiena del gemello fingendo di mettergli un braccio attorno alle spalle, ma Giselda avanzò decisa di un passo, scosse i riccioli rossi e si sedette vicino all'omaccione.

"Ah sì, vi prego!" cinguettò, senza badare agli sguardi feroci del marito. "Siete un uomo così affascinante! Clorinda, Tam venite anche voi a sentire".

Circondato da tutte quelle facce ammirate, con il boccale che sembrava non riuscire mai a restar vuoto per più di qualche secondo, Herdaz si lasciò cavare di bocca tutta la vicenda che, spogliata delle sue vanterie, confermava che il Duca di Rocca d'Ombra era stato rapito su commissione dai pirati della *Falmira* e che per lui era stata sborsata una grossa somma.

"Che storia! E... E vi siete fidato di lasciarlo sulla *Falmira*, mentre voi e i vostri uomini scendevate a terra?"

A chiunque la conoscesse, la voce mielata di Giselda avrebbe fatto venire i brividi, ma il pirata fece la ruota come un tacchino. "Non sono mica nato ieri, bella fanciulla!" spiegò, con aria di sufficienza. "Mi sono già sbarazzato di lui e ho avuto i miei soldi fino all'ultimo tac".

La mano della giovane questa volta si serrò sul suo pugnale, mentre anche i due Lant impallidivano e si scambiavano un'occhiata.

"L'avete... fatto fuori?" chiese, con voce un poco incerta, Clorinda, che nel frattempo si era avvicinata, pensando *"Se dice sì, lo strangolo subito"*.

Il pirata rise e scosse il testone, senza accorgersi dell'espressione di sollievo apparsa sulla faccia dei suoi interlocutori.

"No davvero. Lo volevano vivo, e vivo glielo ho consegnato. Non che non mi abbia dato problemi, eh! Nonostante i narcotici che gli facevamo ingollare e il talese con cui era legato, faceva paura, con quegli occhiacci! E poi, hanno continuato a cambiarmi gli ordini... Prima, mi avevano detto di dirigermi a Ul Teo, probabilmente per ingannare i possibili inseguitori, poi di cambiare rotta e di andare a Nord perché a Turol avrei trovato una nave, *La rondine di mare*, sulla quale trasbordarlo. Ma hanno ancora cambiato idea, e mi hanno spedito a Kerfer, a Terracqua, dove là, grazie agli Dei, l'ho imbarcato su un'altra nave, il *Pescecane*. Con lui è andato anche quel tizio pieno di arie che teneva i contatti con i mandanti, dopo avermi dato quanto promesso, un insulo sull'altro... in oro!"

Fece schioccare le labbra, soddisfatto, e girò gli occhi sulla sua piccola platea muta, certo che il silenzio fosse dovuto all'ammirazione che sentivano per lui.

Il rossore aveva abbandonato il volto di Giselda che ora, molto pallida, si appoggiava a Iulo, che le accarezzava la testa rossa scompigliata con un'espressione di sollievo sul volto, ma, prima che Herdaz se ne accorgesse, Dano e Clorinda gli si fecero ai fianchi, tempestandolo di domande con scarso risultato, perché l'Arsiano non sapeva altro che quello che aveva narrato e ogni sforzo per ottenere qualche particolare in più ebbe il solo risultato di moltiplicare le sue vanterie.

Intanto l'oste si era avvicinato a Giselda, tenendo in mano un lungo pezzo di carta bisunta, che la fanciulla afferrò macchinalmente.

Vi gettò un'occhiata e tornò subito rossa.

"E questo, cosa sarebbe?"

"Il conto delle consumazioni e dei danni, come mi avevate detto di fare" rispose il grassone con un tono tra l'ossequioso e il minaccioso.

Iulo tolse il foglietto dalle mani della sua dolce metà prima che la ragazza esplodesse, lo guardò, e il vino che stava bevendo gli andò di traverso.

"Dano!" boccheggiò.

I due gemelli confabularono alquanto, s'avvicinarono a Tam e si fecero dare da lui degli oggettini scintillanti, poi frugarono nelle loro borse ed estrassero qualcosa che avvolsero nel conto, chiamando quindi Giselda.

La ragazza stette a sentirli attentamente, mentre un sorriso vendicativo si disegnava sul suo volto, poi riprese il foglio e il suo contenuto e si riavvicinò ad Hertaz, che nel frattempo aveva continuato a bere assieme a Clorinda, e che, tra il vino e i colpi che aveva ricevuto sulla testa, non era molto lucido.

"Capitano!" lo chiamò, nuovamente tutta miele e ammirazione. "Noi dobbiamo andare, purtroppo. Peccato, avrei tanto voluto approfondire la vostra conoscenza! Sarà per un'altra voglia, magari! Ma intanto vogliamo che accettiate questo".

Gli ficcò in mano la carta, accuratamente ripiegata, dentro la quale il pirata indovinò la forma di alcune monete. Si passò la lingua sulle labbra e accennò a un falsissimo rifiuto, ma la ragazza insistette, con un dolce sorriso sulle labbra.

"No, no, niente parole! C'è stato un equivoco, vi abbiamo fatto torto e non vogliamo avere conti in sospeso con un uomo come voi! Ecco, darete poi qualcosa anche al taverniere, secondo quello che vi parrà opportuno... magari fategli un cenno perché capisca".

L'omone soppesò il pacchetto e lo trovò promettente, tastò ancora la forma delle monete, grattò con l'unghia un angolo del foglio e vide un incoraggiante scintillio e allora sorrise, accennando di sì all'oste, con il quale intanto Iulo stava parlando.

"Abbiamo deciso di pagarvi i danni un po' per uno" gli stava spiegando il capitano della *Procellaria* "e abbiamo dato la nostra quota al capitano Herdaz, perché noi dobbiamo tornare subito alla nave. Ecco, vedete le nostre monete avvolte nel conto, e il capitano che conferma le nostre parole".

Il taverniere, che aveva già seguito i loro movimenti, vide Hertaz prendere il pacchetto dalle mani di Giselda e annuire verso di lui, ragion per cui, molto sollevato, assicurò il sollecito Iulo che tutto era a posto.

Un minuto dopo i cinque della *Procellaria* filavano a velocità elevata verso la loro nave, ridendo tra di loro.

"T'immagini la faccia che farà quel tronfio imbecille quando aprirà il pacchetto e scoprirà che gli abbiamo consegnato la paccottiglia che Tam aveva comprato per Nira, appesantita dai piombini per la pesca?" esclamò Iulo e sua moglie sorrise, feroce.

"Ben gli sta! Se era per me, lo avrei strangolato con le mie mani!"

"Ci penserà l'oste, quando si accorgerà che non ci sono i soldi per pagarlo!" aggiunse Clorinda, ma Dano scosse gravemente la testa.

"Mi meraviglio, mastro! Come puoi pensare che noi avremmo lasciato quel pover'uomo con il locale sfasciato e con le consumazioni da pagare? I soldi ci sono, eccome! Quei famosi insuli, tanto onestamente guadagnati dal bravo Hertaz mettendo le mani sul nostro Duca, serviranno pure a qualcosa!"

"Se non vorrà tirarli fuori, ci sono sempre le Guardie!" aggiunse Tam, deliziato, e Iulo annuì energicamente.

"Bravo! Temo però che, per far fronte alle pretese dell'onesto taverniere, tutti quei soldi basteranno a stento..."

Parlando e correndo avevano raggiunto la nave, dove si imbarcarono in un batter d'occhio e, levate le ancore e fatta forza sui remi, in pochi minuti lasciarono il porto.

Poi, quando ormai erano in mare aperto, al momento di stabilire la rotta, Iulo si volse al fratello e alla moglie con una ruga sulla fronte.

"A Nord, vero?"

"A Nord. L'hanno portato a Terracqua, e là andremo anche noi", confermò Dano.

"Grazie! Siete buoni, davvero... Io..."mormorò allora Giselda, con una voce piccina e sottile.

"Taci, moglie! Intanto è tuo padre e quindi è anche un po' mio parente e poi..." Iulo si interruppe guardò Dano.

"E poi" concluse quest'ultimo "dopo tutto quello che abbiamo passato assieme in Norlandia e la faticaccia fatta per toglierlo dalle grinfie della misericordiosa Giustizia delle Isole, il Duca è un po'... Come dire? Roba nostra, con rispetto parlando. E chi mette le mani sulla roba dei Lant, in genere se le trova appese al collo!"

Giselda rise, con gli occhi lucidi e baciò Dano e poi, più a lungo, il marito, che fece subito il punto della situazione.

"Non che ne sappiamo molto! Quell'idiota strafottente di Herdaz non conosceva i mandanti, né cosa volessero da Milord e non siamo neppure sicuri che si siano fermati a Terracqua".

"Io ho i miei dubbi in proposito! Non ci vedo la Volpe delle Isole nelle vesti del mandante" obiettò Dano.

"Io non riesco a togliermi dalla testa" meditò a voce alta Giselda "che da Terracqua in pochi giorni si arriva in Rutlandia, dove, in seguito all'assassinio del Console Rubelio, è scoppiata la guerra civile".

"...e dove forse un grande guerriero come Lord W'Unker può fare comodo a qualcuno. Hai ragione, tesoro mio. Basta, intanto facciamo vela per Terracqua, poi vedremo".

Dano alzò la testa dalle carte che stava consultando.

"A Terracqua c'è Elear" intervenne bruscamente. "Sì, lo so che il nostro addio non è stato proprio idilliaco, ma lasciate fare a me!"

"Bisognerà anche mandare un messaggio per avvertire Solea e Gofrid, che certo a quest'ora è già arrivato a T'Ahai... non possiamo andarci di persona, perderemmo troppo tempo" aggiunse Iulo. "Assicuriamolo anche che il Duca è vivo, o almeno lo era fino a poco tempo fa. Povero ragazzo, sarà fuori di sé !"

***

Dal momento in cui aveva parlato con Solea e con Nira, Gofrid non aveva più avuto un minuto di pace, e l'impossibilità di fare qualcosa, qualsiasi cosa, per aiutare il padre, o per lo meno per averne notizie, non faceva che aumentare la sua angoscia e il suo senso di colpa.

Aveva cercato e chiesto per tutta T'Ahai, ma non aveva trovato un mezzo disposto ad affrontare un viaggio verso la Norlandia e in grado di farlo; aveva mandato messaggi al Promontorio, alle Isole delle Tre Sirene, persino a Costa delle Onde ma senza risolvere nulla.

Il periodo dell'anno non incoraggiava certo a mettersi in viaggio per il Nord, affrontando il pericoloso Mare delle Tempeste, famoso per i suoi improvvisi fortunali primaverili... e tanto meno se era per andare alla ricerca del detestato Artiglio di Fuoco!

Seduto all'estremità della banchina d'attracco, le lunghe gambe a penzoloni, i piedi scalzi lambiti dalle onde e gli occhi persi a guardare quel mare profondamente azzurro e desolatamente vuoto, il ragazzo cercò per la millesima volta di immaginare a quale festa, a quale svago stava partecipando, mentre suo padre veniva rapito e come sempre al rimorso si univa un'inutile, rabbiosa disperazione, perché non era il senso del dovere che l'univa all'uomo più temuto e odiato di tutta Thelene, ma l'amore di figlio.

Ai rimorsi e alla disperazione si aggiungeva uno spaventoso senso di impotenza: era là ormai da giorni, aveva saputo tutto quello che si poteva sapere sulla scomparsa di W'Unker, percepiva ancora quel grido, quel richiamo "A Nord!", ma non poteva fare nulla, nulla salvo che guardare quel mare immenso che lo divideva dal padre e mordersi le mani per la rabbia, all'idea che la *Procellaria* fosse sulla rotta opposta, e che finora tutti gli sforzi suoi e di Solea di mandarle un messaggio fossero stati vani.

Stava fantasticando sulla possibilità di procurarsi – non sapeva come – una barchetta a remi e con quella andare fino a Terracqua, nella speranza di trovare là un imbarco come marinaio su una nave diretta in Norlandia, quando scorse, a qualche distanza dalla costa di T'Ahai, la sagoma di un' imbarcazione ben nota.

Balzò in piedi, aguzzò lo sguardo e in pochi istanti riconobbe i due alberi e lo scafo snello e lungo del *Serpente di Mare*, la nave di Gama Toreg, ma si accorse anche che la nave puntava diritta al Promontorio delle Tempeste.

Data la sua rotta, certo il capo dei Liberi Naviganti non avrebbe potuto portarlo verso la Norlandia, e non vedeva come avrebbe potuto aiutarlo, ma mentre si ammoniva così, d'istinto si era già tolto la spada e aveva gettato a terra buona parte dei suoi vestiti. Seminudo si tuffò tra le onde e con vigorose bracciate si diresse all'imbarcazione, fidando nel suo Potere per riuscire ad arrivarci prima che si allontanasse.

Venti minuti dopo, grondando acqua, con il fiato grosso ma gli occhi trionfanti, era sulla tolda del *Serpente di Mare*, un vecchio telo sulle spalle, e Gama Toreg, ammirato ma disapprovante, gli stava di fronte.

"Consacrato, la prossima volta che vuoi cercare di suicidarti, fallo lontano dalla mia nave" lo interpellò senza molto rispetto, ma Gofrid scosse la testa, spargendo dappertutto gocce d'acqua salsa.

"Ma no, capitano!" ribatté. "Ho riconosciuto la vostra nave, ho capito che non avreste fatto tappa a T'Ahai e..." s'interruppe, confuso, rendendosi conto che si era tuffato e aveva raggiunto l'avventuriero senza un piano o una speranza precisa, e quindi alzò su di lui gli occhi di zaffiro senza sapere come concludere il suo discorso.

Ma Toreg aveva già ripreso la parola. "Come mai eri ancora a T'Ahai, ragazzo?" l'interrogò. "Ti credevo sulle tracce di Lord W'Unker! O forse i miei informatori si sono lasciati sfuggire la notizia che è stato ritrovato?"

"No, purtroppo! E io... Io sono bloccato in quell'isola perché..."

In pochi minuti il giovane aveva riversato nelle orecchie dell'avventuriero tutta la storia e rimase a fissarlo speranzoso, mentre l'uomo rifletteva, giocherellano con l'unico orecchino che portava e con i suoi lunghi baffi biondastri.

"Io non ti posso aiutare" si decise infine a dire. "Sto andando ad Arso per un lavoretto. Tutt'al più, posso informarmi sui Lant e fare avere loro un messaggio, se sono da quelle parti. Aspetta!!!"

Alle sue parole Gofrid era balzato in piedi e si era diretto alla murata, con l'evidente intenzione di rifare la traversata in senso inverso, prima che il *Serpente di Mare* lo portasse ancora più lontano dalla Norlandia.

"Diavolo frettoloso di un ragazzo! Ma non ti hanno insegnato la calma e la ponderazione, i tuoi Magi?" brontolò Toreg, afferrandolo per il braccio bagnato e scivoloso.

"Sì, ma nelle mie vene scorre il sangue impetuoso del Condottiero delle Isole, lo stesso uomo che sto cercando di ritrovare!" gli rispose fieramente il giovane e a quelle parole, sempre tenendolo ben saldo, l'avventuriero sorrise.

"Già. Lord Valmar, l'unico uomo davanti al quale io mi sia mai inchinato! Di cuore vorrei venire con te, ma non posso proprio. Calmo! Sto pensando alla mia gente. Tigrana andrà a Terracqua, e sarebbe già un bel passo avanti, ma era ancora a Wan Tunhe a contrattare, quando io mi sono mosso. No. Però il giovane Telbit è al Promontorio e da là partirà per la Norlandia... Sono certo che un paio di braccia in più gli faranno comodo, senza contare che tu conosci già l'Oceano delle Tempeste e gli potrai dare una mano per la rotta. Ti sta bene?"

"Capitano, mi togliete da un incubo! Non so come ringraziarvi, cosa fare per voi in cambio! Io..."

"Salva tuo padre e, quando sarà fuori dai guai e tranquillo, per quanto possa esserlo un uomo come lui, ricordagli il mio nome. Basterà.

"E ora fila sotto coperta ad asciugarti; noi faremo una deviazione a

T'Ahai per recuperare le tue cose e avvertire Lady Min, poi ti porterò fino al Promontorio. Ooouugh!"

Senza una parola Gofrid gli aveva gettato le braccia al collo, bagnandolo da capo a piedi e stampatogli due baci sui lunghi baffi.

**

Pochi giorni dopo il Magio partì a bordo del *Fiordaliso* di Telbit, una delle poche navi che ancora avevano scambi commerciali con la Norlandia, o almeno così il Capo dei Liberi Naviganti spiegò la sua destinazione: Tharnon.

Quando le coste di T'Ahai sparirono all'orizzonte e si profilarono le Isole delle Tre Sirene e poi le coste di Idragor e di Terracqua, per la prima volta dopo molti giorni il giovane si sentì sollevato: aveva finalmente la sensazione di essere sulla buona via, di riuscire finalmente a fare qualcosa.

Raggiunse la sua amaca con un senso quasi di leggerezza e, contrariamente al solito, si addormentò subito. Ma si svegliò poche ore dopo, sudato e scosso; ci mise qualche secondo per capire cosa era successo, poi si accorse con orrore che, per la prima volta dopo molto tempo, il tenue legame mentale che manteneva sempre con il padre si era interrotto.

Non riusciva più a *sentire* il Duca.

**

"Per giorni e giorni neppure una parola, e poi mi arrivano due messaggi quasi contemporaneamente! E Gofrid è partito ormai da due settimane!" gemette Solea con in mano i due fogli, giunti l'uno poco dopo l'altro.

Con il primo, Giselda l'aveva messa al corrente di quanto avevano saputo da Herdaz, avvisandola che stavano andando a Kerfer e nel secondo spiegava che, quando erano giunti a Kerfer, il *Pescecane* era già ripartito e che ora erano a Myrtala, dove Dano avrebbe preso informazioni per escludere il coinvolgimento di Terracqua in tutta quella storia. Dopo di che, se non avessero avuto altre notizie, avrebbero continuato il loro viaggio fino a Turol, in Rutlandia, dove in un primo tempo il Duca avrebbe dovuto essere trasbordato su un'altra nave, ma a Myrtala avrebbero aspettato Gofrid o sue notizie per tutto il tempo che sarebbe stato possibile.

"E adesso, cosa faccio? Bisogna avvisarli, e subito, che il Magio li precede con la *Fiordaliso*! Ma da qua a Terracqua c'è un bel pezzo di strada..."

La vocetta di Nira interruppe il corso dei suoi pensieri.

"Milady, c'è il capitano Kirit che vorrebbe vedervi" annunciò e le fece subito eco la voce più profonda e calda della giovane donna.

"Sono appena arrivata con la mia *Danzatrice,* diretta a Pennifer, e preferisco far rifornimento qui anziché ingrassare le casse della Volpe delle Isole!"

"A Pennifer! Venite, accomodatevi, è la Dea che vi manda!"

Mentre Tigrana si sistemava su un comodo sedile e Nuela le portava xupi e biscotti, Solea la ragguagliò su tutta la storia, ribadendo il suo imbarazzo per non poter avvisare tempestivamente la *Procellaria* della partenza di Gofrid, e rimase a guardarla con una preghiera inespressa negli occhi verdi.

"Voi vorreste che io allungassi il mio viaggio fino a Myrtala per andare a parlare con loro, non è vero? Difficile dirvi di no con le vostre confetture davanti!" rise la Kirit, finendo di inghiottire l'ultimo biscotto spalmato di gelatina di frutta. "Myrtala, eh?" aggiunse pensierosa. "La sede di quella smorfiosa di Elear! Ha avuto il coraggio di darmi della svergognata... A me! Proprio lei, che è sempre attaccata ai... ehm... calzoni di Dano Lant! Sì, Milady, ci andrò. E ne approfitterò per dire due paroline nelle orecchie di quello stupido bestione, se lo troverò ancora là". Piantò il coltellino da burro sul pane con forza. "Perché lui non sarebbe mica un cretino, sapete!" aggiunse, in risposta all'occhiata indagatrice e divertita di Solea. "Anzi! E a me fa proprio rabbia stare a vedere una stupida Oca, reale o meno, che vuol trascinare al suo livello d'idiozia uno dei migliori Liberi Naviganti! Dano Lant non solo è bravo con le navi, ma avrebbe anche una testa di prim'ordine, se si ricordasse di usarla! I cervelli sono rari, e non intendo permettere a quello stupido volatile starnazzante e acefalo di rammollire completamente quello di Dano Lant".

Si alzò agilmente in piedi e fissò con decisione Dama Min. che stentava a nascondere un sorriso.

"Andrò a Myrtala prima ancora di fermarmi a Pennifer," promise "porterò il vostro messaggio, e rimetterò in riga Dano Lant".

Salutò la sua ospite, si cacciò in testa il berretto e fece per incamminarsi verso l'uscita, ma fu subito intercettata da Nira, che aveva aspettato quel momento nascosta dietro la porta e le si aggrappò al farsetto con occhi lacrimosi.

"Oh, vi prego, capitano, portate anche me! Sento tanto la nostalgia della *Procellaria*! Voglio rivedere mio fratello e anche Tam".

Ebbe cura di mostrare una graziosa confusione nel dire quest'ultimo nome, pensando intanto che il nipote di Nuela si era rivelato una delusione e che certo non sarebbe rimasta a T'Ahai per vedere il figlio dell'oste sposarsi con una cugina, più vecchia, più grassa e più brutta di lei!

Tigrana fissò interrogativa Solea, che esitò alquanto, ma alla fine dette il suo consenso, segretamente sollevata dall'essersi levata dai piedi quella piccola peste in gonnella e treccine.

"Fila a fare i tuoi bagagli e spicciati, però; non voglio rischiare di non trovare più la *Procellaria* e Dano al mio arrivo!" precisò la Kirit, riprendendo decisa la sua strada dopo un altro saluto a Dama Min, che lo contraccambiò tutta compunta.

"I miei auguri, o le mie condoglianze al comandante Lant!" pensò, e si lasciò cadere su una panca, in preda a una silenziosa risata.

***

"Lord Freth non è a Terracqua, e nessuno sa niente del Duca, per quel poco che ho potuto sentire. Però non credo che una cosa del genere possa essere stata architettata all'insaputa della Volpe e in sua assenza".

Dicendo così, Dano si tolse l'elegante giubba senza maniche, ricamata in bianco e argento, e slacciò i cordoni che gli serravano la camicia di seta attorno al collo, passando poi a togliersi gli alti stivali di camoscio.

"Uffa! Gli abiti da cerimonia sono un incubo, durante l'estate!"

"Per me, sono un incubo sempre!" sentenziò Iulo.

"Hai visto anche Elear?" si informò intanto Giselda. "Non sapeva niente neanche lei?"

"Cognatina," le rispose l'avventuriero, ghignando sotto i baffi, "Elear conosce solo gli abiti, le pettinature e i gioielli che sono di moda: nel suo cervellino non riesce a farci stare nient'altro! E in ogni modo, sì, l'ho... ehm... veduta". Strizzò l'occhio al fratello e riprese. "Era furiosa e, per la verità, non aveva tutti i torti. Ma io le ho subito fatto presenti le molte e validissime ragioni che mi avevano obbligato, mio malgrado, ad abbandonarla a Wan Tunhe".

"Molte e validissime ragioni? E quali?"

"Ah, al momento non me le ricordo più, ma erano tali che anche la bella Elear ha dovuto convenire che per me non c'era stata alcuna possibilità di scelta, e alla fine mi ha concesso il suo reale perdono. Ma, proprio mentre finiva di dimostrarmi che ero stato assolto, mi ha detto qualcosa che non mi tanto è piaciuto".

"Lord W'Unker?!" gridò Giselda, ma Dano scosse la testa, con l'imbarazzo sul viso.

"Ma no, vi ho già detto che non ne sapeva niente! È un'altra cosa: mi ha spiegato perché Lord Freth non era a Myrtala..."

S'interruppe, chiaramente a disagio.

"E allora?" chiesero ad una voce Iulo e sua moglie.

"E allora... e allora... La Volpe è rimasta a Wan Tunhe per trattare con il principe Ul Quoi il matrimonio della regina; anzi, l'accordo di massima sembrerebbe già raggiunto e..."

"Xamir sposa Elear? Non posso crederci!" esclamò Giselda.

"No, infatti" chiarì Dano. "Fosse Xamir, non mi riscalderei. No, è suo figlio il candidato corn... ehm... sposo, Zelmir. Il ragazzo non sa nulla delle scappatelle di Elear e ignora totalmente la nostra relazione".

"Anche il padre non ne sa niente, puoi giurarci! Gli Ul Quoi non tollererebbero mai una cosa simile" lo interruppe di nuovo la giovane e Lant alzò le spalle.

"Può darsi. Ma di Sua Altezza Reale non me ne potrebbe importare di meno, mentre per Zelmir invece mi dispiace. Dopo tutto, è un simpatico ragazzo, un buon compagno e ha combattuto al nostro fianco. D'altra parte, non so cosa farci".

"Che cosa dicono i promessi?"

Suo malgrado, Iulo era divertito e Dano continuò a raccontare.

"Io ho parlato solo con Elear, e dalle sue parole ho ricavato che contenta è solo la ragion di stato. Lei sparge fiumi di lacrime, quando se ne ricorda, che però poi asciuga con un mare di abiti, gioielli acconciature nuove e incredibili preparativi di fastosi festeggiamenti. Lo sposo scontento dovrebbe arrivare qua tra poco..."

"E tu, cosa ne pensi?" lo interruppe d'improvviso Iulo, fissandolo con qualche preoccupazione. Suo fratello prese un atteggiamento di nobile rinuncia, per quando glielo permetteva il sogghigno che faceva capolino sotto i baffi.

"Ho detto addio al Crudele Idolo del mio cuore" declamò. "Le ho spiegato che rinunciavo a lei, perché potesse senza rimorsi continuare sulla strada gloriosa che la renderà la più grande e la più nobile delle regine, visto che questo è il suo primo desiderio. Alla fine mi ha ringraziato, in lacrime. Tra l'altro, negli ultimi tempi è ingrassata di una decina chili. Deborda".

"Allora ne hai un'altra per la testa?" si informò premuroso Iulo, molto sollevato, mentre Giselda scoppiava a ridere.

E quasi a rispondere alla sua domanda si levò la voce acuta di Tam.

"La *Danzatrice* è entrata in porto" annunciò dalla coffa "e il capitano Kirit chiede il permesso di salire a bordo".

***

Neanche mezz'ora dopo Tigrana era seduta sotto la tenda che la previdente Clorinda aveva fatto montare e dava l'ennesima prova del suo sano appetito e dell'ottimo stato dei suoi denti demolendo una pila di confetti e dolcetti di Arso, mentre Giselda e Iulo leggevano la lettera di Solea.

"E dunque eccoti qui, capitano Kirit!" la punzecchiò intanto Dano. "Non mi aspettavo di vederti, visto che tra i Liberi Naviganti corre voce che presto lascerai la Confraternita".

"Io?!"

Serissimo, il giovane annuì. "Certo!" confermò. "Sto raccogliendo le scommesse: c'è chi dice che ben presto dovremo chiamarti Milady, chi invece ti vuole addirittura principessa! Dai, a un vecchio amico puoi dirlo! Chi è il fortunato mortale?"

E siccome la ragazza, completamente spiazzata, lo guardava a bocca aperta, riprese. "Insomma, lo sposo felice è l'ammiraglio Yets, Lord Allemayr di Torrarsa o il principe Zelmir Ul Quoi? Ti hanno vista in giro dappertutto con questi tre e..."

Tacque improvvisamente perché, mentre stava per scoppiare a ridere, Tigrana gli aveva ficcato in bocca un tovagliolo.

"Senti chi parla!" sibilò vendicativa. "Il principe consorte di Sua Altezza Reale Oca Giuliva II di Terracqua!"

"Smettetela, tutti e due! Non è proprio il momento di scherzare! Kirit, Solea ci scrive che Gofrid è già partito per la Norlandia. Spiegaci meglio".

La voce di Iulo era seria, ma quello che colpì di più Tigrana fu il viso contratto di Giselda e la sua voce, improvvisamente sottile, fragile che mormorava. "La Norlandia... Raint e Selter, dunque! Oh Dea, mio padre! E mio fratello..."

Il braccio di Iulo fu subito attorno alle sue spalle.

"È possibile," ammise il giovane "ma devi aggiungere subito "e la *Procellaria*" perché ci metteremo immediatamente in viaggio, amor mio, e vedrai che ripescheremo i nostri Magi di famiglia senza che sia stato torto loro un solo capello!"

Le parole erano scherzose, come il solito, ma la voce era tenera, piena di premura, e Giselda alzò gli occhi verso il marito, rilassandosi visibilmente.

Tigrana, che aveva osservato attentamente tutta la scena, diede un'occhiata pensierosa a Dano, che non rideva più, prima di continuare il suo racconto.

"Il Consacrato" concluse "aveva già avuto una premonizione, che le parole di Nira hanno confermato, come ora vi racconterà lei stessa. Lord W'Unker è in viaggio verso la Norlandia".

Nira era sbarcata sulla *Procellaria* assieme alla Kirit e ora, tra Pyvor e Tam, stava narrando con vocetta tremula e casti rossori che aveva voluto lasciare T'Ahai perché c'erano dei giovinastri che le facevano dei discorsi strani, che lei non capiva bene – sottolineò, sbattendo le ciglia – ma che non le piacevano. E poi, voleva tornare dal suo amato fratello e dal suo caro Tam!

Con quest'ultima parola, che alle orecchie del gabbiere estasiato suonarono come un coro angelico, la pudibonda fanciulla nascose il viso sul petto di Pyvor, ma la commovente scena fu interrotta dalla voce della Kirit che la chiamava.

La ragazzina si presentò tra Tam e il fratello e, su richiesta della giovane donna, ripeté il suo racconto, con tutti quegli accorgimenti che parvero opportuni alla sua astuzia e alla sua fantasia. Così, l'appuntamento fallito con il nipote di Nuela divenne una visita fatta a una povera vecchia invalida, e le poche parole udite si arricchirono di particolari mirabolanti, che Tigrana, però, provvide freddamente a rettificare.

Subito dopo, la giovane capitana tornò alla sua nave, lasciandoli a riflettere e a discutere sulle notizie ricevute. Benché restassero alcuni punti interrogativi, era comunque chiaro che c'erano fondati motivi per credere che il Duca navigasse ora verso il suo antico regno, seguito dal figlio sulla *Fiordaliso*.

"Tutti e due hanno un certo vantaggio su di noi, ma li inseguiremo e possiamo sperare bene: la *Procellaria* è molto veloce. Partiremo subito" decretò Iulo.

"Calma, capitano!" obiettò Clorinda, che nel frattempo si era avvicinata ad ascoltare senza che nessuno glielo chiedesse. "Ti ricordo che dobbiamo ancora completare i rifornimenti, e siamo a corto di marinai. Fin che si trattava di arrivare a Kerfer, potevamo rischiare, ma l'Oceano delle Tempeste è un'altra cosa!"

"Il mastro ha ragione, fratello".

I due Lant si guardarono, mentre Giselda batteva il piedino per terra e, incalzato da quel rumore ritmico, Iulo prese rapidamente la sua decisione.

"Nostromo, tu occupati di approvvigionare la nave e tu, Giselda, controlla le armi. Dano ed io studieremo la rotta e Pyvor, con l'aiuto di Tam, scenderà a terra per assumere due o tre ragazzi in gamba".

"Capitan Iulo, non so chi potremmo trovare qua! E poi, due o tre non bastano! Occorrerebbero almeno dieci..."

"Ma poi, quei dieci bisognerebbe pagarli!" obiettarono a una voce Clorinda e Pyvor, ma Iulo guardò solo l'ansia di Giselda.

"Ogni cosa a suo tempo" stabilì. "Ne basteranno tre o quattro al massimo, e assumete chiunque, basta che sia sano e robusto e che possibilmente sappia distinguere una vela da un paio di mutande... ma non è neanche indispensabile. Via, filate!"

Intercettò uno sguardo languido e un sospiro da parte di Dano.

"E adesso, cosa c'è?" l'aggredì, seccato. "Hai obiezioni anche tu?".

"No, fratello, ma ho ricordi, molti amari ricordi!"

E allo sguardo interrogativo di Iulo, Giselda, Clorinda e Pyvor l'avventuriero si appoggiò alla murata e sussurrò a voce bassissima. "La tapioca!"

Sulla faccia di Pyvor si dipinse un sorriso soddisfatto, mentre gli altri si univano al sospiro di rassegnazione di Dano.

Capitolo quinto

L'ORACOLO.

Giugno/luglio, anno 3252

Mai, a memoria d'uomo, l'afa si era fatto sentire in maniera così devastante nelle Isole Dorate, famose in tutta Thelene per il clima piacevole, mai troppo freddo in inverno e mai troppo caldo in estate. In quell'anno, invece, all'inverno rigidissimo e alla primavera piovosa era succeduta un'estate umida, opprimente, dove il sole sembrava malato e, pur rialzando la temperatura in maniera insopportabile, non riusciva ad asciugare l'aria da un'umidità che rendeva difficile persino il respirare.

Le brezze leggere, che da sempre avevano aiutato gli Isolani a sopportare la calura estiva, erano scomparse; l'aria era greve e immobile, salvo improvvise, violente bufere di vento bruciante, che sconvolgevano il mare e il cielo, dove fulmini e tuoni si rincorrevano, senza però che scoppiasse il desiderato temporale. E se qualche rara pioggia cadeva sulla terra arida, era però di brevissima durata e lasciava i campi più assetati di prima e la polvere delle strade appena umida.

Quell'afa aveva definitivamente compromesso i raccolti: la frutta marciva sugli alberi senza giungere a maturazione e le spighe del grano erano bruciate e secche, tanto che i granai, già messi a dura prova dalla lunga guerra, erano ancora desolatamente vuoti.

Sui prati l'erba, rada e giallastra, non bastava a nutrire il bestiame; peggio, da parecchie parti si segnalava che spesso, assieme all'erba, erano cresciute piante sconosciute, che avevano avvelenato gli animali che se ne erano cibati e ferito le mani di chi aveva cercato di estirparle.

Anche gli orti, che erano da sempre una delle maggiori risorse delle Isole Dorate, quell'anno non avrebbero dato i loro prodotti, danneggiati non solo dalle anomalie del tempo e dalla siccità, ma soprattutto dalle continue invasioni di insetti che li distruggevano; perché, se molti di quelli abituali erano scomparsi, altri, mai visti prima, grandi, deformi e spesso velenosi erano apparsi a devastare le colture.

I contadini che a gran fatica, viste le perdite di uomini causate dalla guerra, si erano dati da fare per arare e seminare, sperando in un buon raccolto, scrollavano la testa sconsolati, calcolando i debiti che avevano fatto per le sementi e gli attrezzi e che ora non avrebbero avuto modo di pagare.

Né più contenti erano i pescatori, ché il mare era avaro di pesca e spesso, dopo giorni e notti di inutile lavoro, spossati per l'afa che neppure l'acqua marina riusciva a temperare, tornavano a casa con le reti vuote, mentre la marea lasciava sulle rive decine e decine di pesci morti, già marci e puzzolenti, che andavano ad ammorbare l'aria umida e immobile.

Epidemie sconosciute si stavano spargendo per tutto il paese e, proprio perché ignote fino a quel momento, il contrastarle appariva difficile, nonostante che i Guaritori si prodigassero senza risparmio. Forse erano causate dal caldo e dalla scarsità e insalubrità del cibo o forse, come molti dicevano, erano trasmesse dai Senzaterra, che vivevano in miserrime condizioni, ammassati nell'isola che Lord Tumish aveva provvisoriamente assegnato loro durante la guerra, senza però riuscire a trovare poi un'altra sistemazione,

La pietà e la gratitudine che gli Isolani avevano provato per i profughi di Rivalta e di Pamia che, persa la propria terra, si erano coraggiosamente battuti per quella degli altri, erano calate vertiginosamente mano a mano che il ricordo delle loro imprese e delle loro sciagure impallidiva e crescevano invece le difficoltà contingenti, che la loro presenza aggravava.

Parecchi di loro, deposte le armi, si erano ritrovati senza sapere cosa fare di se stessi e come sostenere la propria famiglia, ed erano caduti nella disperazione e nella rabbia, come se solo allora avessero veramente capito che la loro vita era mutata, sventuratamente mutata, e per sempre.

Per loro il principe Ul Quoi aveva alienato quasi tutto ciò che gli era rimasto della sua fortuna, anche se non aveva mai voluto toccare la dote della moglie, con la quale calcolava di assicurare un futuro al figlio, ma il suo sacrificio non era certo sufficiente a sopperire ai bisogni di quella moltitudine, soprattutto in un periodo così difficile, quando la vita era diventata dura e gravosa anche per molti cittadini normali.

Gli Isolani più anziani frugavano nei loro ricordi, ma assicuravano che mai si era visto un periodo così nefasto; solo alcuni rammentavano che i loro nonni avevano parlato di qualcosa del genere, che si era manifestato molti e molti anni prima e che non era di origine naturale, ma, raccontavano, veniva dalla malefica volontà delle Potenze Oscure.

A questo punto, il racconto si fermava e tutti i presenti annuivano cupamente: quella era la vendetta del Negromante! Battuto in guerra, costretto a ritornare nel Nulla eterno per il valore del Magio Guerriero Gofrid D'Aurel, aveva maledetto la terra che l'aveva respinto e questi ne erano i frutti.

Lo comprovavano anche le creature deformi, mostruose che in quell'anno maledetto erano venute alla luce: si raccontava di uccelli senz'ali e di vitelli con due teste; e da quando la moglie di un pastore aveva partorito due gemelli con un solo paio di gambe, fortunatamente morti subito dopo il parto, le prolifiche donne delle Isole fissavano con timore e orrore i loro ventri pregni, e più di qualcuna, a quanto si sussurrava, trovandosi incinta, era corsa a supplicare fattucchiere e mammane perché impedissero al feto di nascere, timorose di dar vita a un mostro.

Una cosa del genere, sentenziava il crocchio delle comari, mai era avvenuta nelle Isole, dove la vita era sacra e dove c'erano sempre stati indulgenza e aiuto per qualsiasi nato. Opera delle Tenebre, certo, concludevano, anche quella, che sconvolgevano la coscienza e la mente degli uomini così come sovvertivano le leggi della natura.

Infatti, mai come in quei giorni liti, incomprensioni, ripicche si moltiplicavano, poiché gli animi degli uomini erano ormai esasperati da quell'incessante cappa calda e umida che li avvolgeva, giorno e notte e dai continui problemi con cui si scontravano, ma anche, si sentiva ormai dire ovunque, perché erano ispirati e voluti dalle Tenebre.

Del resto, questo non succedeva solo nelle Isole Dorate, anzi!

Nel regno di Tork erano state scoperte delle sette che praticavano sacrifici umani e che con la necromanzia pretendevano di riportare tra gli uomini l'ucciso Sighart; gli adepti erano stati smascherati e Lord Skalej li aveva spietatamente sterminati, ma alcuni erano riusciti a fuggire nella vicina Libera Unione, il cui Console ora accusava senza mezzi termini Skalej di aver a bella posta permesso la loro fuga per destabilizzare il suo paese, con lo scopo di impadronirsene.

A Filetta la Corte dei Nobili e il Signore del paese erano ormai ai ferri corti, e nel Consolato di Rutlandia, dopo l'assassinio di Rubelio da Mevroi, era scoppiata la guerra civile. Al momento almeno quattro diverse fazioni si contendevano la supremazia in quella disgraziata terra; la lotta divampava cruenta e non di rado bande armate di una o dell'altra parte sconfinavano negli stati vicini per rapide razzie, cosa che preoccupava non poco il Messere di Costa delle Onde, Lord Trafen, e anche di più il Primo Ciambellano di Terracqua.

Costa delle Onde, infatti, poteva contare su valide difese e su un esercito temprato dalla lunga guerra contro la Norlandia, nonché sul patto che l'univa all'Intesa, Terracqua invece, che negli anni della guerra aveva più che altro mirato ad arricchirsi commerciando con tutti i belligeranti, tutt'al più aveva fortificato le sue difese a mare e non aveva alleati: si trovava quindi in una situazione molto peggiore.

Viaggiatori che venivano da lontani paesi, poi, non mancavano di segnalare come anche là vi fossero situazioni difficili ed allarmanti, a cominciare dall'estremo Nord, dove invano Raint e Selter stavano cercando di affermare la loro autorità su tutte le terre che avevano formato l'impero del Duca d'Ombra, per finire con il continente di Arso, dove si vociferava di strani fenomeni e strani riti, che avevano il loro fulcro nel culto del Dio Velato e nei suoi templi segreti.

"Insomma, come si suol dire, il peggio non è mai morto!" gemette Rachilde, alla fine della lunga e verbosa relazione del Console, preparata per lui dal pignolissimo Bertrado Cordiera, e pertanto pedante e noiosa al massimo grado.

"Con i proverbi non andremo molto lontano, damigella!" la redarguì Lord Tumish, lanciandole la solita occhiata d'antipatia. "Mi servono consigli, pareri..."

Dopo un attimo di silenzio, si fece avanti Lady Deothema, sbuffando con aria di sufficienza.

"Io credo che il problema costituito dai cosiddetti Senzaterra non sia mai stato preso in considerazione con la dovuta serietà" cominciò con voce nasale e monotona. "Sono migliaia e migliaia di persone disperate, che non hanno nulla da perdere, senza risorsa alcuna, ammassate in un'isola improduttiva, a poche ore da Wan Tunhe. In questo momento di crisi il loro mantenimento grava in maniera insopportabile su di noi, e per di più è ipotizzabile che siano loro, almeno in parte, l'origine e il veicolo delle nuove e strane malattie che hanno colpito le Isole D..."

La sua filippica morì in un gorgoglio, perché il principe Ul Quoi, violetto in faccia, con un solo movimento si era alzato in piedi rovesciando la seggiola e aveva gettato la sua pesante spada sul tavolo, sotto il naso del costernato Console.

"La spada degli Ul Quoi non è più al servizio dell'Intesa!" gridò con voce rauca, pallido per la rabbia. "Vi ha fatto comodo, durante la guerra, così come vi è servito il valore dei miei disgraziati compatrioti e dei pamiensi. Ma ora siamo soltanto un peso... Questa è la gratitudine delle Isole Dorate! Ebbene, io sciolgo il mio legame con voi! Me ne andrò, e guiderò la mia sventurata gente in altre terre".

"Principe, per carità!" lo interruppe Lord Tumish, cacciandosi le mani nei capelli e lanciando un'occhiataccia all'esterrefatta Deothema e, tanto per non sbagliare, anche all'innocente Rachilde.

"Non resteremo qui a farci insultare. La mia gente ha combattuto coraggiosamente, senza chiedere niente in cambio, questo è stato il nostro errore! Basta. Non siamo pitocchi che chiedono piagnucolando la vostra pelosa carità! Siamo soldati che si sono battuti per voi, e troveremo altre terre e altre genti che sapranno meglio apprezzarci".

Dicendo così, l'inferocito principe volse la schiena a tutti i suoi colleghi e uscì a grandi passi dalla saletta dove si svolgeva la riunione, travolgendo nella sua indignazione prima Rachilde e Bertrado, che avevano cercato di fermarlo, e poi il valletto di servizio sulla porta.

"Principe, dove andate?" gridò il Console, inascoltato. "È un malinteso! Lady Deothema certo non intendeva... Diteglielo voi, Dama... Lord Takab, ammiraglio Yets, muovetevi, fermatelo!"

Ma Xamir era già scomparso e Takab scosse la testa, triste in viso.

"Ha ragione lui!" proruppe Hezjià. "Collerico, violento, ma ha ragione lui! E non so cosa mi trattenga qui, a sentire insultare i miei compagni d'armi!"

All'idea di quella nuova defezione, Lord Tumish quasi si strangolò con l'acqua che stava bevendo, ed era sul punto di appellarsi alla ragionevolezza di tutti, quando Lady Deothema, con la quale Rachilde aveva febbrilmente parlato fino a quel momento, riprese la parola.

"Ma cosa ho detto di male?" chiocciò placidamente. "Lo sanno tutti che i Senzaterra sono un pericolo! Non sarà per loro colpa, no, ma bisogna pensare a una soluzione! Questo volevo dire io, che è necessario prendere dei provvedimenti, dei provvedimenti severi".

Takab e Yets si alzarono contemporaneamente in piedi con un movimento rabbioso, Rachilde gemette, Piobs si svegliò con un sussulto dal suo pisolino e il Console, perso per una volta il suo famoso autocontrollo, invitò la Lady ad andare a spropositare da un'altra parte.

Con un chiocciolio sdegnato Deothema barcollò e cadde sulle grasse ginocchia di Lord Piobs, che, senza aver capito bene cosa era successo, stava alzandosi in piedi anche lui, ed entrambi finirono a terra in una confusione di gonne, zimarre, veli e sciarpe.

In quel momento, preceduto da un discreto colpo di tosse, fece il suo ingresso Bertrado Cordiera, che Tumish aveva mandato dietro a Xamir, con l'incarico di placarlo e riportarlo tra di loro.

"Chiedo umilmente perdono, Milord, ma non mi è stato possibile ottemperare al vostro ordine" annunciò, senza scomporsi. "Quando l'ho raggiunto, Sua Altezza Reale stava parlando con il segretario di Lord Freth e subito dopo si è allontanato con lui, senza darmi il tempo di aprir bocca. Non mi è parso il caso di interferire..."

"Avete fatto bene, mastro Cordiera" lo tranquillizzò il Console, rassegnato. "Manderò un messaggio al Principe, chiedendogli un colloquio privato e speriamo che riesca a calmarlo. Una lite con il capo dei Senzaterra non mi ci vorrebbe proprio, in questo momento! Ma vi rendete conto, Milady, di che cosa potreste aver scatenato? Se già considerate pericolosi i Senzaterra adesso, immaginateveli nostri nemici!"

Una mano sulle labbra, la donna indietreggiò, con un pigolio di paura, stando ben attenta questa volta a dove metteva i piedi, e intanto Rachilde osservò con voce meditabonda.

"Il segretario di Lord Freth... Chissà cosa voleva il Principe dalla Volpe delle Isole?"

"Damigella, non credo proprio che una riunione del Governo dell'Intesa sia il momento e il luogo adatto per spettegolare!" sbottò Tumish, ma, contemporaneamente, Bertrado spiegò, serafico.

"Oh, io ho sentito che chiedeva di parlare subito con Lord Freth, che aveva considerato bene la cosa e che riteneva possibile concludere la loro trattativa nel brevissimo periodo. Poi, come ho detto, si sono allontanati e non ho potuto sentire più niente" e uno sguardo di rammarico comparve nei suoi occhi celesti, mentre si inchinava e prendeva congedo, lasciando il Governo a discutere con rinnovata virulenza sulla notizia che aveva riferito.

L'arrivo di Astor Resejda troncò il dibattito.

L'antico ufficiale navigatore della *Procellaria*, diventato ormai da parecchio tempo il braccio destro del principe Xamir, era un poco cambiato da quando batteva i mari agli ordini di Iulo Lant, con l'animo avvelenato dall'odio verso il distruttore della sua terra. Fatto più saggio e riflessivo dagli eccessi che aveva commesso nel passato, molto spesso aveva mediato con successo tra l'irruente Ul Quoi e il pacato Console, e per questo Lord Tumish lo aveva chiamato.

L'equilibrio raggiunto si rifletteva anche nel suo fisico: gli occhi marroni brillavano, vivaci e intelligenti, nel volto che si era un poco arrotondato e che sfoggiava una sottile barba, castana come i capelli che aveva accorciato all'altezza delle orecchie. La sua zoppìa era ulteriormente migliorata, tuttavia zoppicava sempre, ma la cosa sembrava non disturbarlo, né attenuò il sorriso splendente con cui Rachilde Hadranos accolse il suo ingresso.

"Capitano Resejda, vi siamo grati di essere venuto subito, e ancora di più lo saremo se ci aiuterete a chiarire un... un malinteso, un doloroso malinteso, che ha oltremodo irritato il vostro Principe. Si tratta, come vi ho detto, di un disgraziato equivoco, ma Sua Altezza se ne è andato infuriato, e ora è a colloquio con Lord Freth".

La voce del Console, persuasiva e insinuante, morì in un sussurro mellifluo e Astor rise, capendo che, più che la sua opera di paciere, Tumish voleva conoscere da lui l'oggetto di quel colloquio, tuttavia scosse la testa.

"Ben volentieri, miei Signori, parlerò con il Principe per chiarire la situazione e non dubito che arriveremo a un accordo, ma non posso dirvi nulla sui suoi incontri con il Primo Ciambellano di Terracqua perché poco o nulla so".

Ragionamenti e lusinghe non gli fecero cambiare parere, però le sorridenti insistenze di Rachilde, francamente curiosa, riuscirono a strappargli che, a suo parere, si trattava di una faccenda personale e se ne andò in traccia del suo irascibile Signore, sperando di ridurlo a più mite consiglio.

I tentativi del Console, sempre molto preoccupato quando intravedeva il rischio di un cambiamento nel mal certo equilibrio della sua Intesa, ebbero molto più successo ricorrendo a Bertrado. In un paio d'ore lo storico, tutto tronfio per il risultato ottenuto con l'aiuto di due bottiglie di Dorato, fu in grado di riferire al Governo quanto aveva carpito dal segretario di Lord Freth.

"Si tratta del Principe Zelmir, miei signori, e della Regina Elear. Da qualche mese si sono susseguiti contatti e incontri per giungere a un matrimonio che unirà due delle più illustri casate delle Isole Dorate".

"E ridonerà un trono agli Ul Quoi!" puntualizzò subito Deothema.

"Già, e una terra almeno a parecchi dei loro uomini" rifletté il Console a voce alta, piuttosto soddisfatto che così si risolvesse almeno in parte il problema dei Senzaterra.

"È questo il punto, Eccellenza!" approvò Bertrado, e aggiunse con arguzia. "Ma è un punto dolente: Sua Altezza Reale il Principe Xamir non ha premura di concludere perché vuole ottenere le migliori condizioni possibili non solo per suo figlio, per il quale chiede il titolo di Re e poteri pari a quelli di Sua Maestà la Regina, ma anche per tutti quei Senzaterra che vorranno seguire i loro Signori a Terracqua".

"E la Volpe delle Isole invece cerca di concedere il minimo... Capisco. Ho idea che tra la prepotenza del principe e l'astuzia del Ciambellano, la regina resterà zitella ancora per un bel po'!" rise Rachilde, ma Bertrado si accarezzò il lungo naso con aria saccente.

"Così era fino a pochi giorni fa, Damigella" la contraddisse "ma ora le cose sono mutate. In seguito ai disordini del Consolato di Rutlandia, Lord Freth sta accelerando le ultime trattative per il matrimonio, ed è disposto a fare larghe concessioni. Infatti, lo stanziamento di almeno una parte dei Senzaterra a Terracqua, preteso dal principe e fino a ora contrastato da lui, è diventato adesso un punto a favore di queste nozze, perché darà a Terracqua una valida milizia contro eventuali aggressioni rutlane. Per questo il Primo Ciambellano è disposto a trovare una sistemazione per quella gente, e sembra che il principe Zelmir sia già a Terracqua".

"E che vadano! E con loro anche i loro principi spiantati con tutta la loro boria! L'erario ne sarà sollevato!" sbottò Lord Piobs e Lady Deothema gli fece eco.

"Poveretti, hanno tutta la mia compassione..." salmodiò nasalmente "ma staranno molto meglio a Terracqua, e molto meglio staremo anche noi".

"Signori, signori, vi prego! Non possiamo dimenticare quel che dobbiamo ai Senzaterra! Tuttavia... Bene, una soluzione di questo genere può essere conveniente per tutti".

Tumish di fregò le mani, con un mezzo sorriso; Piobs e Deothema sorrisero apertamente, mentre Rachilde si mordeva le labbra, perplessa, lei che aveva visto combattere i Senzaterra, e come lei incerti erano gli altri membri del Governo e più di tutti l'ammiraglio Yets che univa la preoccupazione per l'amico Zelmir ai dubbi sulla partenza dei Senzaterra.

Allora si alzò a parlare Takab, che rare volte ormai prendeva la parola; sul suo viso segnato aveva il disprezzo e la sua voce suonò aspra.

"Rallegratevi, dunque, perché coloro che ci hanno difeso se ne andranno a mendicare un pezzo di pane in un paese straniero. Ma pensate anche che il pericolo di Terracqua è il nostro pericolo! La posizione di Costa delle Onde non è dissimile da quella di Terracqua e, infatti, Lord Ridegher è qui per questo motivo. Andate a raccontare a lui, o agli abitanti delle Isole del Corallo e delle Conchiglie che stiamo per gettar via la loro più valida difesa!"

Senza una parola, Hezjià strinse la mano al generale e i ministri si divisero in due gruppi, l'uno attorno a loro e l'altro alle spalle di Piobs e di Deothema.

Nel mezzo rimase Lord Tumish, il sorriso congelato sulle labbra.

***

Tutte le sere, quando il sole era scomparso all'orizzonte anche se la cappa del caldo non accennava a diminuire, una fila di gente lasciava le proprie abitazioni e si dirigeva verso la grande Torre del Risanamento.

Molti avevano con sé panieri o bisacce, sperando nella generosità dei Magi, altri tenevano in collo i figli o sorreggevano i parenti malati per i quali cercavano i rimedi dei Guaritori, altri infine venivano solo per prosternarsi alla Dea, per implorare la fine di quella maledizione; ma, qualsiasi motivo li spingesse alla Torre, miserando era lo spettacolo di quella gente, una volta gioiosa e vivace, ridotta a un muto e malinconico corteo.

Dall'alto della veranda, anch'essa quell'anno spoglia di buona parte del suo rivestimento di foglie e di fiori profumati, Lady Aleja assistette a quella tacita processione che si rinnovava tutte le sere, mentre un senso di esasperata impotenza cresceva dentro di lei. Si volse allora a Todar che sedeva al suo fianco, la pelle del viso sudato bianca e fragile come una pergamena, il respiro affannato e le mani tremanti, ma le sue domande morirono in un sospiro.

Il vecchio Guaritore si era prodigato con ogni sua forza per contrastare l'ultima epidemia, che si manifestava con dolori, febbre altissima, edema alle mani e ai piedi e che quasi sempre aveva esito letale. Per giorni e giorni aveva raccolto erbe, preparato pozioni e ricercato incanti per riuscire a domarla e ora ne stava pagando lo scotto.

Aleja sospirò di nuovo... il suo vecchio maestro era assai anziano e temeva che ormai fosse vicino alla fine della sua vita.

Fu proprio lui che ruppe il silenzio.

"Abbiamo aperto alla popolazione i giardini e il bosco della Torre e tutti i giorni dispensiamo tra di loro farina, miele, carne essiccata e quanto i nostri orti e i nostri frutteti producono, ma non è mai sufficiente!" osservò. "E temo forte che presto anche le nostre riserve finiranno, e allora..."

"... e allora la Dea ci indicherà un'altra via per sostenere la sua gente. Dubiti forse tu, mio vecchio maestro?"

"No, divina Aleja. Però il mio animo è turbato da tanta desolazione e non posso fare a meno di pensare che nelle altre Isole e nelle altre terre la situazione è anche peggiore".

"Dici bene, venerabile fratello! Sono sempre più frequenti le notizie sul risveglio dei vulcani che da centinaia d'anni dormivano!"

"Nel regno di Tork ve ne sono già due che hanno ripreso l'attività e, benché per il momento le eruzioni non abbiano fatto danni, Lord Skalej ha ordinato di sgombrare i vicini villaggi. Altri profughi, altre miserie!"

"Molti dicono che invece il vulcano Fuoco ha già eruttato lava e lapilli, distruggendo case e uccidendone gli abitanti. Il Fuoco di Idragor, che si credeva spento!"

"Due vulcani a Tork, che fu il regno di Sighart e uno a Idragor, proprio dove scomparve Valmar..."

Nella vecchia voce di Todar tremava una speranza, una richiesta, ma Aleja chinò la testa e si allontanò d'un passo, muta.

$$***$$

Eppure quel nome era ormai sulle labbra di tutti, perché la credenza popolare voleva a tutti costi vedere una connessione tra le attuali sciagure e la condanna del più potente Magio che mai Thelene avesse conosciuto.

Questa voce era cominciata nei crocchi delle donne che cercavano un refrigerio all'incessante calura sulla soglia di casa o nei cortili, poi era corso di barca in barca tra i pescatori in vana attesa di una buona pesca. L'avevano ripresa e portata in giro i Liberi Naviganti, avvalorandola con i loro racconti di fatti di terre lontane, ne discutevano con timore artigiani e mercanti nelle loro botteghe vuote o nelle strade assolate e ne parlavano contadini e pastori cercando intanto un introvabile rimedio all'arsura dei campi.

Dappertutto ormai si sentiva dire che la condanna del Duca di Norlandia aveva portato male al paese, perché, qualunque fossero state le sue colpe, egli era due volte Consacrato e il suo Potere era immenso, né certo senza motivo l'Uno glielo aveva concesso.

"Persino alla Torre ammettono che mai è esistito un Magio, o uno Stregone più potente di lui!"

"Chissà cosa credeva di fare, quello stupido del nostro Console, mettendolo al bando!"

"Ha chiamato la rovina sul paese, ecco tutto!"

E più prendeva piede l'idea che le attuali sciagure fossero una punizione per la sua condanna, o vi fossero quanto meno connesse, più cresceva il malanimo verso Tumish.

Nessuno rammentava più, o non voleva rammentare, che il processo a W'Unker era stato chiesto a gran voce da quello stesso popolino che ora imprecava, e neanche tanto sottovoce, contro chi l'aveva reso possibile. Non ricordavano che avevano tentato di linciarlo e, se qualcuno vi accennava, alzavano le spalle, invocando "i soliti facinorosi" o accusando il principe Xamir Ul Quoi, la cui popolarità stava scemando a vista d'occhio.

E se il Principe, preso da tutt'altri problemi, non sentiva o sprezzava con l'abituale alterigia quelle voci, Lord Tumish, cui qualche benintenzionato non mancava mai di riferirle, cominciò ad esserne preoccupato.

Che diamine – si ripeteva dieci volte al giorno – lui non era un Signore delle Isole con un regno ereditato dagli avi, lui la sua posizione se l'era faticosamente costruita in trent'anni di assiduo lavoro; era Console designato, e il suo perdurare nella carica dipendeva dal favore popolare... che al momento non era al massimo.

Doveva trovare qualcosa che calmasse, distraesse, ma soprattutto soddisfacesse i suoi volubili, incostanti concittadini, qualcosa che ricordasse loro i successi mietuti sotto la sua guida, che rinsaldasse la loro incerta fede nell'Intesa da lui voluta, che li inorgoglisse... e che non costasse molto all'erario, se no Lord Piobs avrebbe bloccato ogni progetto.

Nessun atto formale era seguito al ritiro dell'esercito e della flotta norlese dalla Isole Dorate...

Rifletté a lungo, poi suonò per un valletto e gli ordinò di convocare Lord Takab.

Un'ora dopo il generale, accaldato e boccheggiante nonostante che la sua casa non fosse molto lontana dalla Piazza della Vittoria fece il suo ingresso nello studio di Tumish, asciugandosi la fronte con un fazzoletto.

Il Console lo fece accomodare, ordinò dei rinfreschi, commentò il caldo e la siccità e intanto continuò a scrutarlo di nascosto, un poco incerto, valutandone i cambiamenti fatti dal giorno in cui il segreto di W'Unker era venuto alla luce.

Era tutto grigio, ora, e smagrito; rughe profonde gli segnavano il viso e gli occhi chiari avevano uno sguardo smarrito, incerto, ma più ancora era mutato il suo atteggiamento.

Era sempre stato un uomo di poche parole, però chiare e decise, ma ora sembrava sempre incerto, come se non si fidasse più di sé e del suo giudizio. Difficilmente ormai prendeva la parola in Consiglio, e anche in quel caso pareva farlo più per dovere che per convinzione, ed era difficile incontrarlo al di fuori delle occasioni ufficiali perché passava tutte le sue giornate solo, chiuso nel palazzotto che aveva condiviso con il morto Parvit.

Ascoltandolo rispondere a monosillabi alle sue frasi cortesi, le spalle chine e gli occhi persi, il Console dubitò della sua scelta. L'uomo che aveva davanti era un uomo consumato da un rovello interiore, che difficilmente avrebbe potuto condurre in porto delle difficili trattative.

D'altra parte, non aveva altra scelta: l'ammiraglio Yets era troppo vicino agli Ul Quoi, Lord Piobs non avrebbe neppure preso in considerazione l'idea di imbarcarsi in una simile avventura, delle due donne meglio non parlare!

Solea, ecco, ci sarebbe voluta, la sua Solea, intelligente e accorta quanto bella, che con il suo spirito e il suo fascino avrebbe saputo trovare la strada per ottenere un trattato di pace con la Norlandia tale che li mettesse al sicuro da altri attacchi, che tornasse a suo onore e magari anche che li aiutasse a superare le difficoltà contingenti mediante un sostanzioso pagamento per i danni di guerra.

Pensando così sospirò, inconsolabile per la perdita dell'unica donna che aveva sempre amato e che alle sue nozze aveva preferito una specie di esilio a T'Ahai... E a questo punto le parole garbate che stava rivolgendo a Takab gli si bloccarono in gola: aveva trovato la soluzione!

Una soluzione che non solo avrebbe dato una possibilità di successo alla missione in Norlandia, ma che anche gli avrebbe permesso di riavvicinare la sua Solea ... e chissà!

Si schiarì la voce e riprese, con fare autorevole. "Ah, perdonatemi, Lord Generale! Con questo caldo non so più dove ho la testa! Vi tengo qui a chiacchierare di sciocchezze, quando invece vi ho chiamato per conferirvi un importante incarico".

Lo guardò, sperando in un cenno di interessamento, che non venne; strinse i denti e continuò. "Si tratta della Norlandia. Vedete..."

Si interruppe bruscamente, perché Takab aveva rialzato la testa e lo fissava con indubbio interesse.

"*Bah! Vallo a capire!*" pensò, e riprese in fretta. "È ormai necessario che venga firmato un trattato di pace. Sì, lo so: in questo momento, a quanto pare, la situazione in quel paese è quanto mai confusa. Lord Raint e Lord Selter affermano di averlo in mano, ma i loro diritti sono alquanto dubbi e inoltre..."

Si interruppe di nuovo: Takab si era alzato a mezzo dalla seggiola e il suo viso esprimeva un'insolita animazione.

"Ci andrò, Milord!" esclamò, inaspettatamente. "Ci andrò. La Norlandia, il regno di... E forse Lui... Sì, sono pronto a partire anche subito".

Sollevato, anche se alquanto dubbioso, il Console gli fece un amichevole sorriso.

"Oh, non tanta premura!" lo fermò. "Dobbiamo prima parlare, accordarci, discutere le condizioni, e debbo assicurarvi un degno compagno, anzi, una degna compagna, un'abile diplomatica che sappia smussare i rancori e la rabbia dei vinti nel vedersi davanti uno dei loro vincitori: Lady Solea Min da Montaldo. È appena arrivata a Wan Tunhe per esporre la situazione di T'Ahai e per chiedere un Guaritore a Lady Aleja. L'ho già vista, ma non ho ancora avuto il modo di parlarle". Sarebbe stato più esatto dire "*il coraggio*", ammise tra sé e sé, tuttavia continuò. "Ma ora lo farò. Sì... Voi preparatevi, io andrò da lei e le parlerò, subito".

Fu così che, sul calar della sera, Lady Min, uscita in cerca di refrigerio nel giardino della sua villa bianca, si sentì annunciare, e si vide subito dopo davanti, il suo vecchio fidanzato, quasi due anni dopo che l'aveva sdegnosamente respinto.

Nonostante il caldo, l'uomo indossava sopra i vestiti la toga della sua carica e portava sul petto le insegne di Primo Console; riteneva di avere un aspetto nobile e dignitoso, e tutto si sarebbe aspettato salvo la franca risata con cui la sua dama lo salutò.

"Nevir, non so se speravi di farmi colpo, presentandoti così conciato, o se avevi paura che ti facessi cacciare se non mi venivi davanti parato da console! In ogni modo, cavati subito quella specie di imbottita e tutte quelle sciarpe, o ti verrà un accidente! Sei già rosso come un peperone!"

Dicendo così e continuando a ridere chiamò Marva, sempre più grassa e impettita, le ordinò dei rinfreschi e le consegnò la roba che il Console, obbediente, si era tolto.

"Ebbene, cosa ti porta dopo tanto tempo alla mia casa?" gli chiese in tono provocatorio dopo averlo fatto sedere vicino a lei. "Dubito che tu sia venuto qui per parlare di T'Ahai, dopo che non hai neanche risposto alla mia petizione perché ne fosse riconosciuta l'indipendenza. No, ovviamente. Vuoi qualcosa da me, certo. Ma cosa?"

Il piedino calzato di una pianella bianca picchiò nervosamente a terra e i lunghi occhi verdi interrogarono, impazienti; ma Nevir Tumish boccheggiava, e non era solo il caldo a produrgli quell'effetto.

Dama Min indossava una lunga veste bianca sciolta, di lino leggerissimo, all'uso di Arso, riccamente decorata in oro al collo e alla fine delle larghissime maniche che lasciavano ampiamente scoperte le belle braccia tonde della donna; quel candore faceva risaltare il caldo colore della sua pelle, dorata dal sole di T'Ahai, e lo splendore dei folti capelli neri pettinati in un grosso nodo alto sulla nuca.

Tumish la guardò incantato, senza riuscire a togliersi dalla testa il pensiero che quella donna stupenda avrebbe potuto essere sua moglie da tempo... se, in qualche modo, Valmar D'Aurel non avesse rovinato il loro accordo.

Ma, visto che l'espressione della dama stava cambiando pericolosamente dall'interrogativo all'impaziente, riprese in fretta il controllo di sé e cominciò ad esporre il suo piano.

Si trattava di accompagnare il Generale Takab in Norlandia e là cercare di concludere un conveniente trattato di pace.

"*Vantaggioso... ovvio*" meditò la Dama, riflettendo che questo forse era il modo di assicurarsi l'appoggio del Console per la sua Isola, e anche di avere notizie e forse di essere di aiuto a Giselda e ai suoi, dei quali non sapeva più nulla da quando avevano lasciato Terracqua. Inoltre la stuzzicava il pensiero di riprendere ancora una volta il suo vecchio ruolo di mediatore in una complicata trattativa di pace... alzò la testa verso il suo vecchio adoratore e sorrise, annuendo.

"Potrei accettare, Milord," l'incoraggiò "ma ci sono molte cose da chiarire. In primo luogo, ho i miei doveri verso T'Ahai..."

"Potete contare su di me! Vi assicuro..."

"Benissimo, allora ci intenderemo" lo bloccò, pensando però che se credeva di potersela cavare con qualche vaga promessa sbagliava: avrebbe dovuto darle precise garanzie. "Ritorneremo poi su questo particolare" continuò con buona grazia. "Ora vediamo il problema più grosso. Chi sarà la mia controparte?"

Tumish allargò le braccia.

"Mia Signora, corre voce che la Norlandia sia in piena guerra civile, ma sono notizie vaghe, spesso contraddittorie. La lontananza e l'abituale isolamento di quel popolo non ci aiutano certo a capire chi veramente eserciti il potere dopo il... la... uhm... Dopo che il Duca di Rocca d'Ombra l'ha lasciata. Non ha eredi... Cioè..."

Di nuovo risuonò il riso squillante di Solea che lo fermò, mettendogli la mano sul braccio.

"Basta, basta, Nevir! Sappiamo tutti chi sia il Duca e chi i suoi figli, che certo non stanno lottando per il trono di Norlandia..."

Si fermò anche lei, perplessa a sua volta.

A quanto sembrava, però, Lord W'Unker, sia pure forse contro sua volontà, stava tornando nel suo antico regno, e lo seguivano con due diverse navi i suoi due figli ed eredi. Ai suoi occhi si stava delineando uno scenario interessante, e posò di nuovo la bella mano quadrata e forte sul braccio dell'estasiato Console.

"Ci andrò, Nevir" decise "e farò del mio meglio, ma voglio carta bianca".

"Ma certamente, certamente! La mia fiducia in te è piena, assoluta!"

"E in ogni caso ci sarà anche il generale Takab a tenermi d'occhio, vero?" Non aspettò una risposta, e continuò, già investita della sua parte. "Cominceremo a trattare con quel porco di Raint e con il suo inetto complice, il traditore Selter, visto che si arrogano il titolo di reggenti, e poi... Vedremo".

La discussione durò a lungo, anche perché il Console l'avrebbe volentieri prolungata all'infinito, tanto che alla fine la Dama lo invitò a fermarsi a cena con lei e, durante il pranzo, portò vittoriosamente a termine la sua opera di seduzione ottenendo da lui l'impegno scritto di appoggiare pubblicamente l'indipendenza di T'Ahai.

"Appena saremo riconosciuti come stato sovrano, entreremo a far parte dell'Intesa" tubò, intascando la pergamena con la sua promessa. Poi, per far vedere che era pronta a fare la sua parte, gli annunciò che era disposta a partire entro la settimana.

Dieci giorni dopo i due ambasciatori plenipotenziari, muniti di tutti i documenti necessari a dimostrare che avevano pieno potere di trattare per concludere la pace a nome dell'Intesa, si imbarcarono sulla *Farfalla*, una veloce nave di Terracqua che più facilmente di un'imbarcazione isolana avrebbe ottenuto di entrare nel porto di Tharnon.

Assieme a loro, attonito per tanta sciagura, viaggiava anche mastro Bertrado Cordiera. Invano il tapino si era appellato ai molti e imprescindibili impegni di lavoro che, a suo dire, gli avrebbero impedito di lasciare Wan Tunhe: la sua tanto vantata conoscenza del norlese e dei dialetti locali, unita ai mirabolanti racconti che aveva detto e ridetto sulle sue avventure in quel paese, giocarono inesorabilmente in suo sfavore; e così, la mattina della partenza, dovette presentarsi, mogio e dimesso, all'imbarco.

"Lingua lunga chiama i suoi guai!"

Solea lo accolse prendendolo in giro con il noto proverbio e Takab, ridacchiando sotto i baffi, cercò di consolarlo dicendogli che almeno si sarebbe lasciato alle spalle l'afa dell'isola.

Ma lo storico guardò fissamente i due buglioli, pronti all'uso, e il piatto con i limoni che la Dama, previdente, gli aveva fatto portare in coperta e rabbrividì, muto.

La *Farfalla* aveva appena superato Persko, che il cielo a nord di Wan Tunhe fu solcato da una fiammata rossa... il vulcano Vampe, posto al confine tra Lokart e Costa delle Alghe, si era destato dal suo sonno centenario e una colata di lava minacciava i pascoli e le case vicine, mentre una pioggia di finissimi lapilli cadeva intorno, incendiando e distruggendo i già scarsi raccolti.

***

Sorgeva l'alba, e tre imbarcazioni, adorne di fiori e drappi, scivolavano leggere sul mare intensamente azzurro verso Bosco Sacro, appena sospinte dai remi, perché, benché le acque fossero immobili, un segreto flusso traeva i Magi verso l'isola.

Dai vasi d'alabastro e d'argento, che ciascuna di esse aveva a bordo, si levavano fumi d'incenso e fiori venivano gettati a piene mani da ampie ceste di vimini intrecciate con nastri argentei, sicché il corteo avanzava avvolto in una nube profumata e leggera.

La barca di Aleja precedeva le altre due, portando i tre vessilli della Luce, e sulla sua prua stava in piedi la Prima Consacrata, i pallidi capelli sciolti sulla schiena appena coperti da un leggerissimo velo argenteo, fissato sulla fronte dal cerchio dorato della sua incoronazione, e sul petto portava la gemma lattea, emblema della sua carica. Tra le lunghe mani diafane reggeva una coppa gemmata, contenente le foglie incantate del qwitor e del xirker, le erbe sacre ai Magi, a simboleggiare l'antico Mistero che si apprestava a celebrare.

Infatti, dopo giorni di incertezze, la Maga aveva deciso di accogliere la richiesta del Console e la preghiera di tutte le Isole Dorate di interrogare le Tre Pietre, secondo un rito antichissimo, da secoli desueto.

Alle spalle della Prima Consacrata, Lyri, vestita di verde e di grigio, sciolti i capelli color miele, riprendeva con timbro dolce e pieno il canto che Aleja aveva intonato con la sua alta voce chiara e Hillia, che ancora indossava l'abito degli allievi, il viso chino tra i riccioli bruni, le accompagnava suonando una grande arpa, seduta ai loro piedi; dietro di lei Ruel e Torval, ambedue ormai in veste di Guaritori Consacrati, guidavano il coro dei giovani Magi che sedevano nella barca.

Subito dopo l'imbarcazione di Lady Aleja veniva un'altra barca, sulla quale trovavano posto i Magi più anziani e autorevoli, ma non era Lord Todar a guidarne il canto, bensì Lenart. Il vecchio Magio, infatti, ormai allo stremo delle forze, da alcuni giorni non lasciava più il letto; tuttavia era ancora perfettamente cosciente e aveva voluto ugualmente prender parte alla cerimonia. Non riusciva più a unirsi al canto dei confratelli, ma dentro al suo cuore bruciava una presaga speranza: credeva, voleva credere che durante il rito, uno dei più sacri che i Magi conoscessero, la sua preghiera per Colui che era caduto, trovasse la via per raggiungere la Luce, e che le Tre Pietre indicassero anche il cammino verso la redenzione per l'Apostata. E mentre, muto e vigile, chiedeva la grazia del rimorso e dell'espiazione per colui che era stato il suo allievo prediletto, sapeva che la stessa fervida preghiera bruciava in altri due cuori, che lui stesso aveva cresciuto e guidato alla Dea.

La terza barca portava allievi e postulanti, assieme a tutti quei Magi Guaritori che dalle terre in cui svolgevano l'opera della Dea erano convenuti a Bosco Sacro per chiederne l'aiuto contro il dilagare dei mali oscuri che le affliggevano, e tutti unirono le loro voci in un canto, grandioso per la fede e il Potere.

A una certa distanza li seguivano barche vivacemente dipinte, di tutti i tipi e di tutte le dimensioni, infiorate e adorne, sulle quali si accalcavano gli Isolani, suonando e cantando anch'essi in onore della Luce e della sua Prima Sacerdotessa e recando i doni e le preghiere di tutta la loro gente. Giunti in vista dell'isola, si fermarono disponendosi a cerchio, attorniando le barche dei Magi come una corona fiorita, e gettarono a mare i fiori e i verdi rami che avevano raccolto per offrirli alla Dea; poi le tre snelle imbarcazioni toccarono le rive sacre e da là Aleja tese le braccia verso la gente ferma nelle barche.

"Popolo delle Isole, popolo della mia terra!" li esortò "Il mare porterà a queste sponde sacre le vostre offerte, e alla Dea sono già saliti i canti e le preghiere dei vostri cuori. Andate ora, e supplicate la Luce Divina di guardare con benevolenza al rito segreto che mi dispongo a celebrare, perché se le preghiere vostre e mie, saranno accolte, all'alba di domani conoscerò l'oracolo delle Tre Pietre, e con esso avremo una risposta per i mali che affliggono Thelene".

Mentre le barche degli Isolani prendevano il largo e i canti e le preghiere si spegnevano al malsano bagliore del sole malato ormai sorto, i Magi si diressero verso la fonte, notando intanto come anche in quella strana estate malefica lo splendore di quel luogo fosse incontaminato.

L'erba sotto i loro piedi era soffice e verde, i fiori splendevano per mille colori, gli alberi rigogliosi mostravano i loro frutti e dalla fonte limpida scendevano, ricchi d'acqua cristallina, i tre rivi.

E tuttavia qualcosa era cambiato anche là: i raggi del sole che penetravano attraverso l'intricata verzura e le folte chiome degli alberi erano velati, né si udiva il soffio della brezza o il canto degli uccelli o il frinire dei grilli, come se l'Isola fosse stata preservata dalla corruzione che devastava tutta Thelene, ma proiettata in un mondo diverso, fuori dai confini di quello dei viventi.

Turbata, pure Aleja officiò il rito, né alcuno dei suoi osò dare voce alla propria inquietudine e, al calar della notte, le torce e i sommessi canti supplici dei Magi accompagnarono la Prima Consacrata fino all'ingresso della cripta delle Tre Pietre. Là invocarono su di lei la misericordia della Dea perché le facesse da tramite all'inconoscibile potenza dell'Uno. Non appena il canto si spense in un lungo mormorio, Aleja prese dalle mani di Todar il calice gemmato contenente una potente mistura di qwitor e lo bevve di un sorso.

Quindi si volse alla massiccia pietra grigia che sigillava la cripta e vi appoggiò le diafane mani, sussurrando la formula che avrebbe dovuto dischiuderla, se questa era la volontà della Dea.

Passò un lungo minuto poi lentamente, senza il minimo rumore, la grande roccia scivolò di fianco, svelando una tortuosa scala che pareva perdersi nelle viscere della terra.

Allora tutti i Magi, uno alla volta, spensero la loro torcia e arretrarono d'un passo, salutando la Prima Consacrata con le parole dell'augurio e della speranza.

Aleja restò sola nelle sue vesti scintillanti davanti alla cavità buia, ma dopo qualche minuto dalle pareti cominciò a irradiarsi una lieve luce bianca e, guidata da quella fievole luminosità, la Maga cominciò a scendere lentamente la scala; dietro di lei, silenziosa come si era aperta, la pietra rinserrò l'ingresso della cripta e i Consacrati si prepararono a passare la notte in preghiera, inginocchiati attorno alla rupe.

Accompagnata da quel vago baluginare, la Sacerdotessa scese fino all'ampia sala, dove i Magi conservavano arredi sacri e erbe segrete per i loro incanti, e poi ancora più giù, fino al sotterraneo dove, su un basamento di marmo bianco, era deposta l'urna con le ceneri di Lord Haldhorf, suo maestro e predecessore. Vi si fermò brevemente, ma subito sentì che l'azione del qwitor cominciava a fare effetto su di lei, sicché riprese la via, giù, sempre più giù, rabbrividendo un poco nei suoi abiti di seta sottile, perché l'aria si era fatta sempre più fredda e nulla più ormai ricordava il caldo spossante e il bagliore del sole che aveva lasciato sulla superficie.

La scala terminò davanti a una lastra di marmo grigio, dai contorni troppo regolari per essere opera della natura. Infatti, come la Maga posò le mani su un incavo della roccia, mormorando la frase rituale, la pietra si aprì silenziosamente, permettendole di scendere gli ultimi gradini e di entrare nella cripta delle Tre Pietre. Si trovò in un ampio spazio, i cui confini si perdevano nella semioscurità che vi regnava, scandito da quelle che a prima vista sembravano snelle colonne irregolari, ma che erano invece stalattiti, le cui superfici scabre brillavano lievemente.

Quella luce era l'unica che rischiarava la grotta, perché il lieve bagliore che aveva fino allora guidato Aleja si era spento, tuttavia le permise di vedere, al centro delle sala, un alto altare finemente scolpito e lavorato, sul quale, sopra una preziosa coltre, era posto uno scrigno d'oro massiccio, su cui erano incisi simboli arcani.

Verso quello la Sacerdotessa tese le mani, pregando, poi l'aprì decisa e sul velluto che ne ricopriva l'interno vide brillare le Tre Pietre sacre, simbolo dei tre Ordini della Dea e dei tre volti della Luce.

La discesa, la semioscurità, l'improvviso freddo e il qwitor avevano già confuso i sensi della Maga, prima ancora che il bagliore delle pietre salisse di intensità fino a diventare insopportabile per occhi umani. Aleja cadde in ginocchio, coprendosi il viso, mentre il bagliore diventava fiamma, una fiamma bianca che si divideva di nuovo in tre vampe... e tra queste vide tre donne.

Diverse, erano, eppure uguali, immerse in quel fulgore sovrumano, fatte di Luce nella Luce. Attorno a loro la caverna non esisteva più: erano in un infinito oceano luminoso, in un cielo sfolgorante, e quel chiarore permeava tutti i sensi di Aleja, che lo sentiva scorrere nelle sue vene, riempire il suo corpo, scintillare nei suoi capelli, fino a che anche lei divenne una scintilla luminosa in un mare di Luce.

Ora le tre forme luminose non erano soltanto davanti a lei, erano in lei e a loro si aprì, offrendo tutta la sua mente, perché ne leggessero il dolore e i dubbi che l'avevano portata ai loro piedi.

E le parole della risposta vennero a lei come musicali onde di luce, note ineffabili che mai orecchio umano aveva inteso, che mai voce umana avrebbe potuto intonare, eppure comprensibili alla sua mente, ora sublimata, persa in quell'oceano di Luce.

Avvolta, smarrita in quella musica inebriante, in quello scintillio sovrumano seppe che mai avrebbe potuto ridire, riportare ai suoi quel canto divino, mai avrebbe potuto spiegare ciò che le tre Fiamme palpitanti le stavano svelando, ma nello stesso momento seppe anche che l'Oracolo avrebbe saputo prendere forma e struttura tale da essere compreso dalla piccolezza della mente umana. Si abbandonò allora palpitando a quell'incredibile momento, senza più chiedere, conscia che tutto l'animo suo era nella Luce, che ogni segreta domanda del suo cuore giaceva nel grembo della Dea e che da lei avrebbe avuto risposta. Le parve poi di galleggiare in un mare scintillante di stelle, cullata, sospinta da onde sfavillanti, mentre nelle orecchie le tre voci divine formavano un unico canto che si abbassava, si abbassava sempre di più, si confondeva con il mormorio dei flutti, con il battito del suo stesso cuore, con il suo stesso respiro affannoso.

Si svegliò prona davanti all'altare, sul quale lo scrigno aperto mostrava tre pietre preziose di insolita grandezza e luminosità.

Tre pietre, nient'altro.

Ma nel cuore di Aleja stava ora, come fosse stato scolpito, l'oracolo, la risposta che era venuta a cercare, spinta dalle preghiere di tutte le Isole... e non solo quello.

Mentre scriveva le parole che cantavano ancora dentro di lei e le pareva che un'altra mano guidasse la sua sulla pergamena, seppe anche che la Dea aveva visto profondamente nel suo cuore e aveva dato risposta anche a quella domanda che mai avrebbe osato fare.

Una tremenda risposta, pure l'annotò, e con piede incerto prese la via del ritorno, ma sulla porta si fermò, fremendo. Quando era entrata non c'era nulla nella cripta, salvo l'altare con lo scrigno, ma ora, a terra, giaceva un ramo spezzato, contorto, già disseccato eppure ancora vigoroso. Lo fissò a lungo e sentì le lacrime salirle agli occhi, perché quella morta fronda sembrava riaffermare il sinistro auspicio per Colui per il quale invano aveva pregato; tuttavia, cercando una speranza nella disperazione, lo raccolse e l'avvolse nel velo argenteo che si tolse dal capo.

Uscì, risalì la lunga scala e attraversò le stanze segrete, mentre le porte si aprivano davanti a lei, e finalmente ritornò alla luce del giorno, nel cerchio dei suoi confratelli che l'avevano attesa in preghiera per tutta la notte.

***

L'emiciclo dell'Assemblea era stipato fino all'inverosimile: solo nel giorno in cui Lord W'Unker era stato tratto innanzi al Governo e al Parlamento dell'Intesa per ricevere la grazia si era vista tanta folla!

Nel palco centrale erano presenti quasi tutti i membri del Governo dell'Intesa, sui palchi laterali si assiepavano gli ambasciatori e gli ospiti di altri paesi e nel palco alla destra del Governo, di solito lasciato sprezzantemente vuoto, faceva bella mostra di sé la testa lucida e calva di Lord Propeanus Gaulter, il Primo Giudice dell'Alta Corte di Giustizia, accompagnato dagli altri due ossequienti giudici.

Sulle gradinate si ammassavano non solo tutti i membri della Dieta delle Isole e della Camera delle Confraternite, ma anche altre persone, membri dei Governi locali o delle varie Fratellanze, e ai piedi delle scalinate avevano trovato posto tutti quei cittadini di Wan Tunhe che si erano sobbarcati ore e ore di coda per poter entrare nella sala e assistere a quella seduta, che tutti ritenevano di importanza vitale per il paese.

Ma Aleja non era seduta nella loggia destinata ai Magi Consacrati, né aveva preso posto in seno al Governo, come Lord Tumish aveva predisposto e avrebbe desiderato: la Prima Consacrata stava ritta ai piedi delle logge, davanti alla folla che l'acclamava, il viso sottile e composto levato verso il palco del Governo.

Dal momento in cui era entrata, era caduto un silenzio insolito e gli occhi di tutti si erano rivolti a lei, aspettando dalle sue labbra il verdetto della Dea.

Beandosi di quel raro momento di quiete, il Console prese la parola.

"Lady Aleja, permettetemi prima di tutto di ringraziarvi a nome di tutte le Isole e mio. Il compito che su mia preghiera vi siete assunta..."

"Sono la Prima Consacrata e ho fatto quello che la mia carica mi imponeva, su richiesta di tutte le Isole" lo interruppe la Maga e la sua voce era fredda, benché il suo viso non tradisse emozione alcuna.

Interdetto, Lord Tumish girò rapidamente le due prime pagine dello scartafaccio che aveva sul leggio e passò al succo del suo intervento.

"Poiché, con il coraggio e l'abnegazione che vi sono proprie, avete voluto affrontare i rischi connessi con un'evocazione che..." proclamò con voce vibrante, ma Aleja lo interruppe di nuovo.

"Ho chiesto lumi e aiuto alla Dea, Madre di pietà; e se me lo permettete, Milord, vorrei darvi subito il suo responso".

Rassegnato, anche perché nella sala cominciava a serpeggiare il ben noto rumore di sottofondo, infallibile precursore di una serie di urla di protesta contro di lui, Lord Tumish rinunciò al suo discorso, le fece cenno di procedere, s'inchinò e si sedette, un bel sorriso stampato in faccia.

"*Magi!*" pensò stizzosamente "*Tutti uguali... neanche questa è di pasta tenera! E in ogni modo che siano rese grazie alla Dea per averci mandato lei e non quel sanguinario guerrafondaio di W'Unker, o D'Aurel o come diavolo si farà chiamare ora! Meno male che qui non si sentirà più parlare di lui*".

Due minuti dopo, sussultò sul suo scranno, vedendo rimpicciolirsi e sparire anche questa sua speranza.

Infatti Aleja, nel completo silenzio subito ripristinatosi, stava recitando lentamente, con voce dolce e sonante.

"Empia una mano disciolse i sigilli,
Sacrilega mente infranse gli editti,
Blasfemo un canto i Dormienti destò;
Dischiuso fu alle Tenebre il varco.

Chi le parole conosce del canto?
Qual man rinchiude il varco violato?
L'Oscura Potenza chi, con il sangue,
Nel Caos ricaccia, e pone il suggello?

Quegli che già fu Scudo e Flagello
E tramite e varco alle Tenebre è;
Quegli che doppia corona ricinge,
Sacro alla Luce e a l' Ombra votato,

La già percorsa tenebrosa strada
Ripercorrer dovrà, e con l'antica
Di Potere parola ricacciare
Nel Nulla eterno l'Ombra che evocò".

Alle sue parole seguì un attimo d'attonito stupore e silenzio, poi dalle logge, dalle scalinate, fino giù tra la folla assiepata passò un lungo mormorio, simile al suono del vento foriero di tempesta tra i rami di un bosco, e il mormorio divenne un nome che nessuno osò pronunciare a voce alta. L'oracolo non era chiaro, ma per tutti aveva già rievocato la tragica figura di Lord W'Unker, con i suoi sinistri misteri e il suo spaventoso Potere.

Lord Tumish strinse i denti, apprestandosi a incassare l'ennesimo colpo della malasorte, e chiese una spiegazione con voce controllata, sperando ancora in un equivoco.

"Divina Aleja, oscure sono le parole della Dea alle nostre orecchie di profani! Prima che qualche sprovveduto si arroghi il diritto di interpretarle, illumina tu la nostra ignoranza".

Per un attimo, solo per un attimo, sul viso della Maga passò un sorriso quasi di irrisione.

"Credo che tutti i tuoi concittadini abbiano già intuito ciò che ti posso dire io, e il resto dovrai fartelo spiegare da colui che è stato bandito, se mai Lord W'Unker accetterà di tornare nelle Isole!" gli rispose con voce quieta, poi tacque ancora un attimo e i suoi occhi s'oscurarono, mentre ricordava l'altra profezia, la risposta alla sua muta domanda, ma si dominò e concluse con fermezza. "Perché, se oscuro è il ruolo che ora è chiamato a svolgere, è chiaro invece che a lui si riferisce la terza strofa...

Lui fu chiamato prima Scudo e poi Flagello delle Isole, e lui solo, in tutta Thelene, è gravato dal serto di una doppia Consacrazione. Lui solo, quindi, ha il Potere di por fine alle sciagure delle Isole".

"*Già... ma bisognerà vedere se ne avrà anche la voglia! E a che prezzo!*" pensò amaramente il Console, ringraziando la Sacerdotessa, e il secco rumore di una porta sbattuta sottolineò il pieno disaccordo di Lord Propeanus, che aveva lasciato bruscamente il suo palco, con il fedele codazzo di colleghi al seguito.

Intanto, gli Isolani presenti si erano riscossi e da una scalinata all'altra cominciarono a volare commenti, illazioni, consigli. Nella loggia del Governo il principe Xamir informò l'ammiraglio Yets, e tutti i presenti, dato il timbro vigoroso della sua voce, del suo completo sconcerto e disappunto; Lady Deothema, aggrappata alla manica della toga di Lord Tumish, continuò a sussurrargli in un orecchio, in un bisbiglio nasale. "È inconcepibile! Inconcepibile! Ci deve essere un errore... Un grave errore!... O forse Lady Aleja si è confusa".

Rachilde cercò di aggirare la grande massa di Lord Piobs, che gemeva accasciato sul suo seggio, per raggiungere Hezjià e sentire il suo parere, mentre sul fondo gli altri membri si stavano già dividendo in due gruppi: coloro che volevano richiamare il Duca, e davano del miscredente a chi li contraddiceva, e coloro che giuravano di preferire la morte allo scendere a patti con W'Unker, e davano del traditore vigliacco a chi non era d'accordo con loro.

Cercando di liberarsi la manica dalla stretta di Lady Deothema, Tumish disse una mezza parola di assenso a Xamir, la cui furia aveva imparato a temere, e una mezza in appoggio a coloro che volevano il Duca a Wan Tunhe, e subito però modificò il suo consenso con una serie di condizioni che fecero sorridere chi quel ritorno avversava, frugando intanto con lo sguardo sulle scalinate e tra la folla per capire quale parere avesse la maggioranza.

I segretari, le mani piene di carte, continuarono a correre da un membro all'altro della Dieta, perché tutti volevano informare immediatamente il loro Paese del responso dell'Oracolo e ognuno pretendeva di avere la precedenza sull'altro. Nei banchi delle Confraternite Gama Toreg applaudì a gran voce al ritorno di D'Aurel, attirandosi una sequela di epiteti dai suoi colleghi, il più gentile del quale lo definiva "*pirata e bandito*".

Ma molte voci insorsero in difesa del Libero Navigante tra i comuni cittadini presenti, che forse più dei membri dell'Assemblea avevano sofferto in quei giorni per il caldo, le malattie e la carestia. Infatti, se grande era stato l'odio verso il Duca d'Ombra, la sua terribile storia prima, e ora la speranza che potesse in qualche modo aiutarli, smorzarono ricordi e rancori. Qualcuno ricordò a voce alta che grande era stato il Dono concesso a Valmar D'Aurel, e più grande ancora il Potere di Lord W'Unker... era quindi verosimile che in lui ci fosse la forza di contrastare il maleficio che aveva colpito le Isole! Altri però rigettarono quest'idea, insinuando che, se mai fosse tornato nelle Isole, l'Artiglio di Fuoco lo avrebbe fatto solo per vendicarsi.

Prima che la tempesta scoppiasse, Lady Aleja prese congedo e se andò assieme ai suoi, seguita dallo sguardo invidioso del Console, che quella tempesta avrebbe dovuto domare.

Capitolo sesto

LE RIVELAZIONI DI LORD RAINT

Se c'era una cosa che Clorinda non tollerava, erano le zuffe tra marinai, soprattutto mentre la Procellaria era in navigazione e soprattutto, come ammise saltando nei suoi zoccoli e afferrando i pantaloni, quando si era appena buttata a dormire.

Ma il fracasso che l'aveva svegliata non le lasciò scelta e quindi si precipitò nel corridoio, impadronendosi a ogni buon conto anche di un grosso mestolo e scontrandosi subito dopo con Iulo che, ridestato anch'egli dal rumore, si apprestava a salire sul ponte, con una faccia che non faceva presagire niente di buono.

"Torna in cabina, capitan Iulo! È compito mio, e adesso li sistemo io per le feste!" l'invitò subito, e il cipiglio del giovane si trasformò in un sorriso, mentre batteva la mano sulla spalla del nostromo.

"Grazie, mastro! Giselda era appena riuscita a prender sonno, quando quei buzzurri hanno cominciato a gridare. Li strangolerei volentieri! Non sta bene, poverina, benché il caldo qui sia più sopportabile".

"Sono certamente i nuovi arrivati: Pyvor ha arruolato chi ha potuto, ma il tempo e i soldi erano troppo scarsi sia reclutarne a sufficienza che per per riuscire a fare delle scelte oculate. In ogni modo ora sono a bordo e impareranno a capire cosa intendo io per disciplina".

Agitando minacciosamente il mestolo sparì su per la scaletta, mentre Iulo, con un sospiro di sollievo, faceva ritorno dalla moglie che, contrariamente al suo solito, non si era neanche alzata per vedere cosa stava succedendo e che, gli occhi ancora mezzi chiusi, stava succhiando una fetta di limone.

"Sono proprio a pezzi" commentò. "Ma che te ne fai di una moglie che è diventata una piaga, Iulo?"

L'avventuriero aveva la mente piena di risposte e stava per illustrargliele praticamente, quando, senza neppure bussare, Clorinda entrò nella loro cabina come un ciclone, trascinando con sé uno degli ultimi arrivati, un marinaio alto e robusto, con lunghi e lisci capelli neri che gli ricadevano scarmigliati sul viso sporco e macchiato di sangue, i piedi scalzi e una camicia che pendeva a brandelli dalle larghe spalle.

"Clorinda! Mi pareva che tu avessi detto..."

"Certo, capitano. Ho dato una ripassatina alla ciurma, infatti. Ma di questo bel tomo, cosa devo farne?"

Così dicendo, con uno spintone e una ginocchiata, scaraventò ai piedi del letto il marinaio che, molto poco impressionato, si affrettò a liberare la faccia dal sangue e dai capelli, sollevandola poi verso Iulo con un sorriso indolente sulle labbra.

E il capitano, che si era già rimesso in piedi, riconobbe nel viso sporco e un po' pesto del suo marinaio gli allegri occhi verdi del principe Zelmir Ul Quoi.

"Zelmir!?!"

Con un agile movimento il giovane si alzò e s'inchinò compiutamente, ridendo.

"In persona, mio capitano. Lady Giselda, i miei omaggi".

E, mentre anche Giselda si tirava a sedere con una risata e Clorinda, le mani sui fianchi, sorvegliava la sua preda come se potesse volatilizzarsi sotto i suoi occhi, Iulo afferrò un indumento a casaccio e si precipitò nel corridoio, urlando "Dano!".

Pochi minuti dopo erano seduti tutti nel quadrato ufficiali, ascoltando le spiegazioni che il giovane principe stava dando loro con grande vivacità e impudenza.

"La parte del toro da monta proprio non mi va giù! Così, quando mio padre mi ha obbligato a venire a Myrtala per mettermi sotto il naso di Elear, in attesa di definire gli ultimi accordi per il nostro matrimonio, avevo un solo pensiero per la testa: tagliare la corda.

"La notizia che la *Procellaria* cercava nuovi marinai mi è sembrata la risposta della Dea alle mie preghiere, e sono troppo pio per trascurare i segni della volontà divina!" concluse ridendo, ma le facce attorno a lui rifiutarono di unirsi alla sua risata.

"Si è fatto arruolare approfittando del fatto che Pyvor non poteva riconoscerlo. Se ci fossi stata io l'avrei fatto correre subito!" stabilì Clorinda.

"E una volta a bordo è diventato subito il perno di tutte le baruffe" puntualizzò Dano, con una sospetta vibrazione nei lunghi baffi.

"Comandante, tu mi aduli! Un paio di pugni, qualche calcio, tanto per far capire a tutti che un Ul Quoi non la cede a nessuno!" ribatté il giovane sbruffone e subito intervenne anche Giselda, con voce severa e occhi ridenti.

"E, a proposito di pugni e calci, mi pare che anche tu ne abbia buscato la tua parte questa volta! Fa vedere quel naso... sanguina, mi pare".

"Ahi! Non è niente, almeno lo spero. Il principe Xamir non mi perdonerebbe mai se me lo fossi fatto rompere!" protestò Zelmir, mentre la giovane si impadroniva del suo naso, per la verità alquanto gonfio, ma la vivacità si spense di botto negli occhi verdi.

"Non m'importa" aggiunse. "Mio padre non mi perdonerà mai. L'ho fatta grossa, questa volta. Lo so".

La voce arrogante tremò un poco e il giovane tacque un momento, chinando la sguardo con un sospiro, ma poi, sentendo su di sé gli occhi di tutti, rialzò fieramente la testa.

"Quel che è fatto è fatto" stabilì. "Ormai sono a bordo e, a meno che non vogliate buttarmi a mare..."

"La voglia ci sarebbe, giovane scavezzacollo!" Iulo scosse la testa, tentando di fare un cipiglio da capitano e cercando intanto gli occhi di Dano, che alzò un sopracciglio, sogghignando sotto i baffi. "Ma non posso privarmi di un paio di braccia, con il viaggio che ci attende!" concluse. "Quindi, se mi prometti che le adopererai per lavorare e non per fare a pugni..."

"Prometto, prometto! Sarò un modello di disciplina e obbedirò sempre al nostromo".

"Uhm. Sia chiaro che non avrai nessun trattamento di favore..."

"...e che devi rigare dritto" dissero a una voce i due Lant.

"Ma hai pensato cosa fare, dopo? Come vivrai e dove?" intervenne Giselda, che da qualche minuto taceva, studiando Zelmir e i suoi rozzi abiti. Lo sguardo smarrito, che per un attimo passò nei chiari occhi del principe, fece capire a tutti che il giovane, fuggendo sdegnato dalle nozze non volute, non si era posto quel problema.

"Quando vi sarà possibile, mi sbarcherete da qualche parte dove ci sia da menar le mani" rispose poi, lentamente, con voce ancora un poco esitante. "Io non ho più un soldo, ma ho ancora la mia spada e la voglia di combattere. Ho sempre desiderato mettermi a capo di una compagnia di ventura e non mi è andata bene... Però posso fare il soldato".

Uno sguardo di esasperazione accomunò per un momento i due Lant, Giselda e Clorinda, poi Iulo rifilò un'amichevole scappellotto sulla testa principesca del suo marinaio.

"Ne riparleremo, buona lana, tanto c'è tempo!" concluse. "Rimettiti al lavoro e ricordati che non voglio più sentire lamentele sul tuo conto. Clorinda?"

"Ci penserò io a farlo filare dritto, capitano. Su, muoviti, il tuo turno ai remi è iniziato da un pezzo!"

Zelmir lanciò un'ultima occhiata a Giselda, poi si affrettò dietro al nostromo.

Nella piccola cabina i tre rimasti si guardarono in faccia.

"Ma devono capitare proprio tutte a noi?" concluse Dano, a mo' di commento corale.

***

Il viso di Lord Freth, abitualmente di un malsano pallore giallastro, era diventato rosso come un pomodoro e, sulle tempie, le vene erano tanto rilevate da far temere che gli venisse un colpo apoplettico.

Alzato a mezzo dal suo seggiolone, fissò con uno sguardo incredulo il suo interlocutore, il capitano delle Guardie di Palazzo, e, cosa più unica che rara per lui, da principio non riuscì ad articolar parola.

"Non riuscite a trovarlo?!" sbottò. "Avete perso il principe Zelmir Ul Quoi, e venite a dirmelo in faccia, placidamente?"

"Eccellenza, non potevo mica metterlo in catene! Quella sarebbe stata l'unica maniera per tenerlo al palazzo! Ha continuato a sguisciare via, e inizialmente siamo riusciti a stargli dietro, ma poi, tre giorni fa, è scomparso. Era uscito a cavallo e ne abbiamo seguito le tracce fino a una taverna alquanto... ehm... malfamata del porto; da là, più niente, sembra essersi volatilizzato! Abbiamo fatto ricerche, interrogato... Tutta la sua roba è rimasta nell'appartamento che gli era stato assegnato e abbiamo scoperto che ha venduto i vestiti che aveva indosso e il cavallo per pochi soldi, ma poi..." allargò le braccia, sbirciando con timore la faccia paonazza del Primo Ciambellano, con la speranza che si calmasse prima che gli venisse un accidente, lasciando il paese in balia di quell'inetta di Elear.

Lord Freth si cacciò le mani nei pochi capelli che gli restavano.

"Scomparso!" proruppe. "Tutti i miei disegni, i miei progetti... E il principe Xamir!? Oh Dea Misericordiosa, il principe! Cosa gli racconto adesso?!"

All'idea della reazione dell'iracondo e violento Ul Quoi, il suo viso tornò di botto verdastro e si accasciò sulla seggiola.

"Toglietevi dai piedi" concluse bruscamente, congedando il capitano. "I conti con voi e le vostre inette guardie li farò in un altro momento, quando sarò di nuovo in grado di pensare".

Finalmente solo, ficcò la testa in un catino pieno di acqua fredda, poi, con i radi capelli grigi appicciicati sul cranio, mise il naso in un boccale pieno di xupi gelato e infine si sedette nuovamente, riflettendo.

Appena concluse le trattative con il principe Xamir Ul Quoi, era tornato a Terracqua per annunciare ufficialmente il fidanzamento tra Elear II e Lord Zelmir, cosa di cui già dappertutto si chiacchierava. Il giovane principe l'aveva preceduto in città, con l'ordine del padre di presentarsi alla promessa sposa. Per andare c'era andato, e aveva incontrato tre volte Elear, che l'aveva accolto con onore e sfarzo, almeno a giudicare dai conti presentati al Tesoriere, ma evidentemente qualcosa era andato storto e il giovane, che per carattere non aveva niente da invidiare al padre, si era defilato.

Prima di tutto, era necessario stabilire cosa era successo e una sola persona poteva spiegarglielo. Con un sospiro rassegnato, si diresse alle stanze della regina e si fece annunciare.

Dopo una modica attesa di una mezz'oretta, che impiegò a immaginare i prossimi tagli che avrebbe fatto all'appannaggio reale, finalmente fu ammesso alla presenza di Sua Altezza Reale, che quella mattina sfoggiava un abito giallo e bianco, leggero come un velo, su un'ampia sottoveste dorata, e aveva le lunghissime soprammaniche allacciate dietro la schiena con un molle nodo e poi ricadenti a formare un piccolo strascico.

"Guardate! È una nuova moda, che sta facendo furore in tutte le Isole! Mi sta bene? Mi slancia? Voglio farmi una dozzina di vestiti di questa foggia, anche perché si accompagnano con un'acconciatura molto elegante. Vedete là?"

Dicendo così, si volse, facendo svolazzare la gonna, e con un languido gesto della mano ingioiellata indicò i tavoli dietro di lei, dove sarta e acconciatrice, sotto gli occhi soddisfatti della balia, stavano ammucchiando stoffe preziose, gioielli, cosmetici, scarpine, veli, sciarpe, cuffiette.

La bella sventata rise allo spettacolo e batté le mani, facendo scintillare gli otto anelli che le ornavano. "Naturalmente," cinguettò, estasiata, "io completerò ogni abito co perle e gemme, intonate al colore del vestito, ma l'oro, vedete, è proprio indispensabile, se si vuol essere alla moda!"

"Naturalmente". Lord Freth digrignò i denti. "Vi è mai venuto in mente, amata Regina, che carestia e malattie imperversano a Terracqua, e non solo Terracqua?" chiese poi con voce pericolosamente calma, mentre la faccia ricominciava a diventare rossa. "Che i vostri sudditi sono alla fame?"

Le sopracciglia di Elear, perfettamente sfoltite e ritoccate fino a divenire un sottile arco castano, si sollevarono e la giovane donna si strinse nelle spalle.

"Ma che c'entra questo?" osservò. "Non possono mica mangiare i miei vestiti o i miei gioielli! E poi..."

Improvvisamente contrasse il viso, cercò un fazzoletto che fosse in tono con il vestito e se lo passò delicatamente sugli occhi.

"Mostro!" singhiozzò "Siete voi che mi obbligate a sposare quel principe, abbastanza carino per altro, di cui non ricordo il nome! Volete che non mi faccia almeno un po' di corredo?!"

Immediatamente le tre fedeli ancelle le furono d'intorno, gemendo a gran voce la sua sorte e lanciando sguardi feroci sul Primo Ciambellano, che però non era dell'umore giusto per lasciarsi influenzare.

"Fuori le prefiche, e subito!" sibilò infatti. "E voi, Regina, statemi a sentire bene".

Mentre le tre indietreggiavano malvolentieri fino alla porta, si sedette su uno sgabello, senza badare che sopra c'erano già i colletti di pizzo inamidati di Elear, e cominciò la sua predica, agitandole il dito sotto il regale naso.

"E adesso ditemi esattamente cosa è successo tra voi e il giovane principe".

"Successo? Ma niente di niente! Non si è sbottonato neanche il farsetto davanti a me. E sì che avevo indossato la veste verde e rosa, in suo onore! Sapete, quella che..."

Con un gesto, e un brivido al ricordo della scollatura dell'abito in questione, Lord Freth l'azzittì, poi si alzò bruscamente in piedi, la faccia seria.

"Non mi credete?" Il fazzoletto riapparve ad asciugare le inesistenti lacrime della regina e il Primo Ciambellano sospirò.

"Vi credo, sì, vi credo. Figurarsi se potevate essermi di qualche utilità, una volta tanto! Vi lascio ai vostri abiti, Maestà, e vado a cercarlo".

Subitamente sospettosa, Elear lasciò il fazzoletto e afferrò la manica dell'uomo.

"A cercare? Chi?" chiese.

"Il vostro promesso sposo. Se l'è filata".

La regina sgranò gli occhioni marroni, con l'orrore e l'indignazione sul viso.

"Se n'è andato? E adesso, cosa dirà la gente? Tutti sapevano che doveva sposarmi, tutti! Diventerò lo zimbello delle Isole, anzi di tutta Thelene..."

"Diventerete la zitella più famosa di tutte le Isole di questo passo, Maestà! E non mettetevi a piangere: non siete più giovanissima, sapete, e quando piangete vi si gonfiano gli occhi e si vedono le rughe che avete alla radice del naso".

Con quest'ultima perfidia se ne uscì, sbattendo la porta, mentre Elear, con un urlo straziante, cadeva svenuta tra le braccia della balia, prontamente accorsa assieme alle altre due fedelissime ancelle.

Dopo poche ore, Lord Freth era sicuro di aver capito cosa era successo, ma la sua sicurezza non gli era di nessun aiuto.

Al porto, Zelmir aveva scambiato i suoi abiti con altri, senza dubbio meno appariscenti, e aveva venduto il cavallo. Quindi, non intendeva allontanarsi via terra. Una sola nave era partita da Myrtala, in quei giorni, e quella stessa nave aveva arruolato tre uomini, prima di allontanarsi facendo rotta verso Nord.

La *Procellaria* dei diabolici Lant.

Ma possibile che dovesse sempre ritrovarseli tra i piedi?

Non paghi di aver fatto di Elear il burattino di Dano Lant per anni e di aver causato una grave crisi con il Duca di Rocca d'Ombra, che per miracolo non era sfociata in un disastro, adesso gli stavano mandando a monte il matrimonio tra la regina e Zelmir, unione che avrebbe assicurato a Terracqua quell'esercito di cui aveva assolutamente bisogno!

Sbatté il pugno sul tavolo e bestemmiò, cosa che non si permetteva mai di fare, ma che gli dette un certo sollievo, ragion per cui bestemmiò di nuovo.

E in quel momento un altro pensiero gli attraversò la mente, come una folgore: Zelmir Ul Quoi era in viaggio verso il Nord e suo padre, il terribile, violento, prepotente Xamir, tra poco sarebbe stato a Myrtala per festeggiare il fidanzamento e le nozze del figlio!

E, come concordato, con lui sarebbero venute cinque compagnie di Senzaterra, armate tutto punto, e quattro navi da guerra.

Nonostante l'afa si sentì i sudori gelati sulla fronte: bisognava evitare a qualsiasi costo che il principe Ul Quoi scoprisse che il suo unico figlio si era volatilizzato mentre era ospite di Terracqua, per evitare conseguenze che era meglio neppure immaginare!

Mentre pensava, scorreva macchinalmente la lista delle navi straniere presenti a Terracqua, e un nome lo colpì.

Lo rilesse, fece qualche conto e decise.

Piangesse fino a farsi scoppiare la testa, Elear sarebbe rimasta chiusa nel suo appartamento almeno per un mese, con balia, acconciatrice e sarta, e lui avrebbe scritto subito al principe Ul Quoi che la regina si era ammalata e che bisognava quindi rimandare la cerimonia. Nel frattempo avrebbe mandato un falco a riprendere il pulcino scappato. Anzi, una falchetta.

Tigrana Kirit era ancora a Pennyfer, dove stava facendo qualcuno degli affari poco chiari dei Liberi Naviganti, ed era sulla sua velocissima *Danzatrice*: capitano, nave ed equipaggio erano di prim'ordine, proprio quel che gli serviva .

Le avrebbe mandato subito un messaggio, invitandola a raggiungerlo per un lavoro ben pagato, molto ben pagato! Quella non era gente che si facesse domande o che avesse molti scrupoli, e in quattro e quattrotto avrebbe raggiunto e riportato l'indisciplinato principe all'ovile, cioè al talamo nuziale di Elear.

In realtà Tigrana non si dimostrò né soddisfatta della proposta, né tanto pronta ad accettarla.

Aveva combattuto al fianco di Zelmir, lo stimava e lo trovava simpatico e, conoscendolo, capiva anche la sua avversione per un matrimonio imposto.

D'altra parte, si ripeté, si sa che i nobili debbono sposarsi spesso per ragioni di stato!

Con Elear, il giovane principe avrebbe avuto una corona e un regno, cose che, nell'attuale situazione degli Ul Quoi, non erano da disprezzare.

Rifletté a lungo, indecisa... la cifra che Lord Freth le aveva offerto era superiore a qualsiasi aspettativa e, in un momento come quello, rappresentava una vera e propria cuccagna.

D'altra parte, perché no?

Sorrise, mise i gomiti sul tavolo dello studio del Primo Ciambellano, facendone cadere una pila di appunti, e fece la sua controproposta.

Avrebbe seguito la *Procellaria*, avvicinato Zelmir e gli avrebbe parlato. Probabilmente, un paio di mesi come marinaio semplice gli avrebbero fatto vedere sotto un'altra luce le grazie della bella Elear, ma se invece non avesse proprio voluto saperne ancora, non poteva mica portarlo legato a Terracqua, no?

Si sarebbe fatta dare da lui una lettera per il principe Ul Quoi, avrebbe cercato di capire cosa intendesse fare adesso quello scriteriato giovanotto e sarebbe tornata a riferire, accontentandosi dei due terzi del denaro promesso.

Discussero a lungo, poi si accordarono... per metà del premio, nel caso che non ci fosse modo di riportare Zelmir all'ovile.

***

La stanza era tanto grande che i confini si indovinavano appena, e appena si intuivano i ferri che pendevano dai muri di nuda pietra e dalle basse volte del soffitto ad arco, che l'alta figura del prigioniero, fiera e dritta nonostante le catene che lo gravavano, faceva sembrare anche più basso.

Non c'era alcuna finestra e il portone d'ingresso era stato chiuso; l'unica luce che illuminava sinistramente il sotterraneo, oltre a due torce infisse nel muro, erano i fuochi che bruciavano arroventando strumenti dall'aspetto sinistro, ma ai quali il prigioniero in catene non aveva gettato neppure uno sguardo, nonostante le minacciose allusioni dell'individuo seduto di fronte a lui, un uomo robusto di mezza età, vestito con lusso chiassoso, un fastoso mantello di pesante damasco giallo e rosso orlato di prezioso ermellino sulle grosse spalle: il generale Raint.

"È inutile che tu finga di non vedere il festino che ti sto preparando, W'Unker! Puoi non guardarlo, ma lo assaggerai sulla tua maledetta pelle! Mi hai capito? Mi stai ascoltando?"

Si alzò in piedi, con la faccia rossa per l'eccitazione e alzò il pugno massiccio a minacciare il suo vecchio Signore, ma quando il Duca con un gesto lento e tranquillo chinò lo sguardo su di lui e si trovò a fissare quei gelidi, sprezzanti occhi violetti, rabbrividì senza neppure accorgersene e la mano ricadde, senza colpire.

Dopo un attimo di profondo imbarazzo, durante il quale il Generale sentì su di sé anche gli occhi dei suoi uomini, riuscì a dominarsi e si avvicinò al suo prigioniero, quasi fino a sfiorarlo.

"Non insulterò la tua intelligenza, posto che tu ne abbia ancora dopo il rimbambimento di cui hai dato prova, dicendoti che ti lascerò libero se ti deciderai a rivelarmi i segreti di Rocca d'Ombra" continuò. "Ti prometto solo che, se parlerai, ti ammazzerò immediatamente con un buon colpo di spada. Altrimenti, prima di morire, assaggerai le delizie che i miei carnefici hanno preparato per te. Ebbene? Non dici niente?"

Con un movimento repentino Lord W'Unker si scostò da lui per quanto i suoi legami glielo permettevano.

"Stai indietro" rispose con voce fredda e indifferente. "Il fetore della tua paura mi disturba".

Con un mugolio di rabbia, Raint fece di nuovo il gesto di colpirlo in viso, e di nuovo si fermò rabbrividendo; furioso si volse allora verso i carnefici, che si erano prudentemente ammonticchiati in un angolo della stanza.

"Idioti rammolliti, cosa vi pago a fare?" li insultò. "Prendetelo, cavategli quella roba di dosso e appendetelo là... Voglio vedere se farà ancora il gradasso sotto i vostri ferri! Avanti, muovetevi, razza di imbecilli senza palle!"

L'incitamento era più che necessario perché, ai suoi ordini, i manigoldi si erano guardati in faccia, ma non si erano mossi, incerti se temere di più i furori del loro Signore o la gelida compostezza della sua vittima.

Alla fine Mastro Kekkil si fece avanti e mise una mano, per la verità non molto ferma, sulla spalla del Duca, maledicendo il momento in cui aveva lasciato il forno del padre per l'onorevole professione di boia, e incoraggiò i suoi uomini a seguirlo. Esitanti, i due più coraggiosi obbedirono, circondarono il prigioniero e con mosse impacciate e timorose si apprestarono a spogliarlo, ma, con un gesto improvviso, l'uomo riuscì a farsi in là.

"Indietro!" sibilò con vece bassa e potente. "Non mi toccate. Posso fare da me".

Mastro Kekkil e i suoi non chiedevano di meglio che rimandare il più possibile il momento in cui avrebbero dovuto andare vicini a quel tremendo uomo, quindi si trassero premurosamente in là, e il Duca gettò sprezzantemente gli abiti laceri che indossava e si volse poi verso Raint.

Alla luce rossastra dei fuochi e delle torce, spiccavano livide le lunghe cicatrici che segnavano il corpo possente e suo malgrado il generale ebbe una smorfia, mentre W'Unker lo sfidava con gelido disprezzo.

"Io ho provato gli artigli delle Tenebre, sono passato attraverso il gelo e il fuoco dell'Ombra, ho visto attorno a me la notte del Nulla senza tempo... Tu credi che i tuoi manigoldi possano fare di meglio? Accomodati pure!"

Raint ebbe un gesto di rabbia, poi si rivolse agli aguzzini. "Avanti, conigli!" berciò. "Voglio vederlo penzolare da quelle catene, o ci finirete voi al suo posto!"

Facendosi coraggio l'uno con l'altro, i carnefici, esitando, obbedirono e qualche minuto dopo il grande corpo, sospeso dolorosamente per i polsi, pendeva tra due fuochi, senza che una parola, un lamento, un sospiro fosse uscito dalle labbra pallide dell'uomo, il cui volto, altero e immobile, continuava a mostrare solo disprezzo e indifferenza.

Ma Raint si sentiva ora un po' più sicuro di sé e andò mettersi sotto la sua vittima, i pugni sui fianchi, sghignazzando.

"Fatto! Niente è successo, e niente poteva succedere perché è circondato dal talese. Per tutti i tormenti delle Tenebre, questa stanza mi è costata un patrimonio, ma ne valeva la pena! Taci, W'Unker? Ti farò cantare io!"

Con un movimento brusco e rabbioso strappò una lunga frusta dalle mani del boia e colpì con tutta la sua forza il prigioniero, una, due, tre volte, arretrando poi precipitosamente d'un passo.

Ma ancora nulla alterò il fiero viso del Duca e le sue labbra rimasero mute; a disagio, il generale allora alzò gli occhi su di lui, e d'improvviso scoppiò in una risataccia sgangherata.

"Ecco là!" esclamò, trionfante "Vedete? Sanguina, come tutti gli uomini".

Sulla pallida pelle di W'Unker, là dove era stato colpito, erano apparse delle strisce vividamente rosse, dalle quali il sangue aveva cominciato ad affiorare e a scendere prima lentamente, poi a grosse gocce.

Allora il generale gettò la frusta e si fregò le mani tozze. "Forza, datevi da fare voi adesso, femminucce! Voglio sentirlo supplicare, pianger..."

S'interruppe, incredulo e terrorizzato: dal pavimento di terra battuta, là dove era caduto il sangue del Magio, si stavano levando lente volute di fumo scuro che salivano a velare il corpo del prigioniero.

E mentre i carnefici, abbandonati i loro strumenti, si tiravano indietro e Raint, improvvisamente impallidito, cercava riparo dietro di loro, si fece udire, lenta, profonda e irridente la voce dello Stregone dei Ghiacci.

"Stolti! Io fui Consacrato alla Dea Luminosa e poi rivendicato dalle Tenebre. Sulla mia testa un duplice diadema, nelle mie mani, immenso, il Potere opposto e uguale della Luce e dell'Ombra. Miserabili, che cosa credevate di poter fare?"

Un silenzio di tomba, rotto solo dallo scalpiccio degli uomini che si allontanavano anche di più dal prigioniero, seguì alle sue parole, ma il generale non volle darsi per vinto e tentò ancora di riprendere in mano la situazione.

"È un trucco, un trucco!" abbaiò, da dietro le spalle di mastro Kekkil. "Non so come abbia fatto, ma è un trucco! Questo è talese, non c'è Potere che tenga! Fate vedere che avete le palle e..."

Un colpo deciso alla porta lo interruppe. Al suo grugnito di assenso, apparve il luogotenente Lirkar, che lanciò subito un'occhiata furtiva al corpo del Duca, leccandosi le labbra sottili tra il deliziato e l'atterrito, e poi si rivolse a Raint.

"Eccellenza," farfugliò, sempre tenendo d'occhio la grande sagoma sospesa a mezz'aria "è arrivato un messaggero con notizie di Lord Selter, notizie di grande importanza e della massima urgenza".

Il generale esitò un poco, combattuto dal desiderio di torturare a morte il suo nemico e il sospetto che il suo complice stesse combinando qualche tradimento alle sue spalle, poi il sospetto vinse e, si avviò al fianco di Lirkar.

"Lasciatelo appeso là fino al mio ritorno..." ordinò, di malumore. "Oh, potete fargli provare qualche assaggio, se volete, ma voglio essere presente io per il piatto forte".

Ma i carnefici non avevano nessuna intenzione di continuare: l'unica cosa che desideravano era allontanarsi dalla loro terrificante vittima e, non appena il portone si chiuse alle spalle del loro signore, si affrettarono a gettare i ferri del mestiere e a filare nella camera adiacente, continuando a confabulare tra di loro.

Nella grande stanza i fuochi si smorzarono pian piano, fumigando, fino a ridursi a delle braci, che brillavano come occhi di fiamma nella semioscurità, riverberando sul grande corpo immobile, sui candidi capelli, sugli occhi di zaffiro oscuro spalancati, fissi.

Per un momento, un momento solo, l'uomo si permise di chiuderli, di allentare il terribile controllo che esercitava su di sé e sul suo Dono... il tempo di un sospiro, il tempo di rievocare due giovani visi, di risentire una voce musicale chiamarlo padre...

Poi rinchiuse la mente a ogni sentimento umano, allontanò i ricordi e il suo viso tornò ad essere il volto gelido e inespressivo del Sommo

Sacerdote delle Tenebre, mentre nelle sue pupille dilatate, fisse appariva uno sguardo lontano, alieno.

***

Il *Fiordaliso* aveva l'autorizzazione di attraccare a Tharnon per sbarcare un carico di spezie e olio imbarcato ad Arso, e là Gofrid scese a terra, munito di documenti falsi.

"Non so quanto ti servirebbero queste carte se i controlli fossero quelli di una volta, ma ormai qui regna il caos! Del resto, questo è tutto quello che posso fare per te, Consacrato, oltre che augurarti buona fortuna".

Il musico chiuse anche i documenti nella sacca che conteneva tutto il suo bagaglio, compresa l'arpa e la Spada Nera, poi si chinò ad abbracciare il capitano.

"E di questo ti sono grato di cuore, Telbit! Se mai potrò rivedere mio padre, lo dovrò a te!"

Ma, dicendo così, si rannuvolò in volto. Da parecchio tempo ormai ogni suo tentativo di entrare in contatto con W'Unker si era letteralmente infranto contro una barriera insormontabile e anche il grido che l'aveva incalzato per giorni s'era ammutolito, aggiungendo angoscia ad angoscia. Perché, se il Duca non rispondeva ai suoi appelli, voleva dire che non poteva o non voleva farlo. Morto, forse, o forse ritornato in potere di quelle Oscure Potenze che l'avevano elevato a Sommo Sacerdote e sotto la cui egida era diventato il padrone della terra dove ora si accingeva a sbarcare.

"Non voglio pensarci! Voglio ritrovarlo, riabbracciarlo e poi... Poi vedremo. Ma morto, no! No, Dea di misericordia! Non morto, no, mentre io mi divertivo a Wan Tunhe!"

Macerandosi così tra i rimorsi, si addentrò per le vie del porto, tenendosi celato il più possibile nel mantello di lana leggera che l'avvolgeva, perché in Norlandia, nonostante fosse ancora estate, già si sentivano i primi freddi e dal cielo, coperto da una spessa coltre di nubi, cadeva una pioggia sottile e insistente.

E, mentre si aggiustava il cappuccio a proteggere e nascondere i capelli biondi, ricordò, con l'implacabile memoria dei Consacrati, le parole che il padre gli aveva detto sul clima di quel paese e rammentò il tono, il lieve tocco della grande mano, l'occhiata e l'accenno del sorriso, così raro in lui, che le avevano accompagnate.

"No, non può essere finito così!" pensò con affanno *"E' ancora vivo e vivo lo ritroverò."*

Era disperato, ma più forte della disperazione era la sua testarda volontà di credere che il padre fosse vivo e che l'avrebbe rintracciato, quella volontà irremovibile che aveva contrassegnato tutta la sua vita. Ricacciò rimorsi e timori, e si mosse deciso verso la grande *Piazza degli Acquisti*, di cui serbava vivissima memoria dal tempo del suo primo viaggio in Norlandia e che, per esperienza, sapeva essere il posto ideale per raccogliere notizie senza dare troppo nell'occhio.

Vi giunse, e si fermò, interdetto, perché a stento riusciva a riconoscerla.

Beninteso, ne ravvisò la struttura, le scalinate, le belle case con i caratteristici tetti a punta che la delimitavano, persino le due grandi fontane, che però non gettavano più acqua, ma non ritrovò più il grande mercato, i banchi che esponevano merce da tutta Thelene e la folla vivace e rumorosa che una volta la riempiva.

C'erano solo poche bancarelle, ammassate tra le due fontane, e la merce che mettevano in mostra, oltre che scarsa e di dubbia qualità, sembrava tutta di produzione locale.

I clienti erano rari e si muovevano sul porfido che lastricava la piazza quasi con circospezione, senza fermarsi per parlare, guardando appena la roba cui erano interessati, combinando l'affare e allontanandosi subito, come se temessero di essere fermati.

"*Effetto della guerra, probabilmente*" pensò Gofrid, ma ebbe modo di ricredersi, almeno parzialmente, non appena si mescolò agli avventori di una taverna poco lontana dalla piazza.

Aveva evitato quella di Gurtra Halarta, che aveva frequentato con gli amici della *Procellaria* quasi due anni prima, perché certamente l'ostessa l'avrebbe riconosciuto, e rimpianse amaramente la lingua lunga della donna, quando l'oste, un tipo basso e grasso, quasi completamente calvo, gli posò davanti un boccale di birra acida e rispose con una serie di grugniti ai suoi tentativi di attaccar discorso.

Vi prese tuttavia alloggio, visto che i prezzi erano adeguati alla sua cronica mancanza di denaro, e per pochi tacs ebbe un pagliericcio nello stanzone sottotetto, che divideva con una decina di altri clienti, alcuni dei quali erano là da parecchio tempo, altri solo di passaggio.

"Intendete restare qui molti giorni?" gli chiese l'oste, afferrando il denaro e facendolo sparire nella borsa unta che aveva alla cintura.

"Non credo. Sto aspettando alcuni miei amici, che avrebbero dovuto già essere qui, ma..."

"Se venivano da Corona o da Oxata, state fresco! Il Lord Governatore di Oxata è stato assassinato e al suo posto si è insediato Lord Druneiv, che ha l'ha proclamata Città Stato indipendente, come una volta, quando lui ne era il Signore" intervenne un avventore, che dagli abiti e dai bagagli accumulati attorno a lui si rivelava per un mercante

148

girovago. "Ma certo il governo centrale..." insinuò subito Gofrid, cercando di carpigli altre informazioni.

Un'occhiataccia del suo interlocutore lo bloccò, poi l'uomo finì d'un sorso la sua birra, senza neppure una smorfia a commento del suo alto grado di acidità.

"Io non voglio grane e non so niente" concluse, brusco "ma se c'è ancora un governo centrale, non so cosa stia facendo".

Ma un altro cliente, entrato da pochi minuti, afferrò per la manica Gofrid.

"Non per sapere i fatti vostri, ma sfuggite quella zona!" lo consigliò. "Lord Druneiv sta cercando di annettersi anche Corona, e su quelle strade si combatte".

"Fosse solo su quelle! Io vengo da Lorf, e vi assicuro che anche là non c'è da ridere! È in mano ai Reggenti, come Dusk e Torfen, ma non per questo vi si può vivere in pace! Non passa giorno senza esecuzioni e torture..."

Altre persone si erano avvicinate al bancone della taverna, il naso nei boccali quasi a nascondere le facce, e lamentarono tutti la situazione in cui stavano vivendo, parlando a voce bassa, ma non tanto da non essere uditi dall'oste.

"Non so voi, ma io alla mia lingua ci tengo, e anche alle mie orecchie" intervenne costui decisamente. "Non sono passati dieci giorni da quando le hanno mozzate a un mio collega, reo solo di non essere riuscito a chiudere delle bocche imprudenti che blateravano nel suo locale! Basta, ci siamo capiti. E tu, ragazzo, se sei in cerca di guai, trovati un'altra locanda!"

Mentre il gruppetto degli avventori si disperdeva, il giovane musico si scusò, si appellò al suo essere straniero, cosa del resto rivelata dal suo accento, e si dichiarò completamente estraneo agli affari della Norlandia, ai quali era però interessato, perché potevano incidere sfavorevolmente sui suoi affari.

Alla fine, rappacificato l'oste con qualche tacs in più, scivolò nel suo letto, molto pensieroso.

Nei giorni successivi capì che in Tharnon stava vincendo la fazione che appoggiava Lord Selter, ma che non sempre i partigiani del Lord Ammiraglio erano disposti ad appoggiare anche Raint, che pure, almeno in teoria, divideva con il complice il governo della Norlandia, e che la stessa cosa avveniva dove erano i sostenitori di Raint a detenere il potere.

Il paese, sconfitto in guerra, lacerato dalle vecchie e nuove fazioni e senza più un sovrano cui far capo, era ormai in preda alle guerre civili.

Molte delle tredici Città Stato, sottomesse e unite in un solo regno dal Duca d'Ombra, erano insorte, rivendicando la loro indipendenza e riprendendo immediatamente a guerreggiare con le città vicine, pronte però ad allearsi con loro per combattere gli uomini dei due Reggenti. Altre si erano schierate per uno dei due, o avevano affermato la loro fedeltà al governo ducale, che i due dicevano di rappresentare; ma altre ancora, e se ne parlava molto piano, avevano rifiutato di riconoscerli e negavano loro obbedienza, pur innalzando il vessillo dell'Artiglio di Fuoco.

Prima tra queste, Rocca d'Ombra stessa. Fin da quando aveva espulso Lirkar e i suoi uomini, il Governatore, Lord Feltir Irtow, con l'aiuto di Ghedil ar Rosh, capo di un potente clan del Nord, teneva saldamente in pugno la fortezza nonostante l'assedio, tenendo fede al suo giuramento di aprirne le porte solo al legittimo Signore, il Duca.

I compagni di stanza di Gofrid, con i quali il ragazzo era entrato in confidenza, abbassando ancora di più la voce, gli raccontarono che la Rocca era imprendibile, il vecchio Lord deciso e fermo nel suo concetto d'onore e di fedeltà, e il suo alleato anche più di lui. Certo non sarebbero state le truppe dei Reggenti, scarsamente numerose e ancora più scarsamente fedeli, a sconfiggerli, anche se Raint e Selter non avessero dovuto preoccuparsi anche del resto dell'antico impero di W'Unker, perché sembrava che anche le Isole del Tramonto fossero insorte e si segnalavano disordini anche nel lontano Harks.

Tutta la zona a nord di Rocca d'Ombra, poi, era in mano ai clan, comprese le città di Vortkoja, di Kalatur, dove spadroneggiava il temuto Argyll 'r Drush, di Zaltel, feudo di Ghedil ar Rosh, di Ascolaya e di Norvel, nonché l'unico sbocco occidentale sul mare del Nord di tutta la fascia montagnosa: il porto di Guyrn, anche questo in mano agli 'rDrusher.

Ma, benché in pochi giorni fosse riuscito a farsi un'idea abbastanza chiara di quello che stava succedendo nel Paese, Gofrid non raccolse alcuna notizia utile sulla sorte del Duca.

Beninteso, se ne parlava, a bassa voce, per allusioni, con mezze frasi. C'era chi lo credeva morto, assassinato dagli emissari delle Isole Dorate, chi diceva una parola sui suoi dissapori con i Reggenti, per rimangiarsi subito quanto detto se gli venivano fatte altre domande, e chi accennava con aria di mistero a portenti e magie, a stregoni delle Isole più potenti del Duca stesso che l'avrebbero sconfitto e imprigionato.

Le vecchie favole, nate ai tempi della loro fuga da Rocca d'Ombra, erano state rispolverate e ampliate, e il giovane Magio stentò a riconoscere se stesso e la sorella nei diabolici esseri fatati che avrebbero stregato e rapito Lord W'Unker per portarlo in un altro mondo.

Dopo una settimana, capì che restare a Tharnon era inutile, oltre che pericoloso, visto che avrebbe potuto essere riconosciuto, e che inutile era anche girovagare per le sterminate pianure e le impervie montagne della Norlandia senza un indizio, senza una traccia... e che ogni giorno che passava poteva portare la morte a suo padre.

C'era un'unica via da tentare, difficile e anche pericolosa Lord Irtow continuava a proclamarsi ligio al Duca, e lo dimostrava rifiutandosi di aprire la fortezza ai Reggenti. In qualche modo doveva raggiungere Rocca d'Ombra e convincerlo a prestargli aiuto per ritrovare quell'uomo a cui si diceva fedele... se era ancora vivo.

Cacciò con rabbia dolorosa quest'ultimo pensiero e riprese le sue riflessioni.

Rocca d'Ombra era lontana, molto lontana, la strada pericolosa e a lui pressoché sconosciuta; per di più il Governatore non lo conosceva, non sapeva neppure della sua esistenza! Ma forse la Spada Nera e l'anello con il sigillo ducale, che Solea gli aveva riconsegnato, lo avrebbero convinto della sua identità e della sua buonafede; inoltre era un Magio e conosceva le arti della persuasione... e in ogni modo ormai la sua decisione era stata presa.

Due giorni dopo si unì a una carovana diretta a Torfen, prima tappa del lungo viaggio che avrebbe dovuto portarlo a Rocca d'Ombra.

Il suo borsello stava rapidamente riprendendo l'abituale aspetto esangue, ma il taverniere, che dopotutto l'aveva preso in simpatia pur continuando a considerare la sua inesauribile curiosità una potenziale fonte di guai, lo raccomandò al capo carovana, mastro Harsiev, che era un suo lontano parente. Costui lo accettò in cambio di metà del denaro ancora in suo possesso e della promessa di una non meglio precisata "collaborazione" durante il viaggio. Con lui e la sua gente, il giovane partì su strade ignote, verso una città sconosciuta, seguendo la sua incerta speranza.

***

Preceduti da messaggeri, richieste, accordi, quasi tutti mediati da diplomatici neutrali, Takab e Solea erano giunti nel Mare del Nord con una nave di Terracqua, la *Farfalla,* e all'altezza delle Scogliere del Naufragio avevano avuto l'indicazione di approdare a Lorf anziché a Tharnon, come in un primo tempo era stato deciso.

"Ambedue le città sono in potere dei Reggenti, miei Signori, ma l'antica capitale è in mano all'Ammiraglio Selter ed evidentemente il Generale Raint teme di trovarsi in posizione di svantaggio rispetto al suo alleato" spiegò loro Lord Cuiev, un cugino di Lord Freth, ambasciatore di Terracqua in Norlandia, che li aveva raggiunti sulla loro nave.

"Sono giorni che veniamo sballottati da un porto a un golfo e da un'isola a un'altra, dopo un viaggio che non finiva più!" sbuffò Lord Takab, irritato; dalla murata, dalla quale spenzolava con la testa, Bertrado ebbe un rigurgito di assenso.

"Non è stato tutto tempo perso, Weljmir!" intervenne Solea, sorridendo. "Ora abbiamo un quadro più chiaro della situazione e ci potremo muovere con più sicurezza".

Al contrario dell'infelice segretario, Dama Min non soffriva il mare, e dopo tanti giorni di navigazione il suo aspetto, nell'abito verde e oro che aveva indossato per ricevere Lord Cuiev, era impeccabile.

Takab le lanciò un'occhiata involontariamente ammirata, pensando che mai nella sua vita aveva trovato una donna che unisse il fascino e la bellezza a un'intelligenza tanto pronta e analitica, e le sorrise di rimando.

"Questo è vero, Milady, soprattutto grazie a voi che avete annotato tutte le notizie che ci sono pervenute e le avete riordinate fino a comporre un quadro completo".

"Ringraziate Bertrado che ha lavorato con me, allora, e che con la sua conoscenza del norlese è riuscito anche ad avere informazioni dai locali".

"Lo farò certamente... non appena quel pover'uomo sarà in grado di girarsi verso di noi senza svuotare di nuovo lo stomaco!" l'assicurò il generale, ridendo con bonomia. Da quando era in viaggio, il suo umore si era risollevato, come se l'avvicinarsi a quello che era stato il regno del suo antico Signore gli aprisse una nuova speranza.

Solea, infatti, gli aveva raccontato che Lord W'Unker era scomparso da T'Ahai e che tutto faceva credere che fosse stato portato in Norlandia; da quel momento Takab continuava a fantasticare su quella coincidenza. Forse la Dea, nella sua misericordia, gli stava offrendo una possibilità di riscatto, forse in quel desolato paese avrebbe incontrato nuovamente il Duca, forse addirittura avrebbe potuto aiutarlo, salvarlo se era caduto in mani nemiche... sempre che non l'avessero già ucciso.

Colpito da quel sospetto, repentinamente si volse a Solea.

"Tratteremo con i due Reggenti, dunque, anche se la loro autorità è quanto mai dubbia" osservò. "Certo sarebbe stato meglio poter patteggiare con il legittimo Signore di Norlandia, ma in nessun modo siamo riusciti ad averne notizie. Eppure, dovrebbe essere già qua".

La donna gli diede un'occhiata, capì senza bisogno di parole cosa lo arrovellava e cercò di rassicurarlo come meglio poteva.

"Il viaggio è lungo e molte cose potrebbero averlo rallentato. Certo è che, se avessero voluto ucciderlo, lo avrebbero fatto a T'Ahai, e se avessero osato giustiziarlo qua pubblicamente, non ci sarebbe bardo o cantastorie che non ci avesse già scritto sopra una ballata!"

"Tuttavia è strano..."

"È strano sì, ma io spero ancora che Gofrid abbia già trovato la spiegazione e che si metta in contatto con noi. Per questo ho voluto render più pubblica possibile la nostra venuta. E non dimenticate che anche i Lant, avvisati dal capitano Kirit, dovrebbero essere qua, e a bordo hanno Pyvor e Nira, norlesi, che in questo paese hanno amicizie e conoscenze probabilmente in grado di fornir loro notizie e indiscrezioni".

Mentre la Dama parlava, la faccia di Takab si andava rischiarando ed alla fine annuì convinto. "Lo ritroveremo, dunque. E... E poi..."

Solea rise e gli appoggiò la mano su una spalla. "Un passo alla volta, amico mio! Intanto prepariamoci a incontrare i due Farabutti. Sarà interessante anche sentire cosa avranno da raccontarci loro sull'assenza di colui che dovrebbe essere il loro Sovrano! Bertrado? Preparati a sbarcare con noi".

Un fulmine non avrebbe avuto la velocità dello storico nell'obbedire, ma quando furono a terra, il drappello d'onore che andò loro incontro portò la notizia che i due Lord, per gravi motivi di sicurezza, non avevano potuto mantenere l'appuntamento e li attendevano invece a Dusk.

"Miglia e miglia di distanza! Su queste strade, poi..." brontolò Takab, salendo a cavallo per seguire i messaggeri.

"E con questo tempaccio" gli fece eco mastro Cordiera, con il lungo naso sprofondato nel fazzoletto. "Santa Luce, non fa che piovere, piovigginare o soffiare il vento. Mi sono già raffreddato! Ma non esiste l'estate in questo paese?"

"Bertrado, ho ancora le orecchie che mi ronzano per i tuoi lamenti sul caldo che faceva nelle isole prima, e per il tuo mal di mare poi! Preferiresti continuare con la nave?"

Con un brivido di memore orrore, l'erudito incitò con i magri stinchi la sua cavalcatura e si mise alle calcagna di Takab, inseguito dal lieve riso della Dama.

***

Mastro Harsiev guardò Gofrid che gli sorrideva e si grattò la testa, incerto. Nei lunghi giorni del viaggio da Tharnon a Torfen si era in qualche modo affezionato al ragazzo, anche se inizialmente lo aveva preso con sé solo per far contento suo cugino, con il quale aveva anche qualche debituccio. Si era subito accorto, però, che era un buon lavoratore, sempre disponibile e sorridente, anche se aveva solo vaghe idee sul come condurre gli hasix e sulla lingua norlese.

Perché era nato nell'arcipelago del Tramonto, aveva spiegato. Boh! Poteva anche darsi, e in ogni modo, così dicevano i suoi documenti, veri o falsi che fossero, e tanto gli bastava.

L'avrebbe volentieri tenuto con sé anche per il resto del viaggio, cioè fino a Laskaja, ma non riuscì a smuoverlo da quella sua strana idea di andare invece a Rocca d'Ombra, anche se gli aveva spiegato le difficoltà e i rischi che quella sua balzana decisione comportava.

"E come vuoi arrivarci, posto che trovi la strada? A piedi?"

Il giovane diede un'occhiata ai robusti stivali che aveva indosso e annuì, calmo.

"Se non c'è altro modo, sì".

"Ci metterai dei mesi, se non ti farai ammazzare prima! Tutte le strade che portano alla Fortezza sono piene di soldati d'avverse fazioni, che non si faranno scrupolo di tagliarti la gola per derubarti di quattro tacs".

"Bisogna vedere se ci riusciranno. In ogni caso, devo correre il rischio".

"Anche se arrivassi alla Rocca, non riuscirai ad entrarci! Ma è così importante per te?"

Due grandi occhi blu, decisi e dolenti, si fissarono sui suoi. "Più della mia vita" assicurò la voce dolce e quieta del suo strano compagno di viaggio.

Sconfitto, mastro Harsiev brontolò ancora un poco, poi fece un ultimo tentativo.

"Fai come vuoi, la vita è tua! Ma, se proprio sei deciso, accetta almeno un consiglio. Domani, o al più tardi tra due giorni, giungerà qui una compagnia di soldati che erano di stanza ad Artiglio: parla con loro. Certamente ti potranno dare delle indicazioni utili e chissà che non riescano anche a metterti un po' di sale in quella testa dura".

Gofrid ringraziò e rise con un po' di malinconia, nel sentirsi dare l'appellativo che già gli avevano appiccicato i Lant; nel frattempo il capo carovana prese congedo da lui e si allontanò con i suoi carri.

Fu solo la sera successiva, quando già il ragazzo, impaziente, stava pensando di lasciare senz'altro Torfen, che, preannunciati da una fanfara alquanto moscia, arrivarono un centinaio di uomini armati, bagnati fino alle ossa, che inalberavano l'insegna di Raint, la torre di Artiglio e il cinghiale in uno scudo troncato giallo e rosso.

Giunsero marciando stancamente per le strade semivuote e fangose, mentre una continua pioggerella cadeva su di loro, e nel sentirli arrivare le poche finestre o botteghe ancora aperte chiusero rapidamente i battenti.

"In questi giorni, uomini armati e per di più in gruppo, vogliono dire ruberie, violenze, rapine, e quelli di Lord Raint sono i peggiori" sentenziò un vecchio, rientrando precipitosamente in casa, lo sgabello dove era stato seduto fino a quel momento sottobraccio.

"Parli così perché non hai mai avuto a che fare con gli Haltamanni! Io purtroppo li ho visti in azione!" ribatté una donna dalla finestra.

Dal sottotetto sbucò un naso e una voce chioccia, di sesso incerto, che sentenziò. "Sempre meglio delle bande delle varie città *libere*! Quelle, oltre a rubare, pretendono anche di arruolarti!"

Le finestre si chiusero con furia, una dopo l'altra, le porte vennero sbarrate... in un batter d'occhio Gofrid si trovò solo in mezzo alla strada piena di pozzanghere e si affrettò a raggiungere la taverna dove aveva preso alloggio, "*I tre Galli*".

Torfen era una città grande, secondo i canoni norlesi, e si vantava di essere stata una delle antiche città stato, ma i punti di ritrovo non erano molti. Quella taverna, con le due ampie stanze al piano terra, le camere per i viaggiatori ai piani superiori e l'ampia scelta di vino, birra e zuppe di tapioca, serviti per di più da tre ragazzotte anche troppo disponibili, era uno dei luoghi d'incontro più frequentati. Proprio per questo motivo Gofrid l'aveva scelto, nonostante i prezzi troppo elevati per le sue tasche anemiche, sicuro che almeno una parte dei soldati avrebbe fatto una sosta là.

Infatti, come entrò nella lunga stanza d'ingresso, vide che le sue aspettative erano condivise dall'oste, che aveva fatto sparire le suppellettili più fragili, i piatti pieni di carne salata, le polpette di tapioca e le focacce che abitualmente teneva esposti sul bancone, nonché la moglie e la figlia. Le tre serve, invece, più strizzate e dipinte del solito, erano schierate in bell'ordine vicino a lui.

"Vedo che attendete clienti, mastro Mievel!" lo salutò.

"Gruunf!" grugnì l'uomo in risposta. "Clienti! Ladri, sarebbe meglio dire... o pensate che mi pagheranno tutto ciò che mangeranno, berranno e ruberanno? Siete un ingenuo, ragazzo! Se sarò fortunato, avrò un pezzo di carta in cui dichiarano quanto mi è dovuto, ma non da chi devo farmelo pagare. Ma tant'è! Meglio derubato che assassinato, bruciato, imprigionato! Beato voi che potete andare a chiudervi in camera vostra!"

Brontolando, si volse al garzone che stava sostituendo la botte di vino pregiato, che abitualmente faceva bella mostra di sé dietro il banco, con un'altra, piena di un liquido rossastro di dubbia qualità e provenienza.

"Scambia anche le etichette, scemo! Là! Tanto, non capiscono niente..." esclamò, poi si girò di nuovo verso Gofrid, che si era seduto a un tavolo là vicino. "Ancora qua!" lo interpellò bruscamente. "Filatevela, finché siete in tempo".

"Preferisco restare in sala. Ho bisogno di informazioni e pensavo di chiederle a quei soldati".

"Fate quel che volete, sono fatti vostri" brontolò allora l'oste, stringendosi nelle spalle. "ma se foste mio figlio vi avrei già fatto correre di sù a calci, e avrei chiuso la porta col chiavistello. Siete troppo giovane e biondo per non attirare l'attenzione! Vorranno che vi arruoliate, nella migliore delle ipotesi. Guardate che ho detto: *nella migliore delle ipotesi*".

Il musico tese le lunghe gambe sotto il tavolo e posò la mano sull'elsa della Spada Nera che portava seminascosta sotto il mantello.

"Credo di essere in grado di difendermi" sorrise di rimando al taverniere. "E poi, forse l'idea di arruolarmi non mi dispiace".

Mievel strabuzzò gli occhi e si protese dal bancone, pronto a servire al malaccorto cliente qualche altra perla della sua saggezza, ma in quel momento la porta della taverna si spalancò e una ventina di soldati irruppe nella sala schiamazzando, gridando ordini, picchiando con gli scudi e le spade sui tavoli che andarono immediatamente a occupare, e da quel momento il taverniere non ebbe occhi e mani bastanti per servirli tutti.

Solo un paio d'ore dopo, riempiti di vino, birra, carne e tapioca quegli indesiderati clienti e scomparse le tre serve con un codazzo di ammiratori su per le scale, mentre già i dadi rotolavano sui tavoli sporchi e ingombri di avanzi, si ricordò di Gofrid e diede un'occhiata in sala.

Lo scorse subito, la testa bionda che sovrastava un capannello di soldati attorno a lui, intenti ad ascoltarlo con interesse. Sentendo lo sguardo dell'oste su di sé, il ragazzo si volse a lui sorridendo, facendo cenno di portare ancora da bere; incuriosito l'uomo si mosse con un vassoio e alcune bottiglie e, mentre le poggiava sul tavolo, sentì il giovane parlare in un norlese incerto, con quella sua voce melodiosa, dalle strane cadenze.

"Amici miei, io pensavo di arruolarmi nella Guardia del Duca di Rocca d'Ombra..."

L'arciere vicino a lui rise di tanta supposta ingenuità. "Toglitelo dalla testa, ragazzino! Non è mai stato facile entrare nelle Guardie d'Ombra !"

S'interruppe e sbirciò con fare interrogativo l'uomo che aveva di fronte, un tipo basso e atticciato che sembrava essere il capo del gruppetto e che scosse la testa, infilando poi subito il naso nel vino offerto da Gofrid.

Ma quel muto scambio non era sfuggito al giovane Magio, che s'insospettì e cercò di saperne di più, affettando la massima ingenuità e ignoranza. "Eppure sono sicuro che se potessi arrivare alla Rocca riuscirei a farmi assoldare, sono bravo con le armi !"

A quella vanteria, il capo sbuffò e un altro soldato, più anziano dei primi due, interloquì, con un sorrisetto di sufficienza "Eh, ci vuol altro! Anche quando c'era il Duca...".

"C'era? Cosa volete dire? Io credevo che fosse in Norlandia! A Tharnon ho conosciuto un paio di marinai di Terracqua, che mi hanno assicurato che Lord W'Unker non è più nelle Isole Dorate perché ha fatto ritorno nel suo regno".

A quelle parole, dette con aria innocente e candida, seguì un attimo d'imbarazzato silenzio, che confermò Gofrid nei suoi sospetti e, mentre i tre si consultavano con gli occhi, il giovane Magio usò tutto il suo Potere per influenzarli, per abbattere le loro diffidenze verso di lui, per convincerli a parlare.

Fu l'arciere che prese la parola per primo, alzando le spalle.

"Via, si può anche dire, tanto presto lo sapranno tutti!"

"Presto non è subito! Lord Raint..."

"Lord Raint ha detto che lo farà mettere alla ruota, come un traditore! E che l'esecuzione sarà pubblica".

"Vero, ma non l'ha ancora fatto!"

"Oh, sapete anche voi com'è Milord! Vorrà divertirsi un poco prima... Non ci stai capendo niente, vero, ragazzo?"

"N... n... no" balbettò Gofrid, con le labbra bianche, e il suo interlocutore rise rumorosamente.

"Si vede, hai fatto una faccia! La politica è una cosa complicata e pericolosa".

"Sì, sì, certo... Io... Io credo d'essere troppo... Troppo stupido per..." s'interruppe, la gola secca e la testa che gli girava.

"A te pare impossibile che proprio il Duca abbia tradito i suoi uomini e la terra di cui era Signore e si sia messo al servizio di quei maledetti Isolani, eh?" continuò tranquillo l'altro, senza accorgersi del suo turbamento, o interpretandolo in maniera sbagliata.

"Io... Sì... Ma perché...?"

"Perché lo ha detto Lord Raint" sentenziò il capo del gruppo, deponendo con un colpo netto il boccale sul tavolo e aggiunse, soddisfatto. "Il Lord Generale lo ha spiegato alla guarnigione di Artiglio, dove eravamo anche noi, così adesso sappiamo la verità. Abbiamo perso la guerra per il voltafaccia di quel maledetto Stregone. Per fortuna Lord Raint si è accorto in tempo del tradimento ed è riuscito a lasciare le

Isole con l'ammiraglio Selter e parte dell'esercito e..." a questo punto
abbassò la voce e si chinò verso Gofrid che li ascoltava pietrificato. "...te
lo confido perché ormai ti considero dei nostri. È riuscito a catturarlo!"
"Ne siete sicuri?"
"Più che sicuri! Il traditore ora è ad Artiglio e, conoscendo il Lord
Generale, ne uscirà solo per andare al supplizio, ma dubito che riuscirà
a farlo con le sue gambe!"
Risero tutti e il giovane, pensando confusamente "*Li uccido!*" obiettò
con un filo di voce. "Ma allora perché non si sa nulla, perché Lord Raint
non ha annunciato..." sperando di trovare una falla, un'incongruenza in
quella notizia.
I soldati si guardarono, un poco incerti, perché quello era un punto
sul quale avevano già discusso.
"Ce lo siamo chiesti anche noi" spiegò alla fine il più anziano, con aria
di sufficienza. "Avevamo fatto diverse ipotesi, ma adesso abbiamo
capito. Gli Isolani hanno mandato qua degli ambasciatori per trattare la
pace, e non è certo il caso di complicare le cose con l'esecuzione
pubblica del nostro antico Signore!"
La notizia, inaspettata, aprì nuove prospettive a Gofrid, che con le sue
domande apparentemente ingenue riuscì a tirar fuori all'arciere tutto
ciò che sapeva.
"Lord Raint ha lasciato Artiglio e sta andando a Dusk, dove incontrerà
gli ambasciatori, e con lui è andato il Lord Ammiraglio, che era venuto
fino alla nostra fortezza per consultarsi con lui su queste trattative".
"A Dusk..." Le mani del giovane Guerriero tormentarono i capelli,
ricacciandoli indietro.
"Ora che ti abbiamo spiegato come stanno le cose, hai ancora l'idea
balzana di andare a Rocca d'Ombra?" l'incalzò il capo del gruppetto,
senza accorgersi del suo turbamento.
Lentamente, Gofrid scosse la testa: aveva trovato degli alleati
inaspettati.
Ricordava bene le mappe che W'Unker aveva disegnato per lui e
sapeva che Torfen non era molto lontana da Dusk, secondo il metro
norlese, e che esisteva una strada che le collegava.
Selter sarebbe stato là e con lui Raint, che aveva osato mettere le mani
su suo padre. Li avrebbe visti, avrebbe saputo da loro la verità e, nel
caso, avrebbe potuto chiedere l'aiuto degli ambasciatori isolani.
Intanto il suo gesto era stato accolto dai festosi schiamazzi dei soldati
che si rallegrarono per il suo ripensamento; riuscì a sopportarli ancora
per un poco, senza ricavarne altre notizie utili, e poi si congedò, con la
vaga promessa che avrebbe pensato seriamente alla loro proposta di
arruolarlo nell'esercito di Lord Raint e che l'indomani mattina ne

avrebbe riparlato con loro.

Ma era ancora notte, un'oscura notte senza stelle e piovosa, quando lasciò la taverna su un cavallo, pagato con gli ultimi denari e buona parte del suo equipaggiamento, e si diresse a gran galoppo verso Dusk.

***

Lord Cuiev diede un'ultima occhiata alla Sala Rossa, così chiamata per le quattro grandi colonne lisce dipinte di quel colore che ne sorreggevano la volta ad arco, e respirò, soddisfatto.

Poteva dire che nei pochi giorni avuti a sua disposizione per preparare quel delicatissimo incontro aveva fatto miracoli!

Era riuscito a superare i sospetti, le gelosie, i dubbi di tutti i partecipanti e ad allestire in maniera decente un edificio per la riunione, anche se l'ultimo cambiamento di sede, da Lorf a Dusk, l'aveva fatto seriamente disperare. In ogni modo, ce l'aveva fatta: aveva affittato un palazzotto vuoto ed era riuscito a dargli un aspetto decoroso.

Si guardò ancora intorno e annuì, rassicurato. La stanza era arredata semplicemente con un grande tavolo di noce massiccio, contornato da alti seggioloni forniti di comodi cuscini, una scrivania per l'interprete-segretario degli Isolani, vicina ai tavolini per gli altri due segretari e, sul fondo, due panche e una grande credenza.

C'erano tre porte, due delle quali davano sul cortile esterno e la terza che portava all'appartamento occupato dai diplomatici isolani. Aveva già arruolato nove armigeri mercenari perché le vigilassero, le aveva fatte munire di robuste serrature e, per maggior precauzione, aveva fatto chiudere ermeticamente anche l'unica grande finestra che si apriva sulla strada.

Sarebbe andato tutto liscio e forse il suo successo avrebbe convinto Lord Freth ad accettare la sua domanda di trasferimento in un'altra sede diplomatica. Già da tempo non ne poteva più del freddo e della pioggia norlese, ma ora s'erano aggiunti anche i pericoli della guerra civile!

Lo riscosse il rumore di una porta che si apriva e si volse, un cortese saluto di benvenuto sulle labbra, verso il gruppetto degli Isolani che veniva a prender posto, ma il sorriso gli si gelò sulle labbra.

Dietro a Lady Solea Min, elegantissima in un abito marrone e oro, i capelli raccolti in un ricco velo dorato, e al Lord Generale Takab, in alta uniforme, stava entrando, precedendo mastro Bertrado Cordiera avvolto in una pesante zimarra di lana, uno sconosciuto, un giovane alto e biondo con un bel viso inquieto e deciso, della cui presenza non era stato assolutamente avvisato. Prima che potesse avvicinarsi e chiedere spiegazioni, dalla porta opposta il comandante degli armigeri annunciò.

"I Lord Reggenti di Norlandia".

Cuiev si volse subito a loro, sprofondandosi in un inchino, e intanto, secondo gli ordini ricevuti in precedenza, i mercenari uscirono dalla sala e si disposero di guardia fuori dalle porte. Bertrado, come concordato, le chiuse a chiave, sedendosi poi alla sua scrivania, mentre anche gli altri segretari, appena arrivati, prendevano posto.

Lord Cuiev con un gesto invitò tutti a sedere al tavolo, ripassando intanto mentalmente l'elaborato discorso che aveva preparato per dare inizio ai negoziati, quando un sibilo rabbioso lo congelò.

"Tu!"

Rosso in faccia, il generale Raint stava puntando il dito contro lo sconosciuto biondo, ringhiando furioso. "Maledetto santocchio, nessuno mi aveva detto che ci saresti stato anche tu!"

Mentre l'ambasciatore terracquano arretrava, vedendo svanire le sue speranze di una bella sede comoda e tranquilla, Dama Min si compose un sorriso di scuse sulla faccia.

"Avete ragione, Lord Generale!" tentò. "È stata una decisione dell'ultimo minuto, ma è sembrato opportuno..."

"Balle. È venuto qua per qualche maledetto imbroglio! Cosa ti sei messo in testa, eh, bamboccio? Di pretendere l'eredità di W'Unker?"

Gofrid fece un passo avanti, superando Dama Min che, mettendosi in mezzo, in qualche modo aveva tenuto separati i due uomini e chinò la testa per guardare Raint negli occhi.

"Dov'è mio padre?!" proruppe.

Improvvisamente sul viso congestionato di Raint si disegnò un sorriso contorto, malvagio, poi l'uomo si avvicinò a Gofrid fino a toccarlo, spiandone avidamente l'espressione.

"Sulla mia vita, non lo so".

"Non mentite!" gridò il giovane, serrando i pugni. "Sono stati i vostri uomini, che mi hanno raccontato che lo tenete prigioniero ad Artiglio! Ma ora..."

Davanti alla collera del Magio, Raint diede addietro un passo, ma sul suo viso il sorriso divenne un ghigno, mentre annuiva. Guardò fissamente il ragazzo, ripensando a quando lo aveva avuto in pugno, ad Artiglio, quando lo aveva fatto torturare e lo aveva malmenato lui stesso... Senza accorgersene, si leccò le grosse labbra, mentre la faccia gli si imporporava, e iniziò con piacere, spiando il dolore su quel bel viso.

"È vero, ma tuttavia io non ti ho mentito. Sua Altezza Serenissima è stato ospite della mia umile dimora, ma non era dell'umore giusto per comunicare, nonostante gli sforzi generosamente profusi dai miei onesti lavoratori. Così, visto che non gli servivano per soddisfare la mia legittima curiosità, gli ho fatto strappare gli occhi e la lingua e troncare le mani. Poi, l'ho cacciato dalla mia fortezza... e non so dove sia ora".

Non aveva ancora finito di parlare che Takab, che aveva l'aveva ascoltato terreo in volto, si era già gettato contro di lui, rovesciando la scrivania di Bertrado.

Con un grido Solea si mise in mezzo, con le mani puntate sul petto dell'Isolano, quasi a tenerlo lontano da Raint.

"Weljmir, in nome della Dea!" lo supplicò, trattenendolo. "Vuoi far scoppiare un'altra guerra?"

Intanto Gofrid, che era rimasto un attimo immobile, livido come un morto, si riscosse con un grido d'orrore e, scostati i due delegati isolani, d'un balzo fu alla gola di Raint.

"Tu morrai qui!" gli urlò, serrando le lunghe dita agili e forti sulla gola del generale e scuotendolo come fosse un burattino, mentre l'uomo, paonazzo e con gli occhi fuori dalle orbite, si divincolava, tentando invano di invocare aiuto.

Del resto le guardie erano dietro alle porte serrate e Bertrado Cordiera, che aveva le chiavi, stava rannicchiato sotto la sua scrivania, pressoché invisibile, mentre i suoi due colleghi, dopo un attimo di incertezza, si erano infilati nella credenza.

In un angolo della sala l'ambasciatore di Terracqua si strappò i capelli e Selter, prudentemente alle sue spalle, si torse le mani con la confusione e il raccapriccio scritti sul volto.

Dalle tre porte chiuse si levarono le grida e i colpi dei soldati, messi in allarme dal rumore, e nel sentirli Raint, violaceo in faccia, raddoppiò i suoi sforzi per liberarsi e per gridare aiuto, ma Gofrid, il viso furioso inondato di lacrime, non lasciò la presa e, tenendolo sempre per la gola con una mano, con l'altra continuò a colpirlo, gridando incoerenti parole d'odio e di orrore.

Nel frattempo Solea, che era riuscita, almeno apparentemente, a riportare alla ragione Takab, lo lasciò afflosciato su una panca e si aggrappò alle larghe spalle del Magio pregandolo e supplicandolo.

"Gofrid, figlio mio, no! Non aggiungere delitto a delitto! È un assassino, un miserabile, ma qui è protetto dalla pace della Dea!"

Ma neppure l'invocazione alla Luce cui era Consacrato riuscì a placare il ragazzo, che però, mentre cercava di liberarsi dall'energica presa di Dama Min, incespicò su un seggiolone. Perse un attimo l'equilibrio e Raint ne approfittò per svincolarsi, poi, con la velocità e l'energia che il terrore gli aveva messo in corpo, balzò sul balcone, ruppe il vetro e saltò nella strada, folle di paura, senza neppure pensare di raggiungere la sua scorta che l'aspettava in cortile.

Dietro di lui, il bel viso ridotto a una maschera di furore, si precipitò Gofrid, ma Solea lo afferrò per le braccia gridando e pregando e intanto, dalla panca dove si era accasciato, si alzò Takab, raccolse da terra un appuntito tagliacarte e con un urlo di rabbia scavalcò anch'egli il davanzale, mettendosi alle calcagna di Raint, che fuggiva a tutta velocità per la stretta strada, nella pioggia battente.

Il Magio fece per seguirli, ma Dama Min lo strinse con forza, ansante, il velo a terra, i lucidi capelli neri mezzi sciolti sulle spalle.

"No, no!" implorò. "Devi prima ascoltarmi... è importante! Ascoltami, prima pensa... Pensa che..." Non sapeva cosa dire, cosa inventare per trattenerlo, per placare quella furia rabbiosa, quel dolore. Girò gli occhi verdi per la sala e vide che Bertrado era strisciato fuori dalla sua scrivania e si dirigeva verso le porte, le chiavi in mano e uno sguardo interrogativo negli occhi spaventati.

L'anziano Lord Cuiev era accasciato sull'unica seggiola rimasta in piedi e respirava affannosamente, dalla credenza sbucarono le facce impaurite dei due segretari e Lord Selter si appoggiò al muro tormentandosi le mani, tirandosi il naso, lo sgomento negli occhi, il viso livido.

La Dama fece un cenno di assenso a Cordiera, indicandogli le porte, e strinse con più forza le braccia contratte del Magio.

"Sì, ragazzo mio" improvvisò "la disperazione può essere cattiva consigliera! Tu hai sentito Raint, solo Raint... Sei certo che non abbia mentito?"

Tutto il grande corpo del giovane si rilassò d'improvviso e Gofrid volse a Solea un viso in cui dolore, angoscia e speranza si mescolavano, poi prima che la donna, che ora non era più sicura di aver fatto bene a parlare così, potesse aggiungere qualcosa, si liberò con decisione della sua stretta e andò a piantarsi davanti all'Ammiraglio.

Nel vederselo di fronte, alto, pallido, gli occhi violetti brucianti, l'uomo d'istinto scivolò di fianco, cercando di allontanarsi, ma lo fermò la voce del giovane, di nuovo quieta e melodiosa.

"Milord, non temete!" lo implorò. "Sono calmo adesso. Vi prego, vi supplico... Per la misericordia della Dea, per la vita che vi risparmiai, parlate! Se sapete qualcosa, e certo è così, ditemelo. È vero... È vero quanto Raint ha raccontato?"

A Selter parve che nel suo stomaco si fosse formato un sasso e che stesse cercando di salirgli in gola, soffocandolo, impedendogli di parlare, ma il ragazzo era di fronte a lui, supplichevole, le mani tese e gli occhi velati dal pianto, eppure ancora pieni di speranza. E toccava a lui spegnerlo, quell'ultimo barlume... non c'era altro da fare! Dentro di sé maledisse mille volte il suo complice, la sua crudeltà e la sua fuga.

"Ebbene... Sì" cominciò infine, a fatica. "Consacrato! Credimi, io non ho colpa, ero a Tharnon, quando Pevis si è impadronito di Lord W'Unker, non so ancora come, e lo ha imprigionato ad Artiglio. Io non sapevo niente di niente, non potevo neppure sospettare... e quel dannato si è ben guardato dal dirmi qualcosa. Ma ho anch'io qualche informatore, là dentro, e così venni a conoscenza di tutto l'affare. Mi mossi subito. Parlando con sincerità, pensavo di servirmi del Duca per venire a patti con le piccole sacche di malcontento ancora esistenti in Norlandia".

Si fermò un attimo e sbirciò Solea, sperando di essere riuscito a minimizzare le difficoltà che i Reggenti avevano incontrato al loro ritorno in patria, ma i lunghi occhi verdi della donna erano imperscrutabili.

"Ecco... Mi affrettai, come vi ho detto, ma... Ma giunsi lo stesso troppo tardi" riprese allora, con un grosso sospiro. "Accecato dall'odio, dalla gelosia, dall'invidia che aveva sempre provato per lui, furioso per non essere riuscito a carpirgli quei segreti su Rocca d'Ombra che bramava, Raint aveva già portato a termine la sua vendetta, così come ti ha detto. Per un'intera giornata cercò di negare di aver mai avuto il Duca nelle sue mani, ma alla fine lo ammise e rise, raccontandomi il supplizio. Lirkar, accanto a lui, confermò le sue parole. Inorridii, Magio, te lo giuro! Ma ormai era tutto finito, non c'era più niente che io potessi fare, niente... e..." Si interruppe di nuovo e guardò Gofrid che scuoteva la testa, come a negare quanto aveva udito, il viso pallido impietrito. "Non mi credi, Consacrato? Ebbene, io... Io so che il vostro Potere vi permette talvolta di leggere nelle menti, anche in quelle degli uomini comuni, se non si oppongono. È una cosa che mi fa paura, non lo nego, ma se vuoi, se puoi, leggi in me e vedrai che non ti inganno".

Tremò, dicendo così, e ancora di più tremò nel vedere il giovane annuire e venirgli più vicino, fissandolo con quegli incredibili occhi di zaffiro.

Serrò le palpebre, aspettandosi una sensazione terribile, devastante, ma sentì solo un lieve tocco, come il soffio di una brezza gentile, come una fuggevole carezza sui suoi pensieri e per un attimo gli parve che la sua mente fosse illuminata da una luce bianca, limpida e dolce.

Un attimo, durò un attimo poi tutto tornò come prima. O forse no, perché in quel breve lampo di luce si era visto così come non aveva mai voluto vedersi, in tutta la sua miseria, la sua viltà, la sua vana ambizione e ne aveva provato vergogna.

Respirando affannosamente, riaprì gli occhi e scorse Gofrid che si ritraeva, coprendosi il volto con le mani e Solea che lo abbracciava piangendo. Poco più in là, mastro Cordiera, che stava aprendo le porte serrate, si soffiò il naso nel fazzoletto con sospetta energia.

Selter non sapeva cosa fare, cosa dire: sentì il bisogno di discolparsi, ma nessuno lo accusava di niente, avrebbe voluto parlare, consolare, ma intuì che non ne sarebbe stato capace perché tutta la sua comprensione, tutta la sua compassione l'aveva sempre e solo riservata per sé, e ora era tardi, troppo tardi, forse, per cambiare.

Voleva fuggire, ma restò e si sforzò d'avvicinarsi di un passo, notando appena che intanto Lord Cuiev, soccorso dai due segretari, si era rimesso in piedi e stava dando spiegazioni e ordini al picchetto di guardia, che finalmente era riuscito ad entrare.

Dama Min teneva sempre stretto a sé Gofrid, ma neppure lei riusciva a trovare una parola di conforto, perché davanti agli occhi aveva sempre non il terribile W'Unker, ma Valmar, così come l'aveva conosciuto fanciulla.

"Non c'ero, l'avevo lasciato solo... lui, che per me aveva rinunciato al suo regno!" singhiozzò intanto il giovane Magio, il viso premuto sui capelli della donna. "Ero a Wan Tunhe, con i miei amici, felice, spensierato, quando quel maledetto l'ha rapito, e la mia inutile spada non si è levata a difenderlo! Non potrò mai chiedere il suo perdono, quel dannato lo ha ucciso..."

"E mi è sfuggito".

La voce di Takab, rauca e collerica, lo ammutolì. Il generale isolano era ritornato dal suo inutile inseguimento, fradicio per la pioggia che continuava a scrosciare inesorabile, la sconfitta e la rabbia scritta in chiare lettere sul volto.

Con un gesto di stizza e di stanchezza si lasciò cadere di sghembo su uno dei seggioloni, che i militari avevano rimesso al loro posto, guardò il tagliacarte che stringeva ancora come se non sapesse che cosa fosse e lo lasciò cadere a terra, prendendosi la testa grigia tra le mani.

"Conosce Dusk, quel maledetto, e io no" continuò, senza guardare nessuno. "Ha fatto perdere le sue tracce". Rialzò il viso e vibrò un pugno sullo schienale. "L'ho tradito e abbandonato a Idragor, ho permesso che lo scacciassero dalle Isole, e ora non sono stato neppure capace di vendicarlo!" concluse amaramente.

Gofrid si sciolse da Solea e fece un passo verso di lui, senza curarsi di celare le lacrime; nel vederlo piangere, Takab balzò in piedi, bestemmiando, e i suoi occhi si volsero furiosi a Selter, che immediatamente cominciò a retrocedere verso il picchetto, imitato dall'ambasciatore e dai due segretari, mentre Bertrado scivolava dietro la sua scrivania.

Solea si mise le mani nei capelli, poi si fece forza.

Raccolse il velo pesticciato, se lo aggiustò in qualche modo sulla testa, si rassettò il vestito, si asciugò gli occhi e si avvicinò rapida a Takab, mettendogli una mano sul petto.

"Weljmir, a dopo le spiegazioni, la vendetta, la collera" lo pregò a voce bassa, ma con fermezza. "Ora pensa a *suo* figlio. Portalo fuori di qui. Non vedi in che stato è?" E lo spinse verso il ragazzo.

La furia allora si spense negli occhi del Generale e l'uomo si avvicinò a Gofrid, l'abbraccio e, parlandogli piano, lo guidò verso la porta che dava ai loro appartamenti.

Dama Min li osservò qualche istante, poi, con un sospiro di sollievo, si volse a Selter, che stava chiaramente meditando di andarsene. Si aggiustò meglio i bei capelli, tra i quali si vedeva un'unica ciocca bianca, che sembrava messa là per far meglio risaltare il colore scuro della ricca chioma, e gli si avvicinò, imprimendosi un sorriso dolce e timido sulle labbra, mentre alzava su di lui gli splendidi occhi verdi.

Anche lei era dolente e sconvolta, ma intuiva che quello era il momento buono per ottenere qualcosa, perché perfino l'ammiraglio norlese era confuso e turbato per l'orribile fine del suo antico Signore e forse ancora di più per il dolore che questa aveva suscitato. Ora che Raint, il più forte e pericoloso dei due Reggenti, se ne era andato, Selter avrebbe finito per cedere, per accettare le loro condizioni, purché lo convincesse a restare e a riprendere le trattative l'indomani, quando fosse riuscita a riportare alla ragione Takab.

Sospirò piano e tese la mano verso l'ammiraglio norlese. "Milord," cominciò" prima di prendere congedo, lasciate che vi ringrazi e che vi dica che avete dimostrato cuore e coraggio. Grazie". La bella mano si appoggiò appena sul suo braccio e gli occhi verdi scintillarono tra le folte ciglia.

Selter sapeva benissimo, per passata esperienza, che la Dama stava cercando di abbindolarlo e sapeva anche che glielo avrebbe permesso, semplicemente perché gli era impossibile fare altrimenti; così capitolò subito, baciò la mano della donna e si schermì, rassegnato. "Purtroppo, mia Signora, non ho potuto offrire che parole; ma, se queste mi hanno ottenuto la vostra approvazione, ne sono lieto lo stesso. Ditemi ora se posso..."

"Ah, sì!" Solea lo interruppe, serrandogli appena le dita, prima che l'uomo finisse la sua frase con qualche piaggeria cortese. "Vedete in che stato siamo!" l'incalzò. "Lord Gofrid è fuori di sé e neppure il Lord Generale Takab è in grado, ora, di iniziare trattative delicate e importanti come quelle che dovremmo portare avanti. E io... Io sono solo una donna e sono stanca, e sconvolta. Acconsentite a rimandare a domani mattina le nostre trattattive".

Selter non aveva neppure preso in considerazione l'idea di riprendere i negoziati, né subito, né il giorno dopo. Voleva soltanto andarsene al più presto e cercare di dimenticare quello che era successo e quello che aveva provato in quelle ore.

Tentò subito di spiegarlo a Solea. "Milady, non potrei mai obbligarvi a sottostare a una simile prova, da sola! Certamente il nostro colloquio si conclude qui. Ma, per quanto riguarda la ripresa dei negoziati... Ehm... C'è da tenere presente anche l'assenza di Lord Raint e..."

"Tratteremo con voi, con voi soltanto!" esclamò vivacemente la dama, lanciandogli un'occhiata piena di candida fiducia. "Dopo quanto è successo," continuò "dubito che un ritorno del vostro alleato sarebbe opportuno. Con voi, invece, è un'altra cosa, e del resto, non avete poteri pari ai suoi in Norlandia? Ma rimandiamo, vi prego, tutto questo a domani! Ora sono stanca, stordita e mi confondo".

Dicendo così, si appoggiò per un attimo alla sua spalla, e ancora una volta Selter fu avvolto dal ricco profumo che proveniva da quella chioma sontuosa e, non convinto ma rassegnato, cedette al fascino della donna.

"Domani allora, come volete, mia Signora, e riposate bene!" promise con un sospiro.

Raggiunto il risultato voluto, Solea lo congedò con un languido sorriso, poi si accomiatò anche da Lord Cuiev e dai suoi segretari, con le giuste espressioni di scusa e di rammarico, mise in libertà il picchetto e si lasciò cadere sbuffando su un seggiolone.

"Ma guarda se mi tocca ancora fare la civetta alla mia età!" brontolò, scalciando via le eleganti pianelle ricamate, alte e scomodissime, che indossava. Poi, alzando la voce, "Ber-tra-do! Per domani mattina all'alba voglio tutti i nostri documenti in ordine su questo tavolo. E adesso... Adesso andiamo in traccia di quella furia di Takab, e vediamo se riesco a far ragionare anche lui".

Capitolo settimo

KALATUR.

La *Procellaria* dondolava leggermente sotto la spinta delle onde e del vento, ancorata al largo delle Scogliere del Naufragio, lontana dai pericolosi fondali della zona e tuttavia abbastanza vicina ai porticcioli naturali, da sempre utilizzati dai pescatori e dai contrabbandieri locali. Era stato Pyvor Khalev a guidarla fin là, dove per anni aveva esercitato l'onesto mestiere di pescatore... almeno, stando a quel che dichiarava con faccia seria e occhi sorntioni. Aveva assicurato che difficilmente le imbarcazioni delle Guardie di Mare si facevano vedere in quella zona e Iulo aveva accettato di buon grado i consigli del Norlese e si era ancorato là, visto che sembrava impossibile entrare in un porto norlese senza autorizzazione, soprattutto se si batteva la bandiera dell'Intesa!

"La bandiera non sarebbe un problema! Ne ho un'altra dozzina stipate nel quadrato ufficiali, senza contare la nostra, quella dei Liberi Naviganti, anch'essa però poco popolare qua!" brontolò il capitano della Procellaria rivolto al fratello e alla moglie, ambedue al suo fianco sulla tolda della nave.

"Non è questione di bandiera, ma di permessi!" lo contraddisse Dano. "Speravamo che nella confusione succeduta alla sconfitta e alla sparizione del Duca fosse possibile farne a meno, invece pare che ce ne vogliano molti di più, praticamente uno per ogni fazione, e fazioni ce ne sono decine!"

"Almeno chiedessero tutti gli stessi documenti! Non avremmo difficoltà a falsif... ehm, a esibirli, ma ognuno ne pretende di diversi, e quelli che vanno bene ad un gruppo, sono visti con sospetto in un altro! Non so dove sbattere la testa... E tu, che ne dici, Giselda?"

La giovane sollevò una faccia verdolina dal parapetto della murata.

"Io credo che non siano i documenti che ci mancano, ma il contante" stabilì. "Se ne avessimo abbastanza per ungere tutte le ruote di questo carrozzone sfasciato che è la Norlandia, a quest'ora saremmo a terra, sulle tracce di mio padre e di mio fratello".

Cupi, i due Lant annuirono e intanto si avvicinò Zelmir, un grosso rotolo di corde su un braccio e un secchio nell'altra mano.

"Forse Pyvor e Nira ci porteranno qualche buona notizia!" li incoraggiò.

I due Norlesi, infatti, erano scesi a terra assieme a Tam con la scialuppa più piccola e contavano di raggiungere Tharnon per prendere là contatti con le loro vecchie conoscenze e trovare il modo di togliere d'impaccio la *Procellaria*.

Con gli abituali prudenza e pessimismo, Khaven aveva ricordato che erano passati pressappoco due anni dal giorno in cui aveva lasciato la Norlandia, due anni di guerre e di rivolte. Nira, per non essere di meno, aveva piagnucolato che, visto il modo con cui erano fuggiti dal paese, non erano neppure sicuri dell'accoglienza che avrebbero trovato, e a questo punto era stato impossibile impedire a Tam di scendere a terra con loro, in difesa di quella dolce creaturina...

Stavano ormai aspettandoli da parecchio, e più tempo passava, più Iulo si sentiva inquieto.

"Forse ci mettono tanto perché hanno trovato qualcuno disponibile a darci una mano" suggerì Dano, sbirciando il muso lungo del fratello.

"Speriamo" aggiunse Clorinda, giunta di soppiatto alle loro spalle per spedire Zelmir a lavorare. Ma la sua faccia era più lunga ancora di quella del suo capitano e il tono della voce smentiva le parole.

"Non sei convinta che torneranno con buone notizie, mastro?" chiese il giovane principe, cercando di ignorare le occhiatacce feroci della donna.

"Prima, spiegami cosa fai a zonzo sul ponte con un rotolo di cordami e un secchio vuoto! E poi... No, non sono convinta".

Con un gesto deciso la donna strappò dalle mani del giovane il secchio incriminato, lo capovolse e vi piazzò sopra le sue natiche robuste, fissando i suoi ufficiali comandanti e l'Erede dei Montaldo con aria di sfida.

Giselda le diede un'occhiata apatica e tornò a sporgersi dalla murata, ma Iulo si sedette a sua volta sul rotolo di corde che Zelmir, rinunciando anche a fingere di lavorare, aveva lasciato cadere a terra.

"Sai qualcosa che io non so, oppure..." cominciò, inquisitorio.

"Capitan Iulo," brontolò la donna "questo è un viaggio nato sotto cattivi auspici".

"Oh, andiamo! Non farmi l'uccello del malaugurio, adesso!"

"Io? Sono i fatti che lo dicono! Da quando abbiamo lasciato Terracqua ne sono successe di tutti i colori, a cominciare dai malesseri di tua moglie, che non aveva mai sofferto il mare prima. Poi abbiamo perso un remo in mare e, quando siamo riusciti a sostituirlo e a ripartire, abbiamo incontrato una tempesta che ha lacerato una vela. Riparata quella, come se non avessimo perso già abbastanza tempo e denaro, è marcita l'acqua nelle botti e abbiamo dovuto fare una tappa non prevista in Rutlandia".

"Dove abbiamo potuto constatare che la memoria del Capo Lerxis è eccellente, anche se in questi anni ha fatto carriera ed è stato trasferito" deprecò Dano, carezzandosi i baffi.

"Abbiamo dovuto salpare le ancore con una certa velocità e fare un ampio giro per evitare le due imbarcazioni da guerra che ci aveva messo alle costole. Quando uno non sa stare agli scherzi!"

"Il mare intorno ad Harks era sconvolto da una tempesta come da anni non si vedeva" continuò poi ad enumerare Clorinda "e sul braccio dell'Arcipelago del Tramonto soffiava un vento da Nord di tale forza che abbiamo stentato ad arrivare in Norlandia. E una volta arrivati, siamo bloccati qui. Ora, se questa non è la malasorte, io non so!"

"Basta così, mastro. Hai elencato una serie d'imprevisti comunissimi in un viaggio così lungo e difficile. Forse questa volta noi l'abbiamo affrontato con troppa premura e leggerezza, ecco tutto".

Iulo era seccato, temendo che le parole di Clorinda spaventassero la ciurma, in gran parte superstiziosa come tutti i marinai; e sua moglie si unì a lui, cercando di sminuire la portata degli incidenti.

"Sono cose che possono succedere a tutte le navi, niente di grave".

Clorinda lanciò un'occhiata meditabonda alla figlia dell'Artiglio di Fuoco.

"No" concesse, pensierosa. "Ma sembrerebbe che qualcosa volesse impedirci di giungere in Norlandia, e io non trascurerei questi segnali".

Giselda sobbalzò e volse al nostromo un viso improvvisamente furioso.

"In qualche parte di questo paese, benedetto o maledetto che sia, ci sono mio padre e mio fratello, che hanno bisogno del nostro aiuto! Non ci sono predizioni, intuizioni, presagi che mi impediranno di cercarli, di soccorrerli, dovessi scendere a terra su una scialuppa, io sola! È chiaro? È soltanto il loro pericolo che mi ha fatto continuare questo viaggio, quando invece forse..." Ammutolì e tornò alla murata, allontanando con una mano Iulo, che molto preoccupato, la stava seguendo.

"Giselda, amor mio, cosa c'è? Sei malata?"

La testa rossa venne scossa vigorosamente.

"No. Sono... Sono inquieta, ecco. Per... Per Gofrid, e per il Duca".

Il giovane era tutt'altro che convinto, ma rimandò le spiegazioni a un momento più opportuno, quando, per lo meno, non ci fossero fila di spettatori interessati a commentarle, e rovesciò invece la sua irritazione su Clorinda.

"Mastro, smettila di fare la fattucchiera di Tork! Non voglio sentire fiabe di questo genere sulla mia nave! Quanto a te, Zelmir, se scopro che ripeti in giro questi discorsi idioti, ti rimando, ben impacchettato, a tuo padre, o all'affascinante Elear".

Il giovane fece una smorfia.

"Mentre, se faccio il bravo bambino," contrattò "mi sbarcherai in

Rutlandia, come mi avevi promesso?"

"Sì, se avremo recuperato i nostri Magi in condizioni di poter prendere il tuo posto sulla nave. Siamo a corto di marinai, lo sai".

La smorfia di Zelmir si allargò e divenne una franca risata.

"Il Duca ai remi? Il Duca a ramazzare il ponte? Il Duca a svuotare buglioli?"

Per un attimo i due Lant si cullarono in quella visione, poi scoppiarono a ridere e a loro si unì Clorinda, mentre anche Giselda sorrideva, divertita.

In quel momento, echeggiò la voce acuta e inconfondibile di Tam:

"Ehi, dalla *Procellaria*! Chiediamo di salire a bordo".

Poco dopo, sistemati nel quadrato ufficiali, i tre riferirono il risultato della loro missione. Di fronte a loro, appollaiati su una panca, i Lant, mentre Giselda s'era impadronita dell'unico seggiolone comodo e Clorinda era uscita brontolando, tirandosi dietro un neghittoso Zelmir, che invano, gli orecchi ben aperti, aveva cercato di confondersi con le tende dell'oblò.

Ma c'era ben poco da sentire, fin dalle prime parole fu subito chiaro che non avrebbero potuto sbarcare neppure a Tharnon.

Dano bestemmiò, senza neanche prendersi il disturbo di abbassare la voce, e del resto Giselda era tanto furiosa e preoccupata che non se ne accorse nemmeno.

"Da Dorfir" elencò invece con rabbia "dove sembrava che non ci fosse nessuna difficoltà, siamo stati rimandati al porto di Rizhor, che pareva fare al caso nostro, per scoprire però che anche questa città si era proclamata indipendente. Siamo finiti proprio nel mezzo di uno scontro tra gli scalcinati soldati del Consiglio Deliberante Cittadino e gli uomini dei Reggenti, a pochi metri di distanza dal lungo naso di Selter, che li dirigeva".

"Con il solito scarso successo" l'interruppe il marito, sogghignando, e Giselda, suo malgrado, si unì alla risata e annuì, ricordando la precipitosa ritirata dell'Ammiraglio.

"Da là siamo finiti alle Scogliere, sperando che a Tharnon, ci fossero ancora dei camerati di Pyvor e che fosse possibile convincerli ad aiutarci" riprese, nuovamente seria. "Intanto tra incidenti, tempeste e inutili viaggi su e giù per le coste norlesi abbiamo perso mesi, e sarà sempre più difficile ritrovare le tracce di mio fratello e di Lord W'Unker, sempre che riusciamo a scendere da questa bagnarola!"

Profondamente offeso per l'insulto alla sua nave, Iulo le lanciò uno sguardo risentito e intanto Pyvor, la sconfitta scritta sulla faccia, allargò le braccia in segno di impotenza, mentre dietro di lui Tam sospirava e

Nira pigolava una serie di scuse.

"Veramente, abbiamo fatto del nostro meglio!" assicurò. "Ma con la morte del Governatore Rekkon è cambiato tutto il personale. Perfino mia zia, che faceva la cuoca ed era proprio brava, è tornata al suo paese! Ne abbiamo parlato a lungo nelle cucine del Governatore, solo che adesso non sono più del Governatore e..."

"Nira, non credo che tua zia, per brava che fosse come cuoca, avrebbe potuto concederci uno di questi maledetti permessi di sbarco, e quindi la cosa non ci interessa!" l'interruppe Iulo con fermezza, poi si volse interrogativo al fratello che nel frattempo aveva consultato delle carte.

"Dubito che ci sia una possibilità di condurre una nave della stazza della Procellaria in qualche insenatura delle *Scogliere del Naufragio*" brontolò Dano incerto, guardando Pyvor che scosse subito la testa.

"I fondali sono troppo bassi..." spiegò. "Peccato, perché là, come sapete, ho delle buone amicizie e conosco bene la zona".

"Potremmo gettare le ancore al largo e sbarcare con le scialuppe".

"Molto rischioso per noi e anche per la nave, tuttavia lo terrò presente, nel caso che ci respingano anche dall'ultimo porto che avevamo preso in considerazione. Come si chiama?"

"Lorf" rispose Dano.

"Lorf?!" strillò subito Nira, di rimando. "Potete rinunciarci subito! Si parlava proprio di questo nelle cucine del Governatore, che ora sono le cucine di Lord Selter, ma adesso lui non c'è..."

"E questo che cosa c'entra?"

La voce di Giselda, che si era alzata in piedi con faccia seccata, era pericolosamente calma e la ragazzina la fissò con aria oltraggiata.

"C'entra! Non mi lasciate mai finire! C'entra, perché l'ammiraglio è andato appunto a Lorf, dove lo aspetta anche il generale Raint per incontrarsi con una delegazione dell'Intesa. Figuratevi se sarà possibile attraccare là!"

Un lungo attimo di silenzio seguì alle sue parole.

"Nira," sospirò infine Tam "se tu lo avessi detto subito, mentre eravamo ancora a Tharnon..."

La ragazza rizzò il nasetto, offesa. "Ho tentato, ma mi avete detto subito di stare zitta, come sempre! Nessuno ha la minima considerazione per me, nessuno apprezza quello che faccio! Non ne posso più di essere trattata come una... una..."

Non trovando un paragone adeguato, decise che era il momento giusto per scoppiare in lacrime e immediatamente fratello e innamorato, dimentichi dei loro comandanti e della loro missione, si precipitarono a consolarla, assicurandola della loro stima e del loro affetto, mentre i due gemelli si guardavano, colti dalla stessa idea e

Giselda rifletteva, una mano sulle labbra.

"Si potrebbe fare" meditò infine Iulo a voce alta. "Temo però che non tutti i possibili inviati di Tumish siano tanto ben disposti verso i gemelli Lant da rischiare un incidente diplomatico per farci sbarcare senza permessi".

"Questo è vero, ma i permessi potrebbero procurarceli loro. Certo, sarà meglio non parlare del Duca, ma trovare un'altra motivazione per il nostro viaggio. Si convinceranno senz'altro delle nostre buone ragioni, non appena saremo riusciti ad inventarcele!" ribatté Dano.

"Bisognerebbe prima sapere con chi abbiamo a che fare" osservò invece Giselda, pensierosa.

Gli sguardi di tutti conversero su Nira che stava soffiandosi il naso nel fazzoletto di Tam e che prese subito un'aria di importanza.

"Lady Giselda, niente di più facile! Ne era al corrente tutta la servitù, dopo che Lord Selter aveva fatto il diavolo a quattro per farsi confezionare in fretta e furia tre uniformi e sei vestiti per non sfigurare davanti al generale Takab e alla Dama che viaggia con lui".

"Takab!" esplosero insieme i due gemelli e Giselda, con gli occhi lucenti di gioia, aggiunse. "E una Dama, una Dama con un importante incarico diplomatico... Non ci sono certo molte donne nelle Isole alle quali Tumish affiderebbe un simile incarico!"

"Dama Solea! È questo che pensi?" chiese Iulo e al cenno di assenso della moglie, che ora sorrideva, si girò verso Nira.

"E non potevi dirlo subito, accidenti a te?" l'apostrofò.

Pyvor corse subito in soccorso della sorella con uno dei suoi proverbi.

"Bocca che tace non fa confusione! Non glielo avevate chiesto, capitano".

Iulo finse di misurare uno scapaccione a tutti e due, poi si volse soddisfatto a Dano e a Giselda. "Rotta su Lorf, dunque, e appena arrivati in prossimità del porto cercheremo di metterci in contatto con gli ambasciatori".

***

Gofrid non avrebbe mai saputo dire come era arrivato in quella stanza, né da quanto tempo era là, seduto rigidamente su un ampio letto contornato da quattro colonnine ritorte, davanti a una grande finestra aperta sulla scura notte norlese.

Se ne stava immobile, senza neppure accorgersi delle lacrime che dal viso arrossato gli cadevano sulle mani serrate a pugno, del freddo che entrava dalla finestra e dell'oscurità che l'avvolgeva, continuando a sentire la voce roca di Raint, gonfia di odio e di piacere perverso, mentre gli raccontava la fine tremenda di W'Unker, e quella di Selter, incerta e piena di vergogna, che gliela confermava... e il silenzio, il terribile silenzio che solo rispondeva ai suoi disperati appelli mentali al padre, un silenzio che era una lugubre convalida.

Morto. Torturato e ucciso. Non gli era stato al fianco, come aveva giurato, la sua spada non s'era snudata per difenderlo; da solo era caduto nelle mani del suo nemico e da solo aveva sopportato la tortura e la morte. E lui, suo figlio, non aveva neppure percepito il momento di quella morte: nulla gli avevano detto i suoi poteri, la preveggenza del suo sangue, e ora era troppo tardi, troppo tardi per tutto.

Morto.

Non l'avrebbe mai più rivisto, non avrebbe mai più udito la sua voce oscura, potente, raddolcirsi quando gli parlava, non avrebbe mai più sentito il lieve tocco carezzevole della grande mano sulla sua spalla, non avrebbe mai più visto quel fugace accenno di sorriso sul viso tormentato...

Assassinato, mentre lui era lontano, dimentico.

Colpì rabbiosamente la colonna del letto con un pugno e lo sguardo gli cadde sulla Spada Nera, che era stata appesa là.

La prese in mano, ricordò.

Gliela aveva data il Duca, durante la fuga da Rocca d'Ombra, quasi scusandosi di non avere altre armi da offrirgli, come se la spada di W'Unker potesse contaminarlo. E in realtà, per un attimo era stato incerto se accettarla o respingerla.

Ora la staccò dal suo sostegno, se la pose sulle ginocchia e la guardò a lungo, poi ne baciò la lama e l'elsa, che tante volte era stata stretta dalla vigorosa destra del Duca... e subito gli tornarono vivide alla mente le atroci parole irridenti di Raint.

Un'ondata di dolore lo travolse, il pianto lo soffocò e scivolò sul pavimento, in ginocchio, la spada a terra vicino a lui, le mani serrate a pugno.

Non sentì il timido colpo battuto alla porta, né l'incerto tossicchiare e sobbalzò quando si udì chiamare con voce esitante.

"Consacrato... Scusami! Ho bussato, ma poi ho visto che la porta non era chiusa e siccome non mi rispondevi mi sono permesso..." Le parole titubanti di Selter morirono in un mormorio, mentre l'uomo entrava nella stanza, deponeva una candela su un tavolo e guardava il viso disfatto del ragazzo.

Rimase un attimo in forse, poi si sedette sul letto, stringendosi addosso la pesante zimarra ricamata che aveva indossato sopra la veste da notte.

"Ascoltami..." cominciò, tormentandosi le mani, "tu devi andartene, subito. Raint ti odia, e non è per il duello di Pamia, né per la parte che hai avuto nella sua sconfitta, cioè, non soltanto. Sei tu, è quello che sei... Oh, non riesco a spiegarmi!"

Il musico lo guardò interrogativo e l'ammiraglio norlese, imbarazzato, si tirò il naso.

"Ma questo non importa" continuò. "Quello che importa adesso è che tu parta. Pevis ora sa che sei qui e non avrà pace fino a che non sarà riuscito a metterti le mani addosso. Né la missione diplomatica, né l'ambasciatore di Terracqua ti potranno proteggere... e io non posso permettere che dopo il padre uccida anche il figlio".

Lentamente il ragazzo si tirò in piedi. "Ammiraglio, vi ringrazio, ma..."

"No, non protestare! Lo so che sei un valoroso, l'ho provato sulla mia pelle! Ma qui sei in Norlandia, e sei solo. Affidati a me. Lascerai Dusk travestito, assieme a un gruppo di uomini miei che ti accompagneranno a Lorf, e da là ti imbarcherai sulla mia *Allodola*, che ti porterà ad Harks. Poi..."

"No".

Il rifiuto suonò netto e Gofrid si scostò dal suo inaspettato alleato, irrigidendosi.

"Vi ringrazio ancora," aggiunse poi, quasi a temperare la sua reazione istintiva" ma non lascerò la Norlandia se prima ..."

Tacque bruscamente, con le labbra tremanti e Selter gli gettò un'occhiata in tralice, mentre sul viso gli si disegnava un sorrisetto compiaciuto.

"Capisco. Sei un guerriero e vuoi vendicarti, vuoi vendicare tuo padre. Sta bene. Io... Io potrei essere d'accordo, potrei aiutarti. Raint ora fa paura anche a me! Sì, t'aiuterò! Lascerai Dusk come ti ho già proposto, ma i miei soldati ti condurranno a Rocca d'Ombra, che Lord Irtow e Lord ar Rosh tengono ancora in nome del Duca. Ti farai riconoscere quale suo figlio ed erede, io ti appoggerò e assieme spiegheremo la bandiera dell'Artiglio di Fuoco. Ci sono altre città che si proclamano ancora fedeli al Duca, e poi i Clan del Nord. Si uniranno tutti a noi e insieme batteremo Raint. Lo lascerò a te... potrai farne ciò che vuoi, vendicare tuo padre..."

Gofrid alzò la destra nel gesto di rifiuto che era stato di D'Aurel e che era il suo e scosse piano la testa, mentre Selter lo guardava impaziente, senza comprenderlo.

"Tanti anni fa, un altro uomo mi parlò di vendetta, quando gli chiesi di mio padre" disse con voce sommessa. "Non capii allora e non capisco adesso".

"Ragazzo, è un trono quello che ti offro!" lo interruppe bruscamente l'ammiraglio, cercando intanto di farsi bastare il titolo di primo ministro... primo ministro plenipotenziario, magari...

Ma ancora il giovane scosse la testa. "Non voglio la vendetta e non cerco un trono".

"Che cosa vuoi, dunque?"

"Quel che ho sempre voluto: mio padre. Voglio andare a cercarlo, voglio ritrovarlo..."

"Ragazzo! Come puoi credere che sia sopravvissuto in quelle condizioni, nel gelo di Artiglio!"

Gofrid rabbrividì, stringendosi le braccia attorno al corpo, ma insistette testardo, con una voce rauca e tremante che non sembrava la sua, e le sue parole erano l'eco di quelle che un'Altra aveva pronunciato, tanti anni prima.

"Se... Se veramente è morto, se a nulla valgono il mio amore e il mio dolore, allora voglio una tomba sulla quale inginocchiarmi per chiedere perdono".

Selter tacque e chinò il capo, cercando di decifrare quello scomodo viluppo di sentimenti, di ricordi, di vergogna che sentiva nascere in sé. D'improvviso, posò la mano su quella del giovane.

"Sta bene" decise, stupendo se stesso. "Suppongo che tu voglia andare ad Artiglio, e subito. Hai un cavallo addestrato per quelle strade, delle mappe, un equipaggiamento adatto? No? Ci penserò io, se me lo permetti".

Sentì le lunghe dita del ragazzo stringersi sulle sue.

"Grazie!" gli disse. "Accetto, sì, e non mi vergogno di accettare la vostra carità, lo faccio per Lui! Ma andiamo subito, vi prego: domani mattina Dama Min e il Generale Takab comincerebbero a protestare e io non voglio litigare con loro. Sono buoni, ma non intendo cambiare idea".

"Non cercherò dunque di dissuaderti io, che buono non sono! Basta, vieni con me, e al massimo tra un'ora sarai già in cammino. Soltanto, ricordati quel che ti ho detto di Raint! È pericoloso, molto pericoloso, tanto che non oso darti una scorta, perché non sono forte abbastanza da sfidarlo apertamente, nel suo territorio. Sta in guardia!"

Gofrid annuì distrattamente, allacciandosi la spada al fianco, poi prese l'arpa e seguì silenziosamente Selter lungo il corridoio, giù per le scale fino all'ampio cortile.

Fuori, la pioggia scrosciava intervallata da fredde raffiche del vento del Nord, il vento che veniva dalle montagne.

***

Takab non riusciva a darsi pace. In piedi davanti a Dama Min, nella piccola stanza dove era stata loro servita la colazione, stava parlando con lei con una tale virulenza, che la loro discussione sarebbe potuta essere chiamata litigio.

Era ormai mattina inoltrata, e soltanto da poco i due avevano scoperto che Gofrid se n'era andato durante la notte; il foglio che aveva scritto e che Selter aveva fatto consegnare loro quando si erano alzati aveva detto il resto.

Weljmir avrebbe voluto partire subito alla sua ricerca, ma si era scontrato con la volitiva Solea.

"Andare dove? E a fare che? Il ragazzo era fuori di sé, ma noi dobbiamo invece ragionare. Siamo qui per trattare la pace e non ho alcun dubbio che riusciremo a ottenere patti vantaggiosissimi, visto lo stato d'animo di Selter e l'assenza di Raint. Abbiamo preso un impegno, e io sono abituata a onorare la mia parola! Gofrid, purtroppo, sta inseguendo un fantasma!"

Il generale arrossì imbarazzato, ma cercò ancora di difendere il suo punto di vista.

"È quello che ha fatto per tutta la vita, e l'ha trovato!" Bloccò la protesta della donna con un cenno. "Sì, avete ragione, questa volta... è diverso! Ma non posso lasciarlo solo e poi, e poi Raint deve pagare".

"Weljmir," sospirò pazientemente Solea "non credere che non ti capisca e non condivida il tuo desiderio! Ma noi siamo qui in nome dell'Intesa dei Quindici per sancire la fine ufficiale di una guerra terribile, non per provocarne un'altra per vendicare Lord W'Unker!"

Takab tacque e chinò gli occhi, colpito da quelle parole.

"Raint non la passerà liscia, c'è Gofrid alle sue spalle!" riprese in fretta la Dama. "Gofrid, che non è qui in missione ufficiale, che non rappresenta nessuno. È un figlio che vuole vendicare il padre: una faida, una questione di onore, non un affare politico!"

"Però il ragazzo, da solo..."

Ma Solea aveva una carta nella manica; si avvicinò a Takab, gli posò la mano sulla spalla e aggiunse, affettando una sicurezza che era ben lontana dal provare. "Generale, pensate davvero che potrei abbandonare Gofrid e poi presentarmi a Giselda? No, mio caro amico! Ma la *Procellaria* deve essere già giunta qui, o sul punto di arrivare, e il suo equipaggio potrà, senza rischi di complicazioni politiche, andare in soccorso di Gofrid. Bisogna ricercarli, avvertirli, e chi meglio di noi potrà farlo, se manteniamo, almeno in apparenza, la nostra neutralità di ambasciatori? Mentre trattiamo con Selter, potremo anche prendere informazioni e mandare messaggi, il tutto sotto l'egida della missione diplomatica. È questo il modo con cui potremo aiutare sul serio Gofrid, e forse anche vendicare il Duca, non con l'irruenza e la rabbia!"

Parlando così aveva indotto l'uomo ad alzarsi e lo incalzò dolcemente verso la sala rossa, appena rimessa in ordine, dove già un imbarazzato e incerto Selter li aspettava.

La Dama gli dette un'occhiata, valutò il suo turbamento, la sua stanchezza, la sua paura e sorrise tra sé e sé. Con una controparte in quelle condizioni, non aveva alcun dubbio sull'esito delle trattative!

Era anche vero che la sua firma avrebbe potuto non avere molto valore, tuttavia sarebbe stato sempre meglio di niente. E, tirandosi decisamente dietro un non convinto Takab, si preparò a dar battaglia.

La discussione si prolungò solo per quattro giorni, durante i quali Lord Selter, ancora profondamente turbato dalla sorte del suo antico Signore e dal dolore del giovane musico, non riuscì a opporsi alle stringenti argomentazioni di Takab e Solea, la quale poi non si fece scrupolo di servirsi del suo fascino e della debolezza che l'ammiraglio aveva per lei.

Fin dal primo giorno fu chiaro che, per quanto lo riguardava, l'ammiraglio norlese avrebbe firmato subito quel benedetto trattato di pace; però bisognava mettere in conto anche Raint, che si guardò bene dal ripresentarsi ai colloqui, e la soggezione che Selter aveva per lui, soggezione che negli ultimi tempi stava diventando paura.

Alla fine l'Ammiraglio, sia pure con molti distinguo, molti se, molti ma, finì con il firmare, ma solo un armistizio, barricandosi dietro la necessità di discutere con il suo alleato prima di siglare una pace definitiva.

"Date le circostanze, possiamo contentarci di questo risultato" stabilì Dama Min, e Takab si affrettò a dirsi d'accordo.

"È pur sempre qualcosa! D'altra parte è chiaro che in questa situazione nessun accordo, nessun trattato può essere considerato sicuro. Ci sono troppi padroni e troppi punti di vista differenti in Norlandia... bisognerebbe sapere quale prevarrà!"

Solea allargò le belle braccia. "Se la veda il Console! Noi abbiamo fatto tutto quello che potevamo. Ora me ne andrei senza rimorsi, anche subito, se non fosse per Gofrid!"

"Dite bene, Dama. Io non lascerò la Norlandia senza il ragazzo... e senza aver tagliato la gola a Raint".

La donna ebbe un gesto di stizza.

"Siete cocciuto, eh? Speriamo che qualcun altro abbia già provveduto a esaudire quest'ultimo desiderio o, per evitare un'altra guerra, mi troverò nella necessità di portarvi via in un sacco! Ma per quanto riguarda Gofrid, è un'altra faccenda. Il ragazzo è vivo, e vivo voglio riportarlo alla mia Giselda".

Si fermò riflettendo: in realtà Giselda e i Lant erano un'altra delle sue preoccupazioni, perché, secondo i suoi calcoli, la *Procellaria* avrebbe dovuto già da tempo essere arrivata in Norlandia, mentre non ne aveva alcuna notizia.

Proprio per riuscire a incontrarli aveva dato il massimo rilievo possibile alla sua missione e aveva fatto sapere che le trattative si sarebbero tenute a Dusk, ma aveva aspettato invano un messaggio, un qualsiasi segnale. D'altra parte, il Paese era vastissimo, e per di più in pratica senza un governo, in preda a disordini e a scontri armati.

Esitò un attimo, poi decise.

"Weljmir, da questo momento io sono malata. Impossibile quindi riprendere il viaggio di ritorno! Resteremo qui e cominceremo a fare qualche cauta ricerca sia per Gofrid, sia per la *Procellaria*".

Girò gli occhi verdi per la sala e li fermò sulla magra figura di mastro Cordiera, che stava puntigliosamente riordinando le carte appena firmate.

"Ah, eccolo là!" stabilì, puntandogli un dito contro. "Bertrado, tu che sai il Norlese e conosci un po' il paese ti darai da fare subito. Guarda le mappe, prendi informazioni, corrompi funzionari... insomma, muoviti!"

***

Da Dusk ad Artiglio la strada era molto lunga e malagevole, e l'incessante pioggia di quella fredda fine d'estate non la rendeva certo più facile, anche se non c'erano paragoni con il ghiaccio e la neve che avevano accompagnato il primo viaggio di Gofrid in Norlandia, quando era fuggito da Rocca d'Ombra.

Seguendo le indicazioni di Selter e la mappa che su quella base aveva disegnato, era riuscito ad attraversare il grande Duntal e a percorrere buona parte della lunga strada che univa Dusk alle Montagne d'Atalan e ai Monti Catena, in mezzo ai quali sorgeva Artiglio, ma questa era ancora la parte più semplice del suo viaggio, visto che si era svolto tutto in una pianura resa simile a un acquitrino fangoso dalle piogge incessanti.

Nonostante avesse percorso miglia e miglia, fermandosi solo per far riposare il cavallo, senza curarsi della pioggia, del vento e della stanchezza, pure si rendeva conto che non era neppure a metà del cammino, e che la metà successiva sarebbe stata la più difficile e la più pericolosa, perché, mano a mano che si avvicinava alla fortezza di Raint, più aumentavano le possibilità di imbattersi nei suoi uomini. E per evitare le pattuglie avrebbe dovuto fare ulteriori deviazioni, il che voleva dire allungare ancora la strada.

Varcato il Duntal, si era fermato in una cittadina che sorgeva sulle sue sponde, Zigret, e aveva preso alloggio in una piccola taverna, un locale stretto e basso di soffitto, con un solo grande tavolo comune per tutti gli avventori.

Non c'erano stanze dove passare la notte, ma c'era una stalla, più grande della stessa locanda, e abbondante foraggio per i cavalli; questa era la cosa più importante per il musico, che si era già accordato con l'oste perché gli permettesse di passare il resto della notte nella piccola sala. Avrebbe ripreso il viaggio all'alba, quando il suo cavallo si fosse riposato.

Quando era entrato nella locanda era pomeriggio inoltrato e aveva sperato che i tre avventori ancora presenti se ne andassero presto, permettendogli di dormire sulla panca; ma, prima che costoro prendessero la porta, era entrata una piccola e chiassosa comitiva, che si era sistemata di fronte a lui, chiaramente intenzionata a restare là per molto tempo.

Era un gruppetto eterogeneo, in parte composto dai tipici Norlesi, in parte da gente dei Monti del Nord, quasi tutti giovani, robusti e barbuti, vestiti con i costumi e i colori dei loro clan e tutti armati.

Fra loro, però, c'era anche un uomo anziano, alto ma un poco curvo, magro, grigio di barba e di capelli, che anziché la spada e l'arco portava con sé uno strumento musicale, simile a una piccola arpa o a una cetra.

I nuovi venuti parlavano un norlese inframmezzato con un dialetto dei Monti del Nord, sicché i loro discorsi erano scarsamente comprensibili per Gofrid, che conosceva poco il Norlese e affatto i dialetti, tuttavia il giovane cercò ugualmente di unirsi alla loro conversazione, sperando di poter avere qualche informazione utile.

"Noi veniamo dai Monti del Nord e siamo diretti a Dusk, straniero. Non sappiamo niente di Artiglio" gli rispose brevemente quello che sembrava essere il capo carovana e chinò subito di nuovo il viso sulla sua scodella di zuppa, disinteressandosi di lui.

Ma l'uomo più anziano, che nel frattempo si era messo ad accordare il suo strumento, lanciò invece un'occhiata interessata alla piccola arpa che il Magio aveva sistemato accanto a sé. "Perché vuoi andare ad Artiglio?" chiese. "Lord Raint, che n'è il padrone, ama i carnefici più che i cantastorie. Non avresti una buona accoglienza là, credimi, fratello!"

Il giovane comprese l'equivoco in cui il Norlese era caduto e lo convalidò con le sue parole. "Pensavo di trovarvi una corte in grado di apprezzare la mia musica. Non sono Norlese, vengo dall'Arcipelago del Tramonto e ho un repertorio pressoché sconosciuto in Norlandia" spiegò, ma l'anziano cantastorie scosse la testa.

"Le uniche corde che si tendono ad Artiglio sono quelle del boia, e gli unici strumenti apprezzati sono quelli degli aguzzini. Bada a me, che da anni faccio questa vita! Tharnon e Oxata, ecco dove ti converrebbe andare, perché sia Lord Selter che Lord Druneiv amano tenere corte bandita. Ma, se non vuoi spingerti fino a là, ti conviene unirti a noi e venire a Dusk". Vide il disappunto sulla faccia del ragazzo. "O, se non ci vuoi andare, dirigiti a Norvel, dove Lord Galareth e la sua Dama sono soliti accogliere con generosità menestrelli e cantastorie, o anche a Laskaja, città di mercanti, ma ricca e pronta ad apprezzare la musica e i racconti".

Gofrid rimase silenzioso, ma intanto il resto della comitiva aveva finito di mangiare e cominciò a schiamazzare allegramente, chiedendo a gran voce una storia, una ballata; anzi, visto che due erano i menestrelli presenti, pretesero che ambedue dessero prova della loro abilità.

"Comincia tu, straniero, e Hulter dopo di te. Giudicheremo noi della vostra abilità, e ci sarà vino, birra e sidro per tutti".

Il giovane Magio non aveva certo voglia di cantare: non fossero bastati il dolore e l'angoscia che non lo lasciavano mai, era sfinito per i lunghi giorni passati a cavallo, con la disperazione come unica compagna; d'altra parte non poteva sottrarsi, quindi si compose un viso lieto, accettò e si alzò in piedi, cercando intanto mentalmente nel suo repertorio una canzone breve e tale da non suscitare sospetti.

Ma mentre accordava lo strumento, lo colse improvvisamente il ricordo di Lhamar, che aveva lasciato senza neppure un addio, e la rivide così come l'aveva vista la prima volta. Quel ricordo fu come una pugnalata, gli allegri accordi che stava cercando per iniziare una breve ballata marinara morirono sotto le sue dita. D'improvviso l'arpa vibrò di altre note, dolci e malinconiche, che assieme alla sua voce sommessa cantarono il suo rassegnato rimpianto.

"Io t'amo, e parto.
M'attendon terre
Che tu non sai.
Senza voltarmi
Io vado, e muore
La fiamma che in me
Il tuo volto accese.
Resta il rimpianto,
E 'l gelo di questa
Ignota Terra."

Gli applausi e i sorrisi degli spettatori gli dissero non solo che la sua canzone era piaciuta, ma anche che ormai era stato accettato dal gruppo come un menestrello vagante. Sollevato, tornò al suo posto, mentre Hulter si alzava, tenendo tra le mani la cetra.

"Bravo davvero, ragazzo! Non mi sarà certo facile non dico batterti, ma neppure starti a pari, anche perché la tua canzone era nuova per noi, mentre le mie sono già conosciute. Però... Aspetta, durante il viaggio ho preparato qualcosa su quel mendicante che abbiamo trovato morto e seppellito vicino a Kalatur. Non ho ancora finito e non è una storia allegra, ma la canterò. Ascoltate".

Preludiò gravemente e poi cominciò a narrare con voce piena, che a tratti diventava un sussurro e a tratti si alzava, mantenendo però sempre un'identica andatura ritmica.

Spenti gli occhi, il labbro muto
e tronco il braccio qui giacque.
Non pianto d'amico o la pietà di figlio
La sua salma compose; straniere
Mani lo poser nella fossa.
Chi fosti, infelice viandante, ora non cale.
Morte ti tolse a tuoi nemici
Ed il mio canto possa donare
Al tuo dolore un lungo sonno
Senza risveglio, possa
Aprire gli occhi ciechi a ignoti
Colori di nuovi mondi intatti,
E ritornare il canto al labbro muto
Pace, fratello!
Ignoto dormi nella tua fossa ignota.

Il lugubre canto risentiva dell'improvvisazione e solo l'abilità di Hulter, che più che cantarlo lo scandì con consumato mestiere, lo rese accettabile. Gofrid, però, non badò né alla fragilità dell'ispirazione né alla musica alquanto povera, perché alle prime parole del racconto, si era sentito agghiacciare, mentre i capelli gli si rizzavano in testa. Ogni frase, ogni accento sembrava rispondere alle domande che non aveva fatto, sembravano irridere alla sua ricerca... finita, dunque, prima di cominciare... a Kalatur.

Kalatur. Un monte nel cuore della catena del Nord, che dava il nome alla città fortificata che sorgeva alle sue pendici, da sempre abitata e rivendicata dai Clan del Nord. Questo era tutto ciò che il giovane ne sapeva, oltre al fatto che era molto, molto lontana e che lui ci sarebbe andato.

E mentre si irrigidiva in quella decisione, si stupì che il dolore lacerante, l'affanno, la paura che aveva provato per giorni e giorni improvvisamente fossero diventati solo un grande, gelido vuoto.

A Idragor, sulle pendici del Passo del Vento, Valmar D'Aurel era scomparso; in Norlandia, ai piedi del monte di Kalatur, W'Unker di Rocca d'Ombra era stato seppellito. Valmar era stato abbandonato dai compagni, che avevano giurato di seguirlo, W'Unker dal figlio che l'aveva strappato al suo regno e poi lasciato morire solo.

Il giovane Magio sentiva la testa vuota, le ginocchia che si piegavano e un freddo mortale in tutto il corpo, ma non provava più ansia: tutto era finito, il cerchio si era chiuso. Una sola cosa restava da fare: raggiungerlo, per l'ultima volta.

Per quanto cercasse di controllarsi, la sua faccia era diventata livida e i denti gli battevano; cercò di rinfrancarsi con del vino, ma la mano gli tremava tanto che rovesciò il bicchiere e rimase immobile a guardare il liquido che si spandeva pian piano su tavolo, con occhi pieni di lacrime.

"Ehi, ragazzo, cosa ti succede?"

"Sarà stato il vino... Forse non è abituato".

"Ti senti male?"

I suoi commensali, perplessi e un po' preoccupati, l'interrogarono, lo scossero; e il ragazzo stava già per far sue le loro ipotesi e approfittarne per allontanarsi, quando d'improvviso un altro pensiero lo prese.

Aveva ancora parte di quel denaro che si era ritrovato in tasca senza sapere chi gliielo aveva offerto, forse Dama Min, o Takab o addirittura Selter, non gli importava...

Lo gettò sul tavolo e con voce atona lo offrì, tutto, assieme al suo cavallo, al suo equipaggiamento, all'arco e alle armi. Tutto quel che aveva, meno l'arpa, il sigillo del Duca, che teneva celato in petto, e la Spada Nera, in cambio di un aiuto per raggiungere Kalatur.

Parlò a voce alta, senza rivolgersi a nessuno in particolare, ma ottenne subito la stupita attenzione di tutti i presenti, che cominciarono a tempestarlo di domande. Li lasciò parlare senza rispondere, fino a quando, esauriti ipotesi e commenti, tacquero guardandolo.

"Non riuscite a capirmi, lo so, e avete ragione" disse allora brevemente. "Tuttavia non vi darò nessuna spiegazione; solo, ripeto la mia offerta".

"È per qualcosa che ha detto Hulter nella sua ballata?" chiese un robusto giovanotto, più perspicace degli altri.

"O per qualcuno..." mormorò subito dopo l'anziano cantastorie, fissando il Magio, e Gofrid annuì stancamente.

"È così, forse, ma non posso dirvi nulla di più. Solo che debbo andare a Kalatur, ma che non conosco la strada".

Si guardarono incerti, toccati loro malgrado dalla sofferenza che intuivano in lui, poi alla fine Hulter si girò verso un uomo robusto, di una quarantina d'anni, con un viso largo ed energico e la barba e i capelli castano-rossicci, che portava le insegne di un clan sconosciuto a Gofrid e il tipico costume dei montanari.

"Hathuad ar Winbal..." lo chiamò. "Tu hai detto che non saresti venuto con noi a Dusk, perché dovevi solo portare i barili di birra pattuiti all'oste".

"Infatti. Volevo tornare subito al mio villaggio, ma Kalatur non ne è molto lontano. Conosco la strada e gli 'r Drush sono in buoni rapporti con gli ar Winbal. Posso accompagnarlo fino alla radura, se vuole". Dicendo così si rivolse direttamente a Gofrid. "Però sei imprudente, giovanotto!" l'ammonì. "Quel denaro potrebbe far gola a qualcuno meno onesto di me. Tuttavia, se ti fidi, puoi venire con me, purché ti spicci: la strada è molta e, se devo allungare il mio cammino, voglio partire al più presto".

Senza dire una parola, Gofrid gettò due monete al taverniere, poi spinse verso lo sconosciuto il mucchietto scintillante, la bisaccia, l'arco con la faretra e i due pugnali.

"Giunti a destinazione," concluse "potrai prendere il cavallo con tutto l'equipaggiamento".

Si alzò, si mise l'arpa sulla spalla e si chinò per prendere la Spada Nera, che teneva nascosta ai suoi piedi, e se la allacciò al fianco celandola subito con il mantello, perché non gli era sfuggito la rapida occhiata che lo sconosciuto le aveva gettato.

"Andiamo".

Uscirono assieme, assieme prepararono i cavalli, che sembravano assai poco entusiasti di riprendere il viaggio così presto, e sistemarono i bagagli nelle sacche della sella.

"Non solo sei imprudente, ma anche irriflessivo!" osservò a questo punto, in tono di scherno, Hathuad, che fino a quel momento non aveva aperto bocca, ma aveva gettato parecchie occhiate perplesse sul Magio. "Quando mi avrai dato tutto quello che hai, come ti pagherai il ritorno o il soggiorno in qualche casa là intorno?"

Un cupo sorriso passò sul viso del Consacrato, che scosse la testa.

"Ti ringrazio per la tua premura, " rispose "ma tutto quello che chiedo è arrivare presto alla fine del mio viaggio. Per tutto il resto, mi basterà questa".

La sua mano si strinse sull'elsa della Spada Nera, la spada di W'Unker, e il montanaro allungò il collo per sbirciarla meglio.

"Se quelli che vedo brillare sull'elsa non sono pezzi di vetro, hai un tesoro appeso alla cintura!" tentò allora. "Ma non credere che sui monti di Kalatur ti sarà facile venderla! Faresti meglio a cederla qui, potremmo accordarci...”

Ancora, il ragazzo scosse la testa, con il viso duro, e si avviò alla porta del cortile.

“Dove l'hai avuta? Da quel che ho visto è una spada degna di un re e tu, scusami, non lo sembri affatto!”

“Non lo sono, ma sono uno che sa come servirsi di una buona lama. E ora, se quanto ti ho offerto ti basta, muoviamoci”.

Il montanaro esitò un attimo, come riflettendo, poi annuì, gli si mise al fianco e si mossero insieme, mentre un freddo vento proveniente dalle montagne spingeva avanti nuvole oscure, presagio di cattivo tempo.

Subito fuori della taverna la strada si inerpicò, restringendosi fino a divenire un viottolo appena segnato e poi sparì tra i ciuffi di una vegetazione bassa e stentata; le nuvole avevano coperto il cielo e il vento continuò a soffiare sempre più gelido mano a mano che la strada saliva, mentre il paesaggio diventava sempre più brullo e scabre rocce prendevano il posto dei radi cespugli.

Per molti giorni i due viandanti, vessati da un freddo vento che non smetteva mai di soffiare, cavalcarono vicini, stretti nei loro mantelli, che il vento pareva voler strappare dalle spalle. A tratti Hathuad rompeva l'opprimente silenzio per indicare al suo compagno le tracce che avrebbero potuto servirgli per ritrovare la strada, o ammonendolo sui rischi di quei luoghi, da sempre ostili agli stranieri, ma ora più che mai pericolosi perché i Clan del Nord erano in fermento. Gofrid non rispose mai, né alle sue indicazioni, né agli ammonimenti. Percorse la lunga strada che lo divideva ancora da Kalatur in uno spaventoso stato di prostrazione, seguendo apaticamente le istruzioni del compagno, purché queste non gli rallentassero il cammino, senza interessarsi di ciò che vedeva strada facendo, anche se erano paesi e genti nuove per lui. La sua proverbiale curiosità, da sempre così vivace, era come spenta: voleva solo inginocchiarsi su quella tomba, chiedere perdono e... E la sua mano continuò a stringere macchinalmente sull'elsa della spada.

Quel pensiero solo riempiva il vuoto che avvertiva dentro di lui, costante e doloroso come una ferita aperta, e più si avvicinava ai monti innevati e alla fine del suo viaggio, più sentiva crescere la paurosa sensazione di essere arrivato alla fine, alla fine di tutto. Glielo gridava il vento con il suo rabbioso sibilare, lo martellavano i cavalli salendo piano la faticosa via che dal passo portava a Kalatur, lo ribadiva lo scrosciare della gelida pioggia e il soffice fruscio della neve che a tratti cadeva sui viaggiatori stanchi e infreddoliti.

Gli parve che tutti questi suoni fossero diventati una sola musica, una sola voce di una soverchiante potenza, che continuava a ripetergli che quella cupa cavalcata era l'epilogo della sua vita. Invano cercò in sé i nomi, le preghiere della Dea per invocare il suo conforto: nella sua mente solo l'oscurità, il vuoto e la sensazione che tutto fosse ormai finito.

"Là dritto, giovane signore! Vedi quell'albero? Prendi a destra e in un'ora sarai arrivato, anche a piedi. Io svolto qui, il mio villaggio è dietro quelle colline".

Il montanaro, senza smontare di sella, gli indicò con il braccio teso la strada, continuando a fornirgli indicazioni; era metà pomeriggio, ma già il sole stava declinando dietro l'imponente catena montagnosa che incombeva su di loro.

Gofrid alzò gli occhi su quei monti e improvvisamente rabbrividì: gli sembrò di risentire la voce di W'Unker che gliene parlava, ma non riuscì più a ricordarne le parole e inutilmente fece appello al suo Dono, come se il dolore avesse offuscato anche le sue capacità di Magio. Tuttavia accantonò con indifferenza il problema, scese di sella e mutamente porse le redini della sua cavalcatura, alla quale era legato tutto il suo bagaglio, a Hathuad.

"Vi ringrazio, siete stato di parola. Addio".

L'uomo prese le briglie ed esitò un poco, mentre il giovane si allontanava a piedi nella direzione che gli aveva indicato, poi si strinse nelle spalle.

"Buona fortuna, allora" gli augurò a mezza voce "e arrivederci!"

Come se non lo avesse neppure sentito, Gofrid continuò la sua strada fino a sparire alla svolta e allora il montanaro, con una smorfia di decisione sulle labbra, spronò i cavalli, dirigendosi però a nord, anziché svoltare verso le colline dietro alle quali aveva asserito sorgere il suo villaggio.

Il sole era ormai tramontato, ma ancora il cielo era acceso di un pallido chiarore che la neve leggera non velava e attraverso quella lieve cortina il Magio, improvvisamente attento, ricercò e ritrovò la strada che la sua guida gli aveva descritto. Un filare di alberi spogli, una squallida radura, due alte rocce grigiastre a destra, un grosso tronco marcito alla sua sinistra e dietro al tronco... Con un gemito Gofrid cadde in ginocchio nella neve fresca, vicino ai quattro grossi sassi che delimitavano un pezzo di terra, stretto e breve, ma ora sufficiente per colui che era stato il Signore di quello sterminato Paese.

Rabbrividì, si coprì il viso con le mani e chiamò, chiamò disperatamente quel qualcosa che giaceva là sepolto, invocando, pregando, ma invano: solo silenzio e vuoto, quel vuoto gelido, terribile che da giorni e giorni ormai era il suo fedele compagno, che gli impediva di raccogliesi, di pregare. Soltanto il vuoto, e quella voce interna, che ora gli ripeteva, trionfante "Questa è la fine della tua strada".

Non lo riscosse lo scalpiccio dei molti uomini che gli si stavano avvicinando, accerchiandolo, né il lieve fruscio delle frecce che venivano incoccate sugli archi; soltanto una voce, forte e brusca, che lo chiamava "Straniero" riuscì a rompere il suo raccoglimento doloroso.

Sussultò e si girò di scatto, mentre la destra si serrava automaticamente sull'impugnatura della spada.

Attorno a lui si stringevano a cerchio una ventina di individui, tutti appartenenti allo stesso clan, a giudicare dai colori che portavano, e tutti armati: quattro di essi impugnavano degli archi con le frecce già puntate verso di lui.

Lentamente si alzò in piedi e girò lo sguardo sui suoi assalitori, mentre un senso di stanco stupore lo pervadeva tutto.

"Sarà così, dunque?" pensò con indifferenza. "Finirò sgozzato in un paese forestiero, da gente sconosciuta, per un motivo che ignoro? Era questa la fine che presentivo?"

Sopraffatto da una sensazione di stanchezza e di sconfitta, che gli era sempre stata assolutamente estranea, non accennò a difendersi, pur mantenendo la destra sull'elsa della Spada Nera.

Allora, tra gli uomini che lo accerchiavano, uno venne avanti, un individuo alto e robusto, con spalle larghe e un viso fiero e duro, un poco addolcito dagli occhi chiari e dalla corta barba ricciuta che lo contornava, di un biondo rossiccio, come i capelli lunghi, legati dietro la testa. Sulla coccarda con i colori del clan, che portava sulla spalla destra come tutti, spiccava una grossa spilla d'oro raffigurante una spada cinta di alloro, e per quella Gofrid immaginò che si trattasse del capo del gruppo.

L'uomo si fermò a pochi passi da lui e puntò il dito verso la Spada Nera, gridando qualcosa; il musico non era certo padrone del norlese, anche se i mesi trascorsi con W'Unker lo avevano fatto progredire nella conoscenza di quella lingua, e per di più il montanaro parlava il dialetto dei clan, ben poco comprensibile a chiunque non fosse nato sui Monti del Nord, ma una parola, ripetuta più volte, il ragazzo la comprese: "ladro!"

Quest'insulto e il gesto dell'uomo che additava la sua spada gli fecero salire le vampe al viso e, nonostante la sua prostrazione, alzò fieramente la testa.

"La spada è mia, non sono un ladro!" si ribellò.

Ma l'uomo proruppe in una serie di violente asserzioni, al termine delle quali sguainò una larga lama, facendo chiaramente capire al ragazzo che, se non gli cedeva la sua arma, avrebbe dovuto battersi con lui.

I suoi uomini scoppiarono in grida e acclamazioni, si allargarono come a lasciare più spazio ai contendenti e accesero alcune torce, mentre lo sfidante si metteva in posizione, gridando ancora *"Argyll 'r Drush!"* e indicando se stesso, dal che il Magio capì che quello era il suo nome.

Gofrid era stanco, sfinito dai lunghi, dolorosi giorni d'inutili viaggi e ricerche; di più, non aveva nessun desiderio di battersi, di dover magari uccidere ancora, adesso che gli sembrava di capire per la prima volta cosa significasse la parola morte, ma non voleva neppure cedere la Spada Nera, la spada di suo padre, a un qualche bandito. Strinse con più forza l'impugnatura e l'altro, forse fraintendendo il suo gesto, si slanciò avanti; d'istinto il giovane balzò di fianco, evitando il colpo, ed estrasse a sua volta la lama.

Dagli uomini intorno si levò un lungo urlo e degli applausi: il duello era cominciato.

I due contendenti, in piedi, immobili si studiarono l'un l'altro.

Gofrid era più alto e snello del suo avversario, il che gli dava un certo vantaggio, ma costui aveva dalla sua un'eccezionale robustezza, che non andava a scapito della sua agilità, e inoltre, al contrario del giovane, era riposato e si batteva sul suo territorio, davanti ai suoi uomini.

Ed era sicuro, molto sicuro di sé, tanto che condusse per primo l'attacco con un'incredibile velocità, sperando di sorprendere il suo avversario, ma il giovane parò facilmente tutti i suoi colpi, come prevedendo le sue mosse, e nella penombra le due lame pararono ed attaccarono tanto veloci e scintillanti che era difficile seguirle con lo sguardo.

Dopo i primi colpi, però, Argyll 'r Drush diventò più prudente, avendo compreso che quel giovane era un avversario tutt'altro che disprezzabile; anche i suoi uomini ora tacevano e il cozzare delle due lame era l'unico rumore che rompeva il silenzio nell'oscurità ormai incombente.

Gofrid tentò di concludere al più presto il duello, disarmando lo sfidante, perché temeva la propria stanchezza più dell'abilità dell'altro e lo incalzò con foga, ma le sue fulminee stoccate vennero tutte inesorabilmente parate dal montanaro, che gli ribatté colpo su colpo.

Ormai era scesa la notte e altre due torce erano state accese per rischiare la radura, tuttavia la luce era ancora scarsa, cosa che andava a vantaggio di Argyll, che quel terreno lo conosceva bene, ma costituiva un problema in più per il giovane Guerriero, che dovette rallentare un poco l'assalto che stava portando. L'Haltamanno ne approfittò subito, raddoppiando la violenza dei suoi colpi e riuscendo ad avvicinarglisi, superando la sue difese. Le due lame s'incrociarono all'altezza dell'elsa, sprizzando faville, mentre ambedue i contendenti cercavano di strappare l'arma dalle mani dell'avversario; il maggior peso e la robustezza del montanaro per un attimo parvero aver la meglio, ma Gofrid con un agile movimento gli si tolse di sotto e mentre Argyll, che aveva perso per un attimo l'equilibrio, barcollava, gli vibrò un fendente mirando alla spalla. A stento l'altro riuscì ad evitarlo, arretrando; si allontanarono allora l'un l'altro di un passo, si studiarono... un attimo solo di pausa, poi di nuovo si affrontarono, le spade alzate.

Ma in quel momento, dal costone che delimitava un lato della radura, si levò un grido imperioso, e al suono di quella voce potente e profonda Argyll 'r Drush gettò a terra la sua arma, incurante di quel che poteva succedergli, mentre i suoi uomini si immobilizzavano.

Tutti si volsero verso la montagna, ma non Gofrid che, pietrificato in mezzo alla radura, la Spada Nera ancora stretta nel pugno, non osò alzare gli occhi né prestò orecchio alle esclamazioni attorno a lui. Ascoltava solo i veloci battiti del suo cuore e la calda ondata di sollievo che improvvisamente l'aveva invaso, spazzando via il gelido vuoto che l'aveva attanagliato fino a quel momento, ripetendosi tuttavia che non era possibile, che il suo stesso dolore l'ingannava. Non credeva, non poteva credere, ma sperava. Contro ogni evidenza, contro ogni possibilità, sperava.

Infine, dopo secondi che gli sembrarono secoli, si fece forza e alzò la testa, guardando dove tutti guardavano: sul pendio ora si profilava alta e slanciata, la sagoma di un uomo vestito di nero.

In pugno teneva una torcia e a quella luce sanguigna si delineavano le ampie spalle, le lunghe braccia robuste, la criniera di candidi capelli che gli scendevano sciolti sulle spalle e sulla schiena.

Gli occhi di Gofrid bevvero avidamente ogni particolare di quella figura, soffermandosi sulle lunghe mani, coperte entrambe da pesanti guanti, cercando gli occhi nel viso coperto dalla maschera nera, risentendo intanto mentalmente quel grido, quella voce...

Si accorse che la spada gli era caduta di mano, che la testa gli girava, che le ginocchia cedevano. "Chi sei?!" volle gridare, ma le parole non volevano uscire dalle sue labbra, come se temessero di spezzare un fragile castello di illusioni; però, quasi l'avesse sentito, l'alta figura si mosse e cominciò a scendere per il ripido pendio a grandi agili balzi, sempre tenendo la fiaccola accesa nella destra.

Solo allora il giovane Magio si ricordò dei suoi aggressori, del suo avversario e volse lo sguardo verso di loro. Si erano allontanati da lui, rompendo il cerchio e si ammassavano alle spalle di Argyll 'r Drush, fissando anch'essi il nuovo venuto, che scendeva rapidamente verso la radura, e sui loro volti duri c'era un'orgogliosa espressione di attesa, di profondo rispetto e di timore reverenziale.

Non c'era dubbio, loro sapevano Chi era lo Straniero, che ormai era giunto allo spiazzo, e gli erano devoti.

E, se c'era qualche dubbio ancora, lo dissipò immediatamente il gesto di Argyll che piegò il ginocchio davanti al nuovo venuto, offrendogli la propria spada; alle sue spalle, anche tutti gli altri si inginocchiarono, le teste scoperte sotto la neve che aveva ripreso a cadere, le armi a terra.

Ma l'uomo non li degnò che di un attimo d'attenzione, il tempo di far loro un gesto imperioso perché si alzassero, poi gettò la fiaccola volgendosi verso il ragazzo che, solo tra tutti, era rimasto in piedi e lo guardava incredulo, e con un gesto deciso si strappò la maschera dal viso.

E Gofrid, continuando a non credere a ciò che vedeva, al baluginare rossastro delle torce scorse nel viso sfregiato di W'Unker brillare i grandi occhi di zaffiro scuro di Valmar, quegli occhi che credeva spenti, e le mani possenti tendersi verso di lui in un gesto di pace e di invito, mentre, profonda e armoniosa, la scura voce lo chiamava come mai più aveva sperato di sentirsi chiamare. "Figlio, figlio mio... Gofrid! Vieni... Non mi riconosci?"

Per un istante, un brevissimo istante, avvertì nella sua mente la presenza viva dell'uomo che aveva pianto morto, appena un tocco, come la carezza avvolgente di un morbido manto nero, e subito dopo un secco ordine muto *"Basta! Tieni chiusa la mente"*.

Un attimo, ma sufficiente a cancellare ogni dubbio, ogni sospetto.

Con un grido di incredula gioia il giovane si chinò, raccolse la spada e la gettò alta verso il cielo oscuro, riprendendola abilmente per l'impugnatura una, due volte, mentre superava di corsa i pochi passi che lo separavano dal padre, per finire ai suoi piedi, abbracciato alle sue ginocchia, ridendo e piangendo ad un tempo.

"Alzati! Su, alzati! Sei stupido, lo vedo, ma..."

"Stupido?! Stupido!!! Mi pare di sognare, e non è un incubo, questa volta! Ma aspetta, aspetta... Permettimi..."

Con un unico agile movimento il giovane Magio si rialzò; mani frementi afferrarono i polsi di Lord W'Unker, serrarono i suoi pesanti guanti e pianto e riso si mescolarono ancora, mentre il giovane riconosceva la forma della grande destra, intatta, e della sinistra, da tempo parzialmente mutilata. Poi si alzò sulla punta dei piedi e fissò avidamente le pupille del padre, che seguivano tutti i suoi movimenti con un'espressione perplessa e leggermente esasperata.

"Tu mi vedi! Mi vedi, non è vero? Mi vedi!" gli chiese con affanno.

"Sei grande abbastanza da essere perfettamente visibile, mi pare! Anche se sembra che tu abbia fatto del tuo meglio per diventare trasparente. Mangi, qualche volta?" stabilì fermamente la voce oscura; e Gofrid, con un singulto di gioia, gli prese il viso tra le mani e ne baciò gli occhi e poi gli sfiorò le labbra con le sue, quasi a baciare le parole, con cui l'uomo cercava di schermirsi.

"Gofrid! Non ti hanno insegnato l'autocontrollo i tuoi Consacrati?" stava infatti protestando il Duca, ma c'era un sorriso nella sua ripulsa.

"Ah, tu non sai! Non sai, lo vedo! Ma io... Io ho creduto... Non importa, non importa più! Tu sei qui, sei salvo... Perché stai bene, vero?"

Di nuovo, una nota d'incredulità suonò nella voce armoniosa del giovane e ancora gli occhi blu si offuscarono, fissando imploranti il Duca, che lo guardò a sua volta, perplesso.

"Non ho alcun problema" lo rassicurò con un basso brontolio. "Tu piuttosto, sei sicuro di star bene, Gofrid? Il tuo comportamento..."

"Bene? Solo bene? Ah, no! Sto splendidamente, sono felice... Ah, padre, concedimi ancora..."

"Lasciami un momento, ragazzo invadente!"

Liberatosi dalle mani del figlio, Lord W'Unker si volse ai montanari che si erano raggruppati alle spalle di Argyll 'r Drush e stavano fissando interdetti la scena, per loro incomprensibile.

Con un brusco gesto chiamò a sé Argyll e posò la destra sulla spalla di Gofrid, dicendo a voce alta poche parole nella dura lingua delle montagne.

Subito, la faccia del montanaro si rischiarò e, con grande imbarazzo del giovane Magio, piegò il ginocchio davanti a lui, dicendo qualcosa e offrendogli la propria spada con gli stessi gesti con cui l'aveva offerta al Duca; dietro a lui, anche i suoi compagni si inchinarono.

"Padre?!"

"Prima che il tuo sconsiderato comportamento facesse nascere strane idee, ho spiegato loro che sei mio figlio". Nella voce profonda vibrò una nota divertita, mentre l'uomo continuava, spingendo leggermente il figlio verso l'uomo inginocchiato. "Ti chiede perdono per averti chiamato ladro e per aver osato incrociare la lama con te. Un ar Winbal gli ha parlato di te e della tua spada, si è insospettito, è venuto a vedere e ha riconosciuto la Spada Nera di W'Unker. Credeva che tu l'avessi rubata. Su, muoviti!"

Gofrid allora, un po' incerto, sorrise al montanaro e gli tese la mano per risollevarlo, ma, con suo grande imbarazzo, l'uomo volle baciargliela. Poi si alzò e l'additò ai suoi gridando qualche frase, tra le quali il ragazzo colse la parola "Norlandia".

Subito gli uomini scoppiarono in acclamazioni e tra due ali di gente plaudente, che agitava festosamente nell'aria le armi e le fasce con i colori del clan, il giovane, stordito, obbedendo alla lieve pressione della mano del padre sulla sua spalla, si diresse verso il pendio dal quale il Duca era disceso, dove ora era apparsa una lussuosa slitta coperta tirata da due hasix, sulla quale faceva bella mostra di sé lo stemma dell'Artiglio di Fuoco.

Capitolo ottavo

GLI 'R DRUSHER

Settembre/ottobre/novembre, anno 3252

All'interno, la slitta era confortevole e sontuosa, ma Gofrid non badò affatto alla raffinatezza e al lusso del piccolo cocchio: aveva occhi solo per suo padre e più lo guardava, più sentiva crescere in sé l'esultanza e il sollievo.

A un cenno del Duca si era seduto al suo fianco, supplicandolo con lo sguardo di non rimettersi la maschera, che l'uomo allora aveva gettato a terra con un gesto indifferente; poi, stringendogli le mani, cominciò a chiedergli spiegazioni con parole smozzicate, confuse.

"No, finché non ti sarai calmato" lo azzittì Lord W'Unker. "La mia presenza dovrebbe aver placato la tua stravagante angoscia, io invece non so nulla di tua sorella. Spero che abbia dimostrato più buon senso di te e che non stia vagando sola per tutta la Norlandia, dando la caccia a un qualche inesistente fantasma".

C'erano ansia e preoccupazione appena mascherate nella sua voce, e il ragazzo si affettò a rassicurarlo.

"Giselda è sulla *Procellaria*, con i Lant. In un primo tempo sembrava che ti avessero portato ad Arso e Iulo aveva fatto rotta verso quelle coste. Erano però in contatto con Dama Min che certo li avrà informati di tutto. Penso che avranno cercato di raggiungermi, e non mi meraviglierei di vederli arrivare in Norlandia".

"In ogni modo quella testa calda di tua sorella è sulla *Procellaria*. Speriamo che suo marito e suo cognato abbiano più buon senso dei miei figli, anche se ho buone ragioni per dubitarne! In ogni modo, almeno non è sola".

Con un lieve sospiro il Duca si accomodò meglio sui cuscini del sedile e sistemò accuratamente la pelliccia sulle ginocchia del figlio, fradicio per la pioggia.

"Ora, se riesci a controllarti e a spiegarti in maniera comprensibile, raccontami di te" l'invitò. "Dimmi cosa è successo dalla mia sparizione e perché ti sei così sbigottito nel rivedermi. Che ero in Norlandia lo sapevi, dunque..."

Gofrid allora cominciò a raccontare la sua storia con frasi smozzicate, confuse, interrompendosi ogni tre parole con esclamazioni di giubilo, continuando a stringere tra le sue le mani del padre e a guardarlo incredulo; ma la faccia del Duca diventò sempre più dura, mentre gli occhi non lasciavano il viso sofferente ed esaltato del figlio. Prima ancora che finisse il suo racconto si sollevò dal sedile.

"Basta!" proruppe, scuotendo la testa con impeto. "Basta, Gofrid. Menzogne, solo menzogne, come vedi. Raint ti odia e te le ha raccontate per tormentarti, compiacendosi del male che ti faceva, così, come ad Artiglio godeva della tua tortura. Non ne parliamo più. Ci siamo ritrovati e tanto basti".

Gli sfiorò leggermente l'ovale del volto, poi, si appoggiò di nuovo ai cuscini del sedile, ma il giovane Magio era curioso e testardo.

"No, aspetta. Prima ancora che vedessi quel miserabile e che ascoltassi le sue bugie, avevo incontrato dei soldati che provenivano da Artiglio, e loro per primi mi avevano detto che eri prigioniero là".

"Giusto. È una lunga storia, e non è del tutto chiara neanche a me. Ne riparleremo, ma non ora. Guarda, stiamo per arrivare".

Così dicendo, il Duca scostò appena le pesanti cortine che chiudevano la slitta e agli occhi di Gofrid apparve uno strano accampamento, o forse una città, abbarbicata sulla montagna, edificata in parte in legno e in pietra e in parte composta da robusti padiglioni, chiaramente montati per durare molto tempo, come suggeriva la fitta rete di strade e scalette che li collegavano, e ricoperti da pesanti tappeti magistralmente intessuti con complicati disegni e da pellicce lavorate.

Ma non solo: mano a mano che la slitta saliva per la strada, che si andava sempre più ampliando, il ragazzo capì che anche molte delle grotte che si aprivano sul fianco della montagna erano abitate, o almeno adibite a qualche uso civile e che molto spesso le tende si trovavano proprio alle loro imboccature.

Affascinato da quel nuovo mondo, fermò la mano del padre che stava per rinchiudere il cortinaggio e vi si affacciò, incurante del vento e del nevischio che cadeva piano, come incuranti sembravano essere anche gli abitanti della montagna, che passavano per i viottoli e le stradine, fermandosi anche a scambiare qualche parola o a fare degli acquisti.

Perché, e ora che erano entrati nella città il ragazzo poté accorgersene, v'erano botteghe e officine e laboratori come in una qualsiasi città delle isole, e banchi, che offrivano le loro merci sotto robusti tendoni per proteggerle dalla pioggia e dalla neve, e taverne dalle insegne colorate.

Tutti i passanti portavano con orgoglio sciarpe o coccarde con i colori del Clan, blu, viola e crema; tutti erano armati, uomini e donne, e tutti piuttosto alti e robusti, prevalentemente chiari di capelli e fieri nel portamento. Al passaggio della loro slitta, però, si facevano tutti in là, cedendo la strada, e si inchinavano, mentre sui loro visi si dipingeva la stessa espressione di devozione e di reverenziale timore che già il ragazzo aveva visto negli occhi di coloro che l'avevano fermato e che ora attorniavano la slitta come una scorta d'onore.

Spiò avidamente quella strana città, quella gente sconosciuta e, curioso, allungò il collo fuori dai tendaggi per cogliere un particolare, leggere un'insegna, tendendo gli orecchi per cercare di decifrare quel linguaggio simile al Norlese, ma più duro e più sonante.

Sentì su di sé lo sguardo compiaciuto del padre e alzò gli occhi su di lui, sorridendo.

"Sù, domanda" l'invitò subito il Duca, affettando un'aria rassegnata. "Suppongo che dovrò abituarmi di nuovo alla tua insaziabile curiosità".

Il sorriso del musico diventò una risata, poi d'improvviso nei suoi occhi tremarono ancora delle lacrime, lacrime di gioia e di riconoscenza, lacrime di sollievo e di consolazione.

"No. Il clima è già abbastanza umido senza che ti ci metta anche tu" l'ammonì subito W'Unker, alzando un dito.

La voce era grave e seria, ma gli occhi brillavano in maniera insolita; però a quel motteggiare, cui non era abituato, Gofrid d'improvviso montò in collera.

"Scherzi, adesso?" gli gridò in faccia. "Ma lo sai cosa ho passato io? No, tu non ci hai neanche pensato! Te ne sei andato, sei scomparso, non mi hai mandato un messaggio, un segno per tranquillizzarmi, nulla, nulla! Qui, evidentemente, ti trovi bene e non ti sei più curato di noi, di me! Ci hai scordato, tutti, e intanto io..."

"Gofrid, no! Non pensarlo neanche per un attimo!"

Ora la grande voce era costernata e gli occhi inquieti, poi il giovane sentì il braccio del padre posarsi leggero sulle sue spalle e stringerlo per un attimo a sé. E mentre la sua collera svaniva in sollievo W'Unker raccontò in tono sommesso, con poche rapide frasi, la storia della sua scomparsa.

Portato via a forza da T'Ahai, drogato, era stato rinchiuso nella cabina di una nave che era subito partita. Giorni dopo era stato trasbordato in un'altra imbarcazione, e questa volta si era trovato incatenato e bendato nella stiva.

Erano passati giorni e giorni; quanti, non sapeva perché nel cibo o nell'acqua che gli portavano c'era sempre del narcotico, che non solo lo intontiva, ma gli rendeva anche quasi impossibile usare i suoi Poteri. E tuttavia era riuscito a mandare quell'unico, disperato appello al figlio con la sola notizia di cui era certo: stavano navigando verso nord.

Erano sbarcati a Norvel e da là, sempre in catene, imbavagliato e con gli occhi bendati era stato portato ad Artiglio, prigioniero di Raint.

"Il resto lo sai".

Rasserenato, Gofrid tuttavia insistette. "No, non lo so... però adesso me lo dirai. Era Raint che t'aveva fatto rapire?"

"Non credo. Dapprima ero come un ospite, trattenuto a forza, magari, però rispettato. Ma dopo che fui trasbordato sulla seconda nave, divenni un prigioniero pericoloso, incatenato come una belva. Ci fu un tradimento, suppongo, ma non so nulla di sicuro. L'unica cosa certa è che, giunto in Norlandia, fui consegnato al Generale".

"E come ti sei salvato? È strano che non ti abbia ucciso subito! Voglio dire..."

"No, non è strano. Raint voleva da me i segreti di Rocca d'Ombra, per cercare di penetrarvi, e i suoi presunti tesori; e poi, suppongo che il piacere di avermi alla sua mercé superasse il desiderio di vedermi morto, e questo ha fatto fallire il suo piano".

"Sei riuscito a fuggire! Non... non ti aveva fatto nulla, dunque!"

C'era dell'ammirazione nella voce del giovane Magio, ma anche perplessità e timore. Lord W'Unker alzò la spalla destra con disprezzo.

"Nulla che non avessi già sofferto, nulla che non abbia già dimenticato, nulla di cui valga la pena di parlare. E ora basta, siamo arrivati".

La slitta si era fermata dinanzi a un padiglione sfarzoso, che inalberava il vessillo dell'Artiglio di Fuoco, ed era posto su un largo spiazzo, delimitato da staccionate e bandiere, che sovrastava tutto il villaggio, sul quale incombeva il picco della montagna.

Lo stesso Argyll sollevò i pesanti cortinaggi della slitta, invitandoli a uscire con il gesto e il sorriso e, seguendo il Duca, Gofrid entrò nella tenda.

Era un largo spazio quadrato, con le pareti e il pavimento ricoperti da quei tappeti che aveva già visto e di pellicce; anteriormente era sorretto da robusti pali dipinti, ma la parte posteriore poggiava sulla roccia, dove si indovinava l'apertura di una caverna, serrata da un tendaggio di pelle; ai due lati si vedevano altre due porte, chiuse invece da cortinaggi. Era assai alta, per essere una tenda, ma anche così la testa candida del Duca sfiorava il soffitto.

Mentre Lord W'Unker congedava Argyll e la sua scorta, il ragazzo, curioso, corse a sbirciare di là dei teli e vide due locali con le pareti ricoperte da arazzi e da drappi di lana ricamati e pelli sul pavimento. Nel più grande, sopra una pila di tappeti, c'era un ampio e comodo giaciglio con coltri di seta e coperte di magnifiche pellicce, che quasi spariva sotto i numerosi, soffici cuscini che vi erano ammucchiati; sulla testiera spiccava, ricamato in gemme oscure e rubini neri, uno stendardo con le insegne del Duca, decorato con un largo nastro coi colori del Clan 'r Drusher. Due torcere di preziosa fattura, lavorate con oro rosso e argento brunito, un tavolo dal pesante ripiano di marmi colorati, sul quale era intarsiato lo stemma dell'Artiglio di Fuoco, alcuni sgabelli, tutti con cuscini ricavati da tappeti e un paio di capaci cassapanche intagliate e decorate con avorio ed ebano completavano l'arredamento, essenziale ma di una raffinata eleganza.

Ma fu l'altro locale, più piccolo e più stretto, che strappò un sorriso al musico, perché dalle pile di carte che ricoprivano il grande tavolo, dalle pergamene rilegate, che occupavano anche buona parte del pavimento, dalle mappe e dai disegni appesi un po' ovunque e dai due leggii, l'uno con un grosso libro aperto, l'altro con un curioso disegno abbozzato e commentato dalla calligrafia alta e irregolare di W'Unker, riconobbe subito lo studio del padre, la stanza dove lavorava, simile a tutte le altre che aveva avuto.

Si volse ridendo al Duca, che aveva rinchiuso la cortina e lo sogguardava con la testa un po' inclinata e quella tipica espressione, che sembrava preludiare a un sorriso che non veniva mai. "Ebbene, giovanotto, è di tuo gusto l'alloggio o vuoi che ti faccia preparare una tenda tutta per te?"

"Se posso scegliere, dovrai rassegnarti ad avermi tra i piedi sempre e mettere insieme tutta la tua pazienza per togliermi ogni curiosità".

Lord W'Unker sollevò un sopracciglio.

"Sopporterò" sospirò con ostentazione. "Ma non ora. Ora dai un'occhiata alla porta in fondo, quella che dà accesso alla grotta".

Gofrid si era già accorto che da là proveniva un gradevole calore e ne era incuriosito; non si fece quindi ripetere l'invito e aprì il divisorio con qualche difficoltà perché, al contrario degli altri, era di cuoio pesante, assicurato alla roccia da robusti legacci.

Finalmente riuscì a schiuderlo e fissò interdetto la bassa stanza ricavata dalla grotta che si apriva sotto di lui. Sotto, perché per accedervi sarebbe dovuto scendere alcuni gradini, e poi sarebbe finito in una specie di grande vasca, dove, al lume della torcia, vide scintillare debolmente dell'acqua, calda, a giudicare dal tepore che saliva verso di lui. Intuì che era quell'acqua che scaldava la tenda, ma arretrò d'un passo, fissando incerto il padre che a sua volta lo guardava, e questa volta c'era quel prezioso accenno di sorriso sulle sue labbra!

"Padre! Che... Che magia è questa?! Non c'è fuoco, e del resto nessuna fiamma umana potrebbe riscaldare tutta quest'acqua! È un incantesimo? Tu, forse..."

Il sorriso divertito si accentuò, mentre W'Unker crollava la testa.

"Nessun incantesimo e nessuna magia, se non quella della natura. In tutta la Norlandia ci sono queste sorgenti di acqua calda. Potrebbero essere la fortuna del paese, combattendone il clima rigido".

Allora il ragazzo ricordò che nel suo precedente viaggio aveva sentito dire che il Duca aveva piegato al suo volere, con le sue arti magiche, anche le acque del paese...

Inghiottì, fissando con diffidenza la superficie della grande vasca. "Ma tu come..." chiese.

"Quieto! È opera della natura, ti ho detto... oltre che dello studio e del lavoro umano. Non c'è nessun incanto: potrebbe tuffarsi qui anche la tua Prima Consacrata e, per cominciare, ti ci tufferai tu".

Involontariamente il ragazzo diede addietro di un passo, fissando con desiderio il solido pavimento dietro di lui, ma W'Unker lo afferrò per la vita e l'incitò.

"Spogliati e immergiti nell'acqua, o ti ci butto io. Sei intirizzito, fradicio e stanco, ti farà bene. Quest'acqua, oltre che calda, ha delle virtù curative. Dubiti ancora? Ti precedo".

Dicendo così, l'uomo si spogliò rapidamente, legò i capelli dietro la testa e scese nell'acqua con soddisfazione tanto evidente che Gofrid cominciò subito a sfilarsi gli stivali ridendo; un minuto dopo i due uomini stavano nuotando fianco a fianco nell'acqua piacevolmente tiepida, mentre il Duca spiegava al figlio la formazione di quelle sorgenti e il valore terapeutico di quell'acqua.

"Ho cercato più volte di fare una mappa completa di queste polle e di studiarne l'utilizzo, ma non ci sono mai riuscito" confessò, aggiungendo poi con una particolare piega sulle labbra. "W'Unker aveva sempre una guerra da combattere. Ora ho ripreso il lavoro..."

"Quei disegni, quei fogli sul leggio!" lo interruppe il musico. "Mi spiegherai tutto e..."

"Domani. Ora torniamo sù, o Argyll si precipiterà qui con tutto il Clan, per paura che siamo annegati".

All'idea di essere sorpreso nudo nell'acqua, Gofrid risalì subito sulla scaletta e s'affrettò ad asciugarsi, avvolgendosi poi in un ampio telo di lana.

"Ora riposati per qualche ora" gli ordinò il Duca, che nel frattempo si era rivestito, indicandogli il letto "o al banchetto dormirai invece di mangiare".

"Banchetto? Ma io non ho neppure un abito asciutto e ..."

"Per questa sera ti accontenterai di uno dei miei vestiti, e domani ne avrai di nuovi, della tua misura e adatti al tuo ruolo... e, prima che tu me lo chieda, non saranno opera di malefici incanti, ma delle mani delle donne degli 'r Drusher".

Il Magio ridacchiò, già sepolto sotto le soffici coperte dell'ampio letto. "Ruolo?" chiese con gli occhi che gli si chiudevano da soli. "Che cosa vuoi dire?"

Ancora, un'espressione divertita e leggermente esasperata apparve sul viso sfregiato di W'Unker.

"Io qui non sono un proscritto, un esiliato, qui sono ancora Duca e Signore" spiegò, afferrando la maschera nera "e tu sei il mio unico figlio maschio ed erede".

"I... io? Erede?!... Duca e Signore... Ma io sono un ..."

"Dormi". Gli volse le ampie spalle e uscì e dopo un istante Gofrid chiuse gli occhi, abbandonandosi a un sonno ristoratore.

***

Nello spiazzo nel quale convergevano quasi tutte le strade del paese era stato allestito un grande padiglione, montato su solidi pali di legno e protetto dal maltempo da pelli conciate e dipinte. All'interno le pareti erano coperte di arazzi, tra i quali grandeggiava un prezioso stendardo con lo stemma ducale, di fronte a un vessillo con i colori del Clan, dove era ricamato il profilo del Monte Kalatur. Su pedane di diversa altezza erano stati preparati tre grandi tavoli, sopra i quali già si ammucchiavano cibi e bevande in grande quantità.

Guidati dai servitori, mentre tutta la gente si apriva rispettosa davanti a loro, i due D'Aurel giunsero alla tavola centrale, dove W'Unker ebbe il posto d'onore su un alto scranno, tra Argyll e il figlio. Vicino a loro sedette una donna piacente, alta e formosa, con i capelli scuri e due attenti occhi azzurri che continuavano ad osservare la sala e i servitori, dando mutamente ordini e disposizioni.

Lord Argyll la presentò a Gofrid con un sorriso "Lady Ethleen, mia moglie. E quei due mascalzoni che stanno venendo qui di corsa, in ritardo come al solito, sono i miei due figli maggiori: Bryant, il mio primogenito, e Drewnn".

I due ragazzi, l'uno bruno e robusto, l'altro più sottile e più giovane, rossiccio di capelli e lentigginoso, ma ambedue con gli identici occhi azzurri, balzarono agilmente sulla pedana, si inchinarono al Duca e a Lord Argyll e poi si sistemarono a fianco di Gofrid, sbirciandolo con curiosità.

A questo punto tutti i commensali andarono ai loro posti, senza però sedersi ancora, il fitto chiacchiericcio diventò un lieve brusio e infine si spense, mentre tutti volgevano gli occhi verso il loro Signore.

In piedi, il Duca girò lo sguardo scintillante su di loro, poi, mentre un servo riempiva la sua coppa e quella di Argyll, depose la maschera, svelando il cerchio d'oro massiccio con il suo stemma che gli cingeva i capelli candidi e alzò il calice.

"Onore agli 'r Drusher, libertà alle Montagne!" proferì nel silenzio generale.

"Fedeltà e obbedienza a Lord W'Unker di Rocca d'Ombra, Signore dei Clan del Nord!" rispose il Capo del Clan, alzando anche lui il suo bicchiere, e i due uomini incrociarono i calici e bevvero ciascuno un sorso da quello dell'altro, tra gli applausi dei presenti. Gofrid capì che con quello scambievole brindisi gli 'r Drusher rinnovavano il patto quasi ventennale che li legava al Duca.

Subito dopo iniziò il pranzo vero e proprio ma, pur assaggiando volentieri le insolite pietanze che gli venivano messe davanti, il ragazzo continuò a scrutare incuriosito la grande tenda.

Ai lati delle tavole c'erano dei larghi orci contenenti birra, sidro e una bevanda forte e amara, alla quale i montanari attingevano con generosità, ma che gli fece lacrimare gli occhi quando l'assaggiò. Nei caratteristici contenitori di coccio colorato c'erano zuppe molto aromatizzate e sui larghi piatti di peltro faceva bella mostra di sé carne piccante, servita con salse dolci al miele o alla frutta. Formaggi stagionati di vario tipo si alternavano al maiale affumicato e grossi volatili bolliti, ripieni di mele e susine, erano disposti vicino a pasticci di verdura. I servitori correvano qua e là, riempiendo piatti e bicchieri; i commensali usavano stoviglie di coccio e peltro, ma il Duca aveva davanti a sé piatti e posate d'oro massiccio e la sua coppa era decorata con perle nere e opali.

Ampi bracieri davano luce e calore all'ambiente, dove risuonavano discrete ma baldanzose le note dei lunghi corni, strumento caratteristico dei Clan del Nord, suonati con abilità da una decina di musicanti raggruppati sul fondo del padiglione.

Mentre Gofrid osservava la sala e i suoi occupanti, i due figli di Argyll continuavano a sbirciare lui e alla fine il più giovane, il rosso Drewnn, ruppe il silenzio per consigliargli una pietanza e Bryant si unì subito al fratello per indicargli la salsa adatta. Poco dopo i tre stavano chiacchierando allegramente, e il giovane Magio si accorse di aver trovato in Drewnn un interlocutore degno della sua famigerata curiosità.

Prima di essere arrivati ai dolci, sapeva già che Lady Ethleen era una tiranna, che loro due avevano altri quattro fratelli, tre femmine e un bambino di appena tre anni, che le ragazzine erano delle vere pettegole, che il piccolo era mostruosamente viziato, che Drewnn era detto *scoiattolo* per la sua abilità di rocciatore e che Bryant era un bravo arciere, ma aveva la strana fissazione della lettura, cosa poco adatta ad un guerriero!

"Può darsi che sia così, ma tuo fratello dovrà un giorno reggere il vostro Clan, e vedrai che allora anche questa sua *strana mania* gli verrà utile" lo difese Gofrid e Drewnn si strinse nelle spalle, mentre Bryant sorrideva, compiaciuto.

Intanto il pranzo era quasi giunto alla fine e, assieme all'acqua per pulirsi le dita, vennero servite ciambelle dolci e frutta conservata, mentre gruppi di giovani cominciavano a danzare e a cantare: prima le donne, che si esibirono con lunghe sciarpe e scialli frangiati e poi gli uomini, che si unirono a loro ballando con agilità, le spade sguainate.

A questo punto Drewnn, che da un pezzo si dimenava sulla sua seggiola, seguendo il ritmo della musica, non resistette più e si precipitò giù dalla pedana, unendosi ai ballerini. Buona parte dei commensali seguì il suo esempio e si mescolò con i danzatori, gareggiando in destrezza e velocità in una allegra sarabanda di sciarpe colorati, frange e lame scintillanti, finché lo stesso Argyll, dopo aver chiesto il permesso al Duca con un'occhiata, scese, assieme al figlio maggiore, per mettersi alla testa della vivace colonna, unendo la sua voce a quella degli altri e battendo con loro mani e piedi a tempo.

Gofrid li guardò ammirato e divertito, trascrivendo mentalmente quelle musiche vorticose per la sua arpa; gli dispiaceva non averla portata là, ma poi pensò che probabilmente non sarebbe stato il caso di mettersi a suonarla e si accontentò di godersi lo spettacolo, spiacente quando Argyll, dopo aver infilzato con la spada la sciarpa della sua ballerina, andò ad offrirla a Lord W'Unker, dando il segnale che la festa era finita.

Tornarono alla loro tenda, tra musiche e applausi, accompagnati da un nutrito drappello con a capo il Lord stesso, che entrò con loro, ancora colorito in viso per il cibo, i liquori e il ballo. Per due o tre volte Gofrid aveva sentito il suo sguardo su di sé, così che, quando cominciò a dire qualcosa sottovoce al Duca, capì subito che stava parlando di lui.

Tese le orecchie, ma l'uomo parlava il suo dialetto e per di più velocemente e a bassa voce; guardò allora il padre e vide un guizzo divertito passare nei suoi occhi blu, ma il viso dell'uomo rimase impassibile e grave la voce mentre, scuotendo la testa bianca, rispondeva brevemente ad Argyll nel sonoro dialetto dei clan. Poi, ambedue si girarono a guardarlo, imperturbabile il Duca e con una certa timorosa reverenza il montanaro, che subito dopo si congedò.

"Cosa voleva, Lord Argyll?" chiese allora il giovane, curioso. "Ho avuto l'impressione che parlasse di me, ma non ho capito...".

"Ragazzo, sarà bene che impari questa lingua, e presto, così eviterò di dover rispondere per te, magari interpretando malamente i tuoi desideri".

C'era veramente una nota giocosa nella grande voce profonda? Gofrid lo guardò, sperando in un'altra parola, e alla fine il Duca la concesse... e gli occhi di zaffiro sorridevano sornioni. "Ho ritenuto che non avresti gradito dividere il tuo letto con una ragazza del Clan e ho rifiutato per te, prendendo a pretesto una qualche cabala inerente a un tuo supposto noviziato come Magio".

"Padre!"

"Ho sbagliato? Rimedio subito" W'Unker si strinse nelle larghe spalle e allungò la destra verso il gong che stava a capo al letto.

"No! Non è questo, ma..." Gofrid sentì che le sue guance arrossivano. "È... è sbagliato, ecco!" cercò di spiegare. "Una donna non è un oggetto da offrire a uno straniero, per passatempo, senza tener conto della sua volontà! E poi ..."

Il Duca, che lo guardava con divertito interesse, seduto a gambe incrociate sul suo letto, a questo punto decise che era il caso di intervenire.

"Non è così. Nessun Haltamanno si sognerebbe di obbligare una donna della sua famiglia a dividere il tuo letto, ma, contrariamente al solito, non le opporrebbe un rifiuto se la donna lo volesse... e credo che parecchie donne o fanciulle di questo clan lo desidererebbero. E non solo per la tua bellezza – perché tu sei bello davvero, Gofrid, anche se sembri ignorarlo – o perché sei figlio mio, ma perché tutte sarebbero felici di concepire un figlio del nostro sangue, con la speranza che ereditasse almeno una parte dei nostri Poteri".

Gofrid arrossì ancora di più perché, udendo quelle parole, improvviso, involontario e prepotente gli era tornato alla mente il ricordo di Lhamar e del turbamento che aveva provato al suo fianco. Imbarazzato, si volse al Duca, mentre il rossore si spandeva sul viso e sul collo... e s'immobilizzò, colto da un pensiero che lo fece arrossire anche di più.

"Padre, ma tu... Non oso chiedere..."

"Fai bene. E tuttavia, una cosa voglio dirti".

Si alzò agilmente, con due passi fu al suo fianco e gli sollevò il mento con il lungo pollice. "Io non ho altri figli che te e tua sorella" lo rassicurò. "Se altri ne avessi, in qualsiasi maniera fossero stati concepiti, ora sarebbero al mio fianco. Mi credi?"

"Sì, ma..."

"Basta così".

La grande voce era categorica e subito Gofrid si diede un gran da fare per prepararsi per la notte, sfuggendo gli occhi del padre. Si sistemò nel letto che gli era stato allestito durate la sua assenza e solo quando fu sicuro che le sue orecchie erano tornate al colore normale, riprese a parlare, cambiando però completamente argomento.

"Mentre eravamo sulla slitta, avevi cominciato a narrarmi i casi che ti hanno portato qui...Vuoi continuare? Sono curioso".

"Davvero? Non me ne ero accorto" lo motteggiò W'Unker, ma riprese "Sta bene. Ero ancora rinchiuso nei sotterranei di Artiglio, quando Raint dovette assentarsi e mi affidò alla custodia di Lirkar..."

"Credo che gli fosse giunta la notizia dell'arrivo di ambasciatori dalle Isole Dorate e che non si fidasse di Lord Selter" interloquì Gofrid, e il Duca lo fissò, interessato.

"Ambasciatori delle Isole qui? Potrebbe essere utile saperne di più".

"Ti dirò tutto io! Li ho visti, li ho incontrati..." sorrise il giovane, lieto di poter essere utile. "Ma prima finisci la tua storia, per favore".

Il Duca si sistemò meglio sulla sua pila di cuscini e continuò a parlare, dopo aver dato un'occhiata al figlio.

"Conoscevo Lirkar da anni perché aveva servito a Rocca d'Ombra; ero al corrente delle sue debolezze, sapevo per esperienza quanto facilmente avrei potuto farlo cadere vittima di un'illusione mentale, di una suggestione e agii di conseguenza. Prima, per indebolirlo anche di più, suscitai in lui il desiderio di bere, di bere smoderatamente... e non posso dire che la cosa mi sia costato molta fatica. Poi insinuai nella sua mente ebbra il sospetto che io fossi già evaso. Scese nella mia cella per sincerarsene, e credette di vederla vuota. Si scatenò l'inferno e io ne approfittai per fuggire davvero, dopo essermi liberato delle mie catene e dei due carcerieri che erano sulla porta".

Parve al giovane che molte, troppe cose fossero taciute, tuttavia non volle correre il rischio di irritare il padre rimarcandole, e per il momento le accantonò.

"Ma perché sei venuto fino a qua?" si limitò a chiedere. "È molto lontano da Artiglio, e non potevi essere sicuro dell'accoglienza che ti sarebbe stata riservata! Non sarebbe stato più logico cercare di raggiungere Rocca D'Ombra, dove ci sono uomini fedeli a te? Con i tuoi Poteri..."

"Figlio mio, la magia può molte cose, ma non ha ancora imparato l'arte del calzolaio. Per quanto mi fossero piccoli e stretti, ero riuscito in qualche modo a coprirmi con gli abiti dei miei carcerieri, ma non ci fu modo di far stare i miei piedi dentro alle loro scarpe. Ovviamente, potevo creare l'illusione di un paio di stivali, ma dubito che le mie gambe si sarebbero lasciate ingannare! Così, fu giocoforza nascondermi nel primo carriaggio in partenza e, con le ultime forze mentali che avevo, convincere le sentinelle che l'avevano già perquisito e che potevano darci via libera".

"Quando Raint ritornò, quindi, eri fuggito per davvero. Allora raccontò le sue menzogne a Lord Selter per non perdere la faccia con il suo alleato e Lirkar, responsabile della tua fuga, dovette confermarle.

L'Ammiraglio gli credette, e io fui ingannato dello stesso inganno in cui era caduto lui" meditò Gofrid, il viso girato a cercare quello di W'Unker nella semioscurità.

"Giusto. E ora è finita l'inquisizione?"

La voce del Duca era brusca, ma da tempo ormai il menestrello aveva imparato a coglierne le sfumature e a leggere su quel viso impenetrabile; sicuro di sé scosse la testa e sorrise, cercando il suo sguardo.

"Temo di no. Chi, allora, aveva ordinato il tuo rapimento? Ed è mai possibile che il generale non si sia assicurato che tu non facessi ricorso al tuo Potere? Ad Artiglio non manca il talese, io lo so bene! E poi, come sei arrivato a Kalatur? E ancora, perché non hai cercato la mia mente? Capisco che eri sfinito, ma poi..."

"Basta, noioso! Non posso dirti quello che non so. Per puro caso, il carro dove mi ero nascosto doveva passare per Goistorm, un grosso villaggio sulla strada di Kalatur, frequentato dagli 'r Drusher, un clan della cui fedeltà ero certo. Rimasi nascosto fino là, poi sgusciai via e raggiunsi una vecchia taverna, dove sapevo che erano soliti scendere".

"Scalzo?"

Per un attimo il Duca tacque e rammentò con spaventosa vivezza il gelo, lo sfinimento, la sofferenza di quelle ore, quando la disperazione era stata sul punto di sopraffarlo, ma il suo viso rimase chiuso e inespressivo e nella sua fredda voce vibrò solo una lieve ironia. "Scalzo, malridotto, seminudo e affamato. Grazie alla pioggia incessante non ero morto di sete, ma senza dubbio non avevo esattamente un aspetto ducale, quando mi presentai alla taverna. Il locandiere, anzi, mi avrebbe cacciato immediatamente, non fosse stato per la mia stazza, ma nella sala c'era Lord Argyll, che piegò subito il ginocchio davanti a me. Come aveva fatto a riconoscermi, ridotto com'ero, non so. È ben vero che visi sfigurati come il mio non ce ne devono essere tanti!"

Gofrid che aveva ascoltato teso e intento il breve racconto, sobbalzò, e si protese verso lui.

"Non dirlo!" protestò. "Non è vero... mi somigli troppo per dirti che, nonostante le cicatrici, sei bello ancora, ma..."

"Basta così, sfacciato ragazzo. Aggiungerò che non mi è stato possibile trovare un messaggero che arrivasse fino a T'Ahai, da Dama Min, e che non sapevo dove fossi tu e dove fosse tua sorella. E ora dormi, e lascia dormire anche me".

Ma Gofrid non aveva alcuna voglia di interrompere quella conversazione, che solo il giorno prima avrebbe creduto impossibile; era troppo eccitato, felice, confuso e stanco per riuscire a dormire ancora dopo le brevi ore di sonno già avute, e dopo essersi girato e rigirato nel letto ritornò alla carica. "Padre, dormi?"

"Tentavo" precisò la voce profonda del Duca e il ragazzo decise di prendere quella parola per un incoraggiamento.

"Io ti ho tormentato con le mie domande, e tu non mi hai chiesto niente!" cominciò. "Neanche... neanche perché sono rimasto tanto a lungo a Wan Tunhe, quando sapevo che tu eri in pericolo, che il mio dovere..."

"Tu non hai alcun dovere verso W'Unker, figlio".

Colpito, il ragazzo alzò gli occhi e fece per protestare, ma il Duca continuò, senza lasciarlo parlare. "Era prevedibile che ti saresti fermato nelle Isole: là hai lasciato i tuoi amici, la gente della Torre..."

"È vero, e sono stato felice di rivederli. Ma non è stato questo a tenermi lontano da te, o almeno, non solo questo. Vedi, là ho conosciuto una fanciulla, Lady Lhamar ..."

"Lhamar? Strano nome" lo interruppe il Duca, aggrottando la fronte sfregiata, e lo ripeté pensieroso, accentandolo diversamente. "l'Hamar".

"È un nome arsiano" spiegò subito Gofrid, sorridendo. "Lady Lhamar Ul Klail è una principessa di Terbio".

"Ed era bella?"

Gofrid non rispose subito. Chiuse gli occhi, abbandonandosi per un attimo ai ricordi e rivide i soffici riccioli scuri, i grandi occhi neri luminosi, il lungo collo sottile... Risentì la chiara voce, la risata cristallina e per un momento fu come se la fanciulla fosse ancora davanti a lui, tenera, ridente, tentatrice, ma nello stesso tempo sapeva di averla persa, persa per sempre perché era destinata a sposare Lord Ruinigis. Glielo aveva confidato lei stessa, con abbandono e tristezza, in uno dei rari momenti in cui era riuscito a parlarle da solo a sola, e il resto glielo avevano detto gli splendidi occhi neri, lucidi di lacrime, ma splendenti per una speranza inespressa, che improvvisamente si erano fissati nei suoi. Allora avrebbe voluto prenderla tra le braccia, giurarle che non avrebbe mai permesso quelle nozze detestate, ma erano stati subito interrotti dal gruppo vociante dei loro amici.

Non aveva più potuto riprendere l'argomento e due giorni dopo l'annuncio che W'Unker era stato rapito e la sua immediata partenza avevano definitivamente rotto quel filo sottile che li aveva uniti.

Si accorse che lo sguardo divertito con cui il padre lo fissava era diventato serio e si affrettò a rispondere. "Sì, molto".

L'uomo non disse nulla e dopo qualche attimo Gofrid riprese con impeto. "Era bella, sì, ma non era solo questo! Lei... lei era speciale, diversa da tutte le altre. Riusciva a capirmi, a intuire i miei pensieri, i miei desideri! Mi pareva che... Che fosse tutt'uno con me. Quando si discuteva, io sapevo che i suoi begli occhi mi davano ragione prima ancora che la sua dolce voce mi appoggiasse, e quando assieme guardavamo le stelle senza parlare, e la sua mano sfiorava la mia, mi sembrava che tutto l'universo cantasse con noi, per noi! Non si trattava di Potere, non era quella comunione di spirito! Io ero..."

"Eri innamorato; o, forse, eravate innamorati".

La voce del Duca suonò bassa e dolce, ma quando il giovane alzò gli occhi su di lui la faccia sfregiata era imperscrutabile.

"Sì, credo di sì..." si arrischiò tuttavia a dire. "E tu, sei mai stato innamorato, padre?"

Per un lungo attimo W'Unker fissò le ombre che la fiammella della torcia rimandava sul muro, fingendo vaghe figure, tra le quali per un attimo credette di scorgere un pallido viso tra due ali di lunghi capelli; un attimo, poi si volse seccamente verso il figlio. "Dormi, è tardi".

Ma il giovane Magio non riuscì ancora a dormire. Non appena chiudeva gli occhi, non appena cominciava a cedere al sonno si ritrovava negli incubi dei giorni precedenti e si risvegliava con uno scossone, un grido; oppure continuava a rimuginare sul breve racconto che il Duca gli aveva fatto, cogliendone insoddisfatto omissioni e contraddizioni, e si girava e rigirava sul letto.

Una fra tutte lo perseguitava: possibile che il generale Raint non si fosse assicurato che W'Unker non riuscisse a fuggire, usando il talese per imprigionarlo? In quella fortezza, in quei sotterranei non mancavano certo ceppi e catene di quel minerale!

Si alzò su un gomito e sbirciò il padre, che subito riaprì gli occhi con un sospiro esasperato.

"Sembra che con il tuo arrivo io debba rinunciare al sonno! Su, domanda, e poi chiudi gli occhi e possibilmente tienili chiusi fino a domani mattina!"

Gofrid non desiderava di meglio e gli rovesciò subito nelle orecchie il problema del talese, ma W'Unker rimase muto e con le mani ricacciò i folti capelli indietro, come riflettendo.

"Domanda interessante" osservò alla fine, un po' incerto. "Bene... Supponi che Lirkar fosse già troppo ubriaco per ricordarsi del talese..."

Ostinato, Gofrid accennò di no.

"Mi hai detto che fu Raint a farti condurre nel sotterraneo," gli ricordò "e che fu con lui che ti confrontasti. Lirkar intervenne dopo, quando il generale se ne era andato per incontrare Selter".

Da sotto le palpebre un po' abbassate, il Duca gli lanciò un'occhiataccia, si guardò le mani, la grande destra nuda e la sinistra mutilata coperta da un morbido guanto di velluto nero, e girò lo sguardo attorno, in cerca di ispirazione.

"Sai cosa vuol dire Tal'Klarel nell'antico linguaggio?" sbottò infine.

"No? Te lo dico io: *Inesorabile*. E sappi che intendo proporlo come tuo appellativo all'Assemblea delle Isole in riunione plenaria. E ora dormi. Dormi!"

Il giovane Magio ridacchiò e chiuse obbediente gli occhi, cercando di dormire, anche se la sua curiosità non era stata esaudita; tuttavia sapeva che era impossibile far dire a W'Unker ciò che aveva deciso di tacere e, almeno per il momento, si rassegnò. Ma gli incubi continuarono a tormentarlo, tanto che alla fine si tirò a sedere sul letto, gli occhi ben aperti a guardare l'ampia schiena del Duca, come se temesse di vederlo svanire durante la notte.

L'uomo sembrava profondamente addormentato, ma, dopo qualche istante, si levò di nuovo la sua voce profonda, ironica e divertita.

"Gofrid, ti assicuro che, anche se chiudi gli occhi e finalmente dormi, domani mattina mi ritroverai sempre qui, pronto a sottostare a un altro interrogatorio".

"Sì, certo, certo... Ma appena comincio a sonnecchiare, temo che questo sia solo un sogno e che al risveglio saprò che invece sei morto, così mi sveglio e mi accorgo... no, credo di aver fatto confusione".

"Lo credo proprio" sbuffò il Duca, girandosi verso di lui e lanciandogli un'altra occhiataccia, mentre la bocca pallida fremeva in modo sospetto.

***

L'indomani mattina furono svegliati da un gruppetto di giovani ragazze ridenti che, sotto la guida di una donna più anziana, che portarono loro vassoi con pane appena sformato, latte, miele, birra, una strana confettura di frutta, che era dolce e piccante assieme, e ancora formaggio giallo, cremoso, dal sapore deciso, burro salato e una brocca di un infuso amarognolo.

"Mangia. Qui si adopera il latte delle capre o quello degli hasix , come nelle Isole si usa quello delle mucche e, come ti sarai accorto anche ieri sera, si prediligono i sapori forti, contrastanti" spiegò il Duca, servendosi di un cucchiaio di confettura.

"Vedo con piacere che manca la famigerata tapioca" rise Gofrid, afferrando invece un pezzo di formaggio e guardando intanto con imbarazzo le allegre ragazze, memore di quanto W'Unker gli aveva detto la sera prima.

"Quella, è tipica della Norlandia; fui io ad obbligare i miei dubbiosi sudditi a piantarne e coltivarne le sementi, che ho modificato rendendole compatibili con questo clima, per combattere la fame, il primo problema di quel paese. Ma qui siamo nel territorio dei Clan del Nord e non è la stessa cosa. Te ne parlerò, una volta o l'altra... Ma ora, guarda! Quelli sono i tuoi nuovi vestiti".

Il ragazzo si volse e vide una graziosa fanciulla che gli offriva degli indumenti con mosse timide, ma con uno sguardo decisamente interessato e impertinente.

Gli parve di riconoscere in lei una delle danzatrici del banchetto e ricordò l'offerta di Argyll e la spiegazione del padre. Ricominciò ad arrossire, scatenando una serie di risatine, di occhiate, di ammiccamenti divertiti, di piccole spinte tra le fanciulle, che però cessarono bruscamente non appena il Duca volse gli occhi su di loro.

Mentre finivano la colazione e le ragazze riportavano via i piatti e le tazze, Gofrid continuò a sbirciare i suoi vestiti.

Grigi, non neri, notò con sollievo, anche se di un grigio più scuro di quello che era solito indossare, e guarniti di ricami di un rosso cupo. Simili nella fattura a quelli del Duca, erano costituiti da un corto farsetto imbottito, serrato in vita da una sciarpa dello stesso rosso dei ricami, con maniche ampie ma strette al polso; i pantaloni erano aderenti, fatti per essere indossati sotto i lunghi stivali impellicciati di morbida pelle nera che erano là vicino.

Si vestì rapidamente, apprezzando la camicia di morbida seta pesante e si guardò soddisfatto: complessivamente l'abito era abbastanza somigliante al costume dei Guerrieri Consacrati che indossava abitualmente, ma molto più lussuoso, e sul petto spiccava lo stemma del Duca, decorato con pietre preziose.

"Rassegnati. Qui sei il figlio dell'Artiglio di Fuoco" gli disse Lord W'Unker che, osservandolo compiaciuto, aveva notato l'occhiata incerta del giovane all'insegna ricamata.

"Gofrid, qui nessuno sa che la mia sinistra non ha più potere" aggiunse poi. "Taci anche tu".

Il giovane Magio annuì, poi decise di cercare di chiarire almeno una delle zoppicanti spiegazioni che il Duca gli aveva dato il giorno prima.

"Ho pensato molto a quanto mi hai detto ieri sera, e c'è una cosa che voglio chiederti".

"*Una* cosa? Soltanto? Strano" Le sottili sopracciglia dell'uomo si sollevarono, mentre concedeva. "Parla, abbiamo ancora un po' di tempo, prima che vengano a chiamarci. E mangia".

"Tu mi hai spiegato come ti sia stato impossibile metterti in contatto con noi durante la tua prigionia e come da qui tu non sia riuscito a trovare un messaggero... ma perché non hai parlato alla mia mente, come avevi già fatto? Perché quel lungo silenzio che ha avvalorato le mie peggiori paure? Sarebbe bastato un contatto, anche il più lieve per..."

"Non vi riuscii. Prima, sulla nave, per la droga che mi somministravano e poi, ad Artiglio, perché tutte le mie forze, tutti i miei poteri erano concentrati per resistere a Raint e per evadere. Quando poi riuscii a fuggire ero stremato, del tutto incapace di accedere al Dono".

Gofrid annuì, ma insistette. "Però, una volta giunto all'accampamento degli 'r Drusher, avresti potuto..."

"No!"

La grande mano si levò, ammonitrice, e W'Unker si chinò sul giovane, abbassando la voce potente in un sussurro.

"No, figlio mio. Guarda! Alle tue spalle, dietro a quella catena montagnosa, c'è il Regno dei Ghiacci, dove i Perduti vagano in un eterno Crepuscolo. Sono vicini, molto vicini! Mi ascoltano, mi spiano, assetati di vita, attratti dal mio sangue, chiamati dal mio Dono. E ancora più a nord, i Monti Tenebra, il dominio delle Potenze Oscure, il Trono di Ghiaccio!

"Là è il centro del loro potere, là il mondo materiale si fonde con l'Increato in cui l'Uno li relegò, e da là la loro mente insonne tesse contro gli uomini trame oscure, simili a ragnatele di tenebra, dove Valmar fu attirato e preso... E perse tutto, tutto perché dal suo tormento potesse nascere W'Unker, *Colui che Schiude il varco... Io*".

Il sussurro finì in un rauco singulto, e il Duca crollò sul letto, coprendosi il viso con le mani.

Maledicendo mille volte la sua curiosità, Gofrid si chinò su di lui e lo abbracciò, pregandolo di calmarsi; dopo un lungo minuto l'uomo respirò a fondo abbassò le mani e fissò il figlio.

"Per questo" gli spiegò affannosamente, afferrandolo per le spalle "ti tenni chiusa la mia mente, per questo non ti cercai, non ti parlai attraverso il Potere, che unisce il mondo degli uomini e l'Increato, perché non potessero trovarmi e incatenarmi di nuovo nelle Tenebre. E perché, seguendo la fiamma del Dono, non giungessero a te, e ti ghermissero, per piegarmi al loro volere, o per servirsi anche di te. No! Questo mai, mai! Morto, morto e dannato piuttosto!" Tacque per un minuto, mordendosi le labbra e volgendo qua e là uno sguardo sconvolto, mentre il suo respiro si faceva sempre più affannoso, poi riprese "Ma non mi permetterebbero di morire, no... Valmar dovette vivere, vivere in W'Unker, vivere nell'Oscurità".

Nella sua voce vibrava un'amara consapevolezza e lo sgomento. Scosso da un improvviso brivido, ammutolì, lasciò il figlio e si coprì il viso con il mantello, volgendogli le spalle. Vacillava, poi crollò bocconi sul letto e, nonostante il xirker che Gofrid gli fece tranguggiare, ci volle più di un'ora perché il Duca sprofondasse in un profondo sonno ristoratore.

Seduto vicino a lui, ormai assopito per l'azione dell'erba, il ragazzo rifletté su quanto aveva sentito. Quelle parole deliranti gli avevano fatto intuire la natura di quel Potere segreto e terribile che aveva reso Valmar D'Aurel una preda ambita dalle Tenebre: era l'unico Consacrato della sua epoca che poteva essere porta e tramite tra i diversi mondi, come se vivesse al confine tra il materiale e l'immateriale, tra l'umano e l'ultraterreno, a tratti partecipe di entrambi.

Lo indicava anche il nome che aveva assunto dopo l'apostasia: *W'* che nell'antico linguaggio della stregoneria indica il varco, la porta e *Unk*, la radice della parola Tenebre, Oscurità, Male. Grosso modo quel nome poteva essere tradotto come "Porta delle Tenebre" "Varco per l'Oscurità", ma anche, dando al vocabolo "porta" il senso di "tramite", come "Sacerdote, Tramite delle Tenebre"

Era ormai certo che le conoscenze e la sapienza del padre su quel misterioso fenomeno che nelle Isole chiamavano *Dono* e su tutto il mondo ultraterreno fossero più grandi di quelle di qualsiasi altro Consacrato, e forse proprio per quello più pericolose e tentatrici. Intravide allora la trama sottile che aveva portato Valmar D'Aurel alle Tenebre, comprendendo che la sua sete di sapere, la volontà di arricchire il suo Potere e di superare i limiti imposti all'uomo erano diventita una trappola per il Condottiero. Intuì che questo pericolo era sempre in agguato anche per lui, perché nel suo sangue bruciava la stessa smania del padre, e comprese quindi il motivo dei dubbi e dei timori che a tratti Lady Aleja aveva mostrato nei suoi riguardi. Ma era sicuro che sarebbe riuscito a resistere, perché in lui non c'era né l'orgoglio, né la sicurezza di sé e del proprio Potere che avevano caratterizzato Valmar D'Aurel. E poi, gli bastava guardare il viso sfregiato e sconvolto di W'Unker, gli bastava ripensare ai suoi deliri, per cacciare ogni tentazione.

Lo riscosse la voce di Argyll che li chiamava dall'ingresso e, gettata una pelliccia sul corpo del padre, gli andò incontro.

"La slitta e i cavalli ordinati da Sua Altezza Serenissima sono pronti, giovane principe. Stiamo attendendolo" gli disse l'uomo, in un Norlese duro e sforzato.

Il Magio digerì con una smorfia divertita la sua promozione e accennò di no.

"Non oggi, Milord. Il Duca oggi non lascerà la sua tenda".

Il montanaro sbirciò nella stanza e vide il grande corpo che giaceva sul letto, nel disordine delle vesti lussuose, un braccio sul viso.

"Sta male?" domandò allora, preoccupato, e al cenno di assenso del giovane insistette. "Non c'è nulla che gli 'r Drusher possano fare per lui? Nulla che io possa fare?!"

Il Magio sorrise, commosso dalla premura che traspariva da quelle parole, ma ancora fece cenno di no.

"No, Lord Argyll, nulla" disse tristemente. "Il suo è un male dell'anima. Solo la Dea..."

Sul viso duro del montanaro si disegnò una smorfia; Gofrid se ne avvide e ricordò che i Clan non adoravano la bianca Dea delle Isole.

"Perdonate, Milord! Dimenticavo che avete altri dei, ma certo, anche se con nomi differenti..." cercò di riparare, ma il Lord rise e scosse la testa.

"Gli 'r Drusher, da sempre, hanno venerato gli Spiriti degli Antenati e la Forza Vincitrice. Ma, dal giorno che uscì dal nulla per sfidarci e batterci tutti, l'essere più simile a un dio che abbiamo mai visto è Lui!"

Dicendo così indicò, con un'espressione adorante sulla faccia, la figura arrovesciata tra i cuscini, sorrise di nuovo a Gofrid e se n'andò, lasciando il giovane a passarsi e ripassarsi le mani tra i capelli biondi, alquanto sconcertato.

***

Nonostante che le parole deliranti di W'Unker si fossero impresse nell'animo del giovane Magio, Gofrid non cercò più di tornare sull'argomento, anche se lo avrebbe desiderato, perché amava troppo il padre ed era rimasto troppo impressionato dal suo vaneggiamento per rischiare di turbarlo ancora.

E poi, le sue giornate erano già così piene che non gli restava mai molto tempo: Argyll e i suoi due figli erano sempre pronti ad accompagnarlo in giro per il loro territorio o a organizzare per lui cacce, banchetti e altri divertimenti. L'allegro Drewnn lo guidò per gli impervi sentieri delle sue montagne, riuscendo a instillargli nell'animo l'amore per quelle crode aspre e bellissime e Bryant, quando si accorse del suo interesse per la musica e la poesia, dispose per lui incontri e gare di canto con i bardi locali, dai quali il menestrello imparò nuove melodie e nuove storie.

Furono i due giovani a spiegare a Gofrid che il loro clan non aveva partecipato all'invasione delle Isole Dorate, e a spiegargli il perché.

"Sua Altezza Serenissima volle che i due Clan più fedeli a lui, il nostro e quello degli ar Rosh, restassero in Norlandia, a garanzia della lealtà dell'intera nazione e a guardia dei confini del Nord" cominciò Bryant e Drewnnn aggiunse subito, togliendogli la parola di bocca.

"La seconda volta, poi, diffidammo subito dell'ordine di raggiungere Rocca d'Ombra per partire per la guerra perché ci era giunto da parte di Lord Raint..."

"Ma il proclama era stato firmato da mio padre! Vi era stato costretto, ma..."

I due fratelli si scambiarono un'occhiata e un sorriso.

"Vedi, Gofrid, tra Lord W'Unker e i clan degli 'r Drusher e degli ar Rosh ci sono legami e accordi particolari" spiegò con una certa aria di superiorità il più anziano dei due. "Uno di questi prevede che, in caso di una chiamata alle armi, assieme al proclama ufficiale sia recapitato ai Lord dei due clan un particolare pugnale.

"L'ordine giunse, ma non il pugnale. Lord Ghedill e nostro padre si incontrarono, ne discussero e presero informazioni, dopo di che noi scegliemmo di restare a Kalatur, in attesa. Lord Ghedill, però, era furioso perché temeva per il Duca e, riuniti parecchi dei suoi, piombò a Rocca d'Ombra".

"E c'è ancora!" concluse Drewnn, ridendo. "Ma non come Raint avrebbe desiderato!"

Gofrid si unì alla sua risata, sentendosi molto sollevato all'idea di non aver mai combattuto quella gente, per la quale cominciava a provare stima e amicizia, e con più piacere di prima continuò a godere della loro cordiale ospitalità, ritrovando in loro compagnia allegria e buon umore.

Ma più di tutto lo rese felice la costante presenza del padre, che non era più l'uomo cupo e chiuso, abbattuto e umiliato, che aveva conosciuto negli ultimi mesi sulla *Procellaria*. Come una volta, quasi due anni prima, aveva per un attimo sognato, Valmar divenne per lui guida e maestro e con le sue parole gli aprì nuove vie al sapere, dove la magia si sposava con la conoscenza della natura e con la capacità di piegarla alla volontà dell'uomo.

Quando il tempo era cattivo, il ragazzo passava ore e ore nello studio, applicandosi e imparando, perché W'Unker non era mai stanco o seccato se gli chiedeva di insegnargli qualcosa, fossero incantesimi, canti e parole di potere o le qualità delle erbe e delle pietre, oppure le lingue del nord. Più tempo passava, più il ragazzo si convinceva che Valmar D'Aurel era ormai non solo il Magio più potente di tutta Thelene, ma anche un Sapiente come mai ne aveva visti, e in lui crebbero l'ammirazione e l'amore.

Presero anche l'abitudine di esercitarsi assieme con le armi e in questo, molte volte, fu Gofrid il maestro, perché il Duca, dopo le ferite riportate, la prigionia e la mutilazione che si era inflitto, non sempre riusciva a tenergli il passo. Costretto a usare una mano sola, lui che era stato ambidestro, mostrava spesso qualche difficoltà a stare al pari del figlio, agile ed esercitato, soprattutto nei duelli all'arma bianca.

Il ragazzo aveva avuto la tentazione di mascherare la sua superiorità, ma poi vi aveva rinunciato, intuendo che il padre ne sarebbe stato ferito, e continuò a battersi lealmente con lui, accorgendosi con gioia che le sue prestazioni miglioravano con rapidità e che l'uomo non dimostrava alcun imbarazzo a chiedergli di sospendere per qualche minuto il combattimento se si sentiva troppo stanco per continuarlo.

"Sei diventato troppo bravo per me, piccolo mio! Te lo avevo predetto, lo rammenti?"

Lo ricordava, sì, ricordava ogni momento, ogni parola del loro incontro in Rutlandia, del loro viaggio a Idragor e annuì sorridendo. "Ho portato per anni la spada che mi avevi regalato, ma si è spezzata nella Torre degli Stregoni" rammentò a sua volta. "Però l'impugnavo contro i Perduti, per fortuna, non contro di te! Perché era questo che pensavi quando me l'avevi data, vero?"

W'Unker non rispose, ma abbassò il viso, celandolo tra le bande dei lunghi capelli bianchi e Gofrid, timoroso di averlo offeso o ferito, cambiò subito argomento e riportò il discorso sull'ambasceria isolana, lasciando intendere che sarebbe stato possibile giovarsi del loro aiuto per lasciare la Norlandia, e sottolineando che i diplomatici erano Lady Min e il generale Takab, entrambi certo più che disposti ad aiutarli. W'Unker però rimase impassibile e, invece di chiedere altre notizie, si chinò a raccogliere la spada.

"Avanti, riproviamo" l'invitò.

Mentre incrociavano di nuovo le armi, il giovane rifletté sul comportamento del padre e sulla scarsa volontà che mostrava di lasciare Kalatur. Intuì che l'uomo stava ripensando con rimpianto al suo regno, un paese conquistato da lui, dove nessuno sapeva del suo tradimento, della sua apostasia e della sua umiliazione, una terra ove avrebbe potuto essere solo Lord W'Unker di Rocca d'Ombra, temuto e rispettato Signore di quella terra.

Dopo i mesi passati al suo fianco sulla *Procellaria*, durante i quali, sfinito e convalescente, l'uomo era caduto in una cupa inerzia, in una lugubre malinconia, Gofrid non poteva che essere felice di aver ritrovato tra quella gente straniera il Duca così come l'aveva conosciuto, imperioso ed energico, rigoroso nello studio e pronto all'azione, imbattibile guerriero e Magio potentissimo, ma tuttavia si sentiva anche intimorito. Era lieto del ritorno di W'Unker, ma non avrebbe voluto perdere Valmar!

E, mentre rifletteva, il Duca lo toccò due volte, alla spalla e al fianco e si fermò, alzando l'arma e fissandolo con uno sguardo provocatorio.

"Ehi, ragazzino! Dormi?" esclamò. "O sei già stanco?"

Gofrid trattenne a sua volta la spada.

"No, mi sono distratto" ammise.

Le sottili sopracciglia di W'Unker si inarcarono in una smorfia critica.

"Vuoi dire che non vale? Eh, no! In un duello, si paga anche la distrazione!"

E riattaccò con furia rinnovata.

Sicuramente, si stava rimettendo.

***

La vita a Kalatur continuò a scorrere piacevole, benché le condizioni del tempo peggiorassero rapidamente mano a mano che l'autunno si avvicinava alla fine, e più i giorni passavano, più cresceva in Gofrid la sensazione di aver trovato in quella strana città-accampamento, vicino al padre, quella casa che fin da bambino aveva desiderato invano... e tuttavia non si faceva illusioni.

Aveva scambiato soltanto poche frasi con Solea e Takab a Dusk, sufficienti però per fargli capire che la situazione nelle Isole Dorate e forse in tutta Thelene stava precipitando. Del resto, anche a Kalatur se ne vedevano le avvisaglie, non solo per l'inverno precoce che ormai imbiancava le montagne, rendendo difficilmente praticabili le strade, ma anche per le infauste notizie che i viaggiatori portavano da tutta la Norlandia: voci di continui disordini, di lotte civili, di pestilenze e di carestia.

Quando all'accampamento giungevano stranieri, il Duca non lasciava mai la sua tenda, ma nel corso dei loro lunghi conciliaboli abituali, cui non sempre Gofrid partecipava, Lord Argyll gli riferiva puntualmente quanto gli raccontavano.

"L'approvvigionamento e i viaggi per mare saranno pressoché impossibili tra poco tempo, Altezza! Già dal Mare dei Ghiacci si staccano grossi iceberg, che renderanno pericolosissima la navigazione e, di questo passo, il porto di Guyrn sarà bloccato prima dell'inverno e anche Norvel e forse Lorf diventeranno malsicuri".

A quelle parole Gofrid, che quella volta sedeva su un cuscino ai piedi del padre, intento anche lui ad ascoltare le ultime notizie, sussultò e interruppe l'Haltamanno.

"Milord, l'ultima carovana passata di qua ci ha riferito che gli ambasciatori isolani erano ancora a Dusk. Avete altre novità?"

"No, se non che Lord Cuiev, di cui sono ospiti, spinge per affrettare la loro partenza, visto che la *Farfalla* li aspetta a Lorf ormai da parecchio tempo".

Padre e figlio si scambiarono un'occhiata. Avevano creduto che gli ambasciatori fossero già partiti senza aver ricevuto il messaggio che avevano loro inviato, e quella notizia li colpì.

Fu in quel momento che, dopo un cupo rimbombo sotterraneo, la terra sotto i loro piedi tremò.

Uscirono tutti e tre rapidamente e si trovarono in mezzo a uomini e donne sbigottiti, che avevano lasciato le loro abitazioni e ora si accalcavano nello spiazzo davanti alla tenda del Duca, come sperando in lui protezione e aiuto in quel frangente. Era ormai buio e la luce tremolante delle torce rivelò volti tesi o francamente spaventati, mentre ovunque si udivano commenti sbigottiti.

"È il rumore di un tuono, ma viene dalle viscere della terra!"

"Non è qua... non ancora. Viene dal Regno dei Ghiacci..."

"E quell'oscuro scintillio..."

"Quelle vampe, là in fondo, in mezzo ai ghiacci..."

"I Monti Tenebra avvampano e le loro fiamme oscure riverberano nel cielo!"

"Là, guardate!"

All'orizzonte, d'improvviso, s'era stagliata una sagoma terrificante.

Era un picco immenso, uno sterminato ghiacciaio, e insieme era un alto trono che splendeva della livida luminosità del ghiaccio ed era circondato da una corona di nere fiamme che si alzavano al cielo fino a offuscarne ogni luce, come una grande nuvola più scura della notte, finché tutto divenne tenebra. Eppure ancora risaltava in quell'assoluta oscurità il grande trono di ghiaccio e di fuoco, sul quale ora sembrava che Qualcosa tentasse di prendere forma, di protendersi verso il cielo, verso la terra, verso quel piccolo gruppo di uomini che, improvvisamente muti, si strinsero attorno a Lord W'Unker, presi dal terrore indicibile che da quella sinistra visione emanava.

Gofrid aveva intuito che l'origine di quello spaventoso fenomeno non era umana e gli tornarono subito alla mente le parole tronche e spezzate, con cui il Duca aveva rievocato la caduta, la prigionia e la disfatta di Valmar D'Aurel, ma prima che potesse dar voce ai suoi dubbi, risuonò l'ordine imperioso del padre.

"Non guardarlo, non guardare! Copriti il viso! Implora la tua Dea, Consacrato, prega, ma non usare il Potere!"

Dicendo così Lord W'Unker gli passò un braccio attorno alle spalle e lo strinse a sé, obbligandolo a nascondere il viso sulla sua spalla, e intanto Argyll riuscì ritrovare il fiato sufficiente per domandare, con la voce ridotta a un sussurro rauco "Milord, cos'è questo?" ma il Duca tacque, continuando a stringere a sé il figlio e i suoi occhi divennero sempre più freddi e remoti.

Allora Argyll si fece coraggio e insistette ancora. "Mai abbiamo visto qualcosa di simile, e mai lo videro i nostri avi! Sappiamo cosa è il Regno dei Ghiacci e quali Potenze vi regnino... o vi siano confinate... ma mai fino a ora si erano così chiaramente manifestate agli occhi di comuni mortali!"

Gofrid sentì fremere le braccia robuste che lo stringevano, ma la profonda voce di W' Unker rimase lenta e inespressiva.

"L'equilibrio dell'Uno è rotto" rispose.

Poi, con un gesto imperioso alzò un braccio. "Tornate alle vostre case e serratevi dentro" intimò. "Qui basto io solo. Andate!"

Gofrid fece per protestare, ma il Duca scosse la testa.

"Tu, più di tutti, sei pericolo. Lord Argyll, lo affido a te" dicendo così, sciolse il suo abbraccio e mise il ragazzo nelle mani del montanaro.

"Io?! E tu, allora?!" protestò subito il giovane Guerriero, ma ancora W'Unker scosse il capo.

"Io sono lo Stregone dei Ghiacci, non ricordi? Va', ora! La tua presenza m'è d'intralcio".

Il giovane Magio, che stava cercando di liberarsi dalla stretta gentile, ma ferma di Argyll, in aiuto del quale erano subito giunti i figli, a quella frase si fermò, alzò gli occhi sul padre e sospirò.

Il viso dell'uomo era ritornato quello glaciale, lontano del Sacerdote delle Tenebre e le sue parole quelle brevi, imperiose di Lord W'Unker di Rocca d'Ombra.

Capì che stava per officiare un rito maledetto, un mistero blasfemo e ancora volle opporsi, ma gli 'r Drusher, data un'occhiata al loro Signore, lo trattennero con la forza.

Vide allora lo Stregone ergersi in tutta la sua statura, alzare le braccia verso la nera visione, gettando all'indietro il cappuccio a svelare i lunghi capelli candidi cinti dalla corona d'oro brunito; nella sua destra brillò una lama e alla luce delle torce la sua ombra sembrò grande e nera e minacciosa come l'oscura visione che si intravedeva all'orizzonte.

"Padre, no! Non rinnovare il tuo legame, non lo sopporto! Non voglio!" implorò ancora Gofrid con voce in cui tremavano la disperazione e la rabbia, dibattendosi furioso tra le braccia degli uomini del Clan.

"Portatelo via, nella nostra tenda" ordinò freddamente Lord W'Unker, senza neppure guardarlo. "E non ne esca fino a che io non lo permetterò. E ora, allontanatevi tutti! Via!"

Mentre tutti i presenti si affrettavano ad andarsene, Gofrid fu trascinato a forza fino al padiglione che aveva condiviso con il padre e alcuni uomini rimasero di guardia nell'ingresso, mentre Lord Argyll, per maggior sicurezza, gli si piazzava davanti, inesorabile, pur continuando a scusarsi.

Per quasi un'ora si sentirono rumoreggiare i tuoni e il vento ululare in brevi raffiche violente; attraverso il pesante tessuto della tenda a tratti si poterono indovinare lampi e vampate, e per tre volte si udì, al di sopra di ogni rumore, la voce profonda e potente del Sacerdote delle Tenebre gridare parole di potere, poi d'un tratto tutto fu silenzio e oscurità e il

Duca rientrò, la maschera sul viso, i capelli scarmigliati e le mani tremanti.

Congedò con un brusco gesto gli Haltamanni e all'occhiata implorante di Argyll rispose brevemente con voce rauca, stentata. "Non avete più nulla da temere. Per ora. Ti vedrò domani mattina. Va' ".

Senza neppure curarsi di vedere se veniva obbedito, entrò nella sua camera, scaraventò a terra il mantello, la corona, la maschera e si gettò sul letto, un braccio sul viso.

Gofrid che l'aveva aspettato per ore, combattuto tra l'angoscia e la collera, lo fissò incredulo: si era aspettato una spiegazione, magari una accesa discussione, ma non quel silenzio, quell'apparente noncuranza.

"Non hai nulla da dirmi?" proruppe, dopo aver atteso inutilmente per qualche minuto. "Da spiegarmi? Sai, almeno, cosa hai fatto?!..."

Ammutolì di colpo.

Alle sue frasi frementi, il Duca si era girato piano verso di lui con un gesto lento e faticoso, togliendosi il braccio dalla faccia, e alla luce rossastra delle torce il suo viso apparve distrutto, sfinito; le cicatrici spiccavano, livide più del solito, e gli occhi violetti bruciavano dolorosi e disperati.

Poi, sorda, spezzata la grande voce oscura mormorò a fatica. "Quel che dovevo fare. Ora dammi pace, figlio. Sono stanco".

La rabbia lasciò immediatamente il musico e rimase solo la preoccupazione, la pena; gli si avvicinò, si chinò su di lui per togliergli gli stivali, slacciargli i vestiti, ma la destra si levò a cacciarlo.

"Non mi toccare, Consacrato. Sono contaminato e tu..."

"E io sono tuo figlio. Non ti chiederò più nulla, non dirò più nulla, ma permettimi di aiutarti".

Il braccio ricadde senza forza sul volto sfregiato e W'Unker, spossato, si arrese al giovane. Gofrid mantenne la sua parola e non disse, non chiese più nulla anche quando scoprì, fremendo d'orrore, le ferite e il sangue sul petto e sulle braccia del padre, e rammentò la lama che aveva visto risplendere tra le sue mani.

Passò sveglio tutta la notte, vicino a W'Unker, pronto a scuoterlo, se il suo breve grido soffocato o il respiro ansante gli facevano intuire che era in preda a un incubo, e soltanto alle prime luci dell'alba si assopì al suo fianco, ma si destò immediatamente quando lo sentì muoversi per la tenda.

Balzò subito sù, lo guardò e sorrise, sollevato.

W'Unker era completamente vestito con l'abituale costume nero, ma non portava maschera e i lunghi capelli bianchi gli si arricciavano per la schiena ancora umidi, segno che l'uomo si era già tuffato nella vasca della grotta; il viso era pallidissimo, però calmo e composto.

"Stai bene? Dove vai?"

"Fuori".

"Aspetta! Mi vesto e vengo con te".

"Raggiungimi in piazza; io devo parlare con Lord Argyll per preparare la partenza".

Completamente sveglio, Gofrid gettò le lunghe gambe fuori del letto e afferrò a caso una veste. "Vuoi partire?" chiese. "Adesso? E dove..."

"I tuoi racconti sulla situazione delle Isole, di Tork, della Rutlandia, le condizioni della Norlandia stessa e quel che è successo ieri mi hanno tolto ogni dubbio. Le catene delle Tenebre sono spezzate e l'armonia del Creato è infranta. Devo tornare là, dove tutto ebbe inizio, là dove Valmar tradì se stesso e la sua missione, là dove forse si compirà il fato di W'Unker. Alle Isole Dorate".

Lesse la confusione, lo sconcerto negli occhi del ragazzo e poi il timore... per lui.

Gli si avvicinò di un passo e gli sollevò il mento con due dita.

"È necessario" l'incoraggiò. "Pensa a tua sorella, anche lei potrebbe essere in pericolo! Vestiti, ti attendo fuori".

***

Appena uscito dal padiglione, Gofrid alzò gli occhi verso nord, ma la spaventosa visione della notte era scomparsa; tuttavia, nonostante fosse ormai mattina, il cielo si manteneva scuro e nebbioso e livide folgori lo solcavano, mentre lontano si sentiva ancora rumoreggiare il tuono.

Continuando a sbirciare quel cielo che ora sentiva nemico, si affrettò verso la piazza; quando vi giunse vide che il padre era già circondato da un gruppo di montanari che gli si stringevano intorno con facce perplesse e capì che avevano già intuito che qualcosa stava per cambiare e che il cambiamento era imminente.

In silenzio, gli si affiancò e lo sentì dare un brusco ordine, con gli occhi fissi ai lampi corruschi che solcavano il cielo, al di là dei monti.

"Fa' preparare una slitta, Lord Argyll. Partirò oggi stesso. Da solo".

Col disappunto scritto in faccia, tuttavia il Lord si inchinò, portandosi la destra aperta al petto in segno di obbedienza, mentre W'Unker precisava cosa desiderava portare con sé, sceglieva gli hasix e congedava bruscamente la gente intorno a lui. Poi rientrò nella sua tenda, dove cominciò a esaminare le sue carte, dividendole in pile ordinate, a staccare i disegni dalle pareti, arrotolandoli o stracciandoli, e a riunire i volumi in due grosse borse.

Inquieto, Gofrid lo seguì ovunque, aspettando una parola, un ordine ma, visto che l'uomo sembrava averlo dimenticato, cominciò anche lui a riunire le proprie cose. Una volta finito, andò a mettere il suo piccolo bagaglio accanto al baule che il padre stava chiudendo e gli alzò in faccia due occhi zaffiro, duri e decisi.

"Vengo con te" annunciò, combattivo.

Per un attimo quattro occhi identici si fissarono ed erano quelli del Duca i più incerti; poi l'uomo annuì.

"Sta bene. Il pericolo è ovunque e forse sarai più sicuro al mio fianco che nascosto qui".

Rassicurato, il ragazzo corse a salutare Bryant, Drewnn e i montanari con i quali aveva fatto amicizia, i suoi compagni di cacce, di esplorazioni e di canti e, mentre scambiava saluti e abbracci, si rese conto che in quei giorni si era affezionato a quella gente dura e leale, tanto che gli sarebbe spiaciuto non rivedere più quelle montagne impervie e piene di bellezza, quel paese aspro come la lingua dei suoi abitanti eppure affascinante e, più pensieroso di prima, tornò ai suoi preparativi per la partenza.

Al momento dell'addio tutto il Clan si accalcò attorno al suo Signore; nessuno parlò, ma i corni suonarono lamentosi il Canto del Congedo, cui poi si unirono le note profonde e vigorose con cui i Montanari ribadirono la loro lealtà al Duca di Rocca d'Ombra.

In piedi davanti alla slitta già pronta a partire, il viso coperto con l'abituale maschera, Lord W'Unker torreggiava su tutti, mentre si allacciava sul costume nero uno stretto farsetto di pelliccia senza maniche, infilava i pesanti guanti da slitta e nascondeva i lunghi capelli nell'ampio cappuccio, gettando intanto un'occhiata indagatrice all'equipaggiamento del figlio.

Davanti a lui, Argyll teneva per le redini due hasix aggiogati a una piccola slitta, dove erano già stati caricati i bagagli, che il Duca controllò con un solo rapido sguardo.

"Lord Argyll," disse infine, volgendosi verso il montanaro, "questo scrigno non appartiene né a me, né a mio figlio. Spiegatevi".

"Con tutto il rispetto, mio Signore, questo scrigno vi appartiene. Gli 'rDrusher sono fedeli a Rocca d'Ombra, ma non riconoscono i cosiddetti Reggenti, né hanno mai accettato di pagar loro il tributo che è dovuto a voi. È in questo scrigno e, se questa è la vostra volontà oltre che la nostra speranza, possa servirvi per riconquistare il trono e vendicarvi di chi vi ha tradito".

Gli occhi di zaffiro di W'Unker, brucianti, si fissarono a lungo in quelli chiari e commossi di Argyll, poi la grande testa accennò un sì, quindi il Duca fece cenno a Gofrid di prendere posto, tolse le redini dalle mani del montanaro, se le avvolse al polso sinistro e girò lo sguardo sulla gente ammassata intorno a lui.

Sui visi di tutti lesse la stessa domanda, la stessa attesa.

"Tornerò" promise, e la voce profonda era forte e decisa.

Argyll sentì la grande destra posarsi sulla sua spalla e serrarla, poi Lord W'Unker salì sulla slitta al fianco del figlio, incitò gli hasix e in pochi minuti sparì alla vista degli Haltamanni, inghiottito dalla fitta coltre di nebbia .

Capitolo nono

IL NAUFRAGIO

Lord Cuiev sospirò per l'ennesima volta.

Si era offerto volentieri per quella missione diplomatica per compiacere il potente cugino e ottenere un trasferimento, ma non lo avrebbe mai fatto se avesse potuto prevedere la quantità di guai che gli sarebbero stati rovesciati sulla testa, a cominciare dagli svariati cambiamenti di sede per finire con l'improvviso arrivo di quel giovane Magio che aveva causato la penosa scena conclusasi con la fuga di lord Raint.

E quando , insperatamente, grazie all'abilità di Lady Min i negoziati avevano sortito un qualche risultato, i due ambasciatori sembravano aver messo le radici a Dusk.

Il generale Takab gli aveva detto che la Dama si era ammalata e che quindi non potevano riprendere subito il mare.

Avendo visto Dama Solea in azione, Cuiev si era subito permesso di dubitare che quella malattia fosse solo diplomatica, benché non riuscisse a indovinarne i motivi, e il suo sospetto si era rafforzato quando si era accorto che nella stanza della Dama entravano e uscivano, sotto la guida di mastro Cordiera, messaggi, noti informatori, piccoli funzionari e ufficiali di basso rango, anziché guaritori e speziali.

Naturalmente la discrezione gli impediva di andare al di là di una generica e cortese richiesta di notizie, ed era costretto ad ascoltare con faccia compunta le scuse di Takab, che continuava a rimandare la partenza appellandosi alla supposta malattia della sua collega, facendo orecchie da mercante alle delicate allusioni sulla *Farfalla* che li attendeva a Lorf e sui rischi di prolungare la loro permanenza in Norlandia.

Seduto nella saletta antistante la camera della supposta ammalata, porgendo orecchio distratto alle solite frasi di Takab sulla delicata salute della Dama, l'ambasciatore stava appunto preparandosi a riferire agli Isolani, con le dovute espressioni di rammarico, la falsissima notizia che il proprietario del palazzo ove alloggiavano lo rivoleva entro pochi giorni, libero, quando Bertrado Cordiera apparve con la consueta pila di plichi tra le mani.

Li salutò con un garbato e veloce inchino e poi sparì nella stanza della sua Signora; dopo pochi minuti, un'esclamazione di gioia ammutolì i due uomini, che si girarono simultaneamente verso la porta. Sulla soglia ora stava, radiosa di salute e tutta ridente, Solea in un elegantissimo abito bianco e crema guarnito di preziosi merletti, i lunghi capelli neri raccolti in un grosso nodo dietro la testa, gli occhi verdi sfolgoranti e un foglio in mano.

"Weljmir, ci siamo! Gofrid ..."

Si accorse che dietro alle larghe spalle del generale faceva capolino il viso stretto dell'ambasciatore terracquano e improvvisò subito, cambiando tono di voce.

"Sì... Il Magio mi ha finalmente mandato la ricetta e... le... le erbe necessarie. Ora, se Lord Cuiev vuole scusarci..."

L'ambasciatore capì benissimo che la dama stava mentendo, ma le sue parole successive gli resero subito facile fingere di crederle.

"Comincerò immediatamente la cura e in pochi giorni saremo in grado di partire, ne sono certa!"

Takab, del tutto dimentico di Lord Cuiev, le si avvicinò.

"Gofrid! E..." chiese con voce rauca.

Raggiante, Solea fece cenno di sì.

"Sì, Welj, tutto bene! Lo ha ritrovato, incolume!"

Non poté finire perché, con un grido di incredula gioia, il generale la soffocò in un abbraccio tanto vigoroso da ammutolirla e l'ambasciatore allora si affrettò a prendere commiato tra il completo disinteresse dei due.

"Non saprò mai cosa quella pestifera, splendida femmina abbia combinato, ma forse è meglio così!" pensò, allontanandosi. "La cosa importante è che pare che finalmente abbiano deciso di schiodarsi da Dusk".

E, fregandosi le mani, andò a preparare tutto per la sospirata partenza.

Intanto Takab, esaltato e commosso, leggeva e rileggeva il messaggio che Bertrado aveva portato loro.

"Lo ha consegnato un montanaro del Nord e, infatti, Gofrid scrive che è a Kalatur, dove si è ricongiunto con il Duca" spiegò la dama, cercando di riprendere fiato dopo il vigoroso abbraccio del generale.

"Vivo e illeso! Il mio Signore è sano e salvo! Raint e Selter mentivano... È riuscito a sfuggir loro, ha trovato degli alleati e vuole ritornare alle Isole, assieme al figlio! Ah, Solea, Solea!"

Al colmo dell'entusiasmo il generale abbracciò di nuovo la donna e la baciò, lasciandosi poi cadere sulla panca, confuso e imbarazzato, mentre Dama Min, minimamente scossa da quelle effusioni, recuperava il foglio.

"Veramente" rimarcò "qui Gofrid ci scrive solo che stanno per andarsene da Kalatur, in seguito a gravi eventi di cui ci parlerà a voce, e che conta su di noi per lasciare la Norlandia. Comunque è sempre di una nave che hanno bisogno... uhm..."

Le dita della dama picchiettarono incerte il tavolo, ma Takab insistette. "Appunto, e noi possiamo offrire la *Farfalla*. Certo, staremo meno comodi con due persone in più, ma..."

"Temo che non sia così semplice, Weljmir! La *Farfalla* è una nave di Terracqua, come il suo capitano e tutto l'equipaggio. Noi siamo solo ospiti e dubito che l'ospitalità verrà estesa anche al Guerriero Consacrato e tanto meno all'antico Signore di Norlandia, rischiando un grave incidente diplomatico".

Takab ebbe un gesto di stizza.

"Va bene, li nasconderemo in qualche modo e, una volta fuori delle acque territoriali..."

Solea non poté trattenere un sorriso all'idea di riuscire a contrabbandare in una piccola nave i due D'Aurel, entrambi piuttosto ingombranti, ma preferì non rendere Takab partecipe dei suoi dubbi.

"Il ragazzo, però," gli fece solo notare "ci scrive che attenderà a Guyrn noi o la nostra risposta".

"Guyrn?" mormorò il Generale, un po' disorientato da quel nuovo nome, ma subito si udì la voce di Bertrado.

"È l'ultimo porto a nord ovest della Norlandia," spiegò con saccente condiscendenza "posto proprio al confine con il Regno dei Ghiacci, ai piedi dei Monti del Nord. Dalle informazioni che ho assunte risulta essere in mano ai Clan, il che spiega perché il Duca e il Consacrato lo abbiano preferito ad altri porti, più agevoli da raggiungere per noi, ma certo meno sicuri per loro".

"Chiarissimo, Bertrado! Dunque, diremo alla *Farfalla* di fare rotta su Guyrn e Lord Cuiev ci procurerà i permessi necessari, dopo di che..."

"No, Weljmir, non credo sia possibile, non con una nave che non è nostra, anche perché non spero nella collaborazione del Lord Ambasciatore".

Interdetto e già in collera Takab si piazzò di fronte alla donna.

"E allora? Vuoi abbandonarli tutti e due?"

"Questo, mai! Ma lasciami pensare un momento. Cerchiamo un'altra soluzione. Certo, ci vorrebbe proprio un po' di fortuna..."

E questa volta la fortuna venne puntuale, sotto forma di un secondo messaggio che giunse ai due diplomatici isolati il giorno dopo, recapitato da due persone, un uomo e una giovanissima donna, che portavano le livree di un nobile locale, ma che avevano le facce di Nira e di Pyvor. La *Procellaria* era giunta in prossimità di Lorf, aveva saputo che il luogo dell'incontro era stato spostato a Dusk, ma non aveva le autorizzazioni necessarie per entrare nel porto e sbarcare l'equipaggio, quindi attendeva là loro notizie.

***

"Missione compiuta, capitano" poté finalmente dire con soddisfazione Khalev, mentre sua sorella correva subito a togliersi quella brutta livrea che, a suo dire, la ingrassava e invecchiava.

Iulo scorse rapidamente il foglio che il Norlese gli aveva portato e lo passò con un sorriso soddisfatto alla moglie, visto che suo fratello, come al solito, l'aveva già letto sopra la sua spalla e ora stava abbozzando una danza di gioia, saltellando per la cabina e trascinando con sé una riluttante Clorinda.

"Guarda, Giselda! Sani e salvi tutti e due, tuo fratello e il nostro Duca! Sono a Guyrn e aspettano una nave per andarsene, e questa è una nave, nonostante le maligne illazioni in proposito!"

Il capitano della *Procellaria* non aveva ancora digerito l'epiteto "bagnarola" dato dalla moglie alla sua amata imbarcazione, ma la perdonò subito, quando la giovane, divorato il messaggio, gli gettò le braccia al collo, con le guance rosee e gli occhi scintillanti per la felicità.

"Salvi! Grazie, Dea! E tra poco li rivedremo! Riabbraccerò il mio Gofrid, finalmente e, sì, anche lui, il Duca. Dopo tanto tempo! Dopo aver temuto il peggio! E ci sarà anche Solea, la mia madrina! Tutti, tutti quelli che amo, la mia famiglia!"

Si sciolse un poco dalle braccia del marito per guardare con affetto anche Dano e Clorinda. "E allora," continuò piano, con labbra ridenti, "allora sarà il momento..." La porta si spalancò con un colpo secco, che ammutolì la ragazza. Tutti si volsero e videro Zelmir che li fissava con occhi interrogativi, un sorriso incerto sulle labbra.

"E tu, che ci fai qui, buona lana? Non era il tuo turno ai remi?" sbottò subito Clorinda, mentre Iulo si chiedeva a voce alta se il fare a meno di bussare alle porte facesse parte dei privilegi di un principe reale.

"Ho fatto una piccola pausa! Mi sostituisce Nanker, ma mi rimetterò subito al lavoro non appena mi avrete detto..." Ora gli occhi verdi erano ansiosi e il giovane insistette. "Ho visto che Pyvor e Nira sono tornati... Che notizie hanno portato? Sanno niente di Gofrid?"

Allora Iulo ricordò che Zelmir era compagno d'armi e fratello giurato del musico e sorrise, comprendendo che non era la curiosità, ma l'affetto che l'aveva spinto a fare irruzione nel quadrato. "Sta bene" gli rispose"e andremo a riprendercelo al più presto, assieme a suo padre. Non so se anche questa notizia ti faccia piacere".

Il giovane principe, che era già corso ad abbracciare Giselda per rallegrarsi con lei, si girò di nuovo verso l'uomo, una strana smorfia sulla faccia.

"Che mio padre Xamir non lo sappia mai, ma io non riesco a odiare il Duca. No, non da quando ho saputo chi era, da quando ho aiutato Gofrid a portarlo in cabina, svenuto, dopo la mutilazione che si era inflitto. Vederlo in quelle condizioni, lui, che era stato il più grande eroe delle Isole e poi il loro più formidabile nemico... Una leggenda, nel bene e nel male! Beh, insomma, sarò lieto di rendergli omaggio, se l'accetterà dal figlio del suo nemico".

"Dovrete per forza sopportarvi, visto che avrete un lungo viaggio da fare assieme" avvertì Clorinda.

"Almeno fino all'Arcipelago del Tramonto" precisò Iulo. "Là ci aspetteranno Dama Min e il generale Takab con la *Farfalla,* dove potremo trasbordare gli incompatibili".

Zelmir scosse la testa, ridendo, e intanto Dano frugò tra le carte disordinatamente ammucchiate sul tavolo, in mezzo ai resti della colazione.

"Guyrn, ho già sentito questo nome, ma non mi ricordo... Se trovassi la mappa... Ah, eccola! Accidenti! In pratica è nel Regno dei Ghiacci!"

Tutti gli altri gli si erano ammassati alle spalle, incluso l'indisciplinato Zelmir, dispensando consigli e suggerimenti, finché Iulo alzò la voce.

"Richiamate subito Pyvor," decretò "che ci dia qualche informazione, se ne ha; ma comunque, ghiaccio o non ghiaccio, la *Procellaria* andrà a riprendersi i D'Aurel, padre e figlio".

***

Il porto di Guyrn, forse perché ai confini con il temuto Regno dei Ghiacci, era uno dei più muniti e imprendibili porti di tutta la Norlandia. Chiuso tra alte montagne sempre innevate, via terra si poteva raggiungerlo solo per una strada stretta e scoscesa, facilissima da difendere, e formidabili baluardi a mare ne proteggevano l'ampia baia, completando l'opera della natura e rendendo pressoché inespugnabile il porto e la piccola città che sorgeva alle sue spalle, arroccata sulle montagne

Lasciato Kalatur, Lord W'Unker e Gofrid avevano trovato alloggio in quella città, presso un affiliato agli 'r Drusher, e là avevano ricevuto il messaggio di Solea. Avevano atteso la data approssimativa indicata dalla donna come quella dell'arrivo della *Procellaria,* dopo di che avevano lasciato Guyrn e, rimandati al villaggio slitta e hasix, e si erano accampati in una piccola grotta sulla costa, vicina a una bassa scogliera, dove era possibile approdare con una barca. Infatti la *Procellaria*, sprovvista di documenti, si sarebbe ancorata al largo e avrebbe mandato poi una scialuppa per prenderli a bordo, impresa certo non insolita per i due avventurieri e il loro equipaggio. Tuttavia, da quando erano giunti al luogo dell'appuntamento, il Duca continuava a tacere, serrato nel suo mantello, la testa celata nel cappuccio, dando a tratti cupe occhiate al cielo che andava sempre più oscurandosi e al mare, dove si gonfiavano gelidi cavalloni.

Alle sue spalle Gofrid, infreddolito e preoccupato per l'inquietudine del padre, fissava interrogativo le coste ove si frangevano i marosi, il cielo cupo e minaccioso e la faccia di W'Unker, più cupa ancora.

"Credi che la *Procellaria* avrà difficoltà a raggiungerci?" si decise infine a chiedergli.

L'uomo girò lo sguardo su di lui, si sedette su un tronco abbattuto, coperto di licheni e chiazzato qua e là da neve gelata, stringendosi di più nel mantello e rifletté un attimo, dando un'altra occhiata a Nord.

"Può darsi" disse seccamente.

Il giovane si sistemò vicino a lui, sentendosi improvvisamente molto in ansia, non tanto per il cielo minaccioso, l'ululato del vento o il fragore delle onde quanto per l'evidente preoccupazione del Duca e la sua scontrosa laconicità.

"Iulo e Dano sono in gamba e il loro equipaggio non è da meno!" cercò di rassicurarlo, posandogli la mano su un braccio. "Hanno navigato per anni, ovunque, con tutti i tempi, e con loro c'è Pyvor Khaven che è un Norlese e un abile marinaio".

"Che però non ha mai navigato in questi mari, come del resto i tuoi Lant" lo stroncò secco W'Unker e tornò a volgere gli occhi a Nord.

Le gelide folate avevano moltiplicato il loro vigore e con loro vennero giù anche alcuni fiocchi di neve gelata, che caddero turbinando nelle acque plumbee, dove si vedevano luccicare inquietanti blocchi di ghiaccio, mossi dalle onde; una gelida nebbiolina si stava formando a livello del mare, offuscando la scena agli occhi dei due uomini in attesa.

Improvvisamente W'Unker vibrò un pugno sul tronco e si alzò in piedi, bestemmiando le Tenebre, e Gofrid balzò sù a sua volta.

"Che c'è? Cosa temi?" gli chiese ansiosamente,

La destra del Duca si serrò un attimo sulla spalla, obbligando a girarsi verso settentrione, dove si ammassavano, basse, grevi nuvole oscure, che il vento del nord sospingeva avanti, a coprire tutto il cielo come una mano minacciosa.

"Guarda! Da là viene il pericolo".

"Il mal tempo viene da Nord, è normale..." tentò il giovane Magio, senza capire, ma lo stesso inquieto.

"No!" La negazione suonò rabbiosa e il Duca si rizzò in tutta la sua statura, quasi a opporsi a una minaccia che solo lui vedeva. "No, non c'è nulla di normale!" sibilò. "In questa stagione non sono normali i mari ghiacciati, la tempesta e il vento unito alla nebbia! Le Tenebre tendono i loro artigli verso di me... sventurato chi è al mio fianco!"

Gofrid non disse nulla, ma gli si fece più vicino, la destra sull'elsa della Spada Nera e la sinistra sulla sua spalla. Gli rispose l'ululato del vento, che spingeva avanti a sé umidi vortici di fitta nebbia, mentre all'orizzonte, lontano, si profilava la snella sagoma di un'imbarcazione che procedeva lentamente, lottando con il mare e il vento: la *Procellaria*.

***

"Notte d'inferno, capitano!" stabilì Clorinda, intabarrata in una cerata che copriva i numerosi strati di abiti pesanti che aveva addosso. Iulo, sovrapensiero, annuì distrattamente, ma subito dopo si corresse.

"Notte? Mastro, non sono neppure le tre del pomeriggio!"

"È vero, tuttavia guardati intorno, Capitan Iulo! È già buio pesto e sta scurendo ancora, come se le Tenebre si preparassero a rovesciarci addosso tutto il contenuto dei loro oscuri panieri!"

Non aveva neppure finito di parlare, che si morse le labbra, pentita della sua frase che ora le suonava iettatoria, ma in quel momento si sentì la voce di Dano, appena salito sul ponte.

"Siamo molto più a nord di quanto mai siamo stati, e qui le notti sono lunghe e l'inverno precoce, ecco tutto" cercò di sdrammatizzare. "Non è piacevole, ma abbiamo superato di peggio. Non è così, Pyvor?"

Il Norlese, che era sbucato alle sue spalle soffiandosi sulle dita per scaldarle, si strinse nelle spalle, mentre nei suoi occhi appariva uno sguardo incerto.

"Sì... Certo, come dite voi... probabilmente. Oh, vedete, neppure io mi sono spinto mai tanto a nord! Siamo quasi al confine tra il Mare del Nord e il Mare dei Ghiacci e là nessuno mai si è avventurato né mai si avventurerà! È il Regno delle Tenebre, quello!"

I marinai che stavano lavorando sul ponte mormorarono preoccupati e Iulo intervenne subito. "Sia pure, ma noi ce ne terremo ben lontani. Ci basta arrivare a Guyrn, e quello è un porto della Norlandia, mi pare!"

Pyvor annuì, ma il suo viso rimase cupo.

"Sì, capitano, l'ultimo, il più settentrionale. Io non ci sono mai stato, come mai ho navigato in queste acque, ma so che sono pericolose".

"Allora terremo gli occhi ben aperti" tagliò corto Iulo, lanciando un'occhiata a Clorinda, che subito si affrettò a gridare una serie di ordini, disperdendo il gruppetto dei marinai, mentre Dano e Pyvor andavano ai loro posti.

Ma l'ostentato ottimismo dei due Lant non trovò riscontro nel tempo: non solo l'oscurità si infittì sempre di più, ma anche le acque intorno, come se fossero sollevate da una forza misteriosa, in pochi istanti si tramutarono in onde formidabili, che andarono a infrangersi con violenza contro lo scafo della *Procellaria,* mentre le raffiche di vento facevano sbattere le vele, nonostante fossero già state terzarolate.

"Maledizione, questo è un uragano!" sbottò Iulo, incredulo.

"Un uragano nel mare del Nord, in mezzo ai ghiacci!" confermò Dano, tenendo con forza la barra

"Clorinda, fa ammainare le vele, Tam, sulla coffa e occhi aperti! Zelmir, mettiti a capo dei rematori".

In piedi in mezzo al ponte, ora spazzato da onde gelide, Iulo cercò di fronteggiare l'improvviso maltempo, ma mentre dava ordini ai suoi uomini cresceva dentro di lui anche la preoccupazione per Giselda , che non era sul ponte, e per lo strano malessere che la tormentava da Terracqua e che certamente le onde e il vento acuivano.

Bestemmiò sotto voce: con il mare in quelle condizioni, era impossibile pensare di poterle stare accanto o di mandare da lei Clorinda o Dano o perfino Zelmir. Al suo fianco c'era Nira, ma il capitano non era proprio sicuro che la presenza della loquace e imprevedibile ragazzina potesse essere d'aiuto a sua moglie.

Lo riscosse una raffica di vento così potente da piegare la nave fino a farle sfiorare il mare gelido con una fiancata: solo l'abilità e la forza di Dano riuscirono a impedire il disastro e in pochi istanti i marinai, incalzati da Clorinda, rimisero il disgraziato vascello in un precario equilibrio.

La situazione continuò a peggiorare: la violenza del vento pareva moltiplicarsi a ogni istante, il suo sibilo era un feroce ruggito, e intanto la nebbia si infittiva rendendo l'oscurità tanto profonda e densa che era difficile vedere con chiarezza anche solo da poppa a prua. E vedere era invece cosa essenziale, perché sotto le spaventose raffiche i banchi di ghiaccio tra i quali la nave si era destreggiata fino a quel momento si stavano frantumando: si muovevano, trascinati dalle onde, oscillavano orribilmente sulle creste dei cavalloni, urtandosi l'un l'altro, spezzandosi in uno spaventoso frastuono.

"Guardate come si sono spaccati quei due ghiacci scontrandosi! Se eravamo là in mezzo..." gridò Pyvor, grigiastro in faccia.

"Non c'eravamo" gli rispose Dano, masticandosi un baffo ghiacciato "e non succederà, se staremo attenti. Forza!"

Dall'alto della coffa, aggrappato con tutte le sue forze a quella fragile piattaforma, Tam cercava di vedere tra la nebbia e l'oscurità, segnalando ogni pericolo con voce arrochita, e da poppa si udiva la potente voce di Zelmir che, chino sul suo remo, dava il tempo agli altri rematori.

Il vento ruggiva su tutti i toni e sibilava tra i lunghi alberi, tra le vele ammainate, sollevando le acque intorno fino a formare montagne liquide, che andavano a schiantarsi sullo scafo della *Procellaria*, o ne spazzavano la tolda, rendendo difficile e pericolosa ogni manovra. Gli uomini a tratti dovevano mantenersi in equilibrio aggrappandosi ai cavi o alle murate, la nebbia infittiva sempre di più e l'oscurità pareva diventare sempre più profonda... si vedevano soltanto baluginare i ghiacci, ai quali il vento imprimeva una terribile velocità.

Grazie al loro biancheggiare per due volte Dano, con un energico colpo di barra, riuscì all'ultimo minuto a evitare un impatto che sarebbe stato fatale, e per due volte l'equipaggio, agli ordini di Iulo, appoggiò prontamente la sua manovra, ma d'improvviso, preceduta dall'urlo di Tam, dinanzi a loro apparve una vera e propria montagna di ghiaccio, che il vento spingeva velocemente contro la nave.

"Poggiate a babordo, a babordo!" urlò Iulo, aggrappato a un cavo, ma gli rispose una bestemmia da poppa.

"Capitano, due remi sono andati, sbandiamo!" urlò Zelmir.

A lui fece eco, rabbiosa, la voce del timoniere. "Iulo, non posso tenere la rotta, la nave è sbilanciata!".

Gli ordini si succedettero agli ordini, gridati, rabbiosi, e tutti sentivano che il momento era grave, che la situazione stava per sfuggir loro di mano; già Clorinda, con due robusti marinai, s'era precipitata nelle stive per prendere altri remi, e già Zelmir aveva modificato l'ordine ai bancali per cercare di rendere governabile la nave, quando di nuovo si udì la voce del gabbiere, stridula e atterrita.

"Ci è addosso!"

Il blocco di ghiaccio incombeva ormai sulla piccola nave, non più in grado di evitarlo nonostante le disperate manovre di Dano, cui si era affiancato il fratello; invano Zelmir moltiplicò gli sforzi e gli incitamenti tra i rematori, invano Clorinda lottò con le onde gelide e il vento impetuoso per portare in coperta i remi... l'urto era ormai inevitabile.

Con un urlo di rabbia Iulo strappò dalle mani del fratello la barra e la tirò a sé violentemente, riuscendo a far deviare la *Procellaria* proprio nel momento in cui stava per scontrarsi con il blocco di ghiaccio, ma gli finì lo stesso addosso con il tribordo, rovesciandosi a metà.

Il colpo fu così violento, che gli uomini sul ponte caddero gli uni addosso agli altri; Clorinda stessa, che aveva appena rimesso piede sulla tolda, fu scaraventata all'indietro, nella stiva, e i remi recuperati finirono in mezzo ai marosi che spazzavano la coperta, che li trascinarono via come fuscelli.

Allo speronamento seguì un pauroso scricchiolio come di legname infranto, soffocato subito dall'urlio del vento e dal mugghiare delle onde, che si avventarono contro la povera nave, sempre di più inclinata, spazzandone il ponte, mentre i marinai riuscivano a muoversi solo reggendosi ai cavi, per non essere scaraventi in quel mare spumeggiante, dove, tra la fitta caligine, apparivano e sparivano candidi ghiacci.

Sulla tolda Iulo, con la disperazione sul volto, stringeva tra le mani la barra, spaccata a metà, fissando il fratello. Dano si cacciò le mani nei capelli, e intanto dietro di loro si profilò Zelmir, grondante d'acqua, i lunghi capelli neri mezzi sciolti e incollati al viso e alla testa.

"Capitano, s'è aperto il fasciame sotto la linea di galleggiamento, imbarchiamo acqua! I banchi dei rematori ne sono ormai coperti e io ho ordinato agli uomini di lasciare i loro posti e di venire sul ponte, per la loro vita. Se ho sbagliato..."

"Grazie" rispose brevemente Dano e, a voce alta "Clorinda, scialuppe a mare".

"Sei pazzo?! Vuoi che lasciamo la nostra *Procellaria* senza neppure tentare ..." urlò Iulo, riscuotendosi, ma il gemello lo prese per le spalle.

"Fratello, la nave è persa! Salviamo gli uomini!" gli gridò in faccia. Iulo lo guardò con faccia attonita, come se non capisse le sue parole. "Da' l'ordine di abbandonare la nave," continuò Dano, con più forza "o sarà troppo tardi per tutti!"

Lo sguardo del capitano andò dal fratello a Pyvor che scosse la testa e infine a Clorinda, ferma alla sua destra.

Il largo viso della donna era inondato di lacrime, ma fu con voce ferma che confermò le parole del timoniere. "La *Procellaria* è perduta, capitan Iulo! Il fasciame di tribordo è sfondato, le stive sono inondate, i remi sono finiti a mare o spezzati. Non governiamo più".

"E il timone è fuori uso" aggiunse Pyvor.

Lentamente, la verità si fece largo in Iulo.

La sua nave, la sua bella nave che era stata la sua casa e il suo orgoglio era finita; per anni l'aveva condotta con successo sugli azzurri mari delle Isole e su quelli caldi e profondi di Arso, ma i ghiacci del Nord le erano stati fatali. Piano, aprì la mano e lasciò cadere la barra spezzata che ancora stringeva; sentiva un nodo in gola e gli occhi gli bruciavano, ma annuì al fratello.

"Le scialuppe?" chiese a Clorinda con voce rauca.

"Due sono sane e salve, la terza è danneggiata, ma può ancora tenere il mare, credo".

"Sta bene. Da' l'ordine di abbandonare la nave. Dano, cerca di recuperare viveri e armi, Zelmir..." si bloccò bruscamente con l'orrore sul viso. "Oh, Dea! Giselda! Mia moglie... Era in cabina e..."

"Sono qui, Iulo, con te".

La voce della giovane risuonò calma alle sue spalle. Il Capitano si volse e la vide, intabarrata in una pesante cerata, i capelli rossi che sfuggivano dal cappuccio sbattendo come ali di fiamma attorno al piccolo viso pallido. Si manteneva in equilibrio tenendosi aggrappata alla murata di babordo e, nonostante questo, il vento la scuoteva facendola barcollare, ma non c'era paura nei suoi chiari occhi, solo amore e dolore, per lui.

L'abbracciò stretta, senza neanche accorgersi che, abbarbicata alle sue vesti, c'era Nira, ovviamente in lacrime, ma tanto terrorizzata da non riuscire a spiccare parola.

Intanto, obbedendo agli ordini di Clorinda e di Pyvor, i marinai si erano assiepati tutti sul ponte, lottando per mantenersi in equilibrio tra la furia delle gelide onde e le raffiche furiose del vento. Dano e Zelmir, che erano scesi nelle stive allagate, ne riemersero portando quelle poche cose ancora utilizzabili che avevano potuto salvare e allora Iulo, sempre tenendo abbracciata Giselda, si fece avanti, ordinando di abbandonare la nave di imbarcarsi sulle scialuppe.

"Dodici uomini nella scialuppa più grande, con Dano al comando. Giselda, amor mio, va' con loro" spinse la fanciulla riluttante nelle braccia del fratello e continuò

"Clorinda, con altri dieci uomini e Nira, in questa..." Poi esitò un attimo, guardando la terza scialuppa che mostrava una piccola falla a poppa, che Zelmir, incurante del vento e delle onde, stava cercando di tappare in qualche modo.

C'erano ancora due persone da imbarcare, tre contando anche il principe, e si girò incerto verso di lui, ma il giovane gli sorrise spavaldo, facendo balenare i denti bianchi nel viso abbronzato. "Io prenderò questa, capitano, con gli ultimi compagni. Il peso minore compenserà il danno e ce la faremo. Ma tu..."

"Scenderò per ultimo, nella tua scialuppa" gli rispose brevemente, andando ad appoggiarsi ai resti dell'albero di maestra e raccogliendo tra le onde il pezzo di timone spezzato.

Ma quando tutto l'equipaggio fu imbarcato nelle piccole barche, un'ondata imprevedibile, più alta delle altre, staccò la scialuppa di Zelmir dal fianco della *Procellaria*, mandandola a oscillare pericolosamente molto più in là.

Con una rabbiosa bestemmia, il giovane rivaltino, che la furia del mare aveva quasi scagliato tra i flutti, recuperò l'equilibrio e cercò di riavvicinarsi alla nave, incitando i compagni con la voce e l'esempio. Ma le onde resero inutili i loro sforzi e, sul ponte ormai semisommerso, Iulo alzò le spalle.

"No, non c'è niente da fare. Allontanatevi" gridò "o finirete sfracellati!"

"Ma tu, Capitano?!" urlò di rimando Zelmir e l'avventuriero fece una smorfia, poi guardò la sua nave ormai sul punto di sprofondare, le due prime scialuppe ormai abbastanza lontane e la terza, che imbarcava acqua.

"È finita. Io resto" disse brevemente, stringendo con più forza il pezzo di timone che aveva raccolto.

Dalla scialuppa, si levarono più veementi le bestemmie di Zelmir, che raddoppiò i suoi sforzi.

L'atteggiamento di Iulo, più che le sue parole, parlarono chiaro anche agli occupanti delle scialuppe che si stavano allontanando, e si levarono alte le grida di protesta, che il vento e il fragore dei marosi trasformarono in una sinfonia dolorosa.

Il capitano della *Procellaria*, affranto e rassegnato, chinò la testa, cercando di non vederli, di non sentirli, ma sulla prima barca una figuretta sottile si alzò in piedi, reggendosi alle spalle di Dano, che la supplicava mutamente con gli occhi: il vento le aveva strappato il cappuccio e i capelli rossi svolazzavano come un'aureola di fiamma attorno alla testa e al viso furioso.

"Eh no, Iulo Lant!" gridò la giovane con tutte le sue forze, riuscendo a superare il fragore dell'uragano. "Non te la cavi così! Vuoi che tuo figlio nasca orfano?!"

Quelle parole colpirono il capitano come una mazzata... ripensò ai malesseri della moglie e lasciò cadere il pezzo del timone spezzato, alzando la testa per fissarla .

"Aspetto un figlio tuo da tre mesi!" continuò Giselda, a piena voce. "Dovrò dirgli che suo padre non è stato capace di salvarsi, neppure per amor suo... per amor mio?! Iulo! Iulo mio!"

Rabbia, disperazione, pianto si confusero nel volto e nella voce della giovane, che tese le braccia verso la nave che si inclinava sempre di più, ma già il capitano si era già riscosso dal suo apatico abbattimento. Si avvicinò alla murata, guardandosi intorno, alla ricerca di una via di scampo, e allora Zelmir, con una manovra pericolosa che fece imbarcare anche più acqua alla sua scialuppa danneggiata, riuscì a portarsi di nuovo al fianco della nave.

"Salta, capitano!" urlò. "Ma subito, non so quanto potrò tenerla ferma qua! Giù!"

Iulo balzò verso le onde, mise il piede sulla fiancata della barca e barcollò all'indietro, spinto da una raffica di vento, ma le robuste braccia del principe lo afferrarono e lo trascinarono a bordo.

"Mettiti al timone; io e Garlit stiamo ai remi, mentre Dornil si da' da fare con la sessola. Ce la faremo. Via, presto, o finiremo schiantati contro la *Procellaria!*"

Dicendo così, Zelmir cercò di segnalare alle altre due barche, più distanti, che avevano imbarcato il capitano, ma il salto dell'uomo non era passato inosservato e già si levavano grida di approvazione e di gioia.

Nella sua scialuppa, Giselda si era lasciata cadere sul fondo, piangendo, ma d'improvviso scoppiò a ridere, pensando che non era certo questo il modo di annunciare la gravidanza di una Dama di sangue reale. Sentì la mano di Dano che le carezzava i capelli e alzò il viso verso di lui.

"Brava, sorellina! Stupido bestione, appena in salvo gli levo la pelle a pugni, per insegnargli a non fare più scherzi di questo genere!" brontolò l'uomo con voce rauca e per una volta tanto il suo volto mostrò chiaramente la paura provata e il sollievo.

"Ben detto!" promise la giovane, grave in faccia, appoggiandosi con la schiena alle gambe del cognato. "E mentre tu lo pesti, io lo terrò fermo".

Lente, imbarcando acqua, le tre barche si allontanarono dalla nave, tra le ondate gelide e il continuo schiaffo del vento, e la *Procellaria* si inclinò ancora di più, fino a toccare il mare tempestoso con gli alberi, poi, con un orribile risucchio e con un lugubre frastuono di legni infranti, la bella nave fu trascinata via, lasciando dietro di sé una scia di rottami.

***

Dal loro rifugio provvisorio, W'Unker e Gofrid avevano assistito impotenti al naufragio e, dopo un primo breve istante di incertezza, si erano precipitati alla rada, balzando sulle rocce scabre e scivolose, saltando di scoglio in scoglio, correndo sul terreno gelato fino a giungere all'arenile dove si infrangevano alti marosi frammisti a pezzi di ghiaccio, ma invano. Quando giunsero al mare la tragedia si era già compiuta.

Immobili, annichiliti fissarono la nave tutta inclinata su un fianco, con gli alberi già coperti dalle acque tempestose, e la videro girare su se stessa, presa in un mulinello, e poi sparire tra i marosi in un vortice.

"Mia figlia. Mia figlia!" gridò il Duca, cacciandosi le mani nei lunghi capelli scompigliati dal vento.

"Là, padre, guarda! Tre scialuppe! Sono loro, stanno cercando di raggiungere la riva".

Tra i ghiacci e i marosi si scorgevano, infatti, le tre piccole imbarcazioni che lottavano per giungere a terra, ostacolate non solo dalle folate e dalla corrente, ma anche di più dalla nebbia e dall'oscurità che si era fatta ancora più densa.

"La luce della Dea! Soltanto quella luce può vincere questa oscurità maledetta... A te, Gofrid, o si schianteranno sugli scogli o sui ghiacci!"

La voce di W'Unker si levò sopra il frastuono delle onde e i sibili del vento e il giovane staccò a fatica gli occhi dalla più grande delle tre scialuppe, ove sentiva la presenza della sorella, e aprì le braccia, intonando un Canto di Potere per invocare la luce. Lottò qualche minuto perché forte era il Potere delle Tenebre che lo contrastava, ma infine nell'aria buia brillarono dei piccoli punti splendenti che piano si dilatarono e si unirono fino a formare una grande striscia luminosa che attraversò tutto il cielo, simile a un arcobaleno, ma avvampante di un candido bagliore.

I naufraghi la videro e la speranza entrò nei loro cuori, non solo perché ora riuscivano a scorgere i pericoli che li attorniavano, e la riva, e la rotta che dovevano tenere per raggiungerla, ma sopratutto perché compresero che il giovane Magio era vicino a loro, che potevano contare sul suo aiuto e che con lui, forse, c'era anche il terribile e potente W'Unker.

Raddoppiarono gli sforzi, ma contro di loro, con rinnovato vigore, si gonfiò il mare, trascinando con sé blocchi di ghiaccio contro i quali i fragili scafi rischiavano a ogni momento di schiantarsi, mentre il vento soffiava a tutta forza, allontanandoli dall'agognata terra ferma, facendoli sbandare, cercando di strappare dalle loro mani e remi e barre.

La barca condotta da Dano era la più vicina alla riva, ma per evitare un blocco di ghiaccio l'uomo aveva dovuto virare e ora i rematori stavano lottando contro la corrente, che li trascinava verso una barriera di scogli anziché alla spiaggia; la seconda, con Clorinda al timone, era più lontana e appariva e spariva tra i marosi che la sballottavano, e la terza, che si scorgeva appena, appesantita dall'acqua che continuava a imbarcare dalla falla, manovrava con tanta difficoltà che veniva trasportata dalla corrente, senza che i suoi occupanti riuscissero a tenere la rotta.

Anche se tutto il suo potere e la sua concentrazione erano volti a mantenere il suo incanto, Gofrid, addestrato dai Lant, si accorse che la situazione era grave e fece per rivolgersi al padre, ma, prima che potesse dirgli una parola, W'Unker, con un'imprecazione, aveva già scaraventato a terra guanti, mantello e farsetto di pelliccia, ed era entrato senza esitazioni nell'acqua gelida, dirigendosi agli scogli dove la barca di Dano s'era incagliata.

"Tu resta là! Mi servi a terra. Mantieni la luce della Dea per la salvezza di tutti!" ordinò al figlio, fendendo le onde a grandi passi, apparentemente insensibile al freddo e alla violenza delle onde ghiacciate che lo investivano. Sembrava che conoscesse quel fondale, che vedesse dove mettere i piedi per non sprofondare nel mare gelido e in pochi minuti era già vicino alla scialuppa, accolto dalle grida di gioia dei naufraghi.

"Il Duca! Il nostro Duca!" urlò Dano, che per primo lo aveva scorto, e subito Giselda si alzò a fatica in piedi, appoggiandosi a lui, e fissò gli occhi fiordaliso sulla gigantesca figura, contro la quale si infrangevano le onde, mordendosi le labbra. In tutti quei mesi l'aveva cercato e si era preoccupata per lui, ma solo ora che lo rivedeva si rendeva conto di quanto le fosse mancato.

"Padre! Padre, attento!" gridò sporgendosi e, sentendo la sua voce, W'Unker raddoppiò i suoi sforzi, avvicinandosi sensibilmente alla fiancata della barca.

"Lord W'Unker!"

"Siamo salvi!"

"Padre!"

Giselda si sporse pericolosamente dalla murata, mentre Dano, la barra spezzata in mano, si alzava con un sospiro di sollievo dal fondo della barca, dove era stato chino fino a quel momento, esaminando i danni.

"Milord!" esclamò "Siamo incastrati su uno sperone di roccia e non possiamo più governare. Temo che dovremo scendere in acqua per sbarcare".

"Diagnosi corretta, comandante Lant. Giselda, sta indietro".

Ma la ragazza, senza badargli, si sporse ancora di più, gettandogli le braccia al collo, senza riuscire a proferire parola. Allora W'Unker le passò un braccio attorno alla vita e la tolse all'imbarcazione pericolante, prendendosela in braccio come fosse una bambina.

"Seguitemi, vi guiderò a terra" ordinò agli altri, imperturbabile nonostante che il vento avesse ancora aumentato la sua violenza e le onde si alzassero minacciose, facendo vacillare la barca incagliata e gli uomini a bordo.

Lentamente, lottando con il vento, l'acqua e i frammenti di ghiaccio che a tratti il mare infuriato spingeva contro di loro, i naufraghi, abbandonata la loro imbarcazione, e iniziarono il difficile cammino verso la riva, preceduti dal Duca, che continuava a incitarli, perché sapeva bene che a quella temperatura un'immersione prolungata poteva essere fatale.

"Procedo troppo veloce per voi? Volete che mi fermi e aspetti il disgelo?" li pungolò inesorabilmente la voce profonda, e dal fondo della fila di quegli uomini infreddoliti e stanchi si levò la pronta risposta di Dano.

"Proprio Lord W'Unker in forma smagliante! Mi consolo vedendo che non siete cambiato, Milord!"

Intanto, pur continuando a tessere il suo incantesimo di luce, anche Gofrid era sceso sulla battigia e nelle sue braccia W'Unker depose Giselda, girandosi poi per aiutare gli altri a salire sulla spiaggia vera e propria, all'asciutto.

Dano fu l'ultimo a raggiungerla e subito volse gli occhi sul suo gruppo, constatando con sollievo che non mancava nessuno. Giselda, stretta a Gofrid, gli accarezzava il volto, sorridendo tra le lacrime. W'Unker, a un passo di distanza, lanciò loro una lunga occhiata, ma si riscosse subito.

"Comandante Lant," ordinò "segnalate all'altra barca di avvicinarsi a riva da questa parte, evitando gli scogli dove vi siete arenati".

L'avventuriero annuì e si guardò intorno cercando qualcosa con cui segnalare, ma già Clorinda, che aveva assistito allo sbarco anomalo dei compagni e aveva intuito il pericolo, con un energico colpo di barra aveva virato a sinistra, sfuggendo l'insidia. La piccola barca si inclinò, imbarcando acqua, ma la riva era vicina e riuscì ad approdare senza altri problemi.

Scesero a terra bagnati, infreddoliti e tremanti ancora per la tensione e si riunirono subito ai compagni che avevano osservato con ansia la loro manovra dalla riva.

"Congelati, ma tutti sani e salvi!" annunciò subito Clorinda, molto soddisfatta, e poi, armeggiando con una gomena, "Tam, vieni a darmi una mano e tu, Pyvor...Ehi, dico a voi! Siete sordi?!"

No, non erano sordi ma storditi dai lamenti di Nira, perfettamente incolume, e così intenti a consolarla che non avevano neppure sentito gli ordini del nostromo. Mal gliene incolse, perché Clorinda piombò su di loro, li afferrò per le orecchie e con un paio dei suoi famosi urlacci, uniti a una variopinta serie di epiteti, li scaraventò a occuparsi della scialuppa, mentre la ragazzina, improvvisamente guarita di tutti i suoi malanni, correva a rifugiarsi dietro le spalle di Gofrid.

Soddisfatta dell'obbedienza riconquistata, la donna si volse al Duca che si era avvicinato assieme a Giselda. "Milord, asciugatevi e rivestitevi anche voi, o la prossima volta dovremo venire a riprendervi a casa del diavolo!"

"Ci siete già andati abbastanza vicini, mastro!" osservò W'Unker, pensieroso, con una strana smorfia sul viso sfregiato. "Ma ora muovetevi! Il nostro bagaglio è nascosto in quella grotta e là potrete ripararvi e trovare coperte e abiti asciutti. Giselda, va con loro".

"No" rispose la ragazza, e il Duca sentì la piccola mano della figlia scivolare nella sua e stringerla. "C'è mio marito" aggiunse con voce sottile e tremante "nell'ultima scialuppa e non mi muovo di qui, se non con lui".

Le dita sottili si erano avvinghiate alla sua destra in una stretta che era più di una richiesta, più di una preghiera.

Il Duca chinò il viso a guardarla e d'improvviso le sue guance abitualmente pallide si colorarono leggermente. Si chinò di più e l'interrogò mutamente con gli occhi che brillavano; Giselda alzò il viso, capì e annuì, mentre senza neanche accorgersene un trepido sorriso le si disegnava sul volto e d'improvviso le braccia di W'Unker si serrarono attorno a lei.

"Non temere, amor mio. Non permetterò che gli accada nulla e tra poco sarà con te... con voi. Te lo prometto". La voce oscura del signore di Norlandia era di nuovo la voce di Valmar D'Aurel, profonda e rassicurante; poi il Duca si staccò dalla ragazza e si volse nuovamente verso il mare.

La piccola scialuppa stava lottando disperatamente contro la corrente che la spingeva verso la scogliera, ma si muoveva sempre più a fatica, imbarcando acqua, sparendo a tratti tra la schiuma delle onde che la investivano. Già per tre volte era riuscita a evitare all'ultimo minuto lo scontro violento con un blocco di ghiaccio, e l'ultima volta i naufraghi si erano ritrovati con un remo spezzato, tuttavia ancora riusciva a mantenersi a galla.

Iulo, che era alla barra, cercò di puntare di nuovo alla riva, quando un'improvvisa raffica di vento, accompagnata da un'ondata d'inaudita violenza scaraventò indietro il fragile scafo, contro il blocco di ghiaccio che avevano appena evitato; la povera barca fu sollevata e ricadde su ghiaccio spezzandosi, mentre i suoi occupanti venivano scagliati in aria come fantocci.

L'urlo che si levò dalla riva, dove i naufraghi si erano ammassati fissando con ansia e timore la lotta dei loro compagni contro quel mare nemico, non valse a coprire il sinistro rumore di legni infranti... Contemporaneamente il Duca gettò via gli stivali e il mantello che si era rimesso sulle spalle e si tuffò senza esitazioni tra le acque ghiacciate, fendendo le onde con potenti bracciate.

Gofrid, in piedi sul limite estremo della battigia, gridò il suo disperato diniego, tenendo abbracciata la sorella. "Padre, no! Non ce la farai..."

Ma per tutta risposta, dopo qualche istante, udì la voce potente del Duca, appena velata dall'affanno.

"Mantieni la luce" gridò. "La corda! Al mio segnale, traetela a voi, con precauzione!"

Il giovane girò lo sguardo intorno, senza capire, poi vide che, prima di tuffarsi, W'Unker aveva saldamente infisso la sua spada sul terreno e vi aveva legato il capo di un rotolo di corda che poi aveva portato con sé tra le onde.

"La scialuppa si è schiantata su un ghiaccio galleggiante, e Milord pensa di servirsene come di una zattera, che noi potremo tirare verso terra con questa gomena, se riuscirà a raggiungere il lastrone e a fissarla là". Pyvor, che conosceva meglio di tutti di quei mari ghiacciati, aveva intuito subito il motivo di quel disperato tentativo e, sentendo le sue parole, un buon numero di naufraghi si spostarono verso la corda, pronti all'ordine del Duca.

Ma Gofrid restò sulla battigia, impietrito, sentendo in sé lo sforzo che W'Unker stava facendo e intuendo i pericoli che correva, srotolando la corda mentre nuotava tra i marosi e i ghiacci. Riuscì comunque a mantenere limpida la Luce della Dea; al suo fianco, un braccio attorno alla sua schiena, il capo rosso sul suo petto, rimase Giselda e il suo sguardo continuò ad andare dalla testa bianca del padre, che a intervalli regolari appariva tra le onde, alle quattro piccole figure immote sul ghiaccio.

All'angoscia dei due giovani i minuti sembrarono ore, e ogni attimo temettero di vedere scivolare e sparire in acqua le quattro figure giacenti sul lastrone, che stavano cominciando a muoversi goffamente, oppure scomparire tra i marosi il loro soccorritore; ma, sia pure con difficoltà, W'Unker continuò ad avanzare, evitando ghiacci e scogli, i capelli candidi che si confondevano con la schiuma delle onde, le lunghe braccia vigorose che battevano ritmicamente i flutti impetuosi, apparentemente insensibile al freddo e alla fatica.

I quattro naufraghi, che si erano rialzati, scivolando, aggrappandosi l'uno all'altro, tenendosi ai rottami della scialuppa, lo videro, lo riconobbero e, incontenibile, scoppiò un grido di gioia, di speranza.

"Il nostro Duca! Il nostro Duca!"

Iulo riuscì a portarsi fin sul margine del ghiaccio e tese le mani per aiutarlo a salire, mentre gli altri gli correvano goffamente dietro, cadendo e tirandosi su, le facce livide per il freddo e ridenti per la speranza, gridando la loro gratitudine, ma il Duca, con un agile movimento balzò sul lastrone senza bisogno di aiuto e diede un'occhiata risentita intorno.

"Ma state attenti!" intimò. "Volete spezzare il ghiaccio, muovendovi in questa maniera inconsulta? Non credo proprio che la temperatura dell'acqua riuscirebbe di vostro gradimento".

Infatti, parlando, tremava, mentre il vento gli incollava addosso i vestiti zuppi e i lunghi capelli grondanti, ma piantò ugualmente con forza il pugnale nel ghiaccio e a quello legò saldamente la corda.

"Venite qua intorno, il ghiaccio è più spesso... fate piano! Capitano Lant, prendete quel remo spezzato e cercate di usarlo come timone. Voialtri tenete la gomena, ma state attenti a non scivolare".

Volse loro le spalle e segnalò a riva di cominciare a tirare; Iulo e i due marinai, che avevano imparato a conoscere W'Unker e sapevano quando era il caso di obbedirgli senza fiatare, si affrettarono a eseguire gli ordini, ma Zelmir invece, non appena riuscì a tirarsi in piedi, anziché unirsi agli altri, si avvicinò il Duca, riconoscente ed entusiasta.

"Mio Signore, siete stato grande!" gridò. "Lasciate che vi dica..."

Un'occhiata, più fredda del ghiaccio dove posava i piedi, lo bloccò a metà frase e, più raggelante del vento che continuava a sferzarli, la voce profonda l'ammonì severamente. "Risparmia il fiato per mantenervi in equilibrio, giovanotto. Non mi sembri ben fermo sulle gambe".

Interdetto, il giovane principe dette un'occhiata ai suoi piedi, che per la verità mostravano una preoccupante tendenza a scivolare, e intanto, lentamente, la lastra di ghiaccio, cedendo agli sforzi di Gofrid e degli altri naufraghi, con uno scossone cominciò a muoversi verso la riva.

Dopo qualche minuto l'andatura divenne regolare, per quanto lo permettevano le onde e il vento, e la spiaggia si fece più vicina.

Iulo che, inginocchiato sul ghiaccio, con una mano usava come barra il remo spezzato e con l'altra si teneva aggrappato a uno spuntone, scambiò uno sguardo soddisfatto e sollevato con i suoi due marinai che lo aiutavano sostenendosi a vicenda e, con un brontolio d'approvazione, il Duca staccò gli occhi dalla riva e gettò un'occhiata intorno. Subito, la sua fronte si corrugò e con due rapidi passi leggeri balzò al margine del ghiaccio.

"Cosa c'è, Milord?" chiese Iulo e subito dopo "Ma cosa fate? Per la Dea..."

Senza una parola, W'Unker si era nuovamente tuffato. Per un attimo lo videro emergere tra le onde, poi, con un agile movimento dei fianchi, sparì sotto i flutti gelidi.

"Zelmir!" gridò in quel momento costernato Garlit, che si era alzato in piedi aggrappandosi al compagno. "Capitano, il ragazzo è scomparso, deve essere scivolato in mare".

Dormil imprecò e fece per alzarsi a sua volta, mandando l'altro a gambe all'aria; solo per un miracolo Iulo riuscì a frenare la loro caduta prima che cadessero a loro volta ."State aggrappati alla corda e non muovetevi, non manca molto, ormai! E non possiamo far nulla per il principe, se non riesce a ripescarlo lui" ordinò. Si guardò intorno, cercando tra quei gelidi flutti una traccia del giovane o di W'Unker, ma ormai era notte fonda e alla luce tenuta accesa da Gofrid si vedevano solo acqua oscura e ghiacci rilucenti. Il vento, però, era calato e le onde non impedivano più l'approdo alla spiaggia, sicché in pochi minuti il lastrone fu trascinato presso la riva, salutato da urla di gioia da parte degli astanti.

Gofrid prima di tutti, e dietro di lui Dano e Pyvor e altri, si precipitarono nell'acqua bassa per aiutare i compagni a smontare, mentre Giselda, trattenuta a forza da Clorinda e Nira, gridava il nome del marito.

Ma ora che la luce della Dea illuminava chiaramente l'inconsueta zattera, tutti videro che mancavano due uomini, e che uno di questi era il Duca.

Gofrid, che stava abbracciando Iulo, s'immobilizzò, frugando con lo sguardo intorno, cercando di persuadersi che il padre era già sceso a terra.

"Iulo?..." si decise infine a chiedere, con voce incerta, e sentì le braccia dell'amico serrarsi con più forza attorno a lui.

"Non c'è" rispose l'uomo. "Gofrid, piccolo, io... Mi dispiace, non sai quanto... Zelmir era caduto in acqua, e lui si è tuffato. Non ce ne siamo accorti subito, non..."

"Zelmir?! Zelmir e mio padre... Lasciatemi!"

Ma Iulo lo tenne fermo e dietro di lui Dano accorse a dargli man forte, e Clorinda, e Pyvor. Lo trascinarono più lontano dalla riva, gridandogli con dolorosa brutalità che ormai era inutile andare in loro soccorso, che non sarebbe neppure riuscito a ritrovare il punto in cui i due uomini erano scomparsi tra le onde.

Intanto era accorsa Giselda, le braccia tese verso il marito, ridendo di gioia, e sentì le grida e il nome di W'Unker. Anche lei girò lo sguardo intorno e non lo vide... Capì.

Pallida e risoluta si diresse alla scialuppa intatta, cercando di sciogliere i nodi che la tenevano alla riva con le mani rigide per il freddo e ordinò a Tam, che la seguiva, di aiutarla. Mentre il giovane, incerto, un poco le obbediva e un poco cercava di scoraggiarla, Nira, spaventata, cominciò a gridare chiamando il fratello; Pyvor si volse, vide cosa stava succedendo e chiamò a sua volta Clorinda... In pochi secondi la confusione giunse al massimo tra chi approvava il tentativo di Giselda, chi voleva fermarla e Gofrid che ancora cercava di liberarsi dai due gemelli per precipitarsi in acqua.

Fu in quel momento che, a pochi passi da loro, si alzò una voce imperativa.

"Invece di schiamazzare, toglietemelo dalle braccia. Pesa".

Rauca, spezzata da un respiro affannoso, la grande voce profonda era tuttavia inconfondibile e con un grido incontrollato Gofrid, lasciato improvvisamente libero, si precipitò verso l'alta figura che stava uscendo dalle acque tenendo tra le braccia un corpo inanimato.

Pochi secondi dopo, un braccio del figlio attorno alle spalle, il Duca mise i piedi scalzi sulla sabbia gelida, dove si lasciò cadere bocconi, respirando affannosamente e vicino a lui rotolò il corpo di Zelmir.

***

In qualche modo i naufraghi riuscirono a restringersi tutti nella grotta in cui ore prima i D'Aurel avevano riposto i loro bagagli: una trentina di persone, stanche, scorate, fradice d'acqua, tremanti per il freddo, stivate in un antro lungo e stretto, che verso la fine si abbassava, rendendo impossibile restare in piedi. Le pareti erano asciutte e tanto lisce da far pensare alla mano dell'uomo e larghi ciottoli si mescolavano alla fine sabbia sul pavimento.

Proprio vicino all'imboccatura, sassi abilmente disposti servivano da focolare e là gli intirizziti naufraghi si affrettarono ad accendere un fuoco, alimentandolo con la scarsa vegetazione presente e poi, mano a mano che acquistava vigore, con i rottami delle barche.

Su un fianco della grotta si apriva un piccolo passaggio che portava a un altro vano, molto più piccolo ma alto di soffitto e un poco sopraelevato, dove i D'Aurel avevano ammassato i loro bagagli in attesa dell'imbarco.

Non appena tutti gli scampati furono entrati, Gofrid aprì per loro quei bauli e Clorinda, assieme a Tam, dispensò coperte e indumenti asciutti, dirimendo sul nascere ogni lite e ogni pretesa con i suoi energici sistemi, mentre Pyvor, con il dubbio aiuto di una piagnucolante Nira, divideva tra tutti i viveri e i liquori.

Poi, mentre dall'imboccatura filtrava la debole luce dell'alba, i marinai cominciarono a dormicchiare, storditi dalla stanchezza, dalle emozioni e dall'alcool che avevano ingurgitato.

Nel piccolo vano sopraelevato i due Lant, seduti l'uno vicino all'altro sopra un baule del Duca, stavano facendo il punto sulla situazione, continuando a sbadigliare.

Ambedue erano pallidi sotto l'abbronzatura; il ciuffo di Iulo, arruffato e incrostato di sale scendeva fino quasi a coprirgli gli occhi dorati, una volta tanto seri, e i baffi di Dano, irti per la salsedine, circondavano una bocca che non aveva più nessuna voglia di ridere. Sommariamente coperti da due tuniche di Gofrid, sotto le quali cercavano di riscaldare anche i piedi gelati, si dividevano una pesante coperta di pelliccia, cosa che non impediva loro di battere i denti per il freddo.

Al loro fianco Giselda, rivestita con degli abiti del fratello che le erano enormi, stava cercando di affettare il pane e la carne, operazione che le riusciva abbastanza bene per la somiglianza che aveva con l'affettare nemici, tenendosi ben vicina al marito e lanciando occhiate inquiete al fondo dell'antro, dove il giovane Magio, ancora fradicio, si affannava attorno a W'Unker e Zelmir.

Il Duca giaceva immobile, un braccio sul viso e il petto ansante, nonostante che il figlio gli avesse preparato un energico infuso di xirker e glielo avesse fatto trangugiare. Accanto a lui Zelmir, sveglio a metà, continuava a tossire, tremando convulsamente nelle coperte in cui Gofrid l'aveva avvolto, ma cercando già di raccontare quanto era successo, tra un colpo di tosse e un ansito, una mano avvinghiata al braccio dell'amico.

"Adesso basta, lingua lunga! Cerca di dormire e lascia in pace Gofrid, che deve ancora asciugarsi e rivestirsi. Vieni qui, ragazzino, e cerchiamo di capire in che situazione siamo".

La voce di Dano interruppe bruscamente il racconto del Rivaltino e il giovane Magio si curvò a baciare la guancia di Zelmir, tracciandogli il segno della pace della Dea in fronte, poi dette una lunga occhiata al padre assopito sotto una coperta di pelliccia, scostandogli i lunghi capelli bagnati e arruffati dal viso.

"Va' tranquillo, Gofrid, a lui ci penso io" assicurò subito il principe lanciando uno sguardo profondamente interessato al Signore di Norlandia e Iulo gli fece eco.

"Non siamo a neanche tre metri da lui, non te lo porteranno certo via i babau!"

"Certo, certo..." Il ragazzo gettò indietro i capelli e cercò di sorridere, afferrando un mantello e stringendoselo addosso; poi andò a sedersi vicino a loro e li fissò con affetto e preoccupazione.

"State bene? Non siamo riusciti a scambiare neppure due parole in pace".

"Siamo ancora interi, piccolo" rispose brevemente Dano.

"Il che" aggiunse Iulo, cupo in viso, "è più di quanto si possa dire della *Procellaria*".

Ci fu un attimo di silenzio, rotto da Giselda che depose con un colpo secco davanti a loro un pezzo di legno con il pane e la carne.

"Il che mi ricorda, Iulo Lant," minacciò "che tu e io dobbiamo ancora fare i conti!"

Poi si volse al fratello e cominciò a raccontare tutta la storia del naufragio, con l'impeto di un fiume in piena, finché giunse a parlare della sua gravidanza. Allora la voce si fece sommessa, gli occhi le brillarono e le guance si imporporarono, mentre il fratello l'abbracciava festante.

"Oh, Giselda! Ma ora devi stare attenta..."

La ragazza si divincolò ridendo.

"Per questo sono stata zitta fino a che ho potuto, per non essere messa nella bambagia!" spiegò. "Ma ora come ora credo che questo rischio non esista..."

"Ben detto! Altro che bambagia, siamo tutti nella me... cioè, nei guai. Giselda, ho detto guai!" intervenne Iulo tendendo la mano alla moglie che si affrettò a stringerla nelle sue.

"Pace, dunque" concluse Dano. "Vediamo di capire in che ca... volo di situazione ci troviamo. E intanto mangiamo: questo è il mio primo naufragio e ho scoperto che mi mette fame".

Si divisero il pane, la carne e la bottiglia di liquore, mentre Gofrid, al riparo del mantello, si ingegnava ad asciugarsi e a cambiare i suoi abiti bagnati con altri asciutti. Non aveva ancora finito quando, obbedendo al richiamo di Iulo, apparve Clorinda, scalza, incespicando nella coperta e nella cerata nelle quali era avvolta, pronta a riferire sulle condizioni dell'equipaggio.

"Presto detto, capitano. Gli uomini sono tutti salvi, ma ci sono due braccia rotte e una gamba fuori uso, senza contare lividi, graffi e indolenzimenti vari, comuni a tutti".

"Non c'è male, allora, purché il freddo non faccia altre vittime".

La larga bocca del nostromo si aprì in un ghigno.

"Il torcibudella che il Consacrato ha tirato fuori dalla sua bisaccia dovrebbe averne scacciato anche il ricordo! Che cosa è, ragazzo? Fuoco liquido?"

"È un liquore che distillano nei Clan del Nord" rise Gofrid, con un po' di rimpianto, al ricordo di Kalatur e dell'ospitalità degli 'r Drusher, "e non voglio neanche sapere che gradazione ha!"

"Ci restano solo i viveri e le armi imbarcati nella mia scialuppa," concluse la donna "perché i carichi delle altre due sono andati perduti e abbiamo consumato quel poco che il Duca aveva con sé. Non consiglierei a nessuna Dama di scendere tra di noi, ma in qualche modo ci siamo coperti con la roba che Gofrid ci ha dato. I nostri abiti si stanno asciugando al fuoco che abbiamo acceso all'imboccatura della grotta, e speriamo che per domani siano passabilmente asciutti. Certo che fino a quel momento non è neppure pensabile tentare di muoversi".

"Non mi passa neppure per l'anticamera del cervello, mastro!"

"L'unico movimento che mi sento in grado di compiere è sdraiarmi per dormire" assicurarono i due gemelli contemporaneamente e Clorinda se ne tornò tra l'equipaggio, dove la si sentì brontolare e minacciare finché non si addormentò anche lei, lasciando agli altri il compito di fare il punto sulla situazione.

"Lady Min e il generale Takab ci aspettano all'Arcipelago del Tramonto, sulla *Farfalla*".

"Sanno che dovevamo venire a prendervi a Guyrn, sono loro che ci hanno indicato l'insenatura dove ci aspettavate".

"Ma il Tramonto è lontano..."

"E la *Farfalla* è una nave di Terracqua, con capitano ed equipaggio terracquese. La Dama e Lord Takab sono ospiti loro e non credo che abbiano molta voce in capitolo" cominciarono i due Lant.

"Non c'è neppure maniera di avvisarli di quanto è successo" aggiunse pensierosa Giselda, il piccolo viso pesto e serio tra i capelli rossi. "E senza una nave temo che resteremo qui per chissà quanto tempo".

Inconsciamente, la sua mano accarezzò il ventre, dove una nuova vita era sbocciata, e Gofrid, seguendo il gesto della sorella più che ascoltando le parole degli altri due, cercò subito di rassicurarla.

"Non siamo in condizioni disperate! Siamo tutti sani e salvi, questa è terra dei Clan e i Clan sono fedeli a mio padre. Abbiamo denaro..." I due fratelli strabuzzarono gli occhi a quella inconsueta notizia e il Magio continuò "L'oste della Locanda alla Posta, dove abbiamo lasciato slitta e hasix, non è lontano da qui ed è imparentato con gli 'r Drusher, gente fedele al Signore di Norlandia. Potremo acquistare là cibi e bevande e forse anche indumenti. Alla peggio, potremo mandare da là un messaggio ad Argyll 'r Drusher, se il Duca non troverà prima un mezzo per lasciare questa terra e raggiungere i nostri amici".

"Allora, per decidere aspetteremo che Milord si svegli" sbadigliò Dano e Iulo annuì, poi gli occhi di tutti si volsero alle due grandi figure distese.

Giselda si era già avvicinata a loro e spiava il sonno del padre ridendo lievemente, ma si scostò non appena sentì su di sé gli occhi degli altri per permettere anche a loro di vedere.

Forse per meglio difendersi dal freddo, Zelmir si era avvicinato al Duca e ora i lisci capelli neri del figlio di Xamir si confondevano con quelli candidi del distruttore della sua terra.

Con un ultimo divertito pensiero al collerico e vendicativo principe Ul Quoi, tutti andarono a dormire.

***

Dormirono e sonnecchiarono per tutto il giorno e per buona parte della notte successiva, svegliandosi solo per mangiare ancora qualcosa, attizzare il fuoco o osservare il cielo, sempre scuro e tempestoso, ma quando una nuova alba cominciò a trasparire tra le nubi, Iulo fu scosso da una mano vigorosa.

Ancora insonnolito si alzò su un gomito e vide il Duca, mezzo nudo, che si stringeva tremando una coperta sulle spalle, il viso livido e stanco tra i capelli scarmigliati, ma gli occhi di zaffiro ben svegli e lucenti.

"Milord! Cosa c'è?"

"La tempesta è passata e una nave sta dirigendosi qui" rispose W'Unker, facendogli segno di abbassare la voce. "È un pezzo che l'osservo e non ho dubbi: batte la bandiera dei Liberi Naviganti".

Subito perfettamente sveglio, il capitano balzò su con un'esclamazione di gioia, destò il gemello, la moglie, Gofrid e Zelmir gridando a tutti la novità poi, trascinandoseli dietro, scese tra l'equipaggio dando a tutti la buona notizia, mentre il Duca li seguiva guardingo, brontolando piano contro quell'imprudenza.

Ma quando furono nuovamente ammassati sulla fredda rena della riva, la nave si era ancora avvicinata e primo Tam, poi tutti gli altri uomini della *Procellaria* riconobbero la snella sagoma della *Danzatrice*: seguendo le tracce di Zelmir, la capitana Kirit era giunta fino a Guyrn.

Poco dopo, segnalata la loro presenza sventolando coperte e vestiti, gridando e agitando rami infiammati, i naufraghi poterono abbracciare i loro confratelli.

***

"Vi spiegherò più tardi perché sono arrivata fino in Norlandia" disse la giovane stringendo le mani ai due Lant e cercando con gli occhi l'alta figura di Zelmir. Aggrottò la fronte vedendolo in piedi al fianco di Lord W'Unker, ma decise di accantonare per il momento il problema.

"Vi basti sapere per ora che è stata Lady Solea a dirmi che eravate diretti a questa baia, vicino a Guyrn, e che il generale Takab mi ha fornito la mappa e la rotta per raggiungervi. Ho incontrato la *Farfalla*, mentre faceva rotta per l'Arcipelago del Tramonto".

Dette un'occhiata ai rottami sparsi intorno, alle misere condizioni degli scampati e sospirò. "M'immagino che la *Procellaria*..."

"Andata" disse Iulo con voce rauca, mentre Dano abbassava gli occhi.

Tigrana si morse le labbra e tacque un attimo, ma urgeva prendere una decisione.

"In quanti sono scampati?" riprese con forza.

"Tutti, grazie al cielo ..."

"...e al Duca che ci ha salvati, rischiando la sua vita per la nostra" completò Iulo con fermezza, perché non gli erano sfuggite le occhiate tutt'altro che benevole che la giovane donna aveva lanciato a W'Unker.

Ancora Tigrana esitò, poi calcolò rapidamente. "Allora, sono trenta persone, trentuno contando anche il Consacrato".

"Trentadue. Lord W'Unker viene con noi" corresse subito Dano.

"Speravo che restasse a funestare la Norlandia! Il mio equipaggio non ne sarà esultante".

"Ma, in ogni caso, il Duca è con noi" stabilì Iulo, aggiungendo, dopo un momento, "Se la cosa ti crea problemi insormontabili, imbarca solo i feriti, lasciaci qui e avvisa la *Farfalla* ..."

"Uh, quanta furia capitan Iulo! Non ho detto ancora di no".

Rifletté ancora, e i suoi vivaci occhi andarono da Dano a Zelmir e poi a Lord W'Unker, che si era un po' avvicinato.

"E vada anche per il Flagello" decise alla fine. "Speriamo non mi porti iella! Dovrò ammassarvi nelle stive e sul ponte, però, non ho altro posto. Non sarà un bel viaggiare, ma Sua Altezza Serenissima dovrà sopportarlo".

"Ha sopportato cose ben peggiori senza un lamento!" commentò subito Iulo, con voce bassa e gentile, e poi, in tono più alto, "Dano, chiama Pyvor e Clorinda perché radunino l'equipaggio e la roba che possiamo imbarcare. Tigrana, ti ringrazio".

Si girò e raggiunse la moglie e Gofrid che lo guardavano un poco inquieti, perché anche a loro non erano loro sfuggiti gli sguardi poco entusiasti che la gente della *Danzatrice* indirizzava al Duca, rimasto solo vicino all'imboccatura della grotta, le braccia conserte sul petto e il viso impenetrabile.

"Se ci sono problemi..." cominciò subito il giovane Magio con la voce tesa e velata dei momenti difficili, ma Iulo scosse la testa, passando un braccio attorno alle spalle della moglie.

"No, quali problemi?" mentì tranquillamente. "Salvo che faremo un viaggio infernale. Speriamo che Dama Solea e il generale trovino un rimedio, perché certo non possiamo affrontate i Mari Esterni in queste condizioni".

"Mio padre..."

"Vado ad avvisarlo perché si prepari a partire; e se vuoi un parere disinteressato, ti consiglierei di infilarti un paio di braghe sotto quella tunichetta... si sta levando il vento. Giselda, va con lui e cerca di coprirti bene. Ci ritroveremo alle scialuppe".

Poi si diresse verso W'Unker che si era scostato per permettere ai marinai di radunare i bagagli e li guardava con uno sguardo indecifrabile, senza partecipare in nessun modo al loro lavoro.

"Mio Signore, la capitana Kirit ci porterà fino all'Arcipelago del Tramonto, dove incontreremo la *Farfalla* e vedremo il da farsi. Preparatevi".

Ora gli occhi di zaffiro erano incerti e dubbiosi, poi il Duca fece il gesto di rientrare nella grotta, ma si fermò.

"Allora verrò anch'io con voi?" chiese sottovoce, senza voltarsi.

Il capitano della Procellaria sentì qualcosa di strano nascere in lui e stringergli la gola; con un salto gli venne vicino, afferrò quel braccio robusto che istintivamente si irrigidiva sotto le sue mani e lo strinse.

"Certamente!" lo assicurò con una baldanza che non provava. "Siamo venuti fin qua per ritrovarvi e non torneremo a casa senza di voi!"

S'interruppe di botto, pensando che in quegli ultimi mesi la loro casa era stata la *Procellaria* e che la *Procellaria* non c'era più; sentì su di sé lo sguardo indagatore di W'Unker e subito dopo vide che le guance livide dell'uomo s'imporporavano, mentre la voce oscura pronunciava parole incredibili.

"Ti sono costato la nave, Iulo, lo so, e hai dovuto pregare perché mi accettassero a bordo della *Danzatrice*. Se non sapessi che il mio ritorno è ineluttabile, resterei qua piuttosto che mettervi ancora tutti a rischio, piuttosto che obbligarvi a..."

Nella grande voce profonda c'era uno sconforto che Iulo si accorse di non poter tollerare, e gli strinse più forte il braccio.

"Nessuno può obbligare i Lant, mio Signore!" l'interruppe sorridendo. "Tutto quello che abbiamo fatto, abbiamo scelto noi di farlo e l'abbiamo fatto volentieri. Ma ora, vi prego, andate a rivestirvi. A prescindere dal freddo, quella coperta non dona molto alla vostra immagine!"

Per un breve attimo la grande destra coprì la sua mano, poi il Duca si avviò deciso alla caverna.

Solo allora il giovane si accorse che, per la prima volta da quando lo aveva conosciuto, W'Unker l'aveva chiamato per nome. Rimase un momento a considerare tra sé e sé la cosa, stupendosi dei sentimenti che suscitava in lui, poi si girò a cercare il fratello.

"Dano! Ehi, Dano! Devo dirti una cosa sul nostro Duca!"

I naufraghi, le loro poche cose e i bagagli del Duca furono imbarcati sulla *Danzatrice* abbastanza rapidamente e con un certo ordine; un po' più complicato fu sistemarli a bordo in modo che non fossero d'intralcio alle manovre, ma erano tutti gente di mare e sapevano cosa dovevano fare in circostanze come quelle, perciò prima della sera la nave, sia pure appesantita e rallentata, salpò le ancore.

"Speriamo di non trovare mare grosso o tempeste e di non dover fuggire davanti alle Guardie di Mare norlesi, abbiamo la velocità di un cargo!" brontolò la Kirit, un occhio alle mappe e un altro a Dano, che le aveva chiesto il permesso di prendere la barra e guidava la *Danzatrice* con sicurezza al largo.

"Un sacco di guai scaccia l'altro!" rispose allegramente l'uomo, citando il proverbio e guardando il cielo che si andava schiarendo. Poi si volse e dette un'occhiata alla giovane donna che, pur serrata in un pesante tabarro foderato di pelliccia, era lo stesso sottile e snella come un ragazzo.

"Tigrana" aggiunse con faccia più seria "non so come avremmo fatto senza di te. Hai tutta la nostra gratitudine..."

Il capitano della *Danzatrice* distolse gli occhi dalle carte che stava esaminando e li alzò su di lui.

"Accetterò senz'altro la gratitudine di tuo fratello, comandante Lant..." gli disse con un sorriso "ma da te potrei volere anche qualche altra cosa!"

L'avventuriero sobbalzò lievemente, carezzandosi i baffi, la guardò negli occhi e, quando la giovane gli restituì con fermezza lo sguardo, un leggero sorriso compiaciuto si disegnò sulle sue labbra e si riflesse nel viso di Tigrana.

Capitolo decimo

RITORNO ALLE ISOLE

La *Farfalla* era ferma a Vesper, la più grande delle Isole del Tramonto, da più giorni di quanti Bastil, il suo capitano, avesse previsto e desiderato. Colpa dei capricci di Dama Min, che si era intestardita a trovare un certo tipo di tessuto che, a suo dire, era possibile rinvenire solo in quell'isola. C'erano voluti alcuni giorni, ma alla fine quella maledetta stoffa era stata rintracciata, con l'aiuto non proprio disinteressato di una vecchia amica di Bastil, e tuttavia gli Isolani nicchiavano ancora all'idea di partire.

A questo punto, segretamente seccato, il capitano cominciò ad avanzare motivazioni tipicamente marinaresche per affrettare la partenza, contro le quali la pur abile Dama si trovò a corto di argomenti.

"Se mi parla di permessi, di pericoli, di incidenti diplomatici posso difendermi, ma quando comincia a blaterare di venti e di correnti mi ritrovo muta! Generale, dovreste parlargli anche voi".

Takab alzò appena gli occhi imbronciati dal foglio dove, per l'ennesima volta, stava calcolando il tempo necessario perché la *Procellaria* raggiungesse l'arcipelago del Tramonto.

"Non ne capisco molto neanch'io..." brontolò "ci vorrebbe il povero Iginius".

Sospirò, si alzò in piedi, riponendo il foglio e concluse, battagliero.

"Comunque metterò subito in chiaro che di qui non ci si muove se non lo dico io e, se non gli va bene, sbarco immediatamente e..."

"Per carità, generale! No, non importa. Ci penserò io. Qualcosa troverò... Anzi, ho già un'idea".

La voce di Solea morì in un sussurro pensieroso, mentre la Dama fissava mastro Cordiera che attraversava il ponte con piede incerto, diretto alla murata, anche se la nave era saldamente all'ancora.

Subito dopo la sua voce si levò flautata, chiamando: "Ber-tra-do".

L'indomani mattina il capitano Bastil fu convocato con urgenza nella cabina di Dama Min, e vi trovò Solea semisvenuta e piangente, soccorsa dalla sua cameriera e dal Generale.

"Il mio segretario!" singhiozzò la Dama aggrappandosi all'allibito capitano. "Era sceso a terra ieri sera per una commissione e non è più tornato! Sembra che ci sia stata una zuffa, un rapimento... Non so!"

E mentre Lady Min si afflosciava gemendo tra le braccia dell'ancella, il generale Takab riversò negli orecchi dell'infelice lupo di mare l'elenco delle benemerenze di mastro Cordiera, già braccio destro del defunto Signore di Pamia, istitutore della sua Erede, compagno impagabile delle missioni diplomatiche di Dama Min e – abbassò la voce in un sussurro – uomo di fiducia di Lord Tumish, che non a caso lo aveva voluto al loro fianco in Norlandia.

Ho capito, pensò il disgraziato Bastil, e si precipitò in coperta a smentire l'ordine di levare le ancore, dando invece disposizione di ricercare lo scomparso.

"Ma con prudenza, eh!" ammonì. "Temo che ci sia un grosso pasticcio, spionaggio, contatti con i ribelli... State attenti a non comprometttetevi in nessun modo!"

Intanto, nella cabina di Solea, i due diplomatici isolani, congedata la cameriera e serrata bene la porta, brindarono allegramente al successo del loro piano con una bottiglia di Rosso Rubino di una rara e pregiata annata.

"Recitazione perfetta, amica mia!" si congratulò il Generale e Solea si schermì ridendo.

"Anni di pratica in diplomazia e nei salotti, mio caro Weljmir, ma anche voi avete fatto la vostra parte! È ovvio che non si parlerà più di muoversi da qui finché il mio fedele segretario, forse anche agente segreto del Console, non sarà ritrovato".

Ridendo di cuore Takab assaggiò il vino, con evidente soddisfazione.

"Ed è altrettanto ovvio" concluse "che sarà impossibile rintracciare mastro Cordiera finché la *Procellaria* non arriverà a Vesper".

"Potete giurarci! Un altro brindisi?" propose la Dama, sollevando con grazia la bottiglia.

Le rispose, dalle vaste profondità del suo baule armadio, lo straziante gemito del povero Bertrado.

***

Per molti versi la *Danzatrice* era simile alla *Procellaria*, anche se di costruzione più recente. Come la nave dei Lant, aveva due alberi ad ampie vele triangolari e uno scafo snello, caratteristiche che col vento favorevole le permettevano di raggiungere una buona velocità, ma non era in grado di assicurare grandi comodità ai viaggiatori, soprattutto se l'imbarcazione era sovraffollata. Questa volta poi lo era come mai lo era stata, neppure in tempo di guerra, quando aveva dovuto imbarcare alcuni soldati per dar man forte al suo equipaggio.

Aveva solo due cabine, oltre al quadrato degli ufficiali e, se questo era abbastanza spazioso, le due cabine, e una in special modo, erano più piccole di quelle della *Procellaria.*

"Noi siamo trentadue, il che vuol dire che il tuo equipaggio è raddoppiato, capitana!" osservò Clorinda, che sulla sua nave aveva fatto della sistemazione a bordo un punto d'onore. "Come pensi di farci stare tutti?"

La Kirit alzò le spalle.

"Vi ammasserò a strati nella stiva, se è necessario, come faccio con le balle di seta e i tappeti di Arso". Poi vide lo sguardo oltraggiato del nostromo e si mise a ridere. "Oh, dividerò la mia cabina con Giselda e Iulo e suppongo che possa starci anche Dano, se si accontenta, e i feriti andranno nella più piccola. Ma tutti gli altri dovranno restringersi sul ponte, quando non saranno d'intralcio alle manovre, oppure nella stiva, incluse tu, mastro, e quella pettegola di Nira".

"Navigo da quando avevo otto anni e sono vissuta in condizioni ben peggiori! E per quanto riguarda Nira, posto per assurdo che abbia bisogno di protezione, ci penseranno suo fratello e Tam" sbuffò Clorinda e poi aggiunse, con voce diversa. "Ma il tuo quadrato è grande, e forse potresti sistemare là Lord W'Unker".

"Non ci penso neppure. Che l'Artiglio di Fuoco si arrangi come può, io non riesco neanche ad assicurare un letto decente al Consacrato e al principe Zelmir!"

Infatti, con l'abituale energia e fermezza, la Kirit dette ordine che buona parte dei naufraghi fosse ammassata nelle stive, dove dormivano anche i marinai della *Danzatrice*; gli altri si sistemarono sul ponte, pregando tutti gli dei del mare di mandare tempo clemente e vento favorevole per poter giungere presto a paesi con un clima più mite.

Ma fu presto evidente che il Duca d'Ombra, ovunque andasse, era causa di imbarazzo o addirittura di disordini. Fosse per curiosità, o per paura, o per l'odio antico che l'equipaggio della *Danzatrice* gli portava, sembrava che la grande figura dimessa e silenziosa fosse comunque sempre di ostacolo al buon funzionamento della nave, e l'atteggiamento di Gofrid, sempre pronto a inalberarsi per ogni sgarbo vero o presunto fatto al padre, non aiutava certo la capitana Kirit a mantenere un clima sereno e tranquillo.

Inutile lamentarsene con i due figli del Duca e neanche con Iulo e Dano, cosa quest'ultima che la stizziva non poco; a Tigrana non restò altro che brontolare con Zelmir, cercando intanto di sondarlo su un suo possibile docile ritorno a Terracqua, tra le braccia di Elear.

"Parliamoci chiaro, Tigrana. Se stai cercando un alleato contro il Duca d'Ombra, hai sbagliato indirizzo".

La giovane donna alzò gli occhi a guardarlo in faccia, per vedere se scherzava, ma il viso di Zelmir era serio e le labbra avevano quella piega testarda che Xamir Ul Quoi conosceva molto bene.

"Mi stupisci, principe Zelmir! Non mi risulta che l'Artiglio di Fuoco abbia così ben meritato da Rivalta! Ma forse parla in te la tua amicizia per Gofrid..."

Con un movimento indolente il giovane si appoggiò con i gomiti al parapetto.

"No, non è questo" rifletté a voce alta. "O almeno, non è solo questo. In realtà, Lord W'Unker, con i suoi arcani poteri, il suo valore e la sua valentia di grande condottiero mi ha sempre intrigato, e ancora di più da quando è stato svelato il suo terribile segreto. Ero incuriosito e interessato, ma adesso è ancora diverso.

"Vedi, Tigrana, là, in quel mare ghiacciato... Mi ha salvato lui. Ero già morto, inghiottito da quelle onde nere e gelide, senza più forza, senza più respiro; non vedevo e non sentivo più nulla, solo quel freddo che mi paralizzava, che pareva tirarmi sempre più verso il fondo. Mi lasciavo andare, indifferente a tutto, e poi, d'improvviso sentii una voce – la sua – che mi chiamava, che mi impediva di abbandonarmi alle onde, che mi obbligava a muovermi, a lottare ancora".

Fermò la protesta della donna con un cenno.

"Oh, lo so che non è possibile... ma non è possibile solo per noi. Lui, l'ha fatto, ed è riuscito ad afferrarmi. Ricordo la forza delle sue braccia strette attorno a me, la sensazione dell'acqua che correva via, mentre risalivamo, e l'aria, l'aria finalmente, nei miei polmoni brucianti!

"E da ogni parte ancora il mare, il freddo, il buio, e di nuovo quella voce profonda che mi imponeva *"Respira, Zelmir! Respira!"* e quel braccio vigoroso che mi sorreggeva fuori dall'acqua, mentre mi trasportava a nuoto verso un'invisibile riva. Svenni, credo, prima ancora di arrivarci e quando riaprii gli occhi, all'asciutto, e lo vidi giacere immobile al mio fianco, per un attimo lo credetti morto, morto per causa mia, e... Non so neppure dirti cosa provai! No, di certo non l'odio! Provo per lui ammirazione, riconoscenza e... pietà".

"Posso capire i tuoi sentimenti, Zelmir, ma tuo padre..."

Il giovane alzò le spalle, con una smorfia sul bel viso altezzoso,

"Si dovrà rassegnare. A questo e... al resto" l'interruppe. "Tigrana, in questa confusione non c'è stato modo di parlare con tranquillità, ma io ho capito lo stesso perché sei qui e la risposta è no. Se non avessi già avuto i miei motivi per rifiutare Elear, sulla *Procellaria* ne ho scoperti altri, validissimi. Smentiscimi, se puoi".

Dicendo così, guardò fissamente Dano che stava uscendo in quel momento sul ponte, parlando con Pyvor, e Tigrana fu molto contenta che il richiamo del suo secondo le evitasse di dover aggiungere qualcosa.

Dire che i lunghi giorni di viaggio da Guyrn a Vesper passassero facilmente, sarebbe senza dubbio esagerare, passarono però senza incidenti o incontri pericolosi e anche il tempo, che sulle coste della Norlandia era stato tanto cattivo da far temere di non poter procedere con la nave così carica, si raddolcì non appena superarono Norvel e presero il largo.

Il vento, pur sempre sostenuto e freddo, girò in modo di favorire la loro navigazione verso l'Arcipelago del Tramonto e finalmente, in una tersa mattina di ottobre, la *Danzatrice* entrò nel porto di Reine dove la *Farfalla* era sempre in attesa di un introvabile Bertrado.

Per quanto non fosse quella la nave che aspettavano con ansia, pure Solea e Takab si precipitarono sul ponte, non appena fu annunciato loro che era stata avvistata alle bocche del porto e spiarono con impazienza il suo navigare verso gli approdi, molto più lento di quanto non ricordassero.

"Ma cosa è successo? La *Danzatrice* sembra una nave da carico!" protestò Dama Min, allarmata, e Takab si sporse di più dalla murata, osservando il ponte della nave.

"Ci sono più persone in coperta di quante la manovra ne richiederebbe," esclamò alla fine "molte di più!"

Passarono i minuti, la nave si avvicinò ancora e i due Isolani si guardarono in faccia, cominciando a intuire cosa era successo, ma nessuno dei due aprì bocca, timorosi di dar voce alla loro paura.

Solea scrutò sul ponte, sulle coffe, alla barra, cercando di riconoscere qualche viso e, mentre la *Danzatrice* si accostava alla banchina, si rese conto che c'era anche gente della *Procellaria* intenta alla manovra.

Si volse al generale per chiederne conferma, per farsi rassicurare in qualche modo da lui, ma fra tutti coloro che erano sul ponte l'uomo ne aveva visto uno solo, alto e dritto, in piedi sulla prua, le braccia conserte sul petto, vestito di nero, ma con lunghi capelli candidi che svolazzavano intorno al viso, e fu solo con il suo nome che rispose all'ansia della sua compagna.

"È lui! Lord Va... Milord, il Duca di Norlandia!"

Ma già dalla scaletta altri sbucavano e il cuore di Solea dette un balzo, riconoscendo con sollievo una testolina rossa.

"Weljmir! È la gente della *Procellaria!* Non capisco perché siano a bordo della *Danzatrice*, ma sono loro!"

"Temo che questo non voglia dire niente di buono per la nave del capitano Lant!"

La dama rifletté un momento, poi annuì con un sospiro.

"È possibile, anzi, è così senz'altro" ammise con fermezza, continuando a scrutare la tolda della *Danzatrice*. "Ma ora non ci voglio pensare, voglio solo essere felice perché potrò riabbracciare i miei amici: guarda, ci sono tutti!"

E toltasi con un gesto leggiadro il velo dorato dal capo lo agitò verso la nave che stava gettando le ancore, gridando i nomi che le erano cari con la sua bella voce di petto.

A Vesper i controlli erano molto meno rigorosi che in Norlandia, anche perché la guerra civile ancora non aveva coinvolto tutta l'isola, e a Reine il Primo Magistrato teneva ancora saldamente il potere.

Tuttavia non sembrò prudente scendere a terra, e il capitano Bastil fece subito il viso dell'armi all'idea che tutta quella gente dai permessi e documenti incerti invadesse la sua bella nave ordinata, cosicché si ritrovarono invece a bordo della *Danzatrice*, ben strizzati nel suo quadrato ufficiali.

I primi minuti passarono in una gioiosa confusione di saluti, baci e abbracci, cui il Duca si sottrasse abilmente cercando di mimetizzarsi con la parete; Takab, che si era preparato un lungo discorso da fargli, ammutolì al solo vederlo e muto rimase, seduto sul primo sgabello che si trovò tra i piedi, continuando a guardarlo.

Zelmir, che nessuno aveva invitato, si era inesorabilmente sistemato a gambe incrociate su un tappeto ai piedi di W'Unker, vicino a Gofrid; Giselda si sedette su un panchetto di fianco a Solea, parlandole fittamente a bassa voce, il visetto grazioso animato e colorito, e alle sue parole gli occhi verdi della dama si illuminarono.

I due gemelli si dettero un gran da fare ad aprire, annusare e assaggiare bottiglie e Dano dissertò vivacemente con Tigrana sulla qualità, il colore, l'annata del vino, mentre Iulo, pur sorridendo, cercava di scacciare il ricordo di altre riunioni, di altri incontri che erano avvenuti sulla sua nave, perduta per sempre.

Clorinda, un occhio agli ospiti e uno al vassoio pericolante, cercò di trovar posto a sedere per tutti, rimproverando intanto per la sua disattenzione Nira, che si era insinuata nella stanza con il pretesto di servire dei rinfreschi e che Pyvor s'affrettò a consolare. Dalla porta socchiusa, Tam sbirciava nella stanza, sperando di riuscire a entrare, le grandi orecchie ben aperte per sentire cosa si diceva.

Poi, quando tutti si furono sistemati in qualche modo, e il vassoio di Nira fu alleggerito di gran parte del carico, Iulo tirò un gran sospiro e cominciò.

"Suppongo che vi stiate chiedendo perché siamo tutti ammassati sulla *Danzatrice* e dove è la mia *Procellaria*... o forse l'avete già capito". Si alzò in piedi, depose il bicchiere e, il mobile viso intristito, fissò tra tutti Solea. "Sì, la mia nave è andata in malora e la mia gente ha salvato a stento la vita. Dama, vostra nipote, o cugina, o quello che è, ora ha per marito un marinaio spiantato e senza ingaggio".

Con un grido di protesta, Giselda tese le mani al giovane, ma già Dano si era alzato anche lui e gli si era messo alle spalle.

"Siamo in due, allora, nelle stesse condizioni" dichiarò con fermezza "perché anch'io avevo messo tutto ciò che possedevo in quella nave. Ma siamo insieme, e vivi e sani e giovani ancora. Ce la faremo, gemello, come ce l'abbiamo sempre fatta!"

"Bravo! Così si parla!" applaudì Zelmir, mentre intorno scoppiava un putiferio di proteste, consigli ed esortazioni. Tra tutte si udì la voce alta e melodiosa di Gofrid che si metteva a disposizione, e quella di Tigrana che invitava Iulo ad andare a Periss, a parlare con Gama Toreg per trovare una soluzione. Più di uno dei presenti, però, guardò di sfuggita il Duca, che aveva chinato la testa, nascondendo il viso tra le bande dei lunghi capelli ricciuti, tormentandosi la mano sinistra con la grande destra. Sentendo tutti quegli sguardi su di sé, W'Unker alzò il volto corrucciato, girò lo sguardo intorno e colpì violentemente con un pugno la parete vicino a lui.

Immediatamente tutti tacquero e nel silenzio riconquistato la voce cupa e profonda si levò lenta e sicura.

"Avete ragione di guardarmi" stabilì. "Non c'è stato errore o negligenza da parte della gente della *Procellaria*, né da parte tua, genero. Mia è la colpa".

"Non è vero!" protestò subito Gofrid, aggrappandosi alle ginocchia del padre, ma l'uomo scosse il capo.

"W'Unker" affermò. "È W'Unker che le Tenebre vogliono, per lui hanno scatenato cielo e mare contro la *Procellaria*, e io non sono stato capace di difendervi".

"Milord, dobbiamo a voi la nostra vita, voi avete fatto miracoli!" obiettò subito Iulo, commosso da quelle parole e da quel tono, e all'istante tutti gli scampati cominciarono a raccontare confusamente, sovrapponendosi, contraddicendosi, tutto quello che era successo sulle spiagge di Guyrn, finché di nuovo non si udì la grande voce, bassa e vibrante.

"Basta" impose, la fronte appoggiata sul pugno chiuso. "Ascoltatemi, adesso! Per ora è inutile tornare su ciò che è stato. Serbi ciascuno la memoria che ne ha nel cuore, ma cerchi rimedio nel futuro. È per parlare di questo che adesso siamo qui, non per abbandonarci ai ricordi e al compianto".

Lo fissarono tutti di nuovo, ma i loro sguardi erano diversi, erano quelli con cui da tanti anni, da sempre, lo avevano guardato gli uomini di diverse fedi e di diverse razze che l'avevano seguito; e al suo impercettibile accennare con la testa, fu proprio Tigrana che cominciò a esporre con inaspettata docilità.

"La prima cosa da risolvere è il nostro ritorno nelle Isole. Non è neppure possibile pensare che la *Danzatrice* possa affrontare uno dei Mari Esterni carica com'è! È stato già un miracolo se siamo riusciti ad arrivare fin qua, un miracolo al quale forse vostro figlio ha contribuito, in barba al divieto per i Consacrati di interferire sui venti e sul tempo!"

Vistosi scoperto, Gofrid brontolò vagamente, cercando di ignorare che stava arrossendo. "È ben poco quello che possiamo fare in proposito, e spesso fa più male che bene" si decise infine. "A Guyrn mi sono trovato impotente, ma durante la navigazione... bene, la Prima Consacrata non ne sarà certo contenta... però mi è parso che se potevo renderla un po' più sicura e veloce... Cioè..."

La destra di W'Unker si appoggiò un attimo sui soffici capelli biondi del figlio, seduto ai suoi piedi, e il ragazzo tacque di botto, appoggiandosi alle sue gambe. Si udì qualche risatina e l'appoggio incondizionato di Zelmir, Dano e Iulo.

"Ringraziamo dunque la disobbedienza del nostro giovane Magio" riprese allora Tigrana "e torniamo al problema attuale. Io non posso continuare la rotta per le Isole Dorate con più di trentasei, massimo quaranta, persone a bordo".

"Possiamo prendere la rotta per il Mare Profondo, non per il Mare delle Tempeste" propose Iulo "È meno pericolosa e, visto che partiamo da Vesper, ci permetterà anche di rendere più breve il nostro viaggio".

La Kirit fece una smorfia, perché la rotta per il Mare Profondo l'avrebbe portata più lontana da Terracqua e dalla ricompensa pattuita con Lord Freth, ma poi, data un'occhiata a Zelmir, che scosse energicamente la testa, sospirò e si disse d'accordo.

"È un'ipotesi che accetto senz'altro, capitan Iulo, ma non risolve il nostro problema. Vi ripeto che posso prendere a bordo non più di sei, al massimo sette persone, per la sicurezza di tutti".

Guardò Solea e Takab e già il Generale, sempre fissando il Duca, stava per offrire la *Farfalla,* quando intervenne la dama.

"Prima che tu apra bocca, no, Weljmir!" gli intimò. "Il capitano Bastil non accetterà mai di imbarcare una trentina di persone, per gli stessi motivi della capitana e per molti altri ancora. Forse, potrei persuaderlo ad accettarne tre o quattro, dimostrandogli che altrimenti riuscirei a rendergli la vita del tutto impossibile e sempre purché salgano sulla sua nave soltanto quando sarà fuori delle acque territoriali norlesi".

"Allora, siamo al punto di prima!" esclamò Iulo con rabbia, ma il Duca si alzò scuotendo la testa.

"No", lo contraddisse, calmo. "Ora sappiamo che raggiungeremo le

Isole Dorate attraverso il Mare Profondo e che ci serve l'imbarco per diciotto o venti persone. Ci penserò io".

"Già! E come?" chiese subito Zelmir.

"Al momento non ci sono navi da noleggiare per un simile viaggio. Mi sono già informata" assicurò Solea.

"E neanche in vendita, anche a trovare i soldi" aggiunse il Generale.

"C'è poi la questione dei permessi..." fece presente Tigrana.

"...e del tempo che ci vorrebbe per attrezzare e approvvigionare questa ipotetica nave" anche Clorinda aveva detto la sua.

"Va bene, ma qualcosa bisogna decidere!" sbottò Giselda, guardando il marito, che affermò subito.

"Io non abbandonerò il mio equipaggio in una terra sconosciuta, ostile!"

"Belle parole, gemello, ma non di grande aiuto!" gli ribatté Dano, mentre il cauto Pyvor ricordava, "Più la *Danzatrice* resta qui, più crescono i pericoli per tutti".

Con un gesto di stizza subito represso, W'Unker si rivolse al coro.

"Smettetela di ronzare, una buona volta!" intimò. "Ho preso l'impegno su di me e tanto basti, a tutti. Io sono..." Si interruppe un attimo e riprese con voce più sommessa "Io fui Signore qui, e saprò ancora trovare chi possa aiutarci".

E nel silenzio generale, pieno di aspettative, concluse. "Non scenderò a terra, ma Khaven e sua sorella porteranno i miei ordini a gente che è ancora fedele al Duca di Norlandia, e che troverà un imbarco sicuro per tutti".

Come sempre le sue brevi frasi e ancora di più il suo tono, asciutto, sicuro e altezzoso, misero la parola fine a ogni discussione, protesta o consiglio e, mentre l'uomo preparava i biglietti e li sigillava con il suo anello, gli altri chiacchieravano sotto voce.

Fu allora che Giselda si accorse che qualcosa, o meglio qualcuno, mancava.

"Madrina, che ne è del nostro Bertrado? La capitana mi aveva detto che era venuto in Norlandia con voi, ma qui non lo vedo! Soffre il mal di mare anche in porto?"

Con un grido e una risata, la Dama si alzò di scatto.

"Oh, sia benedetta la mia testa! Poveretto, me ne sono completamente dimenticata! Corro a rimediare".

E infatti, mentre Takab spiegava, tra il divertimento generale, lo stratagemma di Solea, la donna tornò alla *Farfalla* dove poco dopo un Bertrado color limone, ma molto contegnoso, fece la sua riapparizione sotto gli occhi stupefatti del capitano Bastil

"Ma non è possibile che sia tornato a bordo! Gli uomini della mia ronda..."

"Dite loro che si tolgano le fette di prosciutto dagli occhi" lo rimbeccò Dama Min, con falsissimo sdegno. "Lo vedete anche voi, vero?" aggiunse. "Segno che è tornato sulla *Farfalla* mentre la vostra vantata ronda dormiva o guardava da un'altra parte!"

Mentre i due Khaven scendevano a terra per consegnare i messaggi del Duca, nel quadrato della *Danzatrice,* una volta usciti tutti gli altri, W'Unker con un cenno richiamò a sé il figlio.

"Se ti passa ancora per la testa di mancare alle tue promesse di Consacrato, fammelo sapere prima" l'ammonì, alzando il lungo indice. "Ritengo di avere più esperienza di te nel disobbedire all'Ordine, e un D'Aurel spergiuro basta e avanza".

C'era l'eco di una risata nella voce profonda? L'accenno di un sorriso sul volto sfregiato? C'era, e lo confermò il lieve scappellotto con il quale il padre lo congedò; ridendo Gofrid tornò sul ponte dove si dedicò con esagerata energia ad arrotolare gomene e sistemare vele, cantando allegramente.

***

Due giorni dopo il problema del viaggio di ritorno era già risolto.

Contattati dai fratelli Khaven, i partigiani del Duca, lusingati dall'idea di un suo prossimo ritorno e da un' imminente rivincita, si erano messi al lavoro e, per fedeltà, per paura o per interesse erano riusciti a trovare imbarchi per i marinai della *Procellaria* su due navi mercantili, dirette a Tork e a Zilliana, e su un peschereccio rutlano, che tornava a Iguvia. Da tutti e tre questi paesi era abbastanza facile trovare poi un passaggio per le Isole Dorate, anche perché là non ci sarebbe stato l'ulteriore ostacolo dei documenti irregolari.

"Sulla mia nave possono imbarcarsi il capitano Lant, sua moglie, suo fratello e..." cominciò Tigrana, quando tutti si ritrovarono nella sua nave per discutere della partenza, ma Solea protestò subito.

"Vi chiedo scusa, ma questo non può essere. Giselda deve assolutamente venire con me".

E il gesto con cui strinse la mano della fanciulla tra le sue, con un tenero sorriso, fece capire a tutti il perché di quella sua decisione, chiaramente irrevocabile.

Clorinda, seduta in precario equilibrio su un panchetto che divideva con Bertrado, Pyvor e Nira, quest'ultima assolutamente non richiesta, sbuffò e si grattò la testa.

"Va bene" cercò di correggere. "Allora Iulo, Giselda e Dano vanno sulla *Farfalla*..."

Un'occhiata alla faccia della capitana le fece capire che neppure quell'ipotesi andava bene e Gofrid si mise in mezzo, con un sorriso complice e divertito.

"Io propongo che Giselda e Iulo vadano con Dama Min e il generale Takab, ma che Dano resti sulla *Danzatrice*, visto che là serve un secondo pilota".

Iulo fece per protestare, poi dette un'occhiata alla faccia del fratello e si morse le labbra, soffocando una risata.

"Lo farò volentieri," disse Dano, con il viso serissimo "molto volentieri. Che diamine, bisogna pur cercare di sdebitarsi!"

Parò con eleganza il cuscino lanciatogli da Giselda e si risedette, carezzandosi i baffi con aria compiaciuta.

Sembrò a tutti più opportuno che Tam, Nira e Pyvor restassero anch'essi sulla *Danzatrice*, con i loro confratelli Liberi Naviganti; poi Tigrana e Solea fissarono Gofrid, interrogative.

"Io vado dove va mio padre" specificò il giovane Magio con voce quieta ma inflessibile.

Tacquero tutti, pensierosi.

La presenza dell'Artiglio di Fuoco a bordo di una qualsiasi delle due navi costituiva un problema, senza contare che non sarebbe stato facile convincere il capitano Bastil.

Anche il Duca taceva, gli occhi bassi a fissarsi le mani strettamente allacciate, il viso sfregiato mezzo nascosto tra il lunghi capelli bianchi, ma Takab, che in quei giorni pareva essersi mangiato la lingua, improvvisamente ritrovò l'uso della parola.

"Milord viene con noi" affermò, guardando di straforo il suo antico Condottiero. "Ho già parlato con il capitano, ed è d'accordo purché si imbarchi quando saremo in alto mare; sul libro di bordo figurerà come un naufrago raccolto sulle coste di Valea. Fin là potrà viaggiare con la *Danzatrice*, sono solo pochi giorni di navigazione".

A quelle parole, W'Unker girò lentamente la testa, fissandolo con uno sguardo intento, ma senza parlare. La proposta, che dirimeva una questione penosa e difficile, fu accolta con grande sollievo e in pochi minuti l'accordo fu raggiunto.

Iulo, Giselda e il Duca con il figlio sarebbero stati ospitati dalla *Farfalla*, mentre a bordo della *Danzatrice* sarebbero rimasti Dano, Zelmir, Clorinda, Pyvor, Tam e Nira oltre ai tre feriti.

"Anche se non so dove la capitana stiverà nove persone durante un viaggio così lungo" meditò Clorinda, ma poi, data un'occhiata a Dano che camminava a fianco della giovane, ridendo e parlando animatamente, aggiunse, ancora più meditabonda

"Beh, facciamo otto. Per la sesta mi sono già fatta un'idea!"

Per quel che riguardava la *Farfalla*, adatta al trasporto di passeggeri di una certa importanza, la soluzione fu molto più semplice.

Solea cedette la sua ampia cabina a Iulo e Giselda e si sistemò nella stanzetta della sua cameriera, costretta a emigrare in uno sgabuzzino della dispensa. Takab, commosso e felice, offrì la sua al Duca e a Gofrid e prese quella, più piccola e scomoda, di Bertrado.

Il tapino, che nessuno aveva consultato, si ritrovò a dividere un letto di fortuna con il merluzzo essiccato nella stiva ma, dopo i giorni passati a soffocare nel baule armadio di Dama Min, non osò emettere neppure un lamento.

E venne, presto, il giorno della partenza, desiderato da tutti, ma atteso da Iulo e da Dano con un misto di sollievo e di dolore.

Subito dopo di loro, anche le tre imbarcazioni in cui si era arruolata una buona parte della loro vecchia ciurma avrebbero salpato le ancore e tutto l'antico equipaggio della *Procellaria* avrebbe fatto rotta in direzione delle Isole Dorate, ma non più insieme e non più sulla loro vecchia nave.

Prima di partire i Lant vollero scendere sul molo per rivedere e salutare i loro vecchi commilitoni. "Vi aspetto a Periss, tutti. Se qualcuno di voi avrà problemi per arrivarci, me lo faccia sapere e ci penserò io. Sì, perché dobbiamo ritrovarci tutti nelle nostre Isole, e assieme dobbiamo riprendere il mare. Non so come, non so quando, ma so che sarà così" promise Iulo, più commosso di quanto mai avrebbe creduto di poter essere, mentre Dano, mordendosi i baffi, stringeva mani e ricambiava abbracci.

Ma intanto dovevano separarsi e, dopo più di dieci anni, l'equipaggio della *Procellaria* non esisteva più.

Ritto sul ponte della *Danzatrice*, W'Unker osservò la scena, strettamente avvolto nel mantello nero, i capelli bianchi scompigliati dal vento, il volto inespressivo.

Due passi dietro di lui anche Takab guardava e ricordava amaramente... anche l'esercito del grande D'Aurel si era disperso così, e uomini che per anni avevano affrontato assieme i pericoli e la morte non si erano più rivisti, come se tutto il loro passato fosse stato cancellato in un solo momento.

Sospirò, e i suoi occhi si posarono sulla gigantesca figura immobile.

Il generale aveva pensato e preparato lunghi discorsi da tenere al Duca durante la navigazione, ma nella realtà, nonostante la notevole durata del viaggio, lo vide assai poco.

Infatti, assecondando la richiesta di un intimidito e timoroso Bastil, W'Unker si chiuse sdegnosamente nella sua cabina, dove per lo più consumò anche i pasti e dalla quale uscì soltanto rare volte, generalmente a notte fonda.

Takab, deluso e preoccupato, continuò a passare davanti a quella porta chiusa, senza mai osare bussare, angustiandosi al pensiero che il Duca si sentisse prigioniero, invece che ospite in quella nave, ma la sua ansia era quanto meno esagerata.

Infatti, in quei lunghi giorni, nella tranquillità della sua comoda cabina, il Signore di Norlandia aveva aperto i suoi bauli ed estratto carte, strumenti, libri e disegni; riprese i suoi studi, i suoi progetti, avendo al fianco il figlio come aiutante e discepolo e intervallando le sue ricerche e le sue riflessioni con le visite della figlia e con la musica di Gofrid. Fu un periodo quieto e sereno come da anni e anni né lui né il giovane Guerriero avevano avuto e che nei giorni successivi avrebbero ricordato con rimpianto.

Tuttavia, pur nel sollievo e nella pace di quelle ore, pur nella gioia per aver ritrovato incolume il padre ed essersi ricongiunto alla sorella e agli amici, il musico continuò a sentire dolorosamente vivo in sé un ricordo che ormai era solo un malinconico rimpianto. Era sicuro che mai più avrebbe sorriso, incantato, alla bellezza di Lhamar, che mai più avrebbe sentito la sua voce armoniosa, né avrebbe parlato con lei, stupendosi e rallegrandosi nel sentire su quelle labbra divine i suoi stessi pensieri, le sue stesse idee. Aveva perduto per sempre quella meravigliosa fanciulla, ne era certo; e il pensiero che a quell'ora probabilmente era già la sposa di Lord Ruinigis, contro sua volontà, aggiungeva l'amaro veleno della gelosia al suo dolore.

Tuttavia non ne parlò più con Lord W'Unker, temendo di addolorarlo, anche se era certo che suo padre percepiva perfettamente il suo rimpianto attraverso quel sottile legame che univa le loro menti, che negli ultimi tempi era diventato sempre più forte; cercò invece più volte di capire cosa lo avesse spinto al ritorno e che cosa si aspettasse da questo, ma per molti giorni il Duca evase scontrosamente la sua curiosità.

"Sono tornato perché dovevo farlo, né era possibile altrimenti" proruppe alla fine, quando già s'intravedevano le coste di Tork. "Ancora la rocca del destino tesse il mio futuro, e io so che ora posso, devo riprendere il disegno che Forze Oscure lacerarono. Non è in Norlandia, è sui Mari Interni che sarò chiamato di nuovo a decidere, anche se la mia scelta coinvolgerà tutta Thelene".

Tacque e chinò il capo, confuso, passandosi le mani tra i capelli e con lui tacque Gofrid, segretamente turbato, perché in quelle parole ritrovava l'eco della visione profetica che aveva avuto a Wan Tunhe.

"Molti anni fa fu gettata la trama," riprese il Duca, con occhi allucinati, "ma Valmar cadde e con la sua caduta la squarciò. Ora fili diversi s'intrecciano e ancora il Rinnegato sarà chiamato a scegliere. La spola va e viene, figlio! Ma è la scelta di Colui che tradì che darà forma e colore al disegno, chiamando tutti i fili a unirsi o a dividersi, secondo l'immagine che la sua decisione formerà. Tesse la rocca, tesse, instancabile... il fato m'incalza e l'arazzo muta forma e colori. Nuovamente, suona l'ora del mio destino".

S'azzittì di colpo e si alzò in piedi, andando verso l'oblò, al quale appoggiò la fronte, celando il viso al figlio.

Il giovane Magio, che ormai aveva riconosciuto la sua predizione nelle frasi confuse del padre, temette che l'uomo stesse per cadere in uno dei suoi spaventosi deliri, e preferì tacere.

Dopo qualche minuto W'Unker gli si avvicinò di nuovo, gli diede un'occhiata quasi di scusa, sfiorandogli la testa bionda con un gesto che era un'impacciata carezza, e tornò ai suoi studi senza una parola, né il ragazzo, timoroso di fargli del male, gli chiese più nulla.

Cercò invece di affrontare con Iulo il problema del futuro suo e dei suoi uomini, ma il suo amico continuò a sfuggire quell'argomento, preferendo concentrarsi sulla moglie e sul figlio che aspettavano e rimandando ogni decisione al loro arrivo alle Isole.

"Ragazzino," ribatté infine al giovane ansioso, che gli chiedeva di aver fede nel futuro. "non si tratta di fede, ma di contanti, in qualunque modo vuoi chiamarli. Non ne avevamo molti prima, e adesso siamo a secco. Certo, non ci mancheranno le offerte d'imbarco, ma non ti nascondo che sarà dura, soprattutto per tua sorella, costretta ad attendermi a terra, non so neanche dove, con il bambino! Per non parlare del problema del nostro Duca! Senza la *Procellaria*, non so dove andrà a finire. Guarda, se servisse a qualcosa, mi romperei la testa contro quella murata!"

E, senza ascoltare le incerte parole di conforto del Magio, se n'andò a raggiungere Giselda in cabina.

Ma alle spalle del giovane Guerriero, addolorato e disorientato, si levò invece, sommessa ma non per questo meno potente, la voce di Lord W'Unker, che, salito silenziosamente in coperta, aveva udito l'ultima parte del dialogo.

"Il Duca di Rocca d'Ombra paga sempre i suoi debiti. Ricordatelo, Gofrid".

Il giovane si voltò vivamente, pronto a chiedere, ma già l'alta figura si era allontanata senza che neppure una tavola della tolda scricchiolasse sotto il suo peso e curiosità e speranze del ragazzo naufragarono contro il gelido muro dell'abituale scontrosità paterna.

***

L'autunno era ormai tanto avanzato e rigido da poter essere chiamato inverno, quando le due navi, prima la *Danzatrice* e poco dopo la *Farfalla,* giunsero in vista delle coste di Zilliana.

La prima cosa che tutti avevano notato avvicinandosi alle terre dei Mari Interni era che il caldo snervante, che alla partenza le opprimeva senza dar requie, era cessato.

Ma non si rallegrarono per molto, perché si accorsero ben presto che a quell'anomala calura era subentrata una pioggia continua, fitta, monotona che rendeva eternamente plumbeo il cielo e grigio il mare, dove tra le fiacche onde galleggiavano carcasse putrescenti di grandi pesci marini e, mano a mano che si avvicinavano alle coste, anche carogne di animali terresti.

"Come benvenuto in patria, è alquanto puzzolente" commentò Dano, giocherellando con l'unica treccina di Tigrana.

La giovane donna rise, dandogli ad ogni buon conto uno schiaffetto sulla mano, ma i suoi occhi erano seri.

"Temo che la situazione non sia migliorata, da quando sono partita" notò. "Per tutta l'ultima parte del viaggio non abbiamo trovato traccia del maestrale che in questo periodo avrebbe dovuto soffiare, aiutandoci nella navigazione. Per la potenza della Dea, abbiamo dovuto procedere per giorni e giorni solo a forza di remi, accumulando un bel ritardo!"

"Questo, per altro, ha comportato anche qualche piccolo, trascurabile vantaggio..." insinuò Dano e di nuovo la capitana rise, appoggiandosi a lui.

Li interruppe la voce di Tam, che, tanto per non perdere l'abitudine, si era arrampicato sulla coffa.

"Nave delle Guardie da mare di Zilliana in avvicinamento..." segnalò a gran voce "e batte bandiera a mezz'asta".

I due giovani, distratti dai loro gradevoli pensieri, si guardarono un attimo in faccia interdetti.

"Thoma di Zilliana!" esclamò poi Tigrana. "La vecchia regina è morta, ne sono certa!"

Era così, infatti, e lo confermò il guardiamarina zilliano incaricato di controllare carico e documenti.

Mentre i suoi uomini frugavano distrattamente nella stiva della *Danzatrice*, del resto pressoché vuota dopo tanti giorni di navigazione, il giovane ufficiale salì a bordo della *Farfalla*, dove lo attendeva anche la capitana Kirit, con tutta la sua documentazione. Era sembrato opportuno, infatti, che quella visita si svolgesse a bordo della nave terracquana che, trasportando dei diplomatici, godeva di particolari privilegi, tra i quali quelli di poter sottrarre all'ispezione l'alloggio dei politici isolani, cioè la cabina dove era rinserrato il Duca.

Gli altri erano tutti nel quadrato ufficiali e aspettavano con curiosità le notizie da Zilliana.

"Sua Maestà si è spenta nel sonno, senza neppure un'ora di malattia. Solo il giorno prima aveva ricevuto gli ambasciatori di Terbio per discutere un nuovo trattato commerciale" raccontò loro l'ufficiale.

"Ora per Zilliana si apre un periodo incerto" insinuò Giselda, ma sulla faccia del giovane si dipinse un sorriso beato.

"Oh, no! Gli dei sono stati misericordiosi con noi e hanno ispirato il santo figlio della nostra regina, il principe Narval".

"Il... che cosa?!" ringhiò Solea, alzandosi a metà dal suo seggiolone, il velo a terra, ma il guardiamarina ignorò quei segnali di tempesta e continuò, tranquillo. "Sì. Voi meglio di chiunque altro, Dama Min, conoscete quell'uomo santo! Da molti anni si era rinchiuso in un eremo, dedito soltanto a pie pratiche, in compagnia di pochi eletti confratelli, ma la morte della madre e il pericolo del suo popolo hanno commosso quel nobile cuore. Per noi ha rinunciato alle sue estasi religiose e si è rassegnato a riprendere il suo posto nel mondo".

"Ah! Certo, certo. Nessuno meglio di me può conoscere la santità di quell'anima, le pie pratiche cui si assoggetta e il tipo di estasi religiose che è in grado di provare! Soprattutto se ha con sé pochi ed eletti confratelli, come dite voi. Ma, ditemi, il popolo di Zilliana come ha accolto il ritorno del principe?"

La voce di Solea era melliflua, ma il piedino, calzato in un solido ed elegante stivaletto, batteva nervosamente il tavolato e gli occhi verdi lanciavano fiamme.

Senza accorgersi di niente, il marinaio si schiarì la voce, commosso.

"Con la massima gratitudine e il più grande fervore!" assicurò. "Già dovunque si dice che è lui l'eroe predestinato a salvare i Mari Interni dalla maledizione che li ha colpiti, e i cui tristi risultati potete purtroppo vedere anche qui, in queste acque! L'Oracolo delle Tre Pietre..."

"Davvero? Ma che bello!" Solea digrignò i denti, con una luce pericolosa negli occhi, ma prima che potesse aggiungere qualcosa insorse Gofrid.

"L'Oracolo delle Tre Pietre? Che cosa vuoi dire?"

Impressionato dall'abito di Guerriero Consacrato che il giovane rivestiva, nonché dalla sua ragguardevole statura, il guardiamarina smise subito i suoi accenti profetici per tornare a parlare come un semplice marinaio.

"Non è che ne sappia molto, Consacrato! A Bosco Sacro le Tre Pietre hanno parlato alla divina Aleja; nel loro responso è chiuso il segreto delle sciagure che hanno colpito le terre dei Mari Interni e, a quanto si dice, tutta Thelene. Io non so altro che questo, ma molti a Zilliana pensano che non a caso in questi difficili momenti ci è stato donato un principe, nostro futuro re, di una tale santità!"

Ma se Gofrid, dopo le prime parole, non lo aveva più ascoltato e si era ritratto tra i suoi amici, con il viso pensieroso, Solea continuò a imperversare, mentre la piccola ruga tra gli occhi diventava sempre più decisa.

"E il vostro venerabile principe ha deciso di accettare il trono?"

"Certamente!" annuì il guardiamarina, con l'entusiasmo scritto in faccia. "E senza dubbio, se volete, voi potrete ottenere la grazia di parlargli e di vederlo".

"Non ne dubito" rispose, asciutta, la Dama. "Ma non lo vedrò. Ritengo di aver approfittato anche troppo di questa grazia durante gli anni del nostro matrimonio. Mi sono stati sufficienti... Più che sufficienti. Ma sentiamo, invece... Il Lord ammiraglio è sempre Talter? E il conte di Vernail è ancora alla capitale? E il generale Belfer? Anche il marchese di Froye? Sì? Molto bene. *Questi*, li vedrò senz'altro".

E senza badare allo stupito ufficiale, né ai suoi allibiti amici, marciò decisa verso la sua cabina.

"Ber-tra-do! Sveglia la mia cameriera – in mare dorme sempre – che si dia da fare per dar aria ai miei vestiti migliori! Allegri, si va a corte!"

***

La capitale di Zilliana, Tornal, era stata edificata su un'ampia pianura che digradava fino al mare, dove sorgeva il porto, diviso dalla città vera e propria dall'antica cinta muraria che ormai, perso il suo ruolo difensivo, era diventata la sede dei più raffinati negozi di mercanti e artigiani. Nella zona attorno al bacino si potevano trovare tutti gli articoli necessari per la navigazione, oltre a un paio di magazzini che vendevano a prezzi generalmente molto vantaggiosi derrate alimentari, appositamente confezionate per durare nei viaggi per mare.

Sia la *Farfalla* che la *Danzatrice* avevano già previsto di farvi sosta, ma quello che nessuno aveva potuto prevedere era l'ostinazione con cui Dama Min difese la sua idea di andare a corte.

"Sento l'obbligo morale di rendere omaggio alla salma della regina Thoma" proclamò la Dama, tutta contrita, sfoggiando uno splendido abito di pesante velluto nero, discretamente ornato con piccoli fregi in giaietto e delicati pizzi, ma aggiunse subito, digrignando i denti, "E magari approfitterò dell'occasione per rivedere quei miei vecchi amici a cui ho già accennato. Voglio congratularmi con loro per la fortuna che toccherà a Zilliana con l'ascesa al trono del venerabile principe Narvel, già mio amato consorte. Sempre che poi diventi veramente re! In questi tempi non si sa mai".

"Ma, zietta, noi dobbiamo partire al più presto!" protestò Giselda, che con la treccia spettinata, il visetto pesto e l'abito azzurro stazzonato dopo tanti giorni di navigazione faceva un certo contrasto con la bella donna matura, elegante e sicura di sé che la stava guardando con tenerezza e un po' di rimorso.

"Dama Solea, il Console ci aspetta a Wan Tunhe" si lamentò Takab, chiedendosi perché le donne belle fossero anche le più capricciose.

"E a Wan Tunhe ci rivedremo presto, carissimi, ve lo prometto. Giselda, ti lascio in buone mani. Generale, anticipate voi al Console i risultati raggiunti dalla nostra missione, tanto, prima che sia riuscito a convocare un'assemblea pubblica, con tutta la pompa e la solennità che certamente riterrà necessaria, io sarò già arrivata. Mi bastano giusto pochi giorni, per ricordare alle memorie deboli le virtù di Sua Altezza Reale il principe Narval".

I due, che avevano accompagnato Dama Min a terra nella speranza vana di farle cambiare idea si guardarono in viso, sconsolati.

"Ma siete poi sicura che quei nobili signori di cui avete parlato, che rivestono le massime cariche del Regno, vorranno vedervi, ascoltarvi..." tentò di nuovo Takab, ma la gaia risata di Solea lo ammutolì.

"Certissima" dichiarò allegramente, regalandogli un buffetto sul naso. "Li conosco da parecchio tempo e piuttosto bene". Si interruppe e rise di nuovo gaiamente. "Anzi, bene senz'altro, benissimo! Mi vedranno e mi ascolteranno, ve lo assicuro; e porteranno i miei memori omaggi al mio caro ex maritino".

Con una carezza a Giselda e una stretta di mano al Generale se ne andò, lasciando dietro di sé una scia di raffinato profumo, seguita dalla cameriera e da un servo appena assunto, piegati in due sotto il peso dei suoi bauli; dietro di loro arrancava, verde in faccia, mastro Cordiera, che non sapeva se doveva rallegrarsi per esser sceso dalla *Farfalla*, infernale trappola sempre in movimento, o temere guai peggiori per futuro, nelle mani di quella imprevedibile, terribile donna.

Rassegnati, Takab e Giselda tornarono alla *Danzatrice*, dove trovarono tutti i loro compagni immersi nell'ennesima discussione, che aveva come sempre il Duca d'Ombra al suo centro, anche se, sempre come al solito, l'interessato era l'unico assente alla riunione.

"Il compito della *Farfalla* è quello di portare al più presto possibile gli ambasciatori isolani a Wan Tunhe e poi tornare a Terracqua, e la Dea sa che ho già perso anche troppo tempo. Se questo non sta bene a uno dei miei passeggeri, e non voglio sapere il suo nome né il motivo per cui non può sbarcare nelle isole, io non so che farci. Può restare a Zilliana. In ogni modo, io lo farò scendere dalla mia nave prima di rimettermi in viaggio per i Mari Interni" stava dichiarando il capitano Bastil, seccato. E, sordo al boato di protesta che seguì alle sue parole, aggiunse, alzandosi e dirigendosi verso la porta del quadrato ufficiali, "Questo è quanto. Ora torno sulla *Farfalla* per sovrintendere agli ultimi preparativi per la partenza, prevista tra due giorni, e aspetterò là la vostra decisione".

"Un bel problema! Io devo andare a Periss e contavo di accompagnarci la gente della *Procellaria* con Dama Giselda, il capitano Iulo e Dano, che hanno dato là appuntamento al loro equipaggio e che là avranno modo di parlare della loro situazione con Gama Toreg e con i capi della nostra Confraternita. In queste acque non avrei nessuna difficoltà a imbarcare qualche altro passeggero, visto che si tratta solo di poche ore di navigazione, ma il Duca è bandito dalle Isole Dorate" proruppe Tigrana, dopo che Bastil era uscito.

"Non credo che Gama Toreg si scandalizzerebbe, se anche lo portassimo a Periss con noi!" interloquì subito Iulo, ma Dano gli mise una mano sul braccio. "Hai ragione, fratello; anzi, io penso che ne sarebbe contento, ma non altrettanto gli abitanti di Lameth, di Capo Folgore e di Capo Saetta!"

"Già, l'Artiglio di Fuoco non ha lasciato proprio un buon ricordo da quelle parti, anche se buona parte delle colpe che gli vengono addossate spetterebbero invece a Raint e a Selter" ammise il capitano della *Procellaria* di malavoglia.

"Bisogna che non sia più a bordo, quando varcheremo lo stretto di Lameth" ribadì Tigrana.

"Ma lui insiste per tornare alle Isole Dorate!" s'interpose Giselda, subito rintuzzata dal cognato.

"E come, se dalle Isole è bandito, pena la vita?"

Tutti gli occhi si volsero interrogativi a Gofrid che si passò le mani tra i folti capelli, respingendoli indietro, imbarazzato.

Lord W'Unker aveva lasciato Kalatur e la Norlandia, apparentemente spinto dalla necessità ineluttabile di tornare alle Isole Dorate e aveva ribadito questo suo dovere anche con Iulo, quando si erano ritrovati sulle spiagge di Guyrn, dopo il tragico naufragio della *Procellaria*. Non aveva però rivelato nulla di più, neppure al figlio, neppure nei lunghi giorni del viaggio, e non aveva aperto bocca per spiegarsi e per indicare cosa voleva fare neanche durante quell'ultima sosta.

Il giovane Guerriero si strinse nelle spalle e scosse la testa.

"Non guardatemi, non ne so più di voi" si schermì. "Sapete come è fatto!"

Lo sapevano, e sospirarono tutti.

"Comincio a impararlo anch'io!" brontolò la Kirit, sbuffando. "Ora però deve uscire dalla sua torre d'avorio e degnarsi di scendere tra i comuni mortali. La *Farfalla* ripartirà domani, senza di lui, e io vado a Periss. Dovrà restare a Zilliana, non vedo altra soluzione".

"Se lo accettano. Anche questo paese si era adeguato alla decisione dell'Assemblea delle Isole" ricordò ancora Dano, scettico, ma il giovane Magio tagliò corto, reprimendo uno scatto di collera.

"Gli parlerò; forse, mentre noi stiamo a scervellarsi, lui ha già una soluzione pronta".

Ma quando tornò a bordo della *Farfalla,* W'Unker stava già chiudendo il suo baule; la cabina dove avevano passate tante ore assieme a studiare, a discutere, a progettare, privata dei libri, degli strani strumenti, degli appunti e dei disegni, era ritornata anonima e al ragazzo sembrò vuota.

Alle pressanti richieste di Gofrid il Duca si strinse nelle spalle.

"Io so che tutto è iniziato sui Mari Interni e che deve finire qui, dove Valmar cadde e tradì" disse soltanto. "Altro non conosco, che possa aiutarci. Oscure sono le vie del fato, figlio, o forse ancora incerto è il futuro".

Gli orecchi ben tesi, pronti a cogliere il primo accenno di quei deliri di cui serbava un funesto ricordo e a bloccare subito il discorso, Gofrid cercò ancora, senza risultato, di sondare W'Unker.

"Se non posso sbarcare alle Isole, né a Zilliana, vuol dire che debbo scendere a Tork o ad Arso" sbottò alla fine l'uomo. "Sbarcatemi là, e là aspetterò".

"Aspetterai che cosa, padre? Che cosa?!"

Ma, come se neppure lo sentisse o lo vedesse più, il Duca, scovato un piccolo rotolo di disegni dimenticato, si stava dando un gran da fare a sistemarlo in una bisaccia.

Rassegnato, Gofrid tornò dai suoi amici.

La soluzione più ovvia sarebbe stata scendere a Tork, data la sua vicinanza con Zilliana, ma il funesto ricordo di Sighart e della sua alleanza con il Duca d'Ombra inquietava ancora Gofrid, che alla fine chiese alla capitana Kirit di allungare il suo viaggio fino a Terbio per far tappa a Tamaldo, dove W'Unker avrebbe potuto finalmente scendere a terra.

Tigrana storse un po' il naso, anche se Periss non era molto distante da quel grande scalo. "Sei sicuro che poi non ci saranno difficoltà anche là?" chiese, diffidente, e il musico si strinse nelle spalle.

"No, naturalmente; finora non abbiamo mai avuto problemi con i Potentati di Arso. Al massimo, ci sarà da allungare qualche mancia".

"Aspetta! C'è di meglio. Nella sua collezione di mariti, Solea annovera anche un sultano arsiano, Calidano; morto da molti anni, è vero, ma sono sicura che la mia madrina ha ancora qualche buona conoscenza da quelle parti e che potrà aiutarci" esclamò Giselda, molto sollevata all'idea di trovare un appoggio, ma le parole successive del fratello smorzarono di molto la sua contentezza.

"Splendido! Manderemo subito un messaggio a Corte e intanto preparerò anch'io i miei bagagli. Sbarcherò ad Arso con lui, naturalmente".

Vide la delusione nei begli occhi azzurri della sorella ed esitò un momento, pensando alle sue condizioni, ma vinse l'ansia per il padre, quell'ansia che aveva condizionato tutta la sua vita.

Tre giorni dopo, poche ore prima della partenza della *Farfalla* per Wan Tunhe, giunse la risposta di Solea.

Aveva perseguitato con le sue richieste tutti gli ambasciatori arsiani presenti a Tornal e alla fine, quando già stava per rinunciare, proprio quello di Terbio, che inizialmente l'aveva liquidata piuttosto freddamente, le aveva fatto avere i sospirati permessi.

"*Sembra* – scriveva la Dama – *che si sia messo in mezzo un personaggio molto influente, anche se non so immaginare chi, e sì che di immaginazione ne ho molta! Per la verità, c'è qualcosa che mi sfugge in tutto questo affare, comunque...*"

"In ogni modo questa è l'unica soluzione esistente, e quando la soluzione è una sola, allora è per forza anche la migliore" sentenziò Dano e gli altri, a corto di argomenti, finirono con il concordare con quella sua filosofia spicciola.

La compagnia si preparò a dividersi di nuovo: Gofrid e il Duca erano già pronti per sbarcare a Terbio e, non fosse stato per la sorella, il giovane Magio sarebbe stato felicissimo all'idea di vedere gente nuova, nuovi costumi, nuove terre al fianco del padre.

I fratelli Lant aspettavano con impazienza di incontrare a Periss il loro vecchio equipaggio e Gama Toreg, dal quale speravano un qualche aiuto e Giselda, sorda a ogni esortazione, decise di restare con loro anziché continuare il viaggio con la *Farfalla*. Invano Gofrid intervenne, pregandola caldamente di unirsi invece a Zelmir e Takab e di andare con loro a Wan Tunhe, dove certamente Aleja si sarebbe presa cura di lei: la ragazza, forse ancora indispettita per la sua defezione, si impuntò nella decisione di restare con il marito.

"Iulo è il padre del mio bambino, fratello, ed è giusto che io divida con lui questi momenti! E poi, la data del parto è ancora lontana e certo faremo a tempo a venire anche noi a Wan Tunhe, tutti assieme" gli rispose, un po' brusca. Affettava una sicurezza che non provava, perché in realtà da qualche giorno percepiva un disagio, quasi un incomprensibile malessere nel piccolo che cresceva in lei, ma facilmente si convinse che si trattava solo della sua stanchezza, e rimase al fianco del marito.

Clorinda, Pyvor e Tam avevano deciso di seguire i loro antichi comandanti a Periss, anche loro molto preoccupati per il futuro dopo il naufragio della *Procellaria*, ma all'appello mancava Nira.

L'imprevedibile ragazzina, che durante i lunghi giorni di navigazione aveva riversato senza risparmio nelle interessate orecchie di Zelmir tutti i pettegolezzi di cui era a conoscenza su Dano ed Elear, con il casuale supporto dell'altra lingua lunga di bordo, Tam, senza chiedere il permesso di nessuno aveva accettato l'invito del principe di tornare subito a Wan Tunhe con lui, sulla *Farfalla*.

"*Vediamo se questa pettegola sarà capace di fornire qualche buon argomento di riflessione al mio collerico padre!*" pensò il giovane, fregandosi le mani e pregustando lo smacco dei piani matrimoniali di Xamir, mentre Nira, rassicurata sulla genuinità del titolo di Zelmir e molto soddisfatta di sé, fantasticava confusamente di corone e nozze principesche o di titoli nobiliari e ricchissimi regali. La soddisfazione di Pyvor, invece e soprattutto quella di Tam era pressoché nulla, ma tanto nessuno aveva chiesto, né chiese, il loro parere.

Capitolo undicesimo

TAMALDO

Tamaldo, capitale di Terbio, era il più grande porto di tutto il Mare Profondo, da sempre punto d'incontro di diverse genti e culture, e ricchissimo scalo commerciale.

Nelle sue vie e sotto le ampie volte a cupola dei suoi sette grandi mercati si potevano trovare merci e articoli di qualsiasi tipo provenienti da tutta Thelene, dalle sete leggerissime di Anaxj fino alle pellicce della Norlandia, dai più raffinati profumi e belletti alle famose lame proprie del paese, dagli impetuosi corsieri di Taveno fino agli schiavi, uomini, donne e bambini offerti a prezzi diversi secondo le diverse abilità, la bellezza e la forza.

Durante le aste che venivano regolarmente indette nei mercati coperti, correvano fiumi di denaro per una merce rara o un prezioso stallone o uno schiavo che aveva risvegliato l'interesse dei compratori, o semplicemente per il capriccio, le ripicche, le rivalità dei clienti.

Banditori, accompagnati spesso da musicanti e saltimbanchi, percorrevano incessantemente le vie della città, vantando a voce altissima i pregi della merce che offrivano, invitando la gente a venire ai loro banchi; e al loro fianco, più discreti ma non meno numerosi, si muovevano sensali, capaci di proporre e di concludere qualsiasi affare, dalla compravendita di navi e palazzi fino all'acquisto di un nome o di un titolo, e da un regolare matrimonio alla compiacenza di un amante, maschio o femmina che fosse, fino alla morte di un nemico.

Perché a Tamaldo tutto si vendeva e si comprava e tutto aveva un prezzo; e la vita di un uomo valeva quello che il suo nemico era disposto a pagare.

Attorno ai sette mercati, che erano il cuore pulsante della città e le cui cupole, luccicanti di vetri colorati o dorate, si scorgevano fin dall'imboccatura del porto, si aggrovigliavano strade, viuzze, cortili, piazze sorti senza un piano preciso, serrate da edifici spesso stretti e molto alti, sovrastati da pinnacoli e guglie variamente colorate o decorati con metalli preziosi.

Ma le strade erano mal tenute e sporche, ingombre di avanzi, di imballi, di sudiciume scagliato dalle finestre; a fianco dei lussuosi palazzi si accumulavano spazzature e rifiuti e non era raro vedere ricche portantine precedute da servi con l'incarico di ripulire la via che i loro padroni dovevano percorrere.

Ai margini della città vera e propria, sorgevano poi miserabili baracche, accampamenti fatiscenti e luridi dove si ammassava la gente che l'opulenta Tamaldo aveva emarginato e che pure ancora di Tamaldo viveva; e da là spesso nascevano le epidemie che periodicamente svuotavano la prosperosa città.

Nei ricchi mercati, nelle strade e nelle piazze sporche e sovraffollate, nei pericolosi vicoli e nelle taverne che si vantavano di poter offrire qualsiasi cosa ai viaggiatori, si muoveva una folla chiassosa e cosmopolita, affascinata e sedotta dalle roboanti promesse di acquisti mirabolanti, stordita dall'olezzo delle spezie, dei profumi, degli incensi e dei cibi fortemente aromatici che venivano offerti in ogni angolo.

Molti erano gli Arsiani, diversamente vestiti e adorni secondo il Potentato da cui provenivano, ma quasi tutti con capelli e occhi neri e con la pelle che andava dall'ambra appena dorata degli Anaxeti al caldo bronzo dei Terbiani, fino al colore bruno dei nativi della misteriosa Ul Sanam, che si diceva essere il cuore del culto del Dio Velato.

Accanto a loro si potevano vedere anche molti Isolani, chiari di pelle e generalmente di statura più piccola e di corporatura più snella degli Arsiani, per lo più vestiti con il costume dei Liberi Naviganti o con il loro stemma ricamato sul farsetto, ma non mancavano i robusti Torkiani dalle barbe ricciute e gli occhi chiari e persino i Rutlani, alti e con i capelli rossi o biondi.

Ovunque risuonavano richiami, offerte, proteste in tutte le lingue e in tutti i dialetti, in una confusione di rumori e di accenti che assordava e stordiva. Neppure la notte portava la quiete e il silenzio perché, al declinare del sole, migliaia e migliaia di luci si accendevano in tutta la città, fossero lampade dai preziosi vetri colorati, candele dall'estenuante profumo o semplici torce, perché l'oscurità non fosse di ostacolo alla frenetica vita di Tamaldo.

E se i vicoli più stretti, le stradine più lontane dai mercati restavano al buio, era perché molto spesso in quelle tenebre venivano soddisfatti quei macabri patti che erano stati discussi e siglati sotto la luce del sole, nella confusione del mercato.

Proprio pensando che in quella caotica città nessuno avrebbe fatto caso a loro, i D'Aurel avevano deciso di scendere a terra là, e, lasciati a bordo della *Danzatrice* la maggior parte dei loro bagagli e preso congedo dai compagni, che erano subito ripartiti diretti a Periss, si erano avviati verso i mercati, portando con sé soltanto una sacca per ciascuno.

"Non sono mai stato qui. Conosco un poco le coste orientali di Arso, ma non avevo mai messo piede a Tamaldo e non ho mai visto una simile confusione, neanche nei giorni di mercato a Wan Tunhe!" esclamò Gofrid, il viso sorridente e gli occhi intenti, pronti a cogliere ogni attrazione, ogni curiosità, ma W'Unker, che camminava due passi davanti a lui, aprendosi la strada con decisione, una smorfia di altezzosa insofferenza sulla faccia sfregiata, l'ammonì con un basso brontolio.

"Cammina dritto, senza fermarti a guardare tutte queste cianfrusaglie o non ci libereremo più dai loro venditori. Questa città va sempre peggio".

Con un ultimo sguardo di rimpianto a una tunica verde decorata da piccoli scarabei dorati, che a suo parere sarebbe stata d'incanto a Giselda, il giovane raggiunse il padre.

"È una grande città mercantile..." esclamò, cercando di difendere le attrattive di Tamaldo.

"Giusto. È una città che per qualche moneta è disposta a cedere il braccio dei suoi figli e l'onore delle sue donne, perché prima ancora ha svenduto se stessa. Qui puoi avere qualsiasi cosa, basta pagare: il denaro è l'unica misura del valore di un uomo".

Ammutolito, Gofrid gli si mise al fianco, ma i suoi indisciplinati occhi continuarono a volgersi ai ricchi banchi, alle belle merci esposte con sapienza, ai mediatori che scivolavano furtivi tra la gente, sorridendo e annuendo complici, alla folla che si affastellava nelle strade, rendendo difficile il passo persino al Duca.

"Stai attento!" scattò questi dopo un poco e, alzando un sottile sopracciglio, gli additò una figura mezza nascosta da un ampio barracano bianco e verde che scivolò subito a confondersi con la gente che aveva intorno. "Quel tizio ti sta seguendo. Siamo stati imprudenti, avrei dovuto obbligarti a indossare qualcosa che ti coprisse il viso e i capelli".

La destra di W'Unker si chiuse saldamente sul braccio del giovane, ma Gofrid scosse la testa, improvvisamente pensieroso.

"Avevo avuto anch'io l'impressione che quell'uomo ci seguisse, ma pensavo che fossi tu ...".

"Io? Con questa faccia..."

"Appunto. Sei facilmente riconoscibile per le tue cicatrici, non bastasse il resto! E in fondo noi non sappiamo ancora chi era il vero mandante del tuo rapimento, nel quale in ogni modo erano immischiati degli Arsiani".

Il Duca si fermò bruscamente, causando la caduta dei due mendicanti che lo tallonavano sopra un largo paniere pieno di fiori e frutta, piagnucolando, e si passò le mani tra i capelli, fissando perplesso il figlio.

"Giusto, hai ragione" ammise infine. "E non fare quel viso trasecolato, come se fosse la prima volta che te lo dico! Sarà bene andare subito alla locanda che la capitana Kirit ci ha consigliato. Vediamo se il nostro sconosciuto amico ci segue fin là, nel qual caso..."

"Lo acchiapperemo e sentiremo che musica canta!" concluse per lui Gofrid e i due, tenendosi vicini, si affrettarono verso la "*Luna Rossa*", un locale gestito da una coppia conosciuta da Tigrana.

Il Duca, che sembrava orientarsi abbastanza bene in quel dedalo di strade e stradine, vi arrivò facendo un ampio giro, seguendo vie tortuose e poi un ripido viottolo che finiva in una piazzetta polverosa, dominata da una grande fontana asciutta, divenuta in pratica una discarica, e da un edificio alto, dai fastosi ornamenti in stucco dorato, che contrastavano con gli infissi sconnessi e il mucchio di rifiuti accumulato sotto le finestre del pianoterra.

Un grande disco rosso e oro dondolava sulla porta d'ingresso, dalla quale uscivano grida avvinazzate, cori, la musica ossessiva dei tamburelli e zaffate di odori grevi.

"È questa, credo" disse Gofrid, additando l'insegna e W'Unker arricciò il naso.

"Temo di sì" annuì con faccia stomacata.

"E allora coraggio! Entriamo. Mi sembra che siamo riusciti a seminare il nostro inseguitore".

"Forse. O forse non seguiva noi".

Parlando così scostarono la pesante tenda che copriva la porta e, tra il lieve tintinnare dei campanellini di rame e ottone che vi erano cuciti sopra, entrarono in una sala molto grande, dove solo le arcate che sorreggevano il soffitto fungevano da divisori. Il banco era nel mezzo; al suo fianco, una malconcia scaletta di legno portava ai piani superiori, dove probabilmente si trovavano le camere per i viaggiatori.

Nonostante la sua ampiezza, la stanza era piena zeppa: tavoli, panche, sedie erano stipate di avventori, quasi tutti uomini. L'oste, un ometto di piccola statura con una corona di capelli castani attorno al cranio calvo e due allegri occhi celesti nella faccia tonda, spariva quasi dietro al banco attorniato di clienti, mentre la moglie, alta, grossa e robusta, correva tra un tavolo e l'altro, un occhio agli avventori e uno alle due serve e al cameriere che l'aiutavano.

Tutti i presenti parlavano, cantavano, gridavano ordini senza badare al chiasso e alla confusione che regnava intorno; dappertutto si vedevano grossi vassoi pieni di carne gocciolante unto e condimenti speziati, accompagnati da legumi lessi o da verdure stufate nel grasso della carne, e i pesanti bicchieri di peltro venivano continuamente riempiti della birra agrodolce di Tork, del vino mescolato al miele di Arso e perfino del raro e costoso vino delle Isole. Non mancavano neppure gli infusi fortemente aromatizzati tipici del paese, dall'odore tanto penetrante e dolciastro da far pensare che vi fossero state aggiunte erbe dagli effetti allucinatori o stordenti.

Mentre il Duca, senza guardarsi intorno, ma con un'espressione così dura e altera da scoraggiare ogni approccio, si dirigeva al banco, aprendosi la strada tra gli avventori senza fare molti complimenti, Gofrid continuò a restare indietro, fissando con interesse ora una comitiva particolarmente pittoresca, ora un giocoliere. Quando poi si trovò vicino a un gruppo di Arsiani intabarrati in uno strano costume, che suonavano una melodia lenta e ossessiva su degli strumenti a fiato, accompagnati dal ritmico rullio di due piccoli tamburi, non resistette più e si avvicinò agli avventori che avevano fatto cerchio attorno a loro, trascrivendo mentalmente la strana musica.

Immediatamente, sommessa ma perfettamente udibile, risuonò la reprimenda di W'Unker. "Gofrid! Vieni qua. Cerchiamo di farci dare delle camere decenti e togliamoci a questa confusione". La voce profonda si interruppe un attimo, mentre un'espressione di incredulità e di sconcerto si dipingeva sul volto sfregiato. "O forse a te piace, questo caos? Pare proprio di sì. Strano".

Lentamente, il giovane lasciò i suonatori e tornò al fianco del padre.

"Mi incuriosisce, mi stimola" ammise. "Ci sono genti, costumi, persino strumenti e musica di cui non ho mai sentito parlare! Vorrei conoscerli, capirli..."

Con una smorfia di disprezzo, il Duca gettò del denaro al sorridente oste e indicò la scala al figlio.

"Andiamo. Forse nelle stanze si sentirà meno il chiasso. Per l'odore non ho speranze".

Gofrid sospirò, diede un'occhiata bramosa alla vivacissima sala e seguì il padre, obbediente... ma mezz'ora dopo, cambiati i vestiti e presa con sé la sua piccola arpa, scese nuovamente in mezzo alla tanto disprezzata baraonda, ben deciso a godersela tutta e a fare del suo meglio per aumentarla.

Ben serrato nella sua stanza, il Duca brontolò piano di malumore, perfettamente consapevole che il figlio era nella sala, poi aprì il suo bagaglio, ne estrasse alcune vecchie pergamene malconce e si dedicò a decifrarle.

Due ore dopo le sue meditazioni furono disturbate dallo scalpiccio di Gofrid, che saliva, rapido e leggero, la malferma scaletta. Si aspettava che filasse in camera cercando di non farsi sentire, invece lo scalpiccio si fermò alla sua porta, che risuonò per un colpo leggero ma deciso.

"Padre, sono sceso giù, per fortuna..." cominciò il giovane, non appena entrato, ma W'Unker lo interruppe, brusco.

"Me n'ero accorto" E poi, con un lieve sobbalzo, "Per fortuna?"

"Sì. Il nostro amico deve averci seguiti, dopo tutto; poco fa è arrivato anche lui alla *"Luna Rossa"*, con altri abiti e un nutrito gruppetto di compagni, tutti armati fino ai denti".

Con calma, W'Unker riunì le sue carte, infilò la pila ordinata in un cassetto e solo allora levò gli occhi sul figlio che lo guardava impaziente.

"Capisco" disse tranquillamente, i gomiti sul tavolo, il mento appoggiato sulle mani riunite, mentre Gofrid l'incalzava.

"E cosa pensi di fare? Tra l'altro, tu non sei neppure armato! Ce l'ho io, la tua spada... Prendila, io ho due pugnali".

Con un fuggevole sguardo di rimpianto gli porse la grande Spada Nera che da tempo ormai si era abituato a portare, ma il Duca alzò la destra, rifiutandola, l'ombra di un sorriso sul viso.

"No. È stata tramandata, ormai. È tua". Il sorriso divenne appena più visibile, gravido di ricordi e di allusioni, e l'uomo continuo, sommesso. "Accettala, la porterai con onore".

Anche Gofrid, nonostante l'inquietudine che la vista di quegli uomini armati gli aveva ispirato, non poté esimersi dal sorridere, e prima di rimetterla nel fodero, baciò la lama della spada di W'Unker, guardandolo negli occhi.

"E ora?" gli chiese.

"Ora mi darai un pugnale, più che sufficiente per il Duca di Rocca d'Ombra, e torneremo insieme in sala. Non voglio che vengano qui, ho una leggera idiosincrasia per le aggressioni in ambienti stretti, senza vie d'uscita".

Dicendo così scostò la tenda e gli mostrò le imposte, inchiodate; poi, fianco a fianco, i due uomini scesero nella sala comune.

Nonostante fosse ormai notte fonda, la quantità di persone nella stanza era sempre molto alta: non c'era un tavolo libero e gli avventori si ammassavano così numerosi attorno al banco, che si scorgeva appena il cranio pelato dell'oste, mentre sua moglie continuava a correre su e giù zoppicando, dopo essersi tolta gli zoccoli dai piedi gonfi e dolenti.

"Quegli uomini sul tavolo in angolo... guarda quello più alto, con il copricapo rotondo! È lui, il nostro misterioso inseguitore".

"Vedo".

"Possiamo uscire, per vedere se ci seguono ancora, e farci spiegare per benino cosa vogliono".

La mano di Gofrid si strinse inequivocabilmente sull'elsa della Spada Nera, ma il viso del Duca rimase pensieroso.

"Una zuffa fin dal nostro primo giorno a Tamaldo non è esattamente ciò che intendevo, quando ho parlato dell'opportunità di non farci notare".

"Hai ragione, ma se costoro sono qui per noi, è meglio saperlo subito, e meglio fuori di questo locale, dove potrebbero andarci di mezzo degli innocenti".

"Che però servirebbero da diversivi e poi da testimoni".

Dicendo così W'Unker si mosse risoluto verso l'angolo, gettando indietro con un movimento altero delle spalle il leggero mantello che portava, a mostrare l'elsa del pugnale; Gofrid non era affatto d'accordo, ma in un secondo gli fu al fianco, serrando la Spada Nera.

Vedendoli avanzare, gli uomini seduti al tavolo deposero i boccali e tacquero, lanciandosi occhiate incerte; poi l'uomo alto, che sembrava il capo della combriccola, si alzò e improvvisamente il baccano calò di tono, mentre gli avventori vicini accennavano ad allontanarsi, portando con sé bicchieri e piatti.

Dalla sua postazione l'oste segnalò la stranezza alla moglie, indaffarata nell'angolo opposto, ma prima che il donnone si muovesse sulla porta d'ingresso apparvero quattro guardie armate che portavano l'insegna del Potentato di Terbio. Alle loro spalle una leggiadra portantina, chiusa da molteplici cortine di sottile seta multicolore ed elegantemente decorata con uno stemma ignoto ai due D'Aurel. Altre quattro guardie e due servitori o schiavi con i bagagli completavano il piccolo corteo.

Nel vederla, o forse nell'accorgersi che era scortata dalle Guardie del Potentato, l'uomo alto, che per un momento aveva fronteggiato il Duca, tornò a sedersi e mormorò qualcosa ai suoi soci, che ripresero in mano bicchieri e carte, apparentemente disinteressandosi dei D'Aurel.

"Facili da dissuadere! Troppo, forse" mormorò W'Unker, mentre Gofrid si voltava, curioso, verso la lettiga.

Gli schiavi l'avevano messa a terra e subito una guardia era corsa a scostare le tende, offrendo la mano ai viaggiatori per aiutarli a scendere, mentre anche l'ostessa, che si era rimessa in fretta gli zoccoli, si avvicinava con faccia rispettosa.

Scese prima una donna alta, dall'età indefinibile, anche perché strettamente avvolta in un barracano scuro, senza alcun ornamento, cosa che contrastava con il suo portamento altero; dietro di lei, apparve una fanciulla sottile, che teneva tra le piccole mani la sfera d'oro dei nobili che godevano la protezione del Sultano di Terbio.

Era ammantata in un lungo, serico velo di un pallido rosa, che non bastava a velare il bagliore degli occhi scuri e lo splendore della chioma nera, trattenuta da un cerchio dorato sulla fronte e poi sciolta in molli riccioli per le spalle e la schiena.

L'oste si precipitò a inginocchiarsi davanti a lei, blaterando qualcosa sull'essere a suo completo servizio, mentre il clamore diventava un interessato brusio e molti avventori si scostavano per farle spazio.

Il Duca, che aveva continuato a tenere d'occhio l'uomo alto e i suoi, sentì al suo fianco il respiro del figlio farsi improvvisamente più veloce e si volse verso di lui, interrogativo, ma senza rispondere al suo sguardo il ragazzo avanzò di due passi e, fissando la rosea visione, esclamò incredulo.

"Lhamar!"

Un mormorio di stupore passò per la sala e le otto Guardie fecero il gesto di stringersi attorno alle due donne, ma la fanciulla le immobilizzò con un cenno imperioso e sorrise, radiosa, al giovane Magio.

"Gofrid! Gofrid..."

I due giovani rimasero a guardarsi un momento, immobili, e l'incredula felicità del musico parve riflettersi negli oscuri occhi dell'Arsiana, poi Lhamar tese le braccia verso di lui con un piccolo grido di gioia e il ragazzo fu ai suoi piedi, baciando le piccole mani che non si ritraevano e mormorando confuse parole di scusa.

"Lhamar! Milady... Io... Oh, perdonatemi! Me ne sono andato senza una parola, ma non vi ho scordata, mai! La vostra orchidea..."

"Ma perché, Gofrid? Perché non dirmi, non spiegarmi..."

Intanto la donna più anziana, data una lunga occhiata ai due, si era avvicinata all'oste, che in pochi minuti riuscì a liberare un tavolo contro il muro, attorno al quale sua moglie sistemò premurosamente un paravento. Allora la donna, nella quale il giovane Magio riconobbe vagamente l'ancella preferita di Lhamar, li invitò con un gesto ad accomodarsi là dietro.

Seduto su una panchetta, vicino alla fanciulla che aveva creduto perduta per sempre, sfiorando le piccole dita ingioiellate con le sue, inebriandosi dei suoi sguardi teneri e schivi al tempo stesso, il ragazzo cominciò a raccontarle la sua storia alla rinfusa, interrompendosi per cercare uno sguardo di consenso, un sorriso di comprensione, un fremito di interesse nei grandi occhi oscuri.

"È stato per mio padre, Milady! Voi sapete di chi sono figlio, vero? Sì, certo. Era l'Artiglio di Fuoco, però ora... Bene, questo non c'entra, adesso; andiamo con ordine. Ecco... Per lui ero venuto a Wan Tunhe, per sapere chi era il responsabile degli attentati, ma mi sbagliavo, le Isole non avevano colpa. Stupido! Intanto lo avevo lasciato a T'Ahai, presso Dama Solea, con i Lant e mia sorella Giselda, e là fu rapito. Mi avvisò Gama Toreg e io tornai di corsa e mi misi alla sua ricerca. Oh, è una lunga storia! Sono finito fino in Norlandia, ma poi, dopo Kalatur voglio dire..."

Ridendo Lhamar si premette le mani sulle orecchie.

"Pietà!" supplicò. "Non conosco un decimo dei nomi che mi hai citato e non riesco a seguirti. Calmati, abbiamo tutto il tempo che vogliamo per spiegarci! Ricomincia da capo... e io mi chiamo Lhamar, non Milady".

Ma Gofrid, con gli occhi ridenti, perché aveva capito che la fanciulla era più che disposta a perdonarlo, scosse la testa.

"No, Milady... no, Lhamar. Di solito sono bravo a raccontare le storie, ma questa volta proprio non mi riesce! Però, se permetti, ti presenterò mio padre e lui..." parlando si alzò e si volse, additandole il padre.

O meglio, lo avrebbe fatto se W'Unker non si fosse già da tempo defilato per rinchiudersi nella sua camera, cosa che non l'esentò lo stesso dall'estatica e accurata descrizione dell'incontro, che il figlio, risalito nelle loro stanze poco prima dell'alba, gli riversò inesorabilmente negli orecchi.

Il giorno dopo, nonostante che si fosse alzato abbastanza presto e si fosse precipitato in sala senza neppure pettinarsi, Gofrid non rivide Lhamar fino a pomeriggio inoltrato, ma poi bastò il sorriso raggiante con cui la fanciulla lo salutò a fargli dimenticare l'ansia e l'incertezza della sua lunga attesa.

La stanza era già piena di gente, di odori, di musica, ma i due giovani si sistemarono nuovamente nell'angolo dietro il paravento, dove li attendeva la solita ancella intenta, almeno in apparenza, a filare sulla sua rocca; si sedettero sulla panchetta della sera prima e ricominciarono a parlare.

"Scusami, amico mio... Posso chiamarti così, vero? Noi siamo amici!" cominciò la ragazza e all'impetuoso cenno di assenso riprese, fissandolo con tenerezza "Se avessi potuto fare a modo mio, sarei rimasta qui ad attenderti, ma sono qui per sbrigare delle faccende di famiglia, delle brutte faccende di famiglia".

La dolce voce morì in un sospiro e Lhamar abbassò le fitte ciglia sugli occhi non più sorridenti, scosse la testa in un'onda di serici capelli neri e tacque.

Si prolungò tanto a lungo, quel silenzio, che Gofrid, turbato e preoccupato, si protese verso di lei e osò prendere una manina tra le sue, sottili e affusolate ma molto più grandi.

"Lhamar, se è vero che mi consideri tuo amico, lascia che ti aiuti!" le disse con affettuosa premura. "Tu sei turbata, lo vedo... Non c'è nulla che possa fare per te? Neppure ascoltarti? Aiuta, talvolta".

Sempre con il viso basso e le lunghe ciglia a celare gli occhi, la fanciulla riprese, dopo un attimo di esitazione. "Io dovevo sposare Lord Ruinigis, lo sai! Questa era la volontà della mia famiglia e per questo ero stata mandata nelle Isole. Non lo amavo, non mi piaceva neppure, ma neppure mi repelleva e inoltre il vostro modo di vivere, infinitamente più libero, più gioioso di quello degli Arsiani mi affascinava, tanto che avevo deciso di accettare gli ordini dello zio, che mi ha allevato dopo la morte dei miei genitori. Avevo già conosciuto i tuoi amici, Gofrid, e da loro avevo sentito parlare di te, ma quando t'incontrai io..." Un incantevole rossore si sparse sulle guance appena dorate, sul bel volto subitamente confuso e, tutta rosea e turbata, la ragazza s'ammutolì.

Ma il Guerriero aveva sentito più che abbastanza; anche il suo viso si era colorato e fissò la fanciulla con occhi splendenti di incredula gioia.

"Lhamar! È mai possibile che tu... Che anche tu... Oh, Lhamar, vorrei essere un re per offrirti un trono, ma..."

La piccola mano si posò sulle sue labbra, ammutolendolo.

"Che mi importa di un trono, di qualsiasi trono!" esclamò impetuosamente. "Tu, tu solo m'importi!"

Gofrid baciò la piccola mano, che non lo respinse, e il bel braccio sottile che la larga manica velata scopriva e poi si trovò Lhamar tra le braccia, le rosee labbra dischiuse sulle sue in un'estasi che non aveva ancora mai provato.

L'ancella era discretamente tutta intenta a filare, il paravento escludeva gli altri avventori e il fracasso che proveniva dalla sala sembrò all'innamorato Magio un coro di voci angeliche; tuttavia non poté impedirsi di distinguere tra quelle voci alcune più alte, più perentorie. Cercò di ignorarle, stringendo ancora a sé la fanciulla, ma inutilmente: in sala erano entrate le guardie del Sultano e stavano controllando tutti gli avventori.

Era un'eventualità molto rara, aveva assicurato Tigrana, perché Terbio, e segnatamente Tamaldo, viveva di tolleranza e di lassismo, ma evidentemente doveva essere accaduto qualcosa di grave che aveva imposto quei controlli... e Gofrid sapeva bene che i documenti in loro possesso, che identificavano lui e il padre per due mercanti di Zilliana, erano assai poco credibili a un esame appena un po' accurato.

Si sciolse dal tenero abbraccio di Lhamar, il viso improvvisamente teso, e si alzò per cercare il Duca, pronto ad affrontare al suo fianco quel nuovo guaio, ma subito sentì le dita sottili della fanciulla stringersi sul suo polso.

"Aspetta. So cosa temi. Lascia fare a me".

Chiamata a sé con un cenno l'ancella, la giovane scostò il paravento e si trovò a fronteggiare un drappello di Guardie del Sultano, il cui comandante, dopo essersi inchinato a lei, fissò subito gli occhi sulla testa bionda di Gofrid.

Nella sala, al fracasso di poco prima era subentrato un sommesso mormorio di protesta e parecchi avventori erano in piedi, con facce incerte o spaventate, mentre il locandiere e sua moglie si guardavano perplessi davanti al banco, attorniati dai loro dipendenti; a metà della scala torreggiava il Duca, con due guardie che gli sbarravano il passo, la faccia altera e impenetrabile.

A quella vista Gofrid sussultò e la sua mano corse alla Spada Nera, ma ancora Lhamar lo trattenne e si rivolse al comandante, la dolce voce improvvisamente brusca e autoritaria.

Il Magio conosceva poco l'arsiano, tuttavia capì qualche parola: il soldato stava spiegando che doveva accertarsi dell'identità di tutti i presenti, al che la ragazza gli ribatté con sdegno che il giovane biondo al suo fianco e quell'uomo alto, con i capelli bianchi, erano suoi parenti e che proprio per incontrarli era venuta a Tamaldo.

E poiché l'armigero ancora esitava, l'imbarazzo sul volto, la giovane picchiò con rabbia il piedino per terra e l'investì con una sfilza di frasi veloci, che Gofrid non riuscì a decifrare, anche se in mezzo colse più volte la parola "sultano" , " Tahir Ul Klail" e "Makira".

Anche l'ancella si fece avanti, dicendo qualcosa in un dialetto sconosciuto con voce dura e autoritaria, e alla fine il militare si arrese; s'inchinò di nuovo, portandosi le mani congiunte sulla fronte e ordinò ai suoi uomini di aprire il passo al Duca.

Pochi istanti dopo Gofrid abbracciò il padre, felice, ora che il pericolo si era dileguato, di quel piccolo incidente che gli permetteva di presentargli la fanciulla amata nella luce più favorevole.

Ma l'atteggiamento di W'Unker rimase scostante, anche se freddamente cortese; disse poche parole, osservò la ragazza e rivolse anche occhiate attente all'ancella, che si era rimessa a filare, ma per fortuna Lhamar, chiaramente emozionata e contenta di conoscere il padre dell'uomo che amava, parve non accorgersene, o non farci caso.

"Che cosa volevano quei soldati? Ho capito che ci hai presentati come tuoi parenti, evitandoci i controlli... non avrai dei fastidi per questo, spero!"

Lhamar gettò indietro la bella testa e rise mostrando i piccoli denti candidi, mentre dagli splendidi capelli si levava il profumo intenso e avvolgente che il ragazzo ricordava così bene.

"Non temere... caro. Non temere. Lo zio che mi ha cresciuta, di cui ti ho già parlato, è Tahir Ul Klail, potentissimo Signore di Makira, ed è imparentato con il Sultano di Terbio, al quale più volte ha dato l'aiuto dei suoi uomini e delle sue ricchezze".

S'interruppe perché d'improvviso negli occhi del Duca, fino a quel momento inespressivi, era passato un lampo.

"Mio Signore?" chiese dolcemente, volgendosi a lui.

"Makira. Questo nome non mi è ignoto, Lady Lhamar. Non è forse chiamata "la Perla Nera"?"

La fanciulla batté le mani, con aria contenta.

"Oh, la conoscete dunque anche voi, che venite così da lontano, mio Signore! Sì, è soprannominata così per lo splendore dei suoi palazzi, spesso edificati o decorati nello splendido marmo scuro che si scava nelle montagne vicine".

"E per le miniere di rubini neri, tra i più belli e rari, che si trovano in quelle stesse montagne" completò W'Unker, pensieroso; e ancora Lhamar applaudì, divertita.

"Siete un vero esperto, allora!"

Un sorriso gelido passò fugacemente sul volto del Signore di Norlandia.

"Ho avuto modo di apprezzarli, in passato" concesse.

"Deve essere una città magnifica!" interloquì Gofrid che, vedendo il sorriso cordiale della fanciulla e il viso glaciale del padre, si sentiva venire i sudori freddi.

"Ah, sì! È bella, la mia città, è bella! Anzi..." Lhamar si fermò un attimo, diede un'occhiata all'inesorabile ancella che non dava segno di volersi smuovere dalla sua rocca, poi alzò le belle spalle e finì con decisione. "Anzi, perché non mi accompagnate fin là? Non è lontana, non molto! Io devo tornarci, al più presto, lo vuole mio zio. Là sareste miei ospiti fino a che vi piacerà, fino a che non si chiarirà la vostra posizione. Vedete, Mio Signore, Gofrid mi ha raccontato..."

"Capisco".

L'occhiata che accompagnò questa parola aveva la temperatura di un pezzo di ghiaccio e il musico, cui era stata indirizzata, si mosse a disagio sul panchetto, comprendendo che non era il caso di accettare immediatamente quell'offerta che a lui era sembrata meravigliosa.

Sospirò. No, prima doveva parlare con suo padre, convincerlo, dirgli sinceramente che amava Lhamar e che, cosa incredibile, era da lei riamato. Avrebbe capito, ne era certo, e allora avrebbe accettato di venire con loro; sorridendo già all'idea, posò la mano sul braccio della giovane.

"Ti sono grato, Lhamar, non sai quanto!" disse rapidamente. "Verrò ben volentieri a Makira, con te... cioè, verremo, se prima riusciremo a sistemare alcune cose qui. Per questo adesso ti devo lasciare, ma per poco, e domani, quando ci rivedremo, sono certo che potrò dirti di sì".

Gli addii si prolungarono ancora per un bel po', mentre il lungo piede sottile del Duca batteva spazientito il pavimento e l'ancella li guardava tutti e tre di sottecchi, poi i due D'Aurel si diressero alla loro stanza.

"È bellissima, non è vero? E com'è buona, gentile e generosa! Ci ha tolto dagli impicci con le Guardie, ci ha invitato a casa sua! Ci andremo, vero? Ci andremo?!" esclamò Gofrid, in estasi, gettandosi lungo disteso sul letto del padre, ma W'Unker gli lanciò una lunga occhiata indecifrabile.

"Vedremo. E cavati quegli stivali".

***

L'ampia e bassa sala che a Periss fungeva da ritrovo dei Liberi Naviganti, da taverna e, qualche volta, da tribunale era piena di uomini, che bevevano, giocavano o semplicemente chiacchieravano, seduti sulle lunghe panche o attorno ai tavoli sistemati vicino ai muri di pietra viva, decorati con reti, barre, scalmi e piccoli quadri, ingenui ma vivacissimi, che raccontavano episodi di battaglie navali, di pesche, di naufragi.

Il grande banco posto al fianco di un uscio che portava alla cucina e alle cantine, l'odore della carne e del pesce che stavano arrostendo, le donne che correvano svelte tra i tavoli reggendo piatti e bicchieri, le tre grosse botti appoggiate a una parete, spillate senza risparmio da un individuo di considerevole statura e con una pancia ancora più considerevole, tutto faceva pensare a una taverna di insolite dimensioni.

Le finestre piccole, invece, munite di sbarre e di grosse imposte di pietra con robusti catenacci, lo spessore dei muri, le poderose balestre appoggiate nei quattro angoli suggerivano invece piuttosto una fortezza, e lo strano sedile ricavato da una polena, che spiccava dietro a un lungo tavolo isolato dagli altri, vicino al grande camino, ricordava un trono. Là prendeva posto Gama Toreg, il capo indiscusso dei Liberi Naviganti, quando scendeva a Periss e si univa ai suoi uomini, fosse per discutere qualche grave faccenda o per dirimere qualche disputa, o semplicemente per passare qualche ora in loro compagnia.

Quel giorno, però, la sua faccia non incoraggiava alcuna confidenza, segno che stava aspettando qualcuno, e l'inquieto tamburellare delle sue dita sul massiccio ripiano del tavolo faceva capire che era ansioso di vedere arrivare i suoi ospiti.

Quando finalmente dalla porta entrò la capitana Kirit, nel suo elegante costume maschile, i capelli corti nascosti sotto un berretto portato spavaldamente su un orecchio, il lungo orecchino d'oro che dondolava sfiorandole la spalla, l'uomo si alzò come per meglio vedere il colorito gruppetto che la accompagnava e strinse subito le labbra, contrariato.

Dano Lant era al fianco di Tigrana e dietro a loro veniva Iulo con un braccio attorno alla vita di Giselda, che continuava a guardarsi attorno, curiosa e divertita; li seguiva un piccolo gruppo di gente della *Procellaria*, tra cui spiccava l'energica Clorinda, popolarissima tra tutti gli associati.

Il fatto che i due proprietari e comandanti della nave fossero giunti a Periss con la *Danzatrice* della capitana Kirit convalidava le voci già corse circa il naufragio della *Procellaria*. Grande era la curiosità di sentire da loro tutta la storia e ben presto attorno a Clorinda, Pyvor e Tam si strinse un gruppo sempre più nutrito di marinai e pescatori. Nel frattempo, Tigrana, i due Lant e Giselda si diressero verso il tavolo di Toreg, che si affrettò a farli accomodare sulle panche intorno, mentre una delle serve, senza neppure chiedere, si precipitava a portare un grande vassoio con i bicchieri e le brocche di vino, che l'omone al banco aveva appena spillato indirizzando loro un largo sorriso.

"Mare libero!" Gama alzò il bicchiere nel brindisi rituale, al quale tutti si unirono; poi si accomodò meglio sul suo sedile, ricavato dalla polena della sua prima nave, e si rivolse ai Lant. "Dunque i messaggi che mi sono giunti erano corretti, e veramente la vostra nave ha fatto naufragio!"

"Purtroppo, Gama, purtroppo" annuì Iulo, triste in faccia. "Ho perso la mia *Procellaria* nel Mare del Nord, tra i ghiacci". E raccontò brevemente il naufragio.

"L'unica cosa buona è che tutto l'equipaggio è riuscito a salvarsi" aggiunse Dano.

"Grazie anche al valore e alla generosità del Duca di Rocca d'Ombra" puntualizzò Giselda e il capo dei Liberi Naviganti le indirizzò una lunga occhiata.

"Così mi avevano riferito, infatti; e mi hanno anche detto che Lord W'Unker era in viaggio verso le Isole, con voi".

Al cenno di assenso dei presenti sorrise, facendo balenare i denti bianchi e forti tra i folti baffi grigio biondastri.

"Dunque Milord è rimasto a bordo della tua *Danzatrice*, Kirit?" chiese con impazienza.

"No, sai bene che è bandito dalle Isole Dorate, pena la morte e il rogo! L'abbiamo sbarcato a Tamaldo assieme al figlio".

Con una bestemmia, che Giselda preferì fingere di non aver sentito, l'uomo sbatté il suo bicchiere sul tavolo, facendone schizzare fuori il vino.

"Questa non ci voleva!" imprecò. "Stanno cercandolo disperatamente, da mesi, dopo che Lady Aleja ha reso pubblica la profezia delle Tre Pietre".

Mentre gli altri si guardavano un poco perplessi, Giselda, il viso improvvisamente impallidito e la voce sottile dei momenti di grande emozione, si tese verso Toreg e gli mise la piccola mano sul suo braccio robusto.

"Cosa volete dire? Io... Io penso di aver capito, ma la speranza può avermi tratto in inganno! Vi prego, spiegatevi meglio".

"No, Milady, non v'ingannate. Avete capito bene, l'Intesa chiede l'aiuto del vostro e mio Signore... e naturalmente gli offre piena impunità".

Poi, tra le esclamazioni stupite e compiaciute di tutti, narrò dei gravi eventi che avevano portato Aleja a interrogare le Tre Pietre, del loro responso e dell'interpretazione che la Prima Consacrata ne aveva dato.

"Speravo che giungesse qui con la *Danzatrice* per accompagnarlo poi a Wan Tunhe, invece..."concluse, scrollando la testa.

Giselda, ora con le gote rosse e gli occhi fiordaliso rilucenti di speranza, si volse vivamente verso il marito, afferrandogli il braccio.

"Iulo, noi sappiamo dove sono! Tigrana ha consigliato una locanda, la *Luna Rossa*, e Tamaldo non è molto lontano da qua! Possiamo andare, o mandare un messaggio e farli tornare, ma subito, subito! Oh, Gofrid ne sarà felice e anche lui, certo, mio... il Duca!" Esitò un attimo perché le reazioni di W'Unker avevano quasi sempre l'effetto di smentirla, poi ripeté, con forza. "Sì, ne sono certa. E in ogni caso, se... se Lui avesse delle perplessità, Gofrid gli farà cambiare idea. Sì, sono sicura".

Questa seconda asserzione era molto più sentita della prima e Iulo, stringendo a sé la giovane donna con un braccio, si tirò il ciuffo, guardando il gemello, che allargò le mani in un gesto di impotenza.

"Partirei subito, amor mio," le disse rammaricato "se avessi ancora una nave, ma..."

"Sciocchezze!"

Gama Toreg piazzò un altro pugno vigoroso sul tavolo, con il risultato di spargervi sopra il vino che era rimasto nel bicchiere, e girò lo sguardo per la sala.

"Vorrei proprio vedere che non ci sia nessuno, tra tutta questa gente, disposto ad andare a Terbio con un mio messaggio! Ben inteso, allora ci andrò io, però..."

Lo sguardo era diventato inquisitivo, e poi minaccioso.

Immediatamente si trovarono sette volontari, due dei quali pronti a partire nella serata.

Tre ore dopo una piccola imbarcazione veloce lasciò Periss, diretta a Tamaldo, con il messaggio che Giselda aveva frettolosamente vergato, nel quale riferiva con poche parole l'oracolo delle Tre Pietre e la richiesta dell'Intesa, e pregava il padre di accondiscendervi, aggiungendo che lei lo avrebbe aspettati a Periss.

***

Nella sua camera alla *Luna Rossa,* il Duca stava passando in rivista le carte che si era portato fin là, il viso aggrondato e le pallide labbra serrate. Vicino a lui Gofrid, palesemente infelice, frugava tra i suoi vestiti, continuando a mandare occhiate imploranti all'uomo impassibile, finché non poté più trattenersi.

"Perché padre?" esplose. "Perché non vuoi accettare l'offerta di Lady Lhamar? Tamaldo non ti piace e, dopo l'episodio di ieri, non lo direi neanche un posto privo di pericoli per noi! Con Lhamar saremmo al sicuro e ...".

Con un colpo secco Lord W'Unker chiuse la custodia dei documenti, si sedette sul letto accavallando le lunghe gambe e incominciò a enumerare, contando sulle punte delle aristocratiche dita della destra.

"Primo, non credo proprio che Makira sia tanto vicina. Purtroppo non ho qui tutti i miei documenti, ma da quanto ricordo è nel cuore di Ul Sanam, anche se corrono voci diverse sulla sua ubicazione. Secondo, mi risulta che gli stranieri non siano affatto bene accetti là... e neppure in tutto Ul Sanam, del resto. Terzo, tu sai ben poco di Dama Lhamar e niente affatto di questo suo zio, che in ogni modo non deve amarti troppo, visto che hai causato la rottura del fidanzamento di sua nipote. Quarto..."

Un energico colpo alla porta fermò l'enumerazione e subito dopo sulla soglia apparve un uomo di una trentina di anni, piuttosto piccolo ma nerboruto, con una grande testa di capelli ispidi e due mani robuste. Vestiva il costume dei Liberi Naviganti ed entrò nella stanza mostrando rispetto, ma non timore o disagio.

"Milord" disse, rivolgendosi a W'Unker "vengo da parte di Gama Toreg e porto una lettera di vostra figlia".

Si frugò nelle tasche ed estrasse un plico alquanto spiegazzato, dove spiccava nitida la calligrafia slanciata di Giselda. "Se dopo averlo letto vorrete parlarmi, o affidarmi una risposta, vi aspetterò in sala. Ripartirò con la marea crescente".

Con un brusco saluto, che includeva anche il giovane Magio, uscì e il Duca afferrò il foglio, lo dissuggellò e lo scorse rapidamente. Sul viso sfregiato per un attimo si dipinse una vivissima emozione, come se qualcosa desiderato e al tempo stesso molto temuto si stesse avverando, ma fu con voce atona e ferma che parlò al figlio, che gli si era avvicinato e cercava di sbirciare, incuriosito.

"Leggi. Il mio bando è stato revocato e mi si richiede di tornare subito a Wan Tunhe. La barca che mi ha recato questo messaggio è a mia disposizione per riportarmi a Periss. Subito".

Poi sedette sul letto e si nascose il viso tra le mani.

Gofrid depose piano il foglio e guardò il padre, soffocando un sospiro, ma lasciò che la sua voce armoniosa esprimesse soltanto tutta la commozione che sentiva in quel momento.

"E subito partiremo, padre mio. Il tempo di fare i bagagli. Sono felice, non sai quanto!"

"No". La negazione suonò soffocata, perché il Duca non si era scoperto il viso, ma sempre potente, e la voce oscura poi continuò. "No, non sei felice. È quella ragazza che tu vuoi e ancora una volta io mi metto tra te e i tuoi desideri! Gofrid, ti giuro che..."

In un lampo il giovane fu ai suoi piedi e gli posò la testa sulle ginocchia.

"E io ti giuro che nulla può farmi felice più di questa notizia e che sono orgoglioso di dividere il tuo destino!" assicurò. "È vero, amo Lhamar e non voglio perderla, ma non la perderò, se anche lei mi ama. Le parlerò, le spiegherò e se mi vuol bene m'aspetterà e ci ritroveremo".

Balzò in piedi, fissando con un sorriso pieno d'amore e di fiducia W'Unker, che aveva lasciato ricadere la mani. Lentamente, guardandolo, anche il viso teso dell'uomo si rilassò.

"Sta bene. Fingerò di crederti. Ma ora va' da lei, discutetene, mettetevi d'accordo. Penserò io ai tuoi bagagli. Tu corri da lei".

In pochi minuti, il Duca riempì ordinatamente e chiuse le due grosse borse che costituivano tutto il bagaglio suo e del figlio. Poi si sedette sul letto, le mani tra le ginocchia, e aspettò con pazienza che passasse un lasso di tempo sufficiente perché i due innamorati si spiegassero, continuando intanto a leggere e rileggere il biglietto rimasto aperto vicino a lui. Infine si alzò, si passò le mani tra i capelli ricciuti cercando di ravviarli e scese deciso nella sala.

L'oste lo informò subito, con un sorriso complice, che aveva permesso ai due ragazzi di sistemarsi in un suo cortiletto posteriore, dove avrebbero potuto stare un poco da soli, e ve lo accompagnò premurosamente.

Nei pochi metri quadrati della piccola corte, mezza disselciata, sotto un pergolato stento, seduti sull'unica panchina di pietra, i due innamorati si stringevano le mani, guardandosi negli occhi.

Il Duca sbuffò e avanzò deciso alle loro spalle, non mancando di notare l'inevitabile ancella, che questa volta stava ammucchiando su un vassoio una bottiglia di delicata fattura, alcuni bicchieri e un grande piatto con qualche biscotto.

"Gofrid! Figlio, sei pronto?" chiamò sommessamente.

Subito il ragazzo lasciò le belle mani che stringeva e si alzò, continuando a fissare Lhamar che aveva sussultato nel sentire la voce di W'Unker, mentre i suoi profondi occhi scuri si riempivano di lacrime.

"Eccomi Lhamar, mia adorata Lhamar, non piangere! Ci rivedremo tra poco, e risolveremo tutto, tutto! E poi staremo assieme, per sempre.

Per te mi sento capace di affrontare qualsiasi prova, qualsiasi difficoltà, ma non piangere, ti prego! Le tue lacrime no, quelle non posso sopportarle".

Con i lacrimoni che scendevano lenti a rigarle il bel viso, la fanciulla si sforzò di sorridere e volse lo sguardo a W'Unker .

"Sono venuto a prendere congedo e a ringraziarvi della vostra offerta, Milady. Siete stata generosa, ma il mio destino mi porta su un'altra strada".

"Possa essere degna di voi!" gli augurò la giovane con voce soffocata e poi, rivolta al musico. "Ti attenderò, Gofrid, non temere. Dovessi aspettare per tutta l'eternità, ti aspetterò!"

I due giovani si abbracciarono ancora, mentre il Duca serrava le labbra e l'ancella gettava noncurante il liquore rimasto ai piedi del pergolato, poi il gruppo si divise e i due D'Aurel tornarono nella loro stanza ad attendere il ritorno del messaggero che aveva promesso di portarli a Periss.

L'attesa si prolungò alquanto e W'Unker spiegò al figlio, che sedeva sconsolato sul letto tra le due borse, la spada sulle ginocchia e l'arpa già sulla spalla.

"Karleor vuole partire con la marea favorevole; la sua è solo una piccola imbarcazione a remi, con un'unica vela di poca utilità, se il vento o le correnti sono contrarie".

In quel momento si udì picchiare alla porta e subito dopo sulla soglia apparve l'ispida testa del marinaio.

"Ci siamo, Milord" annunciò con un ampio sorriso. "Se volete darmi i bagagli e seguirmi..."

W'Unker gli porse la sua borsa e poi, visto che il ragazzo non si decideva a muoversi, afferrò anche l'altra, un rotolo di vecchie pergamene che aveva trovato in un mercato, due pacchi, i pugnali e un curioso strumento musicale che aveva affascinato il Magio.

"Gofrid?..".

"Io... Scendete, verrò subito. Mi... Mi gira un poco la testa, ma..."

In un batter d'occhio Karleor si trovò sulle braccia le due borse, il rotolo di pergamene, i pacchi, i pugnali, lo strumento e, a ogni buon conto, anche la Spada Nera e l'arpa.

Mentre il tapino barcollava sotto il carico, il Duca era già inginocchiato vicino al figlio e ne scrutava angosciato il volto, accorgendosi subito dell'insolito rossore e della lucentezza vitrea degli occhi. Gli posò delicatamente la destra sulla fronte che scottava, poi strinse tra le dita il polso che batteva agitato e gli slacciò il giustacuore e la larga camicia di lino leggero per ascoltarne il cuore, veloce e irregolare.

"Hai una febbre molto alta" stabilì con voce atona, obbligandolo a distendersi sul letto e cominciando a sciogliergli le stringhe degli stivali.

"No!" protestò il giovane ridacchiando. "Non togliermeli, non credo riuscirei a rimettermeli! Non adesso... Mi sento come se avessi tre anni... solo che allora Ugfe mi avrebbe fatto filare!"

Rise di nuovo e allungò una mano per afferrare una ciocca dei lunghi capelli bianchi del padre, chino su di lui; ma W'Unker si schermì, gettò gli stivali per terra e si rialzò, bestemmiando le Tenebre.

"Tu da qui non ti muovi. Taci! Vediamo..."

La voce possente esitò, incerta, mentre il Duca si passava e ripassava le mani nei capelli, continuando a guardare Gofrid con uno sguardo angoscioso.

"C'è un guaritore alla locanda" interloquì Karleor, con una certa timidezza. "E' arrivato proprio adesso; se volete, lo chiamo".

"Un guaritore arsiano!" il tono di W'Unker esprimeva sfiducia e disprezzo, tuttavia concesse. "E va bene! Se non c'è altra possibilità... Chiamalo, ma che venga presto, subito! Hai capito?! Ti muovi?!"

Il malcapitato, pressato da quella gigantesca figura che incombeva su di lui, si affrettò ad annuire e si precipitò verso la scala, salvo immobilizzarsi, tornare indietro sulla punta dei piedi e deporre per terra le borse, i pacchi, il rotolo, lo strumento, i pugnali, la Spada Nera e l'arpa.

Poco dopo un ometto azzimato nella sua lunga veste amaranto, il cranio accuratamente depilato coperto da uno zucchetto bianco, sorrideva a tutta dentiera al Signore di Norlandia, mentre sul letto Gofrid dormicchiava, quietato da una pozione.

Al loro fianco sostavano Lhamar, pallida e spettinata, e la sua ancella, che non era stato possibile tenere lontane dalla camera del malato, non appena vi avevano visto entrare il guaritore.

"Si chiama *febbre dei sette giorni* ed è tipica di Arso; ne sono particolarmente soggetti gli stranieri, sopra tutto giovani. L'accesso dura appunto sette giorni e..."

"Alle corte, speziale, puoi curarlo? E come? È grave? Quanto può durare? Che esiti..."

"Calmatevi, mio Signore!" intervenne l'ancella e W'Unker le lanciò uno sguardo oltraggiato.

"Calmarmi? Io?! Ma se sono calmissimo! Sono solo comprensibilmente seccato perché dovevamo partire oggi e..."

L'ometto tentennò il capo.

"Questo è impossibile. La malattia non è grave, è facilmente curabile con infusi di erbe e impacchi, ma il malato, almeno per tre volte i giorni della febbre, deve stare fermo, tranquillo e in un ambiente idoneo. Un viaggio per mare è da escludersi tassativamente, o non rispondo delle conseguenze".

Il Duca d'Ombra disperse con un calcio i bagagli e si sedette sul letto, prendendo con delicatezza nella sua la lunga mano sottile del ragazzo.

"Sta bene" stabilì, deciso. "Karleor, riferirai a Toreg che non verrò".

Il gemito del marinaio, che già prevedeva la poco comprensiva reazione del suo capo, si mescolò con le confuse proteste dell'assonnato Gofrid. Allora Lhamar prese un gran respiro, gettò indietro la testa per liberare il viso dai lunghi capelli disfatti e, facendosi coraggio, offrì il suo aiuto.

"Mio Signore, perdonatemi se mi permetto di interferire, ma mi pare di aver capito che affari di grande importanza imponevano un vostro immediato ritorno alle Isole Dorate".

W'Unker brontolò sotto voce e la fanciulla decise di considerarlo un incoraggiamento a continuare, quindi riprese tutto d'un fiato. "Potreste partire come avevate progettato e lasciare qui Gofrid, che vi raggiungerebbe in seguito, quando potrà farlo senza pericolo".

"Lasciare mio figlio ammalato qui, in un paese straniero, solo?!" tuonò il Duca, fissandola come se fosse matta. "Non credo proprio, ragazza!"

"Solo no, mio Signore, questo mai! Io non mi muoverò da qui, se prima non sarà completamente ristabilito, e con me la mia gente e il guaritore... Dieci guaritori, se fossero necessari!"

Alla preghiera di Lhamar si unirono subito l'ancella, il guaritore e Karleor; persino l'ostessa, venuta a curiosare sulla cima delle scale, disse la sua, approvando la saggezza della proposta.

Ma il Duca continuò a scuotere la testa, finché anche Gofrid non unì la sua voce, un poco debole, a quella degli altri.

"Padre, di sì, te ne prego! Tu sai quanto sia importante il tuo ritorno nelle Isole! Per il tuo futuro e per il mio, se del tuo non t'importa, va'!"

Quattro occhi di zaffiro si fissarono, imploranti quelli del Guerriero, incerti e combattuti quelli di W'Unker. Poi il ragazzo aggiunse, mettendo tutta la sua capacità di convincere, di persuadere nelle sue parole. "Ti prego! È il tuo destino che t'incalza, e tra venti giorni, tra un mese potrebbe essere troppo tardi! Non puoi sottrarti, non puoi rigettare quest'opportunità che la Dea stessa ti offre, e non puoi privarmi della gioia di riabbracciarti riabilitato agli occhi di chi ti aveva condannato e scacciato! Ti prego, non fare che debba accusarmi per tutta la vita di averti impedito di tornare te stesso!"

Il viso arrossato e incupito chino, seminascosto tra i lunghi capelli ricciuti, W'Unker annuì, contro voglia, e subito tutti i presenti tornarono ad aggredirlo con le loro offerte, finché l'uomo si arrese.

"Sia! Gofrid, alle tue suppliche non posso resistere. Farò quello che vuoi, partirò. Ma tu promettimi che non ti muoverai da qui e che mi raggiungerai non appena possibile, o che ti riunirai a tua sorella".

"Prometto tutto, purché tu non ti rovini con le tue mani, e questa volta per colpa mia" assicurò il ragazzo, di nuovo sorridente, e l'uomo, cui non era sfuggito il significato recondito delle ultime parole del figlio, annuì ancora, cupo, e si chinò per raccogliere i suoi bagagli, subito preceduto da un sollevato Karleor.

"Presto, Mio Signore, o la marea calerà".

Gli occhi violetti del Duca, dolenti e preoccupati, si fissarono in quelli identici, ma sorridenti e tranquilli, del figlio e la grande destra esitò un attimo, incerta, sfiorandogli i capelli, poi, con un brusco cenno del capo a tutti gli altri, l'uomo uscì, seguito di corsa dal marinaio, timoroso che cambiasse idea.

Mentre il guaritore si dava da fare con il suo malato, Lhamar, con l'ancella al fianco, rimase sull'uscio, ascoltando l'eco dei lunghi e veloci passi di W'Unker svanire, poi si volse alla donna più anziana, e c'era una domanda nei suoi lunghi occhi profondi.

"L'ama" disse a fior di labbra quest'ultima, con uno strano sguardo d'esultanza negli occhi nerissimi, e Lhamar si coprì il viso con le mani.

"Sì, l'ama... ma l'amo anch'io!" sussurrò pianissimo.

Nella piccola corte dove i due innamorati si erano dichiarati il loro amore, avevano sognato il loro futuro, si erano scambiati baci e promesse, il pergolato, dove era stato versato il liquido della bottiglia, aveva cominciato ad ingiallire e già le prime foglie erano cadute a terra, rinsecchite.

***

Nonostante i continui e pazienti sforzi di Audilia, e quelli altrettanto pazienti ma piuttosto incostanti di Solea, Giselda non aveva mai avuto molta confidenza con l'ago, tanto che sulla Procellaria per quell'antipatica incombenza si era sempre affidata a Nira e perfino a Clorinda; Iulo, quindi, si commosse molto quando, tornando alle due stanzette dove si erano accampati per la loro permanenza a Periss, la trovò tutta intenta ad agucchiare, le labbra serrate per la concentrazione e il viso colorito.

Si affrettò a comunicare la sua impressione al gemello che lo seguiva.

"Ehi, Dano! La mia Giselda si è perfino messa a cucire per il nostro piccolo! Non è commovente?"

Senza molti complimenti suo fratello lo scostò e tese il collo per veder meglio nella stanza, poi girò una faccia impenetrabile al gemello.

"Certo, certo" concordò, placido. "Però mi chiedo perché a quel povero bambino stia cucendo dei paludamenti in nero".

Iulo gli dette un'occhiata oltraggiata, poi guardò meglio. "Per i pedalini della Dea, è vero!" esclamò.

Entrò deciso, marciò sulla moglie e si chinò a baciarla, sollevando intanto un lembo del suo lavoro e fermandosi a guardarlo perplesso, perché si ritrovò a stringere tra le mani un giustacuore che sarebbe senza dubbio andato bene a suo figlio quando avesse raggiunto l'età di sposarsi. Sempre che fosse un maschio, che diventasse alto intorno a due metri e che vestisse di nero.

"Giselda, cosa stai facendo? Io pensavo che ti stessi occupando del corredo del bambino!"

La giovane diede un'occhiata al suo ventre che cominciava a ingrossarsi, depose il lavoro e ricambiò il bacio, ridendo.

"Con Solea che ci sta lavorando? Non mi permetterei mai! Io sto cercando di sistemare gli abiti che il Duca e Gofrid si erano portati dalla Norlandia. Erano molto belli prima che a Guyrn tutta la ciurma li usasse come asciugamani!"

Tacque, piantandosi vigorosamente l'ago sul palmo, soffocò un'esclamazione e riprese succhiandosi il sangue, uno sguardo memore negli occhi. "Ti ricordi cosa indossava Lord W'Unker quando è stato convocato davanti all'Assemblea dell'Intesa?"

Iulo annuì, comprendendo immediatamente.

"Questa volta voglio che si presenti come il sovrano che è davanti a quei signori che l'hanno condannato e bandito, e che ora chiedono il suo aiuto" continuò Giselda, con foga. "E ce la farò, dovessi continuare a smacchiare, cucire, stirare o dedicarmi a qualche altra disgustosa *attività femminile* fino a che il Duca non arriverà qui".

Le sue guance ora erano rosse e la mano che teneva l'ago gesticolava con tanta energia che Iulo si mise prudentemente in salvo arretrando di un paio di passi.

"Sei proprio sicura che vorrà tornare a Wan Tunhe e mettersi a disposizione dell'Intesa?" chiese intanto.

Per un attimo, il dubbio offuscò i grandi occhi azzurri di Giselda, poi la ragazza strinse le labbra e fissò il marito.

"Sarà meglio per lui, Iulo, altrimenti gli faccio mangiare questo maledetto ago con tutto il filo attaccato!"

Cinque giorni dopo, i dubbi di Iulo furono fugati dall'annuncio che la barca di Karleor stava entrando nel golfo di Periss e che, assieme alla bandiera dei Liberi Naviganti, batteva il vessillo dell'Artiglio di Fuoco.

***

Nonostante l'ora mattutina, nella grande sala delle riunioni di Periss c'era parecchia gente e, anche se la maggioranza sedeva ai tavoli apparentemente intenta ai fatti suoi, era chiaro che tutti si erano raccolti là per vedere l'antico Condottiero delle Isole e più ancora per la curiosità di assistere al suo incontro con Gama Toreg e per sapere se l'orgoglioso W'Unker avrebbe accolto la richiesta di Lord Tumish.

Il capo dei Liberi Naviganti era seduto sul suo solito seggio e chi lo conosceva bene era pronto a giurare che era teso e nervoso, come dimostrava il suo continuo tirarsi e lisciarsi i folti baffi, lo sguardo fisso verso il portone d'ingresso.

I due Lant, con Giselda in mezzo a loro, erano al suo fianco, mentre Clorinda presiedeva un tavolo vicino dove, assieme a Tam e a Pyvor, si erano seduti tre marinai della Procellaria già arrivati a Periss.

"Non ci sono ancora tutti" ricordò Iulo e Dano annuì.

"Garvil e Dormil sono sbarcati a Zort, e stanno cercando un imbarco per Periss o Lameth; degli altri non si sa ancora niente".

"Prima del loro arrivo, io di qui non mi muovo gliel'ho promesso! Anche se ancora non so cosa proporre loro".

I due gemelli si scambiarono uno dei loro peculiari sguardi: godevano della stima di tutti i loro confratelli e nei giorni passati a Periss non erano mancate loro le offerte di imbarco, come non erano mancate neanche a Clorinda, a Pyvor e a Tam, ma nessuna li aveva soddisfatti. In realtà Dano ne aveva avuta una che non gli sarebbe dispiaciuta, ma ancora non l'aveva accettata, per lealtà verso il fratello.

"È duro doversi accontentare di qualcosa di meno di quello che avevamo sulla *Procellaria*! Temo però che sarà difficile..." cominciò Giselda, che aveva intercettato parole e sguardi, ma ammutolì immediatamente perché il robusto portone si era aperto cigolando e sulla soglia, al fianco del piccolo Karleor palesemente soddisfatto, stava un'alta figura in abiti neri, con un pallido viso altero segnato dalle cicatrici e lunghi capelli bianchi e ricciuti liberi per le spalle e la schiena. Portava un mantello nero, troppo leggero per la stagione, ed era disarmato, sebbene il portamento denunciasse in lui un uomo d'armi.

Un lungo sospiro passò tra i Liberi Naviganti riuniti nella sala, poi lentamente gli occhi sempre fissi al nuovo venuto, Gama Toreg si alzò in piedi, imitato subito da tutta la sua gente, lasciò il suo tavolo e si diresse verso di lui.

"Benvenuto, Milord, vi stavamo aspettando. Mi riconoscete anche dopo tanti anni, non è vero?" Dicendo così lo scrutò in faccia, e mano a mano che nel viso sfregiato, stanco e invecchiato di W'Unker riconosceva il bel volto, nobile e fiero, di Valmar D'Aurel, i suoi occhi si velavano di commozione.

"Gli anni passati mi hanno tolto molto, ma non la vista o la memoria. Salute a te, Gama Toreg, capo dei Liberi Naviganti" rispose, calda e profonda, la grande voce scura e i più anziani dei presenti fremettero nel sentirla risuonare di nuovo nella loro sala, potente e suggestiva come la ricordavano.

Sorridendo, Toreg lo guidò allora al suo tavolo, dove Giselda lo aspettava, felice di vederlo, ma al tempo stesso inquieta.

"Non vedo Gofrid!" sussurrò al marito, che si era chinato interrogativo su di lei, poi tacque, perché il Duca, fatto un breve cenno del capo a Clorinda e agli altri, li aveva già raggiunti e la stava guardando con quello sguardo che aveva sempre il potere di metterla a disagio. A fissarla, infatti, erano gli occhi del padre che aveva adorato, ma era il gelido viso sfregiato del distruttore della sua terra quello che sembrava chiederle qualcosa che lei non era certa di poter concedere.

Gli occhi di zaffiro scivolarono dal suo viso sulla sua figura già un poco appesantita e, quando tornò a incontrare il suo sguardo, c'era l'accenno di un sorriso sulle pallide labbra.

"Figlia, stai bene?" chiese semplicemente, tendendo appena la destra verso di lei, senza toccarla.

Improvvisamente la giovane sentì l'impulso di afferrare quella mano, di parlargli, di raccontargli quello che neppure a Iulo aveva confidato, di come, cioè, fosse inquieta per il bambino che portava in seno, come ne percepisse vagamente un disagio che non riusciva a comprendere, ma si trattenne, sorrise, annuì e subito domandò invece notizie del fratello, la cui assenza la preoccupava.

"Gofrid si è ammalato. Oh, niente di grave o non sarei qui. Ti racconterò, ma non ora" rispose sotto voce il Duca, dando subito dopo un'occhiata di saluto ai fratelli Lant, senza però soffermarsi a parlare con loro, perché già il capo dei Liberi Naviganti gli faceva cenno di sedersi, scostando per lui il suo sedile intagliato nella polena.

W'Unker vi prese posto, Toreg alla sua destra e Giselda alla sinistra e dopo di loro tutti gli altri si sedettero, scambiandosi occhiate e commenti stupiti a bassa voce, perché mai, da quando era stato posto nella sala, qualcuno aveva occupato quel seggio se non Gama.

"Il tuo messaggio m'invitava a ritornare, e sono tornato. Ora però ho bisogno di conoscere a fondo tutta la faccenda, se devo prendere una decisione" disse il Duca, rivolgendosi al corsaro.

"Certamente, mio Signore. Vi dirò tutto quello che so, anzi tutto quello che i membri dell'Assemblea sanno; il resto, forse lo conosce solo Lady Aleja. Ma prima, non volete brindare con noi?"

Al suo cenno d'assenso, il grosso oste si precipitò verso di loro, reggendo un vassoio con le sue migliori stoviglie e il vino più prelibato, mentre tutte le serve si affaccendavano tra i tavoli, mescendo da bere a tutti.

Lord W'Unker girò lo sguardo sulla sala, trattenendolo un attimo di più sui visi che ancora ricordava, poi si alzò in piedi e levò il suo bicchiere.

"Mare Libero!" augurò.

Al sentire su quelle labbra il loro motto, nella sala scoppiò un'entusiastica acclamazione.

Pochi minuti dopo, Gama Toreg aveva riferito, con l'abituale concisione e chiarezza, tutto quanto si sapeva sull'Oracolo delle Tre Pietre e sulle aspettative che l'Intesa riponeva nel Duca e lo fissò, in attesa della sua decisione.

"Andrò" rispose semplicemente l'uomo e Giselda sospirò di sollievo, mentre i due Lant cominciavano a guardarsi intorno e a discutere sotto voce tra loro, pensando a come organizzare il viaggio.

"Per la traversata sarete ospite della capitana Kirit, Milord, ospite onorato" tagliò corto Toreg, lanciando un'occhiataccia ammonitrice alla sua pupilla. "Tigrana e io dobbiamo partecipare all'Assemblea e voi verrete con noi sulla *Danzatrice*, se vi piace".

"La mia nave può prendere il mare anche domani e farò preparare subito una cabina per Lord W'Unker" assicurò Tigrana. "Se però qualcuno dei suoi vuole accompagnarlo, è meglio che me lo dica subito perché possa prevedere la sua sistemazione a bordo".

Dicendo così lanciò una lunga occhiata a Dano Lant, che sfuggì il suo sguardo con una smorfia di rammarico, subito cancellata, sulla faccia, e posò una mano sulla spalla del fratello. Giselda capì che i Lant erano ben decisi ad aspettare a Periss tutti i loro uomini e soffocò un sospiro. Aveva sperato di andare con il padre a Wan Thune, ma per l'amore e la lealtà che provava per il marito tacque e in silenzio posò la testa rossa sulla spalla di Iulo.

La riunione si prolungò ancora per poco tempo, durante il quale il Duca narrò brevemente del suo soggiorno ad Arso, tranquillizzando Giselda e i Lant sulla salute di Gofrid e tenendo per sé i vaghi dubbi che percepiva; poi Gama Toreg in persona lo accompagnò nella piccola stanza che gli aveva fatto preparare, dove avrebbe potuto riposarsi in attesa della partenza.

"È una povera sistemazione, Milord!" si scusò, mordendosi i baffi e sogguardandolo commosso, ma W'Unker scosse la testa.

"Sono un soldato, non ricordi, Toreg? Ho passato più di metà della mia vita sulla tolda d'una nave o in una tenda. Andrà bene".

Sulla soglia, il capo dei Liberi Naviganti esitò. "Mio Signore!" proruppe alla fine. "Mio Signore, né io né nessuno dei miei, altrimenti lo faccio a fette, dimenticheremo mai che è per voi che non siamo considerati ancora alla stregua dei pirati di Arso! È merito vostro, è per vostra volontà che i Liberi Naviganti oggi sono una Confraternita riconosciuta e siedono nel Parlamento dell'Intesa!"

Il signore di Norlandia lo interruppe, alzando una mano.

"Se mai, per volere e merito di Valmar D'Aurel" precisò, gelido, e con un breve cenno di commiato gli voltò le spalle per andare a gettarsi sul letto.

***

La mattina successiva Giselda scivolò nella stanza del padre poco dopo l'alba, reggendo con delicatezza un lungo pacco tra le mani. Lo trovò già mezzo vestito, mentre, seduto sul letto, stava cercando di legarsi dietro la nuca i capelli ribelli.

"Là" gli disse, deponendogli il suo fardello sulle ginocchia. "Mettilo via subito, prima che riesca a macchiarlo".

Incuriosito, il Duca scostò il telo di canapa che avvolgeva il pacco e alzò gli occhi sulla figlia, stupito.

"È uno dei vestiti che avevo portato da Kalatur, ma che dopo il naufragio della Procellaria..."

"Sì, ed era conciato come uno straccio per pavimenti! Te l'ho rimesso a posto... Beh, Clorinda mi ha dato una mano". E poi, visto che la guardava senza parlare, sbottò, gettando dietro la schiena le lunghe trecce rosse. "Non riesco a togliermi dalla testa quella maledetta tunica che ti avevano obbligato ad indossare! Questo costituisce senza dubbio un miglioramento".

Il Duca sfiorò dolcemente la lana sottile, il velluto, la seta del costume, e annuì, muto.

"Verrai con me, figlia?" chiese.

Giselda esitò, incerta.

"Posso dirti una parola?" continuò intanto la voce profonda, morbida e sonora al tempo stesso.

Giselda ricordò un dialogo ormai passato, e rise involontariamente, sedendosi sul letto al suo fianco.

"Tu non devi chiedermi mai il permesso di parlare, sei mio padre!" gli rispose, facendo eco a quelle lontane parole, e la grande testa bianca si chinò, rammentando e annuendo.

"Tu sei combattuta tra il desiderio di restare con tuo marito e l'inquietudine per vostro figlio, che ti spingerebbe a Wan Tunhe" riprese il Duca e la ragazza sussultò lievemente, colpita perché non aveva mai aperto bocca sui suoi dubbi, sulle sue paure.

"È vero! Ma tu, come lo sai?"

"Perché fui un Magio e uno Stregone, forse; e perché sono tuo padre. Cosa temi?"

Allora la giovane donna cominciò a parlare, dapprima esitante e poi con impeto, rendendosi conto che da molto desiderava confidarsi, però, mano a mano che si spiegava, si accorse anche che aveva ben poco di concreto da raccontare.

Il Duca l'ascoltò comunque con interesse, senza mai interromperla e alla fine parlò con un'esitazione inconsueta.

"Se potessi ancora... se osassi..."

"Puoi aiutarmi?! E come?!"

L'uomo si alzò in piedi e andò ad appoggiarsi alla parete opposta, tormentandosi con la destra la sinistra mutilata e sfuggendo lo sguardo della figlia.

"Una volta Valmar avrebbe potuto avvicinarsi alla mente del piccolo e sciogliere almeno in parte i tuoi dubbi" cominciò sommessamente "Aiutarlo forse, se il mio sospetto è esatto, ma ora, ora..."

La fissò interrogativo, quasi supplichevole, e, nonostante l'istintivo ribrezzo che provava all'idea che lo Stregone dei Ghiacci spiasse nella mente del suo bambino non nato, Giselda non si sentì di respingere subito la sua offerta.

"Non sei più in grado di farlo?"

"Permetteresti a W'Unker di avvicinarsi al tuo bambino?"

Adesso anche la giovane donna si torceva le mani e i suoi sguardi andarono dal suo grembo un poco ingrossato agli occhi di zaffiro che la fissavano, dolorosi di una speranza in cui l'uomo non credeva.

Si alzò, gli andò vicina, sciolse le grandi mani strettamente allacciate e ne posò la destra sul ventre.

"È del tuo sangue, padre, non puoi nuocergli".

Per un attimo ebbe l'impressione che qualcosa, come un lieve sospiro, l'attraversasse, poi improvvisa, liberatoria sentì un'ondata di gioia, di entusiasmo, di sollievo; non veniva da lei e neppure dal Duca: era suo figlio, il suo bambino che in qualche modo aveva recepito e accettato il contatto mentale con il nonno.

Durò pochi attimi, poi si spense in una lieta acquiescenza, in una calma attesa. W'Unker la lasciò e chinò lo sguardo su di lei.

"È del mio sangue, giusto" le disse con dolcezza. "È un maschio, e come già Valmar e tuo fratello, ha il Dono, Giselda. L'inquietudine, la sofferenza che percepisci è solo il suo tendersi come un cieco, cercando invano una mente che gli risponda, che lo tranquillizzi. Quel poco del mio Potere che hai ereditato basta a farti percepire il suo disagio, ma non ad aiutare il piccolo a superarlo. Questo sciolga i tuoi dubbi, figlia mia! Per il bene di tuo figlio, tu devi andare a Wan Tunhe e presentarti ad Aleja, che potrà aiutare te e lui".

La giovane annuì, quasi contenta che quella difficile decisione le fosse stata tolta dalle mani.

"Rivedremo insieme Wan Tunhe, dunque! Lo spiegherò a Iulo e ti seguirò sulla *Danzatrice*, anche se non so proprio come la metterà Tigrana con le cabine!"

Improvvisamente tutta ridente si alzò sulla punta dei piedi, tirò a sé il viso del padre afferrandolo per due lunghe ciocche ricciute, come la piccola Giselda faceva con Valmar, e gli posò le labbra su una guancia, affrettandosi poi alla porta.

Nella stanza rimase W'Unker solo, ritto in piedi, la testa bianca che sfiorava il soffitto, immobile; poi la sinistra si posò piano, con delicatezza sulla guancia che la figlia aveva sfiorato e un singulto rauco scosse il suo largo petto.

Capitolo dodicesimo

ASPETTANDO W'UNKER

A chi giungeva nei Mari Interni dallo stretto di Lameth o da quelli delle Tre Sirene, abitualmente le Isole Dorate apparivano come macchie colorate nei vivaci toni dell'estate e della primavera o in quelli caldi dell'autunno. D'inverno scurivano appena, anche se talvolta una rara e leggera spruzzata di neve imbiancava i tetti delle case. Le serre e i giardini riparati, però, fiorivano sempre di luminose corolle o della frutta che l'ingegnosità degli Isolani riusciva a far germogliare anche nei mesi più freddi.

Ma in quei giorni l'aspetto di quelle terre e dei loro mari appariva completamente cambiato: le acque, sconvolte dalle ricorrenti tempeste e insozzate dalle carcasse dei pesci che continuavano a morirvi, apparivano grigiastre, le onde si sollevavano scure e minacciose e le terre intorno, spogliate dai loro colori, sembravano arse, consumate dal fuoco, anche se ora continuava a piovere.

Al caldo spossante dei mesi estivi erano infatti succedute piogge torrenziali, che dapprima il terreno assetato aveva voracemente assorbito, ma che ben presto lo avevano ricoperto di uno strato di viscida melma, sotto la quale le ultime speranze di un pur misero raccolto erano scomparse.

Invano gli Isolani avevano sperato che alla pioggia succedesse la neve, promessa di messi future; dopo più di un mese di diluvi incessanti, che avevano causato alluvioni e frane, s'era levato un vento umido e caldo, che aveva spazzato via le nuvole, ma aveva anche portato con sé nuove malattie, che erano andate ad assommarsi alle epidemie che già devastavano le Isole.

Già tre volte il vulcano Vampe aveva eruttato, e una pioggia di lava e lapilli era scesa a devastare Costa delle Meduse e Costa delle Alghe, distruggendo case e campi e giungendo fino al mare, dove era scesa come una fiumana incandescente, arrecando morte e distruzione tra le barche dei profughi delle due Coste che cercavano di raggiungere le isole del Tridente, e rovinando la fauna marina. Se la lunga e afosa estate aveva messo in ginocchio le Isole Dorate, l'autunno e l'inizio dell'inverno di quel funesto anno avevano tolto agli stremati Isolani anche le ultime speranze.

L'Oracolo delle Tre Pietre non era stato dimenticato, ma ormai ovunque si diceva che mai Lord W'Unker sarebbe stato rintracciato, oppure che il Console era riuscito a ritrovarlo, ma che il Magio aveva rifiutato il suo aiuto e che la cosa veniva tenuta loro nascosta. I nemici di Lord Tumish, poi, avevano fatto correre la voce che il Lord stava soltanto fingendo di cercare l'antico Condottiero delle Isole, ma che in realtà non lo voleva nella sua terra, per gelosia e per il timore che potesse intralciare il suo cammino verso la riconferma definitiva della sua carica.

In questa situazione, non c'era da meravigliarsi se Takab, e Zelmir con lui, trovarono al loro rientro a Wan Tunhe un atmosfera tesa e sospettosa, che neppure le notizie di cui il generale era latore riuscirono a dileguare.

"Dunque W'Unker vive ancora e, cacciato dal suo antico regno, ha viaggiato con voi dall'Arcipelago del Tramonto fino allo stretto di Lameth" meditò a voce alta il Console, fissando Lord Takab, seduto di fronte a lui dall'altra parte della sua scrivania.

"Non è così, Console!" rispose seccamente il generale, che alle sue parole era sussultato. "Sua Altezza è partito di sua volontà, spinto da una premonizione che solo ora io riesco a capire, dopo aver sentito da voi il responso dell'oracolo! Purtroppo sia io che Lady Solea eravamo all'oscuro di tutto, altrimenti l'avremmo scortato noi fin qui".

La sua frase morì in sospiro di rimpianto e nel sentirlo Lord Tumish serrò le labbra, stizzito.

"*Ci risiamo! Deve ancora muovere un dito, e già sono in adorazione davanti a lui!*" pensò, ma a voce alta si limitò a esprimere il suo disappunto per quel disgraziato intoppo e la speranza che Gama Toreg riuscisse a porvi rimedio; poi si affrettò a cambiare argomento, cominciando a fare piani per la prossima Assemblea plenaria, durante la quale avrebbe annunciato l'armistizio siglato con la Norlandia.

***

Nella sua casa, Hezjià dormiva già da un paio di ore, quando una mano robusta lo scosse e, prima ancora che avesse aperto bene gli occhi, si trovò stretto nel vigoroso abbraccio di Zelmir, mentre sulla porta il servitore si sprofondava in scuse per non essere riuscito a fermare l'esuberante principe.

Rassicurato e congedato il servo con un gesto e un sorriso, l'ammiraglio ricambiò con gioia l'abbraccio dell'amico e pochi minuti dopo i due giovani, seduti sul letto, parlavano fittamente, scambiandosi notizie.

"Sei scomparso senza una parola! Ci siamo rotti tutti la testa per capire che fine avevi fatto, e quando è corsa voce che ti eri imbarcato sulla *Procellaria* e, subito dopo, che la nave dei Lant era naufragata... Beh, ti rendi conto di cosa abbiamo passato, cattivo soggetto?! Tuo padre..." protestò Hezjià, ma Zelmir lo fermò con una dura risata.

"Il principe Xamir, proprio lui! È a causa sua che ho dovuto tagliare la corda, per quella sua ostinata fissazione di vedermi sposato a tutti i costi".

"Ora sei ingiusto, Zelmir!" ribattè subito il giovane ammiraglio, stringendogli una mano per raddolcire le sue parole. "Riconosci che è l'amore per la tua misteriosa Selj che ti impedisce di capire anche le ragioni di tuo padre: a modo suo, lui vuole solo il tuo bene, vuole ridarti quel trono..."

Il giovane principe si liberò dall'amorevole stretta dell'amico e drizzò fieramente la testa. "No, Hezjià! Questa volta è diverso. È vero, non riesco a togliermi Selj dalla testa, ma non è per questo che ho rifiutato Elear, o almeno non solo per questo".

Si alzò in piedi e andò ad appoggiarsi al caminetto concludendo, con un pigro sorriso insolente e divertito al tempo stesso. "Vedi, amico mio, io non ho nulla contro Dano Lant, simpatico ragazzo, valente pilota e coraggioso combattente, ma questo non vuol dire che possa accettare di dividere il mio nome e il mio letto con i suoi avanzi, anche se incoronati".

"Zelmir! Allora tutti quei pettegolezzi che un paio d'anni fa erano corsi sulla regina Elear e su Dano Lant avevano qualche fondamento?"

Il sorriso del giovane principe divenne un'aperta risata.

"Fondamenta, mura e tetti! E se la mia parola non basta, ho portato con me chi certo non si farà pregare per rovesciare nei regali orecchi del mio sprovveduto genitore tutto quello che sa, e ti assicuro che ne sa più che abbastanza!"

Dicendo così, prese l'amico per un braccio e lo trascinò con sé fin sulla porta della sala dove, molto soddisfatta del nuovo mantello e degli orecchini d'oro che Zelmir le aveva regalato, stava seduta Nira, intenta ad assordare con le sue irrefrenabili chiacchiere un barcollante valletto.

Contro la volontà di Zelmir, Yets aveva voluto avvisare subito il principe Ul Quoi del ritorno del figlio. Così, quando il giovane arrivò al palazzo, Xamir aveva già avuto il tempo di dimenticare l'angoscia e l'affanno in cui la scomparsa del figlio l'avevano gettato, per sentire solo la collera per il suo irresponsabile comportamento.

Non fecero neanche a tempo ad abbracciarsi, che già era esploso.

"Come osi comparirmi davanti come niente fosse, dopo mesi e mesi di silenzio in cui sono impazzito a immaginare cosa ti era successo? E neppure dopo il naufragio della *Procellaria* ti sei degnato di farmi sapere qualcosa, qualsiasi cosa... Che eri vivo, per lo meno!"

Commosso dalla sofferenza che traspariva dalla collera del padre e sentendosi un po' in colpa, Zelmir stava già per chiedergli perdono, quando l'antico Signore di Rivalta continuò con più furia. "Per non parlare del matrimonio con la regina di Terracqua! In fumo, naturalmente, come tutti i miei sforzi di fare di te un principe decente per un popolo sventurato! Ma vuoi ficcarti in quella testa vuota che sei di sangue reale e che il tuo primo dovere è verso la tua gente? Una corona su quella zucca inutile che hai sul collo è necessaria per..."

Mentre l'ascoltava, il giovane sentì il suo pentimento mutarsi in collera, ma riuscì a trattenersi ancora, perché era ben sicuro di avere l'arma vincente, e l'interruppe con voce forzatamente pacata.

"Benissimo, padre mio, benissimo: siamo d'accordo. Basta che ci capiamo sul tipo di corona che vuoi farmi cingere, perché quella che Elear mi porterebbe in dote non sarebbe proprio di mio gradimento!" E, poiché Xamir lo guardava basito, non osando credere a quel che sentiva, aggiunse, con un sorriso vendicativo. "Non mi credi o non mi capisci? Ecco chi ti schiarirà meglio il concetto!"

E, spalancata la porta, fece entrare Nira.

"Racconta a Sua Altezza Reale quel che hai detto a me sul carattere affabile e generoso della Regina Elear" l'invitò Zelmir e la ragazza non si fece pregare per dire ciò che sapeva, con tutte quelle aggiunte che la sua fervida fantasia le suggeriva... ed era più che sufficiente perché la faccia di Xamir virasse pericolosamente al viola.

"Ti è sufficiente, mio Signore?" l'interruppe "O devo chiederle di continuare perché ti narri come ogni intervento di Elear sia stato dettato dal nostro bel Dano? O vuoi che aspettiamo Tam, che ti racconti come la storia fosse iniziata già anni prima?"

"Basta!" tuonò Xamir, slacciandosi il colletto.

Ridacchiando, il giovane accompagnò Nira alla porta e raccomandò al valletto subito di farla scortare alla casa di Hezjià, poi tornò a mettersi di fronte al padre.

"Sgualdrina!" ululò quest'ultimo, non appena l'indignazione gli permise di parlare. "E quel verme indegno di Lord Freth, che mi ha preso in giro per tutti questi mesi! Già, avrei dovuto capire di che pasta era fatto fin da quando mi ha raccontato la balla della malattia della regina per non ammettere che non sapeva dove eri! Ma adesso..."

"Ma adesso, padre mio, porta un'offerta alla Dea per aver evitato una ramosa corona sulla fronte dell'ultimo degli Ul Quoi, e datti pace!"

Zelmir era molto soddisfatto di sé, pensando di aver messo a tacere le pretese matrimoniali del padre almeno per un po', ma l'eco delle loro parole non si era neanche spento del tutto che già l'antico Signore di

Rivalta era passato al contrattacco.

"Per questa volta, passi! Ma ricordati che un piccolo errore di valutazione da parte mia non ti esime dall'obbedirmi! Non torneremo più sull'argomento Elear, neppure per ricordarti il tuo indegno comportamento, ma il tuo dovere resta quello di sposarti, e presto. Lady Rodelint è già tornata alle Conchiglie, ma qui c'è ancora tua cugina Morana, partito eccellente..."

Il giovane, che credeva di aver vinto la partita, lo guardò incredulo, poi emise un urlo di rabbia. "No!!!"

"No?! Non avrai mica qualcosa da obiettare anche sulla sua virtù, vero? È tua cugina, è giovane, è bella, e suo marito sarà in pratica il Primo Signore del Tridente. Devo ricordarti ancora i tuoi doveri verso il tuo popolo e la tua stirpe?! Andrai da Morana..."

Zelmir digrignò i denti; tuttavia, ben sicuro che Morana desiderava sposarlo quanto lui desiderava sposare lei, si sforzò di controllarsi.

"Sta bene, andrò da lei e ne parleremo" rispose con voce passabilmente cortese. "Poi, si vedrà".

"Vedrò io" precisò il principe Ul Quoi e, provvisoriamente ammansito, si accomodò meglio sulla sua seggiola e si riguardò il figlio ritrovato. Gli parve che fosse più robusto e abbronzato di prima e che i suoi occhi verdi, gli occhi della sua adorata Mirinha, spiccassero più che mai nel bel volto scurito. Senza neanche accorgersene, sorrise compiaciuto.

"E adesso, peste" l'invitò "confessami tutti i guai che hai causato in questi mesi".

Molto sollevato da quel cambiamento di tema, Zelmir cominciò a narrare le sue avventure, che l'uomo seguì con interesse, emozionandosi al racconto del naufragio della *Procellaria* e più ancora a quello del pericolo corso dal figlio.

Ma quando il giovane cominciò a narrare con parole grate e commosse di come Lord W'Unker l'avesse salvato, la sua faccia s'indurì e impallidì di rabbia. Con un ruggito bloccò il figlio; poi, prima che il giovane, che dal canto suo stava già arrossendo per la collera, riuscisse a riprendere la parola, dette in escandescenze, rovesciando a piena voce sulla sua testa, su quella di Gofrid, dei Lant, della stessa Giselda, oltre naturalmente che su quella dell'Artiglio di Fuoco, tutte le bestemmie e le maledizioni che la rabbia che lo soffocava gli permise di proferire.

Zelmir ci mise solo una manciata di secondi per riprendersi e subito dopo assalì il principe con una serie di urli che poco o nulla avevano di invidiare a quelli paterni, accusandolo di essere un vecchio pazzo, accecato dalla sua rabbia, dal suo odio e dalla sua ambizione.

Hezjià, che attendeva pazientemente nel largo corridoio che fungeva da sala d'aspetto, sentì le grida e, anche se non riuscì a distinguere le parole, capì che certo non erano grida di gioia per essersi ritrovati.

Incerto, si avvicinò alla porta, chiedendosi se non fosse il caso di bussare per interrompere la lite, ma prima che prendesse una decisione si udì il rumore di una seggiola rovesciata, poi un secco colpo...

Un attimo di silenzio, ed Hezjià fece appena in tempo a scansarsi che sull'uscio, spalancato da un violento calcio, apparve Zelmir, livido in faccia, una mano sulla guancia. Con un'altra pedata il giovane rinchiuse la porta e afferrò l'amico per un braccio.

"Via!" impose.

Trascinandolo con sé, attraversò come una furia il corridoio e le due sale, inseguito dagli ululati del padre che gli imponeva di tornare subito indietro, poi scese di corsa lo scalone, travolse un paio di servitori, messi in allarme dagli urli di Xamir che, affacciato al ballatoio, ordinava di fermarlo, e arrivò al cortile dove avevano lasciato i cavalli, prima che l'inferocito principe, saltato direttamente dal ballatoio a metà scalone, riuscisse a raggiungerli.

"Al galoppo, Hezjià!"

"Aspetta! Cerca di calmarti e lascia che si calmi anche lui, poi..."

"No! Ho chiuso, con lui, e non so cosa potrei fare se me lo ritrovassi davanti".

"Zelmir!"

"Uno schiaffo, a me! Non l'ho steso a pugni solo perché sono riuscito a ricordarmi in tempo che è mio padre e mio sovrano, ma..."

Secondo Yets le possibilità che il giovane principe riuscisse a battere a pugni il gigantesco Xamir infuriato non erano poi molte, ma prudentemente tenne per sé le sue supposizione e tacque fino a che non raggiunsero la sua casa, deciso a riprendere l'argomento e a far ragionare l'amico più tardi, davanti a una buona bottiglia, dopo un pasto soddisfacente, nella tranquillità della sua sala.

Non erano però neanche entrati, che un suono di voci concitate gli fece capire che la sceneggiata tra Zelmir e suo padre era solo la prima della giornata: infatti, ai due lati del caminetto stavano Allemayr e suo fratello Ettayn, ambedue alterati in volto.

"Milord, i nobili signori si sono presentati qui e io non sapevo..." si scusò subito il cameriere, sulla porta.

Yets gli fece cenno di star tranquillo e lo congedò, poi prese un gran respiro ed entrò, tirandosi dietro l'ancora furioso Zelmir e pensando intanto, con molto rimpianto, a Gofrid e alla sua capacità di convincere e rasserenare.

I due fratelli, che tutti erano abituati a vedere sempre d'accordo, si fronteggiavano tempestosi e, non appena videro i loro due amici, si voltarono verso di loro, vociando all'unisono.

"Nessuno mi da mai retta! Per tutti sono sempre e solo un bambino..."

"Se vuoi essere trattato da adulto, comportati da adulto! Ma finché continuerai a blaterare sciocchezze sulle tue risibili visioni, o cosa diavolo sono, ha ragione nostro padre ad arrabbiarsi!"

"Non sono sciocchezze! Io ci sto male, anche se non mi credete, e soltanto i Magi..."

"Piantala, Ettayn! O devo ricordarti la tragedia di nostra madre?"

A quelle parole il fanciullo tacque e chinò gli occhi, impallidendo; Allemayr, mordendosi le labbra, gli si avvicinò, pentito, ma prima che lui o Hezjià parlassero, alle loro spalle risuonò un'altra voce, quieta e rassicurante.

"Tuo padre ha paura per te, Ettayn, perché ti ama, così come amava vostra madre, e le tue confuse percezioni gli ricordano i suoi deliri, ma..."

"Lady Ferenike!" esclamò Hezjià alzandosi per salutare la donna che era entrata in silenzio, mentre i due fratelli si avvicinavano e Zelmir, che si era buttato di traverso su un seggiolone con il muso lungo, si rimetteva in piedi in piedi e si rassettava.

"Proprio io, in carne e ossa; anzi, in poca carne e molte ossa!" rise la Dama, cedendo al cameriere il suo ricco mantello di pesante seta, foderato di vaio, e accomodandosi vicino al caminetto. Poi si fece seria di nuovo, temperò la sua serietà con un sorriso e si rivolse di nuovo ai due Torrarsa.

"Lord Irkor è venuto da me dopo il vostro... ehm... vivace scambio di opinioni, e io mi sono presa l'incarico di calmare le acque. Tra poco sarà qui anche lui. Ettayn, non vuoi accoglierlo con un abbraccio?" Fermò la prima risposta del ragazzo con un cenno. "Io ti credo. O quanto meno, credo che tu stia passando un momento difficile, e sono d'accordo che solo i Magi della Torre potranno darti delle risposte".

Allemayr sobbalzò e fece per protestare, ma venne azzittito dallo stesso cenno garbato, addolcito da un sorriso di scusa.

"Può darsi che tu abbia effettivamente il Dono della Dea e può darsi che le tue visioni siano solo fantasie, illusioni della tua età... Zitto!" continuò la Marchesa. "In ogni caso, solo i Magi potranno scoprire la verità, e qui mi impegno di ottenerti da Lord Irkor il permesso di andare a consultarli, purché ora tu faccia la pace con tuo padre e anche con tuo fratello, colpevole solo di volergli evitare altri dolori. D'accordo?"

Con un grido il fanciullo corse ad abbracciarla, mentre Allemayr le baciava la mano, scompigliando intanto la testa del fratello; in quel momento entrò Lord Irkor, la cui faccia aggrondata si rischiarò istantaneamente nel vedere quella scena e si illuminò ancora di più quando, subito dopo, Ettayn, un occhio a Ferenike e uno al fratello, piegò il ginocchio davanti a lui chiedendogli perdono.

Rappacificati, i tre Torrarsa si abbracciarono sotto gli occhi sorridenti della marchesa, e Yets li invitò tutti ad accomodarsi, mentre Irkor, una mano sulla spalla di Allemayr e l'altra su quella di Ettayn, esprimeva la sua gratitudine a Ferenike. "Milady, non so come ringraziarvi! Resto vostro debitore..."

La Dama si alzò in piedi e rise.

"Ricordatevelo, perché prima o poi vi presenterò il conto! E intanto invitatemi a cena, lasciando questi ragazzi a chiacchierare in pace con i loro amici".

Fu solo l'indomani mattina che Zelmir incontrò nuovamente Nira, della quale si era completamente dimenticato.

La ragazza era rimasta sveglia nella sua camera per un bel po', aspettando di vederlo o di essere chiamata da lui per sapere come era finito il suo colloquio con il padre e nel frattempo aveva fatto molti piacevoli pensieri sulla gratitudine che ambedue certo dovevano provare per lei dopo le sue rivelazioni su Elear e Dano.

Infine si era placidamente addormentata, sognando troni, gioielli e abiti lussuosi, e appena sveglia e vestita si era precipitata in sala, ansiosa di vederli realizzati.

In un certo senso fu fortunata, perché Zelmir era già sceso assieme a Hezjià e stava finendo di prepararsi per uscire con lui, mentre i due Torrarsa dormivano ancora.

"Altezza... principe!" lo chiamò subito con una graziosa smorfietta.

Il giovane, che aveva passato buona parte della notte sveglio, continuando a rimuginare sulla sua lite con il padre, non era dell'umore giusto per lasciarsi distrarre da qualche vezzo e le rispose rabbiosamente, allacciandosi la spada.

"Principe un corno! Xamir mi ha cacciato e io non voglio rivederlo mai più, non voglio più neanche ricordarmi di quel che ero! Sono libero adesso, e questo deve bastarmi".

"Ma... ma... che cosa...?!" balbettò Nira, esterrefatta.

"Che cosa farò? Bella domanda! Non ho un soldo e non so far niente se non battermi e navigare. Farò il soldato di ventura, penso, a meno che Gama Toreg non mi accetti tra i Liberi Naviganti. Ecco tutto".

Improvvisamente si era calmato e nei suoi occhi verdi apparve uno sguardo smarrito, dolente, ma Nira, che era rimasta senza parole per la prima, e probabilmente l'ultima volta in vita sua, non se ne accorse nemmeno; e mentre taceva guardando il principe improvvisamente decaduto ad avventuriero, il suo cervello cominciò a girare vorticosamente.

Aveva fatto più di un pensierino sul bel Zelmir, soprattutto dopo che le aveva chiesto di venire con lui a Wan Tunhe e di parlare con suo padre, chiaramente per mandare a monte le sue nozze con Elear; si era prestata più che volentieri ma ora che titolo e ricchezze sembravano svanite, cominciò a rivalutare le attrattive di Tam.

Decise quindi che era il momento di ricordarsi della sua virtù e del suo pudore e, chinati i vivacissimi occhi scuri, spiegò con un casto rossore che era stata ben lieta di favorirlo accompagnandolo a Wan Tunhe, ma ora che aveva compiuto ciò che considerava un obbligo morale, doveva pensare anche al suo buon nome, certo esposto a maligne congetture finché restava in quella casa, senza un'altra presenza femminile che garantisse la sua pudicizia...

Mentre Hezjià si soffocava con il xupi per nascondere una risata, Zelmir fissò trasecolato la sfacciatella.

"Bene, bene, madamigella! E, di grazia, dove la tua virtù potrebbe trovare un asilo adeguato in Wan Tunhe?" chiese infine, cercando di mantenere la faccia seria.

Nei pochi secondi intercorsi, la fantasiosa ragazzina, non solo aveva già pensato dove poteva farsi ritrovare dal fratello e da Tam senza timore di rimproveri, ma la sua fervida immaginazione aveva anche rivestito di splendidi colori quella scappatoia.

Così respinse con energia i ricordi della sua passata esperienza fallimentare in proposito e spiegò il suo intento con voce ispirata e mani congiunte sul petto, vedendosi già venerata da moltitudini di genti da lei salvate.

"Alla Torre dei Magi, naturalmente! Dove credevate che volessi andare? È quello il mio posto: tra poco vi giungerà Dama Giselda e dovrà pure trovare qualcuno in grado di assisterla!"

I due giovani si guardarono, increduli e muti davanti a tanta placida sfacciataggine, poi, soffocando le risa, la rassicurarono a una voce.

"Benissimo! Ti ci accompagneremo al più presto..."

"... Subito, Zelmir, subito! Non vorrai mica privare ancora Lady Aleja e tutti i Consacrati di un aiuto di questo valore, vero!"

"A rischio che intanto arrivi Giselda e si trovi senza assistenza? Mai! Andiamo".

Tre ore dopo Zelmir ed Hezjià, celando il divertimento dietro due facce compunte, accompagnarono alla porta della Torre l'infernale ragazzina.

Li accolse Lenart che sbiancò in volto non appena capì che Nira, la cui "facilità d'espressione" aveva già avuto modo di conoscere, sarebbe rimasta alla Torre. I due giovani stavano ancora filando via ridendo sgangheratamente, che già la ragazza cominciava il suo fitto chiacchiericcio illustrando a tutti, volessero o no ascoltarla, le sue molte virtù.

Quando Hezjià e Zelmir fecero ritorno alla palazzina dell'ammiraglio, era già ora di pranzo e vi trovarono i due Torrarsa che intrattenevano Lord Lehir, Terzo Signore del Tridente.

Erano comodamente seduti sotto le grandi finestre e, come Yets si assicurò subito con un'occhiata, il suo bravo cameriere si era già preoccupato di portare qualche rinfresco, molto gradito da tutti e tre visto che i piatti erano già vuoti, e quasi vuota era anche la bottiglia di vino.

Nel vederli entrare Lord Lehir accennò ad alzarsi, con un complimento e un saluto per il padrone di casa.

"Lord Ammiraglio," disse "mi scuso per l'invasione, ma desideravo rivedere mio nipote dopo tutti i mesi passati a temere per lui".

"La vostra visita mi onora, Milord. Soltanto mi spiace di non essermi fatto trovare in casa, dove avrete trovato una ben misera accoglienza!"

Mentre Lehir scuoteva la testa sorridendo, Ettayn si mise in mezzo, tutto contento.

"Anche Lord Lehir pensa che io debba andare alla Torre! E si è offerto di parlarne con mio padre, se ..."

"Fratello, questo è già stato deciso" lo bloccò subito Allemayr, sia pure con voce gentile. "Stai tranquillo e lascia che Lord Lehir parli in pace con Zelmir".

Un poco mortificato, il ragazzo si fece da parte e Zelmir abbracciò lo zio, che somigliava molto a sua madre Mirinha e, come lei, era di statura non alta e di corporatura minuta, cosa che non gli aveva impedito di battersi valorosamente. Anche lui aveva gli occhi verdi, sebbene non così chiari e brillanti come li avevano avuti i suoi fratelli e come ora li aveva Zelmir e un volto dai lineamenti delicati, incorniciato da una sottile barba castana come i capelli. Ricambiò con calore l'abbraccio del nipote, ma a Hezjà non sfuggì il suo imbarazzo, e intervenne subito, sperando che l'uomo fosse lì anche per cercare di ricomporre la lite tra i due Ul Quoi.

"Mio Signore," offrì "la mia casa non è certo una reggia, ma è tutta a tua disposizione e, se vuoi parlare con tuo nipote da solo, posso offrirti il mio studio".

Mentre Lehir accettava ringraziandolo per la sua comprensione, il giovane principe lanciò un'occhiata di fuoco all'amico, ma gli fu gioco forza seguire lo zio, sibilando "Traditore!" all'imperturbabile Hezjà.

Nel piccolo studio di Hezjià, una stanzetta quadrata tutta rivestita di pannelli di lucido legno chiaro, antistante la camera da letto del giovane e occupata quasi interamente da una grande scrivania stracarica di carte e da un armadio pieno di testi e di documenti, il Terzo Signore del Tridente, seduto su una delle due poltrone che, con un tavolo, gli sgabelli e la piccola cassapanca, formavano tutto l'arredamento della stanza, stava rendendosi conto di persona di quanto fosse arduo l'impegno che aveva preso con il cognato.

Il suo indisciplinato nipote continuò a rifiutare, con una testardaggine degna del padre, di ammettere di avere anche il più piccolo torto, anzi, pretese le scuse formali di Xamir anche solo per accettare di rivederlo.

"Se questa è la condizione, di certo i due principi non si rappacificheranno mai più!" rifletté Lehir, scoraggiato e angustiato per loro perché sapeva che in realtà i due si volevano bene.

Intanto il giovane principe, infiammato dalle sue stesse parole, gli giurò che non ne poteva più di vivere sotto quella tirannia e che aveva deciso di lasciare le Isole Dorate, arruolandosi in qualche compagnia di ventura in Rutlandia.

"Di male in peggio!" commentò tra sé e sé il nobile, sentendo che il suo disappunto diventava preoccupazione giacché, conoscendo la testa calda del nipote, lo credeva capacissimo di fare quanto minacciato. Ma da molti anni Lehir si era trovato a far da mediatore tra cognati, fratelli e nipoti, riuscendo sempre a evitare una rottura irrimediabile, e anche quella volta trovò la soluzione giusta.

"Non ti do ragione, bada bene, ma neanche torto del tutto! Credo che un periodo di riflessione potrebbe essere utile sia a te che a tuo padre. No, aspetta!"

Il giovane si era alzato in piedi rovesciando la seggiola, con la faccia rabbiosa.

"Aspetta, furia! La mia proposta ti piacerà, perché ti permetterà di allontanarti per un poco da Wan Tunhe e da tuo padre, dandoti un'opportunità in più di trovare poi un ingaggio onorevole, se resterai fermo nella tua decisione di arruolarti come soldato di ventura".

E al nipote, improvvisamente interessato, offrì di andare a Costa delle Alghe per qualche tempo, con l'incarico ufficiale di riorganizzarne l'esercito e la flotta, che dalla morte di Wineri erano stati trascurati.

"Io sono quasi sempre qui, ad ascoltare i logorroici sproloqui del nostro Console, e mio fratello segue la politica interna del nostro Paese e per di più non è molto esperto di faccende belliche. Aveva dato quest'incarico a suo figlio Imrhis, ma il ragazzo non ha concluso un granché e onestamente ammette che proprio non ce la fa".

Tacque, e anche Zelmir, dopo aver aperto un paio di volte la bocca, rimase zitto a riflettere.

L'offerta dello zio gli era piaciuta molto e lo lusingava, anche se era certo che il padre ci aveva messo lo zampino, cercando con questo sistema di avvicinarlo a Morana. Senza accorgersene sorrise: facesse tutti i piani che voleva, quella Zucca Incoronata, lui sapeva bene che la cugina, fedele alla memoria dell'amato Valtari, non aveva alcuna intenzione di sposarsi... e il comando, sia pure provvisorio, delle forze armate delle Alghe gli sorrideva infinitamente di più che partire come soldato di ventura.

Così, qualche minuto dopo, agli amici che lo aspettavano con curiosità e un po' di ansia, il giovane principe comunicò con un grande sorriso che entro pochi giorni sarebbe partito per le Alghe per riorganizzarne l'esercito, su incarico dello zio.

Spiaceva a tutti perdere la sua allegra compagnia, ma tutti erano anche molto sollevati all'idea che non finisse in qualche terra sconosciuta a farsi ammazzare per degli stranieri, e l'occhiata che Hezjià diede a Lehir, stringendogli la mano, espresse tutta la sua gratitudine.

Fu solo al momento di prendere congedo, quando ormai tutti avevano brindato al nuovo incarico di Zelmir, si erano congratulati con lui e tirarsi in dietro non era proprio più possibile, che il Terzo Signore delle Alghe rivelò il suo intento più segreto, allacciandosi il mantello.

"Partirai tra quattro giorni, non appena arriverà a Wan Tunhe la *Onda Chiara*, che porterà a Fulgenzia te e i tuoi cugini Morana e Imrhis, che tornano in patria".

E se ne andò per andare ad affrontare il principe più anziano, lasciando quello più giovane a riflettere sulla perfidia e l'astuzia dei suoi parenti.

Subito dopo però, mentre Lehir faceva accettare con grande fatica la soluzione che aveva trovato al principe Ul Quoi, sempre in collera con il figlio, ma ancora di più amareggiato per la sua decisione di lasciarlo, il giovane iniziò uno scambio di fogli e di messaggi con la cugina Morana, rivelandole i piani dei loro parenti.

Il risultato fu che il giorno previsto per la partenza allo scalo si presentò il solo Imrhis, con un biglietto della cugina con il quale la fanciulla si scusava, ma dichiarava che non sarebbe partita, perché prima voleva sciogliere un voto restando per qualche tempo alla Torre, in preghiera. Alla Torre, infatti, l'intimidito Imrhis l'aveva accompagnata la sera prima, perché le prevedibili furie di suo padre, al momento lontano, gli erano sembrate molto preferibili a quelle di Morana, dritta e presente davanti a lui...

Lehir capì benissimo che i due cugini, con l'involontaria complicità dell'ingenuo Imrhis, l'avevano infinocchiato, ma fu costretto a fare buon viso a cattivo gioco e ad acconsentire comunque alla partenza, ripromettendosi di recarsi al più presto dalla Prima Consacrata per chiarire la situazione, e mandando intanto un pensiero pieno di comprensione al principe Xamir.

***

"Avevo promesso a mio padre che non mi sarei mosso da Tamaldo".

Gofrid, disteso su uno splendido letto basso e morbido, tra cuscini gonfi di piume d'oca e coltri di seta leggerissima e di lino ricamato, fissò Lhamar, seduta di fronte a lui su piccolo sgabello dai curiosi intagli, intarsiato di ebano.

Erano in un'ampia stanza dal soffitto alto, decorato da minuscole tessere di vetro multicolore e scintillante formando disegni fantastici; sui muri, lucidi marmi si alternavano a preziosi tessuti, mentre il pavimento spariva sotto i raffinati tappeti.

I vetri rosa e oro dell'unica grande finestra ad arco, posta di fronte alla porta, filtravano la luce del giorno smorzandola in modo che non offendesse la vista. Ampie tende di seta poi attendevano solo di essere tirate, se tuttavia l'ardore del sole fosse riuscito molesto agli abitanti, così come quelle di broccato pesante, che proteggevano la massiccia porta di legno prezioso e bronzo, isolavano la stanza dal resto del palazzo.

O almeno così pensava il giovane Magio, poiché, da quando era stato trasportato là, non era ancora uscito dalla sua camera, se non per andare nel giardinetto interno, a cui si poteva accedere solo dalla piccola porta posta dietro al suo letto.

Lo trattavano come un re, anzi meglio di un re, perché poteva godere della compagnia di Lhamar, e secondo lui la giovane era la cosa più bella, più preziosa fra tutti i magnifici oggetti che lo circondavano; tuttavia, qualcosa continuava a turbarlo.

Ci aveva riflettuto quella mattina, non appena la fanciulla lo aveva svegliato con un bacio, ma non riusciva a dar forma al suo disagio.

Faceva fatica a far chiarezza dentro di sé, e ogni tentativo di accedere al Dono gli costava sforzo e sofferenza; i guaritori, però, gli avevano spiegato che era una conseguenza della *febbre dei sette giorni*, una conseguenza che sarebbe svanita in poco tempo, così come erano già svaniti febbre, stordimento e dolori, lasciandolo forte e vigoroso come prima.

Per questo continuava a prendere le loro pozioni, che lasciavano in lui un senso di disgusto, anche se non poteva dirle oggettivamente cattive... insomma, non molto!

E poi la sua Lhamar, vista la sua insofferenza per quei farmaci che pure erano necessari, aveva preso la dolce abitudine di somministrarglieli personalmente, accostandogli con le sue piccole mani il calice alle labbra e obbligando a ingerire fin la più piccola stilla del suo nauseante contenuto.

Ogni giorno che passava, e questo era un altro punto dolente perché gli pareva di non riuscire mai a calcolare esattamente il tempo, l'amava sempre di più e sempre di più i suoi dolci atti, la sua voce melodiosa, il profumo denso e avvolgente che sembrava nascere dalla ricca chioma nera gli erano necessari come l'aria che respirava.

Per questo gli dispiaceva, ora, rinfacciarle il piccolo inganno che gli aveva fatto, portandolo via da Tamaldo senza dirglielo, quando la febbre ottundeva ancora le sue percezioni.

"Perché, Lhamar?" insistette, pur sentendosi un ingrato, vista la magnificenza del suo nuovo alloggio.

La fanciulla abbassò le lunghe ciglia sugli splendidi occhi, poi d'impeto gli gettò al collo le morbide braccia.

"Per te, amor mio, per te! L'aria di quella città era viziata, piena di malattie, e la taverna scomoda, affollata! I guaritori mi hanno consigliato di portarti in un clima più salubre, in un ambiente più tranquillo e accogliente. Avevo paura per te e forse ho sbagliato, ma là, sola, senza nessuno che mi consigliasse, ho creduto di far bene e ti ho fatto trasportare qui, a Kalafavarah, dove la mia famiglia ha un castelletto. Dista solo due ore da Tamaldo, ma è posta sulla collina e l'aria è dolce. Se ho fatto male..."

C'era tanta ansia nella tenera voce che Gofrid ricambiò l'abbraccio e scosse subito la testa bionda.

"No, cara, no! Soltanto, sono preoccupato per mio padre. La *Luna Rossa* doveva essere il nostro punto di incontro, là mi avrebbe inviato i suoi messaggi e là sarebbe tornato o avrebbe mandato qualcuno a prendermi".

"Oh, Gofrid sono giovane, sono una donna, ma non sono una sprovveduta! Ho lasciato una lettera per il Duca, spiegandogli dove siamo e come fare a raggiungerci; l'oste ha anche l'ordine di mettere da parte tutti i messaggi per te e ogni due giorni un mio schiavo passerà a ritirarli".

"Però finora non ho ricevuto niente..."

La giovinetta si svincolò dal suo abbraccio e lo guardò con lo stupore nei grandi occhi.

"Ma, caro!" esclamò. "Non sono passati quattro giorni, da quando il Duca ha lasciato Tamaldo! Per veloce che fosse la sua imbarcazione, non può essere neanche arrivato a Periss! Capisco che sei in ansia per lui, ma prima di ricevere sue notizie dovrai aspettare ancora parecchi giorni... o la mia compagnia è così noiosa che non vedi l'ora di andartene?"

Rise, dicendo così, e si alzò con un agile movimento, in uno sfarfallio di veli trasparenti e di sete lucenti, i lunghi capelli liberi sul petto dorato e sulla schiena, gli occhi accesi di gioia e d'amore, tendendogli le braccia nude, le piccole mani dalle dita delicate.

Un attimo dopo il ragazzo l'aveva afferrata stretta, baciando il bel volto rosato, le tenere spalle, le dolci curve del corpo snello che gli si abbandonava.

Ma poi, mentre la fanciulla dormiva ancora al suo fianco, la sottile, molesta sensazione di disagio s'infiltrò di nuovo in lui.

Erano passati quattro giorni da quando si era separato dal padre, aveva detto Lhamar... li contò e li ricontò... era vero. Eppure aveva la curiosa sensazione di essere là da molto più tempo. Forse era questa la stranezza che a tratti lo infastidiva: l'impressione che il tempo avesse smesso di scorrere regolare, che si dilatasse o si restringesse. Le notti, soprattutto, quando restava solo, sembravano lunghe come intere settimane. Forse perché in quelle ore era diviso dalla sua Lhamar?

Si girò su un fianco per vederla in viso, scostò delicatamente una lunga ciocca nera dall'alta fronte intatta e sorrise di felicità, cercando di ricacciare ogni dubbio, ogni disagio in un angolo della sua mente per godere solo l'incanto del presente.

Ma l'ombra del suo strano malessere rimase là, tessendo una rete di piccole inquietudini e di perplessità, pronte a riaffacciarsi alla sua coscienza.

***

Come aveva deciso, il Console cominciò a organizzare un'Assemblea plenaria per presentare l'armistizio raggiunto con la Norlandia. Aveva premura di arrivare al più presto alla riunione, per evitare che magari nel frattempo Gama Toreg rintracciasse il Duca d'Ombra e lo portasse a Wan Tunhe a guastargli quello che voleva presentare come il suo personale trionfo e la vittoria della sua politica.

"Sarebbe proprio degno di W'Unker arrivare all'improvviso, in piena assemblea, e riuscire in qualche modo ad attirare su di sé l'attenzione e la gratitudine di tutti, anche se non ha proprio nessun merito per questa vittoriosa conclusione della guerra! Lui, ce l'ha solo mossa, anche se qui c'è qualcuno che pare dispostissimo a dimenticarsene" meditò tra sé e sé durante una delle numerose, lunghe e noiose riunioni di preparazione, gettando furtive occhiate sdegnate al

generale Takab, allegro e sorridente come non lo era più stato dalla morte di Parvit e più ancora dal giorno in cui il segreto dell'Artiglio di Fuoco era stato svelato.

Ma se questo pensiero lo spingeva a stringere i tempi, un altro lo portava invece a rimandare ancora. Lady Solea non era ancora tornata,e pareva intenzionata a prolungare il suo soggiorno a Zilliana, dove già si contavano le prime defezioni alla causa del pio Narval e cominciavano a correre voci irridenti sui suoi supposti ritiri di preghiera, accompagnate da versi e spesso da disegni che ben poco lasciavano all'immaginazione.

Lord Tumish, che era sempre stato molto abile nell'interpretare i segnali del favore e del dissenso popolare, e che per di più conosceva Solea, non aveva dubbi in proposito: Dama Min era in azione!

La cosa lo divertiva e al tempo stesso lo preoccupava, perché in quel momento anche l'inetto Narval sarebbe stato meglio di una pericolosa crisi di governo a Zilliana, crisi che prevedeva inevitabile nel caso che il principe fosse costretto a rinunciare al trono.

Per questo sperava che la Dama tornasse presto, ma non solo per questo: l'Assemblea che stava preparando avrebbe dovuto sancire il suo trionfo, e desiderava che la donna amata vi assistesse. Forse allora-pensava- Solea avrebbe desiderato tornare al suo fianco, come una volta, e la loro storia sarebbe ricominciata là dove l'impensabile ritorno di Valmar D'Aurel era in qualche modo riuscito a interromperla.

Purché nel frattempo quel disgraziato non si facesse vivo di nuovo a portargli via la gloria, la donna che amava e magari anche il titolo di Console!

Alla fine, stabilì che l'Assemblea si sarebbe tenuta l'indomani del grande Mercato d'Autunno, che faceva affluire in città moltissima gente. Come se ne sparse la notizia, cominciarono ad arrivare a Wan Tunhe capi di stato, anziani e capi delle Congregazioni, ambasciatori, rappresentanti dei vari paesi dell'Intesa, nobili e alti ufficiali, oltre che cittadini da tutte le Isole Dorate, desiderosi di partecipare a quell'avvenimento.

Nei giorni immediatamente precedenti alla data fatidica, la città era così stipata che ormai non era possibile trovare un letto in nessuna delle centoventicinque locande e neppure nelle case che, avendo un po' di spazio in più, l'avevano messo a disposizione dei forestieri, a pagamento, s'intende!

Le viuzze e le scalette attorno al porto erano diventate un fiume di gente dagli abiti colorati e dai diversi dialetti, il vino correva nelle taverne e la soddisfazione dei mercanti che partecipavano al Grande Mercato d'Autunno crebbe in misura proporzionale al numero degli acquirenti e alla rabbia dei loro rivali, gli organizzatori del Primo

Mercato d'Inverno che facevano tristi previsioni per i loro affari, dopo lo strepitoso successo di quell'ultimo mercato autunnale.

Lord Tumish si fregava le mani, cercando di ignorare che, in realtà, tutto quell'afflusso di gente era causato solo in piccola parte dall'Assemblea della Pace Vittoriosa, come l'aveva chiamata nei suoi editti, e molto di più dalla diceria, dilagata in maniera incontrollata, che l'Artiglio di Fuoco vi avrebbe partecipato.

"Vedrete che verrà!" questo era ciò che si diceva per tutta l'isola, ed erano molti a dirsi d'accordo.

"Ci toglierà dai guai!" aggiungevano.

Ma i pareri erano molto discordi perché c'era anche chi scuoteva il capo e poneva limiti alle previsioni ottimistiche.

"Se vorrà, solo se vorrà... Non essere tanto ottimista!"

"Vorrà, vorrà!"

"Speriamo bene!"

Nelle sale stracolme delle taverne fiorirono discussioni e scommesse. e per l'occasione i numerosissimi bardi, cantastorie, menestrelli e burattinai, accorsi in città per l'evento, rispolverarono tutte le vecchie leggende su Valmar D'Aurel, alle quali ne aggiunsero altre, nuove e del tutto improbabili, sull'Artiglio di Fuoco.

"Che misere cose sono la memoria e la riconoscenza umana!" mugugnò Lord Tumish, di cattivo umore anche perché la beneamata Solea non si faceva vedere. "Pare che nessuno si ricordi che l'Assemblea e i festeggiamenti sono per l'armistizio che *io* ho ottenuto, dopo aver vinto quella guerra che proprio questo loro feticcio ci aveva mosso!"

Non aveva torto, ma ben pochi pensavano all'armistizio, e le voci sul Duca d'Ombra e sui suoi Poteri correvano per le strade, le piazze, i vicoli della città, accettate con fiducia o viste con timore, ma sempre accompagnate da un senso reverenziale di rispetto.

E, come se non bastasse l'irritante attesa dell'uomo che era stato il Flagello delle Isole, la sera prima della riunione il cielo, già coperto, rovesciò sulla città una vera e propria tempesta di neve, cosa rarissima a Wan Tunhe e mai successa in quella stagione; così fu tra raffiche di vento gelido e furiosi mulinelli di neve che la gente s'incamminò verso la Piazza Grande. Naturalmente erano in numero molto minore di quanto era stato previsto, tanto che molti posti preparati per il pubblico al piano terra dell'immensa sala restarono vuoti.

L'effetto fu desolante, e il fatto che ci fossero molte defezioni anche tra i membri del Parlamento delle Isole, in ritardo per il cattivo tempo, non migliorò certo la situazione.

La neve, che a metà mattina continuava a cadere fitta, ricoperse i tetti, le barche all'ancora e i moli; le numerose tende, che il Console aveva fatto erigere nel bosco che portava alla Torre per accogliere quanti non avevano trovato posto in città, crollarono sotto il suo peso, o furono travolte dalle rabbiose raffiche di vento, e strade e piazze erano ricoperte da quel gelido manto, tanto che in qualche punto era impossibile percorrerle.

I tendoni del Mercato d'Autunno avevano ceduto, e la poca merce che qualche coraggioso aveva esposto annegò in una fredda poltiglia biancastra.

Mentre gli organizzatori del Mercato d'Inverno, con facce falsamente compassionevoli, respiravano di sollievo vedendo colpiti i loro rivali, questi ultimi si dettero da fare per raccogliere firme contro il Console, reo, secondo loro, di non aver protetto meglio il mercato.

"Se si fosse degnato di interessarsi di noi anziché di strombazzare una vittoria che poi non è neanche sua, non saremmo a questo punto, in pratica rovinati!" sentenziarono, dimentichi degli ottimi affari fatti in precedenza. Sul loro esempio si mossero anche i cittadini accampati nel bosco, presentando una petizione che, stigmatizzando il comportamento del Console, chiedeva i danni.

Ispirati da loro, per tutta Wan Tunhe corsero petizioni, reclami e domande di risarcimento, anche da parte di chi aveva avuto soltanto il bucato ricoperto di neve.

"Ma l'ho mandata io questa bufera?!" si lamentò il povero Tumish, già rivestito con la toga di velluto paonazzo e con le pesanti insegne della sua carica al collo, riguardando con orrore le pile di fogli che si accumulavano sul suo tavolo, sentendo intanto salire un continuo, rabbioso cicaleccio dalle salette adiacenti alla grande sala rotonda delle assemblee, segno che alcuni membri del Parlamento e del Governo si erano incontrati là, e non stavano certo scambiandosi complimenti!

Crollò a sedere, e i pacchi delle petizioni precipitarono a terra; li prese a calci, sfogando la collera che si sentiva crescere dentro, ma una pila chiusa da uno spago finì addosso a Lady Nartia, che stava entrando in quel momento nel suo studio a passo di carica, naturalmente senza farsi annunciare, e tirandosi dietro il figlio Rodger. Alle sue spalle, s'intravedeva la grossa sagoma di Lord Ruinigis, anche lui con un diavolo per capello.

La battagliera Signora delle Conchiglie raccolse il pacco che l'aveva colpita, raggiunse l'allibito Console e glielo pestò sulla testa, poi si sedette di fronte.

"E adesso parliamo del Tridente. Rodger, siediti anche tu e smettila di sbuffare!"

Dal lato opposto della scrivania anche Lord Ruinigis s'impadronì di una seggiola e anche lui si volse verso al Console, fissandolo con occhi rabbiosi.

Per un momento il disgraziato rimpianse che al suo posto non ci fosse veramente il suo incubo, Valmar D'Aurel, ché se la vedesse lui con quelle furie!

Poi cercò di comporsi una faccia sollecita e amichevole, si scusò umilmente con la Dama e chiese loro con voce affabile in che cosa poteva servirli.

Ovviamente, era l'annosa questione della successione del Tridente: Lady Nartia voleva presentare il suo secondogenito, Rodger appunto, quale legittimo successore di Arthel proprio durante l'Assemblea della Vittoria. Lord Ruinigis giurò allora che avrebbe fatto presenti i suoi diritti in quella medesima assemblea e avrebbe preteso di essere riconosciuto subito come l'unico vero erede del principe caduto a Idragor.

"Ammetto che Lord Tismis avrebbe potuto avanzare qualche pretesa, ma dopo la sua morte io solo sono l'erede legittimo! Mio padre era cugino del padre del nostro povero principe".

"Non dire stupidaggini, Ruinigis! Io sono l'unica sorella di Arthel, e quindi mio figlio..."

"Le donne non hanno mai regnato sul Tridente, e poi hai solennemente rinunciato a ogni diritto quando hai sposato Lord T'Aquatis! Non so con che faccia..."

"La rinuncia valeva solo per Arthel e per la sua diretta discendenza! È la tua faccia che..."

"Per carità, Milady, Lord Ruinigis! È l'Assemblea della Vittoria. Dovremmo tutti..."

Non lo ascoltarono e continuarono a rovesciare nei suoi orecchi, e negli orecchi di chiunque passasse per il corridoio, la sfilza dei loro diritti, veri o presunti, infiorati da riferimenti ad analoghi fatti del passato.

Non sapendo più come arginare quella fiumana, il povero Console, che vedeva già il suo trionfo trasformato nell'ennesima zuffa per il Tridente alla presenza di tutto il Parlamento, degli ambasciatori, degli ospiti titolati e soprattutto della irriverente plebaglia di Wan Tunhe, non trovò di meglio che gettare altro olio sul fuoco, ricordando loro come anche Hildavis da Nicomer potesse avanzare delle pretese al trono del Tridente.

"In questo momento ne è il Reggente, ed è visto da tutti come l'eroe della resistenza agli invasori, il liberatore dell'Arcipelago. Non credo che sia conveniente per voi riaprire pubblicamente la questione proprio nel giorno in cui si ricorda la guerra e la vittoria, a cui Lord Hildavis ha grandemente contribuito! Piuttosto, visto che sarà presente, cercate di capire prima, in privato, se intende anche lui far valere i suoi diritti, e subito dopo apriremo la discussione".

"Tra quanti anni?" chiese Nartia, polemica.

"Presto, presto!" promise Tumish, sospingendoli garbatamente fuori, verso la grande sala e seguendoli, fingendo di non accorgersi del Borgomastro del Corallo che marciava verso di lui, tutto rosso in faccia.

Mal gliene incolse perché, non appena fatto il suo ingresso e preso posto nel palco centrale, si accorse con orrore che i rappresentanti del Corallo stavano impedendo al loro legittimo Signore di sedere tra loro. Peggio ancora, tra la folla alcuni gruppi di cittadini avevano alzato striscioni che alludevano non troppo delicatamente alla permanenza del Borgomastro nella sicura Wan Tunhe durante l'invasione norlese dei Coralli. L'epiteto più gentile che gli veniva rivolto era " messer Coniglio" alludendo così anche ai suoi denti anteriori, grandi e sporgenti.

Dal suo palco, l'allibito Tumish riconobbe tra i manifestanti parecchi dei più grandi proprietari terrieri dei Coralli e molti capi delle più sue importanti Confederazioni. Impossibile ignorare la protesta, e con un sospiro accantonò il bel discorso che si era preparato per aprire i lavori, fece cenno a Takab di aver pazienza e cercò di mediare.

Di male in peggio. Vedendo che gli affari interni di un altro paese venivano già affrontati, mentre l'annosa discussione sulle loro pretese sul Tridente era stata rimandata, Lord Ruinigis e Lady Nartia ritrovarono un perfetto accordo per alzarsi in piedi e reclamare a gran voce per l'ingiustizia.

A questo punto anche i rappresentanti di Capo Saetta, che da parecchio tempo volevano dirimere la questione dell'elezione del loro nuovo capo, si unirono alla protesta, e il principe Xamir Ul Quoi, che era appena entrato, di pessimo umore, sovrastò tutto lo strepito con la sua voce assordante, gettando sul tappeto i problema dei Senzaterra e pretendendo che fossero discussi e risolti subito, tra gli sdegnati squittii di Lady Deothenda.

"Possiamo procedere, Milord, o no?" chiese allora Takab, con aria seccata, stringendo tra le mani il trattato firmato in Norlandia e un foglio con il suo discorso.

"Se pensate di potervi far sentire, accomodatevi!" gemette con un filo di voce Lord Tumish, afflosciato sulla sua sedia.

In quel momento, nel palco del Governo scivolò un segretario che si avvicinò al Console mormorando qualcosa, che dovette subito ripetere a voce molto più alta, data la confusione.

"Eccellenza, è giunto un messaggio da Gama Toreg. Dice che l'Ar... Lord... Cioè il... Il Duca di Rocca d'Ombra è stato rintracciato. La

Capitana Kirit lo sta accompagnando a Wan Tunhe sulla *Danzatrice"*.

Questa volta Tumish lo sentì, ma lo sentirono anche tutti i membri del Governo, buona parte dei vari rappresentanti e parecchie persone che avevano trovato posto vicino alla loggia centrale; e chi non aveva sentito o non aveva capito bene, si affrettò a chiedere lumi ai vicini, ben lieti di dare spiegazioni a voce altissima, sicché in pochi minuti ai litigi s'era assommata la sorpresa, il timore o la soddisfazione per la novità.

Nessuno più mostrava il minimo interesse per l'armistizio siglato in Norlandia, i cui termini del resto erano già noti da molti giorni, tutti volevano saperne di più sul ritorno dell'Artiglio di Fuoco; si discuteva ancora se fosse stato opportuno convocarlo senza prima aver preso qualche accordo con lui, si litigava sul suo arrivo, sull'accoglienza da riservargli, sull'ospitalità da offrirgli...

Dal palco vicino a quello del Governo, Lord Propeanus Gaulter informò i suoi due sottomessi colleghi che erano tutti falsi problemi, perché dal punto di vista legale il soggetto in questione era già morto, bruciato sul rogo, secondo la legittima sentenza da lui stesso pronunciata. Il fatto che poi la condanna gli fosse stata commutata illegalmente nell'esilio, lasciando in vita il reo, era appunto un falso problema agli occhi di un giureconsulto esperto, come lui stesso era e come sperava che fossero anche i suoi colleghi.

Ciò sentenziato, uscì, avendo cura di sbattere dietro di sé la porta, seguito dagli altri due giudici, molto perplessi, ma timorosi di essere tacciati di ignoranza.

La giornata gloriosa che da tanto tempo Lord Tumish pregustava, iniziata in mezzo a una bufera di vento e neve, naufragò tra liti, discussioni, proteste e si chiuse schiacciata dalla grande ombra di Colui che le Isole avevano scacciato e il cui aiuto ora dovevano implorare.

Takab fece un veloce resoconto dell'accordo, raccolse qualche applauso e parecchie critiche per non essere riuscito a fare di meglio, ma non badò né a questi né a quelle, tutto preso dal pensiero che ben presto il suo antico Condottiero sarebbe arrivato a Wan Tunhe.

Subito dopo Lord Tumish, deluso e scorato, aggiornò l'Assemblea, tra le proteste generali e fu costretto a convocare subito una riunione di Governo per prendere le prime decisioni sul prossimo arrivo di Lord W'Unker.

Dopo ore di discussioni in cui si parlò di tutto, e su tutto si disputò con acrimonia, l'unica cosa su cui si trovò un accordo fu che il Duca sarebbe dovuto entrare in porto di notte, senza che se ne desse prima l'annuncio alla popolazione. Takab si offrì subito di andare ad accoglierlo allo sbarco e ospitarlo poi nella sua casa, ma la sua proposta fu vista con sospetto e fu invece approvato il suggerimento di Lady

Deothenda, che insistette per mandare Lord Hult a ricevere quell'ingombrante personaggio.

Al Comandante delle Guardie la cosa sembrava quanto mai inopportuna, visti i precedenti, ma finì con l'accettare, sfinito dalla voce nasale e monotona della Dama, e desideroso di tornare a casa sua, dove lo aspettava la giovane moglie, sposata da pochi mesi.

"Sia come volete, miei Signori, ma sia chiaro che i miei doveri si limiteranno ad accogliere Lord W'Unker. Escluso quindi che l'ospiti ancora in uno degli edifici messi sotto la mia giurisdizione!" concluse con un sorriso agrodolce, ricordando la prigionia del Duca di due anni prima, e Xamir, che da ore si sgolava opponendosi ferocemente a quel ritorno, sospirò con rimpianto.

Capitolo tredicesimo

LA DECISIONE DEL DUCA

Come Tumish aveva stabilito, lo sbarco del Duca di Norlandia a Wan Thune avvenne nella massima segretezza, di notte, ma anche all'ora antelucana in cui la *Danzatrice* aveva gettato le ancore, nel porto c'era una sia pur ridotta attività: pescatori che rientravano o mettevano in mare le barche, facchini che scaricavano casse, locandieri che aprivano o chiudevano i loro locali; inoltre, nonostante che gli uomini di Hult, pesantemente ammoniti, fossero muti, tuttavia s'era già sparsa la voce che l'arrivo di Lord W'Unker era imminente, e tutti l'aspettavano con un'ansia che si tingeva di timore e di speranza.

Da molti giorni correva voce che l'antico Artiglio di Fuoco sarebbe arrivato con un'imbarcazione dei Liberi Naviganti e che Lord Hult l'avrebbe accolto: ce n'era più che abbastanza perché tutti i presenti intuissero chi fosse quel gigante dai capelli bianchi, che era agilmente balzato a terra da una scialuppa della *Danzatrice*, aiutando poi una figuretta molto più piccola, infagottata in un ampio mantello, a scendere a sua volta sulla banchina.

Tutti gli osti e i loro garzoni decisero improvvisamente che era il momento di spazzare la strada davanti alle loro botteghe, i pescatori, fermi al molo, si dettero un gran da fare con vele e reti e i facchini riempirono il più lentamente possibile gli ampi panieri destinati al mercato. Mentre cominciavano a scambiarsi le prime impressioni e a convergere sul gruppo del Comandante delle Guardie, un'altra figura si fece largo fra loro, scese con passi svelti la scaletta e si diresse con sicurezza verso i nuovi venuti. Anche se non avesse vestito l'abito grigio orlato di verde dei Magi Guaritori, tutti avrebbero riconosciuto lo stesso il Consacrato Lenart, che era assai popolare sopratutto tra le classi più povere della città, e al vederlo Lord Hult sussultò, rammentando un tempestoso arrivo di Lord W'Unker a Wan Tunhe, dove un'altra Consacrata era bruscamente intervenuta...

Ma il Magio sorrideva sotto la corta barba ricciuta e salutò cordialmente il Comandante delle Guardie, rivolgendosi poi subito con gentilezza al Duca e alla sua compagna.

"Atteso siete giunto, Milord, e possa il vostro ritorno essere di buon auspicio per la nostra disgraziata Terra, e per voi. Io, però, sono qui per Dama Giselda: il vostro messaggio è già giunto e la Prima Consacrata mi ha ordinato di venire ad accogliervi per accompagnare subito la Dama a

Bosco Sacro".

"Ma io pensavo alla Torre" protestò subito Giselda e Lenart annuì, sorridendo.

"Così probabilmente sarà, Milady, ma prima è opportuno che passiate qualche tempo a Bosco Sacro," precisò con calma "dove meglio potremo raggiungere e sorreggere la mente del vostro bambino".

Incerta e per niente soddisfatta la ragazza guardò interrogativa W'Unker.

"Io non ho Potere" tentò "e non so se mi sarà permesso scendere a Bosco Sacro".

Ma ancora il Consacrato sorrise, posando un fuggevole sguardo sul ventre della giovane donna.

"Le onde vi accetteranno per amore di vostro figlio, che ha ricevuto il Dono. Venite, la *Luce della Dea* è ancorata qui e i venti sono favorevoli. Raggiungerete in breve Bosco Sacro e Hillia vi sarà compagna nel viaggio; sull'isola poi troverete tutte le cure delle quali voi e il vostro bambino avete bisogno".

Lenart cercò di mettere tutto il suo Potere di convinzione nelle sue parole, ma, pur tranquillizzata per sé e per il figlio, Giselda continuò a guardare la grande figura muta al suo fianco, attorcigliandosi la grossa treccia rossa sul polso, senza riuscire a decidersi.

Allora il Duca chinò lo sguardo su di lei e le sfiorò piano la guancia con la punta di un dito.

"Vai, bambina mia. Per te il tuo piccolo è la cosa più importante che ci sia al mondo, adesso, ed è giusto che sia così. Vai. Poi tornerai a Wan Tunhe, alla Torre, non hai sentito? Ci rivedremo allora".

"Ma io volevo essere al tuo fianco, aiutarti... Non so neanche dove ti metteranno a dormire! Solea non è ancora tornata, ma..."

"Mi hai già aiutato. Non temere nulla, nulla! Pensa solo a lui, e a te".

Così dicendo la guidò verso il Guaritore, che le offrì il braccio e si allontanò con lei, dirigendosi verso l'imbarcazione dei Magi, mentre un giovane postulante raccoglieva lo scarso bagaglio della giovane e si affrettava dietro a loro.

W'Unker rimase immobile sulla banchina, appena cosciente della presenza dell'inquieto Hult a qualche passo dietro di lui, guardando con dolorosa fissità la figuretta della figlia allontanarsi e riflettendo amaramente. Mai più i flutti che più di vent'anni prima lo avevano portato a Bosco Sacro si sarebbero aperti per lui, e mai avrebbe rivisto i dolci rivi e i verdi alberi dell'isola, né più, mai, avrebbe udito i canti dei Magi confondersi con il cinguettio degli uccelli, con il fruscio delle foglie, con il mormorio della fonte.

Si morse le labbra pallide e chinò la testa, serrando i pugni; poi si raddrizzò e si volse alteramente al Comandante delle Guardie.

"Sono a vostra disposizione, Milord. Dove mi guidate?"

Al colmo dell'imbarazzo, maledicendo mille volte il Console che lo aveva messo in quell'impiccio e la sua dabbenaggine che glielo aveva fatto accettare, Gusdav Hult si sforzò di avvicinarsi al suo antico prigioniero.

"Sebbene non sia ancora l'alba, ho l'ordine di scortarvi immediatamente al Palazzo della Logica, con la massima segretezza, per evitare eventuali... ehm..."

"Capisco. Non si vuole che l'Artiglio di Fuoco sia visto dalla popolazione. È giusto. Andiamo".

Nella voce profonda vibrava l'amarezza, ché alla mente dell'antico Valmar si erano affacciati, vividi e dolorosi, i ricordi di altri ritorni, di altre accoglienze; tuttavia seguì Hult con faccia impassibile e salì sulla lettiga che l'aspettava senza un attimo di esitazione.

Ormai però era stato riconosciuto e la notizia del suo arrivo si sparse con la velocità abituale con cui le novità si spargevano a Wan Tunhe: da barca a barca e poi tra le famiglie dei pescatori e dei marinai che rientravano a casa; le comari se la raccontarono sulle porte, pulendo il pesce e preparandosi per il mercato o se la gridarono dalle finestre, stendendo i panni, e nelle taverne era ormai voce comune, mentre se ne parlava con mille particolari di fantasia al mercato, dove i banchi erano già stati allestiti e i primi clienti stavano arrivando.

Ovviamente ci fu chi pensò bene di avvisare i Capi delle proprie Confraternite, tirandoli giù dal letto senza molti complimenti, e costoro, sdegnandosi per quello che chiamavano l'ennesimo trucchetto di Tumish, misero in allarme anche i Rappresentanti dei Quindici.

Così, subito dopo o addirittura prima che arrivasse la lettiga del Duca, visto che Hult, per prudenza, aveva scelto di fare un lungo giro, sulla Piazza Grande si era già riunita una folla curiosa e rumorosa, e sulle porte del Palazzo della Logica premevano numerosissimi i membri della Dieta delle Isole e della Camera delle Confraternite, tutti con un diavolo per capello e tutti che stringevano in mano rotoli e fogli con proteste e reclami contro il comportamento del Console e del Governo, mentre tra la folla si muovevano segretari e aiutanti muniti di carta e penna per l'immancabile raccolta di firme.

"Avevate parlato di segretezza o me lo sono solo immaginato, Lord Hult?" chiese polemico il Duca, sporgendosi appena dalla lettiga e accennando con la grande mano alla folla.

Il disgraziato Comandante si guardò intorno, fissò il lungo dito ora puntato verso di lui e deglutì, maledicendo per la millesima volta il Console.

"Ah, sì, in realtà... Ma sapete anche voi com'è fatta questa gente!"

"Disgraziatamente sì. E vedo che non è cambiata affatto" lo bloccò, freddo, W'Unker e scomparve di nuovo dietro la pesante cortina.

***

"Lord Tumish, è impossibile mantenere ancora segreto l'arrivo di Lord W'Unker, o rischiamo una vera e propria manifestazione di protesta" disse Hezjià con voce paziente, ma con una risata negli occhi grigi.

"Affacciatevi e vedrete anche voi!" l'appoggiò Rachilde. "C'è un mucchio di gente in Piazza, e ci sono anche quasi tutti i membri del Parlamento!"

Con un'occhiata d'antipatia ai due giovani, il Console andò alla finestra e l'aprì: subito il muggito della folla che premeva attorno al Palazzo della Logica entrò nel gabinetto ottagonale in cui tutti i ministri erano riuniti, strappando un gridolino nasale a Lady Deothenda.

"Oh, che orrore! Certo i nostri buoni cittadini stanno protestando per la venuta di quel mostro infame! L'avevo detto io che non era possibile..."

"Allora avete detto male, Milady" intervenne, brusco, Takab e aggiunse, con un sogghigno che la corta barba non riuscì a mascherare. "I nostri buoni cittadini, come li avete chiamati, non stanno nella pelle per vederlo e sentirlo, il vostro *mostro*, e protestano perché temono che il Console glielo impedisca".

"Che siano dannati assieme a lui e a quelli che l'hanno voluto qui, allora!" ruggì il principe Xamir, prendendo a pedate uno sgabello per sfogarsi, ma subito si levò, chiara e fredda, la voce di Lady Aleja.

"Non bestemmiate, principe Ul Quoi. È l'oracolo delle Tre Pietre che ha imposto il ritorno di Lord W'Unker, e non sta a voi, né a nessun altro dei presenti, mettere in dubbio o discutere il loro responso".

L'occhiata di biasimo che accompagnò le sue parole fu estesa anche a Lady Deothenda, che si morse le labbra squittendo debolmente e andò a rifugiarsi dietro l'ampia mole di Lord Piobs; il Console intanto si trasse indietro, chiuse la finestra con un colpo secco e si guardò intorno, in cerca d'ispirazione.

"Milord, per la carica che ho l'onore di rivestire nel vostro governo, sento il dovere di consigliarvi di non ignorare le richieste del Parlamento" cominciò intanto Lord Reghibald da Karegi. "Ora che tutti sanno che l'Artiglio di Fuoco è arrivato, bisognerà in qualche modo soddisfare le richieste della gente".

"Anche perché non manca moltissimo alle elezioni per la riconferma definitiva della vostra carica, Eccellenza" aggiunse in un sussulto di malignità Lord Piobs, vendicandosi per la levataccia, e Tumish sobbalzò.

"Certo, certo! Voglio dire, se questo è il desiderio del mio amato popolo, non posso che acconsentire. Anche se le più elementari norme di prudenza mi avevano consigliato un altro tipo di incontro con... eheh... con... Lui, ora bisognerà fare diversamente. Apriamo subito la discussione".

Si fermò e guardò ancora i suoi collaboratori, che già stavano per aprire la bocca e iniziare una delle solite diatribe, quando Hezjià si alzò.

"No. Se cominciamo a discuterne, verrà notte prima che sia stata presa una decisione e nel frattempo Lord W'Unker avrà avuto tutto il tempo di parlare alla folla. È questo che volete, Milord?".

Il sussulto di Tumish fu dieci volte più visibile del precedente, mentre si affrettava a stabilire, chiamando a sé segretari, araldi e valletti. "Come sempre, io sono solo il servitore del mio popolo. Aprite i portoni del Palazzo e fate entrare la gente, avendo cura che i membri del Parlamento possano occupare i loro posti. Annunciate che il Console chiede la loro presenza perché possano vedere e giudicare il primo incontro dell'Intesa dei Quindici con l'Artiglio di Fuoco".

Mentre i servitori si disperdevano per obbedirgli e i ministri si apprestavano a raggiungere la loggia del Governo, commentando e brontolando, aggiunse a bassa voce, rivolto al vice capo della sua Segreteria. "Avvisa Lord Hult perché faccia entrare il Flagello delle Isole da una porta laterale, evitando che abbia qualsiasi contatto diretto con i cittadini".

E andò a unirsi al suo Governo, seguito da una scettica occhiata di Lady Aleja, che stava dirigendosi alla sua loggia.

Mentre la folla entrava nella sala delle assemblee plenarie, rapidamente rassettata da una miriade di valletti, e prendeva posto, Lord Tumish si accordò rapidamente con i suoi colleghi: avrebbero ricevuto l'Esiliato pubblicamente, e pubblicamente avrebbero iniziato le trattative con lui, cercando però di rimandare l'accordo finale a una riunione successiva più ristretta, possibilmente aperta solo ai membri del Governo.

"E a Lady Aleja. È lei che ha in mano il responso dell'Oracolo" fece subito notare Rachilde.

"L'avrei detto tra un secondo, se aveste avuto la cortesia di non interrompermi, Madamigella!" la rimbeccò il Console.

"Trattative!" sibilò intanto Xamir, inviperito. "Accordo! Prenderemo solo dei calci in faccia da quel Dannato, e per giunta davanti a tutta la plebaglia di Wan Tunhe, grazie alla lungimiranza del nostro Console!"

"Giudicate Lord W'Unker in maniera sbagliata, principe! Se aveste voluto ascoltare, vedere..." cominciò Takab, ma Xamir alzò la voce e menò un formidabile pugno sulla balaustra, danneggiandone le decorazioni, due delle quali finirono sulla testa del rappresentante della Gilda degli Speziali.

"Ho visto e sentito abbastanza il giorno che ha distrutto la mia terra! Sono nauseato da tutta quest'ignobile faccenda e..."

Intanto lo speziale colpito si era alzato in piedi, reggendo in mano le due deliziose statuette che l'avevano centrato in pieno, e cominciò a imprecare contro il principe Ul Quoi, guardando verso la loggia del governo. Xamir chiuse bruscamente la bocca, staccò con un ringhio di rabbia una grossa rosa di legno dorato dalla balaustra e la scaraventò sulla testa del malcapitato.

Tumish, pallido in faccia, si mise in mezzo, allontanando il principe dal parapetto e così ricevette in pieno petto una delle due prime decorazioni cadute, lanciate dal Capo Gilda; qualcuno rise, qualcuno urlò, altri chiesero silenzio e serietà, mentre sulle gradinate i più impazienti cominciavano a battere i piedi sul legno e la gente ammassata in fondo, non riuscendo a capire cosa stava succedendo, protestava comunque a gran voce.

Fu in quel momento che sulla porta laterale di destra apparve un araldo, molto impacciato perché non sapeva come annunciare quell'imbarazzante ospite.

Ma non ce ne fu bisogno perché una grande mano ricoperta da un guanto nero lo scostò e con pochi lunghi passi agili Lord W'Unker si portò davanti alla loggia del Governo, nello spazio riservato agli oratori. Immediatamente scese un completo silenzio.

Il Duca allora levò il viso altero verso il Console che, cercando di recuperare i brandelli della sua dignità, ora si sporgeva dal parapetto.

"Mi avete chiamato. Eccomi".

"Eh... bene... ecco... Già, già..."

A quell'infelice uscita il silenzio si fece ancora più profondo.

Costernato e incredulo, Tumish sentì le sue sciocche parole risuonargli negli orecchi: aveva preparato un bel discorso, piuttosto lungo, ma ricco di savi concetti e astutamente elusivo sul passato, e l'aveva frettolosamente ridotto perché andasse bene anche in quelle circostanze mutate, ma ora nella sua testa aveva il vuoto e davanti agli occhi soltanto quella grande figura eretta e sprezzante.

Girò gli occhi sui suoi ministri, in cerca d'aiuto, ma i membri civili se ne stavano ristretti in un angolo alla sua sinistra, cercando di non guardarlo, meno Rachilde che lo fissò interrogativa, peggiorando il suo imbarazzo. Alla sua destra l'ammiraglio Yets teneva gli occhi inchiodati sulla testa bianca del Duca, come affascinato, il generale Takab era scomparso sul fondo della loggia e il principe Ul Quoi aveva la faccia tesa dei brutti momenti. Tutti gli altri sembravano improvvisamente molto interessati ai loro appunti, nei quali tenevano scrupolosamente sprofondato il naso.

Inutile dire che la loggia alla destra di quella del Governo, dove avrebbero dovuto prender posto i tre Giudici dell'Alta Corte di Giustizia, era desolatamente vuota.

Il silenzio si prolungò oltre il tollerabile per il Console; al contrario, W'Unker non mostrò alcun imbarazzo e rimase immobile al centro della sala, il viso inespressivo.

Poi, quando ormai erano passati parecchi minuti, dalla Loggia che ospitava i Consacrati si alzò, leggera, Lady Aleja: come già aveva fatto due anni prima attraversò la sala, ma questa volta si fermò davanti al Duca e lo fissò decisa.

"Abbiamo bisogno di te. Non ti promettiamo ricompense, o un perdono che solo tu ti puoi dare, ma ti chiediamo di ascoltare le nostre parole per pietà della tua terra e per i voti che una volta pronunciasti. Accetti?"

"Eccomi" ripeté quietamente l'uomo, e quella semplice parola, pronunciata in tono basso e inespressivo, risuonò nella grande sala come una liberazione.

Scoppiò, imprevedibile, un applauso e subito dopo esplose, inevitabile, il caos.

Proruppero in grida festose i Liberi Naviganti, con Gama Toreg alla loro testa che urlava qualcosa ridendo sotto i lunghi baffi, senza riuscire a farsi sentire, mentre Tigrana Kirit batteva mani e piedi. I rappresentanti delle Congregazioni delle Arti e dei Mestieri si misero a parlare tutti assieme, proponendo e dissentendo, mentre i membri della Dieta chiamavano a gran voce messi e segretari per dettare comunicati ai rispettivi governi.

In quella confusione, impiegati e valletti correvano qua e là, cercando di accontentare tutti e soprattutto di non scontentare Lord Tumish, che sedeva nella loggia del Governo con un sorrisetto ebete incollato sulla faccia, mentre Hezjià Yets si era alzato in piedi, applaudendo sfacciatamente, e Takab si era nascosto il volto tra le mani. La faccia dei brutti momenti del Principe Ul Quoi divenne una faccia furiosa...

Il Console si rese conto che doveva riprendere in mano la situazione, alzarsi, dimostrare che era lui che teneva le fila di quell'indesiderato incontro, magari fissare subito la riunione ristretta, più facile da governare, e poi trovare un alloggio per quell'Ospite del Malanno durante la sua permanenza a Wan Tunhe, convocare...

Ma quando aprì la bocca, dopo un paio di tentativi a vuoto, riuscì solo a boccheggiare. "Prendiamo atto della vostra... sì... della vostra disponibilità di... per..."

Come ci si doveva rivolgere al Distruttore delle Isole, a colui che ne era stato l'Eroe poi il Flagello, che era stato condannato a morire sul rogo per i suoi misfatti e poi a stento graziato per le lacrime dei figli e per l'appello di Lady Aleja? Chi, cacciato e bandito, aveva dovuto richiamare, inghiottendo amaro?

"... prendiamo atto..." ritentò "con piacere della vostra disponibilità... Sì... E vi rin... No, ce ne rallegriamo. Ma adesso credo sia opportuno aggiornare la seduta. Domani..."

"Ora".

La voce di W'Unker si fece udire senza sforzo al di sopra di tutta quella confusione e Tumish incassò il collo tra le spalle, arrendendosi di nuovo.

"Ora. Va bene, come avete detto. Il Governo si riunirà immediatamente per esaminare la situazione che ha determinato il vostro richiamo e per la decisione, poi riferirà..."

"Riunirete chi vi piacerà quando vorrete. Io, però, deciderò subito. Ora, e qui".

Il gelido sguardo di W'Unker nei bellissimi occhi di Valmar parve trafiggerlo e il Console capitolò ancora, definitivamente.

"Certo, certo, come volete! Già, il ruolo del militare è diverso da quello del politico... Si compenetrano, naturalmente, ma..."

Prima ancora che fosse riuscito a infilare due parole sensate, invocata a gran voce dalla popolazione e da buona parte del Parlamento delle Isole, che scandiva il suo nome, di nuovo Lady Aleja si alzò in piedi, scese rapida la scalinata e si fermò diritta davanti alla loggia del Governo. Alzò la mano sottile per chiedere silenzio e, nella relativa calma che in qualche minuto si impose in tutta la sala, iniziò a recitare nuovamente l'oracolo delle Tre Pietre, ma questa volta con lo sguardo rivolto soltanto al gigante che torreggiava su di lei, guardando davanti a sé con occhi freddi e remoti, muto.

"Empia una mano disciolse i sigilli,
Sacrilega mente infranse gli editti,
Blasfemo un canto i Dormienti destò;
E schiuso fu alle Tenebre il varco.

Chi le parole conosce del canto?
Qual man rinchiude il varco violato?
L'Oscura Potenza chi con il sangue

Nel Caos ricaccia, e pone il suggello?

Quegli che già fu Scudo e Flagello
E tramite e varco alle Tenebre è;
Quegli che doppia corona ricinge,
Sacro alla Luce e all'Ombra votato,

La già percorsa tenebrosa via
Ripercorrere deve, e con l'antica
Di Potere parola ricacciare
Nel Nulla eterno l'Ombra che evocò".

Come se il suo sguardo e le sue parole avessero avuto il potere di risvegliarlo, il Duca chinò lentamente la fiera testa su di lei: ora gli occhi blu non erano più né gelidi né lontani, ma sembravano domandare, esitanti.

"Questo è il responso della Tre Pietre. Riconoscete voi stesso in questi versi, Milord?" chiese allora la Prima Consacrata.

Piano, il Duca chinò la testa annuendo.

"Giusto" ammise con voce bassa e rauca.

"Dunque siete voi che le Tre Pietre ci hanno indicato come la causa dei mali che ci affliggono e come colui che potrebbe porvi rimedio".

Ancora W'Unker fece cenno di sì, ma nei suoi occhi brillò uno sguardo d'angoscia, che subito celò, adombrando il volto nei lunghi capelli; e ancora cadde il silenzio: nessuno osò chiedergli apertamente se voleva, se poteva prendere su di sé quella folle e temeraria impresa, che andava al di là di ogni umana immaginazione.

Valmar D'Aurel aveva già sfidato le Tenebre, ed era stato sconfitto, peggio, era stato piegato, asservito, trasformato nel Sommo Sacerdote di Coloro che aveva osato affrontare.

Un brivido passò per l'assemblea, ma Aleja alzò un viso fermo e quieto verso la loggia del Governo, invitando mutamente Lord Tumish a prendere la parola.

Come tutti, anche il Console sentiva il morso del timore e dell'incertezza e la cauta occhiata che lanciò alla gigantesca figura immobile di chi aveva vantato suo amico e alleato non servì certo a rincuorarlo. La carica che con tanta abilità e perseveranza aveva inseguito per anni gli parve d'un tratto pesare come piombo, ma era il Console, era il capo dell'Intesa. Sapeva che toccava a lui capire cosa intendesse fare l'antico Artiglio di Fuoco e, nel caso, sollecitarlo, pregarlo perfino!

A quest'ultima idea provò rabbia e disgusto, ma strinse i denti e si alzò, cercando di mostrare a quel maledetto Stregone una faccia, se non amichevole, almeno fiduciosa.

"Posso dunque dedurre che il nostro problema vi è chiaro" cominciò, decidendo di sorvolare sull'appellativo da dargli. "Ora bisognerebbe che ci faceste capire se il vostro... I vostri Poteri sono forti a sufficienza per..."

"No, non è possibile! Lui è un Magio Guerriero, schiavo delle Tenebre, ma sempre e solo un Magio Guerriero!" gridò una voce tra la folla, interrompendolo, e subito un'altra le fece eco. "Qui non servono le armi, ma il Potere di un Cantore!"

Tumish, interdetto, si trasse indietro, guardando incerto i suoi colleghi, e Xamir, i denti bianchi che brillavano nel volto abbronzato prese la parola.

"Ci stiamo umiliando per niente davanti al Flagello delle Isole" sentenziò soddisfatto. "Cerchiamo piuttosto un Incantatore ..."

"Come senza dubbio ricorderete, se riuscirete a deporre per un attimo la collera, principe Ul Quoi, il Primo Ordine è estinto".

La voce di Aleja risuonò fredda e distante, ma Lady Deothenda, improvvisamente animata, si girò verso Xamir.

"Sì, ma è già successo che un Guerriero Consacrato alla Luce abbia vittoriosamente affrontato le Tenebre!" l'appoggiò. "Fu Gofrid D'Aurel, non costui che abbatté la potenza del Negromante!"

"Allora abbiamo chiamato il D'Aurel sbagliato!" gridò qualcuno sul fondo, tra la folla, e subito la voce si sparse a macchia d'olio.

"Venga dunque Gofrid D'Aurel!"

"Ha salvato le Isole dall'invasione degli anguiformi!"

"È stato lui che ha ucciso il Negromante!"

"È vero! Anche allora avevano detto che solo un Magio Incantatore avrebbe potuto compiere l'impresa, e invece il nostro Gofrid ce l'ha fatta!"

"Gofrid!"

"Gofrid D'Aurel!"

In molti ora gridavano, scandivano il nome del giovane Guerriero, sbracciandosi, agitandosi, scontrandosi con altri, che gettavano loro in faccia i versi dell'oracolo per dimostrare che non era il figlio, ma il padre rinnegato e apostata a essere chiamato a quella nuova impresa.

Anche nella loggia del Governo regnava l'incertezza e mentre Tumish, trattosi indietro, valutava quella nuova possibilità, le labbra strette, Deothenda e Piobs parlarono fitti tra di loro, mentre la dama continuava a fare segni di scongiuro, guardando di sottecchi il Duca con timoroso orrore.

Rachilde cercò con lo sguardo Astor Risejda tra i Senzaterra, sperando di avere lumi da lui, che aveva personalmente conosciuto sia Gofrid che W'Unker, mentre Reghibald da Karegi, la faccia scettica, discuteva con un gruppo di militari, e l'ammiraglio Yets, tra Takab e Xamir, tentava di ascoltare le ragioni dell'uno e quelle dell'altro e di mediare tra i due punti di vista completamente opposti.

Ma il Principe, che mal aveva accettato l'idea di chiedere aiuto al suo mortale nemico, allontanò bruscamente, con un colpo deciso della mano robusta, il giovane ammiraglio e si portò deciso verso il parapetto, che gli arrivava appena alla vita.

"Cittadini di Wan Tunhe, attenti a voi!" urlò, sporgendosi di là. "Come potete fidarvi dell'Artiglio di Fuoco? Di colui che ha già rinnegato e tradito la sua terra, la sua gente, i suoi voti? Di un apostata, di un assassino? Io credo che siate stati mal consigliati e che le vostre preghiere e le vostre speranze debbano indirizzarsi a chi è figlio di questo traditore e ne ha ereditato il Potere, ma non l'animo malvagio. All'eroe che ci ha salvato dalle stregonerie del Negromante, riuscendo ad ucciderlo contro ogni previsione! A Gofrid D'Aurel!"

L'appoggio del principe Ul Quoi dette forza alla fazione che già voleva il giovane Magio protagonista di questa nuova impresa e le urla salirono al cielo, cioè alla cupola azzurra punteggiata da stelle d'oro della sala, mentre Takab, liberatosi anche lui con un energico strattone dal più piccolo ed esile Yets, si avvicinava al principe, prendendolo per un braccio.

"Razza di idiota!" gli gridò in faccia. "Non si tratta di quel che vogliamo noi, è l'oracolo delle Tre Pietre..."

"Basta".

La voce del Duca, calma ma imperiosa, si sentì perfettamente in tutta la sala. Non aveva urlato, non aveva neppure alzato il tono, ma nessuno riuscì a ignorare il suo ordine e lentamente il fracasso decrebbe, divenne un mormorio, un sussurro che morì nel silenzio più assoluto.

"Basta, tacete. Ho sentito più che abbastanza".

I gelidi occhi blu passarono in rassegna le logge affollate, le scalinate dove ancora alcuni si agitavano, l'aula gremita, per posarsi poi sulla loggia del Governo e una smorfia di sdegno incurvò le sue pallide labbra.

"Avete fatto i nomi di Gofrid D'Aurel e del Negromante. Chi di voi era presente, quando il ragazzo osò un'impresa che andava al di là delle sue forze e del suo Potere? Tu forse, principe Ul Quoi? No, nessuno di voi era al suo fianco. Io c'ero, io solo so come fu sconfitto il Negromante e quale fu il prezzo pagato. Io. Io solo. Non tormentate il giovane Guerriero della Luce con le vostre inutili pretese, non tentatelo! Non è lui che potrà affrontare le Tenebre, no!... O su di lui potrebbe ricadere il fato di suo padre".

Nella voce oscura tremò qualcosa che non era disprezzo né alterigia e molti l'avvertirono; si scambiarono sguardi incerti, ci fu qualche mormorio, qualche colpo di tosse, ma nessuno osò prendere la parola, finché Aleja non si alzò in piedi.

"E in voi, Milord, c'è il Potere e la volontà d'affrontare questa prova?" chiese con voce sommessa. "Combattereste con le armi e la parola contro Coloro che furono, che sono i vostri padroni per la salvezza delle Isole Dorate e di Thelene tutta?"

Per un lungo minuto il Duca tacque, chinato il volto tra i lunghi capelli, torcendosi le mani, e il mormorio cominciò di nuovo a diventare protesta, proposta. Ancora il nome di Gofrid D'Aurel corse tra la folla e si udì suggerire il giovane almeno come compagno al padre nel difficile compito.

Allora W'Unker sussultò bruscamente, sciolse le mani e rialzò il viso, cacciando indietro i capelli ricciuti con un fiero movimento della testa; si drizzò in tutta la sua statura e fissò due occhi blu fermi e tristi in quelli chiarissimi e severi della Prima Consacrata.

"Prendo l'impresa su di me. Tenterò, ma solo".

Ancora ci fu un attimo di silenzio, mentre tutti assimilavano quelle scarne frasi, poi scoppiarono commenti, consigli, pareri, consensi.

Per un paio di minuti Lord W'Unker sopportò il fracasso, poi con un gesto di insofferenza colpì energicamente con la grande destra aperta la base della loggia e, approfittando dell'attimo di attonito silenzio che seguì, il Console si affacciò a parlare, tenendo vicini a sé due araldi per dargli man forte.

"Prendiamo atto con sollievo e... sì, con sollievo della vostra decisione. Dirò ancora qualche breve parola prima di chiudere quest'Assemblea" Si udirono mugugni e brontolii, mentre Tumish aggiungeva con voce più bassa, rivolgendosi al Duca, "Poi, se non vi spiace, dovremo discutere i particolari della cosa. Vi propongo quindi di unirvi ai membri del Governo per mettere a punto un piano, in data da definirsi, e intanto ..."

"No". Il rifiuto suonò netto e potente, con il duplice risultato di ammutolire il Console e di fermare i commenti della gente, e W'Unker continuò, il fastidio e il disprezzo dipinti sul viso sfregiato. "Esercitate la lingua quanto volete, ma in mia assenza. Mentre sprecherete il vostro tempo in chiacchiere, io studierò. Quando avrete esaurito il fiato e sarete pronti ad accettare le mie decisioni, mi troverete alla Biblioteca Vecchia della Torre, se la Prima Consacrata vorrà permettermi di rivedere quei testi che già Valmar D'Aurel, per sua rovina, lesse e meditò".

Per la verità, le ultime parole non erano proprio state rassicuranti, ma il viso di W'Unker aveva già ripreso quell'inespressività aliena che non incoraggiava certo ulteriori domande e Lord Tumish decise che era meglio fingere di non averle neanche sentite.

Fatto quindi cenno agli araldi di tener pronte le trombe e ai valletti di cominciare ad aprire le porte e cercò di imbastire con gli avanzi dei suoi inutili interventi un accettabile discorso di chiusura, ma nessuno lo stava a sentire. Sciamando verso l'uscita, tutti gettarono occhiate oblique, confuse, intimidite o fiduciose soltanto al gigante immobile in mezzo alla sala.

Timore, speranza, sospetto, rispetto... guardavano in ogni modo solo lui.

Come sempre.

***

S'era svegliato ansante, con un grido d'orrore e disperazione.

Attorno il silenzio era profondo e alla debole luce che filtrava già dalle vetrate colorate scorgeva appena i contorni della sua stanza, i tappeti, i mobili lussuosi...

No.

Si levò a sedere e si stropicciò gli occhi, incredulo. No, quella non era la camera in cui poche ore prima si era addormentato, e non dormiva nell'alcova che aveva diviso con Lhamar, né la fanciulla era più al suo fianco.

Tentò di alzarsi, ma le gambe non gli obbedivano, la testa gli girava e la sua mente era confusa, tanto confusa che cominciò a dubitare dei suoi ricordi, delle sue stesse percezioni.

Tentò di ripercorrere gli ultimi avvenimenti.

Si era ammalato a Tamaldo e suo padre aveva dovuto lasciarlo là. Questo lo ricordava bene, mentre rammentava vagamente i giorni della sua malattia, durante la quale Lhamar era stata sempre al suo fianco.

Quanti giorni? Pochi, molto pochi, gli aveva garantito, ridente, la fanciulla, tanto che gli stessi medici se ne erano meravigliati, assicurandole che comunque era guarito, anche se per precauzione avrebbe dovuto continuare a prendere delle pozioni.

La pozione, ecco! La sera prima, invece di berla, per sbaglio l'aveva rovesciata quasi tutta sul pavimento e aveva taciuto, segretamente contento di essersene liberato così, perché, qualsiasi cosa ne dicesse Lhamar, quella mistura dolcissima e nauseante gli ripugnava, gli ispirava un senso di diffidenza.

E invece aveva torto. Si sistemò meglio sul soffice giaciglio, aggiustandosi le fini lenzuola di lino e seta, ridendo di se stesso. Era sempre lo stesso bambino che sputava di nascosto gli infusi medicinali di Ugfe! La sua debolezza, le strane percezioni che ora sentiva, certo erano dovute proprio alla mancanza dell'abituale medicina... anche l'incubo che l'aveva destato, forse.

A quel pensiero d'improvviso si sentì sveglio e vigile.

No, il sogno era un'altra cosa.

Con gli occhi spalancati nell'oscurità che andava digradando, Gofrid tentò di ricostruirlo, ma le immagini non volevano tornargli chiare alla mente, svanivano mano a mano che cercava di fermarle.

C'era una donna, certo, una donna alta, con lunghi capelli color del mogano che con un gesto imperioso allontanava... No, quello era dopo.

Prima... prima...

Balzò a sedere sul letto, la fronte bagnata da un gelido sudore. Prima, qualcosa di orribile, di alieno a lui ma incredibilmente potente, gli aveva sibilato all'orecchio parole d'odio e di ribrezzo e aveva posto nelle sue mani un'arma, un pugnale ricurvo sacrificale, imponendogli di uccidere l'uomo disarmato che gli stava di fronte, un uomo vestito di nero, con lunghi capelli bianchi e ricciuti... suo padre!

Barcollando scese dal letto; reggendosi alle pareti, raggiunse una brocca piena d'acqua e se la rovesciò in testa. Tremava un poco, adesso, ma sperò di non riaddormentarsi più e di riuscire a ritrovare le fila del suo sogno.

Doveva farcela, perché ormai era certo che non si trattava di un semplice incubo, sentiva che una forza ostile cercava in qualche modo di minare la sua mente, la sua volontà. E non era la prima volta che succedeva: si rese conto che già altre volte quell'infida voce velenosa era strisciata nella sua mente, insinuandovi pensieri d'odio e di rancore, estranei a lui eppure forti, trascinanti. Molte altre volte? No, era impossibile, se solo pochi giorni prima era a Tamaldo, proprio con suo padre!

Nessun incubo, nessuna malvagia suggestione lo avrebbe potuto toccare fino a che l'aveva al suo fianco, eppure gli pareva che quel sogno angoscioso lo martellasse da molto, molto tempo...

Quasi senza accorgersene si era nuovamente disteso su quel letto troppo morbido e profumato, e il tempo, i ricordi, i sogni si accavallarono, si confusero, gli pesarono sugli occhi che lentamente, contro la sua volontà, si chiusero mentre sprofondava di nuovo nel sonno.

***

Mentre cittadini e rappresentanti lasciavano la grande aula delle

Assemblee e i membri del Governo discutevano sottovoce nella loro loggia, gettando intanto furtive e caute occhiate su Lord W'Unker, Lady Aleja, dopo aver scambiato qualche breve parola con gli altri tre Consacrati seduti vicino a lei, scese agilmente la scalinata e gli si avvicinò.

"Se volete consultare gli antichi testi della Biblioteca Vecchia, seguitemi".

"Alla vostra Torre, Milady?"

"La Torre non è Bosco Sacro e chiunque, anche un apostata, può mettervi piede. E del resto non sarà la prima volta che entrate là dentro".

Dicendo così, la Prima Consacrata si avviò verso una porta laterale, e dopo un attimo di esitazione W'Unker la seguì silenziosamente.

"Il vostro braccio, Milord?" chiese allora la Sacerdotessa facendogli strada, poiché si era accorta che spesso il Duca abbozzava il gesto di sorreggere la mano mutilata, sempre coperta da un pesante guanto nero, con l'altra mano.

Il Duca gettò un'occhiata sprezzante alla sua sinistra, poi alzò una spalla, indifferente. Quella destra.

"Sarebbe stato preferibile poterla curare alla Torre" osservò ancora la Prima Consacrata, mentre prendevano posto nella lettiga e di nuovo W'Unker alzò la spalla destra.

"Sarebbe stato preferibile che molte cose andassero diversamente, ma così non è stato, e parlarne non serve" rispose, scontroso.

Aleja comprese che alludeva a ben altro che alla sua mutilazione e che il suo disagio cresceva mano a mano che si avvicinavano alla grande Torre bianca. Gli diede un'occhiata e lo vide seduto rigidamente, con la schiena ritta e la testa alta, le mani allacciate e il viso pallido e segnato completamente inespressivo.

Sospirò, perché capiva che l'antico Valmar non voleva incontrare nessuno, che la vista di ogni Consacrato gli avrebbe rammentato la sua abiura, il suo spergiuro, tutto ciò che era stato e non era più, ma non poteva proteggerlo, non in quel momento.

"Voi vorreste sentirvi dire che vi guiderò alla Biblioteca Vecchia per una via segreta, senza che nessuno vi veda, ma questo non posso farlo" disse quietamente, posandogli appena la punta delle dita sul braccio. "C'è una persona che dovrete incontrare, perché non può morire, se prima non vi avrà parlato un'ultima volta".

Allora il viso già pallido del Duca sbiancò ancora e le mani si contrassero l'una contro l'altra.

"Todar!" mormorò con voce bassa e rauca e Aleja annuì, in silenzio.

Quasi novantenne, Baldir Todar stava lottando ancora contro quella morte che tante volte, nelle sue vesti di Magio Guaritore, aveva vittoriosamente contrastato. Gli sforzi che aveva fatto per combattere le ultime epidemie, uniti al clima malsano che si era instaurato su tutti i Mari Interni, avevano però fiaccato anche la sua forte fibra, e l'età, il perdurare della febbre e i dolori che lo stremavano avevano tolto ogni speranza di una sua ripresa ai suoi confratelli.

Eppure viveva ancora, aggrappato con la forza del suo Potere a una speranza che l'Oracolo delle Tre Pietre aveva fatto nascere in lui: poter sentire ancora una volta, l'ultima volta, la voce di Colui che aveva salvato, neonato, dalla morte nella neve di un freddo dicembre, che era stato il suo allievo prediletto e poi il più grande Magio Guerriero che le Isole avessero mai conosciuto, e che infine li aveva traditi e rinnegati diventando l'Artiglio di Fuoco, il Sommo Sacerdote delle Tenebre.

Il vecchio giaceva ora nella stanza più alta della Torre, protendendo il viso cieco verso la grande finestra, cercando la carezza del sole, ma invano perché il cielo era coperto da nuvole scure, foriere di neve e tempesta. Al suo fianco vegliavano Hillia e Ruel e, se il viso del giovane tradiva un certo sgomento, c'erano lacrime nei begli occhi azzurri della fanciulla, che aveva voluto bene al suo vecchio maestro.

Su quella soglia si fermò W'Unker e il suo sguardo andò dal corpo immobile del vecchio al viso quieto e composto di Aleja; c'era una richiesta, quasi una supplica, nelle sue pupille di zaffiro scuro, ma la Sacerdotessa chiamò a sé con un gesto i due giovani e gli indicò il corpo che respirava con affanno sul letto.

"Va tu solo, poiché te solo aspetta. Dagli altri, da tutti gli altri, ha già preso congedo. Va".

Mentre Hillia e Ruel scivolavano fuori della stanza e si allontanavano nel corridoio al fianco della Prima Consacrata, il Duca entrò e si avvicinò al capezzale del moribondo con il suo passo agile e silenzioso.

Sebbene non avesse fatto il minimo rumore, Todar, che pure non si era mosso quando erano usciti i due giovani che l'assistevano, si volse verso di lui, quasi cercasse di vederlo, con un'ansietà terribile scritta nel viso magrissimo.

Scorgendo in quei lineamenti la morte imminente del suo vecchio maestro, Lord W'Unker ebbe un sussulto, poi trasse un lungo respiro, dominandosi, e fu con voce profonda e quieta che lo chiamò.

"Venerabile Todar".

"Valmar!"

D'istinto il Duca levò la sinistra mutilata nel gesto di diniego, inutile agli occhi del cieco, ma Todar insistette affannosamente, cercando le mani del suo antico allievo.

"Non puoi mentire o nasconderti a chi sta per varcare l'ultima porta, Valmar! Valmar... Ti ho riconosciuto subito, quando ti portarono qui ferito, morente, ma tu tacesti e io rispettai il tuo silenzio. Ho aspettato e sperato e pregato, e la Dea nella sua misericordia ti ha riportato qui, prima che io morissi, per farmi sapere che le mie preghiere erano state accolte, che tu sei salvo!"

"No".

La negazione, poco più di un rauco sussurro, uscì involontaria dalle livide labbra del Duca, che subito dopo svincolò le mani da quelle del vecchio.

"È inutile!" gridò disperatamente. "Io vivo nelle Tenebre, tra gli artigli delle Potenze Oscure ".

"Shelwir, ricordati di Shelwir... le sue ultime parole..." Con uno sforzo estremo Todar si era alzato su un gomito e l'ammoniva con una mano così magra e fragile che si potevano scorgere tutte le ossa. "Ti promise che, anche nell'Oscurità più profonda, la sua preghiera sarebbe stata per te come una fiamma di speranza, e ti benedisse, così come ora io ti benedico, Valmar".

Ancora W'Unker sussurrò il suo disperato diniego, ma le ginocchia lo tradirono e crollò a fianco del letto. La mano scheletrica del moribondo si posò allora sui suoi capelli.

"La misericordia della Dea ti mostri la via dell'espiazione, e le mie preghiere ti siano guida e difesa" rantolò a fatica il Magio morente, mentre il braccio ricadeva, senza più forza.

"Baldir!"

Non rispose e non si mosse, neppure quando il Duca con gesti esitanti lo risistemò sul letto, ma prima che l'uomo si rialzasse le labbra del vecchio si mossero ancora.

"Aleja... dille... che non è... la... la speranza, c'è ancora speranza... Le Tre Pietre non... tu..."

Non terminò. Un doloroso sussulto scosse il suo corpo, un breve tremito l'agitò tutto e, mentre W'Unker, d'istinto, si piegava su di lui afferrandolo per le spalle per sorreggerlo, un fievole gemito gli uscì ancora dalle labbra, poi si abbandonò esanime fra le braccia del suo antico discepolo.

W'Unker lo scosse una, due volte, lo chiamò per nome, poi lo ricompose sul letto, senza togliere da quel viso immoto gli occhi brucianti.

"Morto" sussurrò con voce rauca e atona.

"È nella Luce eterna".

Sulla soglia stava Aleja, il viso sereno e composto, ma gli occhi chiarissimi lucidi di lacrime. Le coprì subito abbassandosi il velo sul viso ed entrò nella stanza, mettendosi a fianco del Duca, vicino alle spoglie di chi era stato il loro maestro.

***

Sotto chiari cieli,
Su limpidi mari,
In floride terre
Un giorno, fratello,
Ci ritroveremo,
Ma di lasciarci
È questa l'ora.

Pietosa la Dea
Ti copra del manto
Di sua carità,
Ti doni la pace
E t'offra il perdono.

Su nuovi sentieri,
In vergini valli
Ridenti, nel mondo
Dall'Uno mutato
Insieme n'andremo
Un giorno felice

Ma questa è ora
Di pianti e d'addio.

Le ultime note della nenia funebre dei Consacrati risuonarono fin nel cubicolo dove W'Unker stava consultando una pila di vecchie pergamene e di antiche mappe, nelle quali forse Gofrid avrebbe riconosciuto i testi e i disegni che tanto l'avevano intrigato anni prima, e che allora Aleja aveva sottratto alla sua curiosità.

La piccola stanza, lunga e stretta, illuminata da un'unica finestra posta in alto, si trovava allo stesso livello della Biblioteca Vecchia, ma era separata dal resto dei locali da tre muri di pietre scabre, mentre il quarto lato era chiuso da un pesante tendaggio di grossa canapa e cuoio.

All'interno c'erano due pesanti tavoli rettangolari, due sgabelli e un sedile dall'alto schienale rigido, in tutto simili agli altri presenti nella biblioteca, oltre a un grosso scrigno di mogano, decrepito e rovinato, che tuttavia mostrava ancora su coperchio e sui fianchi le tracce di arcani disegni e di iscrizioni difficilmente decifrabili. Robuste cinghie, certamente molto meno antiche, assicuravano la sua chiusura, poiché la serratura originale, di bronzo brunito, era scardinata. Ora però giacevano a terra perché il cofano era dischiuso e il Duca, seduto su uno sgabello troppo piccolo per lui, le labbra premute sulla mano sinistra, ne scrutava la scura cavità, togliendone a tratti un oggetto dalla strana foggia, un foglio o un'ampolla.

Nessuno l'aveva invitato partecipare alle esequie di Todar, che del resto si sarebbero concluse a Bosco Sacro, luogo per lui ormai inaccessibile, e quindi si era subito allontanato dalla camera del morto, andando a rinserrarsi nel sotterraneo.

Là Aleja gli aveva messo a disposizione manoscritti e oggetti vietati o ignoti alla gran parte dei Consacrati, che lui stesso aveva raccolto o quanto meno letto e studiato tanti anni prima, quando l'orgoglioso Valmar camminava tra i vivi, e le Tenebre stavano tessendo la loro rete, per attirarlo con il miraggio del Potere e della sapienza.

La funebre melodia del *canto dell'addio*, solenne e melanconica eppure dolce, l'aveva tuttavia turbato più di quanto avrebbe creduto possibile e, lasciati per un momento i suoi studi, posò le braccia sul tavolo e vi abbandonò la testa.

Pensava e ricordava, e ogni ricordo era per lui una ferita: riviveva i suoi primi anni a fianco del vecchio che stavano portando all'estrema dimora, e i suoi ricordi erano solo rimpianto e dolore. Mai più avrebbe unito la sua voce profonda a quella dei suoi antichi confratelli, mai più si sarebbe inginocchiato davanti all'altare della Dea cui era stato Consacrato, mai più avrebbe rivisto Bosco Sacro e le Tre Pietre.

Aveva perso tutto, e se stesso, e infine anche l'amarissimo compenso che aveva avuto in cambio della sua apostasia. Involontariamente il suo sguardo si posò sulla sinistra mutilata, ma lo distolse, rabbrividendo. Eppure forte, molto forte era il richiamo delle Tenebre anche nella Torre della Luce: si levava da quei fogli sparsi sul tavolo dove poggiava la testa, dal cofano semiaperto con il suo malefico contenuto, dalle cifre arcane che egli stesso aveva vergato tanti anni prima nella sua folle baldanza.

Lo riscosse il lieve fruscio di una lunga veste e dietro di lui risuonò la voce dolce e sonora anche se sommessa di Aleja.

"Voi siete turbato. Qualcosa fra ciò che avete chiesto di consultare vi inquieta?"

Lentamente il Duca rialzò la testa, gettò indietro i capelli.

"No. Sono... Sono stanco, forse" mormorò.

La donna si curvò un poco su di lui, posandogli la punta delle dita sulle spalle e lo fissò.

"Siete stato chiuso qui troppo tempo, con la sola compagnia di questi empi oggetti! Basta, per ora. Adesso seguitemi, salite con me fino alla nostra altana, dove vi ho fatto preparare un pasto; là potrete riposare gli occhi, la mente e il cuore, se..."

Si fermò titubante e W'Unker, alzandosi in piedi bruscamente concluse per lei, con un'aspra risata "... Se un cuore W'Unker ha ancora! Fammi strada, Milady, ti seguirò, se è questo che desideri".

Chi avesse visto il giardino pensile della Torre negli anni precedenti, sarebbe rimasto dolorosamente colpito nel rivederlo adesso, con i rami dei rampicanti poveri di foglie e quasi spogliati dei fiori. Ma l'arte dei Consacrati era lo stesso riuscita a mantenere una parvenza di vegetazione, e al centro della larga terrazza era stata creata una serra, dove in grandi vasi crescevano rigogliosi splendide rose, candidi gigli dal profumo intenso, cespugli di sempreverdi, e dove si abbarbicava una robusta edera dalle piccole foglie screziate e lucenti. All'interno della serra c'era un basso tavolino di marmo bianco, circondato da soffici cuscini e là, su ordine di Aleja, i servi avevano posato delle vivande e un'anfora piena di xirker.

Là la Prima Consacrata condusse il suo taciturno ospite e lo servì con le sue mani, sogguardandolo titubante da sotto le lunghe ciglia chiare, finché non le parve che si fosse ripreso.

"Vi sentite meglio, adesso?" gli chiese allora, versandogli la bevanda dei Magi.

"Credevo che tu fossi andata a Bosco Sacro, Lady Aleja, a dare l'ultimo saluto a colui che fu anche il tuo maestro" osservò W'Unker, invece di rispondere alla sua domanda.

"Ci andrò, infatti, con la veloce *Scintilla*, ma prima volevo assicurarmi che aveste tutto ciò che poteva servirvi". E poiché il Duca taceva, senza guardarla, riprese con l'accenno di un sorriso scherzoso, "Vi dispiace che sia rimasta?"

Ancora, l'uomo non rispose alla sua domanda, ma invece osservò, a voce bassa. "Anche Giselda è a Bosco Sacro, e voi potrete incontrarla..."

"Certamente, ma posso già anticiparvi che va tutto bene perché ho appena ricevuto sue notizie, sue buone notizie! Volete che le porti un vostro messaggio? Parlate, sarò un'ambasciatrice fedele".

A lungo W'Unker tacque, gli occhi assorti e remoti, tormentandosi la sinistra mutilata; poi scosse il capo, deciso.

"No, Prima Consacrata. Nulla, non dirle nulla, neppure... Neppure che partirò tra pochi giorni, accogliendo la richiesta dei Signori delle Isole".

Aleja batté le mani.

"Dunque è deciso! Ne sono lieta, Milord, e non solo per le Isole e per Thelene".

Lo guardò a lungo, cercando i suoi occhi, ma il Duca continuò a sfuggire il suo sguardo e alla fine la Sacerdotessa aggiunse piano. "Il tuo perdono, forse..." cercando di dimenticare quel ramo disseccato, che aveva posto in un vaso nella sua stanza e che annaffiava regolarmente, nella vana speranza di vederlo fiorire.

Con uno scatto altero il Signore di Norlandia alzò la testa.

"Io non spero nel perdono, Aleja; e non lo chiedo" disse con voce rauca e profonda. "Ma ai miei figli incolpevoli, che il mio nome contamina, voglio lasciare almeno il ricordo di un'impresa che non susciti orrore. E per ottenerlo non domanderò aiuto agli uomini o agli dei, ma a W'Unker. E lo avrò".

E prima che la donna, turbata da quella superbia e da quel disprezzo trovasse una parola per rispondergli, si levò in piedi, drizzò le spalle, alzò orgogliosamente la testa e si avviò alla porta della serra.

"Ho perso troppo tempo in parole inutili" concluse. "È ora che torni ai miei studi".

Per quattro giorni il Duca rimase nella Torre, quasi sempre chiuso nel suo cubicolo, studiando, riflettendo e sperimentando, senza mai prendere riposo, né la cosa gli pesò, come forse i giovani Consacrati che gli portavano il cibo pensavano, perché, al di là dell'orrore che l'impresa gli ispirava, lo aveva ripreso l'antico fascino della ricerca e dello studio.

La sera del quarto giorno, quando ancora Aleja non era tornata da Bosco Sacro, ripose i libri e rinchiuse lo scrigno, tenendo per sé alcuni fogli che aveva ricopiato e qualche oggetto, accuratamente chiuso in una robusta scatola, e disse al giovane Ruel di far sapere alla Prima Consacrata che la sua ricerca era finita e che ora avrebbe atteso la convocazione del governo dell'Intesa.

"Dite a quei signori che sarò a bordo della *Danzatrice*, poiché questi sono gli accordi che ho preso con Gama Toreg, ma che non intendo aspettare in eterno" concluse, afferrando il mantello.

Il povero Ruel, che già lo trovava terribile in condizioni normali, tremò nel vedere i suoi occhi gonfi e pesantemente cerchiati per la lunga veglia, e il viso pallido ed esausto tra i capelli scomposti; tuttavia si fece coraggio e, accompagnandolo all'uscita della Torre, riuscì a chiedere senza balbettare, dopo averlo salutato.

"Quanto pensate di potervi attendere in porto, sulla *Danzatrice*,

Milord? Lo chiedo per potervi meglio servire".

Quei terribili occhi stanchi e arrossati gli scoccarono un'occhiata gelida, poi la fredda voce del Duca stabilì, brusca. "Tanto, quanto durerà la mia pazienza".

Si allontanò tra la neve che cadeva fitta, aggiustandosi il cappuccio sui capelli bianchi e Ruel, dopo avergli dato un'ultima occhiata tremebonda per esser ben sicuro che non cambiasse idea e non tornasse indietro, richiuse la porta riflettendo cupamente che la pazienza non era la dote principale per cui W'Unker era noto, ragion per cui la sua partenza sarebbe stata imminente. Mandò quindi subito un colombo viaggiatore a Bosco Sacro perché Aleja affrettasse il suo ritorno.

Pochi giorni dopo la *Scintilla* gettò le ancore nel porto di Wan Thune, proprio al fianco della *Danzatrice*, e la Prima Consacrata, una volta tanto tutta affannata, chiese di salire a bordo.

"Sei tornata presto, Lady Aleja" osservò W'Unker con voce beffarda, deponendo il rotolo di pergamene che stava leggendo e alzandosi in piedi per accoglierla nel quadrato ufficiali dove un marinaio l'aveva accompagnata.

"Dopo l'ultimatum che mi avevi mandato, non avevo scelta!"

Prese la seggiola che l'uomo le offriva e si sedette, piantandogli in faccia i chiarissimi occhi.

"Ruel mi ha dato il tuo messaggio. Spiegami, dimmi!"

Con calma il Duca si sedette a sua volta, spinse in là i fogli e posò il mento sulle mani riunite, cominciando a parlare con voce indifferente.

"Dirti? Non c'è nulla da dire, nulla che già non fosse nell'oracolo delle Tre Pietre. Ho controllato, ecco tutto, ho approfondito; non è il caso di agitarsi tanto".

Nonostante l'autocontrollo per cui andava famosa, davanti a tanta ironica noncuranza la Prima Consacrata si sentì arrossire di collera.

"No. Sii più chiaro e spiegati meglio!" esplose. "Che cosa è successo in Thelene, e come tutto questo è legato a te? Perché un legame ci deve essere, e molto forte, se tu, un rinnegato, sei stato scelto tra tutti i Consacrati per combattere la nuova insidia di quelle stesse Oscure Potenze di cui sei diventato schiavo e Sommo Sacerdote".

All'implicita offesa il volto di W'Unker divenne livido, il lieve sogghigno di scherno sparì e fu con viso impietrito e occhi fiammeggianti che si alzò in piedi, sfiorando con la testa il soffitto della cabina e torreggiando sulla Sacerdotessa.

"Vuoi saperlo davvero, Prima Consacrata? Ebbene, ascolta allora, e poi pronuncia la mia condanna. Fu Valmar, Valmar D'Aurel la vostra rovina! Per anni l'Oscurità lo cercò, lo tentò, avida di quel Potere che scorreva nelle sue vene e che solo avrebbe potuto dare alle Potenze

Oscure ciò che bramavano: la vita nel mondo concreto, la vita della carne e del sangue, la realtà della materia. Nel suo folle orgoglio, il Condottiero si reputò pari a un dio e credette di poter ingannare, sfidare e abbattere le Potenze Oscure. Per questo abusò del Potere che aveva in sé e della sua sapienza, e con empia magia aprì un varco tra i due mondi che l'Uno aveva voluto divisi... la Luce e le Tenebre, il creato e l'increato... Pazzo idiota! Schiantato, annientato giacque in un'eterna notte di ghiaccio e di fiamme, preda derisa di quelle forze che aveva osato sfidare... finché si piegò, e dal suo tormento sorse W'Unker".

Pronunciando queste ultime parole la voce profonda del Duca, fino a quel momento vibrante e concitata, si mutò in un cupo sussurro, e l'uomo si appoggiò al piano del tavolo con tutte e due le mani aperte, come se avesse bisogno di un sostegno.

"Per opera mia, le Potenze Oscure spezzarono i sacri vincoli imposti" continuò, rauco. "Il mio potere e il mio sangue riportarono vivo tra gli uomini Colui che chiamaste Negromante e con il mio sangue ridiedi la vita ai Perduti, facendone un esercito terribile ai miei ordini.

"Ora il Rinnegato ha ripudiato anche le Tenebre, ma il varco, aperto dall'arroganza empia di Valmar, non è mai stato rinchiuso. Altri ancora ve ne sono, a Tork, ad Arso, e altrove forse, e la colpa di D'Aurel li ha resi tutti temibili, ma è da Idragor che il malefico potere dell'Oscurità turba ancora il mondo degli uomini. Da là i fantasmi delle Tenebre, i ricordi, le minacce si riversano su tutta Thelene; anche se privi di una realtà corporea, che tra tutti solo io, l'apostata, lo spergiuro, potrei ridare loro con i miei incanti, pure sconvolgono il mondo e il cuore degli uomini".

Dolorosamente colpita da quelle ambigue parole e ancora più dal loro tono, dall'atteggiamento e dal viso smarrito e stravolto del Duca, la Guaritrice si alzò in piedi a sua volta e si protese verso di lui, posandogli una mano sul braccio.

"Pace, Milord!"

"Pace? Pace!"

Con una rabbiosa risata W'Unker liberò il braccio e strinse il pugno, prorompendo con ira. "No, non per me! Per me non c'è mai stata, né mai ci sarà pace o misericordia! Io ho letto il verdetto dell'Oracolo che tu hai tenuto celato, l'ho letto nella tua mente, nel tuo cuore, e me l'ha confermato il ramo disseccato che inutilmente cerchi di risvegliare alla vita nel segreto delle tue stanze. Osi negare?"

Anche se l'avesse voluto, Aleja sapeva di non poterlo fare.

Dopo quanto aveva sentito dalle labbra del Duca, dopo che l'antico Guerriero aveva violato senza che lei neppure se n'accorgesse i suoi pensieri più segreti, capì con affascinato orrore che il Potere acquisito dal vecchio D'Aurel trascendeva di molto qualsiasi altro Potere che mai avesse conosciuto o immaginato.

Come nascondere ancora a chi era più potente di lei la profezia, sia pure funesta, che lo riguardava ?

Trasse il velo sul viso per celarne il turbamento e cominciò a recitare con voce fievole, spenta, cercando di ignorare i paurosi balzi del suo cuore che non voleva credere a quanto le sue labbra ripetevano:

"Come dal tronco staccato è il ramo
Marcio, che gli altri non inquini,
E al fuoco serbato, così il rinnegato
Dall'Ordine è cacciato, né perdono
Mai conoscer potrà se pria per lui
L'ordine antico al mondo non ritorni
E agli spogliati ei non renda la terra
E la corona a chi per lui n'è privo;
E guerra in pace e in giustizia il torto
Pria non tramuti; e a vita nuova
Il ramo ora spezzato non risorga
E ancor di foglie e fiori s'ingioielli".

Le ampie spalle, la grande testa bianca si curvarono verso terra nel sentire in quei versi ribadire un fato presentito e temuto.

"È così, dunque. Sono condannato, e per sempre!" mormorò il Duca.

Rimase qualche attimo così, piegato, respirando con affanno; poi si drizzò lentamente, con un altero movimento ricacciò indietro le lunghe ciocche bianche che gli ricadevano sul viso e aggiunse, con una voce ferma che era ancora una sfida. "Sia. Ma sono vivo ancora, e a qualcosa ancora posso servire. Ascolta!" Con un gesto febbrile tese le mani aperte verso di lei e continuò, basso e rauco, sfuggendo il suo sguardo. "Tu non sai cosa sia, cosa signifhichi vivere nelle Tenebre, in unione con le Tenebre! Eppure il loro obbrobrioso contatto ha enormemente cresciuto la forza, i poteri e la sapienza di Valmar, tanto che è riuscito a distruggere la forma umana del Negromante e a rigettarlo nella non-vita, assieme ai Perduti".

Aleja sussultò, sentendo confermati i racconti di Gofrid; intanto il Duca si era seduto di nuovo e alzò su di lei due occhi stanchi in un viso disfatto. "Avevo sperato e creduto che il mio compito fosse finito e che potessi finalmente morire, ma non è così, non ancora" concluse, con l'angoscia nella voce. "È per mia colpa se le Tenebre insidiano Thelene, e sono io... io solo, intendimi!... che dovrò rinchiudere i valichi che il mio orgoglio e la mia empietà hanno aperto".

"Solo, mio Signore? Potreste avere dei compagni tra coloro che la Dea benedisse con i suoi Doni; avete un figlio..."

La grande destra si alzò in segno di rifiuto e di ammonimento.

"Mai. Se cadde Valmar, che tra voi era il più potente, chiunque altro può cadere in balìa delle Potenze Oscure e patire ciò che D'Aurel patì. Meno di tutti può osare l'impresa Gofrid, che è suo figlio e ha il suo stesso Potere, forse, nel sangue, e che per questo o per vendetta sarebbe la preda più ambita dalle Tenebre.

"No, questa impresa disperata non può essere che mia, mia punizione visto che per me non c'è alcuna possibilità di riscatto o di perdono. Andrò a Idragor, dove Valmar cadde perché W'Unker sorgesse, e nuovamente chiamerò a me le Potenze delle Tenebre per ricacciarle poi nell'Increato e chiudere i valichi. E andrò solo. Gofrid, suo figlio... mio figlio... non deve neppure intuire quello che sto per fare. A questo patto soltanto prendo su di me l'impresa. Ora va', Aleja, e dì ai Signori delle Isole che mi hanno condannato e scacciato che il mio compito qui è finito e che sto aspettando la loro chiamata".

Capitolo quattordicesimo

GIURAMENTI

Galoppando su uno splendido baio snello e muscoloso, Gofrid stava ammirando le meraviglie di Makira, la "Perla Nera" di Arso.

Accantonato il grigio e il rosso dei Guerrieri Consacrati, quel giorno vestiva gli abiti tipici del paese, ideati per meglio sopportarne il caldo e il sole: ampi pantaloni azzurri e argento e una comoda casacca bianca ricamata, con maniche amplissime, riprese ai polsi da due preziosi bracciali d'argento; dietro alle sue spalle, allacciato al collo da una catena, anch'essa d'argento, si agitava il lieve mantello con cappuccio dei nobili locali che, nato per proteggere gli abiti dalla polvere del deserto, era diventato un simbolo delle alte caste del paese e come tale sfoggiava ricami raffinati e allusivi, spesso impreziositi da pietre preziose.

Al suo fianco, ridente e un poco affannata, galoppava Lhamar in groppa a un morello stellato, veloce e bizzoso, che la fanciulla, abilissima cavallerizza, amava montare più di ogni altro. Anche lei vestiva il costume della zona, ma al posto dei pantaloni portava una lunga gonna da amazzone plissettata con decine e decine di pieghe sottili, che nella veloce cavalcata si aprivano e si muovevano a svelare i piccoli piedi e le caviglie sottili, cinte da preziose catenelle in oro e corallo; tutto il suo abito era di un pallido rosa e oro, dalla lunga gonna alla casacca impreziosita di ricami, coralli e perle fino al magnifico mantello dai riflessi dorati dove, circondato da strane lettere intessute, faceva spicco tra le perle rosate, le lamine d'oro e i rubini uno stemma sconosciuto a Gofrid, ma che suo padre avrebbe riconosciuto... e temuto.

"Hai visto, mio scettico amico? Makira non era poi così lontana!" sorrise la fanciulla, scivolando dalla sella fra le braccia del musico, che si erano protese ad accoglierla, non appena avevano fermato i cavalli davanti all'altissimo muro che proteggeva una lussuosa dimora degli Ul Klail.

Entrarono a piedi, tenendosi per mano, nel lussureggiante giardino, incredibile per quel clima; annidato in mezzo ad esso, si scorgeva uno sfarzoso palazzo, quasi nascosto da grandi alberi dall'alto fusto spoglio, che sulla cima si apriva in una cascata di foglie verde e fiori multicolori, ricadenti fin quasi a terra.

Gofrid li contemplò incredulo, così come incredulo osservò il raffinato parco fiorito, i piccoli viali lastricati di pietra scura cinti da fitte siepi e spesso ricoperti da leggiadri pergolati di verzura, le fontane di marmo nero e splendente dalle quali sgorgava un'acqua purissima e cristallina che andava a riempirne le vasche, ornate da fantastiche sculture e da figure allegoriche, il cui senso sfuggiva al musico.

Sul fondo, tra quegli splendidi e incredibili alberi, si scorgeva appena l'elegante facciata del palazzo, scandita da possenti colonne rastremate, costruita con il marmo nero delle cave di Ul Sanam, ma impreziosita da migliaia di piccole brillanti tessere di vetro colorato nei toni del rosso cupo, dell'oro, del bruno che componevano disegni e lettere.

Pur scorgendo perfettamente le tre grandi cupole scintillanti che coprivano l'edificio, il Magio non riuscì distinguere bene quei simboli, a causa della distanza eccessiva, tuttavia ne riportò l'abituale sensazione di disagio che cercò subito di scacciare, stringendo a sé Lhamar e girando lo sguardo per il parco dove, ora se ne accorgeva, sorgevano altre piccole costruzioni, molto meno imponenti del grande palazzo, ma che ne riprendevano la struttura e i colori e che, come quello, erano coperti con cupole dorate e decorati con tessere di vetro multicolore.

Lhamar lo condusse verso uno di questi, la testa bruna sul suo petto, il braccio delicato stretto attorno alla sua schiena, gli splendidi occhi di oscuro velluto levati a guardarlo, e intanto gli parlò con la sua voce lieve, musicale, riprendendo un discorso iniziato prima di salire a cavallo.

"Ci ho riflettuto, sai! Credo che tuo padre, quando gli ho parlato di Makira, pensasse alla città vecchia, che in effetti è molto lontana da Tamaldo e anche da Kalafavarah. La Nuova Makira invece è proprio sul confine di Terbio e, infatti, ci siamo arrivati con una sola notte di viaggio!"

Ma gli occhi di Gofrid avevano quello sguardo perplesso e assieme testardo che i suoi amici, e soprattutto suo padre, conoscevano tanto bene.

"Non ho mai sentito parlare di due Makira!" insistette, passandosi la mano tra i capelli folti. "E comunque da Tamaldo a Ul Sanam c'è un bel pezzo di strada: ricordo benissimo le mappe che mio padre mi aveva mostrato, e proprio non capisco come abbiamo fatto a percorrerlo così in fretta".

Erano arrivati a un piccolo edificio rotondo e Lhamar ne aprì il portone semplicemente con una lieve spinta della mano; poi, precedendo il giovane nella fresca penombra della lunga sala ovale, lasciò cadere a terra il mantello e alzò appena le belle spalle che si intravedevano sotto il leggero tessuto della casacca.

"Si vede che le tue mappe erano sbagliate perché, come vedi, siamo nella Nuova Makira e ci siamo arrivati in poche ore. E ora basta fare il noioso!" replicò con un tenero sorriso. "Qui, vieni vicino a me e prendi l'arpa".

Si sedette su un largo divano curvo, che occupava quasi tutto un lato della sala, liberò i capelli dal velo che li tratteneva, li scosse, e in quella soffice nuvola oscura sollevò verso il giovane l'ovale roseo e bruno del bellissimo viso.

"Canta per me, Gofrid!" implorò. "Ti amo, e siamo assieme, soli. Non pensare al passato, non ti turbi il pensiero del futuro, non chiedere... Ti amo, mi ami... Ricorda solo questo, vivi la gioia breve ed eterna di questi attimi, pensa a me, solo a me!"

Dicendo così, aveva afferrato le mani del Magio e lo aveva attirato al suo fianco; e, allacciato dalle sue braccia, la bocca premuta sulla sua, il ragazzo ancora una volta dimenticò stranezze, dubbi, timori nell'immemore incanto dell'amore di Lhamar.

Eppure più tardi, quando stavano assaggiando le leccornie che la solita ancella, muta e discreta come di consueto, aveva portato loro, sparendo poi da una piccola porta dissimulata con un paravento, la felicità del Magio era offuscata da una sensazione molesta.

Di notte continuavano a perseguitarlo incubi ricorrenti, dove sempre si vedeva costretto a uccidere un uomo, che in qualche modo sapeva essere suo padre, ma che qualcosa di alieno, annidato dentro di lui, odiava profondamente; da qualche tempo... e di nuovo al pensiero del tempo si trovò confuso e a disagio... aveva la sensazione che qualcosa tentasse di uscire da quei sogni maligni, come le spire di un serpente che cercassero di attorcigliarsi intorno ai suoi pensieri, alla sua mente, attossicandolo.

Forse era per questo che poi, durante le sue giornate, sempre splendide e piacevoli, a tratti aveva la fastidiosa percezione che ci fosse qualcosa di sbagliato, di falso nella vita bella e dolce che stava vivendo.

Non ne volle parlare con l'amante, ma, mentre la fanciulla sgranocchiava allegramente fichi e noci ripieni di una pasta dolcissima e odorosa, cercò di approfondire quella fastidiosa impressione guardando dentro di sé, come da sempre faceva e come i Magi gli avevano insegnato; però, con stupore e con sgomento, si avvide che non riusciva più a sciogliere la sua mente dai legami del corpo, come se il Dono della Dea lo avesse abbandonato o si stesse allontanando da lui.

E mentre ne prendeva coscienza, un altro pensiero lo colpì come una folgore: non solo non aveva ricevuto alcun messaggio dal padre, ma non riusciva neppure più a percepirlo, neanche se tentava di toccare la sua mente.

Certo, si era separato da W'Unker solo da sei giorni o forse otto...

strano, come ora si confondesse sempre, quando cercava di calcolare il tempo!... quindi era logico che ancora non fossero arrivate notizie, ma non c'era alcuna spiegazione per la sua impossibilità a sentirlo mentalmente. Non si trattava di quella nera barriera che troppo spesso l'uomo gli aveva opposto, vietandogli di avvicinarsi a lui, e neppure del senso di vuoto, di mancanza che avrebbe percepito se fosse morto; no, non sentiva più in sé la voce del Potere!

Turbato oltre ogni dire, depose lentamente il bicchiere alto e sottile, dalle raffinate decorazioni di oro zecchino, dal quale stava bevendo quella pozione troppo dolce e densa che Lhamar, su indicazione dei Guaritori, gli faceva prendere tutti i giorni dopo la sua breve malattia. Sentì su di sé gli occhi dell'amante e, prima ancora di parlare, seppe che l'avrebbe ferita, però ugualmente le raccontò piano, scegliendo con cura le parole, quello che pensava di aver scoperto e stava già per accennare anche ai suoi incubi notturni quando, prima ancora che finisse di parlare, la fanciulla si alzò con uno scatto ferino, gli splendidi occhi scuri attraversati da lampi di collera.

"Per forza!" l'apostrofò "Finché continui a trascurarti non ti rimetterai mai completamente! Ti ho pregato e supplicato ieri, e poi ancora questa mattina, di bere regolarmente la pozione... non è neppure cattiva! ma tu, niente... Guarda, il bicchiere è ancora pieno per metà! Oh, Gofrid, se non vuoi ascoltare me, ascolta i medici: sono le conseguenze della *febbre dei sette giorni* quelle che lamenti, e il rimedio è in quel bicchiere!"

Il giovane alzò gli occhi blu su di lei, turbato, e d'improvviso, incontrando il suo sguardo, l'espressione incollerita lasciò la giovinetta, sostituita da una dolente. Le sue pupille si offuscarono e una lacrima scese a bagnare le belle guance rosee.

Il giovane Guerriero sussultò e afferrò nuovamente il detestato bicchiere.

Come spiegare alla fanciulla, che temeva e piangeva per lui, la viva repulsione che provava per quel medicamento, quando lui stesso ne non sapeva il perché? Ne trovava alquanto nauseante l'odore, il sapore e la consistenza, ma non era per quello che rimandava sempre il momento di prenderlo e, potendo, evitava di finirlo.

No, la pozione gli ispirava un disgusto, un'oscura diffidenza; ma i medici che gli avevano prescritto quella bevanda erano quelli stessi che lo avevano curato bene e rapidamente durante la sua malattia.

Lhamar scrollò la bella testa, triste, afflitta, e il giovane allora mormorò una parola di scusa, poi prese il bicchiere e con un paio di sorsi lo vuotò.

"Ecco" disse, sorridendo e capovolgendo il calice per far vedere che aveva bevuto tutto. "Perdonami se mi sono comportato come uno sciocco ingrato. Non so cosa mi abbia preso, di solito non..."

Di nuovo sorridente, tenera e sollecita Lhamar tornò a rannicchiarsi al suo fianco e attirò la testa bionda sulla sua spalla.

"Perdonami tu! Divento intrattabile, quando ti trascuri così. Ora dormi, amor mio; lo sai che nella medicina c'è un leggero calmante che ti farà assopire per breve tempo. Dormi finché il sole è alto e bruciante. Quando ti sveglierai, il cielo sarà di porpora e d'oro e un vento fresco canterà nel giardino, tra le piante, unendo la sua voce a quella dell'acqua chiara. Dormi ora: sei con me e io ti amo. Dormi".

Cullato dalla voce melodiosa della giovane, Gofrid scivolò come sempre in un dormiveglia dove tutto aveva la consistenza dell'ombra e come l'ombra svaniva, si scomponeva in ogni istante; poi il suo sopore divenne un sonno profondo, questa volta senza sogni.

Allora la fanciulla lo adagiò delicatamente sul divano, rimase un attimo ad ammirarne il bel viso, carezzando i lunghi capelli biondi e sospirò, girandosi poi verso la piccola porta nascosta dove ora stava di nuovo dritta l'ancella, con un viso duro e scontento fra le grosse trecce brune nelle quali brillava qualche filo argenteo.

Le due donne si fissarono per un lungo momento, poi Lhamar abbozzò un piccolo gesto di supplica, di spiegazione, ma l'altra donna scosse decisamente il capo.

"No" disse sottovoce, in tono irrevocabile. "Ti ho lasciato tentare e ritentare, ma è inutile, non dimenticherà. Troppo forte è il legame con l'Altro".

La fanciulla guardò di nuovo il musico addormentato e si torse le mani.

"Abbiamo solo perso tempo" continuò l'ancella, con fredda rabbia. "Ora vieni con me. Tahir ci aspetta".

***

Nel gabinetto ottagonale dalle pareti in marmo chiaro decorate con medaglioni in bassorilievo, dove il Governo dell'Intesa si riuniva abitualmente, i ministri stavano discutendo da ore. Comodamente seduto dietro al piccolo tavolo preziosamente intarsiato di radica e di madreperla, Lord Tumish li ascoltava con faccia attenta, un occhio alla finestra piombata davanti a lui, dalla quale vedeva il cielo tempestoso farsi sempre più scuro.

D'improvviso il piccolo uscio posto alla sua sinistra si socchiuse leggermente e vi fece capolino la testa calva e il lungo naso del secondo segretario, che faceva le veci di Bertrado. Il Console comprese e annuì:

alle cinque in punto, secondo quanto aveva annunciato, il Malanno era arrivato al Palazzo della Logica, con l'abituale, esasperante puntualità e, visto che la pazienza non era tra le sue poche virtù, era necessario accoglierlo subito.

Mentre l'uscio si rinchiudeva discretamente, si schiarì la gola, diede un'occhiata ai suoi colleghi, infervorati nelle loro discussioni, e li bloccò alzandosi in piedi.

"Ho ascoltato con grande interesse i vostri pareri e le vostre proposte e poiché, pur nelle comprensibili differenze, concordano sui punti principali, credo di potermi accollare il compito di parlare in nome di tutti con Lord W'Unker, che ci sta già aspettando".

Ignorò a bella posta il ringhio di Xamir e di Takab, che avevano dato pareri diametralmente opposti, e continuò amabilmente. "Visto che non ci sono obiezioni... Valletto? Informa Milord che siamo pronti a riceverlo".

Si rimise a sedere con un bel sorriso stampato in faccia, senza prestare la minima attenzione ai brontolii, ai mugugni, alle mezze proteste e al tramestio, forte di vent'anni di esperienza; dopo qualche minuto, vistosi ignorati, tutti i membri del governo si azzittirono.

Subito dopo, preceduto da un tremebondo valletto che non sapendo come annunciarlo si limitò a introdurlo nella stanza con un borbottio indistinto, Lord W'Unker era di fronte a loro, gigantesco e imperscrutabile.

Le gerarchie, le alleanze, le rivalità che abitualmente causavano una rigida divisione dei posti furono dimenticate: tutti i consiglieri sedettero vicini, dietro al tavolo, attorniando Tumish, ma sul viso di Takab brillò una speranza e gli occhi grigi di Hezjià si posarono interessati e commossi sul viso altero di W'Unker, mentre Xamir, sistemato il più lontano possibile dal suo nemico, lo fissava ancora incredulo con odio e ribrezzo e Lady Deothenda mormorava scongiuri e preghiere.

Il silenzio si protrasse fino a diventare una presenza palpabile e importuna; due volte Lord Tumish cercò di iniziare, ma le parole faticavano a uscirgli dalla gola asciutta.

"O parli tu o lo farò io, ma alla mia maniera" sibilò allora alla sua sinistra il principe Ul Quoi.

Con un sussulto, il Console ritrovò la favella.

"Milord, riteniamo tutti che la vostra presenza qui, oggi, dopo l'incontro già avvenuto giorni or sono al cospetto di tutta l'Assemblea e di molti illustri cittadini abbia il significato, da un certo punto di vista atteso e..."

"Basta così. Non sono qui per ascoltare sfoggi di eloquenza, ma solo per dirvi che nella Vecchia Biblioteca ho trovato quanto cercavo e sono pronto a partire fin da domani mattina. Questo è tutto".

Inquieto, Lord Tumish si agitò sulla seggiola e i suoi sguardi incerti andarono dal gruppo dei consiglieri, che tacevano guardandosi imbarazzati, alla grande figura isolata e immobile. Era chiaro che quel Rinnegato del Malanno considerava chiuso il colloquio, ma era altrettanto chiaro che questo non era possibile. Sbirciando con la coda dell'occhio gli appunti che aveva preso durante gli interventi dei suoi consiglieri colse alcuni passi sottolineati.

Disarmato e sotto sorveglianza, aveva richiesto il principe Xamir e Lord da Karegi aveva fatto presente la necessità di interpellare prima gli stati che avrebbe attraversato, mentre Lord Piobs voleva sapere se fossero previsti costi, e quali, e a quale voce del bilancio imputarli...

Impossibile ignorarli. Tossicchiò, alzò gli occhi sul viso del Duca e, ignorandone l'espressione tediata e si fece coraggio.

"Temo sia necessario prolungare alquanto il nostro colloquio" cominciò, a disagio. "Dovete comprendere che l'Intesa è nata da un libero accordo di Stati sovrani paritari e che noi abbiamo il dovere di rispondere alle loro legittime richieste, nonché a quelle dei nostri amati concittadini, non sudditi, badate bene, i quali pertanto..."

Sul viso di W'Unker l'espressione annoiata stava diventando una smorfia di disprezzo.

"Piaggerie" decretò, e poi impose. "Di' chiaro che cosa pretendi da me per darmi il permesso di gettare la mia vita per la salvezza delle tue terre".

Ancora cadde il silenzio e fu Takab che, dopo uno sguardo di scusa al Console azzittito e un altro, timido ed esitante, al suo antico Condottiero, spiegò. "Milord, noi abbiamo bisogno di sapere qualcosa di più su quanto vi proponete di fare, per assicurare al meglio la buona riuscita della missione, e per la vostra stessa salvezza".

"Ah, sì? Se è per la mia salvezza che vi preoccupate, Lord Generale, posso assicurarvi che siete in ritardo. Di vent'anni".

Takab incassò la testa nelle spalle, ammutolendo di colpo, e ancora W'Unker fissò Tumish, ma fu il principe Ul Quoi a prendere la parola con voce aspra e rabbiosa, guardandolo con astio.

"Parlerò io, W'Unker, e le mie parole saranno brevi e chiare, anche se non ti piaceranno. Le Tre Pietre ti hanno indicato come la causa dei nostri mali e come il solo che potrà risanarli. La mia fede mi obbliga ad accettare il loro responso, e con esso il tuo aiuto anche se mi ripugna, ma non andrai solo, armato e infido, in giro per le nostre terre a spargere i tuoi malefici incanti! Non porterai armi e ti metteremo qualcuno alle costole che ci sia garante del tuo operato..."

"No, aspettate un momento!"

L'ammiraglio Yets era balzato in piedi, con il viso arrossato, e dietro di lui saltò su di nuovo Takab, furioso.

"Xamir," gridò "non è questo quello che abbiamo deciso, questo è quello che pensi soltanto tu! Per la Dea..."

Mordendosi le labbra, Tumish maledisse la debolezza e il senso di inferiorità che lo ammutolivano; si sforzò di prendere la parola, trattenendo intanto il generale per la manica, ma Hezjià lo prevenne e, alzando la voce, si rivolse direttamente al Duca, che era rimasto immobile al suo posto senza che un moto o un'occhiata tradisse quel che provava.

"Milord, comprendete che il principe Xamir ha parlato..."

"Nelle parole del principe io sento la voce di Rivalta, che io distrussi. Comprendo, è giusto. Continua, giovane ammiraglio" lo interruppe Lord W'Unker, mantenendo fisso e inespressivo il volto, ma con un'insolita nota paziente nella voce.

Tumish, che aveva già aperto la bocca per correggere l'intervento dell'irruente principe, si trovò spiazzato, e, segretamente sollevato, con un mezzo sorriso cedette subito la parola a Yets, mentre Takab tornava a sedersi, lanciando torvi sguardi al principe Ul Quoi.

"Avete detto che siete pronto a partire, mio Signore, quindi non è in Wan Tunhe che dovrete compiere la vostra missione" riprese allora il giovane, dopo essersi assicurato con un'occhiata circolare che non c'erano obiezioni. "Riteniamo opportuno conoscere la vostra destinazione, per assicurarvi libero il passo, e desidereremmo darvi un ulteriore aiuto offrendovi dei compagni per il vostro difficile compito, anche se non vi nascondo che per alcuni di noi quest'ultima proposta servirebbe anche come garanzia della vostra buona fede".

La faccia aggrondata del Duca si rischiarò leggermente mentre il giovane parlava.

"Parli bene, tu che mio figlio chiama fratello!" commentò alla fine. "Le tue parole sono state brevi e suonano sincere; così saranno anche le mie. È a Idragor, dove tutto finì e tutto ebbe inizio, che mi aspetta la mia battaglia e la combatterò da solo, come da solo la perse Valmar. Credete forse che le vostre armi possano aiutarmi a sconfiggere le Potenze delle Tenebre?"

I consiglieri si guardarono in faccia, poi Takab proruppe con ansia.

"No, mio Signore. Ognuno di noi sa che voi soltanto potrete affrontare quella lotta, ma la strada per Idragor è lunga e, in questo momento, anche pericolosa. Permetteteci quindi di aiutarvi a giungere incolume a destinazione, nel minor tempo possibile! Io... Ecco, io mi offro come volontario per questo compito".

L'ultima frase gli uscì soffocata dalla gola e nei suoi occhi si accese di nuovo la speranza, ma il Duca alzò la mano destra nel suo gesto di rifiuto, mentre Tumish, che a sentire l'offerta aveva sussultato, prendeva frettolosamente la parola.

"Generoso e coraggioso come sempre, mio caro generale! Ma, ecco, non credo che sia opportuno..." esitò, cercando una motivazione valida.

Seppure non apertamente, anche lui era dell'idea che i compagni di viaggio del Duca dovessero avere il duplice compito di aiutarlo a raggiungere la sua meta e di sorvegliarlo, cosa per la quale certamente non si poteva fare affidamento su Takab, ancora visibilmente preso dal ricordo del suo Condottiero.

Scosse ancora la testa, sorridendo affabile, intanto che ripescava una scusa.

"La vostra presenza è indispensabile a Wan Tunhe, per discutere e ragionare sull'armistizio che avete appena siglato con la Norlandia, visto che l'assenza di Dama Min si prolunga. No, temo che allo stato attuale delle cose una vostra partenza sia impossibile".

Takab lanciò di soppiatto un'occhiata speranzosa a W'Unker, senza riuscire ad ottenerne l'attenzione, e allora, vinto e avvilito, abbozzò un inchino al Console e si sedette di nuovo. Hezjià, che aveva ascoltato con interesse, annuendo, la proposta di Takab respirò a fondo e avanzò la sua proposta.

"Visto che la Rutlandia è sconvolta dalle guerre civili, suppongo che il viaggio avverrà via acqua, attraversando il Mare dei Coralli e approdando poi, forse, a Costa delle Onde. Per questo motivo mi permetto di offrire il mio appoggio".

Non appena l'ammiraglio aveva iniziato a parlare, il Console s'era sentito chiudere la bocca dello stomaco. Così come non aveva voluto accettare l'offerta di Takab, non gradiva neppure quella di Yets, troppo amico di quel pazzo scatenato di Gofrid D'Aurel, che aveva gettato via una promettente carriera per seguire quello sciagurato del padre! E mentre il giovane faceva la sua offerta, aveva rapidamente trovato una controproposta; elargì quindi il suo miglior sorriso paterno a Hezjià, ma lo contraddisse subito.

"Ammirevole, ammiraglio, ammirevole! I miei due comandanti di terra e di mare non vogliono essere uno meno dell'altro. Bravi, bravi davvero! Purtroppo io ho lo spiacevole compito di calmare i vostri generosi entusiasmi. Ammiraglio Yets, a parte che avete in Wan Tunhe dei compiti precisi e gravosi, visto che in questi giorni stiamo prendendo in esame la ricostruzione della flotta dell'Intesa e decidendo i contributi dei singoli stati, ritengo che sia inopportuno muovere una o più delle nostre navi da guerra in appoggio alla missione di Lord W'Unker.

"Infatti una spedizione di questo tipo e in quella zona potrebbe far nascere malintesi e sospetti tra le avverse fazioni in lotta della Rutlandia, senza contare gli altri rischi.

"No, io credo che sia più opportuno che il nostro necessario aiuto alla buona riuscita di quest'impresa debba essere mascherato, cosa che permetterà al Rin... ehm, a Milord, di avere una buona scorta armata e di avvicinarsi senza problemi a Idragor, poiché la sua destinazione e quindi il suo scopo sarebbero chiari solo alla fine del viaggio".

Tacque un attimo e si guardò intorno, notando con soddisfazione che tutti ora pendevano dalle sue labbra, meno naturalmente quell'odiosa faccia di pietra del Rinnegato.

"Se, dopo qualche voce sparsa ad arte su dissapori interni al Governo, da Wan Tunhe partisse una compagnia di Senzaterra, sotto la guida del principe Ul Quoi, con l'apparente intenzione di cercare una nuova terra o un ingaggio come esercito mercenario, magari proprio in Rutlandia dove imperversa la guerra..."

"Eh no, Tumish! Non ho più una patria, non ho più un trono, ma non per questo sono disposto a fare da lacché al miserabile che me ne ha privato!" ululò Xamir.

"Dati i rapporti che corrono tra il principe e Lord W'Unker, questa soluzione non è possibile, Console!" protestò contemporaneamente Takab e subito dopo i due si girarono a guardarsi in cagnesco, mentre anche i loro colleghi prorompevano in una serie di commenti discordanti, tra i quali si udì chiaramente quello di Lady Deothenda, per l'inconfondibile voce chioccia.

"Oh, che bella pensata, Console! La presenza del principe e dei suoi a fianco di questo... Lord... Lord Rinnegato mi farà sentire molto più tranquilla".

"Non credo che sia una buona idea, perché rischia di compromettere la riuscita dell'impresa prima ancora di cominciarla" la contraddisse prontamente Rachilde.

Tumish lasciò che tutti dicessero la loro e, quando si spense anche l'ansimante brontolio del grasso Piobs, che chiedeva chi avrebbe pagato per tutti quegli uomini, diede una veloce occhiata alla faccia impassibile di W'Unker e riprese, rivolgendosi a Xamir. "Il comando della spedizione sarà vostro, principe, solo vostro! E vostri gli uomini che scorteranno Lord W'Unker a Idragor... Pensateci!"

Il principe si strattonò la treccia, mordendosi le labbra, incerto.

"È una proposta indegna! Il Duca non vorrà mai..." insorse allora Takab.

"Sono ancora in grado di esprimere il mio parere, Lord Generale" lo informò gelidamente W'Unker.

Immediatamente, Tumish approfittò dell'attimo di silenzio seguito a quelle parole per riprendere con energia la sua proposta.

La discussione prometteva di prolungarsi per tutta la notte, nonostante il perdurante silenzio del diretto interessato, ma alla fine il Console, che l'aveva guidata con abilità, sapendo per esperienza che a un certo punto i suoi indisciplinati colleghi avrebbero ceduto per stanchezza, riuscì a far approvare la sua proposta.

Accettò di buona grazia le limitazioni che gli posero, anche perché lui stesso le avrebbe proposte fin dall'inizio, se non avesse valutato più opportuno fingere di cedere poi alle insistenze dei consiglieri.

"Ecco la nostra offerta, Milord" riassunse, rivolto al Duca, sempre in piedi, muto e visibilmente annoiato. "Il principe Ul Quoi, con un gruppo dei suoi Senzaterra, prende su di sé l'incarico di scortarvi fino a Idragor. Viaggerete con loro in incognito..."

"Disarmato" precisò subito, con voce rabbiosa, Xamir.

Il Console sospirò, si guardò intorno e infine concesse, fissando quella specie di statua di marmo bianco e nero che aveva di fronte. "Certo non avrete bisogno di armi con una scorta di questo tipo! Possiamo quindi dire..."

"No".

La statua di marmo si era appena animata e naturalmente quel debole cenno di vita era una parola di rifiuto.

"Ecco, forse..."

"Andrò disarmato fino a Idragor, se questo fa sentire più sicuro il vostro coraggioso principe, ma là giunto avrò bisogno delle mie armi. Forse".

"Eh... Certo, certo... Dunque..."

Il pigolio disorientato del Console si mescolò con il ringhio di Xamir.

"Non ho paura di te, Rinnegato! Ma pretendo che sia rispettato il bando dell'Intesa che ti vieta di portare armi".

Le larghe spalle si strinsero con indifferenza.

"Come volete. Non porterò armi, come non ne porto ora, ma la responsabilità della mia eventuale sconfitta sarà vostra".

Insorsero tutti protestando, accusando, dissentendo.

Takab gridò che bisognava concedere al Duca tutto ciò che riteneva necessario per la vittoria e Rachilde lo appoggiò, sottolineando che non si poteva mettergli al fianco un nemico giurato; Deothenda continuò a strillare che era inaudito anche solo pensare di mettere un'arma in quelle mani maledette, mentre Lord Reghibald assicurava che il Corallo mai avrebbe permesso all'Artiglio di Fuoco di passare libero e armato per le sue acque.

Hezjià, che aveva visto il viso del Duca impietrire e gli oscuri occhi blu farsi sempre più remoti e stanchi, sbatté energicamente un paio di volte l'elsa della spada sullo schienale della seggiola di Lord Piobs, che per lo spavento finì a terra, e, senza badare alle sue proteste, approfittando dell'attimo di sconcerto gridò a piena voce.

"Vergogna, a tutti noi! Costui, qualsiasi sia stato il suo passato, è disposto a rischiare la sua vita, senza condizioni o compensi, per chi lo ha condannato al rogo e noi ancora lo osteggiamo, invece di ringraziarlo e di cercare il modo migliore di aiutarlo!"

"Perché, tu ti fidi di lui, Yets? È W'Unker, e l'inganno e la menzogna sono i suoi metodi, sempre!"

La voce rimbombante del principe Ul Quoi soffocò quella pure alta e forte dell'ammiraglio, che d'istinto volse gli occhi al Duca.

Allora questi parve riscuotersi e guardò i consiglieri che discutevano animatamente, il Console che cercava di trovare un accordo mormorando una mezza parola a uno e una, del tutto differente, a un altro, e Xamir e Hezjià che si fronteggiavano rossi in faccia.

"Se è un tradimento da parte mia che temete" proruppe "vi do la mia par..."

Si interruppe bruscamente e chinò il viso, sul quale stava spargendosi un cupo rossore, tra i lunghi capelli; poi riprese, con voce insolitamente esitante "No... No, certo. W'Unker non ha onore. Ma posso giurare..."

"Giurare su cosa, W'Unker?" lo interruppe Xamir, altero e rabbioso. "Su cosa vuoi giurare, tu?! Sulla Luce che hai rinnegato o sulle Tenebre che hai maledetto?"

Per un attimo gli occhi di zaffiro si posarono, smarriti, sul viso duro e superbo del principe, poi l'antico Valmar chinò di nuovo la fronte, e tacque.

Mentre Lord Takab emetteva un brontolio sdegnato, preparandosi a dare in escandescenze, Hezjià, spiacente e confuso, fece un passo verso l'uomo che era stato pubblicamente umiliato, ma prima che trovasse una parola intervenne di nuovo il Console.

"Mettiamo da parte screzi e rancori, per il momento! Abbiamo una grande impresa da compiere assieme e per portarla a termine dobbiamo sgombrare il campo da ogni sospetto reciproco. Il principe Ul Quoi, che sarà il capo indiscusso della spedizione, prometterà sul suo onore di appoggiare lealmente Lord W'Unker nella sua missione e Milord giurerà a sua volta di esserci leale. A questo patto potrà portare armi dove ve ne sia la necessità. Credo che così vada bene per tutti".

Il Principe Ul Quoi, così inchiodato a una responsabilità e a un incarico che non avrebbe mai voluto, lo fulminò con uno sguardo; poi però rifletté che il tirarsi indietro avrebbe potuto essere male interpretato e che comunque grande era l'impresa che W'Unker si accingeva ad affrontare e grande sarebbe stata anche la gloria per chi gli sarebbe stato compagno, soprattutto se avesse saputo tenerlo al suo posto... e non aveva dubbi che, se qualcuno avrebbe potuto riuscirci, quello era lui.

Si fece avanti e disse solennemente. "Sull'onore degli Ul Quoi e sulla memoria di Rivalta distrutta, io giuro che scorterò Lord W'Unker fino a Idragor affinché possa compiere la sua missione, proteggendolo anche a prezzo della mia vita; che poi, se saremo ancora vivi, lo riaccompagnerò indenne a Wan Tunhe o dovunque chieda di andare e che per l'intera durata della spedizione gli darò tutto l'aiuto che mi chiederà".

"Non ti chiederò nulla, principe, nulla!" proruppe il Duca "Io già non volevo nessuno con me... Ma sta bene. Giurerò anch'io..." si interruppe di nuovo e si morse le labbra pallide, girando intorno lo sguardo come a cercare un suggerimento.

"Giura sulla testa dei tuoi figli, W'Unker! Taci? Scuoti la testa? Ah, dunque era il tradimento che meditavi!"

"No, principe! No. No. Non è questo". Ora la voce oscura era angosciata e la destra tormentava la sinistra mutilata, torcendola senza pietà. "Come posso giurare sulle loro teste innocenti io, un ostaggio delle Tenebre!" riprese, rauco e basso. "Le Potenze Oscure saprebbero certo rivolgere le mie parole contro di loro... No, le mie labbra maledette non chiameranno qui a testimoni i loro nomi. Ho paura, sì, io... Ho paura. Sulla mia testa ti posso giurare la mia lealtà, sulla vita di W'Unker, ma i miei figli... No, non..."

Qualcosa passò negli occhi scuri di Xamir, qualcosa che per un momento ne mitigò la rabbia e l'odio, e la voce con cui lo bloccò suonò forte ed energica, ma senza asprezza.

"Basta così, W'Unker! Sulla tua vita, va bene. Miei signori, accetto il suo giuramento e me ne dico soddisfatto. Se non ci sono obiezioni, possiamo discutere i preparativi per la partenza".

Benché perplessi e turbati, tutti i consiglieri si affrettarono a concordare e in poco tempo furono presi anche gli ultimi accordi, mentre il Duca continuava a tacere, apparentemente incurante, accasciato sulla seggiola che finalmente qualcuno gli aveva offerto, gli occhi blu a terra, il viso livido nascosto tra le bande dei capelli bianchi, torcendosi le mani.

***

"Perdonate la mia insistenza, Milord, ma questa soluzione non mi piace. Ora sono dolente di aver accettato la vostra richiesta e di non aver insistito per venire con voi dal Console. Le cose sarebbero andate diversamente!"

Era ormai buio e solo due grosse torce illuminavano la piccola stanza dalle pareti rivestite di seta grigia e i larghi cuscini dello stesso colore posti sotto la grande finestra dai vetri istoriati, dove la Sacerdotessa sedeva, fissando scontenta il Duca in piedi davanti a lei.

W'Unker, che era tornato alla Torre e l'aveva raggiunta là per congedarsi, si strinse nelle spalle.

"Ho fede nella parola del principe Ul Quoi, Lady Aleja" disse con voce bassa e quieta.

"Neppure io dubito di lui, ma ugualmente il pensiero che per lungo tempo vi troverete alla sua mercè mi inquieta".

Ancora, il Duca si strinse nelle spalle, cercando di mantenere il viso impassibile, ma troppo recente era il ricordo dell'umiliazione patita e al pensiero di trovarsi nelle mani di chi gliela aveva inflitta avvampò di colpo.

Aleja tese d'impulso le braccia verso di lui. "Oh, ma perché proprio tu, fra tutti, dovevi essere prescelto per questa impresa folle, disperata!" proruppe. "E perché non vuoi un amico al tuo fianco, mentre permetti al Console di importi Xamir, che ti odia! Non posso sopportarlo e non lo sopporterò..."

La grande mano si alzò, imponendole il silenzio, e la Guaritrice tacque di botto, confusa, improvvisamente conscia del suo tremito, della sua confusione; solo dopo un lungo minuto il Duca riprese a parlare, lento e grave, scegliendo con cura le parole.

"Tu sai chi schiuse il varco! Io solo conosco la strada che nessun uomo vivente dovrebbe percorrere, per questo adesso devo ripercorrerla e affrontare di nuovo la Potenza che annientò Valmar. Non m'importa chi sia stato messo al mio fianco. Sarò in ogni caso solo in questa battaglia, perché nessuno, e tanto meno chi mi è caro, deve portare il peso dei miei delitti".

Aleja lo ascoltò con gli occhi bassi, torcendo la lunga treccia tra le mani e alla fine mormorò con voce lieve, incrinata. "Un altro destino avevo sperato e pregato per te!"

"Un altro destino... Io l'ho distrutto! Eppure non mi lamento della mia sorte, perché dal mio sangue è nato colui che sarà la gloria dell'Ordine, mio figlio Gofrid".

C'era nella grande voce oscura una nota di pacata rinuncia e al tempo stesso di intimo trionfo, e la Sacerdotessa, profondamente toccata, posò piano la mano affusolata sul braccio robusto dell'uomo.

"Tu eri la gloria dell'Ordine... Valmar!" esclamò.

Per un attimo le grandi mani del Duca si serrarono sulla sua, sottile e fragile, poi l'uomo la respinse dolcemente.

"Aleja... È finito, è finito tutto" l'ammonì. "Lasciami andare ad affrontare il mio destino, quello che mi costruii con le mie mani, cercando di sfuggirlo. Addio, Coronata di Luce!"

Per un lungo attimo i due Consacrati rimasero vicini, senza toccarsi, nel cono luminoso delle due torcere, poi W'Unker arretrò piano e scomparve nella profonda oscurità della notte.

Aleja rimase sola nella serra odorosa, serrandosi le mani; posò lo sguardo su un piccolo vaso, dove era piantato un ramo morto, e chinò la testa.

***

La sala era tanto ampia che a stento, nella penombra che vi regnava, si scorgevano le pareti e le nicchie che vi si aprivano; la sua sagoma irregolare, con il soffitto costituito da cupole poste a tre diversi livelli e il pavimento interrotto da larghi scalini, rendeva anche più enigmatica la sua forma.

Colonne dorate, altissime e ornate da figure semiumane, scandivano quello spazio immenso e anomalo, che traeva la scarsa luce da strette finestre che si aprivano in alto, alla base delle cupole, e da parecchi tripodi posti tutt'intorno con apparente casualità, dove bruciavano basse fiamme dall'odore dolciastro e penetrante.

Il pavimento di marmo scuro, decorato con disegni stilizzati di fiori e frutta, era in parte ricoperto da pesanti tappeti, sui quali si ammonticchiavano soffici cuscini di seta nera e dorata, attorno a bassi tavolinetti rotondi o ovali, anch'essi di marmo scuro.

Faceva molto caldo e l'aria che ristagnava nella sala era intrisa di umidità e del profumo che veniva dai tizzoni ardenti, forte e nauseante, che stordiva leggermente la mente e confondeva lo sguardo.

Davanti a una nicchia profonda, posta tra due tripodi più grandi degli altri, era inginocchiata Lhamar, il bel corpo velato da una lunga tunica dorata sciolta dalla quale uscivano le braccia nude e i piedi scalzi. I lunghi capelli neri, liberi e non acconciati, scendevano liberamente sulle spalle, sul petto e sulla schiena della giovane come un fiume oscuro.

A suo fianco, in piedi, stava la sua ancella, Hamar, ma nulla più nel suo aspetto e nel suo atteggiamento parlava di una condizione servile: alta e forte, come Lhamar portava sciolti per le spalle i lunghi capelli, dove all'ebano naturale si mescolava il primo argento dell'età matura, e vestiva una larga veste di seta. Sospesi sulla sua fronte brillavano, in oro opaco e rubini neri, la folgore e il pugnale sovrapposti, simbolo in Arso del potere terreno e soprannaturale, e sulla spalla, che a tratti la larga tunica lasciava scoperta, erano tatuate la luna nera e la frusta, emblema delle streghe di Ul Sanam consacrate al Dio Velato.

La sua tonaca dorata era simile a quella di Lhamar, ma sul fondo e sulle amplissime maniche era ornata da un'alta fascia nera ricamata in rosso cupo con lettere e simboli enigmatici, gli stessi simboli che si trovavano sul lungo velo nero che dalle spalle scendeva fino a terra a formare uno strascico.

Spogliato dall'abituale atteggiamento umile e schivo, il viso appariva aspro e superbo, eppure ancora bello e nobile, dominato dal forte naso aquilino e da due grandi occhi scuri come la notte, simili a quelli di Lhamar, ma cupi e implacabili, fiammeggianti di un odio irriducibile.

Di fronte alle due donne, tra il fumo inebriante dei tripodi che la velavano rendendola indistinta, s'intravedeva la figura alta e robusta di un uomo con i capelli ricci e neri, lunghi a sfiorargli le spalle, e con gli stessi occhi scuri, ardenti e spietati, della donna più anziana. Sarebbero bastati quelli per indicarlo come del suo stesso sangue, ma in più aveva l'identico viso duro e fiero e il naso aquilino; come molti Arsiani portava la barba, una corta barba scura che metteva in rilievo le labbra sottili e colorite.

I suoi lineamenti, già aspri e austeri, erano resi anche più paurosi dalla sua espressione corrucciata, dalla fronte aggrondata, sulla quale le cespugliose sopracciglia nere s'inarcavano, incollerite, e dal balenare iroso degli occhi scuri.

"Ti ho concesso mesi di tempo, mezzi illimitati e l'appoggio della sapienza di tua madre, Lhamar!"

"Mio Signore Tahir, voi sapevate che era un Consacrato, ma ignoravate la forza del suo Dono!" si scusò la fanciulla, la dolce voce spezzata ed esitante. "A stento riesco ancora a mantenerlo nell'incanto del sonno, perché il Potere del suo sangue sembra annientare la virtù delle pozioni magiche di mia madre".

L'uomo, che dimostrava poco più di quarant'anni, venne avanti di un passo, rivelando la lussuosa zimarra rosso cupo, intessuta con fili d'oro, sopra la lunga veste nera, sul davanti della quale erano stati ricamati in rosso e oro gli stessi simboli che ornavano la tunica dell'ancella. Anche la sua fronte era decorata con l'emblema della folgore e del pugnale, sovrastato però da una corona regale, e alla cinta portava una spada a doppio filo, grande e pesante, e due pugnali sacrificali di squisita fattura, decorati da pietre preziose.

Vedendolo incombere su di lei, Lhamar si chinò ancor di più verso il suolo, la paura e la disperazione scritte sul volto, e intanto Hamar cominciò a parlare con voce irata.

"Abbiamo sbagliato, lo ammetto. Ho sottovalutato il figlio e il suo Potere..."

"Allora il nostro piano è fallito, donna! Uccidetelo, se non riuscite neppure a confondere la sua percezione del tempo".

"Non ho detto questo, mio zio e mio Signore!" l'interruppe Lhamar, angosciata, risollevandosi dal pavimento e afferrandosi alla lunga zimarra dell'uomo con fare supplice. "No, egli ignora quanto tempo è passato dal nostro incontro, che continua a credere casuale, e non sa di trovarsi nel cuore del deserto di Ul Sanam; i sogni di morte si affollano e premono nel suo cuore, ma il dubbio bussa di continuo alla sua mente e a stento riesco a dissiparlo".

Un sorriso, ironico e crudele, distorse le labbra sottili dell'uomo che si curvò sulla giovane e le artigliò una spalla.

"A stento? Io direi con piacere!" sibilò, fissandola negli occhi. "No, guardami, Lhamar! Tu non mi inganni. Tu l'ami, sciagurata, e forse per questo..."

"No, no, te lo giuro! Sono fedele al mio voto, ho fatto tutto quello che mi avete imposto, tutto!" Cercò di svincolarsi, di distogliere gli occhi da quelli sfavillanti dell'uomo, senza riuscirci, e con un breve singhiozzo alla fine ammise con un filo di voce. "Eppure... Eppure, sì. L'amo".

Tahir la respinse da sé, ordinandole con un gesto di lasciare la sala, e la fanciulla corse via singhiozzando, incespicando nella veste lussuosa con i lunghi capelli che svolazzavano dietro di lei, mentre l'uomo rivolgeva uno sguardo interrogativo ad Hamar.

"Non mente, Tahir, ne sono certa".

"Lo spero. Non l'ho allevata per farne la prostituta del figlio di Valmar D'Aurel!"

La donna sussultò dolorosamente e chinò lo sguardo; solo dopo un lungo silenzio riprese, incerta. "I nostri incanti hanno fallito: in nessun modo sono riuscita a insinuare il mio odio nel suo legame con il padre. Non puoi..." Si interruppe, esitando, e con la mano indicò un drappo nero che ricopriva il fondo della nicchia.

"Sia come chiedi, donna!" annuì Tahir, dopo un momento di riflessione. "Lo specchio nero, forse, ci indicherà la via".

Mentre Hamar portava un bacile e una brocca di onice e d'oro, l'uomo, mormorando brevi frasi ritmate che via via diventavano una nenia ossessiva, sollevò il velluto, staccò dal muro uno specchio dalla nera superficie qua e là corrosa e lo depose con reverenza sul fondo della vaschetta. Poi tolse da un vicino scrigno una manciata di polvere rossastra e la gettò sul fuoco del tripode, che subito divampò più alto, spargendo intorno una nube dal profumo stordente, che lentamente avvolse i due celebranti e il bacile.

Allora Hamar, a un cenno dell'uomo che, con gli occhi chiusi, continuava a sussurrare la sua nenia, versò lentamente sopra lo specchio il liquido verdastro contenuto nella brocca, poi entrambi si chinarono sul recipiente, tra le volute di fumo profumato.

Dapprima indistinta, come una macchia del tempo, poi mano a mano più chiara, più distinta sulla superficie dello specchio si delineò una figura umana.

Era il riflesso di una donna, alta e formosa, e già si scorgevano le lunghe trecce color del mogano e le mani alzate in segno di imperio. Poi la sagoma parve staccarsi dalla superficie, uscire dal bacile e mescolarsi con il fumo che attorniava i due officianti, ottenendone corpo e sostanza, e in pochi istanti davanti ai loro occhi si parò l'immagine di Chi da più di vent'anni giaceva nella terra di Tork, ormai polvere e ossa. Gli occhi verdi brillavano alteri come quando era in vita, e la voce che risuonò nella sala era quella forte e armoniosa della Dama del Priorato.

"Da miei Dei il mio voto fu inteso!
Col mio pianto legai padre e figlio,
Con la morte ho saldato il legame,
Né con l'odio spezzarlo potrete".

La figura si dilatò, s'alzò perdendo consistenza e forma, divenne un soffio, una voluta di fumo e scomparve in una pioggia di punti luminosi.

I due stregoni rimasero immobili un attimo, poi si raddrizzarono lentamente dal bacile che ora mostrava solo un vecchio specchio annerito ricoperto di un liquido oleoso, verdastro.

"Una donna, che si oppone a noi" mormorò infine Hamar, fissando Thair che la corresse, pensieroso.

"Una fattucchiera, forse una Maga, e un incantesimo così potente che sopravvive alla morte di chi l'ha gettato. Troveremo un'altra via".

***

Dire che la Prima Consacrata era contrariata sarebbe usare un eufemismo.

Aveva appena lasciato il suo appartamento, dopo l'ultimo colloquio con Lord W'Unker, che l'aveva commossa e turbata più di quanto avrebbe creduto possibile, e nella grande sala aveva trovato Lyri che l'aspettava pazientemente, seduta su uno sgabello imbottito vicino a un basso tavolino, le mani sulle ginocchia a coprire alcuni fogli aperti e sgualciti.

"È tardi, madre e sorella, e tu sei già stanca, ma io devo assolutamente parlarti. Adesso, perché domani mattina sarebbe già troppo tardi" le disse non appena la vide, alzandosi in piedi e tenendo strette in mano le sue carte.

Se non fosse stato per la serietà che traspariva da quel giovane viso,

Aleja si sarebbe scusata e avrebbe rifiutato, ma l'intenerì vedere l'ansia, la fiducia negli occhi grigi della sua discepola prediletta e la piccola ruga diritta e decisa sulla candida fronte altrimenti intatta.

Sospirò piano, rassegnata, e le si avvicinò.

"Su, siediti di nuovo vicino a me e dimmi cosa ti preoccupa tanto. Non è ancora tardi, non molto, e poi so che sei saggia e credo che tu abbia delle buone ragioni per volermi parlare a quest'ora. Soltanto, ti prego, fai presto. Sono stanca, sì, e il mio cuore è pesante".

"Lui parte domani, non è vero? Con il principe Ul Quoi e i Senzaterra; ce l'ha raccontato un paggio del principe, Vjmor, che è fratello di un nostro postulante".

"Lui?"

"Il Duca di Rocca d'Ombra... Lord Valmar D'Aurel, di cui mio nonno Lyrs fu scudiero".

Allora la Sacerdotessa chinò gli occhi sui fogli che Lyri stringeva ancora, ne riconobbe i caratteri e sorrise lievemente.

"Vedo che ti hanno consegnato le carte dei tuoi genitori".

"Lord Allemayr da Torrarsa le ha trovate a Persko, dove sono stati uccisi, e me le ha portate. C'erano anche le lettere che mio nonno scrisse ad Arwenna, sua figlia, e così ho scoperto che il padre di mia madre era stato lo scudiero di Lord D'Aurel. Tu lo sapevi, Prima Consacrata?"

Aleja assentì piegando leggermente il lungo collo.

"Non volermene se non te l'ho detto prima!" si scusò. "Timorosa delle Tenebre che avevano travolto i suoi Signori, tua madre volle che tu crescessi ignorando i tuoi rapporti con i D'Aurel fino a che la Consacrazione non ti avesse resa più forte. Quel giorno ti dissi qualcosa, infatti, e ti promisi che avremmo ripreso il discorso. Poi la situazione è precipitata e non l'ho fatto. Te ne chiedo perdono, mia piccola amica..."

"Ti prego, madre e sorella, non dirlo! Non c'è nulla da perdonare. Ora so tutta la verità sulla mia famiglia e credo di conoscere un poco anche mio nonno Lyrs".

Scelse tra i fogli che aveva in grembo un gruppo di carte tenute insieme da un cordoncino azzurro scolorito e lo mostrò ad Aleja, con un sorriso dolce e malinconico.

"Qui c'è tutta la sua storia, vedi? La notte dopo la battaglia di Idragor anche lui seguì il suo Signore, ma anche lui non resistette al terrore delle Tenebre e fuggì, abbandonandolo. Quel ricordo, quel rimorso lo perseguitarono per tutta la vita e influenzarono tutte le sue scelte. Mi ero chiesta più volte perché ci avesse abbandonate, la mamma e me, ma ora capisco! Mio nonno è quel Lyrs che allevò Gofrid D'Aurel e che morì per lui, cercando di espiare così la sua fuga di tanti anni prima, che sentiva come un delitto. Capisci?"

Aleja fissò il viso animato e colorito, gli occhi grigi intelligenti e ansiosi, le belle mani forti che carezzavano quei vecchi fogli e sorrise intenerita, ma scosse la testa.

"Che cosa devo capire, figlia mia?"

Lyri respirò a fondo e cominciò a spiegare, cercando di sembrare molto calma e matura. "Questi fogli mi hanno restituito la mia famiglia, le mie radici e, così facendo, mi hanno permesso di vedere chiaro dentro di me e di capire quale ora debba essere la mia scelta.

"Fin dall'inizio, quando portasti alla Torre Lord W'Unker ferito, io sentii per lui una compassione profonda, una strana devozione, che ingigantì ancora quando il suo segreto fu rivelato. Rammenti come volli starti sempre a fianco per curarlo e assisterlo?

"Era il mio sangue, il sangue di Lyrs che parlava in me, che mi spingeva a tentare di cancellare la colpa del mio avo con la mia dedizione".

Si fermò e fissò con occhi brillanti la Sacerdotessa, come se aspettasse una parola da lei. Ma poiché Aleja taceva, giocherellando pensierosa con il velo, riprese con più impeto. "Ora lui parte per affrontare un Nemico terribile, che già lo sconfisse, e nessuno dei nostri confratelli sarà al suo fianco. Parte, e come unici compagni avrà i Senzaterra e il principe Ul Quoi, che lo odia, che incitò il popolo contro di lui, che gli preparò il rogo! Madre e sorella, permettimi di seguirlo in questa nobile impresa! Ho preparato tutto, mi manca solo la tua benedizione. Concedimela, e lasciami andare".

"No".

Il rifiuto suonò netto, deciso, e Lady Aleja si alzò come a ribadirlo e a sottolineare che considerava chiuso il colloquio, ma Lyri balzò agilmente in piedi anche lei, figgendole francamente gli occhi in faccia senza sforzo perché alta quanto la Prima Consacrata.

"Perché no, madre e sorella?"

"Per espressa volontà del Duca, e perché temo per te. Terribile è la battaglia che lo attende, e tu sei ancora giovane e inesperta; e poi tu sei una Guaritrice, mia piccola Lyri, non un Guerriero o un Cantore!"

"Tuttavia anche l'aiuto di una Guaritrice Consacrata potrebbe essergli utile in un momento tanto grave e difficile" insistette la fanciulla, con il viso turbato ma gli occhi decisi.

"Basta così, Lyri. Ho già detto di no, e ti ho spiegato il perché. Ora lasciami andare perché sono veramente stanca e scossa. Domani... Ecco, domani parleremo ancora e..."

"Domani sarà partito!" gridò la ragazza, e sul viso stanco di Aleja si disegnò un pallido sorriso, che moderò il suo rimprovero. "Adesso sembri ancora una bambina, Lyri! Una bambina che fa i capricci per qualcosa che non può avere. Va' a coricarti anche tu, e la Dea vegli sul tuo sonno".

Con un segno di benedizione si allontanò verso le sue stanze, lasciando Lyri sola nella grande sala, con i suoi fogli stretti nel pugno e uno sguardo ostinato negli occhi.

Hillia, che la stava aspettando, la raggiunse dopo pochi minuti, il viso capriccioso inquieto tra i riccioli scuri raccolti sulle tempie, e si accorse immediatamente della sua delusione. Aveva letto assieme con lei i fogli di Lyrs e di Arwenna e, con la tenera confidenza che le univa, l'amica le aveva già svelato la sua intenzione di seguire il Duca a Idragor, suscitando il suo spavento ma anche la sua ammirazione.

"Hai parlato con Lady Aleja?" le chiese ansiosa, correndo verso di lei.

Con un improvviso scatto di collera, Lyri accartocciò i fogli.

"Sì, ma la Madre mi ha negato il permesso di partire. Eppure io devo, io voglio andare! Non voglio essere presuntuosa, ma mi pare che la Dea stessa m'intimi di cancellare l'onta di Lyrs offrendo il mio aiuto a colui che il mio avo abbandonò, e che solo così mio nonno avrà finalmente pace. Ma se seguo la mia percezione, disobbedisco alla Prima Consacrata, a colei che per me è stata più di una madre, al capo del mio Ordine!"

Per quanto avesse cercato di dominarsi e di esprimersi con calma e chiarezza, il suo viso s'imporporò e negli occhi brillarono lacrime di delusione. Hillia l'abbracciò sospirando, segretamente sollevata, poi si alzò sulla punta dei piedi e le baciò la guancia infuocata.

"Oh Lyri, sorella!" esclamò. "Non fossimo mai cresciute! Ti ricordi come eravamo felici, da bambine? Era tutto chiaro, tutto semplice e sicuro! Adesso invece... tu ti struggi per non poter compiere quello che senti essere il tuo dovere, e io...io..."

Ora era la sua volta di arrossire e si staccò dall'amica, sogguardandola timidamente.

"E tu, Hillia? Che cosa ti cruccia? Su, allegra, tra pochi giorni pronuncerai anche tu i voti della Consacrazione. Non ti rallegra questo pensiero? No? E neppure l'idea dei festeggiamenti che seguiranno la cerimonia?"

La voce di Lyri era diventata tenera e scherzosa, ma Hillia sorrise con tristezza, scuotendo i riccioli scuri.

"Amica mia, m'importa poco... Tanto, lui non ci sarà. E anche se ci fosse..."

Si fermò un attimo, le gettò le braccia al collo e nascose il visino rosso contro la sua spalla.

"Era bella, vero, Lhamar?" singhiozzò. "Bellissima! E lui, come la guardava! Non mi ha mai guardato così, mai! Oh, non so cosa fare di me, adesso, non so cosa fare!"

Lyri non riuscì a dire niente, non trovò parole di consolazione e si limitò a stringere a sé la fanciulla piangente, fissando incerta il cielo scuro, dove un furioso vento stava spingendo nuvole cariche di pioggia.

***

E la pioggia cadde fitta anche la mattina della partenza, dopo aver scrosciato per tutta la notte, mentre i lampi illuminavano la città di Wan Tunhe addormentata e il febbrile lavoro dei Senzaterra che preparavano frettolosamente la partenza.

Cadde sulle due piccole navi che il principe Ul Quoi aveva scelto per il viaggio: la sottile *Mirinha,* la sua veloce ammiraglia, e il robusto *Gabbiano,* meno veloce e più tozzo, che avrebbe portato buona parte degli uomini, delle armi, delle vettovaglie e delle salmerie.

E cadde inesorabilmente sulla testa di Lord Tumish, che ora malediceva il momento in cui aveva deciso di assistere alla partenza, anche perché sotto quel diluvio incessante c'erano ben pochi cittadini ad applaudirlo.

Cadde anche sulla testa di Lord Hult, strappato alle amorose braccia della giovane moglie dall'ordine del suo Console, e nell'acqua si spegnevano le maledizioni che sottovoce continuava a lanciargli; e continuò a cadere sulle sue Guardie, sui pochi passanti, sui marinai fermi all'ancora. Scendeva dal cielo a cascata e si riversava dalle strette scalinate come un fiume in piena, rendendo moli e banchine simili a un lago e intralciando le ultime operazioni d'imbarco.

Immobili e impassibili in mezzo a quel nubifragio, Lord W'Unker e il principe Ul Quoi, fianco a fianco, ascoltarono le parole di augurio e di commiato del Console.

I lunghi capelli bianchi del Duca, zuppi d'acqua, gli scendevano a metà schiena e la treccia nera di Xamir sembrava un lucido serpente acquatico; giganteschi entrambi, indossavano tutti e due alti stivali di cuoio e ampi ferraioli scuri, ma sotto i mantelli l'uno vestiva l'abituale abito nero senza alcun ornamento, l'altro la sfarzosa tenuta dei Signori di Rivalta, di un rosso aranciato, lussuosamente ornata d'oro; dalla sua cintura di cuoio dorato pendevano la pesante spada degli Ul Quoi e un lungo pugnale, e sulla spalla robusta portava l'arco e la faretra con le frecce, mentre W'Unker era disarmato.

Intanto che Lord Tumish cercava di concludere il più rapidamente possibile il suo discorso per evitarsi un raffreddore, i due giganti, senza aprir bocca, continuarono a scambiarsi occhiate astiose, e, notandole, il Console sentì crescere i suoi dubbi e le sue preoccupazioni per la sua decisione, che ora non gli pareva più così buona.

Finì sottolineando l'importanza del loro accordo e chiese loro di riconfermare i giuramenti già fatti; di nuovo la profonda voce scura del Duca si unì a quella appena un po' più chiara e alta del principe di Rivalta, ed entrambi promisero nuovamente di portare a termine la missione o di morire nel tentativo, e di essere leali compagni l'uno per l'altro.

La smorfia sulla faccia di W'Unker e l'occhiata ambigua e peculiare che Xamir gli indirizzò, pronunciando le ultime parole, non servirono molto a tranquillizzare il Console, ma ormai non c'era rimedio. Con un mentale appello alla misericordia della Dea, si affrettò a congedarli con espressioni di augurio e di ringraziamento, ma piuttosto in fretta, perché alla pioggia scrosciante s'era unito un vento gelido che fece volare i mantelli dei due partenti, agitò la folta chioma del Duca e persino la grossa e rigida treccia di Xamir, congelando Lord Tumish fino alle ossa, nonostante la pesante zimarra impellicciata.

Si allontanò con tutta la velocità che il suo decoro gli permetteva, tallonato dalle guardie intirizzite e dal fedele Hult, che cominciò subito a riversagli nelle orecchie una piccola parte di ciò che pensava di lui, mentre i due forzati compagni, guardandosi in cagnesco, salivano sulla *Mirinha,* e sul fondo arrivavano di corsa due paggi ritardatari del principe.

Capitolo quindicesimo

VERSO IDRAGOR

Erano mesi che non metteva piede sulla tolda di una nave e, se ci pensava, gli pareva impossibile.

Beninteso, altre volte aveva lasciato la sua *Procellaria* per periodi anche più lunghi, ma sempre perché spinto da motivi impellenti, non per passare le sue giornate passeggiando oziosamente su un molo, fosse pure quello di Periss.

Pensando così, Iulo Lant scaraventò in acqua con un calcio un innocente ciottolo che aveva avuto la sfortuna di capitargli tra i piedi e si sedette su un macigno della difesa a mare, prendendosi la testa tra le mani.

Per consolarsi, si sforzò di ricordare che era rimasto là per attendere che tutto il suo vecchio equipaggio arrivasse nell'Isola dei Liberi Naviganti, come aveva promesso in Norlandia, e che nel frattempo aveva disperatamente cercato una via d'uscita che andasse bene per tutti, perché questo la sua gente, finalmente tutta riunita a Periss, si aspettava da lui.

Bene, avrebbero potuto aspettare per un pezzo!

Il naufragio della *Procellaria* aveva rovinato sia lui che suo fratello e la cosa era anche più grave perché nei mesi immediatamente precedenti i loro affari non avevano reso come al solito, complice certo quell'Ingombrante Presenza...

Sospirò e contemporaneamente rise piano. Il Duca era sempre un problema, a prescindere da quel che faceva, pensava o diceva, ma non rimpiangeva di averlo accolto, quando era stato bandito; se mai, gli spiaceva di non potegli più offrire un asilo ora che aveva perso la sua nave.

"Speriamo che quel tanghero di Tumish e la sua cricca rivedano le loro posizioni e annullino o almeno addolciscano la loro sentenza! Se ci fossi io al posto del Duca, tratterei alla morte prima di degnarmi di aiutarli, ma lui è fatto a modo suo!" pensò, poi diede un'occhiata al cielo che si incupiva sempre di più e, stiracchiandosi, si rialzò per raggiungere la locanda prima che si rimettesse a piovere.

Nella sala comune trovò tutto il suo vecchio equipaggio raggruppato intorno a tre tavoli e nel vedere tutte quelle facce note che si giravano a guardarlo, con occhi pieni di fiducia e di speranza, Iulo si sentì bene e male nello stesso tempo.

Rinunciò ad andare nella sua camera, desolatamente vuota da quando Giselda era partita per Wan Tunhe, e, sempre più immalinconito, prese una seggiola, sedendosi vicino a Clorinda, che mostrò subito di apprezzare il gesto facendogli un largo sorriso e versandogli da bere.

"Capitan Iulo, volevamo proprio parlare con te". Girò i vivaci occhi scuri per la sala, raccogliendo sorrisi e cenni di consenso e continuò. "Abbiamo discusso, gli uomini e io, di tutta la situazione, che non è poi disperata, perché la *Procellaria* e il suo equipaggio sono sempre stati stimati e benvoluti tra i Liberi Naviganti, tanto che le offerte di ingaggio fioccano".

"Te, ti vorrebbe Gama Toreg, Mastro!" la interruppe Tam estasiato, con il viso rotondo tutto compunto all'idea dell'onore fatto al suo nostromo, ma la donna gli tirò un orecchio e scosse la testa.

"Non è quello che voglio io, e Pyvor esita ad accettare la proposta del capitano Talbit, mentre tu stesso non ti sei deciso a firmare con la capitana Kirit. Tutti i nostri uomini non hanno ancora preso impegni, capitano, neanche chi ha ricevuto offerte vantaggiose".

Lo guardò con aspettativa, ma, visto che Iulo non parlava e teneva lo sguardo sul boccale che girava e rigirava tra le mani, fece un sospirone e disse tutto d'un fiato.

"Non ti offendere, capitano! Lo facciamo anche per noi, perché vogliamo tornare a navigare con te e con tuo fratello. Così, è per il nostro interesse, non altro, che abbiamo messo insieme quei quattro insuli che siamo riusciti a risparmiare".

Tutta rossa spinse verso il Lant un sacchetto di canapa.

"È poca roba" aggiunse subito "perché noi marinai abbiamo le mani bucate, ma se può aiutarti a comprare o noleggiare un'altra nave, ad armarla... l'equipaggio poi l'hai già pronto, e per le paghe c'intenderemo!"

Con un altro sospirone, questa volta di sollievo per aver portato a termine il suo difficile compito, Clorinda si appoggiò alla spalliera della panca e afferrò il boccale dove sprofondò subito la sua confusione.

Iulo rimase fermo, soppesando tra le mani il sacchetto, purtroppo piuttosto leggero, mentre sulla faccia espressiva si mescolavano commozione, gratitudine, stupore.

Dalla porta, dove non visto aveva assistito a tutta la scena, si levò la voce di Dano.

"Gente, sono sopraffatto!" Si fece largo tra i clienti della locanda, del resto poco numerosi a quell'ora, e si sistemò al tavolo del fratello, battendo la mano sulle robuste spalle del nostromo. "Dobbiamo ringraziarvi, tutti quanti" continuò, con una smorfia commossa invano mascherata dai baffi.

Sbirciò di nuovo il sacchetto che il gemello teneva ancora tra le mani e la sua smorfia divenne di deprecazione: non che ci avesse sul serio sperato, ma certamente quel sacchettino, fossero anche d'oro gli insuli contenuti, non sarebbe bastato neanche per comprare i remi di una nave.

Soffocò il sospiro in un sorriso e continuò, affabile. "Bene, questa è la prima tavola per la futura *Procellaria*; le altre..."

"Verranno" concluse al suo posto Iulo, con voce sicura, ma dando intanto di soppiatto al gemello un'occhiata che voleva dire "*Non so proprio come.*"

Poi, conscio della delusione dei suoi generosi marinai, tossicchiò a disagio e riprese affettando una sicurezza che era ben lungi da provare

"Aspettiamo il ritorno di Gama Toreg, poi ci daremo da fare, qualcosa inventeremo! Che diamine, che non ci sia più un onesto strozzino in tutte le Isole, disposto a rischiare sui gemelli Lant?"

"A tasso esorbitante, suppongo" obiettò Dano, svuotando il bicchiere del fratello e nascondendo subito le mani dietro la schiena per sfuggire alla sua forchettata.

"Forse in questo momento hai ben altro per la testa, capitano!" osservò allora Clorinda, sorridendo, e qua e là si sentirono delle risata, dei commenti, qualche domanda.

Grato di poter abbandonare quell'imbarazzante argomento, Iulo smise di dare pizzicotti a Dano e annuì.

"Come sempre, il mastro ha colpito giusto. Ragazzi, dovete capirmi! Tra poco a Wan Tunhe mia moglie metterà alla luce il nostro primo figlio... Ci divide un bel braccio di mare, ma io sono là lo stesso, con lei!"

"E credo che sarebbe bene se ci fossimo tutti e due, in carne e ossa! Gama è ancora là, e là sono radunati molti dei Signori delle Isole, che erano venuti per il nostro Duca e che Tumish trattiene tuttora per qualche sua riunione. Forse da qualcuno di loro potrebbe venire la soluzione".

Iulo aveva i suoi dubbi in proposito, o quanto meno dubitava di poter trovare una soluzione di suo gusto in questo modo, tuttavia l'idea gli piacque moltissimo, perché l'unica cosa che avrebbe potuto rimetterlo di buon umore in quel momento era rivedere l'amatissima moglie.

"Ben detto, gemello!" si affrettò quindi a concordare con entusiasmo" Ora che tutti i nostri uomini sono a Periss e siamo tranquilli almeno per le loro vite, possiamo benissimo andare anche noi a Wan Tunhe. Forse troveremo qualche soluzione, certamente riabbraccerò Giselda e... sarò pronto a fare lo stesso anche con il marmocchio, quando si deciderà di nascere!"

Gli uomini attorno applaudirono, ridendo e schiamazzando

allegramente; volò qualche frizzo, degli auguri, poi Dano ordinò subito un altro giro di vino e intanto Iulo si tirò il ciuffo, un poco perplesso.

"Qualcosa non va, gemello? Il vino è buono! Un Mielato d'Arso stagionato... Non dell'annata migliore, però..."

"Come ci andiamo a Wan Tunhe, Dano? A nuoto?"

L'avventuriero depose il bicchiere vuoto sul tavolo con tutta calma, si pulì i baffi e rise a tutti denti.

"Fratello, e a cosa serve la capitana Kirit se non a portarci fin là?!"

"Ma è appena ritornata!"

"Certo. Un noiosissimo viaggio di dovere. Ma questa volta avrà il piacere della mia... voglio dire, della nostra amabile compagnia. E poi anche Gama Toreg dovrà tornare a Periss ed è lei che dovrà riportarcelo! In pratica, le facciamo un piacere".

"Se lo dici tu..."

"Lo dico io, certo. Lo dico io".

Il sorriso sornione di Dano era più eloquente delle sue parole e Iulo si rilassò visibilmente, si versò dell'altro vino e diede un'energica gomitata al gemello, con il risultato di fargli rovesciare il bicchiere, spargendone il contenuto su tutti e due con imparzialità.

Mentre i due gemelli cercavano di rimediare al disastro bestemmiando e incolpandosi reciprocamente, gli uomini dell'equipaggio avevano continuato a confabulare tra loro e alla fine spinsero avanti Pyvor perché parlasse per tutti, visto che Clorinda aveva rifiutato di fare nuovamente da portavoce.

"Capitano, comandante, i compagni m'incaricano di dirvi che vi aspetteranno a Periss e che non prenderanno alcun impegno, finché ci sarà la speranza di potersi imbarcare di nuovo con voi. Per il momento ce la caveremo con qualche lavoretto qui e aspetteremo".

Si sedette sbuffando, dopo quello che per lui era stato un lunghissimo discorso, e già Iulo stava per ringraziare e accomiatarsi, quando saltò su Tam, che Khalev aveva cercato invano di trattenere per la manica.

"Sentite, Pyvor dice che non c'entra, ma io penso di sì e poi lo voglio dire" sbottò all'abituale velocità. "A Wan Tunhe vengo anch'io e anche lui perché... perché..."

Diventò tutto rosso e si grattò la testa, al colmo della confusione.

"Per quella fraschetta di Nira, che è svanita con il giovane principe Ul Quoi, e per la quale tu e Pyvor state rompendo... ehm... gli orecchi a tutti" concluse per lui Clorinda, sbuffando.

Ancora più rosso in faccia Tam si buttò a difendere il suo idolo, sputando un centinaio di parole smozzicate al minuto e il suo amico norlese si unì subito a lui, spiegando a tutti che quell'innocente bambina non poteva capire la sconsideratezza del suo comportamento, che la colpa era tutta del principe Zelmir e che bisognava intervenire per evitare il peggio.

"Uhm" stabilì Clorinda, quando i due si fermarono per riprendere fiato, poi concluse. "Io penso che possano imbarcarsi con voi sulla *Danzatrice*. La capitana Kirit è a corto di uomini e già aveva messo gli occhi su Tam per sostituire un gabbiere... Bene, ne avrà due. Le parlerò io". E poi, mentre Tam e Pyvor si abbracciavano, tutti contenti, aggiunse d'impeto, "Anzi, la capitana Kirit avrà due marinai e un nostromo in più. Verrò anch'io".

"Questa storia non mi piace" mugugnò Dano, seduto di traverso sul lettuccio, nella stanza della *Trippa Calda* dove erano scesi dopo l'arrivo a Wan Tunhe.

"Neanche a me" concordò immancabilmente Iulo, intento a sistemarsi il ciuffo con l'incerto aiuto di un pettine rotto, un catino pieno d'acqua e il fondo ben lucidato di una padella dell'ostessa.

"Dicono che ha giurato solennemente di aiutarlo! Figurati... A quanto mi risulta, le uniche cose che abbia mai fatto per lui sono state un tentativo di linciaggio e l'allestimento del suo supplizio".

"E non gli è riuscito neppure quello!" Iulo, gettato il pettine dentro il catino e la padella per terra, si sedette a fianco del fratello con aria preoccupata e l'indocile ciuffo di traverso.

"Esatto" continuò Dano "perché, scusate l'immodestia, c'erano i fratelli Lant e la *Procellaria*. Ma questa volta è solo".

"Avessi una nave, una barca, una bagnarola gli correrei dietro, ma l'unica cosa che ho è questo catino!"

Iulo appioppò un violento calcio al disprezzato oggetto che si rovesciò spargendo l'acqua sul pavimento di legno.

"Hai anche una padella, per questo. E farai bene a riportarla subito a Tarea, se non vuoi che ti spelli" osservò Dano e poi, tornando all'argomento di prima, continuò. "Ma perché Giselda lo ha permesso?!"

"Non possiamo dire niente fino a che non sappiamo come sono andate esattamente le cose" protestò subito Iulo, in difesa della moglie.

"E non lo sapremo mai se continuerai a cincischiarti i capelli invece che andare alla Torre a parlare con lei. Tanto, brutto sei e brutto resti!" ribatté l'altro e uscì a precipizio dalla camera ridendo, inseguito dal gemello che brandiva minacciosamente la famigerata padella.

"Come sarebbe a dire che non è qui?!"

Queste parole uscirono dalla gola di Iulo come se si stesse strozzando, mentre la sua faccia abbronzata cominciava a prendere il colore del pomodoro maturo e le mani robuste si serravano a pugno.

Lenart non sembrò affatto preoccupato dalla sua reazione, ma con un sorriso affabile e un gesto cortese della mano invitò i due Lant, truci in faccia, ad accomodarsi nella grande sala.

"Non è alla Torre perché Lady Aleja ha ritenuto più opportuno che andasse a Bosco Sacro..."cominciò placidamente.

"Bosco Sacro?!" gli occhi di Iulo minacciarono di uscire dalle orbite. "Ma allora è malata, è grave... Il bambino, forse! Ma perché nessuno mi ha detto niente! Ecco, mia moglie sta per morire, mio figlio..."

"Fratello, calmati o ti verrà un accidente!" Dano gli mise la mano sulla spalla, mentre Lenart scuoteva la testa, riprendendo con tutta calma.

"Capitano, Dama Giselda sta benissimo e con lei vostro figlio. Proprio ieri è tornata dall'isola Dama Frokofia, una Guaritrice emerita, esperta soprattutto in parti e gravidanze, e mi ha detto che rare volte ha visto una primipara così in buona salute".

"Ma allora, perché..." cominciò Iulo, ma il gemello lo interruppe.

"Non importa. Adesso questo stoccafis... voglio dire, questo venerabile Consacrato ci dirà come raggiungere l'isola e là..."

"Temo non sia così semplice, miei Signori".

Tranquillo, lo Stoccafisso scosse di nuovo la testa, spiegando con voce paziente come e perché era impossibile che raggiungessero la Dama da Montaldo a Bosco Sacro; ci impiegò parecchi minuti, segretamente indignato davanti a tanta ignoranza, e prima che finisse i due avventurieri si erano già alzati in piedi.

"Ho capito, è una specie di galera!" proruppe Dano, dirigendosi all'uscita e spingendo davanti a sé il fratello, ammutolito per la rabbia e l'indignazione.

Sparirono furiosi in direzione del grande bosco, inseguiti dalle blande proteste di Lenart.

Quella sera, Clorinda lavò la testa a tutti e due.

"Ma guardateli là! Due adulti grandi e grossi, abituati a cavarsela nelle peggiori situazioni, incapaci di ottenere un paio di notizie utili da uno Stoccafisso Consacrato! Almeno avreste potuto chiedere fino a quando Giselda resterà a Bosco Sacro, e quando nascerà il bambino!"

Molto mortificati e tuttora furiosi, i due Lant si grattarono la testa, si guardarono a vicenda per vedere se l'uno o l'altro avesse qualcosa da dire in difesa di entrambi, e alla fine Iulo si disse umilmente d'accordo con la donna.

"Il mastro ha ragione, come al solito. Il fatto è che io ero nervoso, preoccupato, e vedere quel tanghero di Lenart tutto tranquillo mi ha fatto uscire dai gangheri! Dano, poi, non mi ha aiutato per niente".

Lanciò un'occhiata risentita al gemello e si sedette con il muso lungo.

"Oh senti, è inutile che te la prendi con me! Il marito e il padre sei tu, vero?"

Prima che i due si azzuffassero, Clorinda intervenne di nuovo. "Quel che è fatto è fatto, ma a tutto c'è rimedio. Potrete tornare domani alla Torre, presentandovi in maniera più civile".

All'idea, i due brontolarono di malumore, rendendosi però conto che non c'era altro da fare, ma a toglierli da quel pasticcio intervennero Tam e Pyvor, irrompendo senza bussare nella stanza del nostromo, dove erano stipati tutti e tre, con faccia compiaciuta e soddisfatta.

"Ecco, povera piccola! Tutti a malignare su di lei e sul principe Zelmir e invece..." cominciò Pyvor, trionfante, e Tam concluse a raffica, "..e invece è venuta per Dama Giselda, per assisterla con il bambino voglio dire, tanto è vero che ora è alla Torre e certo è un bell'aiuto per tutti i Guaritori perché lei ha le mani d'oro..."

"Ma domani vado a riprendermela, o almeno a sentire che intenzioni ha. L'ho sempre detto, quella bambina ha il cuore grande come il mare! Anche se fa qualche cosa di avventato, lo fa ingenuamente, per generosità" concluse Pyvor.

Tam, tutto commosso, stava già per riaprire la bocca per elencare le infinite virtù della sua diletta, quando Dano, scambiato uno sguardo scettico con il gemello, tagliò corto.

"Splendido! E quando andrete a parlare con la vostra innocente creatura, ricordatevi di chiedere anche quando prevede di beneficare con le sue tenere attenzioni Giselda, che al momento è a Bosco Sacro, lontana dalle sue grin... dalle sue manine d'oro".

"Volete sapere quando Dama Giselda tornerà alla Torre e quando nascerà il bambino?" chiese Pyvor, un po' stupito perché sapeva che i due dalla Torre erano appena tornati; ma Iulo accennò di sì, sollevato.

"Magari. Gli stoccafissi ci sono sempre stati indigesti" aggiunse, e con questa frase enigmatica congedò i due.

***

"Non ho alcun interesse per le vostre beghe di bottegai rifatti! Io sono il principe Xamir Ul Quoi e sono in missione per conto dell'Intesa dei Quindici, della quale, fino a prova contraria, anche voi fate parte! Quindi date ordine alle vostre navi di lasciarmi passare o..."

"O che cosa, Altezza Reale? Affonderete tutti le mie dieci navi con le vostre due navicelle?"

Xamir non credeva alle sue orecchie! Quell'insignificante capitano lo stava minacciando, e la sua voce risuonava persino divertita !

D'altra parte, non si poteva negare che lo schieramento che gli impediva di raggiungere l'Arcipelago del Corallo era ragguardevole e che difficilmente avrebbe potuto avere la meglio, anche se avesse deciso di passare con la forza, cosa comunque da evitare.

Si sforzò quindi di dominare la collera e di convincere con le buone il suo interlocutore.

"Capitano Ascledim, forse non mi avete sentito bene. Ve lo ripeterò ancora una volta. Non siamo qui per sostenere in qualche modo le pretese del Borgomastro Naucel, ma..."

"Ci sento benissimo, Altezza, però nessuna nave dell'Intesa si avvicinerà ai Coralli fino a che Messer Naucel non si sarà dimesso, o non sarà stata chiarita la posizione del Console in proposito".

Maledicendo dentro di sé il Console Tira-e-molla, soprannome che in quel momento trovava indovinatissimo, il Principe Ul Quoi indietreggiò d'un passo, riflettendo.

Né Galvero Ascledim, ottimo capitano che in altri tempi aveva molto apprezzato, né coloro che lo avevano mandato là potevano pensare che la *Mirinha* e il *Gabbiano* fossero sul punto di invadere l'Arcipelago dei Coralli, per ristabilire l'incerta autorità del Borgomastro Hieronis Naucel. Era certo soltanto una provocazione, intesa a sottolineare le loro intenzioni e le loro pretese, ma comunque, con quella flotta a sbarrare loro il passo, non c'era possibilità di attraccare a Haverdon.

Digrignò i denti, ma si dominò e licenziò il capitano Ascledim, dicendogli che doveva consultarsi con il suo stato maggiore; non appena l'uomo se ne andò, fece chiamare i due capitani delle sue navi e Fanor Turel, il comandante del manipolo dei Senzaterra che erano a bordo.

Stava per avviarsi al quadrato ufficiali, quando una voce profonda e arrogante lo bloccò.

"È troppo chiedervi che cosa sta succedendo?"

Il Duca aveva lasciato la sua piccola cabina e ora lo guardava dal cassero, vestito completamente di nero e mascherato, i capelli bianchi legati dietro la nuca, la testa un poco inclinata sulla spalla sinistra.

"Sotto quella maschera gli occhi li avete, no? E allora, usateli! Quelle sono navi del Corallo, armate e ben decise a non lasciarci passare".

W'Unker tacque a lungo, girando il viso mascherato dal furibondo principe alla flotta che li accerchiava e infine all'equipaggio che lo guardava con guardinga ostilità.

"A causa mia?" chiese infine.

Xamir sussultò, incredulo: veramente in quella voce oscura aveva colto una nota incerta, quasi dolente? Si girò a guardarlo, ma quella maledetta maschera che il Rinnegato si ostinava a portare gli impediva di capire cosa stesse pensando.

"No, voi non c'entrate per niente, questa volta" si affrettò comunque a dire con insolita premura. "Vogliono le dimissioni di quel pusillanime di Naucel e temono che le mie navi siano state mandate in suo aiuto dall'Intesa".

"O meglio, pensano che tenendoci qui bloccati potranno imporre a Lord Tumish di difendere le loro posizioni contro Messer Naucel" lo corresse il Duca, meditabondo.

"Volete dire che saremmo come degli ostaggi?" esclamò il principe.

"In un certo qual modo".

"Io!?"

La parola schioccò come un colpo di frusta e il viso abbronzato del principe arrossì violentemente.

"Voi, io, le vostre navi". Nella voce profonda vibrò una nota divertita, che subito dopo divenne sarcasmo. "Magari mi spiegherete come sono riusciti ad accerchiarvi, nonostante che le vostre navi fossero più veloci delle loro".

"Come potevo immaginarlo! Sono navi di uno stato amico!" si difese il principe.

"Regola prima, non esistono stati amici, ma tutt'al più stati alleati per timore o per interesse" lo rimbeccò subito la gelida voce. "Regola seconda, se le forze di uno stato cosiddetto amico e alleato fanno una mossa che dia adito a sospetto, prima colpisci, poi chiedi spiegazioni. Regola terza..."

"Basta!" tuonò Xamir, furioso, e aggiunse con una certa perfidia. "Sono sufficienti le miserabili condizioni in cui ora tu vivi, Rinnegato, a dimostrare l'inefficacia delle tue regole".

Il Duca diede addietro un passo e la destra corse al fianco ove una volta era solito portare la spada, ma ricadde inerme; allora, livido in faccia sotto la maschera, volse le spalle al principe e andò a rinchiudersi nella sua cabina, lasciandolo cercare una soluzione.

Ma venne la sera e tornò il giorno, e Xamir ebbe un bel parlare, discutere, spiegare, urlare fino a trovarsi afono, non riuscì neppure a scalfire la tranquilla ostinazione di Galvero Ascledim.

"I Coralli sono famosi per la loro testardaggine" gli ricordò il comandante Fanor Turel.

"Tuttavia" osservò il capitano della *Mirinha*, "il capo della ribellione sembra essere Ierone Raneult, che voi avete conosciuto bene durante la guerra contro la Norlandia. Forse, se riusciste a parlargli personalmente potreste convincerlo della nostra buona fede".

Ma il suo collega del *Gabbiano* insorse, scuotendo la testa. "È meglio tornare a Wan Tunhe e rimettere tutta la questione nelle mani del Console. Questo non è un problema nostro".

Le lunghe gambe robuste malamente ripiegate sotto lo sgabello troppo basso, la testa che toccava il soffitto del quadrato ufficiali, il principe volse il viso corrucciato ora a uno ora all'altro dei suoi uomini, tirandosi furiosamente la treccia, senza decidersi a prendere una posizione.

Detestava l'idea di scendere a terra per pregare Messer Raneult, ma ancora di più aborriva l'idea di tornare a Wan Tunhe a implorare l'aiuto di Tumish. Avrebbe di gran lunga preferito aprirsi la strada con la forza, ma prima che potesse aprir bocca alle sue spalle risuonò, secca e decisa, la voce profonda di W'Unker.

"No".

Si girò vivamente e lo vide sulla porta, il viso sempre coperto dalla maschera, un poco curvo perché il soffitto era troppo basso anche per lui. Con due lunghi passi si avvicinò e gettò sul tavolo dei disegni postillati che aveva in mano.

"Riuscirei ad arrivare a nuoto a Costa delle Onde, prima che voi Isolani vi mettiate d'accordo" stabilì "e così facendo risparmierei ancora tempo e pazienza, che non ho in eccesso. No, bisogna rinunciare al piano originale e fare invece rotta verso il porto di Drevit, in Rutlandia".

Se non altro per principio, Xamir iniziò a protestare, facendo presente che il viaggio sarebbe stato molto più lungo, e a lui si unirono i suoi ufficiali, ma il Duca si strinse nelle spalle.

"Purtroppo in questo momento sono sprovvisto dell'unico strumento atto a sedare le vostre solite risse" disse con voce gelida e, a scanso d'equivoci, posò ostentatamente lo sguardo sulla sua sinistra mutilata.

Scoppiarono subito urla di indignazione e il principe Ul Quoi balzò in piedi, furioso, andando a sbattere con la testa contro il soffitto, ma W'Unker non si scompose.

"Se invece di fare fracasso deste un'occhiata a questi fogli, vi trovereste indicate delle ipotesi alternative, con il calcolo dei tempi necessari e la valutazione dei rischi. Se la cosa è troppo difficile per voi, mi troverete nella mia cabina" concluse, e, prima che Xamir trovasse una frase abbastanza ingiuriosa da gridargli, era già uscito.

Tuttavia aveva ragione, cosa che dopo un'oretta di discussione anche il principe di Rivalta ammise e i suoi calcoli erano esattissimi, come concordarono tutti cupamente, dopo aver esaminato mappe e note. Non restava che seguire le sue indicazioni e fare rotta per Drevit.

"Spero che adesso tutto fili liscio, così che mi sia risparmiato il supplizio della sua presenza almeno fino alla Rutlandia!" brontolò il principe quella sera, dopo che si erano allontanati dai Coralli per far rotta verso Drevit, mentre si cavava gli stivali con l'aiuto di uno dei suoi paggi e l'altro gli preparava il letto per la notte.

"Non si può dire che ve la imponga, Altezza Reale! È quasi sempre chiuso nella sua cabina, non esce neanche per mangiare!" osservò quest'ultimo, girandosi verso il suo Signore, che strabuzzò gli occhi per la sua sfacciataggine.

"Peggio per lui!" decretò poi, con voce tonante. "Quando avrà fame, chiederà, e io accoglierò la sua richiesta con generosità, questo l'ho promesso, ma che io sia dannato nelle Tenebre in eterno se gli darò spontaneamente anche solo un bicchier d'acqua!" Poi fissò il giovane paggio biondo che lo guardava senza mostrare alcun timore e tuonò, puntandogli un dito contro. "E tu chi sei, ragazzino dalla lingua lunga? Non mi ricordo di averti mai visto, e sì che con quei capelli dovrei ricordarmi di te!"

Con un'occhiataccia al biondino, l'altro paggio si fece avanti e s'inchinò.

"È mio cugino Nimir, Altezza Reale" spiegò. "Ha sostituito all'ultimo momento mio fratello, che si è ammalato".

"Ah, siete quei due arrivati un minuto prima della partenza, allora. Il primo cameriere mi aveva farfugliato qualcosa. Beh, puntualità e bocca chiusa d'ora in poi, capito?!"

Anche Nimir s'inchinò doverosamente, ma qualcosa nel suo sorriso, unito allo sguardo acuto e deciso degli occhi grigi, lasciò un'ombra di perplessità nel principe.

Ma Nimir e la sua insolenza furono rapidamente dimenticati, perché ben altri problemi vennero a infastidirlo; infatti, più si avvicinavano alla Rutlandia, più si moltiplicavano da parte dei pescatori e delle altre navi che incrociavano segnalazioni sui disordini in corso e, quando giunsero in vista di Drevit, scoprirono che il porto era assediato dalla flotta di una delle fazioni ribelli.

Uno degli ordini tassativi di Lord Tumish era quello di non farsi in nessun modo immischiare nella guerra civile in corso in Rutlandia, così che Xamir dovette dar l'ordine di allontanarsi subito, con un ultimo pensiero di rimpianto alla possibilità svanita di prender parte a una bella battaglia.

Lo consolò un'altra idea.

"E adesso vediamo come Lord So-Tutto-Io risolve la situazione!" tuonò, dirigendosi verso la cabina dello scomodo passeggero e scontrandosi sulla porta con il suo malnato paggio.

"Nimir! Cosa stavi facendo là dentro?!"

"Ho portato dell'acqua a Lord W'Unker" rispose quieto il ragazzo.

"Dell'acqua? L'ha chiesta?" domandò ancora il principe, sperando di sentirsi dire di sì, ma fu subito deluso.

"No, Altezza Reale. È stata una mia idea".

Avrebbe volentieri preso a schiaffi quella bella faccia tranquilla, ma rimandò il simpatico esercizio a un momento più opportuno, e sibilando "Sparisci!" entrò di botto nella cabina del suo detestato ospite.

Il Duca, senza maschera, sedeva sull'orlo del letto, chiaramente troppo piccolo e stretto per lui, con lo sguardo incollato all'oblò, spalancato nonostante il freddo.

Il locale era poco più di un cubicolo stretto e basso e la cuccetta lo occupava quasi completamente, tanto che non c'era neppure un tavolino, e mappe e appunti erano ordinatamente disposti sul coperchio di un baule, dove, in un angolo, si vedevano anche del pane avvolto in un tovagliolo e una brocca d'acqua.

Mentre il principe fissava astiosamente questi due ultimi oggetti, augurandosi che il pane non provenisse dalla sua cucina, W'Unker si girò verso di lui, senza accennare ad alzarsi.

"Bussare non fa parte delle abitudini dei principi di Rivalta, Altezza Reale ?"chiese ironicamente.

Xamir strinse i pugni cercando di controllarsi e sibilò, afferrandolo con forza per un braccio "Là, non hai visto? A Drevit non si sbarca! E adesso? Hai qualche altra magnifica trovata?"

Con una calma smentita dalla faccia oltraggiata, il Duca staccò le dita del Rivaltino dal suo braccio, una alla volta, poi lo redarguì di rimando.

"Se aveste guardato bene i miei appunti e aveste cercato di capirli, avreste senz'altro scoperto che, oltre a Drevit, io prevedevo altri due possibili sbarchi, nel probabile caso di difficoltà: Tardof e Zernor. A questo punto, consiglio Zernor, senz'altro".

A ogni parola, il lungo indice picchiettava inesorabilmente su quelle dannate mappe, sottolineando quanto diceva, e Xamir maledisse al tempo stesso la sua furia, che gli aveva fatto trascurare le note del Duca, e l'esasperante pignoleria di quest'ultimo.

"Zernor? " lo contraddisse ugualmente, con violenza, "Sei impazzito, o segui un qualche tuo esecrabile piano!? È al confine con Dobladus, e la strada, la lunghissima strada, che lo collega con Idragor sarà certo sorvegliata o rivendicata da diverse fazioni in lotta fra loro".

"Quella lungo la costa sì, senz'altro. Ma c'è un'altra strada, tra le montagne di Kostor e quelle di Martel, e poi fino ai campi di Idragor. Io la conosco e posso guidarvi".

Dicendo così, indicò il percorso su una mappa che aveva appeso sopra il letto; gli occhi blu avevano uno sguardo remoto, come se vedesse fatti, cose di un altro tempo, di un altro mondo, e la sua voce era diventata un soffio.

"Una strada tra i monti, in pieno inverno?" ribadì Xamir, vibrando un pugno sul baule. "Non se ne parla neppure. Andremo a Tardof, e anche così allungheremo il viaggio di un bel po', ma non c'è rimedio. Da là attraverso il passo di Tosic scenderemo sulla piana di Martel e poi a Idragor. La strada è buona, e ben conosciuta. Basta, la discussione è chiusa".

W'Unker lo guardò con indifferenza, poi alzò un sottile sopracciglio.

"Come volete. Il comandante siete voi" concesse, scettico.

"Appunto" sbuffò Xamir, vagamente deluso e preoccupato da quella acquiescenza, e uscì. Solo quando giunse sul ponte si accorse, con un sussulto di rabbia, che per tutto il colloquio era rimasto in piedi davanti al Rinnegato, tranquillamente seduto sul letto.

Nel suo silenzioso scetticismo, il Duca si mostrò buon profeta: attorno a Tardov, e anche dentro alla città, come raccontò loro il capitano di un vascello delle Conchiglie che li aveva incrociati, stava imperversando una furiosa battaglia.

"Era da aspettarselo, Altezza Reale! È il porto più grande della regione e un nodo stradale importantissimo, senza parlare del suo arsenale!" spiegò il brav'uomo, chiedendosi intanto perché la faccia del principe fosse diventata scarlatta.

Fu gioco forza ricorrere nuovamente a Lord W'Unker; questa volta però Xamir lo fece chiamare nel quadrato ufficiali e si guardò bene dall'invitarlo a sedersi. Ma né questa piccola rivincita, né la calma con cui il suo nemico affrontò la situazione servirono a farlo sentire meglio.

"Rotta su Zernor, principe, e da là vi guiderò per la strada attraverso le montagne. Sarà necessario equipaggiarsi..."

Non gli rinfacciava nemmeno la sua decisione sbagliata! E stava per esibire ancora le sue maledettissime mappe!

Xamir si alzò in piedi con tanta energia che lo sgabello andò a gambe all'aria.

"Ne discuterai con il comandante Turel e con i capitani della *Mirinha* e del *Gabbiano*" l'interruppe. "E ora va' da loro, ché ho altro da fare che perdermi in chiacchiere con te".

W'Unker gli lanciò un lungo sguardo indecifrabile, poi annuì e uscì senza dire più una parola, lasciando Xamir più scontento di sé di prima.

E il fatto che quello sfacciato paggio, Nimir, lo fissasse francamente in faccia, scuotendo la testa, finì di scombinarlo.

Non fosse stato per la volontà di finire al più presto quella maledetta missione e togliersi dagli occhi l'odiato viso di W'Unker e la sua presunzione, Xamir avrebbe quasi desiderato che fosse impossibile sbarcare anche a Zernor, per dimostrare a quel Rinnegato insolente che aveva torto. Invece, dopo cinque giorni di navigazione, fu svegliato prima dell'alba da Vjmor, l'altro paggio che aveva a bordo, con la notizia che Zernor era in vista e che nulla pareva ostacolare il loro prossimo sbarco.

"Tirate immediatamente giù dal letto W'Unker e..."

"È già sul cassero, Altezza Reale, e sta dando disposizioni per..."

"Dando cosa ?!"

Con un ringhio, Xamir abbandonò il calore delle coperte, afferrò la lunga veste che il paggio gli porgeva e, allacciandosela frettolosamente, salì di corsa sul ponte, senza badare al freddo che era già diventato pungente. Ormai infatti erano nel cuore dell'inverno, un inverno che nulla aveva da invidiare a quello, gelido e lungo, dell'anno precedente.

Il Principe Ul Quoi, cresciuto nel clima caldo di Rivalta, ne soffriva moltissimo e questo, se da un lato aumentava il suo malumore, dall'altro diminuiva notevolmente la sua volontà di stare ad altercare in vestaglia con l'impassibile W'Unker, tra le raffiche di vento che minacciavano a ogni minuto di strappargli quel dannato indumento, lasciandolo mezzo nudo sul ponte.

Accettò quindi subito, sia pure con malagrazia, la proposta di ancorare le due navi dietro un'isoletta all'imboccatura del porto, dove sarebbero state al riparo non solo dalle intemperie ma anche da eventuali sguardi indiscreti.

"Le vostre imbarcazioni potrebbero far gola a qualche fazione e non bisogna neanche dimenticare che le Tenebre hanno servitori ovunque" spiegò il Duca, lottando contro il vento che gli gettava i capelli in faccia.

"Sono d'accordo sulla necessità di essere cauti" obiettò Xamir, annuendo, "tuttavia mi pare alquanto problematico far sbarcare uomini, armi, cavalli e salmerie con le scialuppe, soprattutto con questo tempo".

"Non problematico, impossibile. E del resto gli animali e l'attrezzatura che erano stati previsti per lo sbarco ad Haverdon sarebbero in buona parte inutilizzabili sulla strada per la quale vi condurrò. Ne ho già discusso con i vostri ufficiali e ho deciso che scenderemo con un equipaggiamento ridotto e..."

"Hai discusso, hai deciso! Sono io il capo della spedizione, io! Chi ti ha autorizzato..."

"Voi. Non avevate tempo da perdere per le mie chiacchiere".

Nella voce odiosa suonò una nota di derisione, ma quel che diceva era vero.

Xamir si morse le labbra e giurò a se stesso che, se le Tenebre non avessero soffocato quel malnato, ci avrebbe pensato lui, a missione finita; tuttavia diede ordine di procedere secondo quanto già stabilito da W'Unker.

***

Nevicava. Non che fosse una novità: da quando la strada aveva cominciato a inerpicarsi la neve aveva cominciato a cadere; prima, sul falsopiano, era invece piovuto in continuazione, una pioggia gelida che sembrava arrivare fino alle ossa. Ora alla neve si era aggiunto un vento freddo e impetuoso, con delle violente raffiche che gettavano loro in faccia quei fiocchi ghiacciati e che sembravano respingerli giù per lo stretto sentiero sul quale W'Unker li stava guidando.

In sella al suo cavallo, stretto nel pesante mantello, le mani ormai quasi insensibili nei guanti di pelliccia, il Principe Ul Quoi lottava per non battere i denti e non tremare visibilmente.

Quel clima rigido era stato finora la maggiore difficoltà che avevano incontrato, perché le bande armate che a tratti avevano incrociato la loro strada, fossero ribelli di qualche fazione o semplicemente briganti, s'erano defilate non appena si erano accorte di aver di fronte un manipolo di soldati ben armati e addestrati.

Ormai Xamir pensava che difficilmente avrebbero dovuto combattere e se ne rallegrava, anche se quasi avrebbe preferito una scaramuccia a quel tempo inclemente che li perseguitava dal loro sbarco in Rutlandia.

Continuava a pensare al mare caldo, al sole dorato, alle tiepide brezze della sua Rivalta... non era abituato a quel tempo glaciale, alla gelida pioggia, al vento freddo, alla neve e al ghiaccio viscido sotto gli zoccoli del suo cavallo, che rendeva pericoloso ogni passo.

Ed era ancora in una posizione privilegiata, perché era tra i pochi che avevano una cavalcatura. Quasi tutti i suoi uomini procedevano a piedi, lottando per trascinare con sé le proprie armi e forzando i muli che trasportavano quei pochi bagagli che W'Unker aveva loro concesso.

Anche il Rinnegato era a piedi.

Ben inteso, se solo l'avesse chiesto, il principe gli avrebbe dato un cavallo, persino il suo grande balzano se l'avesse preteso, ma lui non aveva domandato nulla, neppure di ripararsi nelle loro tende o di dividere i loro pasti.

Durante le pause, che in genere duravano solo una notte, ma che se il tempo era troppo inclemente potevano prolungarsi, se ne stava per conto suo, lontano dal loro fuoco, riparato solo dal suo mantello che ormai doveva essere fradicio, mangiando quello che si era portato nella sacca e bevendo l'acqua mezza ghiacciata dei torrenti che incontravano.

Molto spesso, mentre i suoi compagni si riposavano, si allontanava per delle ore, cercando la via più sicura da percorrere e i pericoli da evitare, poi tornava a dare i suoi ordini, visibilmente sfinito, ma sempre sprezzante, sdegnoso di una compagnia che non gli veniva offerta e di un aiuto che non chiedeva.

Suo malgrado, Xamir ammise tra sé e sé che quel comportamento lo metteva a disagio; quando si erano incamminati si era sentito sicuro che in pochi giorni, se non in poche ore, quel maledetto Rinnegato si sarebbe piegato e avrebbe domandato il suo appoggio, ma ora aveva capito che non sarebbe mai successo.

Del resto, W'Unker l'aveva gridato a Wan Tunhe, davanti all'Assemblea dell'Intesa, e l'avrebbe mantenuto. Contro la sua volontà, ammise con se stesso di provare anche dell'ammirazione per quell'uomo... e non era la prima volta.

Ora il Duca aveva fatto loro segno di fermarsi al dubbio riparo di un costone innevato ed era sparito, silenzioso e veloce, inerpicandosi agilmente su per la salita, dove il sentiero sembrava scomparso tra i cumuli di neve e di ghiaccio, per trovare la via più sicura da percorrere.

Tornò un paio di ore dopo, quando già Xamir aveva dato l'ordine ai suoi di preparare il rancio e disse subito bruscamente, scrollandosi la neve di dosso.

"Di qui non si passa: la strada è interrotta da una valanga".

Gli alti stivali grondavano acqua, la maschera e il mantello nero erano coperti di neve e i fiocchi candidi si confondevano con i capelli ricciuti, ma la voce oscura era ferma e indifferente come al solito.

Con un'imprecazione, il principe balzò in piedi.

"Per la spada della Dea, Rinnegato! E adesso?" esclamò, poi fissò per un attimo la gigantesca figura. "Darò ordine ai miei uomini di rimuoverla. Dopo tutto, è la terza volta che succede, e nelle altre due occasioni sono riusciti ad aprire un passaggio e..."

"No. Ho scavato anch'io, per un po', poi ho cercato di aggirarla. Occupa tutto il tornante, e al di là il ponte sul Taskar è crollato".

"Ma il fiume sarà gelato!"

"Giusto. Ma scorre sul fondo di un burrone tanto profondo che neppure d'estate se ne vedono le acque, si sente solo il loro mormorio...".

Improvvisamente nella sua voce affiorò una nota memore, quasi di rimpianto, ma il principe non se ne accorse neppure.

"Tu sei un Magio potente, il più potente di tutti, a quanto dicono" lo pungolò invece. "Spicciati dunque ad adoperare la tua maledetta stregoneria, invece che tenerci qua a gelare e..."

Ammutolì di colpo, perché dai fori della maschera gli occhi blu di W'Unker sfolgorarono di collera repressa.

"Non parlare di ciò che non conosci, profano! Se ora ricorressi al mio Potere, svelerei alle Tenebre la mia presenza e attirerei su voi tutti la loro collera! È questo che vuoi?"

"No! No, certo. Non ci avevo pensato, dicevo solo..."

Ancora una volta W'Unker lo interruppe seccamente. "Pensa, qualche volta, prima di aprire bocca. Non ci sei abituato, lo so, ma ti assicuro che non è doloroso... Non molto".

Il principe stava già per slanciarsi contro di lui, quando Nimir, che era sempre tra i piedi, si mise in mezzo, portandogli del vino bollente che non aveva chiesto, e dietro di lui sopraggiunse il Comandante Turel per domandargli se ordinava di riprendere la strada, continuando però a guardare di sottecchi il Duca. Fu proprio quest'ultimo che prese tranquillamente la parola, come se il Senzaterra si fosse rivolto a lui.

"Fate preparare gli uomini per una breve marcia" gli ordinò, ignorando lo stupefatto e furioso Xamir. "Lasceremo il sentiero che è interrotto e vi guiderò sù per questa salita fino a un pianoro, dove potrete accamparvi per la notte con una certa sicurezza".

Per pura formalità, Turel rivolse un'occhiata interrogativa al suo Signore, che brontolò di malavoglia il suo assenso ma che, non appena i due si furono allontanati, ringhiò a W'Unker.

"E poi? Aspetteremo là il disgelo?"

Battendo i lunghi piedi gelati per terra nel vano tentativo di scaldarli, l'uomo scosse la testa. "Non credo proprio. E grazie per la fiducia, Altezza Reale".

"Ti do la fiducia che ti sei meritato" lo rimbeccò Xamir e passò un lungo secondo, prima che il Duca riprendesse a parlare, con voce atona.

"Dovremo abbandonare questa strada, risalire il costone e guadare il fiume Taskar a monte, prima della cascata, nel punto in cui è più stretto. È solo una pista mal tracciata, ma l'ho appena esplorata e ho constatato che è sgombra e percorribile. In questa maniera oltrepasseremo anche la valanga e potremo poi riprendere il sentiero. Certo, allungheremo alquanto il cammino, ma non c'è altro modo. Se non sono stato abbastanza chiaro posso mostrarvi la mappa della zona".

Stava già frugando nella sua sacca, pronto a tirar fuori un'altra delle sue maledette carte che gli davano sempre ragione, ma il Principe Ul Quoi ebbe la netta sensazione che, se lo avesse fatto, questa volta gliel'avrebbe strappata di mano e fatta ingoiare, ragion per cui brontolò il suo assenso e si affrettò a voltargli le spalle per raggiungere i suoi uomini, che stavano già mangiando.

Mentre si allontanava lasciandolo solo, in piedi in mezzo alla neve che turbinava fitta intorno a lui, fu colto dal molesto pensiero che, mentre loro l'avevano aspettato relativamente al riparo, riscaldandosi con i fuochi che erano riusciti ad accendere e con il vino e il cibo, lui aveva affrontato la neve, il vento e la montagna per cercare una strada per tutti. Si girò ancora a guardarlo e vide che si era tirato il cappuccio sulla testa, aveva raccolto la sua sacca e stava percorrendo agile e silenzioso tutta la colonna, pronto a mettersi alla loro testa e a guidarli.

Nessuno gli aveva offerto un sorso di vino né un pezzo di pane, nessuno gli aveva portato una coperta, qualcosa con cui asciugarsi e riscaldarsi e nessuno l'avrebbe fatto, neppure una volta accampati, a meno che non l'avesse chiesto, ma ormai sapeva che non l'avrebbe fatto. Era lui stesso che aveva dato quegli ordini, e ora ne era infastidito e crucciato, ma si ripeté che, se solo quel maledetto orgoglioso avesse aperto bocca, gli avrebbe dato qualsiasi cosa avesse chiesto, qualsiasi cosa! Se taceva, il danno era solo suo.

Diede il segnale della partenza e pochi minuti dopo si mise in marcia dietro le larghe spalle del Duca, tenendo il cavallo per le redini, imprecando a bassa voce, sempre più insoddisfatto di sé e delle proprie decisioni, tanto che finse di non vedere che Nimir si era avvicinato a W'Unker, parlandogli a testa rispettosamente bassa, e che alla fine riuscì a fargli accettare un piccolo involto, cosa che del resto era già successa almeno un altro paio di volte.

Nessuno di coloro che avevano seguito il Duca in quella spedizione avrebbe mai dimenticato i tre giorni in cui varcarono il passo che dai monti Kostor portava alla piana di Martel.

Prima c'era stata la deviazione imposta dalla valanga e dal crollo del ponte, che li aveva obbligati a lasciare il strada e a seguire la loro ambigua guida per un sentiero da capre che solo lui riusciva a scorgere, conducendo per la cavezza le bestie recalcitranti, portando buona parte dei bagagli sulla schiena, affondando nella neve fino alle ginocchia, scivolando sul fondo ghiacciato, sempre sferzati da un vento gelido.

Poi avevano dovuto guadare il Taskar.

Il ghiaccio che ricopriva il fiume si era subito rivelato troppo sottile per reggere al loro peso, quindi W'Unker aveva ordinato di spezzarlo e di entrare nell'acqua gelida, seguendo i suoi passi con la massima attenzione. Sembrava conoscere ogni buca, ogni ciottolo del letto del fiume e intuire quando uno di loro stava per mettere il piede in fallo o si trovava in difficoltà; allora era immediatamente al suo fianco, con le sue frasi brevi e sardoniche e la grande destra vigorosa pronta a sorreggere e ad aiutare.

Erano una ventina, con tre muli e quattro cavalli, e finché tutta la piccola colonna non arrivò alla riva opposta, W'Unker rimase piantato in mezzo alla corrente gelida, come una torre, pronto a intervenire, sorvegliando ogni loro passo, redarguendoli e aiutandoli.

Al di là del Taskar c'era un breve pianoro, soffocato dalle rocce, che però a sud si apriva in un sentiero scosceso, e là il Principe Ul Quoi, dopo aver confabulato qualche minuto con il Duca, diede l'alt.

"Ci fermeremo qui per qualche tempo, ma non possiamo accamparci, perché c'è il rischio delle valanghe" annunciò. "Del resto è ancora chiaro, tanto che W'Unker spera che sia possibile raggiungere la piana di Martel prima di notte e porre là l'accampamento".

"No, non lo spero, ne sono certo" ribatté il Duca, mettendosi a tracolla una corda arrotolata e dileguandosi giù per il piccolo sentiero.

I Senzaterra si scambiarono uno sguardo dubbioso, poi si abbandonarono con sollievo al dubbio conforto di quella breve pausa in uno spiazzo pieno di neve, riparandosi come potevano dal vento e dal freddo e cercando di attingere nuove energie dai viveri che avevano con sé.

Passarono così un paio d'ore, durante le quali nel principe Ul Quoi crebbe l'inquietudine per i suoi uomini; li aveva dovuti far alzare e li aveva obbligati a correre in cerchio per evitare che si assopissero nella neve e rischiassero il congelamento già due volte, quando finalmente riapparve W'Unker, una mano a trattenere il cappuccio e il mantello che sbatteva attorno alla sua poderosa figura.

"In marcia, e subito!" intimò, ma poi vide la stanchezza e la delusione sui loro visi e aggiunse, addolcendo un po' la voce scura. "Il sentiero è ripido e pericoloso, ma molto breve, poi la strada si allarga in una pianura digradante che ci condurrà senza molti sforzi alla piana di Martel, dove potrete porre l'accampamento. Coraggio, seguitemi e tenetevi alla corda".

Capirono allora perché si era allontanato e cosa aveva fatto, mentre loro cercavano di riprendere le forze: ogni idea di protestare li abbandonò e in silenzio rifecero i loro bagagli e si avviarono, guardandolo muti.

La colonna si stava ormai avviando per il sentiero stretto e scivoloso, che costeggiava un profondo burrone, aggrappandosi alla guida che W'Unker aveva piantata nella roccia, quando un veterano che aveva combattuto sotto il Principe Rakmir mormorò a mezza voce, lanciando un'occhiata incerta al gigante che li spronava.

"Così agiva il Condottiero delle Isole".

La traversata della piana di Martel non portò particolari difficoltà; alla neve era subentrata la pioggia, che aveva reso il terreno simile a un pantano, ma la strada era larga e appena in pendenza. Bastarono poi pochi lanci di frecce per mettere in fuga un gruppo di malintenzionati, che aveva teso loro un risibile agguato.

"Morti di fame, in fuga dai villaggi devastati dalla guerra civile" decretò con disprezzo Xamir, poi diede un'occhiata alla fanghiglia, dove il suo cavallo affondava fino al garrese, e fece una smorfia. "Questo maledetto fango è molto peggio!"

"Dopo i giorni passati sui monti di Kostor questa non è che una passeggiata, Altezza Reale!" rispose ridendo Fanor Turel, sprofondando fino al polpaccio nella melma.

"Giusto, ma ormai siamo vicini a Idragor e la strada tornerà a inerpicarsi" commentò il Duca, lanciandogli una delle sue peculiari occhiate.

Infatti, la sera dopo stavano nuovamente arrampicandosi su un sentiero di montagna, mentre la temperatura attorno a loro scendeva sensibilmente, e l'indomani mattina, poi, ebbero la sgradita sorpresa di ritrovare la neve.

Aveva cominciato a cadere durante la notte, fitta e silenziosa, e aveva ricoperto le tende, le salmerie e il terreno intorno, cancellando fin la traccia della strada. I monti, già imbiancati, sparivano dietro quella fitta cortina bianca e cominciava a levarsi il vento, che spingeva vorticosi mulinelli di ghiaccio contro gli uomini indaffarati e infreddoliti, intenti a disfare le tende, riunire i bagagli, preparare gli animali. Su tutto, si stagliava incombente la grande sagoma di Fuoco, il vulcano di Idragor, che a tratti vomitava fiamme e lapilli che andavano a imporporare e velare la cortina di neve.

Tutti ormai continuavano a mormorare che mai il tempo era stato così inclemente, e più d'uno, lamentandosene, volse gli occhi al Rinnegato, perché era impossibile non pensare che quel gelo, quelle continue tempeste di pioggia e di neve non fossero opera delle Tenebre, che cercavano di impedire il passo a Chi le aveva tradite.

In mezzo al campo ormai quasi smontato, il Principe Ul Quoi stava parlando animatamente con Lord W'Unker, che alla fine si allontanò da solo, sparendo nella fitta nevicata, mentre il principe, montato in sella e afferrate le redini con le mani irrigidite dal freddo dava il segnale della partenza.

Ignorò a bella posta le occhiate di malumore, i mugugni, i musi lunghi dei suoi uomini, che avevano sperato di poter aspettare la fine di quell'ennesima tormenta standosene al riparo delle loro tende, anche se non si sentiva di dar loro torto. Anche lui infatti aveva le ossa rotte e indolenzite, dopo giorni e giorni di marcia massacrante e soprattutto dopo il gelo, l'acqua, il vento, la neve che li avevano tormentati senza pietà. Aveva cercato di farlo notare a W'Unker, quella mattina, ma il Rinnegato non gli aveva dato retta, consumato dalla volontà di raggiungere al più presto possibile la sua meta, tra le montagne di Idragor. Già, ma lui a quel clima infernale ci era abituato, dopo tanti anni passati in Norlandia, e certamente era ancora protetto da qualche divinità infernale che gli infondeva quella forza, quella resistenza non umana.

E poi... E poi Valmar D'Aurel era sempre stato il migliore di tutti, in assoluto, e nessuno, mai, avrebbe potuto stargli al passo!

Xamir sobbalzò, pentendosi subito del suo pensiero.

Era il Rinnegato, l'Apostata, il Traditore quello che ora aveva di fronte, non più il Condottiero delle Isole!

Già. Ma era lo stesso il migliore di tutti.

Bestemmiò furiosamente, a voce alta, provocando uno scatto del suo cavallo e una serie di occhiate perplesse e timorose da parte dei suoi uomini, e in quel momento sul sentiero davanti a lui riapparve W'Unker. Aveva i capelli che gocciolavano neve e acqua ghiacciata giù per la schiena, stringeva tra le mani la maschera infradiciata e le cicatrici spiccavano bluastre sul viso livido e tirato.

Nel fissarlo, Xamir sentì, improvvisa e violenta, una sensazione confusa affiorare dentro di lui, fatta di rabbia e di vergogna, ma anche di rispetto e... La ricacciò bruscamente, scese di sella, gettò le redini all'onnipresente Nimir e fronteggiò W'Unker.

"Ebbene?"

La bocca pallida si mosse due volte prima che le labbra indurite dal freddo riuscissero ad articolare una parola.

"La strada è sgombra" assicurò poi, con voce rauca e bassa. "Prima del tramonto saremo al passo e là potremo accamparci".

"Sei sicuro?"

"Sì. Seguitemi".

Gli volse le spalle e si avviò deciso per la salita, senza girarsi per vedere se gli altri lo seguivano.

Naturalmente, lo stavano già facendo tutti.

Era riuscito a inghiottire solo qualche cucchiaio della zuppa bollente che Nimir gli aveva portato, aveva rifiutato con malgarbo il resto del pasto e ora, disteso nel grande, soffice letto che i suoi servi erano riusciti ad apprestargli anche in quelle condizioni, ben protetto dalla tenda, le morbide coperte di pelliccia in disordine attorno a lui, continuò a rigirarsi senza trovare riposo, nonostante la stanchezza.

Sentì la fitta pioggia che si era sostituita alla neve scrosciare sul telo e il vento gelido far sbattere le pareti di canapa e lana dei loro precari ripari; udì le voci dei suoi uomini che gridavano e cantavano nel tendone comune, riscaldati dal fuoco, dal vino e dal cibo, e non riuscì a trovar pace.

Lui non era là, naturalmente.

Li aveva guidati fino al passo, percorrendo per la seconda volta quella strada ripida dalla quale aveva già rimosso gli ostacoli più pericolosi, aveva indicato loro un avvallamento abbastanza riparato dove porre le tende ed era rimasto un poco a guardarli mentre le rizzavano, già rallegrati all'idea del prossimo riposo e dall'odore dei cibi messi a cucinare.

Non aveva chiesto niente e nessuno gli aveva parlato; dopo un po' si era allontanato in silenzio.

Xamir colpì energicamente il piccolo gong per avere altro vino.

"E che questa volta sia bollente, ben speziato e dolce. E portami anche dei worken" ordinò a Nimir, che era subito apparso. Poi gli diede un'occhiata.

"Aspetta" aggiunse. "Dove si è sistemato per la notte il Rinnegato? No, non fare quella faccia innocente! So benissimo che gli stai dietro, che gli parli, che... Beh, insomma, dov'è?"

"Vi chiedo perdono se il mio comportamento vi ha offeso, Altezza Reale" gli rispose il ragazzo con voce quieta e armoniosa, ma un sorriso strano, quasi soddisfatto sul viso e gli occhi grigi bassi. "Non era nelle mie intenzioni. È vero, ho cercato spesso di aiutare, per il poco che potevo, Lord W'Unker".

"Gli hai portato del cibo, forse?"

Tranquillo, Nimir lo corresse con cortesia, ma come se parlasse a un suo pari.

"Voi siete molto generoso con i vostri uomini, mio Signore, e non credevo di fare qualcosa di male offrendo a Milord una parte delle mie razioni, che io in ogni modo non sarei riuscito a finire".

"Ha chiesto aiuto a te, un paggio, e non a me! Se solo avesse aperto quelle maledette labbra..."

"Non ha chiesto nulla, mai" lo interruppe ancora il paggio, alzandogli in faccia due occhi grigi intelligenti e severi. "Anzi, non voleva accettare nulla neppure da me, ma io ho insistito. Altezza, ha lavorato e faticato più di qualsiasi altro di noi, e ora è fuori dall'accampamento, senza alcun riparo, sotto la pioggia battente e il vento. Domani mattina, come sempre, sarà in piedi prima di tutti, pronto a riprendere la marcia".

"Vattene! Togliti dai piedi e non ricomparirmi davanti se non ti avrò espressamente chiamato!" urlò Xamir, gettando le lunghe gambe muscolose giù dal letto. E, afferrando qualche indumento a caso aggiunse, in un ringhio rabbioso. "Dove hai detto che si è sistemato?"

"Non l'ho detto, Altezza Reale, ma è dietro al telone delle bestie" sorrise Nimir.

"Va bene. E adesso, sparisci!" tuonò irosamente il principe, stringendosi addosso la giubba.

Ridendo piano, il paggio scivolò di là della cortina che divideva in due la tenda del principe, ed entrò nella parte in cui dormivano i servi, facendo cenno ai suoi colleghi di non muoversi; intanto Xamir uscì nel diluvio, dopo aver fermato con un gesto furioso le sentinelle.

Quando raggiunse il Duca, dopo aver rifiutato con un ringhio una scorta, era già bagnato fino alle ossa e stava maledicendo la sua furia, che l'aveva fatto uscire con ai piedi le sole pantofole di pelliccia, ridotte ormai a un grumo di pelo fradicio. Il vento gli gettava contro la pioggia ghiacciata e soffiava con tanta forza da rendergli difficile il passo tanto che quando arrivò al telone steso tra due alberi per riparare gli animali, stava ormai battendo i denti.

W'Unker era solo una grande macchia nera nell'oscurità della notte, la testa china sulle ginocchia ripiegate, i lunghi capelli candidi coperti malamente dal mantello che l'avvolgeva tutto.

Lo guardò un attimo: l'acqua scivolava sul tessuto, inzuppandolo, e la destra che lo teneva fermo tremava un poco. Il principe sentì la collera salirgli alla testa, come se l'uomo, che non aveva aperto bocca né abbozzato un gesto, anche se certo l'aveva sentito arrivare, gli stesse muovendo un rimprovero.

Lo spinse con la pantofola fradicia, esclamando.

"Diluvia!"

Più fredda dell'acqua che li inzuppava, la voce oscura rispose, irridente. "Me ne ero accorto".

Aveva sollevato appena il viso dalle ginocchia, e Xamir se ne accorse soltanto perché vide baluginare i capelli bianchi sotto il cappuccio. Si ritrasse un poco, imbarazzato e incerto.

"Su, muoviti" decise poi. "Ti troverò un buco da qualche parte, e qualcosa da mangiare, visto che non hai avuto l'accortezza di procurarti un riparo, né di portare con te una scorta decente di cibo".

Lentamente W'Unker sollevò la testa e girò verso di lui la macchia nera del volto mascherato.

"Non ti ho mai chiesto nulla, e nulla voglio da te" gli disse alteramente.

"Però Nimir..."

"Posso accettare la pietà del tuo servo, principe, non la tua elemosina".

Xamir tacque, disorientato, mordendosi le labbra, mentre il Duca si stringeva di nuovo nel mantello, come se quella stoffa ormai fradicia potesse ancora offrirgli un riparo dall'acqua gelida che scrosciava incessante.

"Non è un'elemosina, no! Io..."esclamò il principe, dopo un attimo di silenzio, ma ammutolì di nuovo, non sapendo bene cosa dire, conscio solo che qualcosa gli opprimeva il petto, gli stringeva la gola.

"Ah, no? E cosa, dunque?" La voce di W'Unker s'era levata di nuovo, amara e beffarda eppure quieta.

Gli occhi bruni del Signore di Rivalta sfuggirono il suo sguardo e solo dopo un istante l'uomo riuscì a dare una risposta.

"Ti ammalerai, continuando così, e ciò sarà d'ostacolo alla missione. Io ho giurato di aiutarti a compierla e la parola di un Ul Quoi..."

La sua frase, cominciata con voluta fermezza, finì in un incerto mormorio sotto lo sguardo consapevole e ironico del Duca, che dopo un istante s'informò, in tono esageratamente cortese.

"Davvero?"

"No!" gridò impetuosamente l'antico signore di Rivalta, e poi aggiunse a fatica, come contro sua volontà, " Tu... Sei tu mi impedisci di gustare il riposo nel mio letto, e il vino e il cibo alla mia tavola. Non riesco a dimenticare, neppure per un attimo, che tu non hai un riparo, che sei all'aperto, sotto la pioggia e il vento, senza fuoco né cibo. Forse è un tuo maligno incanto, una stragoneria, ma..." Si interruppe, incredulo di quanto gli era uscito dalle labbra, mentre le guance brune avvampavano, e chinò nuovamente gli occhi sulla figura seduta immobile ai suoi piedi, sperando e temendo.

W'Unker stava con la schiena appoggiata al tramezzo a cui erano legati i cavalli, le lunghe gambe piegate e le braccia a circondare le ginocchia, la testa semicelata nel cappuccio dal quale il vento aveva strappato fuori lunghe ciocche di capelli bianchi. Non rispose alle appassionate parole di Xamir, né si mosse e il principe sentì salire dentro di sé collera e vergogna, ma insistette ancora, spinto da un indistinto groviglio di sentimenti.

"Alzati! Non puoi restare qui fuori!"

Il Duca sollevò la testa e il cappuccio cadde, rivelando la maschera nera zuppa d'acqua e i capelli arruffati.

"Non posso?" chiese con quieto sarcasmo. "Perché? C'è un nuovo decreto che mi vieta anche di sedermi vicino alla lettiera delle vostre bestie? Ebbene, mi allontanerò".

Fece il gesto di alzarsi, ma lo bloccò un grido del principe.

"Fermati! Ascoltami".

Vergogna e insieme ammirazione soffocavano Xamir, lottando con l'odio, l'orgoglio, e il desiderio di sopraffare e umiliare. Infine vinsero, e il principe mormorò piano, con voce rauca.

"Ti chiedo di mostrarti più generoso di quanto io sia mai stato. Accetta la mia ospitalità".

E, poiché Lord W'Unker non rispondeva, mentre il vento gelido ululava sempre più forte, spingendo altre nuvole nere a rovesciare ancora torrenti di pioggia sull'improvvisato accampamento, aggiunse d'impeto.

"Io... te ne prego! Te ne prego!"

La grande figura annuì e si alzò con un movimento lento, affaticato, eppure ancora fluido ed elegante. Dritto in tutta la sua statura chinò appena gli occhi di zaffiro sul principe, un poco più piccolo di lui, considerandolo; poi la voce profonda e vellutata assentì.

"Eccomi. Dove vuoi che vada?"

Il sollievo fu così grande che Xamir sentì che il sangue gli affluiva al viso; tese la mano verso il suo nemico, ma non ebbe cuore di toccarlo e, sconvolto da diverse emozioni, riuscì solo a indicargli l'accampamento.

"Ti faccio strada, seguimi" mormorò a fatica.

Aveva pensato di accompagnarlo nella grande tenda comune dei suoi Senzaterra, ma quando giunse là vicino e sentì le urla, gli schiamazzi, le risate degli occupanti e l'odore dei cibi bruciati, del vino, della birra versati, si volse a guardare il Duca, altero e silenzioso nelle sue vesti fradice, e scosse il capo con decisione.

"No, non qui. Nella mia tenda. Vieni, è a pochi passi".

Sorpassò il tendone, ammutolì con un gesto rabbioso le sentinelle e in un paio di minuti raggiunse la sua tenda, precedendo di un mezzo passo il suo silenzioso ospite, poi cominciò subito a imperversare con una serie di ordini e di urla tra i suoi servi che, timorosi e incerti per la sua inspiegabile uscita, aspettavano con ansia il suo ritorno.

L'indomani mattina, prima ancora che W'Unker uscisse dalla tenda al fianco del principe Ul Quoi, tutto il campo sapeva già quanto era successo, ma ben pochi erano stupiti o indignati per l'improvviso voltafaccia del loro Signore, impressionati anch'essi dal comportamento di W'Unker e dall'idea della battaglia che tra poco avrebbe dovuto affrontare, da solo, e il vecchio veterano aggiunse.

"Il mio signore Rakmir ammirava Lord D'Aurel, e lo amava" ricordò. "Prima di morire lo chiamò figlio e fratello..."

"E questo, cosa c'entra?" lo fermarono gli altri, stufi di sentire le sue reminiscenze, ma il vecchio sorrise, crollando il capo.

"C'entra, c'entra..."

La tromba che dava il segnale dell'adunata li interruppe e poco dopo stavano marciando sotto un gelido nevischio attraverso i monti di Idragor, in direzione del valico dove, più di vent'anni prima, Lord D'Aurel era scomparso.

Le mani infreddolite tese verso il braciere nel tentativo di riscaldarle, Xamir annuì distrattamente, come preso da un altro pensiero.

Erano passati sette giorni, da quando era uscito nella pioggia, mosso da un sentimento che non sapeva di avere, per pregare il Rinnegato di accettare la sua ospitalità, e da quel giorno aveva sempre diviso con lui tenda e cibo.

Non l'aveva mai rimpianto, ma era confuso e combattuto, perché più tempo passava al suo fianco, più cresceva in lui l'ammirazione e il rispetto per quella strana creatura tormentata, che prima di essere l'Artiglio di Fuoco e il Flagello delle Isole ne era stato il Condottiero e lo Scudo.

Da giorni si arrovellava invano per capire il perché del suo tradimento e quella sera, con il pensiero della lotta che entro poche ore aspettava W'Unker e il ricordo della tragedia che aveva travolto D'Aurel, non resistette più e l'aggredì, mentre si stava riscaldando anche lui le mani al fuoco del braciere.

"Perché ci hai traditi? Ti adoravamo! Eri un dio per noi, un dio! Avresti potuto avere la corona di tutte le Isole Dorate... perché ci hai fatto questo, perché? Non c'è perdono per quello che hai fatto! Mai io potrò perdonarti, mai, mai!"

Vide le larghe spalle sussultare dolorosamente, poi il Duca si volse verso di lui, senza maschera, e gli offrì il petto inerme.

"Uccidimi, dunque, Principe di Rivalta. Uccidimi, non mi difenderò".

Gli stava di fronte, il viso sfregiato gelido e impassibile, ma gli occhi di zaffiro brillarono stranamente come se temesse... o sperasse.

Per un attimo, la mano di Xamir si posò sull'elsa della sua spada, stringendola. Sarebbe stato facile: un colpo solo, netto, deciso, e quella testa sarebbe rotolata a terra, staccata dal grande corpo.

Finito il suo assillo per la vendetta, cancellati per sempre il Potere e la sapienza dell'Artiglio di Fuoco, sigillate quelle labbra che sapevano ancora trovare accenti che lo turbavano, lo facevano dubitare di sé.

Un colpo solo, e sarebbe stato libero anche dall'ammirazione, dalla sollecitudine che suo malgrado sentiva per il distruttore della sua terra, sentimenti che si mescolavano dolorosamente all'odio e al ribrezzo che provava, che doveva provare, per chi gli aveva tolto tutto.

Un colpo solo, e tutto sarebbe tornato come prima, quando ancora non aveva prestato orecchio al suo nemico, non lo aveva ascoltato gridare il suo orrore per sé nel sonno, non lo aveva visto lavorare per tutti durante quell'estenuante marcia, silenzioso e schivo, eppure forte e potente come nessun altro.

Un colpo solo. La mano si strinse più forte sull'elsa, poi ricadde, vuota.

"Non tentarmi, Rinnegato!" gridò con rabbia e cercò subito dopo di spiegare il suo rifiuto. "Ho giurato di aiutarti nella tua missione e fino a che non sarà compiuta ti sarò leale".

Lentamente, la testa bianca si chinò, annuendo, poi W'Unker si alzò e volse due occhi imperscrutabili sul Rivaltino.

"Allora vieni con me, Principe Ul Quoi; ti mostrerò la strada che ancora ci divide dalla nostra meta. Guarda, le montagne digradano e al di sotto ci sono le paludi di Idragor, ma non ci avvicineremo a loro, perché alla tua destra si erge il Passo del Vento. Là D'Aurel sfidò le Potenze Oscure, là fu vinto e cadde. E là, di nuovo, mi attende il mio destino".

Le parole erano state semplici, ma nella voce oscura c'era qualcosa di terribile, di pauroso; Xamir d'istinto gli si avvicinò e, per la prima volta dopo più di vent'anni, gli strinse una spalla, in silenzio.

Ormai mancavano solo ore alla fine della missione, o meglio, alla fine della prima parte. Perché quando W'Unker fosse tornato dal Passo del Vento, avrebbero dovuto intraprendere la lunga via del ritorno.

Se fosse tornato.

Il Principe Ul Quoi si era chiesto più volte cosa sarebbe successo, se il Rinnegato avesse fallito il suo compito, se le Tenebre lo avessero ancora una volta vinto e asservito. Aveva cercato anche di parlarne con lui, dapprima con una certa cautela, poi interrogandolo con frenesia, ma le sue domande si erano sempre arenate contro lo scontroso silenzio del Duca o, peggio, erano state stroncate sul nascere da una di quelle sue occhiate roventi e dolorose, che avevano il potere di ammutolirlo.

Ma quella sera, mentre i Senzatetto montavano l'ultimo accampamento, improvvisamente W'Unker gli parlò, con voce quieta e bassa.

"Ora ti chiedo le armi, principe, come già dissi a Wan Tunhe. Domani mattina salirò al Passo, solo, e vi giungerò prima del tramonto. Voi mi aspetterete qui, ma pronti a levare l'accampamento e a fuggire".

"Sei così sicuro della tua sconfitta?"

"Non lo so e non so neppure cosa succederà, sia che io vinca, sia che io perda. Siate quindi pronti alla fuga".

"Ti aspetteremo, sono certo che tornerai".

Un amaro sorriso passò sul viso sfregiato di W'Unker.

"Può darsi, ma può anche darsi che non troviate di vostro gradimento Colui che tornerà".

Xamir sussultò dolorosamente, rendendosi conto con stupore che non sopportava l'idea che cadesse nella lotta o che fosse nuovamente soggiogato e, senza ribattergli, lo guidò nella tenda dove erano accatastate le armi e l'invitò a scegliere quelle che voleva.

Lentamente, riflettendo, W'Unker prese una spada a doppio filo, lunga e pesante, un pugnale e un coltello corto e robusto; poi esitò davanti agli scudi, decidendo infine per uno piccolo e rotondo.

Brandì e bilanciò un paio di volte la spada con la mano destra, annuendo tra sé e sé, saggiò il filo delle lame e infilò i pugnali alla cintura, poi si allacciò al fianco la spada e si affibbiò lo scudo sul braccio mutilato; infine si volse al principe, che l'osservava in silenzio.

"Va bene" disse.

Ma Xamir, nel vedersi torreggiare davanti quella gigantesca figura ammantata di nero, armata, il viso chiaro quasi invisibile nell'oscurità, fu colto con orrore dal ricordo della spietatezza dell'Artiglio di Fuoco.

"Perché Pamia... e la mia Rivalta?" gli gridò d'improvviso, con rabbia e dolore. "Pamia era stata una patria per te e sarebbe stato il regno di tua figlia; e il principe di Rivalta t'aveva chiamato suo Signore e a te si erano inchinate le sue insegne! Erano i Paesi che avrebbero dovuto esserti i più cari tra tutte le terre dei Mari Interni, perché hai annientato proprio loro? Parla, dimmi almeno questo! Dimmelo!"

W'Unker tacque ancora, il capo chino, e i lunghi capelli bianchi spiovvero a nascondergli il viso. Il silenzio si prolungò tanto che il Principe Ul Quoi credette che non gli avrebbe più risposto e sospirò, distogliendo la faccia.

Ma il Duca a quel sospiro alzò la testa, depose lo scudo e mormorò lentamente, la voce oscura simile al fluire di un grande fiume. "L'hai già detto tu". E, poiché Xamir lo fissava interdetto, senza capire, continuò, girandosi verso di lui. "Credi tu, Principe Ul Quoi, che le Tenebre abbiano rispetto o compassione per i loro schiavi? O che le Potenze Oscure potessero mai dimenticare, sia pure per un momento, Chi era stato Colui che li serviva?"

"Cosa vuoi dire?" Il Rivaltino sentì i capelli che gli si rizzavano sulla nuca e fu con voce strozzata che continuò. "Forse... Forse sei stato obbligato... Cioè, contro tua volontà..."

S'interruppe di nuovo e scosse la testa con energia: non credeva lui stesso a quello che stava dicendo, ma sperò comunque che fosse vero, perché così sarebbe stato molto più facile ammettere che quel che ora provava per il distruttore della sua terra non era più odio, o almeno non era *solo* odio.

Desiderò che W'Unker dicesse che era stato costretto, che aveva agito senza neppure sapere cosa stava facendo, ingannato dalle forze delle Tenebre, che mentisse magari, ma gli occhi di zaffiro, tristi e consapevoli, avevano già rifiutato quella comoda menzogna, prima ancora che l'uomo riprendesse a parlare con fatica, cercando le parole.

"No. Sarebbe stato troppo facile! W'Unker agì di sua volontà, libero, per quanto possa esserlo uno schiavo delle Tenebre, e attento solo alle necessità imposte dalla guerra; e fu l'Altro, quello che era morto straziato tra i ghiacci e le fiamme, che urlò il suo orrore, il suo raccapriccio, la sua disperazione, ma invano; e maggiore fu il piacere che le Tenebre ne trassero".

Aveva parlato lentamente, anche se con voce rauca, e piano gli si avvicinò, guardandolo fissamente con uno sguardo strano, assorto e remoto, poi bruscamente si volse e si avviò alla porta.

"Fermati! Dove vai?" gli gridò con ansia il Rivaltino, seguendolo di corsa, suo malgrado timoroso per lui.

Già con una mano sul cortinaggio che chiudeva la tenda dell'improvvisata armeria, W'Unker si volse, un sottile sopracciglio alzato sul viso impassibile.

"Fuori. Hai dimenticato che devo scegliere il cavallo per domani?" spiegò con voce calma e inespressiva e uscì agilmente.

Con un lieve fruscio la cortina si chiuse dietro di lui.

Xamir rimase solo in mezzo alla tenda, più incerto e turbato di prima, poi di scatto gli corse dietro e l'afferrò per il lembo del mantello.

"I cavalli" lo corresse. E poi, in fretta. "Vengo con te. Oh, lo so che non sono le mie armi quelle che potranno sconfiggere le Potenze Oscure, ma sarò al tuo fianco, e tu lo saprai. Serve, qualche volta".

Lentamente, il Duca si volse a guardarlo: ora il suo volto non era più freddo e inespressivo, perché negli occhi di zaffiro brillavano improvvisamente un'attonita meraviglia e la speranza.

"Sei certo di volerlo? Non hai giurato questo e non hai alcun obbligo verso l'Artiglio di Fuoco" chiese piano, e la sua voce non era più ferma.

Al suono del nome odiato, il principe trasalì, ma annuì con forza.

"Certissimo. Non ti verrò meno".

D'impeto, tese la destra verso di lui e, dopo un lungo attimo, sentì il Duca serrarla nella sua.

Capitolo sedicesimo

IL VARCO DELLE TENEBRE

"Non è quello che io avrei consigliato".

La lunga faccia della venerabile Frokofia espresse tutta la sua disapprovazione, molto meglio delle parole moderate e del tono neutro con cui aveva parlato. Fissò Giselda con le sopracciglia cespugliose aggrottate, quasi sperando in un ripensamento, ma n'ebbe in cambio uno sguardo cocciuto di schietta antipatia; sospirò e si strinse nelle spalle.

La Dama da Montaldo non era mai stata una paziente facile, prima di tutto perché rifiutava di considerarsi tale, poi perché non mostrava alcun rispetto per chi si prendeva cura di lei e infine perché era insofferente a ogni suggerimento e a ogni limitazione della sua libertà.

Da quando poi aveva saputo che suo marito era a Wan Tunhe aveva cominciato a pretendere di lasciare subito Bosco Sacro, e tutti i suoi saggi consigli erano stati inutili; tuttavia, prima di arrendersi, decise di infliggergliene degli altri.

"Dama Giselda" cominciò con voce marcatamente paziente" questo vostro desiderio di riunirvi al vostro sposo è comprensibile e lodevole, però dovete pensare anche al vostro povero bambino!"

"Ci ho pensato per tutti questi barbosissimi mesi, ma stiamo bene tutti e due, ed è tempo e ora che pensi invece al *mio povero marito*".

Il visetto indurito in una smorfia testarda, le piccole mani energiche che tormentavano la grossa treccia rossa, la giovane non mostrava alcuna tendenza a lasciarsi sopraffare dall'istinto materno. La Guaritrice sospirò nuovamente.

"Manca poco più di un mese al parto, ormai" tentò ancora "e restando qui potreste essere assistita da chi si è presa cura di voi fin dai primi mesi di gravidanza".

"Cioè da voi". Giselda alzò le sottili sopracciglia rosse, soppesando l'ipotesi, poi decretò. "Il piccolo è di Iulo quanto mio, e ritengo che lui abbia il diritto di essergli vicino, quando nascerà. Credo che anche alla Torre del Risanamento vi sia qualcuno in grado di assistermi, tanto più che mi avete assicurato che non sono previste complicazioni".

"Questo no, per quanto sia possibile fare pronostici in questi casi, ma dovreste affrontare un viaggio per mare".

Giselda, che aveva battuto tutte le rotte dei Mari Interni, e aveva solcato i due Mari Grandi fino alla Norlandia e fino ad Arso, scoppiò a ridere in faccia alla Venerabile. Poi, dato un ultimo strattone alla treccia, piazzò i pugni sul tavolo, si alzò in piedi con un movimento alquanto goffo, insolito in lei, e lanciò un'occhiata disgustata al suo ventre ormai tanto ingrossato da esserle d'impaccio.

"La vostra *Scintilla* sarà qui tra poche ore e ritornerà a Wan Tunhe tra un paio di giorni. Mi imbarcherò su quella, o andrò a nuoto" stabilì con fermezza.

Il gemito di Frokofia si confuse con un lieve riso argentino, e Lady Aleja fece il suo ingresso nella stanza.

"La *Scintilla* è già giunta, come vedete, e io con lei".

La Guaritrice si alzò, accennando un inchino, e Giselda levò un visetto risentito e battagliero verso la Prima Consacrata.

"Pace, figlia mia; sono venuta apposta per accompagnarti a Wan Tunhe, da tuo marito, se è questo che desideri". Rise di nuovo del suo riso cristallino, liberando le lunghe trecce dal velo. "Lenart assicura che difficilmente le mura della Torre resisteranno a un'altra sfuriata del capitano Lant, e comunque le sue orecchie sicuramente no".

La faccia di Giselda si rischiarò almeno quanto si corrucciò quella di Frokofia; la ragazza se ne accorse e, pentita, cercò di rimediare.

"Il mio amore per Iulo, non altro, mi spinge a lasciare quest'isola dove il mio bambino e io siamo stati seguiti con tanta cura! Ma da mesi non vedo mio marito, suo fratello e tutta la gente della *Procellaria* e ora che li so vicini non posso rimandare ancora il momento di riabbracciarli".

Parlando così, tese le mani all'anziana Guaritrice e la baciò sulla guancia, come per scusarsi; e, intanto che la donna, commossa e consolata, si accomiatava, aggiunse. "E poi, Prima Consacrata, da lungo tempo non ho notizie di mio padre e di mio fratello! Iulo, forse, potrà darmene o magari io stessa li ritroverò entrambi a Wan Tunhe".

Dama Frokofia, già sulla soglia, si volse per scambiare uno sguardo con Lady Aleja, poi scivolò via, segretamente sollevata che fosse la Prima Consacrata, e non lei, ad affrontare quello spinoso argomento, visto che Giselda sapeva solo che il padre aveva accettato il verdetto delle Tre Pietre.

***

Ancora un breve tratto di strada, e poi Turol e i Senzaterra si sarebbero accampati, lasciando proseguire da soli il Rinnegato e il Principe Ul Quoi, al quale invano Turol aveva cercato di far cambiare idea e, più si avvicinava il fatale valico di Idragor, più cresceva l'inquietudine di W'Unker. Non che ne parlasse o si lamentasse in qualche modo, ma bastava guardare il pallore del suo viso, la febbre nei suoi occhi, l'insolita rigidità con cui si muoveva, per capire che era ormai completamente assorto nel pensiero dell'imminente combattimento, e che lo temeva.

Del resto, tutti condividevano quella paura e si chiedevano sgomenti cosa sarebbe successo se a Idragor il Rinnegato fosse caduto, perdendo la sua battaglia; oppure, e questo era il maggior terrore di tutti, se nuovamente avesse piegato alle Potenze Oscure.

L'eco di quei timori e di quei sospetti spesso raggiungeva il Duca: erano frasi lasciate a mezzo se si avvicinava, erano parole scambiate frettolosamente, sottovoce, ma soprattutto erano gli sguardi che gli lanciavano, pieni di dubbi e di diffidenza.

Non si sdegnò per quella sfiducia verso di lui, perché era il primo a provarla, il primo a temere di soccombere alla lotta che l'attendeva. Non lo sorreggeva più il folle orgoglio, la volontà di trionfare che erano stati di Valmar D'Aurel, né la sua cupidigia di sapere, di conoscere, di impadronirsi della sapienza delle Tenebre, la cui amarezza aveva ormai ben assaporato, e della quale W'Unker era intessuto.

Ogni speranza di ottenere il perdono della Luce che aveva rinnegato e tradito era scomparsa, dopo aver strappato ad Aleja il responso delle Tre Pietre, e poco gli importava di ciò che la gente pensava di lui.

Senza certezze, senza speranze, tuttavia andava. Andava perché pensava ai figli che il nome di W'Unker disonorava, andava perché era stata la pazzia di Valmar ad aprire il varco, andava perché aveva orgogliosamente preso su di sé l'impresa, pur temendo in cuor suo che alla fine avrebbe trovato la sconfitta, l'onta e l'eterna notte di ghiaccio e di fuoco.

Si riscosse, gettò un'occhiata intorno e con un solo movimento delle ginocchia affiancò il suo cavallo a quello del Principe Ul Quoi.

"Dopo quella svolta il sentiero si allarga in un piccolo avallamento, abbastanza riparato, dove i tuoi uomini porranno le tende" lo informò. "Io partirò domani all'alba per giungere con la notte al Passo del Vento, perché solo nell'oscurità è possibile tentare l'evocazione. Voi mi aspetterete qui per sette giorni e qualsiasi cosa vediate o udiate non vi muoverete; prima di andarmene, infatti, porrò una protezione sul luogo, che vi preservi, per quanto possibile, dalla collera delle Potenze Oscure. Se però all'alba del settimo giorno non mi vedrete ancora giungere, fuggite e pregate che mai più occhio umano possa posarsi su W' Unker... o su ciò che sarà diventato".

"Darò ordini perché sia fatto come tu vuoi, ma io verrò con te, come ho promesso".

"Sei certo di volerlo? Sai cosa ti aspetta?"

Xamir tirò le redini del cavallo e piantò in faccia del Duca due occhi neri e decisi.

"No, e preferisco non saperlo" disse francamente. "Ma qualsiasi cosa sia, questa volta non l'affronterai da solo".

Per un lungo attimo i due nemici si fissarono, poi Lord W'Unker spronò il cavallo, aprendo la strada.

Giunsero alla piccola valle nella tarda mattinata e il principe diede l'ordine di piantare subito le tende, per poter riposare un poco prima di intraprendere l'ultima parte del viaggio, la più pericolosa; Lord W'Unker rifiutò di unirsi a lui e per un'ora, mentre i Senzaterra montavano l'accampamento, si aggirò per lo spiazzo, sfiorandone a tratti il terreno brullo con le mani, mormorando parole che gli uomini intorno non comprendevano, ma che d'istinto temevano.

Lo seguiva il solo Nimir, pronto ad accorrere a un suo ordine, fissandolo attentamente come per cogliere anche il più piccolo cenno in quel viso impassibile o in quegli occhi assorti. Più di una volta il Duca si girò a guardarlo, con una ruga di perplessità sulla fronte, ma non aprì mai bocca, né il ragazzo disse nulla per rispondere alle occhiate dubbiose che gli dava.

La neve, che li aveva tormentati per tutta la strada, non cadeva più, mutata in un'umidità viscida che s'insinuava sotto le vesti, ma il cielo corrusco di grosse nuvole scure prometteva ancora tempesta e già stava calando una nebbia fredda e densa, che nascondeva le paludi di Idragor sotto di loro e, sopra la loro testa, il piccolo sentiero ripido che conduceva al Passo del Vento.

Nella sua tenda Xamir, armato, sedeva solo al tavolo, rileggendo le poche righe che aveva vergato su un foglio; il suo volto, completamente scoperto perché i lunghi capelli neri erano strettamente raccolti dietro la nuca nella treccia del guerriero, aveva un'espressione intenta e accorata e gli occhi scuri erano lucidi.

Vedendo W'Unker sulla soglia, chiuse rapidamente il messaggio e lo sigillò; chiamò a sé con un gesto Vjmor e gli consegnò il biglietto.

"Per il Principe Zelmir, se non tornassi" disse seccamente. Azzittì il paggio con un'occhiata e si volse al Duca. "Sono pronto".

Gli occhi enigmatici del Signore di Norlandia andarono dal foglietto nelle mani di Vjmor al viso chiuso e altezzoso del principe e qualcosa passò in loro, velandone il freddo splendore.

"Vieni dunque, principe Ul Quoi, se vuoi seguirmi" disse con voce piana. "Però rifletti bene. Se ora ti tirerai indietro, nessuna macchia cadrà sul tuo onore perché hai già adempiuto la tua promessa; se invece verrai con me, dovrai affrontare un orrore che non ha nome e che ha spezzato altri cuori forti come il tuo. Io ti sarò scudo e difesa, ma non posso giurarti che..."

"Ebbene, giurerò io! Ecco..." lo interruppe con impeto Xamir, ma a sua volta fu subito azzittito.

"Non giurare, principe! Altri lo fecero, e mi amavano, ma tradirono al tempo stesso me e il loro onore" lo ammonì W'Unker, accennando ad alzare la destra per fermarlo, ma prima che finisse il gesto o la frase, il Rivaltino prese tra le sue la mano che lo respingeva e la strinse.

"Lo giuro, invece!" ribadì. "Sul mio onore, sul ricordo della mia patria perduta, sul nome degli Ul Quoi ti scorterò fino al passo, starò al tuo fianco dandoti tutto l'aiuto che mi sarà possibile e tornerò al campo con te, vivo o morto, vincitore o sconfitto, ma non ti abbandonerò alle Tenebre, solo. Mai".

Senza accennare a ritirare la mano, il Duca lo ascoltò con ansia febbrile, guardandolo negli occhi.

"Soltanto a un patto, Principe Ul Quoi, accetto il tuo giuramento" mormorò poi lentamente. "Non a caso, forse, il destino ha voluto che tra tutti mi fossi compagno proprio tu, che a ragione mi detesti! Ascolta. Io combatterò con tutte le mie forze, con tutto il mio Potere, con tutta la sapienza che ho accumulato in lunghi anni di studio e di meditazione, ma so che ugualmente l'esito è assai incerto. Se soccombessi restando tuttavia in vita, tu mi ucciderai". Vide la protesta negli occhi neri di Xamir, e la bloccò, aggiungendo, con voce agitata e commossa. "Non volere che nuovamente soffra quello che già patii negli artigli delle Tenebre, non permettere che ancora sia assoggettato al loro volere e torni tra voi come un nemico, più potente e spietato di prima, e mille volte più disperato! Pensa..."

"Basta, basta! La Dea non lo voglia, ma se sarà necessario lo farò, te lo giuro".

La destra di W'Unker si strinse sulla sua.

"E io allora accetto i tuoi giuramenti" sussurrò in un soffio la grande voce oscura. "Sarai mio compagno e con ogni mia forza cercherò di salvaguardare la tua vita. Ora, vieni; ci attendono due ore a cavallo, poi una lunga marcia a piedi, e dobbiamo giungere al valico prima di mezzanotte. È a quell'ora, infatti, che dovrò cominciare l'evocazione perché appaia il Varco delle Tenebre".

Assai poco rassicurato da queste ultime parole, il principe strinse tuttavia i denti, alzò la testa e seguì W'Unker attraverso l'accampamento, tra due fila di uomini silenziosi, fino all'inizio della strada, dove Nimir, montato sul suo cavallino baio, li aspettava tranquillo, tenendo le redini dello stallone di Xamir e del roano che quest'ultimo aveva assegnato a W'Unker.

"Ancora tu?! Si può sapere cosa ci fai sempre tra i piedi?" sbottò il principe, di malumore.

Il ragazzo gli rivolse un sorriso disarmate.

"Sorveglierò i vostri cavalli, finché voi sarete al valico e in caso di bisogno potrò galoppare al campo portando i vostri ordini... o raggiungervi" spiegò con voce sommessa.

"Questo, scordatelo! E, in ogni caso, non c'eri che tu, per questo compito?!"

Il paggio si strinse nelle spalle.

"In verità non ho trovato molta concorrenza, Altezza Reale" rispose ridendo "e nessuna opposizione alla mia candidatura".

Il principe invece ne aveva parecchie, a cominciare dalla sua giovane età, ma prima che parlasse W'Unker era già montato in sella e aveva tolto le redini di mano al paggio.

"Il ragazzo va bene" assicurò. "Andiamo, ora".

Ammutolito, il Rivaltino gli lanciò un'inutile occhiata interrogativa, poi salì a cavallo anche lui e i tre spronarono insieme, sparendo in breve agli sguardi dei Senzaterra radunati al margine del campo, per svanire nella nebbia umida che li avvolse come un pesante velo, inghiottendoli.

***

Lhamar si lasciò cadere sull'erba vellutata ridendo e ansando, rifiutando di riprendere la corsa più con il gesto e con gli occhi che con la voce.

"Gofrid, non ho più fiato! Mi arrendo".

Sorridendo, il ragazzo si sedette vicino a lei, solleticandola con un filo d'erba, il respiro quieto e regolare come se si fosse appena alzato dal letto.

"Ma come? Non eri tu che mi hai sfidato a prenderti prima che arrivassi al padiglione? E il padiglione è là in fondo, vedi, mentre tu sei già tra le mie braccia!" la canzonò, sollevandola da terra e mettendosela sulle ginocchia.

"Sono pronta a pagare il mio riscatto. Chiedi" sussurrò la fanciulla passandogli le braccia intorno al collo e baciando il viso chiaro che si era chinato sul suo, la bella bocca appena rosata, i soffici capelli biondi, che parevano seta sotto le sue labbra.

"Caro... caro..." mormorò con passione; poi, alzandosi e tendendogli la mano, aggiunse. "Sù, vieni con me fino al padiglione, ma senza più correre, però! Il sole è già alto e fa caldo, ormai; staremo meglio al riparo, ad assaggiare i rinfreschi che ho fatto preparare. Vieni!"

Con un'agile mossa Gofrid si rimise in piedi e, stringendo nella sua la piccola mano di Lhamar, si avviò verso il chiosco rosso e dorato che s'intravedeva tra gli strani alberi fioriti.

Alle loro spalle, il grande palazzo con le sue cupole luminose sembrava un giocattolo; camminavano su un soffice prato fiorito, nel parco che circondava la reggia, parco che doveva essere smisurato, se ancora gli riservava delle sorprese dopo sei giorni che era arrivato a Makira.

Almeno, gli sembrava che fossero passati sei giorni, ma, come sempre quando cercava di calcolare da quanto tempo era là, gli pareva anche di sbagliarsi, di confondersi, e un sordo malcontento ricominciò a salire in lui.

Non voleva parlarne più con Lhamar, che si sarebbe crucciata e gli avrebbe ripetuto che era ancora convalescente e che quello strano senso di confusione, di perdita era una conseguenza della malattia; invece d'istinto protese la mente, chiamando il padre, ma ancora una volta non riuscì a raggiungerlo, a sentirlo in alcun modo... Eppure percepiva qualcosa di diverso dal solito, la sensazione di un'urgenza, di un pericolo.

Si fermò di botto, facendo cenno a Lhamar di scusarlo, di proseguire e si concentrò, cercando di superare quella nebbia che avviluppava i suoi Poteri, ottundendoli, ma invano. Come sempre da quando era stato ammalato, nello sforzo le tempie cominciarono a pulsargli dolorosamente, la vista gli si confuse e sentì il sudore scendergli dalla fronte, mentre la testa sembrava spaccarsi in due. Sentì l'erba sotto le ginocchia e capì di essere caduto, ma continuò nei suoi sforzi, cercando di ricordare gli insegnamenti avuti alla Torre, senza riuscire a vedere nulla, salvo... Salvo che improvvisamente il caldo era scomparso e con esso il sole che splendeva alto nel cielo azzurro, senza nubi, e il verde prato...

Era su uno stretto sentiero di montagna, adesso, faceva freddo e la nebbia lo circondava; cercò di penetrare più a fondo nella sua visione, ma una voce l'ostacolò. "È solo un ricordo del passato, della Norlandia. Vi siete sentito male, forse per il sole, ecco tutto. Ora bevete questo, Milord, vi farà bene".

Un alto bicchiere ghiacciato gli fu avvicinato alle labbra e alle nari salì il profumo dolce e nauseante della solita pozione medicinale; torse il viso, disgustato, ma fu costretto lo stesso a inghiottirne un paio di sorsi.

Aprì gli occhi e, nel vedere intorno a sé la morbida penombra, i leggeri mobili di legno dorato, i soffici cuscini di seta, capì subito che l'avevano portato al padiglione. Giaceva su alcuni tappeti e una donna, la solita ancella, gli reggeva la testa con mano ferma, tenendogli il bicchiere davanti al viso con l'altra.

Sul fondo, Lhamar si appoggiava a un paravento, lo sgomento sul viso.

Volle parlarle, tranquillizzarla, chiederle... ma gli occhi gli si chiusero di nuovo e, mentre lottava per non sprofondare nel sonno, sentì ancora l'ancella dire in uno strano tono di comando, quasi minaccioso.

"Lascialo dormire per qualche minuto, poi fagli finire la pozione. Bada, deve berla tutta: mai come in questi giorni è necessario che dorma, dimentico e ignaro di tutto".

Non riuscì a sentire la risposta di Lhamar perché le due donne uscirono insieme.

Ricordò che Hamar era stata la balia, la governante della fanciulla, cosa che poteva giustificarne il tono, e si disse che le sue parole potevano essere ispirate dalla premura per la sua salute. Se lo ripeté più volte, continuando a lottare contro il sonno e gli improvvisi sospetti, ma, quando si accorse che stava per addormentarsi, allungò una mano verso il bicchiere ancora quasi pieno, deposto vicino a lui, e piano, a fatica ne versò buona parte del contenuto sotto il cuscino, che Hamar, andandosene, gli aveva messo sotto la testa.

Poco dopo Lhamar rientrò, lo scosse gentilmente e mormorando tenere parole gli fece bere il poco che avanzava, restando poi a guardarlo dormire inginocchiata vicino a lui, con le labbra tremanti e gli occhi lucidi di pianto.

***

Cavalcarono un paio di ore per un sentiero stretto, ora ripido e sassoso, ora quasi pianeggiante; gli alberi, già scarsi nella valletta in cui avevano lasciato i Senzaterra, divennero sempre più radi e stentati fino a cedere il passo a pochi arbusti e al muschio che si abbarbicava ai sassi rendendo la strada, che andava sempre più restringendosi, pericolosamente sdrucciolosa.

Il pallido sole era basso e nella nebbia che li stringeva nel suo umido manto il cielo appariva già tinto del rosso del tramonto, quando il Duca tirò le redini e scese di sella, subito imitato dai suoi compagni.

"Giù per quel viottolo, a pochi passi da qui, c'è una piccola spianata e una spelonca abbastanza grande. Condurrai là i cavalli, Nimir, e là ci aspetterai".

Pur afferrando le redini dei tre animali, il paggio però non si mosse e i suoi occhi fissarono imploranti W'Unker, che scosse il capo.

"No. Tu resterai qui".

"Mio Signore! Mio Signore, valgo poco, ma per quel poco che posso fare, lasciami rimanere al tuo fianco!"

A quelle strane parole, Xamir alzò subito la voce per rampognarlo, indignato per la disobbedienza del suo servo, ma anche compiaciuto per il coraggio che dimostrava; il Duca fissò muto il ragazzo, passandosi le dita tra i folti capelli umidi e nei suoi occhi violetti c'era uno sguardo disorientato, però alla fine scosse ancora la testa.

"Pazzie!" mormorò a fior di labbra, poi volse le spalle e si avviò con passo deciso, seguito subito dal Rivaltino.

Nimir rimase sul sentiero, stringendo le redini dei cavalli, poi si diresse alla spelonca, guardando con ansia le due figure che si allontanavano. Ma mentre camminava, tirandosi dietro gli animali, un lieve sorriso riapparve sulle sue labbra.

"Puoi tenermi lontano, mio Duca, ma ciò non mi impedirà di essere ugualmente con te nell'ora del pericolo!"

Legò con cura i cavalli a uno spuntone di roccia, al riparo, e si sedette vicino a loro, le gambe ripiegate sotto di sé e le mani serrate con forza l'una contro l'altra, mentre i suoi occhi grigi prendevano uno sguardo fisso, concentrandosi su un punto lontano.

Il Principe Ul Quoi aveva sperato che, avvicinandosi al valico, W'Unker gli dicesse qualcosa su ciò che li aspettava. Al contrario, il Magio non solo continuò a tacere, ma più si avvicinavano alla loro meta, più il suo volto e il suo sguardo parvero farsi remoti, alieni. Giunti che furono al piccolo spiazzo dove moriva il viottolo, girò verso di lui un viso senza più colore, che sembrava scolpito su una pietra antica, dove le cicatrici erano diventate crepe scavate dagli anni in un macigno.

"W'Unker!" chiamò il Rivaltino, spaventato, e nell'udire la sua voce il Duca sussultò, mentre i suoi occhi tornavano umani, dolenti e smarriti.

"Xamir... Principe..." mormorò a fatica, poi, facendosi forza, aggiunse. "Siamo alla fine del nostro viaggio. Vedi quella rupe? Là Valmar combatté la sua ultima battaglia, e scomparve nelle Tenebre. Il giorno dopo qui ritrovarono le sue armi infrante. Ma era tardi, ormai. Tardi!"

Commosso suo malgrado, il principe si guardò intorno.

Si trovavano su un piccolo pianoro dalla forma irregolare, che da un lato finiva in un baratro profondo, mentre dagli altri era circondato da alti massi, tra cui spiccava un picco di roccia scabra su cui si vedevano segni nerastri, simili a profonde bruciature; il terreno, inframmezzato da grossi sassi scuri, non mostrava traccia di vegetazione, ma era attraversato da una profonda fenditura.

Quasi di fronte a quella rupe si apriva nella roccia una cavità, in fondo alla quale si intravedeva ancora la traccia di quello che una volta doveva essere stato un sentiero.

Davanti a quella specie di apertura Xamir fece un passo indietro e alzò gli occhi interrogativi sul Duca, che si aggirava per lo spiazzo con lunghi passi inquieti, gettando occhiate memori sul baratro e sul picco roccioso e fermandosi a guardare la spaccatura del terreno con l'orrore sul viso.

"No, principe, non è là che si manifesterà il Varco delle Tenebre" gli spiegò, rispondendo alla sua muta domanda. "In quella grotta sbucava un sentiero ormai sepolto, che portava ai campi di Idragor, la strada che D'Aurel percorse nella sua follia; e là tu starai, vigile, pronto a sostenermi nella mia battaglia".

Mentre W'Unker parlava, il Rivaltino sentì il terrore agghiacciarlo, come se dal terreno spaccato, dalla roccia bruciata salisse una Presenza maligna a invadergli il cuore e la mente, ma annuì e riuscì a rendere ferma la voce.

"Come vuoi; però dimmi tu cosa dovrò fare per esserti d'aiuto".

Di nuovo, il Magio scrollò il capo, tutti i ricordi del passato che gli affioravano negli occhi.

"Tu mi sarai d'aiuto anche solo con l'essere presente, vicino a me, perché sentendoti al mio fianco ricorderò che esiste un mondo diverso dal gelo, dal fuoco e dalle menzogne delle Potenze Oscure. Se altro potrai fare, tu solo lo saprai, quando sarà il momento; e solo tua sarà la scelta".

Xamir avrebbe voluto chiedere ancora, ma con un gesto imperativo il Duca l'invitò a entrare nella piccola caverna e, volgendogli le spalle, iniziò i suoi preparativi per l'evocazione.

Dal suo riparo, il Rivaltino lo vide tracciare ignoti segni sul terreno e sulle rocce, mormorando parole in un linguaggio dalle cadenze musicali, per poi chinarsi sul piccolo bagaglio che aveva portato con sé e toglierne strani oggetti che dispose sul terreno; poi estrasse una maschera nera con la quale si coprì il volto e un sottile cerchio scintillante che si pose sui capelli, liberati dal legaccio che li tratteneva dietro la nuca. Infine cinse la spada che aveva scelto, prese lo scudo, gettò dietro di sé con un movimento altero il lungo mantello nero e si erse in tutta la sua statura, avvicinandosi alla rupe, verso la quale tese la mano sinistra in gesto di comando, mentre la voce profonda intonava un Canto di Potere.

Era già buio, ma a quel suono, di botto, cadde la notte.

Non si vedeva più una sola luce nel cielo oscuro e soltanto a fatica, dopo qualche minuto, Xamir riuscì a scorgere ancora lo spiazzo, la grande ombra della rupe e l'alta figura nera di fronte ad essa, le lunghe braccia vigorose alzate.

Poi, come rispondendo a quell'imposizione, al Canto ritmato dalla voce possente, qualcosa cominciò a mutare.

Dapprima fu il terreno che parve ribollire, muoversi attorno a quella figura gigantesca, immobile nella sua sfida, poi dalle profondità della terra salì un tuono soffocato eppure potente, che rimbombò paurosamente nella grotta, dalla quale il principe di Rivalta stava fissando, sbigottito, la scena.

Vide W'Unker avvicinarsi alla roccia e porvi le mani aperte, denudate dai guanti che abitualmente portava, mentre il Canto finiva in un grido basso e potente.

Per un attimo la roccia baluginò di una luce verdastra, che spezzò l'oscurità, ma subito dopo Xamir intravide un'ombra più nera della notte salire dalla terra e avvolgere il Magio nelle sue spire, mentre onde alterne di fiamme e di tenebre parevano lottare attorno a lui e strane, mostruose figure vagamente umane apparivano e sparivano ai margini di quella nera coltre, protendendo i visi straziati e i moncherini anneriti verso il cuore di quell'ombra che si era chiusa sul Duca.

Ancora risuonarono i tuoni e livide saette solcarono il cielo buio, ma non cadde neppure una goccia di pioggia, mentre l'aria intorno si faceva sempre più fredda e soffiava un gelido vento, che agitò furiosamente il nero mantello sulle ampie spalle dell'Evocatore, sollevandone rabbioso i candidi capelli, quasi un'aureola attorno al viso coperto dalla maschera nera.

Il principe di Rivalta, agghiacciato per il terrore, riusciva appena a scorgere il suo compagno, né vedeva modo di andare in suo soccorso, ma strinse con tutte le sue forze la spada degli Ul Quoi, gridando disperatamente il suo incoraggiamento.

Come se le sue grida avessero aumentato il Potere di W'Unker, le tenebre si diradarono un poco, e Xamir poté intravedere con maggior chiarezza la possente figura in piedi davanti alla rupe, le mani nude poggiate sulla roccia scabra, i candidi capelli ricciuti che ancora si agitavano come serpenti attorno a lui.

Poi, con un gesto furioso, il Magio si strappò la maschera nera, colpì con la destra la roccia, alzò il volto sfregiato e gridò un'unica aspra parola al cielo corrusco, al masso oscuro, e il Principe, pur non comprendendola, si premette le mani sulle orecchie, rabbrividendo.

Passarono attimi, lunghi come secoli: il Duca ora era immobile di fronte alla roccia, la grande destra insanguinata alzata in segno d'imperio, e lentamente sul masso oscuro cominciarono a serpeggiare filamenti di luce verdastra. Dapprima furono solo lampi imprecisi, che poi iniziarono a tracciare un nitido disegno sul macigno, e lentamente, non solo agli occhi sapienti di W'Unker, ma anche a quelli di Xamir, si delineò un portale, più nero della notte che li circondava, ma di un'oscurità viva, palpitante, che sembrava attrarre a sé ogni brandello di luce.

Si spensero i sottili guizzi verdastri, nel cielo si estinsero i fulmini e il tuono fece udire per l'ultima volta il suo minaccioso brontolio.

Attorno a loro la notte era ancora scura, anche se all'orizzonte si cominciava a intravedere il pallido chiarore dell'alba, il cielo era attraversato da nuvole tempestose e faceva freddo, molto freddo, ma della sovrumana battaglia che là s'era svolta nulla restava.

Nulla, salvo quell'immateriale portale più scuro della notte.

Allora Lord W'Unker arretrò barcollando verso la piccola grotta, ma non aveva più forza e cadde prono sul terreno gelato.

Xamir lo raccolse e, un po' sorreggendolo, un po' trasportandolo, lo trascinò al riparo, lo rianimò scuotendolo e chiamandolo, e infine gli fece ingollare qualche sorso di xirker.

"Che cosa è successo? Ho udito terra e cielo tuonare e ho visto lampi, luci e mostruose figure gettarsi contro di te; e poi... quella... quella cosa..." gli chiese, ansioso e sbigottito, massaggiandogli le mani gelate e additando con il mento quel grumo oscuro che sembrava una porta.

Piano, il Duca annuì, la voce tronca e rauca.

"Il portale delle Tenebre si è manifestato. È l'alba, ormai, ma la prossima notte sarà battaglia".

Il Principe Ul Quoi rabbrividì, fissò il viso stremato del suo vecchio nemico e rabbrividì di nuovo. Poi si sedette a terra accanto a lui e lo ricoprì anche con il suo mantello.

"Fino a quel momento riposa allora, Milord, e cerca di dormire" l' invitò. "Finché è chiaro veglierò io".

***

Sapeva che stava sognando.

Non poteva essere altrimenti, perché solo pochi minuti prima era notte fonda ed era al fianco di Lhamar, nel loro grande letto, sotto il baldacchino di seta, nella lussuosa camera che divideva con lei, spiando la fanciulla che si era addormentata con la testa bruna sul suo petto, le rosee labbra appena dischiuse. Ora invece la luce entrava da un pertugio in alto e tutto attorno a lui gli era estraneo.

La stanza in cui si trovava era lunga e stretta e lui giaceva su un piccolo letto basso; non v'era alcun altro mobile, mancavano le due grandi finestre dai vetri colorati e i cortinaggi di seta, e le uniche aperture sembravano essere l'esigua fenditura dalla quale entrava il chiarore e un massiccio portone di fronte a lui, serrato.

Lentamente la paura si insinuò nel suo sogno... chiuse gli occhi, imponendosi di sprofondare di nuovo in un sonno pesante per risvegliarsi l'indomani nelle braccia di Lhamar, felice del suo sorriso, ma anche così la visione di quel portone sprangato continuò a opprimerlo, la luce molesta persistette e l'enigma della stanza così mutata lo perseguitò tanto da obbligarlo a spalancare di nuovo gli occhi, a scendere barcollando dal letto, a muovere passi incerti verso la porta, ad afferrarsi alla maniglia... chiusa, sbarrata!

Prigioniero?! Come, perché?!

Incredulo tentò di scuotere quella robusta serratura, che non accennò neppure a muoversi, poi cercò di aprire l'uscio con una spallata, ma tutta la sua forza sembrava averlo abbandonato e scivolò a terra, mentre la vista gli si confondeva. Tentò di lottare, cercò in sé il Potere della Dea, ma invano; e intanto la porta chiusa davanti a lui, lentamente, mutò.

Ora vedeva davanti a lui un alto portale stretto, circondato da aspre rupi, appena delineato in una roccia scabra e scura. Sapeva che non era possibile, e intuì che il suo appello al Dono aveva schiuso la sua mente a un'altra mente, e che ora vedeva con gli occhi dell'Altro.

Da quel varco oscuro saliva un Potere immenso e malevolo, gonfio d'odio e di rabbia, che da là protendeva lunghi tentacoli di tenebra a minacciare, a colpire il mondo della Luce, il mondo degli Uomini.

D'improvviso percepì anche il terrore dell'Altro, un terrore memore, che agghiacciava il cuore e paralizzava le membra; poi in un lampo seppe che era il padre che sentiva, la sua sofferenza, il suo pericolo. Volle gridare la sua presenza, offrirgli il suo Potere, ma suo malgrado gli occhi gli si chiusero; nella sua mente si confusero visioni, brandelli di sogni, percezioni della realtà, mentre una debolezza estrema lo costringeva ad arrendersi, a lasciarsi andare sul pavimento, abbandonandosi di nuovo a un sonno pesante senza sogni.

Si svegliò che era giorno fatto e la luce entrava a fiotti dalle grandi finestre colorate, appena velata dalle cortine di seta. Sul grande letto con il baldacchino, al suo fianco, Lhamar era già sveglia e lo guardava ridendo, sollevata su un gomito, solleticandogli il petto nudo con un lungo ricciolo nero, la bella guancia rosea appoggiata alla mano sottile.

Quasi senza pensarci baciò la bocca ridente, e mentre stringeva a sé il bel corpo arrendevole, sentì affievolirsi in lui il ricordo di quanto aveva sognato o visto durante la notte, e decise di non raccontarle nulla, dicendosi che lo faceva per non turbarla, per non offuscare con le sue vaghe visioni notturne la gioia perfetta di quella splendida giornata. Ma ormai l'ombra incerta del dubbio era entrata in lui.

***

Per tutto il giorno, mentre una pioggia sottile cadeva incessante, chiudendo la grotta dove si erano rifugiati con una lieve cortina argentea, W'Unker rimase in silenzio, rannicchiato in un angolo, sotto i mantelli, o si aggirò inquieto per la caverna, esaminando le armi, ma finendo sempre con il fissare la rupe di fronte a lui, dove ancora si scorgeva il disegno della grande porta. Ma al tramonto, quando il Magio si drizzò in tutta la sua statura, riprese la maschera, il diadema, il mantello, cinse le armi e si diresse all'uscita, nulla più parlava di stanchezza o di paura nella sua fiera andatura, nei gesti misurati e calmi con cui mosse verso la rupe, la grande destra serrata sull'elsa della spada.

Xamir allora gli corse dietro e lo afferrò per il lembo del mantello.

"Lasciami stare al tuo fianco!" lo pregò, con voce spezzata. "Ho visto, ieri, e ho capito. Ora voglio esserti di aiuto".

Gli occhi del Duca indugiarono un attimo su di lui e lo sguardo cupo, determinato si addolcì, mentre gli sfiorava lievemente la spalla.

"Mi hai già aiutato, principe. Non c'è stato un momento in cui io non abbia percepito la tua presenza, in cui grazie a te non mi sia ricordato che esiste un mondo al di là delle Tenebre, e che per quel mondo stavo lottando".

Prima che il Rivaltino, profondamente scosso da quelle parole, riuscisse a rispondergli, gli volse le spalle, fronteggiando il portale che nell'oscurità incipiente si stava nuovamente delineando con chiarezza.

"Sta indietro!" ingiunse. "È l'ora ormai, e la mia battaglia sta per cominciare".

Dapprima fu con il terrore che l'aggredirono, con il terrore della dannazione e dei supplizi eterni dopo la morte, ma il Duca rise, perché quel terrore lo aveva accompagnato per anni ed era cresciuto a ogni passo che aveva fatto verso Idragor, e tuttavia era venuto.

Né poteva tentarlo ancora la visione della lunghissima vita e dell'immenso potere che le Tenebre gli offrivano in cambio di una sua rinnovata obbedienza, perché aveva già portato quelle catene e sapeva quanto amari fossero quei loro doni.

In fondo al cuore tuttavia vacillò, quando una voce tentatrice gli ricordò il rogo che gli isolani gli avevano preparato, il disprezzo con cui ora lo guardavano, anche mentre mendicavano il suo aiuto, le umiliazioni e le ingiurie, e poi gli fece balenare alla mente il ricordo della terribile potenza, dell'atterrito rispetto, degli onori, della ricchezza che avevano circondato l'Artiglio di Fuoco.

Le immagini contrapposte colpirono il Magio come frustate, e fu con fatica che richiamò alla mente tutto ciò che lo aveva riportato uomo tra gli uomini. Ripensò al figlio, il cui amore l'aveva strappato all'Oscurità, e invocò il suo aiuto, perché spezzasse le tenebre del dubbio e della tentazione con la luce del suo affetto, della sua fede verso di lui. Ma, mentre lanciava il suo richiamo mentale al ragazzo, un gelo mortale lo compenetrò, un velo nero gli calò sugli occhi e una scura cortina lo avvolse, togliendolo alla realtà.

Quando si squarciò non furono i picchi e le paludi di Idragor che apparvero al suo sguardo, né l'alta e solida figura del Principe Ul Quoi, immobile alle sue spalle, bensì un lussureggiante giardino, nel quale una dolce brezza soffiava tra le piante profumate e mormoravano le acque limpide delle fontane, dove due agili figure stavano cercando refrigerio dalla calura. Il suo cuore mancò un battito nel riconoscere nella più alta delle due la testa dorata del figlio che aveva invocato invano; poi risuonò una voce terribile, una voce che credeva di aver spento per sempre quando aveva strappato dal mondo degli uomini il Negromante.

"Eccolo, tuo figlio! Invano lo invochi, invano speri nel suo aiuto: si è arreso alla mia serva. Lhamar lo ha nelle sue mani, e non si cura più di te!"

Ma anziché abbatterlo definitivamente, l'idea che Gofrid fosse caduto nel tranello delle Tenebre ridestò nel Duca una furia e un vigore nuovi, e dalle labbra gli uscì un grido terribile, una parola di comando di incredibile potenza, ingigantita dalla forza della duplice Consacrazione. Svanì il giardino, la grande ombra nera che l'aveva avvolto nelle sue spire lo lasciò, sparendo con un ultimo sibilo, e W'Unker si ritrovò in ginocchio sulle dure rupi di Idragor, con il Principe Ul Quoi, grigiastro in volto, che lo stringeva per le spalle, scuotendolo.

"Ho fallito" mormorò con amarezza, dopo che il suo compagno lo ebbe aiutato a raggiungere la grotta "né sarà possibile riprendere la battaglia per oggi. Guarda, sta già schiarendo".

Xamir diede un'occhiata a est, stupito che fossero passate così tante ore.

"È l'alba, è vero" dovette convenire "ma forse è meglio così. Ti potrai riposare, e domani notte affronterai con più forza il nostro nemico".

"Domani notte..."

La voce possente era ridotta a un sussurro affannato e l'uomo sollevò i grandi occhi angosciati sul Rivaltino, che non sostenne il suo sguardo.

Poi un lungo brivido scosse il Duca, che si nascose il viso tra le mani.

E tuttavia al calar delle tenebre W'Unker, che ancora aveva rifiutato di prendere cibo o bevanda ed era rimasto in silenzio, assorto nei suoi pensieri, si alzò lentamente in piedi e, sempre senza aprir bocca, riprese lo scudo, le armi, s'allacciò il mantello e uscì all'aperto.

Questa volta, il Principe Ul Quoi non gli chiese il permesso di aiutarlo: muto anche lui, si armò in fretta e lo seguì, mettendosi alle sue spalle.

Ancora il Magio si erse a fronteggiare il varco aperto, il viso senza maschera, i lunghi capelli che gli si arricciavano sulle larghe spalle e sulla schiena, e ancora, in risposta alle sue brevi parole sussurrate, il cielo si fece più cupo, mentre dal varco una cortina oscura cominciava a prendere forma aleggiando sopra di loro.

Una figura gigantesca, intessuta d'ombra e di terrore, che pareva toccare le nuvole tempestose del cielo buio con la testa incoronata di gemme oscure, allungò su di loro, sulle montagne intorno, su tutta Idragor smisurate braccia di tenebre, simili ad artigli. Attorno a lei aleggiava un gelido vento, echeggiavano grida e gemiti e lividi lampi squarciarono tetramente il buio, mentre di nuovo dalle viscere delle terra saliva, sordo, il tuono, il cui cupo rimbombo era una minaccia e un monito.

Xamir sentì i capelli che gli si rizzavano in testa, un sudore ghiacciato gli bagnò la fronte, e seppe che di fronte a lui si ergeva l'Ombra del Negromante. Sconforto e terrore lo presero, e diede addietro di un passo, allontanandosi dal suo compagno che, le vesti e i capelli follemente agitati da quel vento soprannaturale, rimase fermo nella bufera, fronteggiando la collera dell'Ombra.

Con il cuore in gola, il principe arretrò ancora, volgendosi a guardare la grotta dove poteva sperare salvezza, poi tornò a fissare il suo compagno mentre alzava con un gesto imperioso la destra contro l'Apparizione, e improvvisamente seppe che anche il Magio temeva e disperava, come lui; nonostante tutto, però, la voce profonda aveva già intonato i versi dell'incantesimo.

"Immagine vuota
Più vita non hai;
Spezzato lo scettro,
Infranto il Potere,
Torna al mio detto
Tra le larve, larva!"

Allora un altro sentimento si fece largo nel principe: a fatica, un passo dopo l'altro, obbligando le sue gambe, che sembravano diventate di piombo, ad avanzare, riprese la sua posizione, piantò saldamente la spada degli Ul Quoi sul terreno, afferrandosi alla sua elsa, e di là non si mosse.

Intanto, quasi a rispondere al canto del Duca, il tenebroso Simulacro parve accartocciarsi, ripiegarsi su se stesso, mentre le tenebre di cui era fatto si alleggerivano, rendendolo evanescente, anche se una possente aura di minaccia e di terrore promanava ancora da lui.

Allora il Magio alzò il viso sfregiato al cielo scuro, gridando in un ruggito il nome segreto dell'Uno e si scagliò contro quella labile figura, ma non l'aveva ancora toccata che dalla profonda oscurità del varco uscì qualcosa, qualcosa che le mani immateriali dell'Ombra del Negromante sembravano modellare e scagliare poi contro il suo avversario in spirali confuse, che andarono ad attorcigliarsi attorno a lui.

W'unker alzò la spada contro di loro, lacerandone una, due, ma poi si fermò con un grido di orrore. La spada gli cadde di mano e vacillò, coprendosi il viso con le braccia.

Attorno a lui la nebbia si stava aprendo, si allargava fingendo un mare... il mare di Pamia, il mare di Rivalta... e dalle onde uscivano a mezzo dondolandosi, arrovesciandosi, molli, putrescenti, i cadaveri di coloro che con Rivalta e Pamia s'erano inabissati. Salivano dalle acque maledette e sui corpi avevano, aperte come bocche, le ferite del fuoco nero; mutamente gridavano il suo nome, lo chiamavano con quelle labbra orribili, con lingue mute... Dalle ferite nere biancheggiavano le ossa, e umori velenosi stillavano dalle orbite vuote.

Allora la disperazione travolse il Duca: presentì che la sua ultima battaglia era soltanto l'ultimo inganno delle Tenebre, perché mai l'Artiglio di Fuoco, il Flagello delle Isole, il Rinnegato avrebbe potuto riscattarsi vincendola, ché troppo orrendi erano i suoi delitti.

Cadde in ginocchio e lo scudo gli sfuggì dalla mano mutilata, e disarmato si curvò a terra e chiuse gli occhi, aspettando che quei moncherini gonfi e putrefatti lo ghermissero e lo consegnassero alle Tenebre, per sempre.

Ma la mano che lo afferrò era calda e robusta e fu la voce tonante e rabbiosa del principe Ul Quoi quella che gli ingiunse di rialzarsi, di combattere. Aggrappandosi a lui si risollevò, si rimise in piedi, barcollante, disarmato, e subito Xamir strappò la sua spada dal terreno dove l'aveva infissa.

"Prendi!" gridò. "È la spada degli Ul Quoi, e la Dea stessa la donò alla mia stirpe perché l'impugnasse contro il Dio Velato di Arso... Prendila! Ti darà forza e potere!"

Il Duca fissò il principe della distrutta Rivalta, il principe che lui aveva reso un profugo senza più né patria, né trono e che ora gli offriva un'arma, l'arma era stata il simbolo della potenza dell'isola scomparsa. Qualcosa passò sul suo viso. Stupore, sollievo, riconoscenza...

Strinse quell'elsa e gli parve che i battiti precipitosi del suo cuore si calmassero: con quella in pugno, gridò nuovamente le parole dell'incantesimo e si gettò contro le spaventose forme che stavano tra lui e l'ombra del Negromante, tra lui e il portale.

E davanti alla grande spada degli Ul Quoi, brandita da W'Unker, s'infransero le orrende sagome degli annegati, ritornando illusione e nebbia, e la nebbia divenne un unico, alto vortice in mezzo al quale si intravide ancora una figura oscura in atto di maledire. Poi tutto fu risucchiato dentro il varco, e nel cielo invernale improvvisamente terso brillò la luce pulsante delle ultime stelle, che già cedevano al chiarore dell'alba.

Il tempo freddo ma sereno che era succeduto a quella notte d'incubo durò poche ore, perché già a metà del giorno di nuovo le nuvole velarono il debole sole invernale e ben presto fu chiaro che si apprestava un'altra bufera.

Nella piccola grotta fu Xamir, silenzioso ed efficiente, che si occupò delle armi che aveva recuperato e vegliò sul Duca durante il sonno breve e inquieto in cui il xirker lo aveva sprofondato.

Consolandosi con un sorso di vino del magro pasto che aveva consumato, il Rivaltino staccò a fatica lo sguardo dalla testa bianca arruffata che poggiava immobile sul suo mantello ripiegato e lo volse alla rupe di fronte a lui, dove si vedeva già palpitare, annidato nel cavo oscuro della porta, un grumo di Tenebre.

Rabbrividì, e svuotò la borraccia, riflettendo.

"È l'ora, principe".

La voce di W'Unker lo fece sobbalzare; si volse verso di lui e vide che si era sollevato su un gomito e lo guardava con occhi cupi e risoluti tra le ciocche bianche spettinate che gli ricadevano sul viso sfregiato. Si alzò, con un movimento meno agile e veloce del solito e andò verso le sue armi, ma Xamir lo fermò con un gesto.

"Aspetta, Milord. Temo che la tua spada sia stata danneggiata in qualche modo: la lama è offuscata e l'impugnatura sembra di ghiaccio. Non credo che tu possa adoperarla ancora".

Il Duca gettò una stanca occhiata all'arma e annuì, allontanandola da sé.

"Non la toccherò perché le Tenebre l'hanno segnata; ne prenderò un'altra, visto che ne abbiamo portate due a testa".

"No! Tieni la mia, invece. Ti ha servito lealmente ieri e ti sarà fida compagna anche oggi, poiché fu benedetta dalla Dea".

La mano di W'Unker si alzò accennando un rifiuto, ma negli occhi blu era passato un lampo che non sfuggì a Xamir.

"Accettala" insistette. "La porterai con onore e ti darà la forza di colpire senza remore o incertezze chiunque o qualsiasi cosa ti troverai di fronte".

Nell'udire sulle labbra del suo vecchio nemico parole che rieccheggiavano quelle che aveva detto tanti anni prima a suo figlio, il Magio sbiancò in volto. Vi lesse un presagio, un segno del destino, e la mano che aveva sollevato per respingerla si strinse invece sull'elsa ingemmata e brandì la grande spada.

"Così sia, principe. La spada degli Ul Quoi possa essere l'arma con cui l'Artiglio di Fuoco vincerà la sua battaglia e rinserrerà il varco schiuso da Valmar D'Aurel".

Uscirono fianco a fianco.

La tempesta che da ore le nuvole scure e il vento a raffiche avevano annunciato sembrava imminente; il rombo del tuono imperversava senza sosta, mentre lampi oscuri rompevano la spessa coltre nuvolosa e sembrava che scariche di immenso potere scendessero a isolare il Valico, la roccia scabra e le due figure immobili vicino a esso.

W'Unker fece un cenno al principe, intimandogli di stare indietro, avanzò fino allo spettrale varco, aprì le braccia e in tono di comando iniziò l'invocazione: nella sua voce bassa, profonda e oscura vibravano un potere così grande e una volontà così forte che Xamir cominciò a sperare di essere alla fine del conflitto.

Infatti, questa volta nessuna tetra larva prese forma uscendo dalle tenebre del portale, nessuna voce ultraterrena risuonò a cacciare il Magio, che raddoppiò i suoi sforzi, chiamando con gli antichi nomi i quattro elementi della terra.

Ma poi dal terreno spaccato trapelò una pallida luminescenza malsana e di colpo alle spalle dell'evocatore sorsero a decine e decine lividi filamenti luminescenti, che si arrotolarono, si ingrossarono, si distesero, si rizzarono mostrando l'orribile muso rostrato e i viscidi tentacoli degli anguiformi.

Il principe ruggì il suo avvertimento e, mentre il Duca si girava di scatto, la spada già alzata, anche lui fece per gettarsi contro quelle Ombre, che d'improvviso gli si volsero contro stridendo e fischiando. Allora il terrore entrò nel cuore di Ul Quoi, raggelandolo, perché nei musi serpentini intravide vagamente lineamenti umani, bocche impietrite in un grido, occhi sbarrati per il ribrezzo; la spada gli cadde di mano e arretrò barcollando, coprendosi il viso con le mani, mentre intorno a lui l'aria si riempiva di sibili e fruscii.

Ma non lo toccarono, perché, con un solo balzo, W'Unker gli fu davanti chiamando il fuoco con tutto il suo duplice potere, e dall'aria e dalla terra sorsero vampe che lo circondarono assieme al suo compagno, formando una barriera.

Mentre Xamir, insultandosi, scopriva il viso, riprendeva il suo posto e cercava la spada caduta con dita ancora tremanti, il Magio immerse le mani nelle fiamme e le ritrasse piene di un fuoco che scagliò contro il viscido viluppo che si contorceva minaccioso di là della barriera infuocata.

I sibili si alzarono più forti, più acuti, presero stridule tonalità quasi umane, ma W'Unker colpì ancora con le fiamme, gridando la formula della dispersione con tutta la forza della sua voce possente.

"Maligne Parvenze/ dal nulla formate,/ per il mio canto /dissolte, andate!/ Nel nulla tornate".

Quasi d'improvviso, le spire si smembrarono, s'accartocciarono, si dissolsero in una polvere nera che il vento spazzò via, mentre le fiamme si abbassavano e si spegnevano.

"M'è mancato il cuore" ammise Xamir, con vergogna e dolore, avvicinandosi di più al Duca, che si appoggiò alla sua spalla respirando affannosamente.

"Però non sei fuggito" lo rassicurò con voce rauca.

"No, fuggito no, ma senza di te..." Si interruppe di colpo, impallidendo, e afferrò la destra di W'Unker. "Il fuoco! Le tue mani..."

Con calma e decisione, il Duca si liberò dalla sua stretta.

"Non temere" rispose quietamente. "Le fiamme che hai visto appartengono a un altro mondo e non hanno il potere di ardere la carne viva".

"Ma la tua mano brucia!"

Un amaro sorriso attraversò per un attimo il viso del Magio.

"Anch'io, forse, non appartengo più completamente al mondo degli uomini" rispose con voce sorda e lenta. "Tuttavia, scottanti o meno, le mie mani sono ancora in grado di impugnare una spada, e quindi non ce ne preoccuperemo".

Tutt'altro che convinto, il principe accantonò lo stesso l'argomento e fissò invece con sospetto e timore la fenditura attorno alla quale stava addensandosi una nebbia biancastra

"Ma se non erano reali, cosa erano? Illusioni?" chiese. "Un Ul Quoi ha tremato davanti a delle allucinazioni?"

"Illusioni, principe, in questo mondo, ma il potere delle Tenebre le rende mortali e maligne anche per gli uomini".

Sbigottito, Xamir scosse la testa e fissò con involontaria ammirazione il suo compagno.

"Non riesco a capire..." mormorò.

Con un gesto che svelava tutta la sua stanchezza e il suo scoramento, W'Unker appoggiò la schiena a una roccia e si passò le mani tra i capelli arruffati.

"È il mio passato che torna per fermarmi. Ancora una volta, principe, il mio orgoglio mi ha accecato, e mi sono creduto più potente di quanto io non sia, perché negli anni del tradimento e dell'apostasia grande e forte è cresciuto il mio Potere, ma infinite sono state le mie colpe; e con queste le Tenebre ora mi attaccano".

Mentre parlava, con lo sconforto che gli trapelava dalla voce, la lieve nebbia si trasformò, si consolidò, e nell'oscurità la notte si riempì di figure armate.

Erano guerrieri poderosi, ma lividi in viso come morti; i loro occhi fiammeggiavano rossastri, le labbra avevano la tinta del sangue appena versato e le spade che impugnavano lampeggiavano di una fiamma oscura. Erano reali ed erano memorie, e la potenza delle loro armi e del loro braccio era pari al terrore che emanava da loro.

Si disposero tra i due uomini e il Varco, a formare una muraglia d'incubo, d'armi e di orrore, e le loro voci cavernose sfidarono il Duca, irridendolo.

Davanti a quel nemico non umano, il Principe Ul Quoi provò di nuovo il morso della paura ed esitò, ma non era più impreparato e poi quelle larve avevano in qualche modo l'aspetto dei Perduti, contro i quali già si era battuto.

Snudò la spada e fece un passo avanti, ma già W'Unker s'era gettato in mezzo alle pallide larve di guerrieri e la lama degli Ul Quoi, splendente nelle tenebre, s'alzava e s'abbassava rapida e vigorosa, intessendo una danza mortale.

Urlando il suo incoraggiamento Xamir si scagliò nella mischia dietro di lui e, mentre il Magio gli gridava con furia "No"!, incrociò la lama con quella di due Ombre.

Ma, non appena la sua spada toccò quella lampeggiante dei suoi nemici, una gelida morsa gli afferrò la mano e il braccio, gli raggelò il cuore nel petto, gli serrò i polmoni in una stretta di ghiaccio, mozzandogli il respiro e il principe crollò a terra, rantolando. Vedeva e sentiva solo vagamente, tuttavia scorse con orrore quelle facce terribili chinarsi su di lui, le labbra rosse dischiuse in un ghigno, le mani adunche protese ad afferrarlo. Seppe che stava per morire... o forse peggio... e chiuse gli occhi, per non vedere, almeno, mentre il pensiero volava al figlio lontano, con il quale non si sarebbe più riconciliato, che non avrebbe più riabbracciato, ma anche al suo nemico che aveva scortato fin là, in aiuto del quale aveva brandito la spada e che, morendo, abbandonava.

Ma in quel momento, potente e minaccioso come il fragore del mare in tempesta, risuonò il grido del Magio e superò i minacciosi bisbigli delle Ombre, l'ululare del vento, il continuo rimbombare dei tuoni.

Le pallide larve si fermarono all'udirlo, allontanandosi da Xamir, e per un attimo le tenebre della notte si alleggerirono, il tuono s'affievolì e cadde il vento. Il Rivaltino vide ancora il Duca alzare la mano sinistra mutilata che stillava sangue, e serrare sempre nella destra la spada, mentre scandiva il suo incantesimo con voce profonda e scura come il baratro che aveva alle spalle.

"Dal Crepuscolo il mio sangue vi tolse,
Del mio sangue al richiamo accorrete;
Per quel sangue qui tutti vi sfido!"

Le maligne forme attorno a Xamir lo lasciarono, andando ad aggiungersi a quelle che circondavano il Duca; il principe volle raggiungerlo, soccorrerlo e si alzò sulle ginocchia, riprendendo le armi, ma le gambe non gli obbedivano più e, privo di forze, si abbatté esanime sul terreno, la destra ancora artigliata sull'impugnatura della spada.

Tutta l'orda dei Ritornati allora si strinse attorno a W'Unker, le lame di Tenebre che sibilavano e lampeggiavano, respinte fulmineamente dalla spada degli Ul Quoi, mentre la voce del Magio, profonda e possente, li martellava con parole di potere; ma dalla profonda oscurità del varco sorse nuovamente l'alta ed evanescente figura incoronata, labile come un miraggio, a sovrastare i combattenti. E dall'ombra che la circondava sibilò una voce crudele, troncando le parole sulle labbra del Magio, cancellando i versi dalla sua mente, spezzando il suo incantesimo.

Il Duca comprese allora che ormai solo la sua lama e il suo vigore stavano tra lui e la sconfitta e disperò; tuttavia alzò lo scudo, brandì la spada con più forza e si slanciò contro quelle ombre spaventose, spezzandone le lame, trafiggendole, lacerandole.

Ma a un gesto della mano adunca del Negromante i caduti si rialzavano e, feriti, mutilati, si gettavano contro di lui più feroci di prima.

A lungo W'Unker si batté in un'oscurità che pareva eterna, tra il sibilo del vento e il sordo rombo del tuono, ma perse terreno e si trovò con il baratro alle spalle e la torma dei Ritornati che premeva contro di lui... e l'abisso l'attirò, come una promessa di un asilo e di riposo.

Era scuro, e profondo... Perché no? Ancora un minuto, due e sarebbe stato sopraffatto e trascinato verso l'orrore senza nome che aveva già patito, per sottomettersi ancora, forse, o forse per soffrire in eterno... Che cosa gli impediva di gettarsi nel vuoto?

E intanto che esitava, tentato, una voce sconosciuta risuonò nella sua mente, alta e severa; divenne un grido e un lampo di luce, e squarciò l'ultimo tranello delle Tenebre come una lama luminosa. In un attimo l'antico Magio ricordò la sua promessa e, mentre la mente del suo ignoto soccorritore bruciava nella sua cantando i motivi per cui doveva, poteva vivere ancora, ritrovò in sé la volontà di lottare, di vincere e riuscì spezzare il cerchio degli assalitori e ad allontanarsi dal baratro tentatore.

Per qualche attimo ancora sentì vicino a sé l'Ignoto che gli offriva la sua forza, la sua fede e intravide una torre biancheggiante, una lunga veste, due luminosi occhi grigi. In quei momenti il suo braccio centuplicò la sua forza e si aprì un varco, avvicinandosi al portale, ma davanti alla nera figura incoronata il suo soccorritore dovette retrocedere e il Duca sentì scivolare via dalla sua mente quel Potere che l'aveva aiutato, mentre la dolce voce si spegneva con un gemito flebile.

Si ritrovò solo, malconcio e sfinito, nel piazzale oscuro: davanti a lui, l'Ombra del Negromante gli impediva il passo verso il portale, alle sue spalle la torma dei guerrieri fantasma lo incalzavano.

Si assestò lo scudo sul braccio, strinse con più forza la grande spada degli Ul Quoi e riprese la lotta.

Nutriva ben poche speranze di vittoria perché venivano contro di lui a centinaia, guidati dalla volontà dell'Ombra del Negromante, forti per gli incantesimi di costui e bramosi di quel sangue che poteva render loro la parvenza della vita. Tra loro vide e riconobbe i volti crudeli e gli occhi feroci di coloro che un giorno aveva tratto dal Crepuscolo, dove poi li aveva nuovamente ricacciati per amore del figlio e, ricordando, quasi senza volere il suo pensiero volò di nuovo a Gofrid.

Debole era stato l'appello, uscito quasi involontariamente dalla sua mente esausta, ma in Arso il giovane sobbalzò nel sonno, si destò con un grido e balzò dal letto, senza neppure curarsi di Lhamar che lo chiamava per nome; aveva intuito infatti che ciò che l'aveva ridestato era un richiamo del padre, che suo padre era in pericolo, che aveva bisogno del suo aiuto. Non sapeva neppure dove fosse, sentiva solo che era molto, molto lontano da lui, e vicino, molto vicino, al valico delle Tenebre.

E mentre ne prendeva coscienza, fu folgorato da un altro pensiero...

Non era la prima volta che la sua mente veniva sfiorata da quella del padre, ma qualcosa gli aveva sempre impedito di accogliere quel richiamo, qualcosa che non era il muro di tenebra che tante volte W'Unker gli aveva levato contro, ma era ciò che gli inibiva anche l'uso del Potere, di quel Potere che scorreva nuovamente in lui solo quando, come quella sera, riusciva a evitare la pozione preparata da Lhamar!

La fanciulla intanto era a sua volta scesa dal letto, il bellissimo corpo appena velato da una lieve coltre che teneva raggruppata sul seno, l'adorabile volto improntato a sorpresa e sollecitudine... Gofrid la guardò, il cuore che gli scoppiava nel petto, e con la forza del suo Dono ritrovato lesse la verità nei begli occhi scuri. Sentì dolorosamente tutta l'amarezza di quel tradimento, ma ricacciò collera e dolore e con un gesto imperioso le intimò.

"Taci! A più tardi la tua discolpa, e la Dea voglia che tu possa averne una! Ma ora, silenzio... e non muoverti".

Lhamar avrebbe voluto piangere, gridare, gettarsi ai suoi piedi, giurargli che l'amava, ma quando alzò lo sguardo su di lui si ritrasse, conscia che davanti a lei non stava più il suo docile amante, che la sua bellezza, le pozioni stregate e le fatture di Hamar avevano domato, ma un Magio Guerriero che aveva ripreso piena padronanza del suo Dono. Tremando si coprì alla meglio con il lenzuolo e si rannicchiò vicino al letto, piangendo piano.

Senza guardarla, Gofrid sbarrò porta e finestre e si drizzò in piedi in tutta la sua statura in mezzo alla stanza, sollevando le mani aperte al petto, nel gesto di invocazione dei Consacrati.

Sul pianoro, ai piedi del portale, il Duca stava combattendo ancora la sua disperata battaglia, le braccia indolenzite, ferendo, colpendo, lacerando Ombre che a contatto della sua lama svanivano per lasciare il posto ad altre Ombre che continuavano la lotta con più ferocia. Dove le loro armi colpivano, il ferro si spezzava e la carne ferita, versando sangue, bruciava e fumava.

Per tre volte ormai il Magio aveva provato nel suo petto il gelido fuoco delle loro armi, e tuttavia non si era fermato. Quando però nella cavità oscura del varco il canto magico del Negromante suonò diverso, freddo e crudele, ora abbassandosi come un sussurro strisciante, ora alzandosi per divenire uno stridulo grido, lo scudo del Magio, già percosso e leso dai molti colpi di spada e di mazza ricevuti, volò via in tre pezzi... come allora. Per il contraccolpo W'Unker barcollò, allentando un attimo la guardia, e mentre cercava di ritrovare l'equilibrio, un guerriero, che aveva il ghigno di Myskalis, riuscì a centrare con un colpo di mazza la grande spada degli Ul Quoi, che si infranse... come allora, quando si era infranta la lama consacrata di Valmar D'Aurel.

W'Unker tentò di snudare il pugnale, ma il braccio destro, intorpidito dal colpo, non gli obbedì e la sinistra mutilata non riuscì a stringerne l'elsa con forza sufficiente: disarmato, gli furono tutti addosso, e dopo una breve lotta convulsa riuscirono a sopraffarlo, lo gettarono a terra e ve lo tennero inchiodato.

Erano intorno a lui, le labbra purpuree ghignanti nei volti scheletrici dalla livida pelle, le mani armate protese verso di lui per ferire, per offendere. Dietro a loro si gonfiò indistinta la grande sagoma oscura di Colui che aveva tradito.

Il Duca sentì allora tutto l'amaro sapore della sconfitta, presentì l'orrore che l'attendeva e alzò un braccio sul viso in una vana difesa. Vana, perché nessuno poteva più aiutarlo. Uno solo avrebbe potuto farlo, Uno soltanto avrebbe potuto vincere quelle ombre, ridargli forza e fiducia, salvarlo, ma non era al suo fianco; eppure nel suo estremo sconforto l'invocò, quel figlio che aveva voluto tenere lontano dal suo pericolo.

"*Oh, figlio! Se t'avessi al mio fianco, ora non cadrei!*"

E d'improvviso, come evocato dalle sue parole, Gofrid gli fu accanto, agile e forte, vestito degli abiti dei Magi Guerrieri, ma in pugno aveva la Spada Nera.

Sotto i colpi della sua lama, i fantasmi armati sbandarono, indietreggiarono, lasciando sul terreno forme esanimi, e intanto una nuova forza fluì nel corpo esausto del Duca, un altro Potere entrò nella sua mente, stimolandolo ad alzarsi, a lottare ancora.

A stento, barcollando, ma tuttavia rinfrancato da quell'apparizione, si sollevò sulle ginocchia, afferrò la spada di uno dei caduti, si rimise in piedi e riprese il combattimento; e sempre, mentre lottava, gli sembrò di sentire la Spada Nera fendere l'aria accanto alla sua, vide la figura evanescente del figlio aprirgli la strada a colpi di spada, sentì il suo braccio sorreggerlo quando vacillava, la sua mente sostenerlo quando il Potere gli veniva meno, e il suo cuore pulsare per lui quando l'affanno gli spezzava il respiro.

Finì.

Scomparvero i Guerrieri fantasma, e la tenebrosa figura che li aveva aizzati si assottigliò fino a divenire una colonna di fumo nero che non riuscì a levarsi verso il cielo, ma, sospinta da una raffica furiosa, fu risucchiata dalla cavità del varco.

Anche la luminosa immagine di Gofrid diventò sempre più trasparente, si confuse con le tenebre circostanti, con le nuvole che passavano per il cielo, finché sparì, la Spada Nera alzata verso di il padre in segno di saluto.

Attorno al Duca ancora tenebre e il sordo brontolio continuo del tuono, ma davanti a lui i corpi dei caduti si erano sbriciolati in polvere e fragili ossa, e i fastosi gioielli che li avevano ornati brillavano debolmente sulle armi che ora, arrugginite e corrose, si confondevano con la terra.

Alle sue spalle giaceva Xamir, la spada ancora nel pugno, il viso immobile, ma quando W'Unker si chinò su di lui vide che il suo petto si sollevava, sia pure affannosamente. Respirò di sollievo e con sforzo, perché il Rivaltino era di poco meno alto di lui, lo portò fino all'imboccatura della grotta, dove aveva tracciato segni di protezione, e gli bagnò il viso e le mani con l'acqua della borraccia, disperdendo intanto con il canto la fattura che le ombre dei Perduti avevano gettato su di lui.

"Sei un coraggioso, principe, e un valente guerriero" gli mormorò, non appena l'uomo riaprì gli occhi, e la sua voce scura suonò insolitamente dolce, morbida come un nero velluto.

Xamir sorrise suo malgrado, stupendosi della gioia che l'apprezzamento del suo nemico gli dava.

"Ben poco questo mio supposto valore ti è stato di aiuto!" si schermì. "Qualcosa..."

"Tu hai osato incrociare la spada con creature di un altro mondo, e questa non è cosa concessa ai profani, ma solo ai più potenti tra i Magi".

"E tu lo sei" ammise il principe, dandogli un'occhiata piena di ammirazione e di rispetto. "E ora?"

"La notte è ancora alta; prima che il cielo rischiari, tenterò la chiusura della porta delle Tenebre, ora che le sue difese sono state abbattute".

"Vengo con te!"

Dicendo così, il Rivaltino si alzò in piedi, anche se ancora malfermo sulle gambe, e si guardò intorno in cerca di armi, ma il Duca lo fermò.

"No, resta. Questa non è opera che un guerriero possa compiere, neppure se è valoroso come te. Spetta a me, a me solo. Tu mi attenderai qui, e io saprò che ci sei, e che quando avrò chiuso il varco, o sarò morto nel tentativo, tu non mi abbandonerai".

Lo guardò quasi chiedendo una conferma, e Xamir improvvisamente gli sorrise di nuovo, confuso.

"Te l'ho giurato e te lo giurerò ancora, se vuoi, ma non sarà per mantenere il mio giuramento che resterò al tuo fianco e ti riporterò a casa, o almeno, non solo per quello".

Al colmo dell'imbarazzo gli tese d'impeto le mani e il Duca le sfiorò leggermente con la destra, poi cinse nuovamente la corona, raccolse un pugnale, si chiuse nel mantello e uscì con passo deciso.

Ritto davanti all'enigmatica porta oscura, W'Unker ripeté per la terza volta la formula che sanciva la separazione tra il mondo degli uomini e il non mondo dell'Increato, e per la terza volta alle sue parole fecero eco il cielo, accendendosi di saette, e la terra, tremando sotto i suoi piedi, mentre i tuoni rimbombavano fragorosamente.

Per tre volte le linee verdastre tracciate sulla roccia tremolarono, si confusero, ma tornarono poi a delineare il portale, aperto su un'oscurità senza nome.

A ogni invocazione, la voce del Magio era più rauca, più lenti i gesti delle mani e sul suo volto, ormai senza traccia di colore, spiccavano sempre di più le cicatrici di W'Unker.

Quando fallì per la terza volta, si ritrasse un poco, passandosi le mani tra i capelli bianchi scomposti e aggrovigliati e chiuse gli occhi, cercando in sé la forza di ritentare la prova, ma era esausto, prostrato dalle notti di lotta, dalla sfida continua a una Potenza infinitamente più forte di lui.

Pure, tentò ancora: si riavvicinò alla roccia, la colpì selvaggiamente con le mani nude, ferendosi, e con il suo sangue tracciò rune di potere e gridò alto il suo comando, la sua volontà. Per un attimo, parve aver colto la vittoria: i confini del portale svanirono, la roccia tornò intatta, nel cielo buio si spensero i lampi e il Magio si erse pauroso e potente tra le raffiche del vento, il capo bianco incoronato, le mani insanguinate levate aperte al cielo, in un gesto di comando e di trionfo. Ma, d'improvviso, una folgore nera sorse dalla rupe e lo colpì al petto, scagliandolo a terra, mentre intorno a lui scoppiava una tremenda tempesta di tuoni e lampi e il vento raddoppiava le sue raffiche.

La corona rotolò via e W'Unker si vide vinto ancora una volta, l'ultima, e capì che con lui, per lui, tutta Thelene era stata sconfitta.

Negli occhi ardenti brillò una lacrima, ma d'improvviso un'altra mente si unì a lui, offrendogli la sua forza e il suo coraggio.

Gofrid!

Percepì l'ansia dolorosa che il figlio provava per lui, ma anche la pietà del giovane per le terre vessate dalle Tenebre. Quella pietà lo compenetrò, si unì al rimorso che lo straziava e gli diede la forza di rialzarsi a fatica per tornare alla rupe, dove nuovamente si intravedevano le linee del fatale varco.

Le fissò ancora una volta, sentendo nascere dentro di sé una calma e una fiducia che non erano sue; poi, senza collera, mise nuovamente le mani tormentate sulla scabra superficie e ripeté le parole dell'incantesimo, sentendo in sé il Potere del figlio che si aggiungeva al suo.

"Per l'Ultimo Canto,
Che, alla fine del tempo,
il mondo muterà
Io ti dischiusi.
Per il Canto Primo,
Che, all'inizio del tempo,
Originò il Creato,
Io ti rinserro.
Chiuso sia il varco!
La Luce splenda sui viventi,
Fugga la Tenebra nell'Increato,
Fino a che il mondo non sarà mutato".

Così dicendo, con le mani insanguinate disegnò sulla rupe la runa che i Consacrati tracciavano sulle urne dei morti e sulle tombe. I segni che delimitavano il portale vacillarono, sparirono e la rupe apparve intatta.

Il Varco era stato chiuso.

Nella mente del Magio la sensazione della presenza del figlio si affievolì e svanì piano, mentre il suo corpo cedeva; mosse qualche passo vacillando, poi crollò sulle ginocchia e si arrovesciò sul terreno sassoso.

Il Principe Ul Quoi, uscito a precipizio dalla grotta, si lanciò verso di lui con il cuore in tumulto e, chino sul corpo del suo nemico, ne spiò ansiosamente il viso illividito, cercando un segno di vita, un respiro su quelle labbra bianche.

"Apri gli occhi, svegliati! Guarda, hai vinto! Il valico è chiuso, le Tenebre non potranno più strisciare su di noi per invadere i nostri cuori, per pervertire le nostre terre! Siamo salvi, salvi... Tu ci hai salvato!"

Ma il grande corpo rimase esanime tra le sue braccia, nel volto esangue le palpebre restarono chiuse e dalle labbra livide non uscì un gemito, un alito. Xamir fissò quel volto cadaverico e sentì la disperazione crescere in lui.

"Apri gli occhi, non puoi morire adesso, non devi!" gridò con furia. "Non voglio!"

Lo scosse con violenza, rabbiosamente, incurante delle fiamme rossastre che invadevano il cielo, della terra che sembrava sussultare sotto i suoi piedi, del distante brontolio, simile a un tuono, che echeggiava in lontananza. Poi il fragore s'indebolì, svanì, i sassi e la sabbia smisero di tremare; nel cielo, dove le vampe s'erano spente, le nubi tempestose si sciolsero in piccole nuvole leggere e improvvisa apparve la candida luna, circondata da stelle splendenti.

Il vento divenne una brezza leggera, carezzevole, che sussurrava appena, e tutt'intorno i rami stormivano piano, mentre la notte serena si popolava di centinaia di piccole voci sommesse; poi giù, nella valle, un uccello iniziò a cantare.

Ma Xamir pianse, stringendo a sé il corpo freddo e inerte del Condottiero, pianse premendo il volto sui lunghi capelli bianchi, pianse pensando al passato che non era stato e al futuro che non sarebbe mai venuto e le sue lacrime caddero sul pallido viso, sulle grandi mani immote, finché, d'improvviso, un fremito passò sul volto esangue del caduto, le labbra pallide si mossero, le ciglia palpitarono e con sollievo, con gioia incredula, il Principe Ul Quoi si trovò a fissare due occhi di zaffiro scuro, confusi.

"Valmar!" gridò Xamir con voce rauca "Valmar..."

Gli occhi blu lo guardarono, ancora incerti, poi si levarono verso la volta celeste stellata e il viso luminoso della luna. Un sospiro sollevò l'ampio petto, mentre prendeva coscienza di quanto era avvenuto. Guardò di nuovo il Principe Ul Quoi che gli sorrideva, tenendolo tra le braccia, e sussurrò con attonita meraviglia, "Sì. Valmar. Valmar".

Sfinito chiuse ancora gli occhi, ma subito, vividi gli balzarono alla mente i ricordi della battaglia; girò lo sguardo intorno e con un rauco grido si afferrò al braccio del Rivaltino.

"Mio figlio!" chiese con voce spezzata dall'ansia "E la fanciulla... Erano qui, lottavano al mio fianco! Dove sono?! Gofrid..."

Spaventato, il principe lo abbracciò di nuovo.

"Nessuno, Valmar, non c'era nessuno con te, te lo giuro! Tu solo hai affrontato e vinto le Tenebre! Sei sfinito, confuso... deliri, forse. Calmati, amico mio, se ci fosse stato qualcuno, lo avrei visto, ma non so di fanciulle e tuo figlio è lontano, ad Arso. Ricordi?"

Piano, il Duca fece cenno di sì, riflettendo. Comprese quel che era accaduto e un lieve sorriso si delineò sulle sue labbra, mentre Xamir, che lo aveva aiutato a entrare nella grotta e a sedersi a terra, con la schiena appoggiata a una roccia, si guardava intorno.

"Sta sorgendo l'alba, è tutto tranquillo e non fa neppure tanto freddo. Te la senti di tornare all'accampamento?"

W'Unker tentò di rimettersi in piedi, puntellandosi con le mani, ma rinunciò subito.

"Non ce la faccio, non ora. Ma tu va', ti raggiungerò... dopo".

Appoggiò la guancia alla roccia e chiuse gli occhi.

Xamir gli diede un'occhiata meditabonda, valutando la situazione: era sfinito anche lui e non sarebbe mai riuscito a portare a braccia il suo gigantesco compagno. Rassegnato, si chinò su di lui, cercando di ripulirlo dal sangue e di tamponargli le ferite, poi gli si sedette vicino coprendolo con il suo mantello e gli sfiorò leggermente una ciocca di capelli.

"Aspetterò che tu ti rimetta, poi scenderemo assieme. Come ho promesso" decretò, testardo.

Tutto appariva in pace. Faceva ancora freddo, ma ai raggi incerti del primo sole scomparvero anche le lievi nuvole bianche, che passavano nel cielo rosato, e una leggera brezza portò l'odore del mare, degli alberi. La rupe di fronte a loro era intatta, né più vi si scorgevano le linee del portale e i segni delle vecchie bruciature, così come il terreno era tornato a essere integro perché la spaccatura era stata risanata.

Il Principe Ul Quoi si era ripromesso di vegliare, pronto a ogni imprevisto, ma la stanchezza lo vinse e si addormentò anche lui, vicino al suo vecchio nemico, per svegliarsi solo alcune ore dopo, quando già il sole era alto nel cielo completamente sgombro da nuvole, sentendo un lieve scalpiccio.

Ancora intorpidito si alzò, cercò una spada, delle armi, ma già sulla soglia della caverna si delineava una figura snella, i biondi capelli incendiati dal sole.

"Nimir! Che accidenti ci fai qui? Ti avevo ordinato di aspettarci con i cavalli!"

"Non temete, Altezza, i cavalli sono al sicuro, ben legati e bene accuditi. La luce di questa luminosa mattina mi ha detto che la lotta è finita, e finita vittoriosamente, ma dopo avervi aspettato invano per delle ore, ho avuto paura per voi e sono venuto a cercarvi. Perdonatemi se ho sbagliato" gli rispose francamente il ragazzo, senza mostrare il minimo timore nei confronti del suo sovrano, e si diresse con sicurezza verso il Duca che non si era mosso, chinandosi su di lui con sollecitudine.

"Mio Signore... Lord D'Aurel!"

"È stremato e ferito. Le spade che l'hanno colpito erano lame delle Tenebre. Ci vorrebbe un Magio Guaritore..."

S'interruppe, interdetto, sentendo il lieve riso del suo paggio, che intanto s'era seduto per terra e andava estraendo sacchetti e ampolle dalla sacca che aveva su una spalla.

Poi risuonò la voce profonda del Duca, inconfondibile anche se velata e debole.

"Giusto, Principe Ul Quoi. È dell'opera di un Guaritore Consacrato che ho bisogno. E tu ce l'hai davanti".

Gli occhi neri del Rivaltino si spostarono, perplessi e confusi, dal Guerriero ferito al ragazzo, che nel frattempo stava mescolando polveri, erbe tritate e liquidi con una perizia decisamente insolita in un paggio; e mentre li guardava dubbioso, tirandosi la treccia mezza sfatta e spettinata, Nimir aggiunse, sempre guardando W'Unker, "Dunque mi hai riconosciuta, Milord".

"Lyri".

"Allora, Lady Aleja..." gorgogliò allora Xamir, fissando il suo supposto servo.

"Temo di no, Altezza. È stata solo una mia iniziativa e vi chiedo perdono del mio piccolo inganno".

"Non capisco".

Con un agile movimento, la fanciulla si alzò in piedi e sorrise al principe.

"Verrà il tempo delle spiegazioni e sarò lieta di fornirvele, ma ora è urgente medicare Lord D'Aurel per poter tornare al campo. Cercatemi un po' di legna, ho bisogno di fuoco".

Annuendo, il Rivaltino corse fuori, per accorgersi solo quando già aveva messo insieme una piccola fascina che lui, il Principe Ul Quoi, aveva preso ordini da una fanciulla vestita da paggio. Mentre ci pensava, la voce piena e armoniosa della giovane comandò ancora, tranquillamente. "E che sia ben asciutta, mi raccomando!"

Si rimise a cercare rami e foglie secche.

Nella grotta, Lyri stava esaminando le ferite del Duca, pensando che tre ferite al petto aveva ricevuto D'Aurel la notte fatale di Idragor, prima di sparire nelle Tenebre, e tre ferite nel petto aveva ora W'Unker, che alle Tenebre era sfuggito.

Vi impose le mani, sussurrando parole di risanamento, chiedendo la benedizione della Luce per sciogliere il ghiaccio delle Tenebre, di cui le lame erano state intrise e, mentre i lineamenti tesi e sofferenti di W'Unker si ammorbidivano, sentì sotto le sue dita la carne perdere la rigidità e il gelo mortale.

"Il nefasto incanto delle Potenze Oscure è stato tolto, mio Signore; restano le piaghe aperte da quelle lame, le contusioni, le altre lacerazioni, ma le mie pozioni potranno curarle, così come daranno sollievo alla tua stanchezza. Ci vorranno però molti giorni perché tu ti riprenda e per molto tempo non potrai usare il tuo Dono".

Il Duca annuì distrattamente, preso da un altro pensiero.

"Non è stata la Dama di Bosco Sacro che ti ha inviato qui per assistermi" mormorò incerto. "Perché, dunque, Consacrata?"

Gli occhi grigi della fanciulla si fissarono fermamente nei suoi.

"Io sono Lyri, mio Signore" rispose con voce dolce e sicura. "Lyri, figlia di Arwenna, figlia di Lyrs, che fu tuo scudiero. Mio nonno ti amava più di ogni cosa, ma la notte della tua scomparsa anche lui ti abbandonò, preso dal terrore. Questo ricordo lo torturò per tutta la vita e determinò tutte le sue scelte, fino a portarlo a sacrificarsi per la salvezza di tuo figlio. Io volli pagare così il suo debito e dargli pace".

"Lyrs..." mormorò il Duca con voce rauca, e ricordò, e pianse.

APPENDICE

PERSONAGGI de "IL RINNEGATO"

I MAGI CONSACRATI DELLA TORRE E DI BOSCO SACRO

Lady ALEJA	Prima Consacrata
Lord BALDIR TODAR	Consacrato, Magio Guaritore
IRMIUS LENART	Consacrato, Magio Guaritore
GOFRID D'AUREL	Consacrato, Magio Guerriero
Lady FROKOFIA	Consacrata, Maga Guaritrice
LYRI	allieva dei Magi, poi Maga Guaritrice
HILLIA	allieva dei Magi
RUEL	allievo, poi Magio Guaritore
TORVAL	allievo, poi Magio Guaritore

LE TERRE DEI MARI INTERNI:

COSTA DELLE ALGHE

Lady MORANA DI RIVOVERDE	Prima Signora delle Alghe, sotto la tutela di
Lord MELWHIR DI RIVOVERDE	suo zio, Secondo Signore di Costa delle Alghe
Lord LEHIR DI RIVOVERDE	fratello di Melwhir, Terzo Signore di Costa delle Alghe
Lord IMRHIS DI RIVOVERDE	figlio di Melwhir

COSTA DELLE MEDUSE

LORD LOTER CALEDUR	Signore delle Meduse
Lady LOMISA	sua moglie

WAN TUNHE

Lord NEVIR TUMISH	Console dell'Intesa
Lord WELJMIR TAKAB	generale in capo dell'Intesa, membro del Governo
HEZJIA' YETS	giovane ammiraglio, membro del Governo
Lord HILIARION PIOBS	membro del Governo dell'Intesa
Lord REGHIBALD DA KAREGI	membro del Governo dell'Intesa
Lady DEOTENDA DE CENZIS	membro del Governo dell'Intesa
Lord PROPEANUS GAULTER	primo Giudice dell'Alta Corte di Giustizia
Lord GUSDAV HULT	comandante della Guardia cittadina
NEESTYL	oste

TAREA   sua moglie

LAMETH
GULELM ELBION   capo del consiglio di Lameth

PERSKO
Lord IRKOR da TORRARSA   nobile, già Capo dei Savi di Persko
Lady DATHMARA   sua moglie
ALLEMAYR da TORRARSA   suo figlio
ETTAYN da TORRARSA   suo figlio

ARCIPELAGO DEI CORALLI
HIERONIS NAUCEL   borgomastro dei Coralli
TIVALD RENAULT   ricco mercante, già capo della resistenza contro la Norlandia
GALVERO ASCLEDIM   capitano della flotta dei Coralli

PROMONTORIO DELLE TEMPESTE
Lord WARAN D' ESSERAT   marchese delle Tempeste, signore del Promontorio
Lady FERENIKE D'ESSERAT   sua figlia

CAPO FOLGORE
KEHELEM TARVIS   capo del consiglio di Reggenza

COSTA DELLE ONDE
Lord GEHERED TRAFEN   Signore delle Onde, detto "il Messere"
Lord RIDEGHER TRAFEN   suo figlio ed erede
Lord RAIDOLF LYAV   suo cugino e ammiraglio di flotta

ARCIPELAGO DEL TRIDENTE
Lord HILDAVIS DA NICOMER   condottiero, reggente del Tridente
Lord RUINIGIS   pretendente al trono del Tridente
Lord TISMIS   pretendente al trono del Tridente;

ISOLE DELLE SIRENE
Mastro ILLERT   Primo Consigliere del Consiglio delle Tre Sirene
RACHILDE HADRANOS   sua nipote, membro del Governo dell'Intesa

ARCIPELAGO DELLE CONCHIGLIE
Lord THAIARS T'AQUATIS capo del Consiglio dei Feudatari dell'arcipelago
Lady NARTIA   sua moglie

Lady THAIARA T'AQUATIS   sua sorella
AGHART T'AQUATIS   figlio ed erede di Thaiars
RODELINT T'AQUATIS   figlia primogenita di Thaiars
RODGER T'AQUATIS figlio di Tahiars, pretendente al trono del Tridente

T'AHAI
Lady SOLEA MIN DA MONTALDO   borgomastro
RYNED   primo consigliere
NUELA   governante di Solea Min

***

I SENZATERRA DI RIVALTA E DI PAMIA

Lord XAMIR UL QUOI   capo dei Senza terra, già principe di Rivalta
Lord ZELMIR UL QUOI   figlio di Xamir
ASTOR RESEJDA   rappresentante dei Senzaterra di Pamia
FANOR TUREL   comandante della Guardia di Xamir
BERTRADO CORDIERA   ex precettore di Giselda , ora segretario del Governo dell'Intesa
MARVA   governante della villa di Solea Min

***

I LIBERI NAVIGANTI:
GAMA TOREG   capo dei Liberi Naviganti
TIGRANA KIRIT   sua protetta, capitana della " *Danzatrice*"
IULO LANT   avventuriero, capitano della "*Procellaria*"
GISELDA D'AUREL DA MONTALDO   sua moglie
DANO LANT   suo fratello gemello, pilota della "*Procellaria*"
CLORINDA   nostromo della "*Procellaria*"
PYVOR KHALEV   marinaio della *Procellaria*
NIRA KHALEVA   sua sorella
TAM   gabbiere della "*Procellaria*"
TRESSIMAR TELBIT   capitano della *Fiordaliso*
KARLEOR   affiliato

***

ALTRI STATI DI THELENE

TORK
Lord WULFEN SKALEJ   reggente di **Lockart**
Lord REW DORKIT   capo della **Libera Unione di Tork**
Lady TOMHA IV   regina di **Zilliana**
Lord NARVALL   suo unico figlio ed erede

NORLANDIA

Lord W'UNKER DI ROCCA D'OMBRA	Duca di Norlandia, in esilio
Lord PEVIS RAINT	Generale, Reggente di Norlandia
Lord LOVIR SELTER	Ammiraglio, Reggente di Norlandia
Lord FELTIR IRTOW	Governatore di Rocca d'Ombra
Lady RIZIA IRTARA	sua moglie
EFIR LIRKAR	luogotenente di Lord Raint
URETTA ZANIONA	damigella di Lady Irtara
Lord DRUNEIV	Signore di Oxata
Mastro KEKKIL	boia di Artiglio
MIEVEL	oste dei Tre Galli
HARSIEV	capo carovana
HULTER	cantastorie

NORLANDIA - I CLAN DEL NORD

Lord GHEDILL AR ROSH	Signore di Zaltel
Lord ARGYLL 'R DRUSHER	Signore di Kalatur
Lady ETHELEEN 'R DRUSHER	sua moglie
BRYANT 'R DRUSHER	primogenito di Argyll e di Etheleen
DREWNN 'R DRUSHER	secondogenito di Argyll e di Etheleen
HATUAD AR WINBAL	degli Ar Winbal, affiliato agli 'r Drusher

CONSOLATO DI RUTLANDIA

Lord RUBELIO DA MEVROL	generale di Rutlandia, poi Primo Console
Capo LERXIS	comandante delle guardie di Zernor

ARSO

THAIR UL KLAIL	khalem di Makira
LHAMAR UL KLAIL	sua nipote
HAMAR	ancella di Lhamar
HERDAZ	pirata, capitano della *Falmira*

TERRACQUA

Lady ELEAR II	regina di Terracqua
Lord FRETH	Primo Ciambellano, Capo del Governo
Lord CUIEV	ambasciatore in Norlandia
BASTIL	capitano della *Farfalla*

SITI GEOGRAFICI

Questi sono le principali località citate in *IL RINNEGATO*

ARSO

Ul Sanam, stato di Arso confinante con Costa Folgore, Terbio, Lubvo,

Anaxj e il mare di Pamia.
- Makira, detta la "Perla Nera", sua capitale e sede del tempio del Dio Velato. Sorge in un'ampia oasi, al centro del Paese.
- Calab-ul-Kamul "il mare di sabbia" grande deserto
- Kerm-Abal oasi del Calab.ul.Kamul

Terbio stato di Arso confinante con Costa Folgore, Ul Sanam, Lubvo, Taveno e il Mare Profondo
- Tamaldo sua capitale, grande porto e ricca città commerciale
- Narkara piccola città costiera
- Kosko città dell'interno, vicino al confine con Ul Sanam

ISOLE DORATE
Wan Thune grande isola dei Mari Interni, in posizione semicentrale
La città capitale ha lo stesso nome ed è un grande porto situato in una profonda insenatura sulla costa orientale dell'isola.
Isola dei Senzaterra piccola isola posta di fronte alla capitale

Arcipelago dei Coralli gruppo di isole nel Mare dei Coralli, poste di fronte al del Consolato di Rutlandia e a Costa delle Onde.

Capo Saetta penisola posta all'occidente dei Mari Interni

Periss isolotto nello stretto di Lameth, sede dei Liberi Naviganti

TORK
Zilliana regno posto a sud di Tork, tra Capo Saetta, Costa delle Meduse e la Libera Unione di Tork
-Torval, porto sul Mare Profondo, sua capitale

Libera Unione di Tork stato confederato sorto dall'unione di sei piccoli stati torkiani: Asprasnia, Vallita, Lupia, Kraven, Wartik e Confaltir. Confina con Lokart, Costa delle Meduse, Zilliana e il Mare Profondo.

Lokart regno, retto però da un Reggente, a nord di Tork. Confina con il Mare Profondo, con Iguvia, Imeria, Costa delle Alghe, Costa delle Meduse e la Libera Unione di Tork.
Kortew, sua capitale, porto sul Mare Profondo

NORLANDIA amplissimo territorio tra il Regno dei Ghiacci, il Mare delle Tempeste e il Mare del Nord. Stato nato dall'unione delle tredici città stato e dei loro satelliti con i Clan del Nord, è nominalmente possesso di Lord W'Unker di Rocca d'Ombra, che vi regna con il nome di Duca di Norlandia. Nella realtà, fuggito il Duca, è nelle mani di due alti ufficiali, autonominatisi Reggenti, e dei Clan e delle città ribelli.

Le antiche Città-Stato:

1-Tharnon, capitale, grande porto sul Mare del Nord

2-Oxata, ricca città dell'interno, sul fiume Lenubia, dove sorge un ponte di pietra

3-Torfen città posta nella Pianura dei Due fiumi

4-Lorf grande porto sull'estuario del fiume Lenubia

5-Dusk grosso centro commerciale dell'interno, sul fiume Duntal

6-Norvel porto posto verso il nord del paese, ai piedi dei Monti del Nord

7-Talester porto, all'estremità nord orientale del paese

8-Kalatur la città-accampamento degli 'r Drusher, sui monti del Nord.

9-Zaltel città degli 'r Rosh, posta nei Monti del Nord sul valico per Tymsa

10-Ascolaja la città degli ar Fersten, nei Monti del Nord

11-Vortkoia la città degli ar Templar, tra i Monti del Nord e i Monti Marni

12-Dorfir porto orientale, sul Mare del Nord

13-Ponfel città posta sul promontorio di ????NOME

Laskaja porto fluviale alle foci del Duntal

Castelli:

Rocca d'Ombra città-fortezza in mezzo ai Monti Neri, sede del Duca

Artiglio fortezza, sul valico per la Pianura dei Due Fiumi

Drelici, fortezza sui Monti Grigi

Altre città:

Marked, sede del Mercato d'Inverno

Kartel grande città sul fiume Lenubia

Pfnner villaggio sul fiume Lenubia, dove sorge uno dei ponti di pietra

Goistol villaggio ai piedi dei Monti del Nord. Ligio agli 'r Drusher

Rizhor porto sud orientale

Corona centro minerario, tra Tharnon e Rizhor, nei Monti Talesi

Ixxa piccolo villaggio vicino ad Oxata, sul fiume Lenubia

Grewn villaggio sul Mare del Nord, alle foci del Duntal

LOCALITÀ

FIUMI: Lenubia, il più grande fiume norlesi, che nasce nei Monti del Nord e attraversa la Pianura dei due Fiumi, sfociando a Lorf.

Duntal il secondo fiume norlesi per grandezza, che nasce sui Monti di Atalan, assieme al Lenubia determina la Pianura dei due Fiumi, bagna Leskaja e sfocia nel mare del Nord, sulla costa occidentale.

Drelin nasce nei Monti Grigi, è un affluente del Lenubia, bagna la fortezza di Drelici

CATENE MONTUOSE: Monti Talesi, sulla costa orientale da Corona fino ad unirsi con i Monti del Nord.

Monti del Nord imponente catena montuosa che attraversa tutta la Norlandia da est ad ovest e funge da confine con il Regno dei Ghiacci

Monti Neri attorniano Rocca d'Ombra,

Monti Catena a nord ovest di Rocca d'Ombra, si protendendo verso Marked e il fiume Duntal e, con i Monti Neri, chiudono la piana di Tyhmsa a nord ovest

Montichino bassa catena che, partendo da Zaltel, chiude a nord est la Piana di Tymsa

Monti d'Atalan montagne che da Artiglio si protendono verso Oxata e con i Montechini, i Monti Catena e i Monti Neri chiudono la piana di Tymsa

Monti Grigi nel sud del paese, tra Dusk e Lorf

Piana di Tymsa passaggio obbligato da Rocca d'Ombra a Oxata, vasto altopiano posto al centro del paese, limitato dai Monti Neri, i Montechini, i Monti Catena e i Monti d'Atalan

Pianura dei due Fiumi vastissimo territorio pianeggiante tra il Lenubia, i Monti d'Atalen e il Duntal.

Scogliere del Naufragio pericolosa parte della la costa norlese a sud, tra Tharnon e Lorf

ARCIPELAGO DEL TRAMONTO gruppo di sei isole nel Mare del Nord, tra le Scogliere del Naufragio (Norlandia) e Harks, conquistate dal Duca di Norlandia, del cui regno fanno parte.. Sono:

Vesper, l'isola più grande; capitale Reive, porto quasi di fronte a Lorf

Brige, Hetra, Valea poste tra Vesper e Harks

Roncalis, Oricos poste tra Vesper e le Scogliere del Naufragio.

HARKS

Penisola che dalla Rutlandia si protende nel Mare del Nord. L'unico confine terrestre è con Iguvia, a sud del paese. Regno sotto il protettorato del Duca di Norlandia.

www.ingramcontent.com/pod-product-compliance
Lightning Source LLC
Chambersburg PA
CBHW052034260626
47163CB00007B/332